CAPTIVE: MORIRÍA POR TI

SARAH RIVENS

CAPTIVE: MORIRÍA POR TI

Traducción de Alicia Botella Juan y María Brotons

mr ediciones martínez roca

Obra editada en colaboración con Editorial Planeta - España

Título original: *Captive Tome 2*

Composición: Realización Planeta

Bajo el sello editorial MARTÍNEZ ROCA M.R.
Avenida Presidente Masarik núm. 111,
Piso 2, Polanco V Sección, Miguel Hidalgo
C.P. 11560, Ciudad de México
www.planetadelibros.com.mx

Primera edición impresa en España: noviembre de 2024
ISBN: 978-84-270-5325-0

Primera edición impresa en México: febrero de 2025
ISBN: 978-607-39-2045-2

Impreso en los talleres de Litográfica Ingramex, S.A. de C.V.
Centeno núm. 162, colonia Granjas Esmeralda, Ciudad de México
Impreso en México – *Printed in Mexico*

Captive es un *dark romance* que no entra en los códigos del romance tradicional: el romance rima con la violencia y hay ciertas escenas que pueden sorprender a los lectores no acostumbrados.

Trigger warnings: incesto y violación (evocados en recuerdos), violencia física, lenguaje violento.

Sumérgete de lleno en la atmósfera de *Captive: Moriría por ti* con esta lista de Spotify escaneando el código QR.

Atmósfera

Ozone – Chase Atlantic
Lonely – Noah Cyrus
Is It Just Me? – Emily Burns
What a Time – Julia Michaels, Niall Horan
Bitter – FLETCHER, Kito
Like That – Bea Miller
Vicious – Tate McRae
Horns – Bryce Fox
Savage – Bahari
I'm a Wanted Man – Royal Deluxe
Wicked Ones – Dorothy
Watch Me Burn – Michele Morrone
Cravin' – Stileto, Kendyle Paige
Do It For Me – Rosenfeld
Billie Bossa Nova – Billie Eilish
Daylight – Taylor Swift
Love and War – Fleurie
Trauma – NF
Mount Everest – Labrinth
Writing's On The Wall – Sam Smith
No Time To Die – Billie Eilish
Fine Line – Harry Styles
Wild Heart – Bleachers

Memento mori
Esto memor nostri

Prólogo

Un año...

Había pasado un año desde aquella tarde.

Desde aquella despedida que nunca se había producido realmente.

Y ¿por qué motivo? ¿Miedo? ¿Indiferencia? ¿Incertidumbre?

Ella no lo entendía. Nadie lo entendía, en realidad. Solo él.

Aquel chico que se mostraba tan frío, distante e inhumano con todos los que lo rodeaban, y a quien perseguían los demonios de su pasado.

Solo él podía ayudar a resolver el rompecabezas que su propia existencia representaba.

Solo él podía responder a sus preguntas, preguntas que ella llevaba un año planteándose.

Ni siquiera el sobre que le dio cuando se marchó le había proporcionado respuestas. Su silencio la había destruido.

Pero ¿y si un año después esa despedida se transformaba en un reencuentro?

Un reencuentro que él había evitado cientos de veces en los últimos doce meses. Él, que quería tenerlo todo controlado..., iba a perder el control.

Ya se sabe que las cosas nunca suceden según lo previsto, y pronto sus decisiones iban a volverse en su contra, para deleite de sus demonios... y de sus enemigos.

«No les hace falta morir para saborear el infierno.»

1

Dos... o tres

ASHER

—¡Arriba! —exclamó una voz despertándome.

«Esto es una pesadilla..., una puta pesadilla.»

Se me escapó un gemido de entre los labios y me tapé la cabeza con la almohada, esperando que amortiguara ese maldito ruido que estaba haciendo que me entraran ganas de asesinar a alguien.

—¡Vamos! ¡Despierta!

Con los ojos todavía cerrados, respiré profundamente apretando los dientes.

«Voy a matarlo y asunto arreglado.»

—¡Se han acabado las vacaciones!

Sentí que la paciencia se me agotaba tan rápido como a él los minutos de vida que le quedaban. Claramente, no era la forma de despertar con la que había soñado.

—¡El sol brilla en el cielo!

«Si sigues así, voy a hacer que veas las estrellas con un puñetazo.»

Me envolví en las sábanas gimiendo de nuevo. De todos modos, acabaría cansándose. Solo era cuestión de tiempo.

«Los niños son así.»

—¡Ya, Ash!

De nuevo, me quedé callado. Si había algo que hacía que me dieran ganas de mandarlo todo a la mierda era despertarme escuchando la voz de Ben, que era terriblemente molesta.

«Voy a hacer que se trague la lengua.»

—Además, has...

—¡Cierra la puta boca!, ¿sí? —grité contra el colchón.

«Necesito fumarme un cigarro. Rectificación: dos cigarros.»

Mi primo soltó una risita burlona, visiblemente orgulloso de su logro. Dejé la almohada con la que me estaba cubriendo y abrí los ojos.

Listo. Ya me encontraba de mal humor. «Es perfecto, carajo. Perfecto.»

—Nos espera un día precioso, ¿verdad, Ash? —se burló mientras salía de mi habitación—. ¡Qué bien, la bruja está despierta!

Fruncí el ceño y resoplé, molesto. Kiara también estaba ahí. «Necesito fumar urgentemente, maldición.»

Cuando la risa de mi amiga de la infancia resonó en la planta baja, me hundí todavía más en la cama. No estaba de humor para verla, mucho menos para que, tan temprano, me fastidiara con eso.

Llevaba un año machacándome con el mismo tema. Hacía unos meses que todo había vuelto a la normalidad. Ben se había recuperado prácticamente por completo de sus heridas y los negocios iban muy bien. William e Isobel estaban muertos y por fin había vengado a mi padre. Poco a poco, todo volvía a ser como antes.

O, al menos, casi.

—¡Asher!

«Asher.»

Se me contrajo la mandíbula violentamente. Normalmente Kiara no me llamaba nunca por mi nombre completo y odiaba que lo hiciera. Porque, aparte de mi padre, solo había una persona que me llamaba así.

Aunque, cuando ella lo hacía, nunca me había molestado.

Me levanté de la cama sin dejar de gemir y con los ojos entornados por la luz que entraba en la habitación. Con aire perezoso, me dirigí al cuarto de baño.

Esta casa llevaba un año siendo mi infierno personal, un infierno que me negaba a abandonar porque era el único recuerdo que tenía de ella.

Un año.

Un año desde que había llegado a mi casa y había empezado a vagar por mis habitaciones y a habitar en mis pensamientos.

Un año desde que la había echado de mi vida, de mi mundo.

No me arrepentía de mi decisión, estaba mucho mejor lejos de mí. Lejos del mundo que la había destruido. Y tenía muy claro que le iría mejor así.

Cerré los ojos mientras el agua de la regadera me resbalaba por la piel. Una vez más, se me apareció su rostro. Como cada día desde hacía un año.

Un año en el que Kiara no había dejado de extrañarla, igual que ese estúpido perro que me quedé por ella. Por culpa del poder que ejercía sobre mí.

Ese puto poder.

«Estoy enamorada de ti.»

Esa frase se repetía a todas horas en mi cabeza como un eco lejano. Me mantenía despierto todas las noches. ¿Cómo podía haber sentido eso por mí?

«Es una maldita suicida.»

Su estupidez la había hecho decir cosas que no pensaba y que, sinceramente, habría preferido que no me dijera nunca. Después de todo el tiempo que había pasado intentando alejarla de mí, había conseguido el efecto contrario.

Al menos, echándola, estaba seguro de que me odiaría. Era mejor así.

No podía amarme.

No debía amarme.

Con una larga exhalación, cerré la llave. «Bueno, vas a mantener la calma... y a ignorarlos. Eso es. Vas a ignorarlos.»

Luego me vestí con toda la tranquilidad de la que fui capaz y bajé las escaleras buscando calma. Quería tomarme un café sin que nadie me dijera nada. «Porque de lo contrario acabaré aventando a uno de los dos desde el segundo piso.»

Suspiré de alivio al ver que la cocina estaba vacía. No había señal de aquellos dos idiotas. Seguramente, estarían fuera. Estupendo.

Sin embargo, cuando empecé a prepararme el café y saqué un cigarro, se me contrajo la mandíbula. Oí de lejos una voz de mujer que me puso nervioso.

—¡Hoy estoy de muy buen humor!

Me quedé callado ante las provocaciones de mi primo y observé cómo salía el café mientras trataba de calmarme.

«Necesito fumar.»

Sostuve el cigarro entre los labios con los ojos cerrados. Por fin.

—¡Ash! ¡Estás despierto!

Kiara. Maldita Kiara.

—No —murmuré bruscamente.

Con la taza en la mano, volteé hacia ellos. Estaban sentados en los taburetes con los ojos brillando de la emoción y unas sonrisas traviesas que me provocaban náuseas.

Era por mucho el peor despertar del mes. Puede que incluso del año.

«Son unos impertinentes.»

—Ayer llamé a Ella —anunció Kiara alegremente—. ¡Se había olvidado por completo de tu nombre!

Se me contrajo la mandíbula por sexta vez desde que me había despertado. A Kiara le encantaba fastidiarme restregándome el temita por las narices.

—Perfecto —contesté en un tono gélido.

Desbloqueé el celular. Era una compañía mucho mejor que la de los dos imbéciles que tenía delante.

—¿Ah, sí? —preguntó Ben—. Dime, Kiara, ¿no ha pasado ya un año?

—¡Carajo, cállense de una puta vez! —suspiré cansado mientras salía de la cocina para ir a la sala de estar.

Puse la taza de café en la mesa y me tiré en el sofá en el que ella tenía la costumbre de mirar la televisión. «Tengo que dejar de relacionarlo todo con ella. Se acabó.»

Inspiré profundamente cerrando los ojos. Entonces, sentí que el sofá se hundía por el peso de sus cuerpos. Se pegaron contra mí como dos demonios.

«Esto es una puta pesadilla.»

—Hoy voy a matar a alguien —murmuré antes de fijar la mirada en la pantalla de la tele.

—¿Es que no recuerdas que el año pasado me diste tu palabra sobre una cosita? —susurró Ben.

—No.

«Claro que sí.»

—A ti te gusta complicarte la vida, a mí no.

—Prepárate para correr detrás de esa chica. No me gustaría estar en tu lugar.

Iba a intentar recuperar a Grace o, al menos, hablar con ella. Fue algo estúpido e irreflexivo.

Pero, bueno, era Ben. No se podía esperar nada mejor.

Sus palabras me hicieron reír. Como respuesta, se cruzó de brazos.

—Cuando ames a una chica y la cagues, correrás detrás de ella.

—Nunca. Yo no corro detrás de nadie. Nunca he tenido que hacerlo. Mi ego no podría soportarlo.

—Supongamos que un día...

—Un día lejano en otra vida —lo interrumpí antes de que pudiera acabar su frase de mierda.

—Que un día te enamoras de una chica, la cagas y ¡eres consciente de que la cagaste! —continuó mi primo.

Me burlé abiertamente de lo que me estaba diciendo.

—Yo nunca la cago —respondí con un tono lleno de vanidad.

—¿No te disculparías e intentarías recuperarla?

—No.

En absoluto. Imposible.

—Asher Scott solo ama a Asher Scott. Y a sus cigarros. Y al whisky —declaré.

Se rio y lo imité. Tras dejar el celular sobre la mesa, me volteé en silencio hacia el ventanal del salón y expliqué con seriedad:

—No se me antoja querer a nadie que no sea yo. Y tampoco quiero tener que preocuparme por nadie que no sea yo.

La única persona de quien había creído que se interesaba por mí era esa zorra de Jones. Y nuestra relación había sido una farsa de principio a fin.

—¿Y si esa persona se preocupa más por ti que tú?

—Nadie se preocupa realmente por mí más que yo. Pero si tal cosa sucede algún día —continué siguiéndole la corriente—, aunque sé que nunca será el caso, y si la cago con esta persona, te prometo que intentaré recuperarla.

Al ver la amplia sonrisa que se formó en los labios de Ben, concluí:

—Un día lejano en otra vida, por supuesto.

No iba a poder recuperarla, no.

No contaba con hacerlo. Había tomado una decisión y no tenía motivos para retractarme. No me arrepentía.

Y tenían que hacerse a la idea.

—Este idiota tiene razón —admitió Kiara, quien se levantó del sofá y se colocó detrás de mí.

Cuando me puso las manos en los hombros, suspiré ruidosamente. Esa chica iba a morir de una forma muy tonta. Sin embargo, aunque sentí que la sangre me hervía, no dije nada. No les incumbía. Solo me incumbía a mí.

Los dejé hablar sin hacerles ningún caso y me concentré en el noticiero, aunque tampoco me interesaba. Aun así, prefería por mucho escuchar la voz de un tipo que fingía entender algo de economía antes que a Ben y a Kiara.

«¿Y por qué hoy no se han puesto a discutir?»

—Asquer, tienes que tomar una decisión —declaró Kiara apretándome los hombros.

Me deshice de sus dedos y me levanté del sofá.

—Si tengo que tomar una decisión es la de a cuál de ustedes dos voy a matar primero —espeté.

Cuando estaba a punto de abandonar el salón, el comentario del descerebrado de mi primo me detuvo en seco.

—Está a punto de explotar porque hace más de trescientos ochenta días que no ha visto a Ella...

«Ella.»

«Ya he tomado una decisión. Ben será el primero en morder el polvo.»

Me di la vuelta mientras él se levantaba con una sonrisa desafiante que me entraron ganas de borrar de un puñetazo.

—¿De verdad no piensas callarte?

Me acerqué a él fulminándolo con la mirada. Kiara se interpuso entre nosotros.

—Ya basta. Ash, ¿no crees que ha llegado el momento de volver a verla? Es que... nosotros también la extrañamos, ya lo sabes...

—Yo no la extraño —repliqué apartándola de mí—. Me importa una mierda.

«Mentira.»

Mi primo y mi amiga intercambiaron una mirada antes de echarse a reír. Entonces, mi cólera dio paso a la exasperación. Ya que estaban decididos a seguir con esta mierda de juego, iban a tener que hacerlo sin mí.

—Pues si la extrañan, tomen un *jet* para ir a verla.

—Queremos que tú vayas a verla —respondió Kiara señalándome con el dedo—. Desde que murió William, todos le hemos hecho mínimo una visita.

—Todos menos tú.

Ben acompañó su afirmación con una mirada acusadora. No quería admitirlo, pero, por una vez, tenían razón. Era el único que no había vuelto a verla aunque, desde la muerte de William, Manhattan se había convertido en mi lugar preferido.

Una noche a la semana.

No había sido capaz de bajar del coche y llamar a su puerta, a pesar de que sabía dónde vivía y en qué piso. Ben había decidido instalarla en una vivienda de la familia que al principio yo desconocía. Yo me había negado a que me revelara su ubicación porque ya sabía cuál iba a ser mi reacción. Sabía que tendría ganas de ir a verla.

«Y ahora es justo eso lo que hago todos los fines de semana.»

Mientras Ben estuvo en coma, yo no había sido capaz de salir de Los Ángeles, a pesar de que me moría por ir a Nueva York. En cuanto dio las primeras señales de que empezaba a recuperarse, tomé un *jet* a Manhattan.

Sin embargo, cuando llegué me resultó imposible salir del coche. Me quedé allí sentado contemplando la ventana de Ella hasta la madrugada. Solo la había visto una vez en el balcón. Pero en esa ocasión yo me encontraba en el departamento que estaba encima del suyo.

«Y le había aventado una colilla a la cabeza. Solo para recordar los viejos tiempos. Fue muy divertido... Sí, estaba aburrido.»

Ella no llegó a saber nunca que había sido yo. Y era mejor así.

El verdadero motivo que me impedía presentarme en su puerta era que, por primera vez, tenía miedo. Estaba aterrorizado. Sabía que Ella estaba enojada conmigo. Sabía que el sobre que le había dado a través de Carl me volvía vulnerable. Y yo odiaba sentirme vulnerable.

Era un sentimiento que no podía soportar.

Indefenso. Así me sentía cuando se trataba de ella.

—No es bueno quedarte despierto toda la noche espiándola desde el coche —comentó Ben, quien sabía adónde iba todos los fines de semana—. Es de psicópatas.

Su comentario casi me arrancó una sonrisa, pero logré ocultarla.

Psicópata. Así me llamaba Ella y con ese nombre me tenía guardado en su celular.

Cada día me preguntaba cómo había podido soportarme después de todo lo que la había hecho sufrir. Cómo había podido llegar a amarme.

Aunque la había hecho sufrir todo ese tiempo solo para intentar aliviar mi dolor. Pero no funcionó.

—Amigo, debes tomar una decisión —prosiguió Kiara con seriedad—. Al fin y al cabo, no tienes nada que perder.

«Sí. Tengo muchas cosas que perder. Mi orgullo, por ejemplo, puesto que sé que me va a mandar a la mierda.»

—¿Qué esperas para volver a verla? —insistió mi primo.

—Pero ¿quién les ha dicho que quisiera volver a verla? —repliqué con el ceño fruncido y los brazos cruzados.

—Precisamente, nunca has dicho lo contrario —contraatacó Kiara con picardía.

Puse los ojos en blanco, pero no contesté nada. Tenía razón. Los dos la tenían. «Carajo, odio decir eso.»

Cuando noté algo frotándose contra mi pierna, bajé la mirada. Tate. O Imbécil para los amigos.

¿Lo extrañaría? Obviamente, suponía que sí.

—Hace una semana, oí a Ash hablando en sueños —intervino Ben riéndose entre dientes—. No dejaba de repetir el nombre de Ella...

Agarré lo primero que vi y se lo lancé a mi primo, quien no podía parar de reír mientras yo lo asesinaba con la mirada.

—Vete al demonio. No me importa nada, ¿lo entiendes?

Cuando Kiara también se rio, mi cólera aumentó. «¿Por qué se llevan tan bien cuando se trata de burlarse de mí?»

Giré sobre mis talones tratando de escapar una vez más de la presencia de esos dos payasos, pero me detuvo la voz de mi amiga.

—Yo... sé una cosa que ustedes no...

Arqueé una ceja al oír su tono travieso. ¿Qué iba a decir ahora? La curiosidad me obligó a quedarme a escucharla. Iba a hablar de Ella.

—Como Ash ha pasado página, ya no tiene sentido que me lo guarde, ¿verdad?

La miré por encima del hombro con aire despreocupado, pero la forma en que me sonreía me inquietaba.

—Sé que Ella... tiene un pretendiente...

Se me cortó de golpe la respiración. Cerré los ojos un instante y me giré hacia ellos con las cejas arqueadas.

«¿Cómo?»

«Un... ¿qué?»

La sangre empezó a hervirme en las venas y sentí que despertaba mi sentido de la posesividad. ¿Cómo que un pretendiente?

Miré fijamente a Kiara para asegurarme de que no estuviera mintiendo. El brillo de sus ojos me confirmó que decía la verdad.

Una verdad que quería que yo conociera.

Estaba demasiado emocionada para que fuera mentira.

«Un pretendiente... Ha llegado el momento de hacer desaparecer a alguien de la faz de la Tierra.»

—No te importa, ¿verdad, Ash?

Sí, claro que me importaba. Y me enojaba.

«¿Quién es ese payaso?»

—No me importa —mentí girándome hacia mi primo, quien parecía desconcertado por la confesión de Kiara.

«No..., miente.» De lo contrario, se lo habría dicho antes a Ben.

—Pero ¿quién es? —preguntó mi primo.

Su sonrisa malévola me puso nerviosa. Estaba saboreando en silencio nuestras reacciones. «¡Habla, carajo!»

Los segundos se me hicieron eternos. Golpeaba el suelo del salón con el pie porque estaba impaciente por descubrir al afortunado que iba a morir pronto.

—¡Su vecino! —exclamó mi amiga mirándome fijamente—. ¡Le envía flores casi todos los días!

Se me cerraron los ojos. Una oleada de celos me recorrió todo el cuerpo. Flores.

«Maldición, haré que cave su propia tumba y pondré unas flores encima.»

—¿Desde cuándo? —pregunté sin poder evitarlo.

—¿Acaso el señor Scott está celoso? —preguntó Kiara en tono burlón.

Hice una mueca. Por dentro ya estaba barajando varias maneras de acabar con este desgraciado al que todavía no conocía.

—A mí me gusta más Ella con Ash que con su vecino —se rio Ben.

Resoplé.

«¿Con su vecino? Él nunca estará con ella. No mientras yo viva.»

—¿Qué tipo de relación tienen? —insistió Jenkins.

—Él coquetea todo el tiempo con ella y...

—¿Se han besado ya? —la interrumpí.

Me miró con malicia y sentí que mi enojo aumentaba. No iba a decirme nada.

«Voy a explotar.»

Alguien quería a mi ángel. Alguien se reuniría pronto con sus antepasados.

—¿Han cogido ya? —preguntó Ben, y lo fulminé con la mirada.

—No —contesté al mismo tiempo que Kiara.

«Carajo, voy a matarlo.»

—Puede que esta vez se haya topado con una buena persona...

Me puse rígido. Me hirvió la sangre cuando oí la frase de Kiara, quien pretendía hacerme reaccionar. Pero no iba a mostrarle mis sentimientos. Impasible y distante. Ese era mi mayor talento.

Ben anunció que se iba porque vería a Grace y me dejó solo con el diablo, también conocido como Kiara Smith.

—¿No piensas decir nada? —me preguntó ella quebrando el muro de hielo que había erigido a mi alrededor.

—No.

—Bueno, pues en ese caso, ¿vas a dejar que esté con ese tipo? —inquirió acercándose a mí.

Se me tensaron los músculos y fijé la mirada en la pared que tenía delante.

«¿Dejar que esté con ese tipo? ¿Está bromeando?»

—¡Relájate, Asquer! Se te hinchan las venas cuando aprietas los puños —señaló con aire burlón—. No te hace falta decir nada. Lo veo con mis propios ojos. No te es indiferente.

—Sí —espeté sin mirarla.

«No.»

—No..., pero no quieres admitirlo ni ante ti ni ante ella.

Sentí que pasaba justo por detrás de mí mientras llevaba la conversación hacia un tema que yo quería evitar a toda costa.

—Puedes quedarte en tu casa por la noche bebiendo whisky mientras miras por el ventanal de su habitación y esperas que vuelva contigo sin que tú te esfuerces lo más mínimo —me susurró poniéndome una mano en el hombro—. Pero, una noche, estará en su nueva habitación cogiendo con él y ya nunca más se le pasará por la cabeza volver contigo.

Cerré los ojos para asimilar sus palabras, que pareció que me golpearan la mente con la fuerza de un boxeador enfurecido. «Carajo. Voy a explotar.»

La imagen de ella con otro tipo, en la misma cama, desató mi ira e hizo que me ardieran las entrañas.

—Elige, Scott: o la recuperas, o la dejas marchar.

Sin esperar mi respuesta, salió por la puerta y cerró tras ella. Me dejó a solas con mis pensamientos.

Solo con ella.

—¡A la mierda! —exclamé enojado.

Las dos de la mañana

Estaba sentado en la cama de Ella con el costal de pulgas dormido a mi lado. La presencia del perro me irritaba. Desde esa mañana, todo me irritaba.

Su vecino.

Su maldito vecino. ¿Qué quería de ella? ¿Flores? ¿Ese bastardo le enviaba flores?

«¿Quién hace esas cosas hoy en día?»

Con un vaso de whisky en la mano, contemplaba el cielo oscuro desde el ventanal de su habitación.

Me vinieron a la cabeza las últimas palabras de Kiara: «Estará en su nueva habitación cogiendo con él...».

Apreté con fuerza la mandíbula cuando mi mente, en un acto de sadismo, se puso a imaginar la escena: ella en los brazos de otro. Mirándolo como me miraba a mí. Él la haría gemir de placer, un placer que me gustaría darle yo. Le pondría la boca en su hermoso cuello, ese cuello que querría agarrar y marcar con mis dientes. Y luego en sus labios, unos labios que quería besar hasta quedarme sin respiración.

«Voy a cometer un asesinato. Y después de hacerlo me sentiré muy bien.»

El dolor me sacó de mis pensamientos. Acababa de romper el vaso que tenía en la mano.

Solté una maldición y me levanté rápidamente. Estaba sangrando y el alcohol me escocía en el corte.

—Solo me faltaba eso... —refunfuñé mientras iba al cuarto de baño por curitas.

Tras unos minutos buscando, me puse una en la herida, que todavía sangraba. Clavé la mirada en el corte... Todo me recordaba a ella. Levanté la cabeza y me encontré con mi reflejo en el espejo. Y, en ese instante, me odié. Me odié por todo lo que le había hecho.

Ahora comprendía a Ben cuando me decía que se odiaba por culpa de Bella. Yo estaba en el mismo punto. Me odiaba. Y ella también me odiaba. Probablemente, había tirado el sobre sin leerlo siquiera. Pero tenía que leerlo. Era necesario. No soportaba esa idea: el hecho de saber que me odiaba y que ahora sus ojos azules miraban a otro hombre me volvía completamente loco.

Regresé a su habitación, donde el perro estaba olisqueando el whisky que había caído al suelo. Probablemente le extrañaba que yo hubiera desperdiciado una gota de alcohol.

Mi teléfono vibró sobre la cama y me obligó a mirar la pantalla. Solté un suspiro antes de descolgar y cerrar los ojos.

Esa voz me irritaba como ninguna otra en el mundo.

—¿Lo has conseguido? —pregunté acostándome bocarriba—. A decir verdad, no tienes elección, Heather.

—Buenas noches, propietario, espero que todo vaya bien. Yo estoy genial.

2

Terapia suplementaria

ELLA

Las tres de la tarde. Manhattan

—En realidad..., creo que tienes razón. Mi cuerpo... Sentía una especie de instinto de supervivencia. Cuando empezaba, cerraba los ojos y ya no pensaba en nada. Era incapaz —empecé a decirle en respuesta a sus preguntas—. Con el paso de los meses, aprendí a contar los segundos, para tranquilizarme, para decirme a mí misma que pronto terminaría... y se iría.

Estaba en el sofá de cuero azul en el que solía sentarme dos o tres veces por semana en la consulta de mi terapeuta. Hacía casi siete meses que acudía a terapia con Paul. Me lo había recomendado mi médico, Cole, que constantemente pasaba por casa para asegurarse de que yo estaba bien. Me había aconsejado concertar una cita con su amigo por mis terrores nocturnos, pero yo no me había decidido a hacerlo hasta que llevaba cinco meses viviendo en Nueva York, y obligada por Kiara. Se preocupaba por mí, incluso desde la distancia.

—Y durante todos esos años sobrevivía, mi cuerpo ya no me pertenecía. Ya no era mía, era suya —le expliqué a mi terapeuta, sentado a mi lado en su silla de terciopelo—. De todos ellos. Era como una muñeca, un robot al que le dictaban qué hacer. Estaba... Estaba vacía.

Hoy la sesión trataba de mis traumas y su relación con mis ataques de pánico, que eran mucho más violentos por las mañanas.

Desde hacía un año, todo era diferente. Ya no tenía ningún control sobre nada. En especial sobre mi mente.

—Cuando cambié de vida, después de John, creo que... estaba todavía en un círculo vicioso, pero sin realmente estarlo...

—¿Qué quieres decir? —me preguntó Paul con delicadeza.

Suspiré.

Siempre me pedía que le diera más detalles para explorar mis angustias, a pesar de que yo soy una persona de pocas palabras. Prefiero escuchar, pero sus sesiones me ayudaban a aceptar mis heridas, a enfrentar mis problemas de estrés postraumático... por mí misma.

—Creo que... me convencía de que estaba sanando, de que gracias a la nueva oportunidad que se me presentaba podría retomar una vida más o menos «normal»... lejos de John.

Reí entre dientes. Me reí de mi ingenuidad.

Como Asher hacía frecuentemente.

—Mi error fue depositar el resto de mi corazón en las manos de otro y elegir a un hombre aún más devastado que yo... pensando que me ayudaría.

Todo era culpa suya.

—¿Porque te sentías segura con él? —me preguntó mi terapeuta.

—Sí —suspiré cerrando los ojos. Sabía que tenía muchos traumas por culpa de John, simplemente todavía no los conocía todos. No habían tenido la ocasión de salir a la superficie.

Me enderecé frente a aquel hombre de unos cincuenta años que anotaba mis respuestas.

—Ahora que estoy sola, he visto todas las facetas de lo que me sucedía.

—¿Porque ya no te sientes segura? —me preguntó.

Asentí. Nunca había vivido sola, abandonada a mi suerte en una ciudad que no conocía. Teniendo que fundirme entre la multitud esperando que nadie advirtiera mi presencia. Que nadie destruyera la coraza que me había estado forjando desde mi llegada.

—Nunca me he sentido segura fuera de su casa —respondí encogiéndome de hombros.

—¿Era eso lo que sentías o solo una idea que te hacías?

Lo miré fijamente sin conocer realmente la respuesta. A pesar de todo, para mí, era real.

—Es lo que sentía —confirmé. También tenía pesadillas en su casa..., pero no ataques de pánico tan violentos cuando me despertaba.

—¿Crees que esa falta de seguridad es el origen de tu obsesión por comprobar sistemáticamente si las puertas y ventanas están cerradas?

Asentí convencida. En esa enorme ciudad de varios millones de habitantes había desarrollado agorafobia, y por una buena razón: estar sola y sin sentirme segura en una ciudad abarrotada de gente no era lo que más me gustaba de mi nueva vida.

Me había acostumbrado a vivir en una casa, con alguien. Con él. Ese sentimiento de seguridad había desaparecido al mismo tiempo que aquellos ojos grises que no había vuelto a ver. Aquí comprobaba al menos seis veces al día que la puerta de mi casa, las ventanas y las cortinas estaban bien cerradas. Me volvía loca.

Todo era culpa suya.

—Cuando te despertaste de tu pesadilla de ayer, ¿volviste a sufrir un ataque de pánico?

Asentí de nuevo. Era lo mismo. Una y otra vez.

—¿Haces lo que te recomendé? —me preguntó con sus penetrantes ojos clavados en mí.

Volví a asentir. Los ejercicios de respiración me ayudaban a calmarme durante los ataques, pero necesitaba tiempo para retomar el control porque mi cuerpo dejaba de responder.

—Tengo una pregunta, Ella... Nunca sueles venir a terapia este día de la semana. ¿No será hoy un día especial?

Cerró la libreta y me miró fijamente a los ojos esbozando una pequeña sonrisa que le devolví.

—No quería quedarme sola en casa hoy —admití, casi avergonzada—. Bueno..., es mi cumpleaños.

—¡Felicidades! —exclamó.

Cuando pronunció esa palabra, se me hizo un nudo en la garganta y se me nubló la vista. La última persona que me había deseado un feliz cumpleaños había sido mi tía. Debía de tener nueve años... o siete.

«Pa-té-ti-co.»

—¿Tus amigos saben que es tu cumpleaños?

Negué con la cabeza. Nadie estaba al corriente. Ni siquiera el año pasado lo había dicho. Antes, ese día era para mí, en el mejor de los casos, un día más, y en el peor, el cierre de otro año de perpetuo fracaso.

—Pero vinieron a verte hace poco, ¿no?

—Sí —respondí—. Ally vino el mes pasado a pasar dos días conmigo durante una misión.

—¿Y cómo te sentías cuando estaba cerca de ti?

—Feliz. Cuando vienen a verme, me siento de nuevo como en casa.

Cuando estaba sola, solo veía mi departamento como paredes y ventanas, un lugar donde dormir y evitar las miradas que sentía demasiado clavadas en mí. Pero cuando estaban Ben, Kiara o Ally... me sentía como en casa. Como si hubiera regresado a California.

—¿Qué es una casa para ti, Ella?

Lo pensé durante un instante. Ya tenía la respuesta. Toda mi vida había deambulado de un sitio a otro sin sentir que tenía un hogar. Hasta que había encontrado esa casa.

—El lugar donde están las personas que amamos y que nos hacen sentir seguros. En realidad, para mí una casa es... un sentimiento.

Cuando Kiara, Ally o Ben se encontraban cerca de mí, me sentía como en casa sin importar dónde estuviera. «Porque, al fin y al cabo, una casa vacía no es una casa.»

Asintió con una débil sonrisa. Luego se acomodó los lentes y se aclaró la garganta.

—¿Y Ash?

—A-Asher —lo corregí con otro nudo en la garganta—. Lo llamo Asher. Los otros lo llaman Ash, pero yo prefiero Asher. No..., nunca. Nunca ha venido.

—¿Quieres hablarme de él? No has querido contarme muchas cosas sobre Asher... ¿Hay alguna razón?

Giré la cabeza hacia la pecera en la que los mismos peces llevaban dando vueltas desde hacía meses. También había plantas.

—¿Te hizo daño?

—No —respondí rápidamente—. Al menos... no como los otros.

—Entonces, ¿por qué lo odias?

Porque había sido malo. Muy malo.

—Porque es lo único que puedo hacer —solté mientras observaba los peces—. No puedo hablarle, no puedo verlo, no puedo responderle.

—¿Por qué? ¿Te lo ha prohibido?

Dejé escapar un ligero suspiro.

—Es por mí también.

—¿Y por qué te prohíbes hablarle? —me preguntó con el ceño fruncido.

Jugueteé con los dedos. Empecé a mover el pie con nerviosismo a medida que nos acercábamos a otro tema delicado.

Asher.

—Porque no lo merece. Me... Me echó como si no le importara en absoluto. Su única explicación fue un sobre lleno de hojas.

—¿Hojas?

—Hojas —suspiré recordando la tinta negra—. Escribe en libretas, apunta sus pensamientos. Sé que suena como si fuera un tópico, pero escribe para no abrirse con los demás.

Vi a mi terapeuta asentir lentamente.

—¿No le gusta abrirse?

—No del todo —dije encogiéndome de hombros—. Me dio unas cuantas hojas en las que desvelaba ciertas cosas sobre mí. Desde mi llegada a su casa hasta el momento en que el señorito decidió que yo tenía que salir de su vida. Por mi seguridad.

Me animó con la mirada a seguir con mi discurso.

—Yo... Hace un año que no hablo con él, a pesar de que sigo viendo a su familia y a sus amigos.

Se me volvió a formar un nudo en la garganta. Odiaba saber que había elegido no venir a visitarme, no llamarme. Olvidarme como si nunca hubiera importado.

«Solo era una cautiva.»

Kiara tenía razón: no merecía ni mis lágrimas ni mis sentimientos.

Todo era culpa suya.

—¿Lo extrañas?

«Mucho.»

—No se merece tanto —respondí, y volví a odiarme a mí misma.

—No has respondido —señaló mi terapeuta en voz baja.

—Sí...

Claro que lo extrañaba. Porque mis sentimientos no se habían evaporado, más bien al contrario. Cada día me mataban por dentro. Cada día me recordaban que Asher me había olvidado, y que lo único que me quedaba eran sus palabras.

Esas palabras que me habría gustado escuchar un año antes.

—Tenías pesadillas cuando estabas con él, ¿no?

Era cierto que tenía pesadillas cuando estaba en su casa. Entonces, me había amenazado con matarme si volvía a despertarlo, así que había empezado a tener cada vez menos por miedo a morir estrangulada. Ese miedo había terminado convirtiéndose en otra cosa. En una sensación de seguridad que me envolvía por completo cuando cruzaba el umbral de la puerta.

Habían pasado tantas cosas. Tantas cosas...

Se las resumí a mi terapeuta.

—¿Puedes volver a hablarme de esas hojas?

—En ellas cuenta simplemente lo que pensaba de mí —resoplé—. Así que tengo el privilegio de conocer la razón de algunos de sus comportamientos.

Mi sarcasmo arrancó una sonrisa a mi terapeuta, que me invitó con un gesto a seguir hablando. Pero no quería hacerlo.

—No sirve de nada, prefiero pasar a otra cosa.

No quería hablar de él.

—Ya me has hablado de tu vecino...

—Sí —resoplé sacudiendo la cabeza, exasperada—, pero no va a suceder nada con él... Somos muy diferentes...

Un vecino que pensaba que podía seducirme cuando en realidad me molestaba más que otra cosa.

«Porque no es Asher.»

—Es... muy amable, pero... no estoy cómoda con él —confesé pausadamente—. No me siento yo misma...

—Tal vez deberías decírselo —me sugirió—. Si no te sientes cómoda con alguien, es mejor marcar límites entre ustedes.

—Lo sé, pero... no consigo hacerlo. Nunca he sabido marcar mis límites.

Él los había destruido.

—¿Seguimos hablando de tu vecino?

Sonreí. Claro que no. Mi vecino nunca había sido el que ocupaba mis pensamientos. Era otra persona la que vivía en ellos.

—¿Nunca has pensado en volver a California? —me preguntó Paul—. Si quisieras regresar, ¿qué te lo impediría?

Lo miré fijamente en busca de una respuesta. Tenía razón. ¿Qué me impedía volver a Los Ángeles?

«Allí no tienes techo. Te matará, o peor, te ignorará por completo. También puede que te secuestren...»

—Manhattan me ofrece una nueva vida. Regresar a Los Ángeles sería volver atrás —declaré con toda la convicción de la que fui capaz—. Y me gustaría avanzar, me gustaría pasar a otra cosa.

—¿Ya no lo quieres en tu vida?

Negué con la cabeza. No quería saber nada más de él, no quería amarlo. Me odiaba por seguir haciéndolo aunque hubiera pasado un año. A pesar de lo mal que me había tratado.

Atrapado en mi cabeza como un tumor, me mataba sin tocarme, sin hablarme, sin pensar en mí.

Como si nunca hubiera existido.

Todo era culpa suya.

Las diez de la noche

14 de enero.

Se parece a Isobel..., pero más estúpida. Con cara de bebé. Y yo odio a los niños.

Me pregunto qué edad tiene. Diría que es más joven que yo...

Había caído. Había vuelto a leer sus notas. Otra vez, desde el principio.

Estaba rota.

Dando un bocado al pastel que había comprado para mi primera fiesta de cumpleaños a solas conmigo misma, traté de contener las lágrimas. Las palabras escritas en esas hojas siempre me atormentaban.

Sabía que leerlas una y otra vez no me hacía bien, pero eran lo único que me quedaba de él. Y hoy lo necesitaba para no hundirme en la soledad.

—Feliz cumpleaños, Ella...

Es su segunda noche en mi casa, tiene pesadillas. Como yo. No me ha despertado, como le he hecho creer. No, estaba dando vueltas por el salón cuando la he oído gritar.

Tiene pesadillas.

En las páginas arrancadas de su libreta, me había dedicado a subrayar ciertos pasajes que hablaban de él. Pasajes que desvelaban algunos de sus secretos.

Sabía que no dormía mucho, y ahora entendía por qué. Como yo, era presa de pesadillas horribles. Una vez había tenido una mientras dormíamos juntos, pero no pensé que le sucediera frecuentemente. Al menos no tanto como a mí. Pero ¿cuáles eran sus demonios?

La noche en la que había escrito esas palabras fue la primera vez que me habló. Me había aventado un vaso de agua a la cara para que me despertara.

> *No los soporto. Tengo ganas de matarla porque me han obligado a quedarme con ella. Maldito Rick. Esta cautiva es más idiota de lo que pensaba. Pero, no lo niego, es estúpidamente guapo.*
>
> *Ella. Ella Collins.*

Podía oír su voz ronca a través de sus palabras, como una presencia en mi cabeza. Y odiaba esa sensación.

Me sequé la lágrima que descendía silenciosamente por mi mejilla. Decidí dejar de leer aquellas hojas, que me había aprendido de memoria a base de mirarlas. Un suspiro se me escapó de los labios cuando me levanté. Fui a comprobar la puerta y las ventanas antes de lavarme los dientes.

Mis ojos se clavaron en mi reflejo en el espejo. Estaba vacía. Nada de luz, nada de vida.

Ese sentimiento me carcomía. Me sentía inútil. Y lo era. No existía para nadie más en la faz de la Tierra.

Y nunca había sentido ese vacío tanto como en las fiestas de fin de año. Cuando todo el mundo se reunía con sus familias y sus seres queridos, mientras que yo me encontraba con mi televisión, sola. «Como siempre he estado.»

Tal vez por eso Asher no quería saber nada de mí. Él tenía a su familia, a sus amigos. Sus amigos, que se habían convertido en los míos.

Me había presentado a su hermana... Bueno, no había tenido

otra elección en ese momento. Pero ¿a quién le había presentado yo? «A nadie.»

Porque no tenía a nadie.

Se me hizo un nudo en la garganta. No soportaba el silencio. Mi cerebro hablaba demasiado porque trataba de llenarlo.

Me precipité hacia la televisión del salón y la encendí. No conseguía dormir sin ella. El ruido me tranquilizaba, porque el silencio me asustaba, porque mis pensamientos me aterrorizaban.

«Va a encontrar a otra persona. Alguien que merezca su amor. Alguien a quien amará.»

—Te presentará a sus padres, como todo el mundo hace... Le propondrás que se mude contigo, nadie te obligará...

No como conmigo.

«La amará.»

Se me escapó un sollozo mientras sacudía la cabeza. No. Tenía que dejar de pensar en él. En la forma en que iba a seguir viviendo su vida. En el hecho de que yo solo lo quería a él en la mía, pero él elegiría a otra persona con quien compartir la suya.

«¿Quién querría a una chica a la que han violado veinte hombres? Le doy asco. Me doy asco.»

Me faltaba el aire por culpa de los sollozos. Se había convertido en un ritual: llorar por mi vida de mierda y decirme a mí misma que el que pensaba que sería mi salvador me había fallado.

«Encontrará a alguien mejor que yo. No será difícil.»

—¿Por qué dejaste que te amara...?

Lo odiaba. Lo odiaba por su silencio. Por su indiferencia.

¿Por qué me había dado ese sobre?

¿Por qué, si era para prohibirme volver a hablarle? Leer las palabras de esas hojas, que soñaba con escuchar de su boca, era una tortura constante.

Una tortura a la que no podía dejar de someterme. Sus palabras mantenían vivos mis sentimientos por él de la manera más tóxica posible.

Pero no podía evitarlo.

No podía hablarle, me había bloqueado. Me había prohibido volver a su vida. Como si fuera lo peor que le hubiera pasado.

En cambio, él representaba a la vez lo mejor y lo peor para mí.

Lo odiaba. Lo odiaba con todas mis fuerzas. Odiaba mis sentimientos hacia él.

—Odio amarte...

3

Vecino

ASHER

Las ocho de la tarde. Los Ángeles

—¿Y tú qué prefieres? Yo los gatos, definitivamente.

—Prefiero que te calles la boca —espeté sin levantar la cabeza para mirar a mi nueva cautiva.

Heather había vuelto de su misión la noche anterior y, carajo, no la había extrañado. Sus preguntas, sacadas de una página web de mierda que había leído, me fastidiaban de una forma que podría llamarse artística. Y no había hecho más que empezar.

La había conocido unos meses antes. Heather quería trabajar para mí, pero Kiara me había prohibido contratarla con el pretexto de que no debía tener otras cautivas después de ella.

Cosa que, evidentemente, me animó a hacerlo.

«Y todos los días, en cuanto abre la boca, me arrepiento de mi decisión.»

—Si tuvieras que hacer una sola cosa antes de morir, ¿cuál sería?

—Meterte un balazo en la cabeza. Eso sería divertido.

—Qué lindo —suspiró ella.

«Y pensar que odiaba la presencia de Ella...»

Decidí no contestar, como con Ben. Acabaría callándose tarde o temprano. Se me escapó un ligero suspiro de entre los labios cuando terminé por fin con las malditas firmas que me habían dejado los dedos hechos una mierda.

Me froté los ojos. Empezaba a sentirme cansado y necesitaba un cigarro.

—Voy a ausentarme unos días —informé, y sentí que su mirada se posaba sobre mí.

Estaba decidido a recuperar lo que era mío. No podía ser de otro modo. «Ese tipo no volverá a ponerle los ojos encima.»

—¿Adónde vas? —se atrevió a preguntarme.

—No es asunto tuyo —respondí con un tono glacial antes de sacar un cigarro.

—Mi anterior propietario no era tan reservado...

Solté una risita malvada. ¡Qué atrevida!

—Tienes la puerta abierta, Heather. Tu contrato está en mi cajón, puedes hacerlo pedazos en cualquier momento —le recordé aspirando la nicotina a la que era adicto—. No te necesito. No te atrevas a pensar lo contrario.

Tragó saliva, pero no dijo nada. Me reí.

«Mi ángel habría respondido algo. Heather es demasiado previsible.»

Suspiré cuando oí que se abría la puerta. Había dos posibilidades: Kiara o Ben. Ninguna de las dos opciones me entusiasmaba.

—¡Amigo, amigo, amigo!

Ben. Por supuesto.

Irrumpió en mi oficina visiblemente nervioso, como si acabara de huir de una persecución. Frunció el ceño de inmediato. ¿Por qué estaba así?

—He perdido las llaves de casa —me informó sin aliento—. ¿Tienes la copia?

Suspiré, exasperado. No me sorprendía.

—En casa de tu novia —respondí encogiéndome de hombros.

Se tocó la frente y le echó una ojeada despectiva a Heather cuando la vio. No le tenía mucho aprecio.

—¿Cuándo tenemos que irnos? —preguntó Ben con preocupación.

—Cuando vuelva Ally de su misión —contesté, y aplasté la colilla en el cenicero—. Si no tienes tus cosas, no es problema mío. Ve a ver a Grace.

Ben suspiró y salió de mi oficina. Bajó a toda prisa las escaleras y cerró la puerta al salir.

—¿Quieres cenar? —me propuso Heather.

—No, no tengo hambre.

Puso los ojos en blanco mientras le acariciaba la cabeza al costal de pulgas, quien dormía en el sofá de mi oficina.

—¿Lo trajo ella? —preguntó con aquella voz que llevaba una hora fastidiándome—. ¿O tú?

«Genial.»

—¿No te han enseñado nunca a no meterte donde no te llaman? —espeté mientras me levantaba—. Te prohíbo que me hagas preguntas sobre ella, ¿entendido?

Heather frunció el ceño, contrariada. Hacía muchas preguntas sobre mi ángel para ser alguien que no había llegado a conocerla. Incluso Kiara contenía las ganas de mencionarla cuando Heather andaba cerca. A la cautiva le gustaba husmear en lugares donde tenía vetado hacerlo y Ella era su mayor prohibición.

—Y si... ¿nos vamos los dos a divertirnos? —murmuró la cautiva acercándose a mí—. Como la última vez...

Me rodeó el cuello con los brazos y yo esbocé una mueca. Me la había cogido hacía unos días, pero lo único que me había empujado a hacerlo había sido la ira acumulada a lo largo del día. Necesitaba algo más aparte del boxeo y del tabaco para calmarme.

—Estuvo muy bien...

En cuanto rozó mis labios con los suyos, mis pensamientos se llenaron de otros ojos azules.

«Carajo, otra vez no.»

—Quita —le ordené.

Los ojos de Heather, que al principio brillaban excitados, me observaron sin entender nada. Sus iris parecían apagados en comparación con los de mi ángel.

«Sus ojos..., mi debilidad.»

La aparté de mí y salí de la oficina resoplando y enojado. «Maldición, ¿por qué sigo pensando en ella?»

Me perseguía y eso me irritaba. Ella me irritaba. Era mi maldición, una maldición de la que no conseguía deshacerme.

Bajé corriendo las escaleras, entré en mi habitación y puse el seguro. De nuevo, reviví ciertas escenas en mi cabeza. Aquí la había besado. Aquí habíamos dormido juntos.

Mi cama la reclamaba y todavía podía sentir la dulzura de sus labios sobre los míos. Mi cuerpo la deseaba. Yo la deseaba. Era incapaz de imaginármela con otro. «Y menos aún con el imbécil de su vecino.»

Mis ojos se posaron en mi maleta, que llevaba más de una hora preparada. Iba a hacer un viajecito a Manhattan. No podía permitir que me la quitaran.

«Puede que esta vez se haya topado con una buena persona...»

—Vete a la mierda, Kiara —refunfuñé al recordar sus palabras.

No podía quedarme de brazos cruzados mientras un imbécil trataba de ligársela. Por otra parte, no quería que se enterara de que eso me afectaba por miedo a que se vengara por lo que la había hecho sufrir. Sabía que ella podía hacerme sucumbir.

Era consciente de que esperaba una disculpa, pero mi ego era demasiado desmesurado como para arrodillarme ante su puerta y pedirle perdón por haberla apartado de mí de un modo tan cruel y por haberla despedido. Por haberle hecho sentir que todo era falso, que no me importaba.

Eso era precisamente lo que yo quería que pensara. Quería que sufriera lo suficiente como para odiarme. Porque no me la merecía, ni a ella ni a su amor.

«Entonces, ¿por qué no la dejas? Porque no soy capaz.»

Me atraía como un puto imán y no podía separarme de ella.

«Soy una persona tóxica. Siempre lo he sido.»

Ese pensamiento me irritó. Fruncí el ceño mientras sacaba un cigarro de la cajetilla, que ya casi estaba medio vacía. Inhalé la nicotina con los ojos cerrados. El tabaco me calmaba, era mi única escapatoria a la cólera que no lograba canalizar.

«Como la última vez.»

Ella nunca tendría que haber visto esa faceta de mi persona y, sin embargo... A pesar de que estaba aterrorizada, se había quedado. Como si yo fuera importante para ella.

«Le dabas lástima, eso es todo.»

Apreté la mandíbula ante esa idea. Ella conseguía jugar con mis pensamientos sin tan siquiera estar aquí. Me tenía despierto durante horas. Agotaba mi cerebro, que se pasaba el tiempo creando escenarios que quizá no se producirían nunca. Que, seguramente, no sucederían jamás.

A pesar de lo mucho que me arrepentía y de que tal cosa era la fuente de mi melancolía, no volvería con ella. No se merecía esta vida, era demasiado peligrosa.

«Pero te niegas a verla en la vida de otro.»

Sí.

Al día siguiente, nueve de la mañana. Manhattan

—¿Cuál es el plan? —me preguntó Ben—. No sabes ni cómo se llama ni qué aspecto tiene.

No sabía qué quería ni qué debía hacer para alejarlos al uno del otro. Apreté los puños cuando me los imaginé hablando en casa de ella.

«Voy a quitarlo de en medio.»

—¿Por qué no quieres dejarla vivir su vida?

—Porque es mía —declaré ignorando su sonrisa traviesa—. Y si me entero de que le ha puesto aunque sea un solo dedo encima, vas a tener que llamar a nuestros hombres para que se lleven el cuerpo.

—¿Tienes idea de cómo vas a matarlo? —me preguntó Ben mientras se acercaba a la ventana de nuestro departamento—. Porque creo que hay alguien en su casa...

Mi corazón se saltó un latido y luego empezó a funcionar a una velocidad que rara vez alcanzaba. Me levanté de un salto. Me hervía la sangre.

«Ese bastardo va a volver pronto al infierno.»

Me acerqué a Ben. Se me contrajo violentamente la mandíbula y se me oscureció la mirada cuando vi un tipo con una gorra en el balcón.

«Es mía, carajo.»

—Baja —le ordené a Ben—. Baja enseguida y sácalo de su casa.

—Pero...

—¡Que bajes! —grité sin poder contenerme—. Si me hago cargo yo, lo mataré.

No podía apartar la mirada de su cuerpo. Ella mantenía cierta distancia con él. Por suerte.

Ben iba a intervenir. Tenía que intervenir.

Me alejé del ventanal y me pasé una mano por la cara respirando pesadamente. Sin poder evitarlo, le di un puñetazo a la pared más cercana.

«Dolor para aliviar la cólera.»

Se me escapó un grito de rabia mientras me jalaba con fuerza del pelo.

«Maldición, no tiene derecho.»

Mi celular vibró sobre la mesa y me acerqué para ver el nombre que aparecía. «Tía Gemma.» Me temblaba la mano.

«¿Por qué me llama la madre de Ben?»

—¡Hola, Ash! —saludó alegremente.

—Hola —suspiré examinándome los nudillos enrojecidos por el golpe.

Cerré los ojos y respiré hondo para intentar calmarme.

—No habrás olvidado lo de la semana que viene, ¿verdad?

—No puedo olvidar nada si no sé de qué me hablas —repliqué con sarcasmo.

Ella suspiró.

—Hemos organizado una velada en memoria de tu tío. Dentro de unos días será su cumpleaños... Le encantaba que nos reuniéramos. Como no viniste al funeral...

Rick. Pronto haría un año que nos había abandonado. Un año desde que se había suicidado después de que en casa de mi padre encontráramos pruebas de que Rick era el padre biológico de William y que llevaba desde el principio trabajando con él. Había participado en el asesinato de su propio hermano y se había pasado años cogiéndose a su mujer.

«Normal que no asistiera a su funeral después de lo que hizo.»

La semana siguiente habría cumplido cincuenta y ocho años.

—Ya veremos —gruñí con impaciencia.

—Sabes que tu presencia significa mucho para nosotros...

«Sí, claro que sí. Solo soy su fuente de ingresos, bola de cabrones.»

—Sí, sí —respondí rápidamente mientras caminaba de un lado a otro.

Quería que se callara, no me importaba su puta velada. Quería que el tipo que había abajo se largara de casa de Ella. «Voy a estamparlo contra la puerta antes de arrojarlo al vacío, carajo.»

—Gracias, ya...

Tras colgarle con la palabra en la boca, me miré el puño herido con una mueca. Detestaba el poder que tenía la ira sobre mí. En cuanto salía a la superficie, no era capaz de controlarme.

«Sin embargo, ella lograba disiparla.»

Aquella noche, cuando había estado a punto de arremeter contra ella, mi ira la había aterrorizado. Se había echado a temblar, víctima de un ataque de ansiedad. No había conseguido hablarme, ni siquiera mirarme.

Y cuando vi sus ojos..., su miedo..., algo cambió. Sin darme cuenta siquiera, me había calmado.

«Te tiene miedo. La destruirás. Ella no se merece vivir así.»

La segunda vez fue la noche que vinieron aquellos mercenarios a matarme. Entonces vio otra faceta de mi personalidad. Mi odio a mí mismo. Los había asesinado a sangre fría mientras había sido incapaz de matar al que merecía morir. William.

Saber que seguía vivo me ponía enfermo y cada asesinato que yo cometía se volvía contra mí recordándome que todavía no había logrado matarlo.

Aquella noche la había necesitado como nunca había necesitado a nadie. Necesitaba agarrarme a ella como un ancla para no sucumbir ante la ira. Sentirla cerca para calmarme y ahuyentar el odio. Ella tenía el mismo efecto sobre mí que el tabaco.

—¡Oye, te estoy hablando!

Ben chasqueó los dedos delante de mi cara y volví a la realidad.

—¿Qué?

—No he entrado —informó Ben con una mueca—. Solo es un técnico..., creo.

«¿Lo cree?»

Corrí hacia el elevador con mi primo pisándome los talones.

Ben ni siquiera estaba seguro de que fuera un puto técnico, así que no podía permitir que ese payaso se quedara un segundo más con ella. Pulsé el botón del piso donde vivía sin hacer caso de las protestas de Ben. Mis pensamientos eran demasiado intensos como para que pudiera escucharlo.

Una vez abajo, oímos una voz de hombre en la distancia.

—Mañana vendré para traerle la pieza que hay que cambiar.

¡Encima iba a volver el día siguiente! «¿Quién es este técnico? ¿Por qué tiene que venir dos veces? ¿Por qué no ha traído la pieza hoy?»

—Le acompaño al elevador —dijo la dulce voz de mi ángel.

Nervioso, pulsé el botón de mi piso rezando porque las puertas se cerraran a tiempo. Acababa de comportarme como un imbécil. Una vez más.

Ante la risa burlona de Ben, apreté los dientes y los puños.

—Si dices algo, no voy a ser capaz de controlarme —lo amenacé.

Sin poder esconder mi nerviosismo, golpeaba el suelo del elevador con el pie. Simplemente, no podía afrontarlo. Toda esta mierda por culpa de un maldito técnico que tenía que venir dos veces. Dos. Una ya era demasiado.

Y lo peor es que ni siquiera era su vecino. Entonces, ¿quién era el vecino? ¿Qué quería de ella? ¿Por qué le interesaba?

De vuelta en nuestro departamento, me metí en mi habitación y me dejé caer sobre la cama. Se me escapó un resoplido de frustración y me entraron muchas ganas de fumar.

Saqué un cigarro y lo encendí para que el humo me llenara los pulmones. A la tercera calada, por fin me relajé. Odiaba la sensación de no tener el control, de ser un mero espectador en la película de su vida. A pesar de que había hecho todo lo posible por sacarla de la mía, no lograba ceñirme a esa decisión.

Sí, había mentido. Estar conmigo no la ponía en peligro. Probablemente, estaba mucho más segura que en cualquier otro lugar de la Tierra. El verdadero motivo era que no quería enamorarme. En cuanto se fue, estaba seguro de que podría olvidarme de ella. Pero no..., ya estaba enamorado.

Demasiado enamorado.

Eso me aterrorizaba. No conseguía sacármela de la cabeza. Mi corazón reclamaba su presencia a gritos mientras que mi cerebro lo ignoraba para tratar de protegerlo.

Ella tenía ese poder sobre mí, un poder que me hacía perder los papeles. Maldición, ninguna chica había provocado nunca ese efecto sobre mí. Sin ni siquiera intentarlo, sin desearlo, me tenía totalmente a sus pies.

De modo que sí, la había alejado de mí porque tenía miedo, miedo de ella y de lo que podía hacerme. No podía evitar compararla con Isobel. Sin embargo, Ella era totalmente diferente de esa zorra. Era diferente de todas las personas que había conocido. Incluida Heather.

«Ángel mío...»

Sentía por aquella chica una admiración sin límites. Ella había sufrido en la vida, igual que yo. Había sacrificado su vida, igual que yo. Ella tenía sus demonios y yo los míos.

Sin embargo, ella no era como yo. Era más fuerte, más humana de lo que yo había sido nunca. Mi Ella era un ángel entre los demonios que había a mi alrededor. El mundo la había destruido, pero eso no la había hecho cambiar, había seguido siendo ella misma.

No como yo.

Yo era un puto monstruo. Me había vuelto cruel y lo peor era que no veía ningún problema al respecto. Pero con ella no me hacía falta serlo. No debía romperla, no debía mancillarla, era un ser lleno de pureza.

Sin embargo, lo había hecho.

La había destruido por mi egoísmo de mierda, por mi maldito miedo a enamorarme por culpa de lo mucho que me odiaba a mí mismo. No me la merecía. Ella valía más que un tipo malvado que no había dudado en destruirla para protegerse. Un tipo que aliviaba sus penas haciéndole daño, que no conseguía controlar la ira.

Ella se merecía algo mejor que yo. Y yo lo sabía.

«Tengo que olvidarla.»

«Es lo mejor para ella.»

«Tengo que dejar que pase página.»

—¡Ben! —grité desde mi habitación—. Prepara tus cosas, nos largamos.

4
Proposición

ELLA

El aire era glacial. Temblando como una hoja, giré la cabeza hacia todos los lados, pero siempre veía lo mismo. La nada. Mi instinto me gritaba que escapara. Se me aceleraron las pulsaciones en cuanto las risas resonaron como un eco en ese espacio vacío y oscuro.

Esas risas. Mis demonios.

A lo lejos, divisé un haz de luz y empecé a derramar lágrimas de alivio. Con un temblor en los labios, comencé a correr hacia la claridad.

Una puerta abierta. El final del túnel.

Asher.

Vi su silueta. Podía reconocerla entre un millón.

Las risas y los murmullos se acercaban a mi cuerpo cansado. El pánico y el instinto de supervivencia me consumían, me dolía todo.

Me dolía mucho.

—No te escaparás...

Un grito de terror salió de mis labios cuando sus manos me agarraron del pelo y el cuello. Me vi obligada a acelerar el paso para alejarme de sus sucios dedos.

—Te va a encantar...

—Me recuerdas a mi hija... y tengo ganas de besarla...

Mis sollozos se volvieron cada vez más descontrolados y sentí que la bilis me subía a la garganta. Sin embargo, seguía teniendo los ojos clavados en la silueta de Asher. Iba a salvarme. Debía salvarme.

Me lo había prometido.

Una mano me agarró del hombro. Me deshice de ella lo mejor que pude, pero, en una fracción de segundo, todo se detuvo a mi alrededor. Acababa de cerrar la puerta. Me había dejado fuera, sola. Con ellos.

—¡Ábreme! Te lo suplico, ¡Sálvame!

Grité desde lo más profundo, pero no salió ninguna palabra por mi boca, que ahora estaba completamente cubierta por esas manos feroces. Eran cada vez más, me quitaron la ropa, y sentí que sucumbía.

Iba a morir bajo sus dedos. A ahogarme. Iban a matarme.

—Ayúdame... Asher...

Me desperté sobresaltada. El cuerpo me temblaba de manera tan violenta que no podía controlarme. Mi corazón estaba al borde de un infarto, el pecho comprimido, y apenas tenía aliento.

Me parecía que me iba a morir.

«Estoy a punto de morir.»

Me dolían los músculos por la tensión. No podía ni tragar saliva.

«Ella, ha sido una pesadilla. Solo una pesadilla.»

Me intenté tranquilizar como pude, porque sabía que estaba sufriendo otro ataque de pánico y que mi instinto de supervivencia me había paralizado. Mi cuerpo y mi cerebro se enviaban un mensaje: no podía moverme. No debía moverme. Como hacía con ellos.

Pero tenía que romper con ese círculo vicioso.

«Ya no hay nada que temer.»

«Estoy lejos de ellos. Estoy a salvo.»

Mi cuerpo acumulaba toda mi ansiedad y estaba sometido a mis miedos. Debía actuar. «Debo actuar.»

Poco a poco, cerré los ojos para calmar la respiración. Las palabras de mi terapeuta me vinieron a la memoria:

«Inspira profundamente y cuenta hasta cuatro. Aguanta la respiración durante un segundo y espira lentamente contando otra vez hasta cuatro».

Apliqué los consejos de Paul, aunque con dificultad. Mis pensamientos enmarañados y mi respiración errática no lo ponían nada fácil, pero debía hacerlo.

«Estás sufriendo un ataque de pánico. No vas a morir. Todo irá bien. Debo concentrarme. Inspira..., aguanta..., espira. Repite.»

Lentamente, mi respiración se calmó y las lágrimas empezaron a deslizarse por mis mejillas. Me sentía orgullosa de lo que había logrado.

«Lo has conseguido. Continúa, no pares.»

Tras unos minutos interminables, retomé por fin el control de mi cuerpo.

—Se ha terminado...

Me repetí esa frase varias veces para escucharla mejor. Era una batalla continua que debía librar todo el tiempo. Desde hacía un año, se había convertido en algo atroz. No había nadie que me despertara, nadie que me ayudara. Estaba sola contra mis demonios, mi ansiedad y mis terrores nocturnos. Mi cuerpo me sacaba del sueño cuando sentía que iba a morir. En un instinto de supervivencia, hacía que se me acelerara el ritmo cardiaco.

Al principio, no me quedaba paralizada durante los ataques. Tenía suficiente control sobre mi cuerpo. Pero ahora era como si ya no fuera dueña de mí misma. Como antes.

«Como en casa de John.»

Mis ataques eran cada vez más violentos y menos manejables. Me hacían perder la razón, volvían a mi cuerpo en mi contra, y esa batalla silenciosa que libraba contra mí misma era cada vez más dura.

Iba a perder. Iba a perderme en esa guerra contra mis malvados y sádicos demonios. Esperaban a que me durmiera para atormentarme, esperaban a que bajara la guardia para volver. Para recordarme que formaban parte de mí, que mi cuerpo todavía les pertenecía.

Incluso en la distancia.

Paul me había asegurado que algún día dejarían de hacerlo. Pero que para conseguirlo debía ser fuerte y retomar el control.

Pero ¿era fuerte? No lo creía.

Era débil. Tenía esa necesidad visceral de saber que podía contar con alguien para ayudarme, y eso obstaculizaba cruelmente mis ganas de avanzar sola por los oscuros senderos de mi alma.

A pesar de todo, esta seguía intacta. Ardía en mi interior y solo pedía liberarse de sus cadenas, de mis miedos. Mi miedo a fracasar, a no ser más que esa chica débil a la que la gente utiliza como quiere. Esa a la que nadie da importancia, a la que nadie pide consejo. Esa que debe sucumbir a los deseos de otros y dejar de lado sus necesidades.

Esa chica era yo. Al menos una parte de mí.

Sin embargo, me negaba a seguir viviendo en su piel. Me odiaba. Me daba asco.

Se me hizo un nudo en la garganta a medida que el odio hacia mí misma me inundaba, ese odio que no hacía más que crecer día a día, cuando veía a gente feliz a mi alrededor.

Una vez, por curiosidad, había ido a un parque. Terrible error. Me había sentido minúscula frente a la multitud y, cuando una mirada se había posado en mí, había sentido la llegada de un ataque de pánico. Pero quería observar. Quería sentarme en el césped y estar en un lugar que no fuera mi casa.

Me acordé de aquella chica que se iba de pícnic con su amigo. Se tomaba fotos, se impregnaba de los rayos del sol. Era guapa y estaba llena de vida, con ese tipo de risa contagiosa que te arranca una sonrisa, que puede hacerte feliz.

Ella encarnaba la vida y la juventud que yo nunca había tenido.

Me pregunté qué se sentiría ser una chica como ella. Qué se sentiría disfrutar de cada instante sin preguntarse siempre lo mismo: ¿soy suficiente? ¿Soy importante?

Sus ojos brillaban, los míos estaban vacíos. Yo también quería disfrutar de cada minuto. Pero en ese momento, lo único que podía hacer era observarla vivir. Y odiarme todavía más al hacerlo.

Se me escapó un sollozo y me acurruqué en mí misma para sentir mi propio calor. Me sentía sola.

Muy sola.

Volvía de hacer las compras. Por primera vez, me había acompañado mi vecino. No hace falta decir que mi ansiedad nunca había alcanzado niveles tan altos.

La idea de sufrir un ataque de pánico delante de él y de la gente y tener que darle explicaciones me ponía histérica.

Nunca me había hecho preguntas sobre mi pasado, solo sobre lo que estaba haciendo ahora (y daba las gracias a Kiara, que me había aconsejado que le dijera que me dedicaba al *trading*. Ni siquiera yo sabía lo que era).

Mi vecino solía hablar de sí mismo y de su trabajo, que le molestaba más que otra cosa. De hecho, habíamos tenido que ir a hacer las compras a unos cuantos kilómetros de nuestro edificio porque no le gustaba llamar mucho la atención.

—Listo —declaró mientras me ayudaba a guardar las compras.

Con una sonrisa, cerré la alacena. Yo también había terminado. Habíamos comprado muchísimas cosas porque no me quedaba nada en casa por culpa de mi miedo a salir.

—Este paseo me ha caído muy bien —me confesó con una sonrisa encantadora—. Siempre he vivido en un ambiente muy extravagante por culpa de mi trabajo, se agradece pasar tiempo con una persona humilde.

Asentí. No sabía qué responder a eso. Me hacía sentir incómoda.

—Por cierto, Ella..., me preguntaba si tienes algún plan la semana que viene.

«Imagínate que te invita a cenar. Oh, no...»

—No, ¿por qué?

—Me gustaría... pedirte un favor —admitió con una mueca—. Sé que te va a parecer raro, y ya sabes que no tienes por qué aceptar...

—Pero aún no me has pedido nada —dije entre risas. Él se rio y se rascó la nuca antes de continuar.

—Como ya te he dicho, desde... desde que me separé de mi ex, mi familia no para de darme la lata con que me busque a otra persona...

Hacía varios meses que mi vecino vivía aquí. Se había separado de su mujer y le había dejado su antigua casa antes de mudarse aquí para reinventarse.

Por lo que me había contado, su familia juzgaba mucho sus decisiones y estaba sometido a mucha presión por su parte. Esto me hacía pensar en Asher.

Pero, en este caso, su familia era mala. Se aprovechaban de él para llenarse los bolsillos.

—Tengo un... Tengo una reunión familiar dentro de poco, y me gustaría mucho... que me acompañaras. Sé que es raro dicho así, pero...

Hice una mueca. Seguramente quería que fingiera ser su novia para mostrar que había pasado página.

—La velada será en Manhattan. No tendré que desplazarme a otro país —me dijo en un murmullo.

—No sé...

No me gustaba la idea. No me gustaba tener que enfrentarme a desconocidos y hablarles de mí: simplemente no tenía nada que decirles.

Las cosas que me habían convertido en lo que era no se podían comentar en público.

—No tienes por qué responder ahora —me dijo precipitadamente—. Solo piénsalo... Sería para mí un honor que me acompañaras a esta velada... Además, estoy seguro de que mi familia te adoraría.

—Ese no es el problema —dije reticente—. No estoy cómoda con desconocidos...

—Si eso es todo, no te preocupes. Nosotros, los Scott, sabemos hacer sentir cómoda a la gente —exclamó Shawn.

El corazón dejó de latirme por un instante.

Shawn... Scott.

No conocía el apellido de mi vecino. A decir verdad, solo sabía que trabajaba en una empresa de renombre. «Espera un momento...» Ben me había hablado de una empresa en Manhattan dirigida por sus primos. Shawn... era él. Era él quien dirigía la Scott Holding Company. La SHC.

Claro.

El estómago se me revolvió en todas direcciones y abrí los ojos como platos.

Shawn, mi vecino, era Shawn Scott..., el primo... de Asher.

Me aclaré la garganta para disimular mejor la sorpresa y le pregunté con falsa curiosidad:

—¿Habrá mucha gente? Por lo que me has contado, son una familia muy grande...

Asintió con la cabeza.

—Seguramente... Es una reunión bastante importante para nosotros, pero no sé si mis primos de Los Ángeles vendrán... Preferiría que no lo hicieran.

Los Ángeles. Asher.

«Maldición.»

—¿Ah, sí? —dije con el ceño fruncido.

—Sí, Benjamin no me molesta, pero Ash... Es el más peligroso e insolente de mis primos, por no hablar de su monstruosa arrogancia —suspiró sacudiendo la cabeza—. Estoy seguro de que envidia todo lo que tengo... Al mismo tiempo, no me entiendo con él.

Estaba de acuerdo con él en lo de «insolente» y «monstruosa arrogancia». Asher era la personificación de esos dos términos. Pero me contuve de morirme de risa frente a Shawn. «¿Asher Scott envidiar a Shawn? No me hagas reír.»

«Carajo, era realmente su primo.»

Se me tensaron las entrañas mientras las manos me empezaban

a temblar ligeramente. No dije nada de lo que acababa de descubrir por miedo a que Shawn me preguntara de qué conocía a Asher. Eso implicaría hablar de mi pasado, cosa que siempre trataba de evitar al máximo.

Asher me perseguía como la peste. ¿Qué posibilidades había de que mi vecino fuera su primo?

Su celular sonó y se disculpó antes de responder.

Shawn era ciertamente muy amable conmigo, pero nuestras conversaciones frecuentemente giraban en torno a su trabajo y a los problemas que tenía con su mujer, sin olvidar su fortuna, que mencionaba con frecuencia. En realidad, era bastante egocéntrico. Pero no me molestaba, más bien al contrario: me convenía hablar solo de él.

«Demonios, Asher y Shawn son primos.»

Al día siguiente

A través del ventanal de mi salón, observaba en silencio los edificios de la ciudad. La vista era increíble, sobre todo por la noche. A veces, me quedaba en el balcón y dejaba que mi vista se perdiera sobre Manhattan, la ciudad que me acogía desde hacía un año.

No solía salir de mi vecindario. Tenía todo cerca y no me gustaba ir por la calle sola.

Mi departamento era espacioso, con una cocina y un salón inmensos, aunque era mucho más pequeño que la casa de Asher. Estaba pintado en tonos crema que armonizaban perfectamente con el mobiliario de madera, y el interior era luminoso gracias al ventanal, que, además, tenía cortinas.

Esa era la parte más bonita del apartamento.

Había dos habitaciones en el piso de arriba, así como dos cuartos de baño. Había elegido mi habitación por sus vistas panorámicas: ver el mundo sin acercarme a él hacía que me sintiera segura.

Por lo demás, no necesitaba mucho espacio. A decir verdad, las únicas habitaciones que realmente frecuentaba eran la cocina y el salón.

Con el paso de los meses, había aprendido a cocinar, y la verdad era que la calidad de mis platos iba mejorando. «Chef Ella a los fuegos. El otro tonto quemaba la pasta.»

Me reí de mi propia reflexión.

Ciertas cosas habían cambiado en el último año: empezaba a convertirme en una persona normal. Intentaba recuperar el tiempo perdido mejorando mi cultura general por recomendación de mi terapeuta, que había descubierto que desconocía los nombres de los planetas del sistema solar.

Sí, me había sentido muy avergonzada.

Así que leía libros, y en ese momento tenía una gran debilidad por la poesía. Hoy tocaba *El sol y sus flores*, de Rupi Kaur. Cada palabra, cada frase, se enlazaba perfectamente con él. Como siempre. Habitaba en mis pensamientos y se introducía en mi alma, dando vida a las palabras que leía.

Estoy bien
no
estoy enojada
sí
te odio.

Me encontraba en esos versos. A medida que pasaba las páginas, me acercaba a él. Mi fantasma.

Asher Scott.

Todavía no había respondido a la pregunta de Shawn... «¿Y si venía?» Estábamos hablando de Asher... Era imprevisible.

No quería volver a verlo. No tenía la valentía de afrontar cómo sus ojos grises me ignoraban, fingían que yo nunca había significado nada para él, mientras que para mí Asher representaba algunos de los mejores momentos de mi vida. Oír de nuevo su voz ronca que me atormentaba por las noches. Volver a ver sus cigarros, su chamarra de cuero, sus tatuajes, su pelo rubio alborotado. Y esa sonrisa burlona que me daba ganas de matarlo. Era mejor no empeorar mi tristeza.

Me preguntaba si sentía lo mismo que yo. ¿También se le paraba el corazón cuando alguien pronunciaba mi nombre? ¿Pensaba en mí tanto como yo pensaba en él? ¿Todo lo que veía le recordaba a mí? ¿Soñaba conmigo? ¿Todavía escribía sobre mí en sus libretas?

Un año. Un año sin aparecer por mi vida. Un año desde que había huido de mí como de la peste cuando yo le había abierto mi corazón.

Lo odiaba. Lo odiaba con todas mis fuerzas.

No tenía ni idea de si Asher estaba bien por culpa de su decisión de alejarme de él y obligarme a crear una nueva vida, alejada de todos, sin poder trabajar. Me había obligado a afrontar sola mis miedos y traumas.

Me había dejado tirada.

Sin embargo, cada noche, solo pensaba en él cuando me despertaba sobresaltada por mis pesadillas. Quería sentir sus brazos a mi alrededor, oír su voz ronca murmurarme que no iba a pasarme nada. Que estaba segura entre sus brazos.

Esos sentimientos, tan contradictorios, eran agotadores.

Mi celular vibró y se me dibujó una sonrisa en los labios.

—Ey, Kiara —saludé mientras cerraba el libro—. Estás despierta a las seis de la mañana, qué novedad.

—Son exactamente las nueve y media, estoy agotada —resopló—. ¿Me abres?

El corazón me dio un vuelco. ¡Estaban aquí, en Manhattan! Justo en mi puerta.

Salté por encima del sofá y me apresuré a abrir. Kiara estaba allí de pie, con los ojos brillantes. Se abalanzó sobre mí y me abrazó con fuerza. Su olor me embargó mientras sonreía como una tonta.

Mi amiga estaba aquí.

—¡No me avisaste que ibas a venir! —exclamé mientras la invitaba a entrar.

Con una pequeña maleta en la mano, cerró la puerta y dijo:

—No, porque no lo tenía previsto. Ni siquiera Ash sabe que estoy aquí. Lleva enojado desde ayer por la noche. Lo he evitado al máximo para que no me ponga más trabajo.

La volví a abrazar, su presencia había eliminado toda sensación de soledad.

Tenía que hablarle de Shawn... Debía saber si él pensaba venir.

5

Del gran Asher Scott

ELLA

Habíamos pasado el día fuera, por las concurridas calles de Manhattan, mirando escaparates y bebiendo *macchiatos*. Me encantaba pasar tiempo con Kiara. Era la burbuja de felicidad que me faltaba en mi monótona vida cotidiana.

Desde la llegada de mi amiga, todavía no había tenido ocasión de hablarle de Shawn. Y ella no me había mencionado al psicópata. Sin embargo, tenía que sacar el tema. Quería respuestas.

—Kiara...

Con la mirada fija en un *reality show* cuyos participantes eran terriblemente escandalosos y con una taza de chocolate caliente en los labios, emitió un suave «hum».

—Ya... Ya te hablé de mi vecino, ¿verdad? —pregunté con una mueca—. Pues resulta que me ha invitado a una velada familiar.

—¡Vaya, sí va rápido el vecinito! —Rio y tomó un trago de chocolate—. Más o menos como él.

Señaló con el dedo a uno de los participantes de *The Bachelorette.* A Kiara y a Ally les encantaba ese programa, que tenía mucho éxito en todo el país.

—Es un Scott, Kiara.

De repente, se atragantó con el chocolate caliente y me miró con los ojos como platos. Se le tensó todo el cuerpo.

—¿Cómo...? ¿Cómo se llama? —me preguntó, desconcertada—. Por favor, no me digas que se trata de Shawn...

Ahora me tocó a mí quedarme paralizada. Se me formó un nudo en el estómago.

Se le escapó una carcajada al verme la cara, que delataba mis pensamientos. Su risa se transformó rápidamente en una carcajada incontrolable.

Me quedé perpleja. No sabía cómo interpretar su reacción.

—¡Este año va a ser IN-CRE-Í-BLE! —exclamó antes de dejar la taza y ponerse a dar saltos de emoción en el sofá—. Ella, ¿de verdad él es el vecino que te envía flores?

Asentí con la cabeza. De nuevo, una risa incontrolable se apoderó de ella mientras yo permanecía perpleja.

—¡De todos los tipos que hay en Manhattan te has topado con el más egocéntrico!

Negué con la cabeza mientras esbozaba una sonrisa.

«Viví bien con la personificación de la vanidad durante cuatro meses y medio.»

—¡Y de todos los tipos que hay en la Tierra te has quedado con el que más detesta Ash!

Así que Asher detestaba a Shawn. Y a Shawn tampoco le gustaba demasiado Asher.

«Qué simple.»

—Supongo que le habrás contado que tenía un pretendiente —suspiré al ver el brillo de sus ojos.

Kiara no pensaba guardar el secreto.

Me había dicho que le sacaría esa «carta» en cuanto fingiera que yo no le importaba. Ahora estaba casi segura de que ya se la había sacado.

—Sí, pero no creo que te haya olvidado. Aunque no lo confesará nunca, le atormenta saber que le gustas a alguien.

Arqueé una ceja. Qué atrevimiento. Pero no podía creerle al cien por cien. A veces, Kiara no veía las cosas tal y como eran, y eso arruinó todas mis esperanzas.

—Vi que le cambiaba la mirada en cuanto pronuncié la palabra *pretendiente*. Sentí ciertos... celos en el aire.

No pude evitar echarme a reír. ¿Celos? ¿Él?

Kiara estaba diciendo tonterías. Era imposible que el gran Asher Scott sintiera celos de alguien. Menos aún de Shawn. «Deja que me ría.»

Mi ira empezó a dispararse. Si Kiara decía la verdad, él no tenía vergüenza. ¡Lo odiaba! Conseguía ponerme nerviosa aun sin dirigirme la palabra.

—Ash y Shawn siempre han sido muy... competitivos —me confesó tras aclararse la garganta—. Desde que eran pequeños, lo llevan en la sangre y siempre ha habido tensión entre ellos. Uno dirige la empresa oficial y recibe elogios de la familia. El otro hace de jefe de la dinastía en la banda, que genera muchos más beneficios que la otra empresa de mierda, pero no recibe ningún tipo de consideración por parte de la gente a la que le llena los bolsillos.

La escuché atentamente, deseosa de aprender más de su relación, que me estaba dejando perpleja.

—Hace poco, me enteré de que el imbécil de Shawn se había separado de su mujer —suspiró, exasperada—. Estoy segura de que quiere invitarte por eso. Solo pretende quedar bien delante de la familia.

Correcto. Kiara lo había entendido todo.

—Shawn me da náuseas con sus aires de «mi vida es mejor que la tuya». Su actitud de superioridad es insoportable para todos, menos para él.

Nunca había tenido esa imagen de Shawn. A pesar de ser un poco egocéntrico, no me trataba mal. ¿O tal vez sí y no me había dado cuenta?

—Por poner un ejemplo: Ash es rico. Muy rico. A pesar de que es vanidoso, no se siente superior a los demás. Bueno, al menos no a todos los habitantes de la Tierra.

Asher se sentía superior a algunas personas, sobre todo a los hombres que trabajaban para él y a sus enemigos. Tenía ese aire arrogante que tanto me molestaba, pero contaba con buenos motivos para mostrarse así... El psicópata era endiabladamente guapo. ¡Sí! Y tenía el cuerpo tan bien definido que parecía casi irreal.

Asher sabía que tenía poder, un poder enorme con el que podía seducir y conseguir lo que quería con un chasquido de dedos. Con una sola mirada.

A pesar de todo, nuestras conversaciones nunca se habían centrado en él. Era reservado, demasiado misterioso. Se lo guardaba todo para sí mismo y odiaba que hablaran de él. Por el contrario, Shawn casi se molestaba si hablábamos de algo que no fuera su persona.

—¿Qué le has contestado? —me preguntó con curiosidad.

—Todavía no le he dicho nada —suspiré, desesperada—. Para ser sincera, quería hablarlo primero contigo. No se me antoja ir...

—¿Sabes que nosotros también estaremos allí? —confesó con una sonrisa—. Es decir..., a nosotros también nos han invitado. Si estar a solas con los Scott te da miedo, que sepas que Kiki estará ahí. ¡Y Ben y Ally!

Me dio un abrazo. Kiara iba, así que probablemente él también.

—Y... Asher... ¿irá?

Hizo una mueca. Asintió y me confesó en voz baja:

—Lo cierto es que, ya que estamos hablando de él..., se ha negado a que vengas. La familia se reúne todos los años en Nueva York para celebrar el cumpleaños de Rick. A él le encantaba celebrarlo en la mansión de Robert... Gemma, la madre de Ben, quería incluirte en la lista porque conociste a Rick, pero Ash le dijo que no —me explicó en voz baja.

Asher había decidido por mí una vez más. La sangre me hirvió.

Estaba enojada por todos los esfuerzos que hacía para mantenerme lejos de él, para que no volviera a verlo nunca.

Carajo, no había cambiado nada.

—Tengo ganas de aceptar la invitación de Shawn solo porque él no quiere que vaya.

Me sonrió con malicia, dejando claro que quería que aceptara para fastidiarlo. Cada vez me resultaba más difícil ignorar mis deseos de ir.

—¿Qué haces mañana?

—Tengo cita con Paul a las tres de la tarde, pero antes nada.

—Por cierto, ¿qué tal va con él?

—Bien —contesté sonriendo—. Sus consejos me ayudan mucho. Le agradezco a Cole que me pasara su número. Ahora ya no hace falta que venga tan seguido.

—Dale las gracias a Ash por ello —respondió mi amiga—. Él es el que le dijo a Cole que viniera tantas veces como fuera necesario para comprobar si te encontrabas bien. El señorito estaba preocupado por ti.

Se me formó un nudo en la garganta y se me crisparon los nervios. Ya estaba harta de que se comportara de un modo tan contradictorio conmigo.

«¿Así que no quiere que forme parte de su vida y evita todo tipo de contacto conmigo, pero me envía un médico porque está preocupado? Sí, eso suena como a él. El gran Asher Scott.»

—Una vez más, Collins, no creo que te haya olvidado —declaró Kiara mientras se levantaba—. Evita verte porque está aterrorizado, lo veo en su mirada. Lo conozco. Si fuera tú, aceptaría la invitación de Shawn aunque el tipo sea un menos doce entre diez. Nunca me ha caído bien, pero si verte con Shawn puede ser la bofetada que por fin haga reaccionar a Asquer... Es muy competitivo. Siempre han sido como... rivales.

Suspiré. ¿Por qué el único hombre que se había interesado por mí era el rival del dueño de mi corazón? Me sentía dividida entre las ganas que tenía de ir a ese evento y el impulso de negarme para huir del ambiente tan tenso que se iba a formar allí. Sin embargo, desde que Kiara me había dicho que Asher no quería que fuera, me sentía más inclinada por la primera opción.

Kiara se estiró y bostezó. El programa se había acabado.

—Creo que voy a ir a acostarme —murmuró—. Estoy muy cansada y apenas he dormido en los dos últimos días por culpa del trabajo.

—Yo también creo que voy a subir —contesté.

Comprobé, aliviada, que la puerta de entrada estaba bien cerrada.

Una vez frente al espejo del baño, con la piyama en la mano, contemplé mi reflejo, que delataba mis noches agitadas. Las ojeras me llegaban hasta las mejillas y me resaltaban los pómulos porque había perdido peso. Me toqué la mandíbula observando los estragos de la ansiedad sobre mi piel y me volvteé hacia el otro espejo, el que reflejaba mi cuerpo delgado.

«Pareces un cadáver. Estás horrible.»

Cerré los ojos y silencié aquella voz interior que solo aumentaba mi enojo conmigo misma.

Hice una mueca pensando en las palabras de Kiara. No me gustaba tener que utilizar a Shawn, pero... quería desobedecer las órdenes de Asher Scott. Quería encontrarlo desprevenido y sentarme delante de él. Así, por mucho que no quisiera verme, se vería obligado a hacerlo.

Y quería averiguar otra cosa: en qué consistían exactamente los supuestos celos de Asher.

Kiara me había dicho que estaba celoso de mi vecino, pero ¿qué pasaría si se enteraba de que era su primo? Vería que había pasado página, que había perdido a una mujer que estaba dispuesta a amarlo...

«Que todavía lo ama, aunque es un detalle sin importancia.»

Y si eso no le afectaba, quería que al menos se arrepintiera de haber perdido a la última cautiva que tendría nunca. Porque sí, sabía que Asher no había tomado a otra cautiva después de mí. No es solo que Kiara me lo habría dicho, sino que lo había escrito en sus notas:

Si Ella deja de trabajar conmigo, no querré tener otra cautiva. No podré tenerla. Ella puso un límite difícil de superar.

Y eso era todo.

6
Mentiroso

ASHER
Las tres de la madrugada. Los Ángeles

Estaba mirando el techo con el ceño fruncido. Llevaba dos días sin conseguir calmarme. Desde que había oído su voz. La ira, la frustración y unas ganas enfermizas de volver a su vida solo para alejarla de su vecino crecían cada vez más.

No soportaba saber que alguien estaba cerca de ella. Simplemente, no soportaba saber que ella estaba cerca de otro hombre.

Nunca había pensado en ello, verla con otro, pero la llegada de ese tipo al que ni siquiera conocía me sentó cayó como un baño de agua fría.

Una imagen se negaba a salir de mi cabeza, una imagen creada completamente por mi cerebro, que no dejaba de jugar con mi ansiedad.

Ella, con otro.

«Carajo.»

Mi corazón perdió el control al mismo tiempo que mi imaginación. «Sus manos sobre ella...»

Me levanté de un salto y exploté al imaginarlo besándola.

—Hola, rubito.

La voz de Heather me llegó a los oídos justo en el momento

perfecto. Me rodeó la nuca con los brazos mientras yo cerraba los ojos. La imagen de Ella regresó a mi mente como un *boomerang*, y una ola de ira se adueñó de mí.

«¡Sal de mi puta cabeza!»

Agarré la mandíbula de Heather violentamente y junté nuestros labios. Sus manos, que estaban sobre mi cintura, me quitaron la camiseta.

«Como él estará haciendo con la suya...»

—Demonios —maldije antes de presionar los labios contra los suyos con aún más fuerza.

Tenía que sacarla de mi cabeza.

Heather dejó escapar un gemido de sorpresa cuando la empujé sobre mi colchón. Mi cuerpo se pegó al suyo con la esperanza de borrar esa imagen de mi mente. Sentí sus labios junto a los míos, unos labios que no me provocaban ningún sentimiento. Me obligué a intensificar nuestro beso para intentar que me removieran por dentro. Como me había sucedido con ella.

Pero mi ira seguía siendo palpable, mi cuerpo estaba lleno de ella.

La respiración irregular de Heather llenaba la habitación, y la mía se volvió más agitada. Quería más. Más para olvidarla.

Pero, cuando le levanté la falda, un pensamiento me confundió durante una milésima de segundo.

«¿Y si... se enteraba de que tenía una cautiva?»

—Me importa una mierda —gruñí para mis adentros mientras hundía las manos en las caderas de Heather.

«Una cautiva a la que además me estoy cogiendo. Nunca podría recuperarla...»

Me detuve en seco y la cautiva se puso encima de mí. Se colocó a horcajadas y empezó a quitarme el cinturón.

«Imagina su reacción cuando se entere... No podrás guardar el secreto mucho más tiempo...»

—Levántate.

Heather se quedó quieta y me observó sorprendida, cosa que me molestó todavía más. Se mantuvo impasible durante unos segundos antes de intentar quitarme el cinturón de nuevo, así que exploté.

—¡Carajo, he dicho que te levantes! —grité, haciendo que se sobresaltara.

Me obedeció poniendo los ojos en blanco y salió dando un portazo. No lo conseguiría. Ella no sabía que tenía una nueva cautiva, le había prohibido terminantemente a Kiara que se lo dijera. No se atrevería.

Porque, en su lugar, no lo habría soportado.

Me pasé la mano por la cara y resoplé de frustración. Había decidido atormentarme hasta la muerte.

«Maldición, ¿y si se enteraba?»

No podía saber que Heather era mi cautiva, no iba a saberlo.

«¿Qué más te da? Debe seguir adelante, y tú también.»

No quería seguir adelante. Esa chica me había marcado de una forma desconocida para mí, y no conseguía pasar página, a pesar de que había hecho todo lo posible por alejarla de mi vida. Se negaba a marcharse.

«Su vecino la mira como tú solías hacerlo...»

Apreté los puños con fuerza. Nadie debía mirarla como yo lo hacía. Nadie debía desearla tanto como yo.

«Debes dejarla ir. Se merece algo mejor que tú.»

Me palpé los bolsillos del pantalón en busca de mi cajetilla de cigarros. Me di la vuelta y la encontré sobre la mesita de noche. Me fumé un cigarro en pocos segundos, dejando que la nicotina me calmara mientras me dañaba los órganos. Pero me daba absolutamente igual.

Todo en mí estaba dañado. Mi alma estaba contaminada, mis ojos habían visto demasiadas cosas oscuras; con el paso del tiempo, tenía cada vez más sangre en las manos. Ya no quedaba nada de mi corazón, mi cerebro mandaba por él.

Era un puto monstruo. Destruía a la gente que me rodeaba, no merecía su amor. No entendía nada... ¿Cómo podían quererme? ¿Después de todo lo que les había hecho?

Me había dado su corazón y yo lo había roto en mil pedazos. Esa noche, había visto su rostro desencajarse, la imagen seguía grabada en mi memoria. Esa misma noche en la que había estado a punto de recibir una maldita bala por mí.

Y yo la había apartado de mi lado. Porque tenía miedo. Porque me aterrorizaba más que ninguna otra cosa en el mundo. Tenía un poder sobre mí que nunca nadie había tenido, ni siquiera la zorra de Isobel.

Me había protegido como si fuera la cosa más valiosa de su vida, y había comprendido que lo era.

«¿Y qué he hecho? La he echado...»

La había echado porque era incapaz de creer que pudiera amarme. La había abandonado porque sabía que iba a destruirla. Porque destruía todo lo que tocaba. Era demasiado preciosa, demasiado para un chico como yo. Nunca podría cuidarla como merecía.

«Su vecino podría...»

Gruñí solo de pensarlo. Nadie podría. Se había entregado a mí, me había confiado sus demonios. Se había permitido ser vulnerable. Se sentía segura conmigo.

Era el único que la hacía sentir segura. Y lo sabía.

—Me vuelves loco..., ángel mío —suspiré clavando la mirada en el techo.

Debía tomar una decisión. O volvía a su vida, y, carajo, recibía un buen castigo, o la cedía a otra persona. Pero eso estaba fuera de toda discusión.

Y, aunque había decidido irme de Manhattan, seguía siendo un maldito indeciso cuando se trataba de ella. Simplemente no lograba tomar una decisión porque, por una vez, no estaba pensando al cien por ciento con el cerebro.

Y eso era lo que más me asustaba.

Al día siguiente...

—Entonces —recapituló Ben—, ¿quieres recuperar a Ella por culpa de su vecino? Pero, al mismo tiempo, ¿no quieres porque tú eres tú?

Asentí. «Efectivamente.»

—Si su vecino no hubiera aparecido, ¿te habrías planteado recuperarla?

Resoplé molesto.

Maldición, claro que me lo habría planteado, incluso sin él. Pero el estúpido de su vecino era mi motivación principal. ¿Eso me convertía en un desgraciado? Nunca había pretendido no serlo.

—Imagínate que se entera de que solo has vuelto con ella porque tienes competencia.

—¿Quién se lo va a decir?

Ben soltó una carcajada.

—Bueno, compañero, en ese caso, empiezas con muy mal pie. Lo que digo es que sería mejor que fueras a Manhattan y te disculparas. O que desbloquearas su número y la llamaras.

«No me atrevo. Me hace perder la cabeza.»

—Debes darte prisa, porque mientras hablamos ellos probablemente estén...

—No —respondí con un tono mordaz—. Cállate de una vez.

Le dediqué una mueca de asco, y la imagen que llevaba días intentando apartar de mi mente volvió una vez más. ¿Y si le parecía atractivo? ¿Y si era amable y cuidadoso con ella? No como yo.

Un gruñido se me escapó de entre los labios. Cerré los ojos y me apreté las rodillas con las manos. Esa historia me afectaba más de lo que nunca hubiera pensado. Saber que estaba con otro me molestaba más de lo que mostraba. Y, demonios, provocaba un efecto en mí mucho mayor de lo que jamás hubiera imaginado.

«Ella..., tal vez no te merezco, pero no puedo dejar que acabes con otro.»

—Ash —me llamó Ally, que entró en la habitación—, ¿te puedo hacer una pregunta? ¿Te han informado de un ingreso de veintidós mil dólares?

Me enderecé en mi asiento negando con la cabeza. Ally se cruzó de brazos y declaró:

—¿Te acuerdas de la última vez? Desaparecía dinero de las cuentas primarias...

Asentí.

—Bueno, pues está volviendo a suceder. Ayer por la tarde hice un ingreso de veintidós mil dólares y fui a comprobar si el dinero había sido transferido a la cuenta —comenzó Ally, fuera de quicio—. Los contadores no sabían nada. ¡No lo habían recibido! ¡Te juro que ingresé el dinero!

Ben inspiró profundamente para reprimir las ganas de bajar a meterle una bala en el cráneo de uno de mis contadores.

Carajo, mi tío Richard seguía tocando las cuentas sin informarme.

—Seguramente sea él —me dijo Ben, que había pensado en la misma persona—. El año pasado... era él... Al fin y al cabo...

Ben sabía que, a pesar de lo que Richard había confesado en la reunión, él no había robado todo el dinero. Sabía que Sabrina también se había llevado una parte. Seguía sin entender por qué Richard Scott se había declarado culpable de un robo que no había cometido en su totalidad.

Todo ese tema me enfureció todavía más. De hecho, llegó en un buen momento. Necesitaba desahogarme con alguien, y Richard iba a ser mi víctima.

—Ben, encárgate de los contadores. Hazles entender que, si no encuentran el dinero antes de mañana por la mañana, los mataré con mis propias manos.

Mi primo asintió y se levantó, su cautiva siguió sus pasos. Juntos, salieron de mi oficina.

Unos instantes después, Heather entró en la habitación con una gran sonrisa orgullosa en los labios. No se parecía en nada a Ella. Tenía la piel transparente y un pelo castaño mucho más claro que el de mi ángel. Incluso sus ojos, aunque ambas los tenían azules, eran diferentes. Los de mi ángel brillaban con esa ínfima chispa de vida de la que los de Heather carecían. Mi corazón había sucumbido ante esos iris. Era perfecta. Todo en ella era perfecto. Sus labios me volvían loco y su cuerpo, maldición...

«Debes olvidarla.»

«No. Debes recuperarla.»

—¿Me estás escuchando?

Cerré los ojos y sacudí la cabeza. No había seguido ni una palabra de lo que me estaba diciendo. Aunque rara vez la escuchaba. Suspiró exasperada y repitió:

—Decía que he encontrado los nombres de los tipos a los que buscabas, sus direcciones e incluso las de sus familias. Hay uno que tiene un casino en Las Vegas. Es de los que desconfía de sus clientes. Va siempre acompañado de sus guardaespaldas y adora jugar al poker.

Tomé las carpetas que Heather había dejado sobre la mesa preguntándome a quién asesinaría primero. Había un bastardo que se divertía espiando la actividad de mi red y estableciendo vínculos con mis hombres. Claro que me habían informado, pero detestaba que me vigilaran.

«Aquí lo tenemos.»

Era el propietario del casino. Perfecto.

—¿Nos vamos a Las Vegas? —me preguntó con ojos brillantes.

—Yo iré —la corregí—. Sin ti. Tú llamarías la atención y arruinarías mi plan.

Cruzó los brazos contrariada.

La ignoré y seguí leyendo la información que la niña que tenía delante había desenterrado.

—Me han dicho que ese se ha comprado un castillo en Montecarlo y que deja...

Montecarlo. Sin duda, la época en la que más ganas había tenido de cogérmela en mi cama.

Era juguetona, quería hacer que cediera. Y lo había conseguido, varias veces.

Pero lo que Ella no sabía era que no necesitaba jugar para conseguir que le tuviera ganas. Cuando estaba a mi alrededor, me daba más baños fríos de lo que ella pensaba.

—Y ese tiene una red de tráfico de seres humanos bastante importante.

Señaló a otro y también me entraron ganas de matarlo con mis propias manos.

Esbocé una mueca de asco y se me tensaron los dedos sobre su ficha. Ese tipo de cosas me daba náuseas. Y, carajo, Ella había formado parte de ese mundo durante años. Podía ver los estragos en mi ángel, John la había destrozado.

Así que yo había acabado con él.

Lo había matado porque detestaba saber que ese tipo de desechos trabajaban para mí, sí, pero también porque no soportaba cómo había tratado a mi ángel. No podía soportar verlo tan tranquilo cuando ella estaba muerta en vida.

De hecho, me había desplazado personalmente para acabar con él delante de sus submierdas, fue maravilloso.

Me estaba fumando un cigarro con la mirada clavada en la casa frente a mí. De modo que allí era donde había estado atrapada todos esos años. Ese era su infierno.

—Espérame, no tardaré mucho.

Salí del sedán y avancé lentamente hacia esa casa terriblemente vieja. Maldición, al menos podría darle una mano de pintura, ¿no?

Los hombres que estaban de pie en la terraza abrieron los ojos como platos cuando me vieron. El primero entró en la casa y el otro se enderezó, listo para hacer uso del valor que no tenía.

—¿Dónde está John Kray? —pregunté directamente.

—Está... Está dentro y...

—Eso es todo, voy a entrar —lo interrumpí.

Ese imbécil de dos por dos metros tragó saliva y asintió enérgicamente antes de abrirme la puerta.

Hice una mueca al encontrarme con varios hombres sentados en el sofá con jeringas en la mano. Dos de ellos se levantaron de inmediato. Sus rostros palidecieron a medida que el mío se ensombrecía.

El olor me provocó náuseas: una mezcla de drogas, tabaco y vómito.

Comprendí por qué olía a vómito cuando mi objetivo se acercó a mí. Se limpió la boca con la manga mientras tosía. Sus mejillas hundidas y su rostro devastado por los efectos de las drogas que consumía me provocaron otra mueca de asco.

Él había sido su dueño durante todo ese tiempo. Tenía miedo a los hombres por su culpa.

Los huesos de su rostro sobresalían a causa de lo delgada que tenía la piel. Me lanzó una falsa sonrisa de bienvenida y descubrió así sus dientes amarillos, pero su mirada desvelaba el pánico que sentía.

—Señor Scott. Es un... ho-honor tenerlo aquí —tartamudeó. Llevaba horas sin beber. De lo contrario, no habría tenido miedo—. ¿Hay algún... problema?

—Fuera —solté a los demás hombres, que parecían estar viendo una puta película.

—Ey, amigo, tranquilízate —dijo entre risas uno de los yonquis que seguían sentados.

Esbocé una sonrisa mezquina y saqué mi arma antes de apretar el gatillo. Una milésima de segundo después, tenía una bala entre los ojos.

Mi ira se intensificaba más con cada instante que pasaban inmóviles y aturdidos.

Apunté con el arma a los tres restantes, listo para disparar al siguiente. Mi rabia comenzaba a pesar más que mi paciencia, y no apostaba por la vida de ninguno de ellos.

—¡He dicho quese largen! —grité—. Y llévense a su amigo con ustedes.

Asintieron rápidamente y se llevaron el cuerpo del bastardo que se había atrevido a asumir que era «amigo de John». Mi ego había recibido una buena paliza.

Cerraron la puerta tras ellos. Por fin a solas, el futuro muerto y yo.

—Siéntese.

—No, no estoy aquí para hablar —solté con expresión seria.

Tragó saliva y me interrogó con la mirada mientras retiraba toda la mierda que había sobre la mesa. Dios, era repugnante.

—¿A qué d-debo el honor de s-su visita, señor Scott?

Le picaban los brazos, su cuerpo ansiaba más droga.

—La cautiva.

Vi cómo se ponía tenso y su rostro se volvía más blanco que la cocaína que aspiraba. Esperaba que hubiera comprendido que se había convertido en mi cautiva. Y que iba a morir por lo que la había hecho sufrir.

—¿Quiere... devolvérmela?

Tardé un segundo en arrugar los ojos. ¿Era eso lo que pensaba?

—No tiene ningún tipo de formación... ¿Cómo pudiste ganar dinero gracias a ella?

—Es... Es muy inútil. Intenté llevarla a alguna misión conmigo, pero siempre ha sido muy imbécil —bromeó nervioso.

Mentiroso. Nunca había trabajado como cautiva antes de convertirse en la mía.

—¿Dormía aquí?

Asintió.

—En el sótano. ¿Quiere que se lo muestre?

Asentí y me invitó a seguirlo. Se me retorció el estómago cuando me abrió la puerta de una minúscula habitación.

Las sábanas estaban asquerosas, no había ninguna ventana y, carajo, la suciedad de las paredes me provocó una mueca de asco. Dormía allí. Mi Ella había dormido en ese agujero donde ni las ratas querían vivir.

—¿Cómo ganabas dinero gracias a ella? —repetí mientras sentí cómo mi ira iba creciendo.

—Ella... Tuve que buscar una alternativa, l-le había prometido a su tía que le daría trabajo para que pudiera pagar sus deudas con un vendedor, así que... Simplemente tenía que acostarse.

«Acostarse.»

Acostarse, carajo.

No dije nada, de modo que el drogadicto continuó:

—Yo... le pedí que entregara su cuerpo por su tía. Me dio su consentimiento, ¿eh? De modo que trabajábamos así...

Mentiroso. Puto mentiroso.

Si le hubiera dado su consentimiento, no habría sufrido un ataque de pánico al cruzarse con uno de ellos.

Cuando me invitó a subir, le cedí el paso.

—¿Su tía pagó todas sus deudas?

—Sí, el primer año. Le dije que podía irse, pero quiso quedarse conmigo. El dinero fácil le gustaba, ya ve...

Su tía había pagado sus deudas y Ella no lo sabía. Había pasado seis años allí atrapada mientras su tía había pagado la totalidad de sus deudas el primer año.

La ira empezaba a pesar en mi interior y la poca sangre fría que me quedaba acabó de disiparse cuando volví a mirar al hijo de puta que había destrozado a Ella.

Mi ángel estaba hecha pedazos por su culpa. Le había mentido, la había utilizado.

—¿Te das cuenta de que eres un padrote, John?

—¿Yo? ¡No! Me dio su consentimiento. Señor Scott, ella quería. Cada vez pedía más. Nunca la forcé... Le gustaba.

Se me entrecortaba la respiración y las extremidades me temblaban de la rabia. Estaba hecho una furia.

—¿Estás seguro? —pregunté una última vez.

Asintió.

—Bien. Solo quería asegurarme —terminé antes de dirigirme hacia la puerta—. Me voy ya.

Como había previsto, me siguió. Fuera, sus hombres estaban drogados, casi dormidos. Observé sus manos, no había ni rastro de armas. Y aunque las hubieran tenido, ninguno se habría atrevido a disparar. Era un suicidio.

Me di la vuelta y estrellé con fuerza el puño contra la mandíbula de John. A partir de ahí no pude parar.

Sus palabras se repetían en bucle en mi cabeza mientras le daba puñetazos en las costillas. La violencia de mis golpes se multiplicó cuando recordé a mi ángel y sus ataques de pánico. John intentaba defenderse como podía, pero estaba como en trance. Yo no pensaba en nada más que en matarlo con mis propias manos. Aquel tipo cayó al suelo y seguí desahogándome con él. Era mejor que un saco de boxeo, carajo.

Saqué mi arma y apreté el gatillo, una bala en la garganta.

Su respiración ruidosa y ahogada me llegó a los oídos. Me coloqué sobre él y apunté la pistola hacia su frente. Mi cuerpo temblaba lleno de rabia, la adrenalina corría como un río por mis venas. Una gota de sangre se deslizó por el borde de mi nariz y aterrizó en mis manos ensangrentadas.

—Nunca dijo que sí, la utilizaste y la destrozaste. La mataste. Y ya conoces el lema de los Scott: una vida por una vida. Soy la última persona que verás, y eso es un privilegio para ti, hijo de puta.

Luego una segunda bala fue a parar a su cráneo.

Mi ángel no merecía todos los sufrimientos que había vivido. Ningún ser humano lo merecía, ni siquiera yo. Pero podía matar para aliviarla. No podía curarla, pero quería ayudar.

Excepto que, mientras tanto, lo único que hacía era huir de ella. Era hora de que tomara una decisión.

7
Decisión

ELLA
Dos días después

Kiara se había ido el día anterior y me había dejado sola con una decisión que todavía no había tenido el valor de tomar. Una parte de mí me gritaba que no escuchara esa vocecita vengativa que me murmuraba al oído que aprovechara la oportunidad de obligarlo a enfrentarse a mí.

Mis planes de pasar página acababan de ser devorados por mi sed de venganza, que era cada vez más fuerte. Cada vez más devastadora.

Tenía que enseñarle que había seguido adelante, aunque no fuera cierto. Aunque tal cosa implicara mentirme a mí misma. Además, quería demostrarme que no estaba loca por pensar que no le era indiferente, que todo lo que siempre había intentado hacerme creer no eran más que las mentiras que contaba tanto para sí mismo como para mí. ¡Sus notas me daban la razón!

> *Ella se ha caído a la piscina cuando se ha enterado de que las cautivas que tuve antes que ella están muertas. Pero, ay, tesoro, sería demasiado fácil matarte a ti...*

Me intriga. Por primera vez, hay una persona en la faz de la Tierra que me intriga. No es fácil de descifrar. Hay muchas cosas que no entiendo de esta chica. Y eso me molesta.

No me gusta esta curiosidad que siento, no me gusta mi deseo de saber más sobre ella. Mierda, la observo dormir y espero. Quiero oír sus pesadillas. Quiero calmarla.

Sabía que no estaba loca, que Asher me miraba mientras dormía. Y desde mucho antes de que me diera cuenta. Por las noches, quería conocer cuáles eran mis demonios, quería calmarme. Sin embargo, por las mañanas me despreciaba. Me rechazaba como si no fuera nada.

Y, un año después, fingía haberme olvidado, pero o carcomían los celos.

«Este jueguecito se ha acabado, Scott.»

Una sonrisa traviesa se me dibujó en los labios. Quería ver con mis propios ojos cómo sus celos lo sacaban de quicio.

Sería nocivo, pero necesario.

Existía un riesgo, el riesgo de que me ignorara y no demostrara nada de lo que me había dicho Kiara, de que me lanzara de cabeza contra una pared de acero, de que me destruyera una vez más y acabara con todas mis esperanzas.

No obstante, era el único modo que tenía de poder pasar página. Tal vez una última muestra de indiferencia por su parte me empujara a odiarlo definitivamente y a empezar a pensar en otra cosa.

Me sentía culpable por ocultarle mis verdaderas intenciones a Shawn, pero no podía decirle que iba a aceptar solo porque su primo era un psicópata que pensaba que podía controlar hasta mi presencia.

Me pasé la mano por el pelo y suspiré.

—¿Por qué siempre tienes que ponerme en este tipo de situaciones?

Distraída, rocé con los dedos el sofá de terciopelo en el que estaba recostada mientras observaba el techo de color blanco. Necesitaba hablar con Paul. Me servía de confidente, a pesar de que le pagaba por escucharme.

—¿Me estás diciendo que quieres aceptar la invitación de Shawn para desmentir las palabras de Asher?

—No, para retomar el control —reformulé levantando el dedo índice—. Él ha ido siempre un paso por delante. Ya no quiere verme y yo adoro el efecto sorpresa.

—¿Qué crees que va a hacer?

—No lo sé —respondí cerrando los ojos—. Por una parte, puede que me ignore como lleva un año haciendo..., pero, por otra, quiero que reaccione. Y puede que lo haga por culpa de Shawn.

—¿Por qué quieres que reaccione?

—Porque eso significaría que no le soy indiferente —contesté con sencillez.

—¿Y por qué no quieres serle indiferente?

Solté una risita burlona.

—Porque todavía lo quiero... Por cierto, tengo una pregunta.

Me invitó a planteársela con un gesto de mano.

—¿Cree que va a reaccionar?

Se me quedó mirando e inspiró profundamente.

—No estoy en posición de responderte. Puede que la percepción de tu amiga sea errónea. Puede que no sienta nada o puede que sienta algo. Algo que no consigue controlar.

—Eso no me ayuda —suspiré.

Se rio suavemente.

—Lo que quiero decir es que debes juzgarlo tú misma. No puedes confiar en lo que te dice tu amiga. Esta velada podría ser la ocasión de descubrirlo.

La situación me provocaba ansiedad.

—¿Cree que he tomado una buena decisión? —pregunté girándome hacia él.

—No hay decisión buena o mala. En ambos casos, sacarás algo de esta experiencia, Ella —respondió mi terapeuta—. Si no reacciona ante tu presencia, podrás renunciar por fin a él y pasará a formar parte de tu pasado.

No estaba preparada para aceptar que se convirtiera en un vestigio de mi pasado. A decir verdad, me daba miedo no volver a sentir nunca más lo que había sentido por él, me daba miedo que él fuera el único capaz de hacerme sentir algo tan especial.

Había sido el primero en muchos sentidos. A pesar de todo, me aferré a la imagen que tenía de él: un hombre introvertido bajo cuyo caparazón había una persona que había sabido entenderme y escucharme como nadie lo había hecho nunca. Era una faceta que me había mostrado muy pocas veces..., pero que era real.

—¿Crees que se merece que te vengues demostrándole que has pasado página? —preguntó Paul.

—¿Se puede considerar venganza si le da igual?

—¿Estarías dispuesta a hacerle daño por rencor, Ella?

Me enderecé y lo miré fijamente sin saber qué contestar. No, no quería que sufriera... si es que eso realmente le afectaba. Sin embargo, sabía que la vocecita vengativa de mi cabeza no iba a callarse así como así.

Él había rechazado mis sentimientos como si fueran lo más horrible que había oído en la vida. Y era la primera vez que yo le confesaba esas palabras a alguien, unas palabras que ya nunca más podría repetir por culpa de la reacción que había tenido, de su tono, de su voz y de su mueca de disgusto.

Había sido horrible.

—Sí —afirmé sintiendo que el resentimiento tomaba la delantera—. Se lo merece.

Mi terapeuta me dirigió una mirada elocuente: según él, no era lo mejor que podía hacer. Pero, sinceramente, quería que se sintiera culpable, puesto que había tomado la decisión de hacerme sufrir.

—¿Qué me aconseja que haga?

Se aclaró la garganta y reflexionó.

—Deberías ir —respondió con seriedad—. Aunque sea por hacerle un favor a tu amigo. Pero también por ti. Esta ocasión marcará el final o el principio de una nueva etapa en su relación, Ella.

Una sonrisa de satisfacción me estiró los labios. Era exactamente lo que quería oír.

—Dicho esto, deberías ser sincera con Shawn.

La sonrisa se me borró de golpe.

Al día siguiente

No había pegado ojo en toda la noche. Me había pasado horas reflexionando e imaginándome miles de escenarios que revivían una y otra vez mis más violentas angustias. El nudo de mi estómago crecía a cada minuto mientras me debatía entre la razón y el corazón.

No podía anticipar su reacción, lo que hacía que tuviera aún más ganas de ir. Uno de los dos ganaría en el reencuentro. Uno de los dos saldría de allí con el ego reforzado.

Eso me recordó nuestro viaje a Mónaco, donde había empezado el jueguecito del ego, un juego ardiente que había iniciado yo para destruir la imagen falsa que Asher se había hecho de mí.

Me daba la sensación de que aquel jueguecito iba a volver a comenzar, pero, en lugar de ardiente, iba a ser glacial. Tenía intención de ignorarlo, de hacer como si no existiera. De provocarlo con mi mera presencia. Lo conocía lo suficiente para saber que no soportaba que lo ignorara.

Y si Kiara decía la verdad y él veía que hacía caso a todos menos a él... iba a sentir lo que era ser ignorado. Esperaba que lo de esa noche lo afectara, que se diera cuenta de que ya no me importaba tanto como antes. Más bien, de que ya no me importaba en absoluto.

«Oh, Asher Scott, tengo la intención de demostrarte que ya no tienes ningún tipo de control sobre mí.»

Se me formó una bola de emoción en el vientre. Además, hacía mucho tiempo que no veía a todo el mundo reunido. Extrañaba terriblemente oír discutir a Ben y Kiara mientras Ally, con un tono maternal muy propio de ella, los regañaba.

No obstante, faltaría alguien y su ausencia se haría notar. Los Scott habían perdido a un pilar de la familia con la muerte de Rick.

No había vuelto a verlo desde antes de que me fuera, pero le estaría eternamente agradecida por lo que había hecho por mí. Él me había sacado de mi infierno para hacerme entrar en uno más llevadero.

Asher era mi diablo. A pesar de que, irónicamente, desde aquella noche, me llamaba su ángel.

«¿Temes por mí, ángel mío?»

Aquella noche había descubierto una nueva faceta de Asher. Todavía podía sentir su rabia, su respiración agitada, su cuerpo temblando de ira. Las pupilas grises que tanto me habían impactado. Me acordaba de todo, absolutamente de todo.

«No tengas miedo de mí, por favor.»

—¡Odio los sentimientos que despiertas en mí! —murmuré admirando las torres que había frente a mi edificio—. Pero pienso hacerte sentir lo mismo...

Con una sonrisa traviesa en los labios, busqué el número de mi vecino.

Iba a aceptar. Estaba decidido. Asher no iba a poder evitar que nos viéramos.

—¡Ella!

—Hola, Shawn —dije—. Quería... darte una respuesta.

—¿Sí?

—De acuerdo. Pero... ¿tengo que hacerme pasar por tu novia?

—¡No! No estás obligada... Les diré que eres mi vecina y una amiga muy cercana —respondió—. Tengo muchas ganas de presentarte a algunos miembros de mi familia.

No podía ser mejor. En cuanto les dijera que yo era su vecina, Asher sacaría conclusiones rápidamente.

No iba a hacer caso del consejo de Paul. Aunque me sentía culpable por la idea de ocultarle mi plan a Shawn, no quería que estuviera al tanto. Eso significaría tener que contárselo todo y no se me antojaba en absoluto.

—¡Perfecto! Tengo que irme —me dijo—. Te enviaré a mi estilista para que te busque el vestido perfecto, si quieres. ¡Hasta el viernes!

—No es necesario —respondí sacudiendo la cabeza—. Hasta el viernes.

Colgué con una sonrisa.

El celular volvió a vibrar y en la pantalla apareció el rostro de Kiara.

—¡Hola!

—¡Hola! Has llamado en el momento justo.

—¿Has respondido a su invitación?

Su tono emocionado hizo que se me ensanchara la sonrisa. Estaba impaciente.

—Sí. Y he aceptado.

Un grito de alegría me atravesó el tímpano y me reí por la reacción de entusiasmo de mi amiga. Iba a volver a ver a todo el mundo.

—¿Estás nerviosa? —me preguntó.

—No demasiado.

Todavía no tenía los nervios en su punto más alto. Tal cosa pasaría en cuanto llegara a casa de Robert Scott, en cuanto oyera la voz de Asher.

Cuando volviera a ver sus ojos.

—¡Me muero de ganas! —exclamó Kiara—. Necesito ver cómo reacciona.

Una sonrisa afloró a mis labios. Mi amiga quería que se arrepintiera y yo también. Tal y como había dicho Paul, saldría ganando en ambos casos: podría acabar de romperme para volver a sanar o bien... podría devolverle todo lo que me había hecho sufrir multiplicado por cien.

«Bienvenido a tu infierno personal, Asher. Te deseo una agradable estancia en Manhattan.»

8

Lista

ELLA

Tres días. Habían transcurrido tres tranquilos días desde que había tomado mi decisión.

Los había pasado calculando cuánto me quedaba antes de enfrentarme a la tormenta de Asher Scott. Y hoy era la gran noche.

Un escalofrío, mezcla del miedo y la emoción, me recorrió la piel, y una sonrisa se me dibujó en los labios mientras releía algunas de sus frases.

Tiene ese maldito efecto sobre mí, empieza a darme miedo. Ella empieza a darme miedo. Me di cuenta en Londres. Ella Collins..., ¿qué me estás haciendo?

Primer día en Mónaco: cuatro baños con agua fría. No pienso perder en este juego... Si mi ángel es demoniaco, yo también puedo serlo.

Todas esas palabras me hacían viajar atrás en el tiempo.

Nunca he deseado a alguien como la deseo a ella. La deseo. Cuerpo, corazón y alma. La deseo entera. Y la tendré. Perderá en su propio juego, pero lo que no sabe... es que yo ya he perdido...

E iba a perder. Otra vez. Me lo prometí a mí misma.

Asher Scott no volvería a tener ningún control sobre mí. Nunca más.

Nadie más lo tendría.

La he besado... La he besado esta noche. Lo peor... es que he sentido cosas que no quería volver a sentir nunca más. Maldita Ella. Por supuesto, la he apartado..., no habría tenido que suceder. Ha sido un error... Solo un error...

Sus palabras me hacían enojar, eran dolorosos recuerdos de todas las veces que me había besado, que me había rechazado.

Decidí dejar de leer y aliviar la presión haciendo unas cuantas respiraciones.

Kiara y Ally llegarían pronto. Ally no estaba al corriente de mis planes. Tenía muchas ganas de que yo fuera con ellas, pero, por supuesto, pensaba que Asher Scott había decidido que eso no iba a suceder. Kiara quería que se lo dijera yo misma.

—Ya no tendrás ningún control...

Me levanté del sofá. A medida que pasaban los minutos, mis niveles de estrés iban aumentando, igual que mi ritmo cardiaco. Iba a volver a verlo.

Iba a volver a ver a Asher Scott.

Mi teléfono vibró, era Kiara.

—¡Ya hemos llegado! —dijo entusiasmada.

Corrí hacia la puerta para abrirles. Ally saltó a mis brazos gritando de alegría y yo me eché a reír. La había extrañado mucho.

Kiara también me abrazó mientras Ally cerraba la puerta. Por fin habían llegado.

—¡Llegamos tarde! —exclamó Ally nerviosa—. Detesto que no

puedas venir por culpa del otro imbécil. Me habría encantado ayudarte a prepararte... como hacíamos antes.

Antes... siempre era ella la que me preparaba para las misiones o los eventos.

Kiara y yo intercambiamos una mirada maliciosa. Luego nos giramos hacia Ally, juguetonas. Ally arqueó una ceja.

—¿Qué?

De repente, su expresión cambió. Le brillaron los ojos y entreabrió la boca.

—¿Él... te ha dejado venir? —me preguntó mientras intentaba descifrar mi expresión.

—No, me ha invitado mi vecino.

—Y nunca adivinarías cómo se llama el vecino de Ella —continuó Kiara.

Ally se cruzó de brazos.

—¿Cuál es el primo al que Ash odia más? —le preguntó Kiara—. Sé que odia a todos, pero el que más desprecia...

Tras tres segundos de reflexión, Ally abrió los ojos como platos y su mandíbula casi tocó el suelo. Fruncí el ceño ante su estupefacción, la misma que Kiara había experimentado.

Yo no sabía nada sobre la relación entre Asher y Shawn. Tenía entendido que Scott detestaba a su primo. Solo que, al ver la reacción de las chicas, tuve la impresión de que había algo más.

—Esto es una broma...

—¡Ojalá lo fuera! —dijo Kiara entre risas mientras se encogía de hombros.

—¿Shawn?

Cuando Kiara asintió, Ally dejó escapar una risa nerviosa.

—Demonios... ¿Él lo sabe?

—Todavía no —le informé mientras me sentía cada vez peor.

No sabía cómo reaccionaría. Se trataba de Ash, era demasiado impredecible.

—¿Él es tu pretendiente? —preguntó Ally sorprendida.

Asentí. Shawn nunca había escondido la atracción que experimentaba por mí, cosa que me incomodaba, porque yo no sentía lo mismo.

—¡Creo que vamos a pasar la mejor velada del año! —soltó con los brazos en alto—. Estoy impaciente. Ella, vamos a prepararte.

Con un nudo en la garganta, sonreí. La había extrañado mucho. A todo ese pequeño grupo. A decir verdad, ellos eran lo mejor que me había pasado nunca. Las bromas de Ben, la locura de Kiara, la amabilidad de Ally.

«¿Y la voz del psicópata?»

No.

—¿Piensas dirigirle la palabra? —me preguntó Ally mientras subíamos las escaleras.

Negué con la cabeza.

—En absoluto. Eso es lo que quiere, ¿no? Que lo deje tranquilo. Pues es lo que haré.

—Sé de uno que la va a pasar muy mal en la cena —dijo Ally mientras entrábamos en mi habitación—. No soporta que lo ignoren.

—Imagina su cara cuando comprenda que no tiene la intención de mirarlo a los ojos —se burló Kiara antes de dejarse caer sobre mi colchón—. Ese bastardo se lo merece.

—Te apuesto cien dólares a que volverá a levantarse de la mesa para fumar.

En una cena familiar en Londres, aquella de hacía un año en la que había tenido que hacerme pasar por la novia de Kyle, había descubierto que Asher nunca se levantaba de la mesa durante una cena familiar. Siempre fumaba antes o después, pero nunca durante. Sin embargo, esa noche, se había levantado de la mesa para hacerlo.

—¿Quién está invitado? —pregunté mientras me sentaba en la cama.

Ally no paraba de sacar bolsas de su pequeña maleta.

—Sam y su prometida, Kyle, todos nosotros y algunos otros primos que no conoces. Sin olvidar, por supuesto, a todos los tíos y las tías.

—Es decir, mucha gente —suspiró Kiara mientras tecleaba algo en su celular.

—¿Has traído a Théo? —pregunté a Ally mientras ella seleccionaba varios vestidos de mi clóset que nunca había tenido ocasión de ponerme.

Asintió y me dijo con tono de burla:

—Ash y Ben están de niñeras arriba.

Abrí los ojos como platos y se me revolvió el estómago. ¿Cómo que «arriba»? ¿Asher estaba aquí?

—Su departamento está justo encima de este —precisó Kiara mientras hurgaba en las bolsas de maquillaje—. ¡La velada promete!

—Si ya lo detesta... —soltó Ally entre risas mientras examinaba los vestidos—. Cuando comprenda que Shawn es tu vecino y que te desea... Va a perder la cabeza.

La vocecita vengativa me susurró al oído que había tomado la decisión correcta. Quería ignorarlo toda la noche y darle ojo por ojo, pero también tenía la oportunidad de ver cómo los celos lo sacaban de quicio, de avivarlos haciéndole más caso a su primo que a él.

Asher era impulsivo. Aunque no había parado de decir que yo no significaba nada para él, que le daba igual, podía traicionarse a sí mismo con una reacción impulsiva.

Y ese era mi único objetivo, mostrarle que se estaba engañando, que estaba engañando a todo el mundo.

—¿En qué piensas? —me preguntó Ally mientras empezaba a maquillarme.

—En su reacción cuando entienda que mi vecino y su primo son la misma persona —suspiré jugando con los dedos—. Siento curiosidad por ver con mis propios ojos esos celos de los que Kiara me ha hablado.

—Creo que va a ir más allá de los celos —me confesó Kiara—. Ash es muy posesivo, todavía más cuando se trata de ti. Se va a volver loco cuando vea que Shawn te desea. Podemos plantearnos el asesinato como opción.

—Pero, Kiara, no deja de repetir que le doy complemente igual —dije molesta—. Aunque fuera posesivo, jamás me lo mostraría.

Ally chasqueó la lengua contra el paladar.

—Escucha, hemos pasado un año muy malo... Se ha vuelto incontrolable. ¿Sabías que venía cada maldito fin de semana a Manhattan solo para verte? No creas lo que dice, mira lo que hace. Es idiota, no acepta nada cuando se trata de sentimientos, y ese es su problema.

Se me tensaron los músculos de la cara ante esa revelación. ¿Asher... venía a Manhattan? ¿Para verme? ¿Cuándo?

No. No tenía ningún sentido. Nunca había venido. Nunca lo había visto aquí.

—Cuando se enteró de que tenías un pretendiente, se le descompuso la cara —repitió Kiara, irritada—. Te desea, Ella. Siempre te ha deseado. Solo que es demasiado estúpido para admitirlo.

Cerré los ojos para obligarme a no dar demasiada importancia a sus palabras, porque no quería volver a engañarme. Sus palabras me destruían tanto como me tranquilizaban.

—Escucha... Ash es uno de mis mejores amigos —dijo con suavidad Kiara mientras se levantaba de mi colchón—. Sin embargo, no apoyo lo que te hizo, todavía menos sus aires de «me da completamente igual». Eres la única que puede demostrar que se equivoca. Sé que es cruel, pero... quiero que le pongas celoso, con Shawn. ¿Por qué no con un beso, por ejemplo?

Hice una mueca. No me gustaba la idea de utilizar a alguien.

—No —solté sacudiendo la cabeza—, me niego a aprovecharme de Shawn.

Shawn era amable y yo sabía que estaba interesado en mí. Si le dedicaba más atención de la debida, estaría jugando con él, con sus sentimientos, y no tenía ningún deseo de hacerlo. Conocía demasiado bien las consecuencias de un corazón roto. Y ni hablar de darle falsas esperanzas... como Asher había hecho conmigo.

—Entonces, ¿qué vas a hacer? —me preguntó Ally mientras me aplicaba la sombra de ojos.

—Ignorarlo, así de simple. No quiero tramar planes solo para llamar su atención. Todo ese esfuerzo... él no lo haría. Estoy harta de esforzarme demasiado.

Lo conocía lo suficiente para tener la certeza de que no soportaba que la gente no lo escuchara ni le prestara atención, era un rasgo de su personalidad que había desarrollado con el paso de los años a la cabeza del clan Scott.

El señorito adoraba el poder que tenía sobre los demás, estaba enamorado de su ego y no desperdiciaba ninguna ocasión para alimentarlo. Por eso odiaría ser ignorado por una simple cautiva que no le llegaba ni a la suela de los zapatos.

Siempre había intentado dar una imagen de hombre impasible, glacial, sin corazón ni sentimientos por culpa de todo lo que había sufrido. Pero sus ojos grises, a veces, lo contradecían con mucha facilidad.

—Tienes razón —suspiró Kiara—. No merece que te tomes la molestia, pero...

—No, Kiara —la interrumpí con los ojos todavía cerrados—. No voy a utilizar a Shawn.

—Bueno, está bien...

—¿Vas a aparecer de su brazo? —me preguntó Ally mientras me peinaba las cejas.

—Sí, debo salir de aquí a las ocho menos cuarto.

Asintió y siguió preparándome. Mientras tanto, Kiara me aconsejó sobre qué vestido elegir. Teniendo en cuenta la naturaleza de la velada, opté por un simple vestido largo negro con mangas largas y finas que había comprado con ella. Mi amiga añadió algunas joyas de oro al conjunto.

Después de casi una hora y media, por fin estaba lista, y mis dos amigas también. Kiara y Ally se habían ido para unirse a Ben y Asher, que estaban arriba. Durante todo ese tiempo, él había tenido un departamento justo encima del mío y yo no había sabido nada.

Eran las siete y media y la presión iba en aumento. Sonó la puerta. Mis tacones repicaron contra el suelo cuando me acerqué a abrir.

Frente a mí, apareció Shawn con un traje que todavía olía a nuevo. Me mostró una sonrisa tan blanca como las paredes de mi departamento y su perfume invadió la estancia.

Silbó mientras examinaba mi vestido y mi rostro.

—Estás sublime —me piropeó con una sonrisa encantadora.

—Lo mismo digo —dije intentando relajarme a pesar de la vergüenza que sentía.

—¿Lista?

Respiraba nerviosamente y estaba temblando como una hoja con una mezcla de emoción y miedo. Que Ben, Kiara, Ally e incluso Shawn fuera a estar en la velada me tranquilizaba. No iba a sentirme incómoda entre los Scott. Solo una persona era capaz de ponerme así de nerviosa.

Solo Asher Scott tenía ese poder sobre mí.

Esbocé una sonrisa con los labios pintados de un color *nude*.

—Lista.

Lista para destruir su ego.

«Vas a perder en tu propio juego, Asher Scott. Destrozaste a la antigua Ella... La nueva va a vengarla. Y a hacerte caer.»

9

Próxima vez

ASHER

Las ocho de la noche. Manhattan

De pie ante una de las residencias de mi padre, con el enésimo cigarro entre los labios y una expresión asqueada, calculaba las horas que iba a perder aquí, con ese grupo de desgraciados que me servía de familia. Qué tontería.

Mis tíos y tías charlaban en el interior, así como sus hijos y los hijos de sus hijos.

«Odio las fiestas familiares.»

Faltaban algunos. Me sorprendió ver que Shawn todavía no había llegado, ya que siempre era muy puntual. Por dentro, deseé que estuviera muerto en alguna parte.

«Ese imbécil de mierda.»

—¿Tienes fuego? —preguntó Kyle detrás de mí.

Con los ojos fijos en las paredes de la casa, busqué en los bolsillos y le di un encendedor. Cuando encendió el cigarro, suspiró y solté una risita burlona.

—¿Qué?

—No puedes disimular el enojo —comenté.

Escupió el humo y me devolvió el encendedor.

—No entiendo por qué han organizado esta fiesta. Está muerto.

¿Qué sentido tiene celebrar su cumpleaños? ¿Vamos a hacer esto para siempre? ¿Se supone que es Año Nuevo?

Con los ojos cerrados, también suspiré. Yo tampoco lo entendía. ¿Tal vez fuera su forma de llorarlo? Por supuesto, cuando les convenía, sabían guardar el luto. A mí nadie me había dejado guardar el mío cuando mi padre había muerto.

«Bola de hijos de puta.»

—He venido por tu tía Gemma —confesé girándome hacia él.

—Yo también —afirmó con el ceño fruncido—. Celebrar el cumpleaños de un cobarde...

Su comentario me arrancó una sonrisa. Kyle había acumulado mucho rencor hacia su padre, en especial después de que se suicidara. Yo también lo odiaba por todo lo que había hecho, por el sufrimiento que le había causado a mi familia, por haber puesto en peligro a mi ángel y a mí al mismo tiempo.

Pero eso era lo único que podía hacer: odiarlo.

Saqué otro cigarro. Mientras el humo se dispersaba a nuestro alrededor, agradecí los minutos de calma hasta el inicio de esta velada que iba a hacer que me entraran ganas de darme un tiro.

La hipocresía prometía estar presente en la mesa y ya tenía ganas de volver a Los Ángeles y olvidar sus risas falsas y el cariño fingido que le tenían a Rick.

—Todavía son las ocho y ya estoy harto —gruñó Ben, quien se unió a nosotros en el exterior.

—Me muero de hambre —soltó Kyle.

En silencio, me giré hacia la entrada, donde estaban estacionados los coches de la familia, y contemplé el cielo oscuro de Nueva York. Se oía el bullicio de la ciudad incluso a kilómetros de distancia. Por eso prefería Los Ángeles.

—¿El otro no viene? —preguntó Sam con voz grave detrás de mí.

—Ojalá no —suspiró Ben.

—¿Crees que se perdería esto? Aunque... podría ser.

Fruncí el ceño. ¿Por qué iba a perderse Shawn una ocasión de que toda la familia le lamiera los huevos?

—¿Piensas que no vendrá por eso? —preguntó Sam.

«¿Eso?»

—Es Shawn. Acuérdate de su boda, nos lo restregó a todos. Ahora que se ha separado... seré el primero que se ría en su cara.

No pude evitar soltar una carcajada. Así que el perro se había separado de su modelo.

«Hasta que la muerte nos separe... o el divorcio.»

Cuando oí el rugido de un motor, esbocé una sonrisa burlona. Sabía que era él, el último en llegar. Un sedán negro se estacionó delante de nosotros. El chófer rodeó el coche para abrir la puerta.

Ese idiota salió del vehículo con aire orgulloso. Arqueé una ceja al ver que hablaba con alguien que seguía dentro.

«Así que no te has atrevido a venir solo...»

—Ha invitado a alguien —dedujo Kyle al observar la escena.

En ese instante, su invitada salió del coche.

Una silueta que reconocí al instante apareció en mi campo de visión. El tiempo se ralentizó. El corazón me dio un vuelco en el pecho y empezó a resonarme directamente contra los tímpanos con tanta fuerza que ahogó todos los ruidos que me rodeaban. Ya no veía la casa, los invitados, los árboles o a Shawn. Solo estaba yo y esa silueta que me atormentaba día y noche.

«Es imposible.»

De lejos, como si estuviera al otro lado del cristal de un acuario, oí a Ben reprimir un grito de sorpresa. Se me abrieron los labios y el cigarro se me cayó al suelo. Noté cómo el cuerpo se me ponía rígido. Tenía la mirada fija en la mano que se agarró lentamente y con una dulzura extrema a su brazo. Le apretó el bíceps y le mostró una sonrisa tímida que me desorientó por completo. No sabía qué estaba pasando. No podía tomar ni una bocanada de aire.

«No, esto es una pesadilla...»

«Una maldita pesadilla...»

Con paso seguro, empezó a caminar a su lado. No podía apartar los ojos de su brillante melena castaña perfectamente peinada, ni tampoco de la leve sonrisa de sus labios, las piernas largas que revelaba su vestido negro y la delicadeza de sus gestos. Levantó su rostro angelical en mi dirección. Su mirada azul se posó en mí un breve instante y me estremecí. Hacía más de un año que no me miraba.

Carajo. Estaba aquí.

—¿Ella?

Creí que iba a desmayarme al verlos avanzar hacia nosotros, uno al lado del otro. Tenía los pies anclados al suelo por culpa de lo que estaba sucediendo ante mis ojos. Sentí una opresión en el pecho, me costaba respirar. Cerré los puños violentamente mientras me esforzaba al máximo por no revelar nada.

Pero mi propio cuerpo me traicionaba.

Era imposible. No, era una pesadilla.

«Maldición, cualquier cosa menos esto.»

La miré fijamente sin poder evitarlo. Todo se había parado a nuestro alrededor. Percibí la voz de Ben y Kyle, pero no podía con centrarme en eso. Solo en ella.

Y en él.

Su divorcio... No me había enterado..., no era algo que me interesara.

Pero ahora tenía toda mi atención.

«Carajo..., está... con mi ángel...»

Me tembló todo el cuerpo en una violenta combinación de cólera y terror. De todos los escenarios que tenía en la mente, este no lo había previsto. Había una posibilidad entre un millón de que se conocieran y ni siquiera me lo había planteado.

Acababa de perder todo el control sobre la situación.

—Buenas noches —dijo Shawn acercándose a nosotros.

Vi a Ben y a mi Ella abrazarse, pero algo atrajo mi atención: la mirada inquisitiva y sorprendida de Shawn. No sabía que se conocían. Así que Ella no le había dicho nada.

La miré fijamente, pero rehuía mi mirada. La conocía lo suficiente para darme cuenta.

Era incapaz de quitarle los ojos de encima, incapaz de hacer lo que fuera por ocultar mi sorpresa, mi rabia, cuando su voz hizo estallar mi burbuja.

Maldición. Su voz.

—Hola —les dijo a Kyle y a Sam.

Pero a mí no. Me estaba ignorando, eso se veía claro.

—No sabía que se conocían —dijo el perro mirando a Ben.

«De todas las mujeres de Manhattan, has tenido que fijarte en la mía.»

¿Ella sabía que era mi primo?

Claro que sí. Se mostraba confiada y nada sorprendida de verme.

Shawn.

El maldito Shawn Scott.

La rabia empezó a superar a la sorpresa. Comencé a darme cuenta de lo que estaba sucediendo ante mis ojos. Sin embargo, no podía hacer nada por evitarlo.

La situación se me escapaba.

Ella se me escapaba.

Los seguí con la mirada mientras entraban en la casa, aun cuando la atención de mis primos estaba fija en mí.

—Les juro que como alguno diga algo lo enviaré a felicitarle el cumpleaños a Rick —espeté enojado—. Y a avisarle que Shawn se le unirá pronto.

Verlo tan cerca de ella hacía que me entraran ganas de asesinarlo. No sabía cómo iba a ser capaz de controlarme.

«¿Cómo se han conocido? ¿Por qué está con él? Demonios, ¿qué hay entre ellos?»

Cuando Ella desapareció de mi vista, me giré hacia Ben, pero su expresión me dio a entender que estaba tan sorprendido como yo de verla aquí.

—¡Ash!

Cerré los ojos. La voz de Kiara no ayudaba en absoluto a aplacar mi ira. Abrí los ojos de nuevo con brusquedad.

«Kiara... Claro.»

—Ven —le ordené fríamente.

Se acercó, divertida al ver a Ben completamente pálido. La jalé lejos de la entrada, incapaz de ocultarle que estaba temblando. La rabia me apresaba las entrañas y, mierda, necesitaba saberlo. «Voy a explotar, carajo.»

Seguro que Kiara lo sabía. No parecía sorprendida de verla aquí.

Maldita Kiara... Claro.

—Lo sabías —deduje fulminándola con la mirada.

Como única respuesta, apartó los ojos. La miré con desprecio mientras volvía a apretar los puños. ¡Claro que estaba al corriente, maldición!

—¿Desde cuándo?

Kiara frunció el ceño. Repetí con voz tajante:

—¿Desde cuándo, Kiara? ¿Y cómo, demonios?

Ya no sabía qué pensar. Necesitaba respuestas porque estaba seguro de que me iba a dar un infarto.

Shawn y Ella.

El maldito Shawn y mi Ella.

—No me enteré hasta la semana pasada —me informó en voz baja—. Ella tampoco lo sabía hasta que la invitó...

No era capaz de reflexionar. El sentido común había abandonado mi cerebro, ahora dominado por los celos y un tóxico instinto de posesividad. Estaba a punto de dar media vuelta y meterme en la mansión, pero Kiara me agarró con fuerza.

—Ash..., ¡para! Sabes que, si haces algo, vas a demostrarle que te importa.

Su frase me detuvo en seco. Tenía razón. Tenía toda la puta razón del mundo.

Si Shawn se enteraba de que estaba enamorado de ella, haría todo lo posible para que mi ángel sucumbiera a sus encantos. Era astuto y competitivo. Como yo.

Esta competencia malsana entre nosotros era innata. Shawn, el único director de la Scott's Holding Company. Mi primo, el que se sentía superior por haber estudiado en una universidad prestigiosa. Mientras el señorito había esperado pacientemente a que lo nombraran director de la parte «legal» de la empresa familiar, yo perdía cada día un poco más de mi humanidad con los asuntos de la red.

Teníamos la misma edad. Ambos dirigíamos los negocios de la familia, pero de dos formas muy diferentes. Yo no estaba hecho para los tabloides y las relaciones internacionales. Podría matar a alguien solo por mirarme mal. Y él no estaba hecho para la violencia que reinaba en mi mundo, lo habrían asesinado en los primeros dos minutos.

Sin embargo, si teníamos algo en común era el espíritu competitivo. Sobre todo, cuando se trataba de cosas que nos pertenecían.

Y Ella me pertenecía.

Mi ángel era mío. Solo mío. En otras palabras, le estaba prohibida.

«En todos los sentidos.»

Se me escapó un gruñido cuando me liberé brutalmente del brazo de Kiara. Maldita mierda.

Me pasé la mano por el pelo y resoplé con fuerza. Iba a perder la cabeza. No podía soportar que otro hombre la deseara, ¡y menos aún Shawn! Estaba a punto de desmembrarlo delante de su padre.

Además, ella me había ignorado. Carajo. Como si ya no existiera.

Eso me hizo estremecerme. La ira me recorría las venas. Sentí que me hervía la sangre, que mi cuerpo temblaba de furia.

Él no la tendría nunca.

Le estaba prohibida, maldición.

—¡La cena está lista! ¡Vengan!

La voz de mi hermana a lo lejos solo sirvió para que mi estado de ánimo empeorara. Saqué otro cigarro y me lo fumé rápidamente. Necesitaba algo para desahogarme.

O alguien. De preferencia, Shawn.

—Cálmate —me dijo en voz baja mi amiga de la infancia.

—No me digas que me calme —gruñí—. ¡Me lo has ocultado, maldición!

La fulminé con la mirada.

—Sabía que reaccionarías así. Llevas toda la semana de mal humor, no quería echar más leña al fuego.

—Sabías que iba a venir. Por eso bajaron a su casa.

Kiara y Ally lo sabían. Seguramente, Ally se habría encargado de arreglarla. Qué mierda. Sentí que no me había enterado de nada. Y eso solo empeoraba mi ira.

Estaba aquí. Con Shawn.

El año pasado estaba conmigo.

«¡Me negué a que viniera, demonios!»

—¿Todavía quieres dejarla ir...?

Se me crisparon los dedos alrededor del cigarro. ¿Dejarla ir? ¿Dejársela a Shawn?

Una mueca de furia me deformó los labios. Ahora ya no tenía dudas. No iba a dejarla ir. Mi sentido de la posesividad había tomado la decisión en cuanto Ella había puesto un pie fuera del maldito coche de Shawn.

Tal vez tuviera el trabajo que yo quería, pero le prohibía arrebatarme a la mujer que deseaba.

Iba a volver conmigo.

Iba a hacer todo lo posible porque lo hiciera.

«Esto no es ningún juego...»

Desde ahora, iba a serlo. Y tenía intención de ganar.

Aplasté la colilla en el suelo, me aclaré la garganta y me troné los dedos y la nuca.

—¡Vamos, Asquer! —exclamó Kiara agarrándose a mi brazo—. Va a ser una gran velada, ¿verdad?

—Vaya que sí —respondí mirando la mansión de mi padre—. Una velada maravillosa...

ELLA

Mientras comía en silencio escuchando a la familia elogiar a Shawn, recordé cómo se había congelado el rostro de Asher al verme llegar del brazo de su primo. Cómo se había detenido el tiempo a mi alrededor.

Había rehuido su penetrante mirada, que no se había apartado de mí ni un segundo. Había sentido que se me cerraba el estómago y que empezaba a temblarme todo, pero no había dejado que se notara nada. Me había acercado tratando de parecer confiada porque sabía que él se daría cuenta.

Era demasiado observador.

Ben se había mostrado sorprendido, pero se había alegrado de verme, igual que Kyle. En cuanto al otro..., no había dicho nada. No había hecho nada excepto mirarme.

Como estaba haciendo ahora mismo.

Kiara se había acercado a él y al volver me había susurrado que estaba muy enojado. En cuanto nos sentamos a la mesa, esperaba que me ignorara, pero no fue el caso. Me miraba como si mi presencia le molestara. No, era peor que eso, sentía el odio y la rabia en su insistente mirada.

Una animosidad similar a la que lo rodeaba al inicio de nuestra convivencia.

Ahora evitaba sus pupilas grises, que me observaban de manera implacable. Examinaban cada milímetro de mi piel y cada movimiento, lo que me ponía nerviosa.

Se aclaró la garganta y se levantó, creando un pesado silencio. Con el rabillo del ojo lo vi alejarse de la mesa.

—Voy a fumar.

Ally me dirigió una mirada divertida, al igual que Kiara. Sin embargo, Ben no dudó en soltar una risita antes de retomar la conversación con uno de sus primos.

Shawn me susurró al oído:

—No sabía que también conocías a Kiara.

—Es una amiga de... vacaciones. Gracias a ella conocí a Ben, a Kyle y a... Ally.

No era mentira. Pero tampoco era toda la verdad.

Él asintió con la cabeza y se concentró en una conversación que estaban manteniendo su padre y su tío, Hector Scott. Me acordaba de su hija Sienna. En cuanto al padre de Shawn, Richard, no lo había visto nunca hasta hoy, ya que Shawn y él no asistieron a la fiesta de Londres del año anterior.

De hecho, me di cuenta de que en aquella ocasión muchos no habían venido. Había numerosos rostros desconocidos alrededor de la mesa.

Unos minutos más tarde, volvió. Ignoraba si los demás invitados se habían dado cuenta de su mal humor, pero cuando regresó se hizo el silencio a su alrededor. Al darme la vuelta, vi que Shawn lo miraba con aire socarrón. Ben reprimió otra risa burlona, lo que le ganó una mirada fulminante por parte de su primo.

El ambiente era pesado, estaba cargado de cosas por decir.

Carraspeó mirando fijamente el plato que no había tocado. Me pregunté qué estaría pensando. ¿Qué pensaba al verme aquí, delante de él, tras un año huyendo de mí? ¿Cómo lo afectaba que estuviera viviendo mi vida y decidida a ignorarlo?

—Bueno, Ella, ¿cuánto tiempo llevas en Manhattan? —me preguntó Gemma.

De repente, todas las miradas se posaron sobre mí. Ahí estaba, el interrogatorio que tanto temía. La atención que me gustaría evitar.

Se me movió el pie con nerviosismo. Odiaba ser el centro de atención y sentir que él también estaba pendiente de mí no me ayudaba. Su mirada era de esas que te traspasan el cuerpo, te ven el alma y se deleitan examinándote sin la menor vergüenza.

Pero, en cuanto me aclaré la garganta para responder, se me adelantó una voz.

—Un año.

Por primera vez, nuestras miradas se encontraron y se me electrizó todo el cuerpo. Como si el tiempo se hubiera detenido a nuestro alrededor.

—Exacto..., un año —contesté sin dejar de mirarlo.

A continuación, desvié la mirada y sentí que su audacia me enfurecía.

De repente, el ambiente se había electrificado. Esbozó una sonrisita triunfal y lo comprendí. Intentaba provocarme para que dejara de ignorarlo. Y esa sonrisa demostraba su primera victoria.

«Ay, Scott... Todavía queda mucha velada por delante.»

—¿Y cómo se conocieron? —preguntó Hector señalando a Shawn con la cabeza—. Estoy seguro de que...

Kiara tosió con fuerza para interrumpirlo. Estaba decidida a ayudarme a ocultarle la verdad a Shawn. Les había pedido a Sam, a Abby (la hermana pequeña del idiota) y a la madre de Ben que no dijeran nada sobre Asher ni sobre mí y sobre mi pasado en la red.

—¡Es mi vecina! —exclamó Shawn con orgullo—. La conocí poco después de mudarme a mi nuevo departamento. Es una mujer formidable, por eso he querido que la conocieran.

Asher se atragantó con el vino. Su reacción me arrancó una sonrisita que me costó disimular. Acababa de comprender que Shawn y mi vecino eran la misma persona.

En ese momento, Shawn colocó el brazo en el respaldo de mi silla. No me estaba tocando, pero no por ello era un gesto menos posesivo. Oí que el vaso de Asher se hacía añicos en el suelo. Un mesero se apresuró a acercarse y se lo remplazó.

Le dirigí una mirada furtiva. Tenía el rostro crispado y los ojos oscurecidos mientras observaba fijamente la mano de Shawn. Me daba la sensación de que solo haría falta un gesto más de su primo para que le rompiera los dedos.

«Esto está cada vez mejor.»

—Aquí hay mucho ruido —suspiró la madre de Ben—. Prefiero Los Ángeles. ¿Se oye el mismo ruido en sus departamentos?

—Vivo en el piso 23, el ruido de la ciudad solo me llega a los oídos cuando salgo al balcón —respondí tímidamente.

—Tiene razón —añadió Shawn—, pero es Nueva York, hay ruido y ajetreo. Como dicen por aquí, el tiempo es dinero, de ahí la constante agitación. Aquí es donde tienes que estar si quieres ser alguien.

Asher exhaló. Shawn lo provocaba. No entendía a qué estaba jugando. La insolencia no era algo que me gustara de él.

—Dirijo una de las empresas más grandes de Estados Unidos —continuó Shawn sin que nadie le preguntara—. Aunque me encanta pasar tiempo bronceándome bajo las palmeras de Los Ángeles, esa no es mi vocación.

Le eché un vistazo a Asher, curiosa por saber cómo iba a reaccionar ante la descarada bromita de Shawn, pero continuó mirando fijamente el brazo de su primo, que seguía detrás de mí. Parecía que el discurso de Shawn no lo había afectado. El padre de este aprovechó el silencio para hablar de la SHC y yo solté un suspiro de alivio. No iban a hacerme más preguntas.

Asher pareció oír mi suspiro casi inaudible y me miró. Esta vez, no pude evitar fulminarlo con la mirada antes de girar la cabeza en dirección a Kiara, que estaba a dos sillas de distancia.

Me vibró el celular en el bolso, que descansaba en mi regazo. Fruncí el ceño al ver el nombre de mi terapeuta.

Me disculpé y me levanté de la mesa, aunque nadie se dio cuenta. Respondí mientras me dirigía al camino de entrada.

—Diga...

—Buenas tardes, Ella —empezó con un tono relajado—. Espero no molestarte...

—Al contrario, acaba de salvarme —confesé—. Estoy en la cena.

—¡Ah! ¿Y cómo va?

—Mal. Bueno..., es raro. Me gustaría hablarlo mañana.

—Ah, bien, por eso te llamaba. ¿Podemos adelantar la cita a las once en lugar de a las tres?

—¡Claro!

—¡Perfecto! Que pases una buena velada.

Sonreí y me despedí antes de colgar. Sin embargo, cuando estaba a punto de volver con los demás, me quedé paralizada al ver que él aparecía en mi campo de visión. Apoyado en la puerta cerrada con aire insolente y otro cigarro entre los labios.

Mi corazón empezó a latir frenéticamente y mi cuerpo sufrió unos cuantos espasmos cuando nuestros ojos se volvieron a encontrar.

Sentí que iba a desmayarme.

Odiaba el poder que seguía ejerciendo sobre mí, ese magnetismo que todavía me atraía a él. La razón se debatía contra el corazón, una guerra a la que no conseguía poner fin. Quería deshacerme de mis sentimientos, apartarlos de mí como me había apartado él de su vida. Quería darle la espalda con la misma facilidad.

Pero no podía hacerlo. Porque él estaba ahí.

Delante de mí.

Mirándome fijamente.

«Maldición.»

—¿Durante cuánto tiempo vas a seguir fingiendo que no existo?

Se me tensó todo el cuerpo violentamente. Por primera vez en un año, me dirigía la palabra. Sentí que mi ira crecía poco a poco. Pero... se había dado cuenta.

Se había dado cuenta de que lo estaba ignorando.

Mientras permanecía impasible frente a él, me acerqué a la puerta y abrí sin contestarle.

—Ya lo veo —soltó él con frialdad—. Me ha sorprendido mucho verte aquí, Ella.

«Vete al demonio.»

El corazón me latía a una velocidad vertiginosa. Demonios.

«Ella.»

Hacía mucho tiempo que no lo oía pronunciar mi nombre, tanto que había olvidado el efecto que tenía sobre mí. El efecto que él me provocaba.

Entré en el vestíbulo diciéndole de todo para mis adentros. Su expresión burlona era lo que más me irritaba. Como si todo lo que había hecho le pareciera normal. Como si se burlara de cómo me había sentido.

Porque así era, a él no le importaba.

Oí sus pasos detrás de mí. Aceleré sin darme la vuelta.

—¿Ahora hemos intercambiado los papeles? ¿Eres tú la que me ignora? —preguntó alzando la voz.

«Pues sí, campeón. Tengo intención de darte tu propia medicina.»

Se me cortó la respiración cuando sentí una mano alrededor de la muñeca intentando detenerme. Me tensé y me di la vuelta para fulminarlo con la mirada.

Y, sin poder controlar mi ira, le estrellé la palma de la mano en la mejilla. Se me formó un nudo en la garganta y se me nubló la vista.

—No vuelvas a tocarme nunca más —lo amenacé furiosamente.

No esperé su respuesta para volver al comedor. Estaba confundida, me temblaba todo el cuerpo de ira. Sin embargo, me tragué las lágrimas y le dediqué una sonrisa a Shawn al sentarme a su lado.

Mientras resonaba el tintineo de los platos y los vasos y se oían las risas de la familia, no podía pensar en nada que no fuera lo que acababa de pasar.

¿Cómo podía reaccionar así después de todo este tiempo? ¡Qué descaro!

Golpeé el suelo con el pie, nerviosa. Mi ira se negaba a desaparecer. Kiara me interrogó con la mirada.

Negué con la cabeza quitándole importancia, aunque en realidad quería matarlo.

Mi pesadilla volvió a la mesa unos minutos después con una sonrisa maligna pintada en los labios y los ojos clavados en sus anillos mientras jugueteaba con ellos. Una vez sentado, suspiró antes de volver a posar la mirada en mí. Lo ignoré y me concentré en las anécdotas que estaba contando Richard mientras bebía un trago de agua.

—Dime, Shawn, ¿ya no estás con tu mujer?

Me atraganté con el agua. Lo estaba provocando. ¿O quizá no supiera que se habían separado?

—¿Desde cuándo te interesa mi vida amorosa, Ash?

Levantó la copa y la agitó lentamente. El psicópata dejó escapar una risita insolente antes de responder:

—Desde hace exactamente una hora y media.

Desde que habíamos llegado.

Suspiré profundamente y cerré los ojos. No comprendía a qué estaba jugando y eso me ponía nerviosa.

—Bueno, pues nos hemos separado —informó Shawn, y tomó un trago de vino.

—Qué lástima —replicó Ash con sarcasmo—. ¿Por eso has traído a Ella? Cautivador.

Shawn se giró hacia mí con una mirada inquisitiva. Esbocé una sonrisa falsa y avergonzada, y me encogí de hombros al tiempo que le daba una patada a Asher en la pierna.

Él elevó una comisura del labio y susurró sin dejar de mirarme:

—Ay...

Estaba jugando con mis nervios para sacarme de mis casillas.

—Me propusieron invitar a quien quisiera y pensé en ella. No se puede ignorar que es una mujer sublime —respondió su primo dirigiéndome una sonrisa encantadora.

A Asher se le contrajeron los músculos de la cara.

—¿Y tú? —continuó Shawn—. ¿Sigues soltero desde lo de Isobel?

Se me cortó la respiración. Es la información que temía.

—Hubo alguien después de ella —replicó con voz ronca—. Era formidable. Una loca domada, pero perfecta.

Lo taladré con la mirada. Sus ojos me miraban con intensidad y hacían que me vibrara el corazón. Pero ¿cómo podía decir algo así después de todo lo que me había hecho?

«Lo detesto.»

—Entonces, ¿por qué no la has traído? —preguntó Shawn con una sonrisa socarrona.

—Te doy mi palabra de que la próxima vez vendrá conmigo —declaró sin énfasis, con un tono decidido y determinado.

En aquel momento, Asher miraba a su primo con una promesa en la cara. La tensión era palpable. Shawn no entendía a qué se refería Asher, pero no había pasado por alto el tono amenazante que había usado.

Solté una risita burlona al verlo tan confiado en que me recuperaría. Su descaro me sorprendía más a cada minuto que pasaba. ¿Ahora sí me quería porque estaba con Shawn?

Sentí que la sangre me hervía. Me habría encantado darle una segunda bofetada para aclararle las ideas. Pero una voz en mi interior me recordó algo: Asher Scott había reaccionado a mi presencia y a mi mutismo. No le era indiferente y ahora iba a pagarlo bien caro.

—Gracias por acompañarme —me dijo Shawn en la puerta de mi departamento.

—El placer ha sido mío —contesté con una sonrisa—. He pasado una... velada muy agradable.

—Antes quería hacerte una pregunta —añadió con una mueca—. ¿Conocías a Ash? Como ya conocías a Ben y Kiara..., me preguntaba si...

—Hablamos un par de veces, pero nada más —mentí con seguridad—. Es muy... distante.

—Sí, es cierto —articuló lentamente lanzándome una mirada furtiva—. Bueno, eh... Buenas noches, Ella.

—¡Buenas noches!

Tras cerrar la puerta con seguro, me apoyé en ella y dejé escapar un suspiro. Por fin había terminado la velada. Había sobrevivido a las miradas de Asher. Y a sus provocaciones.

Se me escapó un gemido cuando me quité los zapatos.

«¡Qué cansado es usar tacones!»

Me dirigí a la cocina y dejé el bolso en la barra. El reloj de Shawn apareció en un bolsillo. Me había pedido que se lo guardara cuando íbamos a la cena y había olvidado recuperarlo.

En otras palabras, iba a tener que bajar para devolvérselo, pero estaba demasiado cansada para hacerlo esa noche.

En el cuarto de baño, sonreí al ver que Ally me había dejado su famosa bolsita para desmaquillarme. La agarré recordando la primera vez que había tenido ese detalle conmigo cuando vivía con Asher.

Me pasé un algodón empapado por el párpado mientras rememoraba lo sucedido durante la noche. No había dejado de provocarme, de llevarme al límite. Y lo había conseguido. No había podido evitar darle una bofetada.

A continuación, recordé sus palabras y volví a enojarme. ¿Cómo se atrevía a dar a entender que le iba a ser fácil recuperarme? Como si me tuviera en el bolsillo. Su seguridad hacía que me dieran ganas de matarlo.

Estaba tan enojada que mis acciones carecían de sentido. Intentaba pensar en algo que no fuera él, pero era demasiado difícil. Ocupaba toda mi mente.

—No me recuperará con tanta facilidad —me repetí con rabia—. Y todo por culpa de Shawn...

Pero si no hubiera estado Shawn..., ¿habría reaccionado de ese modo?

Lo dudo mucho. Estaba segura de que todo esto era como un juego para él. Lo conocía lo suficiente para saber que solo me deseaba porque Shawn estaba interesado en mí.

«¿He cerrado la puerta? No... ¿Sí?»

Bajé para poner el seguro, pero en ese momento sonó el timbre. Se me revolvió el estómago. No esperaba a nadie. Kiara y Ally habían vuelto a Los Ángeles con Ben y Asher después de la cena.

«Shawn.»

Se me escapó un suspiro de alivio cuando vi la puerta cerrada. Seguramente, se había dado cuenta de que no tenía su reloj. No iba a hacer falta que bajara a devolvérselo al día siguiente.

—Se te ha olvidado...

Se me cortó la respiración al encontrarme con unos ojos grises.

—¿Qé se me ha olvidado?

«Asher.»

10

Chantaje

ELLA

El pulso se me aceleró en cuanto nuestras miradas se cruzaron. Cuando lo vi arrugar los labios, fruncí el ceño. No había duda de que en mi rostro se reflejaba la ira que corría por mis venas desde hacía un año.

—¿Qué se me ha olvidado? —repitió con un tono empalagoso.

Oír su voz ronca reconectó mis neuronas, que se habían quedado petrificadas. Por mucho que quisiera arder de ira frente a tanto descaro, no debía dejarme llevar por mis emociones, como me había sucedido hacía un rato. Aunque, para ser sincera, no me arrepentía de haberlo abofeteado.

—La dignidad, obviamente —solté antes de cerrarle la puerta en las narices y poner el seguro rápidamente.

Lo oí resoplar detrás de la madera que nos separaba. Un escalofrío me recorrió la columna y exhalé pegando la espalda contra la puerta. ¿A qué había venido? ¿Qué quería de mí?

Había vuelto a jugar con mi mente. Como una tormenta, estaba destruyendo astutamente mi estabilidad mental.

¿No entendía que no quería hablar con él?

Me alejé de la puerta para volver a mi habitación. Entonces, me dejé caer en la cama mientras me tocaba el pelo nerviosa.

«Qué listo.»

¿No iba a volver a California?

Se me revolvió el estómago cuando me di cuenta de que, por lo visto, no pensaba marcharse pronto. «Mierda.»

Había venido porque no había podido soportar que lo ignorara, porque no podía soportar la idea de que acabara con Shawn.

Había declarado abiertamente que quería recuperarme. El tono confiado que había utilizado, sus palabras tratando de provocar a Shawn, se repetían en bucle en mi cabeza. Seguía siendo tan arrogante como siempre.

Temía lo que pudiera suceder en los próximos días, porque no tenía la menor duda: estaba sobre mi cabeza, justo en el departamento de arriba.

No sabía qué pensaba hacer, pero una cosa era evidente: esa noche lo había sacudido, y yo estaba entusiasmada solo de pensarlo. Había caído en mi trampa y acababa de confirmar que no le era indiferente en absoluto.

La hora de ganar la guerra contra el diablo había llegado por fin.

«Ella: 1-Asher: 0.»

Al día siguiente

Camuflé las ojeras con un bostezo. No había pegado ojo en toda la noche, estaba demasiado ocupada pensando en él, creando miles de escenarios en mi mente, y sobre todo trazando planes para destrozarle el ego igual que él me había destrozado el corazón.

Le gustaba jugar..., pero yo también me veía capaz de hacerlo.

Mi celular vibró y abrí los ojos como platos al ver la hora. Iba a llegar tarde a la cita con mi terapeuta.

«Mierda.»

Salí del departamento a la carrera y llamé al elevador. El corazón me dio un vuelco cuando vi que estaba en el último piso. El piso del psicópata.

Durante el lento descenso, el pulso no dejó de acelerárseme.

«Por favor..., que no esté dentro... Por favor, por favor, por favor...»

Las puertas corredizas se abrieron y se me escapó un suspiro de alivio cuando vi que no había nadie. Rápidamente, las puertas se cerraron detrás de mí. Pero, cuando fui a apretar el botón de la planta baja, el elevador empezó a subir al piso 24. Su piso. En el que solo vivía él. Lo que significaba que había llamado al elevador poco después de que yo entrara.

—Mierda, mierda, mierda.

Tenía la respiración entrecortada. Maldita sea. Golpeé enérgicamente el botón de la planta baja con la esperanza de evitar lo inevitable.

El corazón me dio un vuelco cuando la caja metálica se detuvo. Me pegué a la pared de mármol y contuve la respiración.

Y, como era de esperar, su cara apareció delante de mí y me hizo desfallecer.

Su expresión se quedó congelada durante unos segundos antes de que una chispa traviesa iluminara su mirada. Se mordió el interior de la mejilla, un tic que solía tener cuando disimulaba una sonrisa.

Llevaba ropa oscura y su chamarra de cuero, que reavivó recuerdos que habría preferido olvidar. También me di cuenta de que el elevador me había llevado directamente al interior de su departamento.

—Qué día más bonito nos espera —soltó mientras me observaba detenidamente.

Su voz hizo que me estremeciera. Apretó el botón que llevaba al estacionamiento mientras yo me precipité sobre el de la planta baja.

Las puertas se volvieron a cerrar y de pronto me sentí sofocada.

«Mierda.»

Estaba a punto de sufrir un infarto. Miré fijamente mis manos temblorosas. Cerré los puños tratando de calmarme.

Para disimular, marqué el número de mi terapeuta. Debía avisarle que iba a llegar tarde.

—Buenos días, Ella.

—Buenos días, Paul —dije sonriendo a pesar de que la vergüenza me gritaba que colgara y fuera a esconderme a mi casa—. Lo siento..., voy... voy a llegar tarde. Como a las once y veinte.

—No te preocupes. Gracias por avisarme —me tranquilizó mi terapeuta.

—Puedo llevarte si quieres.

Su voz ronca me provocó un escalofrío, pero volví a concentrarme en el teléfono.

—Perfecto, lo siento mucho —me disculpé con una mueca—. Hasta luego.

—No te preocupes, Ella. Hasta luego.

Colgué y lancé una mirada a la pantalla que estaba sobre las puertas corredizas en la que salían los pisos restantes.

«Dieciocho.»

—Puedo llevarte.

—No —respondí fríamente.

—Llegarás mucho antes a tu cita si dejas que te lleve —insistió el psicópata con la mirada clavada en las puertas del elevador.

—No te lo tomes mal, pero prefiero llegar tarde —respondí secamente mientras me cruzaba de brazos.

Soltó una risita.

—Heextrañado tus contestaciones.

—Yo extraño que me dejes en paz —solté mientras sentía que mi ira iba aumentando.

«¿De verdad no quiere cerrar la boca? Tranquila, Ella. Solo nueve pisos.»

—Me siento casi ofendido —se burló—. Pero... allá tú.

Eso quería decir que no pensaba irse. Acababa de confirmar mis sospechas de la noche anterior.

«Ay, Dios.»

—Por cierto, te veías muy guapa ayer —me piropeó justo después de aclararse la garganta—. Me sorprendió verte.

—¿Verme o verme con Shawn? —le pregunté con toda la frialdad de la que fui capaz—. No te molestes, conozco la respuesta.

Maldición, no debía volver a entrar en su juego.

«Tres pisos. Solo tres pisos.»

Dejó escapar una carcajada.

—Te veo muy nerviosa esta mañana.

—Agradéceselo a tu presencia —repliqué mientras las puertas corredizas empezaban a abrirse.

—Al menos no te es indiferente.

Salí del elevador y, sin darme la vuelta, le mostré el dedo de en medio, cosa que multiplicó sus carcajadas.

Aceleré el paso hacia la consulta de mi terapeuta, que no estaba muy lejos. Al sentir sobre mí las miradas de la gente que caminaba por la calle, entré en pánico. Respiré para calmarme. Con algo de suerte y un poco más de velocidad, llegaría a la consulta de Paul al cabo de quince minutos.

Eran las once y siete y mi ansiedad iba en aumento. Llegar tarde a mis citas con Paul me hacía sentir culpable.

—¿Estás segura de que no quieres que te lleve?

Se me cortó la respiración. Cerré los ojos y aumenté el ritmo sin responderle. Con la ventana bajada y un codo fuera, me hablaba desde su coche, de un número de cilindros demasiado grande para mi gusto. Lo podía deducir solo con el sonido del motor.

Entre las cosas que tenía pensado hacer ese año, estaba sacar la licencia de conducir. Me sentía, al mismo tiempo, impaciente y aterrada por hacerlo. Esperaba superar mi miedo a conducir, que me perseguía desde el accidente que le había costado la vida a mi madre.

—Ya veo.

Cuando su motor rugió, no pude evitar sonreír. Lo había molestado.

—Qué día más bonito nos espera —lo cité.

«Ella: 2-Asher: 0.»

—¿Estás segura de que es una buena idea? —me preguntó mi terapeuta con una mirada insistente.

—En absoluto —le respondí—, pero voy a hacerlo de todas formas.

Asher sacaba lo peor de mí. Pero, en lugar de abofetearlo, había decidido que, en adelante, utilizaría palabras...

—Tuvo el descaro de decir, delante de mí, que la próxima vez iría con él —le recordé—. Como si fuera un juego de niños.

—Sí, lo entiendo.

—Y... Y fue a mi casa como si nada. Voy a hacerlo vivir un infierno... Voy a...

—Ella —me detuvo la voz pausada de Paul—. Vas a calmarte, ¿de acuerdo?

Mi ira se disipó poco a poco. Resoplé mientras me tocaba el pelo.

—Está intentando volver a tu vida, tómatelo como una oportunidad para pedirle explicaciones.

Lo miré fijamente, con el ceño fruncido. No quería darle la oportunidad de explicarse. Ante todo, quería tratarlo como él me había tratado. Ya no me intimidaba, ya no era la Ella que temía sus reacciones. Ya no me daba miedo.

—Lo haré... en cuanto termine de mostrarle que lo detesto.

Mi terapeuta se dio por vencido.

—No dejes que tu rabia mande sobre tu razón, Ella —me aconsejó antes de que me fuera.

Le respondí con una sonrisa.

Cuando salí de la consulta, nublada por la ira, estaba decidida a enfrentarme a la multitud para ir a comprarme una pizza. Pero, una vez que estaba de camino, tuve que acelerar el paso al notar que algunos hombres me miraban con demasiada insistencia.

Por eso detestaba salir.

Sus miradas, palabras y sonrisas me daban ganas de vomitar. Me sentía constantemente en peligro. No conseguía mantener la calma cuando un hombre me sonreía con un aire lujurioso.

—Hola, guapa.

Aquella voz masculina cerca de mi oído me dejó sin aliento.

«Ignóralo. Cálmate.»

—¿Me das tu número?

—No —respondí sin mirarlo—. Déjame tranquila.

Se acercó a mí e instantáneamente mis extremidades cayeron presas de temblores.

—Anda, muñeca, dámelo.

—Estoy bastante seguro de que te ha pedido que la dejes tranquila.

Me puse en tensión al escuchar esa voz ronca que podría reconocer entre un millón. El alcohólico se dio la vuelta y yo hice lo mismo.

Con una mirada asesina y apretando los dientes, Asher Scott mostraba todo el alcance de su ira.

—Aléjate de ella —le ordenó el psicópata sin dejar de mirarlo.

—¿Si no qué, amigo?

«Mierda.»

Asher esbozó una sonrisa malvada. El alcohólico se acercó peligrosamente a él con aire desafiante.

—Asher, está borra...

Antes de que pudiera terminar, Asher le dio un fuerte puñetazo en la mandíbula. Gemí asustada cuando vi al hombre caer al suelo.

—Demasiado tarde —concluyó.

Eché un vistazo a nuestro alrededor, pero nadie parecía preocupado por nosotros. Cuando estaba a punto de alejarme, la voz de Asher me detuvo.

—¿No tengo derecho ni a un gracias?

—¿Gracias por qué? ¿Por haberle pegado a un hombre completamente borracho?

—Te recuerdo que me había insultado —dijo—. Y te di mi palabra de que nada te pasaría cuando yo estuviera cerca.

Con los ojos cerrados, me tragué rápidamente las emociones que surgieron cuando pronunció las mismas palabras que un año antes. Era la promesa que me había hecho.

Sin embargo, mantuve el control y levanté una ceja en su dirección. ¿En qué momento lo había insultado?

Respondió a mi pregunta sin que ni siquiera se la hiciera:

—Me ha llamado amigo.

Resoplé exasperada. Casi me había olvidado de su ego desmesurado.

Sin decir una palabra, me alejé del lugar, mostrándole así que ya no tenía ninguna importancia para mí, aunque el corazón me latía a toda velocidad y estaba rezando por que no me siguiera. No sabía cómo lograba contener las ganas de dejar las cosas claras, porque cada nuevo altercado era más difícil para mí que el anterior.

Me dirigí a una pizzería de mi vecindario en la que Kiara y yo solíamos comer. Tener que hacer fila me producía nerviosismo. Quería volver a mi casa, donde me sentía más segura, con una buena pizza. Cuando me fui de allí, estaba orgullosa de mí misma. Era quizá la sexta vez que salía sola para hacer algo que no fuera ir al supermercado.

Diez minutos después, estaba por fin frente al edificio al que llamaba «casa» desde hacía un año. Entré en el mismo elevador que había sido mi prisión esa misma mañana. A solas, no puede evitar pensar en él, en su sonrisa traviesa y la seguridad que aparentaba, cosas que seguía encontrando insoportables.

Abrí la puerta de mi departamento y entré corriendo antes de cerrarla.

—Te has tomado tu tiempo.

Se me resbaló la caja por la sorpresa. Me puse una mano sobre el corazón, que parecía que me iba a estallar, luego me giré hacia su voz ronca.

«Maldición, ¿qué hace aquí? ¿No he cerrado la puerta?»

Ese pensamiento me sacudió el cuerpo. Nunca me olvidaba de cerrar la puerta. Ay, Dios mío.

—¿C-cómo has entrado? —le pregunté aturdida.

Orgulloso de sí mismo, Asher hizo bailar una llave que sostenía en la punta de los dedos, y casi me ahogo con mi propia saliva. Tenía las llaves de mi departamento.

—Por si no estabas al corriente, este departamento también es mío —me informó.

La rabia empezó a consumirme. Se permitía volver a mi vida, y ahora también a mi departamento.

Recogí mi pizza, por suerte intacta, y la dejé encima de la barra de la cocina antes de volver sobre mis pasos y ordenarle, una vez que llegué a la puerta:

—Fuera.

—No antes de tener una conversación contigo.

Bajó lentamente las escaleras y, con un cigarro entre los labios, tomó asiento en el sofá blanco. La fina cruz colgada de su cadena me recordó nuestro viaje a Londres y se me hizo un nudo en la garganta.

—No quiero hablar contigo —respondí.

Se levantó con rapidez para ponerse frente a mí. Los metros que nos separaban me ayudaron a mantener la calma y a no dejarme llevar por la ira.

—Sal...

Alguien tocó bruscamente la puerta.

—¿Ella? ¿Estás ahí?

Asher ahogó una risa burlona mientras que a mí casi me dio un infarto. Shawn estaba ahí.

—Si te niegas a tener una conversación, no veo ningún inconveniente en revelarle a mi querido primo que antes eras mi cautiva.

Hice una mueca y los ojos se me abrieron ante su expresión triunfal. Me estaba chantajeando, sabía que no le había dicho nada a Shawn.

Este volvió a llamar. Exclamé con la mirada clavada en Asher:

—¡Ya voy! Un segundo.

El psicópata esbozó una sonrisita.

—Bueno, ¿qué decides?

Señalé la escalera y le ordené fríamente:

—Sube y no bajes hasta que se vaya.

Su sonrisa se ensanchó. Cada paso que daba para acercarse a las escaleras provocaba que mi ritmo cardiaco aumentara. Tranquilamente, se detuvo delante de mí, y se me hizo un nudo en el estómago cuando me llegó su olor. Esa mezcla de perfume y tabaco provocó que muchos recuerdos resurgieran a la superficie. Estaba como clavada al suelo, paralizada por sus ojos grises. Sin embargo, lo disimulé perfectamente. No podía dejar que notara que todavía tenía ese efecto sobre mí.

Jugaría con eso. Y ganaría.

Lentamente, acercó la boca a mi oído. No parpadeé. Sin embargo, el corazón estuvo a punto de explotarme cuando murmuró:

—Extrañaba negociar contigo. Adoro verte ceder..., ángel mío.

«Ella: 2-Asher: 1.»

11

Miénteme

ELLA

Asher subió las escaleras con parsimonia, lo que provocó que mi enojo aumentara. Lo hacía a propósito.

—¡Date prisa! —murmuré fulminándolo con la mirada.

Se alejó riéndose. Una vez que estuvo apartado de la mirada de su primo, me apresuré a abrirle la puerta a este, que llevaba ya unos minutos esperando.

—Hola. Lo siento, estaba... ocupada —mentí avergonzada.

Asher siempre me metía en situaciones embarazosas, desde mi primera misión como cautiva.

«Gracias a Dios que ya no lo soy. Y que nadie lo es. Es una maldición.»

—No pasa nada. Me preguntaba si tenías planes para hoy.

—No... No, claro que no —balbuceé intentando mantener la calma.

Recé para mis adentros por que Asher no saliera de su escondite, lo conocía lo suficiente para saber que era capaz de hacerlo. «Solo para satisfacer su ego al ver la reacción de Shawn.»

Ante ese pensamiento, mi ansiedad aumentó y empezaron a sudarme las manos. Tras echar un vistazo al piso de arriba, pregunté tartamudeando:

—¿Po-por qué?

—Hay un restaurante en la ciudad que me encanta y me preguntaba si quieres venir conmigo esta noche.

—Eh...

—Si no quieres, podemos pedir a domicilio.

Aunque su invitación no me tentaba, me entraron ganas de aceptarla.

«El psicópata estará encantado.»

—De acuerdo.

En ese momento, se oyó un ruido en la planta de arriba. Shawn levantó la cabeza mientras arqueaba una ceja.

—Estaba ordenando el clóset —me apresuré a explicarle—. Por cierto, ¡se te olvidó el reloj en mi bolso! Espera aquí, ahora vuelvo.

Sin dejarle tiempo para responder, me alejé de él y subí las escaleras a toda prisa. La puerta de mi habitación estaba abierta de par en par. Me encontré de cara con Asher, quien me fulminó con la mirada desde los ventanales. Había oído la conversación.

De brazos cruzados y con la mandíbula apretada, daba golpes con el pie con impaciencia.

—No puedes cenar con él esta noche —susurró en tono firme.

Estuve a punto de reírme y me acerqué al clóset para sacar el bolso. Con el reloj en la mano, esbocé una sonrisita socarrona y le respondí con un murmullo:

—Vaya que sí.

Cerré la puerta de la habitación para amortiguar los ruidos que pudiera hacer el psicópata antes de bajar las escaleras sonriéndole cálidamente a Shawn. A pesar de que por dentro estuviera a punto de sufrir un ataque de ansiedad.

Shawn me sonrió cuando le di el reloj.

—Gracias, llevaba desde ayer buscándolo —contestó rascándose la nuca—. Es de una de mis marcas favoritas y me costó una fortuna.

Shawn admiró su reloj explicándome su complejo mecanismo,

pero yo no oí la mitad de sus palabras. Su primo ocupaba todos mis pensamientos.

—Entonces, ¿hasta esta noche?

—¡Claro! —exclamé volviendo en mí—. Hasta esta noche.

Cerré la puerta con suavidad tras él. Apoyé la espalda en la madera y exhalé para calmar la ansiedad. Tenía el estómago revuelto en todos los sentidos.

Decidí no avisar a Asher de que su primo se había ido. Cuanto más tiempo estuviera lejos de mí, mejor gestionaría su presencia. Necesitaba unos segundos para asimilar que Asher estaba aquí y que quería hablar conmigo. No sabía cómo iba a reaccionar y no quería que se explicara. Y menos ahora, sería demasiado rápido.

Me negaba a concederle un tiempo que él no me había concedido a mí. Él, que siempre obtenía aquello que quería tan solo con chasquear los dedos, iba a comprender lo que era no tener lo que uno pide.

Apenas tres minutos después, oí que la puerta de mi habitación se abría. Cerré los ojos mientras me lavaba las manos para degustar esa pizza que llevaba esperándome más de veinte minutos.

—¿Ya se ha ido el florista?

Su pregunta me hizo reír, aunque lo disimulé aclarándome la garganta.

«¿El florista? ¿En serio?»

Decidí no contestar. En lugar de eso, me senté en el taburete. El olor de la comida me hacía la boca agua, pero la presencia de Asher acabó por quitarme el apetito.

Sus pasos pesados llenaron rápidamente mi dormitorio. Le dediqué una mirada asesina que me sostuvo con una risita burlona.

«Bueno, Ella. Mantén la calma.»

Asher se sentó en el taburete frente a mí, mirándome. Empecé a comerme el primer trozo de pizza con toda la tranquilidad del mundo.

«O, al menos, intentando mostrarla.»

Contuve las ganas de rehuirle la mirada, ya que no pensaba dejar que creyera que todavía tenía algún tipo de poder sobre mí.

—No puedes cenar con él esta noche —repitió.

Me quedé callada ante su atrevimiento.

—Es mi maldito primo, Ella.

—Ya lo sé. Parece que esta vez me he topado con el Scott bueno —espeté al instante.

Se le oscureció la mirada y se le contrajeron violentamente los músculos. Esa imagen duplicó mis ganas de destruir su supuesta indiferencia.

—¿Qué haces aquí? —le pregunté secamente.

Él me miró en silencio con aire arrogante, mientras yo no dejaba de mirarlo.

—¿Qué haces tú aquí?

La rabia empezó a adueñarse de mí, pero mi voz interior me animó a mantener la calma.

Una vez más, el silencio fue su única respuesta. Me levanté de un salto y fui hasta la puerta.

—Voy a preguntártelo por última vez. Si no dispones de una respuesta que darme, no tenemos nada que decirnos.

—¿Por qué no preguntas algo para lo que no tengas respuesta? —replicó con seriedad.

—Muy bien. ¿Qué quieres? —inquirí con frialdad.

—A ti.

Me reí mientras me daba un vuelco el corazón. Las emociones contradictorias que se apoderaban de mí cuando se trataba de él hacían que aumentara mi ira, no solo hacia él, sino también hacia mí misma.

A pesar de que mi corazón quería creerle, mi cerebro se encargaba de impedirlo.

«Solo ha vuelto por Shawn. Sus palabras no son ciertas.»

—¿A mí? —contesté con aire burlón.

—A ti —repitió con seriedad.

Se recostó en la silla y se cruzó de brazos esperando mi respuesta. Sin embargo, aparte de una risa falsa, no salió nada de mi boca. Mi cerebro se debatía entre las ganas de decirle de todo y las de terminar con la conversación y echarlo de mi casa.

El sonido de mi celular rompió el gélido silencio que se había formado. Fruncí el ceño al ver el nombre de Ben.

—¡Hola, querida! —exclamó Jenkins cuando contesté.

—Hola —suspiré.

—Por casualidad..., ¿está contigo Ash?

Le lancé una mirada a este, que no se había movido de su silla.

—Sí.

—Ay, mierda..., creía que... Bueno. ¿Puedes decirle que lo estoy buscando? Ha pasado una estupidez en el cuartel general..., es un poco urgente.

«Salvada por Ben.»

No todos los héroes usan capa.

—Claro, enseguida —contesté mirando a Ash con una sonrisa triunfal.

El psicópata arqueó una ceja y Ben colgó. Me aclaré la garganta.

—Me ha llamado el pueblo, buscan a su idiota. Te esperan lejos de mi casa. Y, según Ben, es urgente.

Se le escapó una carcajada.

—Muchos han muerto por menos que eso —respondió haciendo referencia a mi insolencia, que aumentaba por culpa de la ira—. Tengo que ocuparme de cosas más importantes que los problemas de la red.

Se me aceleró el corazón y los músculos se me tensaron. Odiaba la facilidad con la que utilizaba esas palabras, que no tenían ningún valor para él. Lo único que quería era volver a tenerme para engrandecer su ego y ganar la competición contra Shawn, una competición que había creado en su cabeza y de la cual yo era el trofeo.

—No me tendrás. Nunca más. Fin de la discusión.

Se le oscureció la mirada y dedujo con frialdad:

—No leíste el contenido del sobre.

Un escalofrío me recorrió de arriba abajo. Hablaba de sus notas. Inspiré esforzándome por mantener la sangre fría mientras hervía de rabia.

—Qué descaro... —espeté sin contenerme—. Vienes aquí después de un año mientras has huido...

—Yo no he...

—¡Déjame hablar! —exclamé dejándome llevar—. Vuelves después de pasarte un año entero evitando cualquier confrontación conmigo con esas hojas como única explicación. ¿Y me dejas caer que me deseas? ¿Todo por culpa de Shawn?

—Shawn no es el motivo...

—¡Sí! No soportas la idea de que pueda estar interesado en mí, de que yo haya pasado página, pero ¿sabes qué? Lo he hecho. Y él tiene más valor ante mis ojos del que tú has tenido nunca.

La cólera había tomado el mando. Esas palabras no eran ciertas, pero quería hacerle daño y, al ver su rostro desencajado, comprendí que acababa de hacerlo. Temblando, me abstuve de soltarle otros horrores.

—Mientes —gruñó con los ojos clavados en mí.

Se me escapó una risa mezquina.

—Es lo que te gustaría, ¿verdad? Te gustaría oír que todavía te quiero, Asher, que solo tengo ojos para ti, incluso después de todo lo que hiciste. Me arrancaste de la vida que había empezado a construir...

—Quería protegerte —se justificó fulminándome con la mirada.

—¡¿Protegerme?! —exploté—. Decidiste por mí sin consultarme. Me echaste porque te había confesado mis sentimientos y ahora, en lugar de disculparte, finges que fue para protegerme.

—Yo no...

—¡Cállate!

Las lágrimas que llevaba intentando tragarme desde el principio me resbalaron por las mejillas mientras la ira hacía vibrar mis extremidades. Recordé cada día que había pasado en este departamento con el sabor amargo de la soledad y un nudo en el estómago.

Desde hacía un año, vivía día a día. No tenía nada ni a nadie. La soledad me carcomía porque había conocido la felicidad de estar rodeada de mis amigos. Me había alejado de Kiara, de Ben y de él. Y yo no había podido decir nada. Me obligó a trasladarme sin avisarme siquiera, como si fuera un mero objeto.

—Todo para alimentar tu ego de mierda. No habrías vuelto si no hubiera sido por Shawn —escupí dejando que las lágrimas me bañaran el rostro—. No me quieres. Solo te gusta la idea de ganarle a Shawn. Porque para ti no es más que un juego.

—¡No es eso lo que quiero, maldición! —gritó con los puños apretados.

Con paso firme, me acerqué a él. Me temblaba todo el cuerpo de rabia.

Se levantó de la silla.

—Miénteme otra vez —susurré—. Miénteme otra vez y dime que no has vuelto a mi vida porque Shawn se ha fijado en mí, Asher.

Observó las lágrimas que yo no había podido retener. Había explotado. Quería permanecer impasible ante él y sus palabras vacías de sentido, pero solo había resistido unos minutos hasta dejarme consumir por la rabia.

Su silencio me dio a entender que no iba a repetir su frase. Su mentira.

—¿Las has leído?

Habló en voz baja. Observó mi rostro como si lo estuviera redescubriendo. Su respiración era tan irregular como la mía, podía sentirla rozándome la piel. Tenía la mandíbula contraída, pero no dejaba que la furia se apoderara de él como me había sucedido a mí.

Esa moderación era algo que rara vez había visto en él.

Percibí en su mirada que estaba esperando mi respuesta, como si fuera importante para él saberlo.

—Sí.

Se le cortó la respiración y se le suavizaron ligeramente las facciones. De inmediato, sus palabras me volvieron a la mente, unas palabras que nunca había pronunciado en voz alta.

Es diferente. Podría incluso decir que se parece a mí... Me calma. Ella Collins...

Sollocé con más fuerza. Lo odiaba por todo lo que no había hecho, por los meses de silencio, por haberse mostrado tan distante.

—¿Por qué me echaste de tu vida para volver un año más tarde, Asher?

Se me quebró la voz y él hizo una mueca. Poco a poco, la ira dio paso a la pena. Ya no podía controlar mis sentimientos, eran ellos quienes estaban al mando.

—¿Por qué huiste de mí cuando yo solo te quería a ti?

Se me escapó un sollozo.

Era horrible, todo lo que había vivido volvió a mí. Estos recuerdos intactos y nítidos me recordaron la persona patética que había sido, y que había amado desesperadamente al único ser que no quería que lo amaran.

—Te toca a ti mentir, Ella. Miénteme, dime que ya no me quieres.

Se me cortó la respiración. Lo sabía. Sabía que todavía lo quería. O tal vez me lo preguntaba para tratar de tranquilizarse.

—Vete al demonio —escupí con rabia.

—Dilo.

Cuando acercó la cara a la mía, me alejé. Su mirada de acero me desequilibraba.

—Dime que ya no sientes nada por mí y me marcharé. No volverás a oír hablar de mí nunca, te doy mi palabra.

Se me formó un nudo en la garganta. No conseguía calmarme, estaba abrumada por mis emociones. No era capaz de reflexionar correctamente. Y él lo sabía.

—Te odio. Odio amarte.

Mi respuesta provocó que una sonrisa naciera en su rostro. Recogió una de mis lágrimas con el pulgar y me miró a los ojos antes de murmurar:

—Tienes razón al hacerlo. Yo también me odio.

Me estremecí cuando sus labios se posaron con delicadeza en mi frente.

Mi cerebro me gritaba que lo alejara de mí y que siguiera diciéndole sus verdades, pero no podía. Porque mis emociones acababan de tomar el control y mi corazón estaba al mando.

Asher se apartó poco a poco. Sus pasos se dirigieron a la entrada. Se iba.

—Cuando estabas conmigo, te protegía de mi mundo, Ella. No puedes culparme por protegerte de ellos.

Oí que abría la puerta y añadía:

—Pero, al protegerte de ellos, olvidé protegerme de ti.

La puerta se cerró y se me escapó un sollozo entre los labios. Maldición.

Me pasé la mano por la cara mientras el llanto se volvía incontrolable. Mi cuerpo cedió a la tristeza una vez más. Su silencio me había estado matando lentamente durante un año. Me había dejado sola, como todos los que había habido antes que él, como si dejarme marchar fuera lo más fácil del mundo.

Sin embargo, por primera vez, alguien había vuelto.

De este pensamiento nació la esperanza de que Asher no hubiera vuelto por Shawn. Sin embargo, la verdad era muy diferente. Y mi cerebro se esforzó por recordármelo. Debía escucharlo.

«Olvidé protegerme de ti.»

—Yo tampoco puedo protegerme de ti —murmuré dejando que las lágrimas volvieran a brotar de mis ojos.

Había fracasado. No había sido capaz de controlar la ira. No había sabido mantener la sangre fría y mostrarle que su presencia me era indiferente. Una vez más.

No era capaz de mantener la calma cuando él estaba delante, y me costaba mucho contener la amargura, que no hacía más que crecer. No obstante, ahora tenía una sensación de ligereza. Hablar de todo lo que llevaba un año carcomiéndome había aliviado ese resentimiento.

«Tienes razón al hacerlo. Yo también me odio.»

Me daba la razón por que odiara amarlo. Como si no mereciera ser amado, como si fuera un calvario para aquellos que lo hacían. Esta reflexión me recordó las palabras que una vez mi terapeuta le había dedicado a Asher: «No puedes curar a alguien que se deleita en sus heridas, no puedes salvar a alguien que no desea ser salvado».

Se me escapó un jadeo. Si me hubieran dicho eso antes, ¿habría hecho caso? ¿O me habría adentrado igualmente en el misterio que encarnaba?

Seguramente, la segunda opción. Asher Scott me había intrigado y había acabado abrasándome.

No sabía si iba a volver, pero sí sabía una cosa: me deseaba.

Una semana después

Siete días.

Habían pasado siete días desde que había discutido con el imbécil egoísta que quería volver a mi vida para ganar una competición. Había intentado hablar conmigo durante los primeros cuatro días. Pero yo había huido por toda respuesta, como había hecho él.

Había pegado notas al otro lado de la puerta para decirle que se marchara sin tener que hablarle.

Un insulto adicional a su ego. Me encantaba sacarlo de quicio, me divertía.

Evidentemente, tomé la precaución de dejar las llaves puestas en la cerradura por si el señorito intentaba volver a entrar como la última vez. Esta situación le molestaba y yo estaba satisfecha con su frustración.

Hacía tres días que había vuelto a California y, según Kiara, estaba aún más irritable que de costumbre.

«Ella: 3-Asher: 1.»

Pero las cosas habían cambiado. En cuanto se había marchado de mi departamento, había comprendido lo bien que me había sentado decirle lo que tenía dentro. Había comprendido que, si quería construir un futuro, debía hacer las paces con mi pasado.

Así que le había pedido a Kiara que me enviara información sobre mi tía. En concreto, su dirección. Estaba dispuesta a seguir los consejos de Paul y a volver a verla. Necesitaba respuestas. ¿Había servido de algo mi sacrificio? ¿Había logrado curarse por fin? Quería volver a verla después de todos estos años. Quería que supiera que casi me había destruido, pero que había sobrevivido.

Con ciertas secuelas, claro.

Luego..., dirección Australia.

La idea me pareció una locura. Volver a mi país natal, ver la tumba de mi madre, sobre la cual probablemente nadie había puesto nunca flores. Seguir adelante. Llenar las lagunas de mis recuerdos y conectarlos para crear un final. Obtener respuestas a mis preguntas.

Era arriesgado, existía la posibilidad de que me perdiera en la búsqueda. Pero ya no podía seguir viviendo como llevaba un año haciendo.

Asher había aprovechado para retomar el control de la situación. «El desgraciado de Asher Scott.»

El señorito se negaba a dejar que Kiara me pasara información por la simple razón de que no soportaba que lo hubiera ignorado durante su corta estancia en Manhattan. Su ego se había llevado un buen golpe. Y había decidido que, si quería conseguirla, tendría que pedírsela yo directamente.

—Entonces, ¿qué vas a hacer?

Sabía lo que iba a hacer, lo había pensado bien. Ya no me daba miedo tomar ese tipo de decisiones. Al contrario.

—Iré a California —le respondí a mi terapeuta, segura de mí misma—. Si se niega a que Kiara me proporcione la información, no me queda más remedio que ir a buscarla yo misma.

Había decidido volver a California para tomar lo que me correspondía por derecho. Me embargaba un sentimiento extraño: tenía miedo, pero al mismo tiempo estaba impaciente por regresar, por reencontrarme con Ben, Kiara, Ally y Tate.

Pero, sobre todo, estaba impaciente por ver cuál era la reacción de Asher.

Se me empezó a remover el estómago. Sin embargo, le sonreí a mi terapeuta, quien se había puesto a aplaudir.

—Estoy orgulloso de ver que ya no huyes de tu pasado, Ella.

Las lágrimas se me acumularon en los ojos. Estaba orgulloso de mí, y yo también. No era algo que sucediera frecuentemente. No iba a dejar que nadie me controlara e iba a tomarlo desprevenido. Una vez más.

Este año iba a ser prometedor.

«¡Allá voy, California! Espero que esta vez te portes mejor conmigo.»

12

Efecto sorpresa

ASHER

Removía lentamente el vaso de whisky. El triste tintineo del hielo rompía el silencio que reinaba a mi alrededor.

Aunque ante mis ojos tenía el jardín, mi mente seguía en Manhattan. Su cara sumergida en lágrimas, su voz rota, sus manos temblorosas, su mirada, en la que se mezclaban el asco y el odio... Todo se repetía en mi cabeza y hacía que mi corazón latiera acelerado.

La había destruido. Y ni siquiera había pedido perdón. «Porque soy el peor infame de la historia.»

Había destruido la vida que le quedaba porque me había entrado miedo. «No soy más que un puto cobarde.»

La ira se apoderó de mi cuerpo y lancé con rabia el vaso contra la pared. Se me aceleró la respiración y se me paralizó el cuerpo.

«No la merezco. Detesta amarme.»

Con los dedos firmemente agarrados al barandal de mi balcón, gruñí de rabia. Me odiaba. Lo único que sabía hacer era destruir todo lo que me rodeaba.

«Soy el arquitecto de su destrucción, y de la mía.»

¿Y todo eso por qué? Porque me aterrorizaba. Aunque Ella no se parecía en nada a la zorra de Jones, me aterrorizaba la idea de dejar que alguien se me acercara demasiado. Era superior a mí.

«Me odio, maldición.»

Había alejado de mi vida a la única persona que estaba tan loca como para amarme, que era tan estúpida como para olvidar todo lo que le había hecho y tan kamikaze como para quedarse tras ver mi peor cara.

Me aterrorizaba porque no se había ido. Nunca. En ningún momento.

La había cagado, sabía que mi estupidez no tenía límites. Sin embargo, la quería. Sí, había vuelto por Shawn, y ella lo sabía. Aunque... no era muy difícil de adivinar. Sin embargo, ese imbécil me daba absolutamente igual. Nunca la tendría.

Sabía que la deseaba, había leído mis notas. Nunca me había sentido tan vulnerable a ojos de alguien; mi alma se había quedado desnuda. Todos mis pensamientos estaban volcados en ellas, las palabras que me permitía vomitar en esas libretas porque nadie podía leerlas.

En ese lugar podía liberarme, solo estaba yo.

Esas páginas daban acceso a los entresijos de mi mente. Escribía en ellas mis sentimientos para ayudarme a comprender con más claridad el funcionamiento de mi cerebro, que solía estar hecho un caos por mis angustias.

Había decidido darle todas las hojas que hablaban de ella. Había dudado durante varios días. Pero... quería que las leyera. Que supiera que no se equivocaba al pensar que no me era indiferente.

Nunca lo había sido.

Quería que comprendiera por qué me comportaba tan mal con ella, por qué la alejaba. Por qué le tenía miedo.

Porque me costaba explicárselo. Porque no sabía cómo hacerlo. Así que simplemente había decidido dejarla entrar en mi cabeza. Permitir que comprendiera, a través de esas notas, mi mente y mi alma echada a perder.

Aun así, Ella no pensaba dejarme volver a su vida tan fácilmente, y yo lo sabía. Tras nuestra pelea, había hecho varios intentos de regresar a su lado, y el fracaso se había burlado de mí en cada uno de ellos. Nunca me había abierto esa puta puerta.

Y no perdía la oportunidad de reírse de mí a través de notas que pegaba en la puerta: «Estoy dormida. Deberías hacer lo mismo», «¿No te cansas de llamar?».

Kiara había perfeccionado su picardía, había hecho que se volviera tan descarada como ella. ¿Y eso me molestaba? «Por supuesto que no... Más bien al contrario.»

La había extrañado.

Mi ángel no era tan buena y..., aunque temía el destino que tenía reservado para mí, no pensaba dejar que se me escapara.

Cuando me enteré de que quería volver a ver a su tía, prohibí terminantemente a Kiara que tocara su carpeta. Era demasiado fácil para mi ángel obtener esa información a través de ella.

«Ya veremos cuánto tiempo aguantas sin hablarme...»

Sabía que la iba a pasar mal con ella, que me iba a hacer perder la cabeza. Pero si ese era el precio que debía pagar para que me perdonara, estaba dispuesto a entregarle mi alma.

—Qué me has hecho, ángel mío...

El ruido de un motor me llegó a los oídos y me hizo salir de mi prisión mental. Miré con desprecio el sedán de Ben, que acababa de entrar en mi propiedad.

Se detuvo cerca del estacionamiento y Heather salió del coche con una enorme sonrisa en los labios. Levantó la cabeza y agitó una carpeta en mi dirección, señal de que había tenido éxito. Lo bueno de Heather era que podía ser muy persuasiva a la hora de obtener lo que se le pedía. Lo malo... era simplemente ella.

—¿Me abres? No pienso dormir fuera.

Su frase me arrancó una sonrisa y me transportó a un año atrás, cuando no la había dejado entrar porque no había llegado antes de medianoche como le había ordenado.

—Fuma. Así te morirás más rápido —me espetó enojada.

—Sigue así y tú morirás aún más rápido.

Se me escapó una risita mientras sacaba las llaves del bolsillo trasero. Se las lancé a Heather, que seguía atrapada en el jardín.

Gruñí al sentir algo frotándose contra mi pie. ¿Ese perro no se cansaba de estar siempre pegado a mí?

De repente, una idea iluminó mi mente, en constante búsqueda de un plan para recuperar a Ella.

—¿Alguna vez has paseado por Central Park?

Si le llevaba al maldito perro, tal vez accedería a abrirme la puerta.

«O permitirá entrar a Imbécil y me dejará fuera y dirá: "Solo entra el perro". Es muy probable.»

—¡Me muero de hambre! —exclamó Ben desde la cocina.

—Aquí tienes lo que me pediste.

Heather entró en mi habitación y me dio una carpeta que contenía la información que necesitaba. Sonrió orgullosa antes de darse la vuelta.

Hice una mueca cuando vi los trozos de vidrio todavía esparcidos por el suelo de mi balcón y bajé las escaleras a toda prisa en busca de mi primo.

—¿No tienes nada en el refrigerador? —se quejó—. Oye, llevo toda la noche esperando a Heather. ¡No he comido nada desde las cinco!

Eran las tres de la madrugada.

—¿Qué les fue? —pregunté refiriéndome al almacén de la banda con la que Heather había estado negociando.

—Nada del otro mundo. Fuera eran diez u once vigilando los alrededores —me contó mientras sacaba una cerveza—. Heather entró gracias a la cautiva del jefe.

Así que el jefe no estaba. Era previsible: me había dado a su socio en una la charola de plata. Era una locura lo que esos cabrones eran capaces de hacer por el prestigio y algo de dinero.

«El dinero vuelve estúpidos a los humanos.»

—Me voy. Buenas noches.

Ben me hizo un gesto con la mano antes de cerrar la puerta tras él.

—¿Puedo dormir aquí esta noche? —preguntó Heather.

—Si quieres —suspiré sin mirarla.

Aunque a veces dormía aquí, tenía, por suerte, su propio departamento. No como ella. Había dejado algunas cosas en mi casa, pero tenía prohibida la habitación de Ella.

Terminantemente prohibida.

Al día siguiente, dos de la tarde. Cuartel general de los Scott

—¿Dónde está Kiara? —pregunté tras encender otro cigarro.

—Ni idea —me respondió Ally mientras seguía escribiendo su informe—. Tal vez en Manhattan. Extraña mucho a Ella, así que...

Asentí sin responder. Kiara estaba muy unida a Ella, y eso solía molestarme por culpa de la maldita solidaridad entre mujeres.

—Por cierto..., ¿qué tal... va todo con Ella?

—¿Tú qué crees, Ally? —murmuré molesto.

Sonrió.

—Mal, imagino.

Exhalé el humo e inhalé de nuevo la nicotina que me mantenía relajado. Esa mierda era lo único que me calmaba.

«Y ella.»

—¿Qué piensas hacer?

Le lancé una mirada sombría y esbozó una sonrisa traviesa. No pensaba dejar el tema, pensé. Seguro que llevaba esperando este momento desde que había vuelto de Manhattan y ahora que me veía bastante calmado no iba a perder su oportunidad.

—No sé —suspiré finalmente con la mirada puesta en la ventana—. Ya lo pensaré.

«Mentira, por supuesto. Lo único que había hecho en las últimas dos semanas era pensarlo.»

Sinceramente, le había dado mil vueltas en la cabeza a la situación y aún no había encontrado una forma de solucionarla. Me había metido en problemas con ella. Y ahora estaba pagando por mis estupideces.

—¿Sabe... lo de Heather?

Se me cortó la respiración de golpe. Heather.

No. Jamás.

—No. No necesita saberlo —gruñí—. Espero que no hayan dicho nada.

Negó con la cabeza.

—¿Por qué no quieres que lo sepa?

—«Ella, te presento a Heather. Sí, es mi nueva cautiva, pero tranquila, solo nos hemos acostado dos veces..., tal vez tres... Bueno, desde luego cuatro no» —dije con ironía—. Ya tengo suficientes problemas.

Ella no debía enterarse de su existencia. De hecho, ya le había dicho a Heather que jamás se presentara como mi cautiva si algún día se conocían. Podía decir lo que quisiera, pero no esa maldita palabra.

Ally se rio. Esa situación me ponía nervioso. No. Ella me ponía nervioso, maldición.

Saber que tenía una cautiva, eso tal vez le daría igual. «Tal vez.»

Pero ¿una cautiva a la que me cogía? Seguramente no.

«Mis posibilidades con ella se reducirían exactamente a menos cien.»

—¿La amas?

El corazón me dio un vuelco. «¿Amarla?»

—Sal de aquí —le ordené con un bufido.

Ally sonrió y se levantó mientras recogía sus papeles, orgullosa de la reacción que acababa de provocar.

—No, no la amo.

—Claro que no —soltó, burlona, antes de salir de mi oficina.

Cerré los ojos e inspiré profundamente. Me pellizqué el puente de la nariz mientras mi compostura se desmoronaba.

«No, no la amo. No la amo, carajo.»

No la amo. No.

—¡Hola!

—Fuera —ordené rápidamente a Heather, que acababa de cruzar la puerta de mi oficina.

Murmuró algo ininteligible y se dio la vuelta mientras anunciaba:

—Voy a tu casa, tengo que prepararme para la misión de esta noche.

No respondí, estaba demasiado concentrado en la pregunta de Ally. Claro que no la amaba. Todavía no estaba enamorado de ella.

—¿Me has oíd...?

—¡FUERA, MALDICIÓN!

Nervioso, me pasé la mano por el pelo antes de agarrar un cigarro. Rápidamente, me levanté para ir por otro vaso.

Voilà. Ally acababa de arruinarme el día.

Me bebí el whisky de un trago e hice una mueca al sentir la quemazón en la garganta. Luego encendí el cigarro delante de la ventana de mi oficina, que ahora estaba en silencio.

No estaba enamorado de Ella. Lo sabía.

Me hacía perder la razón, sí, pero no estaba enamorado de ella.

—¡Hola, gente!

—Por Dios... —suspiré.

Ben.

—Hola —dijo una voz femenina que reconocí de inmediato. Grace.

«Malditos Ben y Bella.»

Emití un gruñido que hizo reír a Grace. Ben se dejó caer en el sofá de mi oficina mientras ella se sentaba en una silla.

—¿Qué quieren?

—Sé de uno que está de mal humor —dijo Bella.

Los miré con desprecio. Desde hacía un año, eran felices. Aunque todo el tiempo discutían por tonterías, nunca había visto a Ben tan feliz. Grace era una auténtica bendición para él. Y para mí: recibía muchos menos mensajes con chistes malos a las tres de la madrugada.

—Repito: ¿qué quieren?

—Queremos que vayas a ver a Ella —me respondió Ben simplemente.

Puse los ojos en blanco y espiré pesadamente. Se habían puesto de acuerdo.

«Espera... No, se ha atrevido. Esa cabrona de mierda.»

—¿Cuánto les ha pagado Kiara para hacer su trabajo? —le pregunté.

—Cuatrocientos dólares, pero ese no es el tema.

—¡Ben! —exclamó Bella fulminándolo con la mirada—. Ash..., verás, a veces, necesitamos un pequeño empujón.

—Por favor, déjenme en paz —supliqué con la cabeza apoyada en el escritorio.

Oí a Ben reírse entre dientes y Bella suspiró. No podía con que Kiara me presionara. Pero ¿también que lo hicieran Ben, Ally, y además Bella? Estaba a punto de matar a dos... o tres personas.

—Oye, ¡tienes que hacer algo! Shawn también está en la carrera.

—No —gruñí rápidamente sin levantar la cabeza—. Shawn nunca tendrá a Ella.

—Sí, bueno, mientras tanto, él se está esforzando —murmuró Bella.

Levanté la cabeza y la fulminé con la mirada, cosa que le arrancó otra risa. El p maldito uto Shawn nunca la conseguiría. No mientras yo estuviera vivo.

Tenía que encontrar una excusa para hablarle. Tenía que encontrar una manera de que aceptara mi presencia. Y de redimirme. Y de disculparme también.

«Mierda. Estoy arruinado.»

ELLA

Ocho de la noche. De camino a Los Ángeles

—Espero que no hayas olvidado nada —dijo Kiara entre risas—. Si Ash descubre que un *jet* ha despegado de Manhattan rumbo a Los Ángeles, se va a hacer preguntas... y quiero que se lleve una sorpresa.

Le lancé una mirada furtiva antes de concentrarme de nuevo en lo que veía por la ventanilla. Las nubes se dispersaron a medida que el *jet* iniciaba el aterrizaje.

—Me dijiste que habías avisado a los hombres de Manhattan.

—Al final, no. Con ellos nunca se sabe. Ven a Ash como un dios y no les gusta pecar —suspiró mientras echaba un vistazo al celular.

Una vez que aterrizáramos, me iría directamente a su casa, porque mi carpeta estaba en su caja fuerte. Pero me moría de ganas de volver por otra razón: Tate. Extrañaba muchísimo a ese perro al que solo veía a través de la pantalla. Kiara me había asegurado que Asher lo cuidaba, lo cual no dejaba de sorprenderme.

No sabía cuánto tiempo me quedaría en Los Ángeles. Había avisado a Shawn de mi partida y solo me había hecho esa pregunta, lo cual había sido un gran alivio. No quería darle explicaciones, solo que supiera que no iba a estar en Nueva York.

El estómago se me revolvió violentamente cuando sentí el *jet* aterrizar. Jugueteé con mis dedos temblorosos. Estaba en Los Ángeles. No había vuelta atrás.

Kiara dio unas cuantas palmadas y soltó un gritito de emoción. Era realmente mi salvadora. Sin ella, seguiría atrapada en Manhattan en busca de un boleto de avión. No solo se había hecho cargo del trayecto, sino también del plan para tomar a Asher desprevenido. Y era bastante simple: iba a esperarlo en su casa. Muy pacientemente. Carl me llevaría mientras Kiara, con la mayor naturalidad posible, le daría la noticia por teléfono.

Según ella, iba a reaccionar igual que lo había hecho en Manhattan. Y yo me deleitaba solo de pensarlo. Me encantaba el efecto sorpresa.

Veinte minutos después, contemplábamos desde una plataforma el cielo, que empezaba a oscurecerse. Intercambiamos una pequeña sonrisa con los ojos vidriosos. Un año después, estábamos de nuevo allí.

Los Ángeles.

Inspiré profundamente y una sensación de eufórica felicidad me invadió. Después de estar acostumbrada a la soledad de Manhattan durante tanto tiempo, me sentía impaciente por empezar un nuevo capítulo de mi vida.

—Estoy muy contenta —me dijo Kiara dándome un abrazo—, y muy orgullosa de ti.

Mi sonrisa se ensanchó y la estreché contra mí. No pensaba olvidar ese momento de dicha.

—¿Vamos? Tenemos una dirección que encontrar.

Entonces observé un coche negro estacionado cerca del *jet*. Se me iluminaron los ojos cuando vi al chofer, Carl, que salió del sedán y me sonrió antes de decir:

—Nunca imaginé que te volvería a ver aquí.

—Tampoco imaginaste que me volverías a ver con vida —le recordé con una sonrisa.

—Es cierto —repuso entre risas antes de tomar nuestras maletas—. Bueno..., ¿adónde vamos?

—La vamos a dejar en casa de Ash —anunció Kiara con una gran sonrisa dibujada en los labios.

Una hora después...

Con un nudo en el estómago, miré fijamente esa gran casa de cristal que habría podido reconocer entre un millón. Tenía ganas de vomitar y mis latidos aumentaban con cada paso que daba hacia ella.

«Tengo que calmarme... Todo va a salir bien.»

Intentaba tranquilizarme lo mejor que podía, pero estaba a un paso de tener una crisis de ansiedad. Debían de ser las diez de la noche. Estaba agotada, pero solo quería una cosa: ver a Tate.

Con las maletas en la mano, avancé hasta la puerta. Como los ventanales no escondían nada, vi que las luces estaban encendidas. Miles de escenarios se crearon en mi cabeza. ¿Y si estaba aquí?

Respiré hondo antes de meter la llave que me había dado Kiara en la cerradura. Con la mano temblando por la emoción, empujé la puerta y entré. El olor de esta casa me embargó, y miles de recuerdos salieron a la superficie.

Y entonces... un ladrido.

Me llevé inmediatamente una mano a la boca para ahogar un sollozo. ¡Tate! La bola de pelo café corrió a toda prisa hacia mí. Se me empañó la vista.

El perro saltó sobre mí con su pequeño cuerpo y su cola agitándose en todas direcciones. Me arrodillé y dejé que me cayeran las lágrimas mientras lo abrazaba, lo cual por cierto era bastante difícil por lo mucho que había crecido.

—Te he extrañado tanto... —murmuré entre sollozos mirando al animal, que me lamía la cara—. Te he extrañado tanto...

Me puse de pie con Tate en brazos y me dirigí hacia el salón, donde nuevos recuerdos emergieron. Había extrañado hasta la tele y el sofá.

Esa casa había sido el decorado de mi vida. Y, aunque todavía detestaba esos ventanales desprovistos de cortinas, estaba casi contenta de verlos. Al final, aunque algunas cosas habían cambiado mucho en un año, otras seguían igual.

—¿Ya estás ahí? Salgo dentro de un...

Se me cortó la respiración cuando me di de bruces con una joven vestida con una simple... toalla.

Abrió los ojos como platos y me miró sin decir una palabra. Entreabrió la boca, igual que yo. De repente, cientos de preguntas se arremolinaron en mi mente.

—No puede ser... Tú... ¿Tú eres Ella?

Fruncí el ceño y asentí despacio. Me conocía. ¿Quién era?

—¿Ash sabe que estás aquí?

—Yo... No. ¿Cómo me conoces? —le pregunté, todavía perpleja.

Vi que su mirada cambiaba. Una pequeña chispa atravesó sus ojos azules y una sonrisa se dibujó en sus finos labios. Se acercó a mí y declaró con un tono alegre:

—¡He oído hablar mucho de ti! Me llamo Heather, soy una... amiga de Ash... con algunos privilegios.

Y entonces... sentí que el alma se me caía a los pies.

13

Feliz vuelta a casa

ELLA

Amiga... ¿con algunos privilegios?

El tiempo se había detenido. Me llevó un instante comprender lo que estaba pasando. Una melena castaña que le caía como una cascada por la espalda, la piel clara sin un solo defecto, una sonrisa angelical, unos ojos azul océano y una cintura perfecta... Heather tenía un físico envidiable.

Heather. Su amiga.

«¿Desde cuándo tiene amigas Asher?»

No había oído hablar nunca de ella. Ni siquiera Kiara había pronunciado su nombre. Lo que me llevaba a pensar que ignoraba su existencia... o que me la había ocultado. Si ese era el caso, seguro que el motivo era él.

La mirada de la joven se había iluminado en cuanto le había confirmado quién era. Su sonrisa se ensanchó en una expresión traviesa que me dejó perpleja.

De repente, su celular hizo estallar la burbuja de silencio. Sonrió aún más cuando consultó la pantalla. Se aclaró la garganta y respondió con dulzura...

—Hola... Sí, está aquí... Claro, tenemos muchas cosas que decirnos... Deberías dejar de gritar, no es bueno para tus cuerdas vocales...

Fruncí el ceño. Estaba claro que hablaba con él. Parecía incluso que tenían una relación cercana. Demasiado cercana.

Sintiéndome cada vez peor, me imaginé miles de cosas.

«Con privilegios.» No lo entendía... ¿Qué estaba insinuando? No podía evitar mirarla.

Colgó con un suspiro exasperado antes de dirigirse de nuevo hacia mí con una sonrisa.

—Bueno, Ella... ¿Qué haces aquí? ¡No, espera! Primero que nada, ¿hay algo entre Ash y tú?

—Pues...

No sabía qué decir. No podía hablar. Su tono ávido de respuestas me había dejado perpleja. ¿Por qué quería saber si había algo entre nosotros? ¿Por qué se interesaba tanto por mí?

—No... No he oído hablar nunca de ti —murmuré.

—Ah, es normal. Ash y yo nos hemos conocido este año. Y, claro, tú ya no estabas —se burló—. Yo sí he oído hablar de ti..., pero no hablamos mucho de nuestras relaciones amorosas. Bueno, ya sabes..., cosas de amigos con derechos.

Se me cortó la respiración. Se me abrieron los ojos como platos. «Amigos con derechos.»

Así que se acostaba con ella. Al ver su sonrisa ladeada, me di cuenta de que estaba orgullosa de anunciármelo.

El cuerpo me pesaba una tonelada. Mi mundo acababa de desmoronarse y, con él, la imagen del hombre al que idealizaba. Una vez más, me había hecho daño. Sin estar presente siquiera. Sin pronunciar ni una palabra.

Se me formó un nudo en la garganta, ya obstruida por ese horrible sentimiento de traición que no tenía derecho a sentir. Al fin y al cabo, él hacía lo que quería. No estábamos juntos. No lo habíamos estado nunca.

Era tan guapa... Parecía cómoda con su cuerpo. Todo lo que yo no era. Todo lo que yo quería ser. Todo lo que, probablemente, él buscara en una chica.

Una inmensa oleada de celos se apoderó de mi confusa mente. Lo que más había temido estaba sucediendo ante mis ojos. Y esta chica... parecía estar disfrutándolo. Todas las veces que él me había rechazado... Asher había encontrado a alguien y ese alguien no era yo.

El nudo que tenía en la garganta no quería desaparecer. Sentí que se me nublaba la vista, pero me tragué las lágrimas. No iba a llorar delante de ella. Heather parecía estar disfrutando de mi reacción.

No debería haber estado celosa, no debería haberme afectado. Era yo quien debía provocar un impacto en él y no al contrario.

«Mierda, Ella, tranquilízate.»

Tras aclararme la garganta, respondí fingiendo indiferencia:

—Qué bien que haya encontrado por fin a alguien que le corresponde.

Se le borró la sonrisa de golpe. Había algo en su mirada que me recordaba a Sabrina y eso no me gustaba nada.

—¿Por qué has venido?

—Quiero recuperar algo que me pertenece —me justifiqué.

—¿Hablas del perro? —preguntó Heather señalando a Tate con el dedo—. Por cierto, ¿lo trajiste tú? ¿Viviste aquí? ¿Durante cuánto tiempo?

Esa chica no dejaba de hacer preguntas, cada una más invasiva que la anterior. Me hacía sentir incómoda, pero me dije que era culpa a Asher y de su manía de ocultárselo todo a todo el mundo. Aunque también era cierto que... si solo se acostaban..., ¿por qué molestarse en saber lo que sea sobre mí?

Nunca había sentido ese tipo de celos y menos por culpa de un tipo. Pero no conseguía sacarme esa imagen de la cabeza: él y ella más juntos de lo que nosotros lo habíamos estado nunca.

¿Le haría todo lo que me había hecho a mí?

Pues claro que no. Con ella no dudaba, eso se veía. No la rechazaba.

Heather chasqueó los dedos para traerme de vuelta a esa realidad que todavía no había logrado asimilar.

—Eh..., sí. Viví aquí unos meses...

—¿Y por qué te fuiste? —continuó interrogándome.

Su pregunta me tomó por sorpresa. No quería contestar, quería que dejara de interrogarme porque no era capaz de formular una respuesta.

—Yo no... No...

Me interrumpió el ruido de la puerta abriéndose de golpe. Una cabellera rubia apareció en mi campo de visión y fulminó a Heather con su mirada metálica. Tenía la mandíbula tan contraída que parecía que iba a partírsele.

—¡Por fin has llegado! —exclamó Heather con alegría.

—Agarra tus malditas cosas y sal de aquí de inmediato —le ordenó él en un tono que no admitía réplica—. Como se te ocurra decir algo, te juro que te enterraré viva.

El tono que usó me hizo estremecerme. Llevaba meses sin ser testigo de su ira.

Heather tragó saliva. Abandonó el salón y subió al primer piso sin decir ni una palabra. Me sorprendió que lo obedeciera sin oponer resistencia.

«Su amiga con derechos...»

En cuanto Asher puso la mirada sobre mí, su expresión se suavizó. Nervioso, se pasó la mano por el pelo despeinado.

Tate corrió en su dirección y él hizo una mueca de disgusto. Esa imagen me arrancó una carcajada que disimulé aclarándome la garganta. Ninguno de los dos dijo nada durante unos minutos hasta que volvió Heather y nos dedicó una mirada asesina. Con un bolso enorme en el hombro, salió de la casa y cerró la puerta tras ella dejándonos solos.

—¿Cómo has entrado?

A modo de respuesta, le enseñé las llaves que me había dado Kiara. Él exhaló y se quitó la chamarra de cuero.

—¿Qué te ha dicho Heather?

Me dio un vuelco el corazón al oír por primera vez cómo pronunciaba su nombre.

—Nada en particular —contesté encogiéndome de hombros. No debía mostrarle que me afectaba.

Frunció las cejas mirándome fijamente, con aire perplejo y desconfiado.

—¿Por qué? ¿Crees que tendría que haberme dicho algo? —lo interrogué cruzándome de brazos.

—Eh..., no..., bueno, no lo sé...

Era la primera vez que lo oía balbucear.

—¿No lo sabes?

Tate volvió conmigo. Esbocé una sonrisa mientras me arrodillaba. Había extrañado tanto al perro que no podía despegarme de él.

—Te ha... extrañado.

Se me ensanchó la sonrisa. Yo lo había extrañado todo.

«Pero parece ser... que algunos se han divertido mucho en mi ausencia.»

—¿Podemos hablar?

—¿Podemos pasar directamente al momento en el que te pido la dirección de mi tía y me la das? —repliqué al instante.

—¿Hasta cuándo vas a evitar el tema?

—¿Cuánto tiempo llevas tú haciéndolo? Ah, sí..., un año —le recordé secamente.

Se le contrajo la mandíbula y apretó los puños.

—¿Ves lo que es ser ignorado? ¿Notas la frustración? Es lo que he sentido durante un año, Asher... Pero parece ser que tenías cosas mejores que hacer durante ese tiempo.

Ahí estaba... Había fracasado. No había podido evitar hablar de Heather.

«Bastardo.»

—¿A qué te refieres? —me preguntó frunciendo el ceño.

—¡Deja de fingir que no sabes de qué hablo! —exclamé retrocediendo—. Tú sigue mintiendo, ella no me importa y...

—Ella, por favor. Dime qué te ha dicho —me interrumpió casi suplicándome con la mirada.

Lo miré con desdén. En el fondo, esperaba que se sintiera culpable de tener una relación con ella. Lo que Heather me había revelado me torturaba de la manera más cruel. En momentos como ese, odiaba amar al hombre que tenía delante.

—Dime tú quién es Heather. Dime la verdad porque, de todos modos, ya la sé.

Gruñó. Con la mirada oscura, resopló antes de responder:

—Desde el principio no la quería, ¿sí? Pero Kiara me insistió y...

Jadeé, sorprendida.

—¿Kiara? —exclamé—. Kiara... ¿te insistió?

Estaba a punto de parárseme el corazón. Me temblaba todo el cuerpo y sentí que el mundo daba vueltas a mi alrededor.

—Bueno, no, pero... Ella no quería, así que yo hice lo contrario para...

—Maldición, ¿es cosa mía o de verdad estás echándole la culpa a Kiara?

—¡No, no, no! —contestó rápidamente—. Pero al principio no lo pensé, ¿de acuerdo? ¡No la buscaba!

¿Qué no buscaba? ¿Qué es lo que no buscaba? No entendía nada. Asher se pasó los dedos por el pelo con nerviosismo y respiró hondo. Con un gesto, me pidió un minuto y aprovechó para acercarse a la mesa en la que tenía todas las botellas de alcohol. Vertió un poco de líquido en un vaso y se lo bebió de un trago. A continuación, sacó un cigarro y lo encendió.

—Bueno —dijo dando la primera calada—. Voy a explicártelo todo. ¿Puedes...? ¿Puedes sentarte? Por favor.

—¿Quién es Heather, Asher? —le pregunté una vez más sin hacer caso a su petición.

Quería oírlo de su boca. Ya estaba harta de los secretos que llevaba tanto tiempo ocultándome.

Inspiró profundamente, cerró los ojos y soltó:

—Una nueva cautiva que trabaja para mí, Ella.

«Espera..., ¿qué?»

—¿Q-qué?

La pregunta atravesó sin que yo quisiera la barrera de mis labios. Asher me miró fijamente con el ceño fruncido mientras sentía que estaba a punto de sufrir una taquicardia. Se me contrajo el estómago violentamente.

«Cautiva... Su nueva... ¿cautiva?»

—¿Cómo que «qué»? Espera, Ella... ¿Qué te ha dicho?

—Me... Que... Me ha dicho que se acuestan..., que son... amigos con derechos...

Se hallaba totalmente desconcertada. ¿Por qué había mentido Heather? Su nueva cautiva... Kiara no me había dicho nada y además él había afirmado que no quería volver a tener otra cautiva después de mí.

«Mentira.»

Maldijo diciéndole de todo a su cautiva. Verlo con los puños apretados me hizo tragar saliva. Se pellizcó el puente de la nariz intentando contenerse.

«Entonces..., ¿lo que me ha dicho Heather es mentira?»

—Nos hemos acostado dos veces —confesó finalmente en un susurro.

Se me cortó la respiración. Noté que se me caía el alma a los pies una vez más. Acababa de confirmar las palabras de Heather. Ya se habían acostado, aquella chica no me había mentido. Eso explicaba su sonrisa burlona.

«Es decir, este imbécil se la cogía... ¿y estaba celoso porque conociera a su primo?»

Su descaro nunca dejaría de impresionarme.

—¿Te...? ¿Te atreves a decir que no te gusta que Shawn esté cerca de mí mientras te acuestas con tu cautiva?

—No es lo mismo —se defendió.

—¡Al carajo! —exclamé mirando a mi alrededor, todavía desconcertada por lo que acababa de descubrir—. Y deja que lo adivine, le pediste a Kiara que no me dijera nada, ¿es eso?

Hizo una mueca, pero no me contestó. Tampoco era necesario.

Sabía que estaba en lo cierto. De lo contrario, Kiara me lo habría contado.

—¿Por qué no querías que me enterara? —pregunté levantando los brazos.

No lo comprendía. Con lo que le gustaba burlarse de mí, ahí tenía una gran oportunidad.

—¡Porque no sabía cómo ibas a reaccionar! —exclamó, molesto—. Porque había escrito en ese maldito cuaderno que no quería tener otra cautiva después de ti y, maldición, eso era cierto. ¡No miento en esas notas!

Se me escapó una risa burlona.

—Sin embargo, esta vez nadie te ha obligado a tomar una. La has elegido tú solito.

Esa reflexión acentuaba los celos que me negaba a demostrar. Él había elegido a esta cautiva, al contrario que a mí.

—No es lo que crees...

—¡Claro! Nunca es lo que creo —espeté—. ¡La elegiste porque la deseabas!

—No es... Ese no es el motivo... La...

—Mientes. Otra vez. Me mientes —lo interrumpí sintiendo que me temblaba el labio inferior—. ¿Por qué motivo? ¿Por qué...?

—¡Porque Kiara no dejaba de fastidiarme! —explotó de repente—. Porque todo el mundo me hablaba de ti y sabía que la había cagado.

Un escalofrío me recorrió el cuerpo. Solo me había quedado con que él lo sabía. Con que sabía que la había cagado.

—Sé que lo arruiné todo, Ella. Y continué arruinándolo porque me hacías perder el juicio, ¡mierda! —exclamó acercándose a mí—. ¡Mírame, carajo! ¡Me vuelves completamente loco y no puedo explicarte las cosas que se me pasan por la maldita cabeza!

Su voz hacía vibrar las paredes de la casa. Él temblaba de nervios y yo de miedo. Sabía lo que podía llegar a hacer bajo los efectos de la ira. Se extendía lentamente por debajo de su piel hasta llegar a su mente y apoderarse de su cuerpo. Me había enfrentado a ella en dos ocasiones. Sacaba a relucir mis peores temores. Sentí cómo me palpitaba el corazón y se me comprimía el pecho. Cerré los ojos e inspiré profundamente.

«Es Asher. No te hará nada...»

Lo oí resoplar pesadamente. Un silencio cayó entre nosotros y calmó ese tornado que amenazaba con llevárselo una vez más.

Abrí mucho los ojos y lo miré. Temblaba, pero intentaba contenerse por todos los medios. Tenía la respiración acelerada y los puños apretados. Recé por que no explotara, ya que no sabía cómo podía reaccionar.

Su ira no solo me daba miedo a mí; nos daba a los dos.

—Quería dejarle claro que no me importabas, quería demostrarme a mí mismo que había pasado página —confesó con agresividad—. ¡Y fracasé porque no podía sacarte de mi cabeza!

Desconocía si decía la verdad o si era un nuevo plan para tenerme bajo control, pero se me acumularon las lágrimas en los ojos. Era lo que llevaba un año soñando oír.

Ahora me lo había dicho, pero impulsado por la ira.

—¡Por eso tomé a Heather! ¿Me arrepiento? Cada día en cuanto abre la boca.

Su vehemencia y su tono exasperado me arrancaron una risita que lo relajó ligeramente. Me miró y suspiró. Se le dibujó una leve sonrisa en los labios mientras me observaba fijamente. Encendió otro cigarro antes de continuar, ya más calmado:

—Heather... no me importa una mierda. No hay nada entre nosotros dos.

—¿Nada? Te atreves a decir eso mientras... te la coges —le recordé, asqueada—. Y encima... te pones celoso de mi relación con Shawn.

—Fue un tropiezo —contestó sacando otro cigarro—. Y no soy celoso, soy posesivo. No me gusta saber que ese imbécil engreído te desea. Ni él ni nadie.

—¡Dice el que se acuesta con su cautiva! Tu descaro me deja sin palabras —repliqué poniendo los ojos en blanco.

Soltó una risita y escupió el humo.

Estaba más calmado, así que yo también empecé a relajarme.

—Acostaba —corrigió levantando el dedo índice—. Dos veces tan solo.

No sabía si sus palabras debían tranquilizarme o enojarme todavía más..., pero estaba triste. Eso no se podía negar. No podía sacarme de la cabeza la imagen de los dos juntos. Hacía que perdiera toda la confianza en mí misma y que me consumieran los celos.

¿Por qué ella? Y dos veces...

—Pues sobran dos.

Con una sonrisa burlona en los labios, me interrogó:

—Un momento..., ¿estás celosa, Collins?

Arqueé las cejas, desconcertada por la pregunta. ¡Qué descaro!

«Claro que estoy celosa, pero él no se enterará.»

—Eso te encantaría, ¿verdad? Pero no, Scott, no lo estoy.

Sonrió aún más y me miró sin decir nada. Sentía sus ojos grises recorriéndome la piel, lo que me hacía desfallecer lentamente.

«Malditos sentimientos románticos.»

—Mejor porque...

Aplastó la colilla en el cenicero antes de acercarse peligrosamente a mí. Cada paso que daba me debilitaba un poco más. Con el estómago contraído, no podía apartar la mirada de la suya. La forma en que torcía los labios me dejaba clavada en el sitio.

Unos segundos más tarde, su cuerpo se detuvo muy cerca del mío. Demasiado cerca.

Me pasó el dedo índice delicadamente por la mejilla y acarició poco a poco mi mandíbula mientras me miraba los labios con insistencia. Me estremecí con su roce y, por la arrogancia de su sonrisa, comprendí que se había dado cuenta.

Ya no podía moverme ni respirar correctamente. Asher jugaba con mis emociones con una simplicidad aterradora.

—Ella no me interesa —murmuró pasando lentamente el pulgar por mis labios temblorosos—. En cambio, tú apareces en mis pensamientos de manera constante..., incluso cuando estoy con otras personas...

Mis sentidos entraron en alerta cuando me presionó delicadamente el cuello con los dedos. Percibí su olor y su magnetismo se multiplicó por diez, lo que me resultó fatal.

«Miente, Ella. Solo quiere ganarle a Shawn.»

Sentí su aliento caliente contra la piel y el corazón empezó a latirme a una velocidad vertiginosa.

«Tengo que apartarlo de mí.»

Acercó el rostro a mi oreja.

Tenía que apartarlo. No tenía que dejar que hiciera eso. El control no debía caer en manos de mi corazón.

Me rozó el lóbulo con los labios ardientes.

Inmediatamente, mi respiración se volvió más pesada y me ardió el alma.

—Tengo que confesarte que... te he extrañado...

«Apártalo. Ya. Miente.»

—Tenías aquí a Heather para llenar ese vacío —murmuré poniendo las manos en su torso.

Se me cortó la respiración cuando sentí bajo los dedos los latidos de su corazón, tan frenéticos como los míos. No le era indiferente.

Mi frase le causó gracia y negó con la cabeza diciendo:

—No ha podido llenarlo.

A continuación, se alejó de mí. Nuestro intercambio me había trastornado hasta el punto de que había olvidado a qué había venido.

—Dame la dirección de mi tía —exigí mientras lo veía salir del salón.

Se detuvo de golpe antes de mirarme. Lo vi esbozar una nueva sonrisa. Conocía demasiado bien esa sonrisa traviesa. Me heló la sangre.

Se le había encendido la mirada, lo que no era nunca buena señal. Asher había tenido una idea.

—Tenemos toda la noche para negociar... Feliz vuelta a casa, ángel mío.

Su voz tenía un toque sádico que me hizo tragar saliva. Era justo lo que me temía: acababa de entrar una vez más en su terreno de juego favorito. Aunque ahora la recompensa me resultaba indispensable y él no iba a dejar que la consiguiera con tanta facilidad.

«El diablo trabaja duro, pero Asher... todavía más.»

14
Dos condiciones

ELLA

Era pasada la medianoche. Me había cambiado y llevaba un rato esperando la llegada del psicópata. El señorito había salido justo después de nuestra conversación, pero no me había contado por qué. Seguramente algo relacionado con la red.

Kiara me había llamado y se había deshecho en disculpas. Se sentía culpable por haberme escondido la existencia de Heather, pero no podía reprochárselo. Aunque estaba triste, conocía suficiente a Asher para saber que podía reaccionar muy mal si alguien desobedecía sus órdenes. Sin embargo, me tranquilizaba saber que la presencia de Heather no solo me molestaba a mí. Según mi amiga, molestaba a todo el mundo.

«Una Sabrina 2.0... ¿Qué había dicho?»

Volver a esa casa me llenó la mente de recuerdos que trataba de evitar desde hacía un año, y sentí algo de nostalgia.

Aquellas cuatro paredes me habían visto de todas las formas, por no hablar del jardín en el que Asher me había obligado a pasar la noche. Luego estaba su habitación, donde me había dejado llevar por ese torbellino, donde nos habíamos besado por primera vez...

Era un lugar que encerraba mucho más de mí de lo que pensaba. Aunque al principio esa casa de cristal era mi nuevo infierno, con el tiempo se había convertido en lo mejor que me había pasado.

—¿Vienes? Imagino que no volverá hasta las tres de la madrugada —resoplé acariciando a Tate—. Y tengo mucho sueño.

Me levanté del sofá y apagué la tele cuando un pequeño escalofrío me recorrió la columna. Un pensamiento me cruzó la mente: ¿y si había alguien en la casa? El problema con los recuerdos era que revivían también las angustias y los traumas. Y esa noche no pude evitar recordar a la anciana que se había metido en casa y el aterrador momento en que me había amenazado con un cuchillo de cocina.

Así que decidí mantenerme alerta y quedarme despierta. Me aseguré de que la puerta principal y la del jardín estuvieran bien cerradas antes de volver a encender la tele.

Unos minutos después, el ruido de un motor llegó a mis oídos y un suspiro de alivio se me escapó de los labios. Estaba aquí.

—Por fin, ha vuelto antes de lo previsto —dije con una sonrisa al perro, que se levantó.

Me pregunté cómo lo estaría tratando. Según lo que había podido ver, seguía igual de asqueado cuando el animal se le acercaba. Sin embargo, parecía que Tate se alegraba mucho cuando veía a Asher.

Oí la puerta del estacionamiento abrirse y luego volverse a cerrar. Sonreí al percibir sus pasos pesados en las escaleras. A medida que se acercaba, el pulso se me aceleraba. Estaba acorralada entre los nervios y las ganas de destruir su ego.

—Pensaba que estarías dormida —soltó su voz ronca detrás de mí.

—¿Por qué? ¿Querías espiarme mientras dormía?

Un instante después, su cuerpo se desplomó cerca del mío. Tate se agitó y se subió a sus rodillas para lamerle la cara, lo cual hizo que Asher gruñera. Me reí, burlona.

—Se supone que reconoce a los de su especie —dije entre risas con la mirada posada en la televisión.

—Verás, ángel mío, los dardos que me lanzas no me alcanzan

—me confesó mientras sacaba su cajetilla de cigarros del bolsillo para lanzarla a la mesa—. Pero si quieres jugar a ese juego, deja que te recuerde que tú estabas enamorada de este perro... No sé si ves por dónde voy.

Sin dejarme tiempo para responder, me depositó un rápido beso en la sien antes de levantarse. Fruncí el ceño.

«¿Acaba de poner mi dardo en mi contra?»

Yo también me levanté y salí del salón para ir a buscarlo. Por el ruido, supe que estaba en el piso de arriba. En su habitación, para ser exactos.

Camino de la habitación que tenía prohibida cuando nos conocimos, vi que la puerta estaba abierta de par en par. Una sonrisa se le dibujó en los labios cuando me vio. Congelada en el marco de la puerta, no conseguía despegar los ojos de los tatuajes que tenía dibujados en el torso y a lo largo del brazo. Noté que había ganado masa muscular durante el último año.

—¿Te gusta lo que ves?

Su pregunta me arrancó una pequeña sonrisa.

—La zoofilia no es lo mío —respondí orgullosa de mi ocurrencia.

Levantó las cejas y su sonrisa se ensanchó. No tardó en aplaudir mi respuesta.

—Kiara te ha dado unas clases excelentes —señaló mientras se ponía la camiseta.

Con una sonrisa satisfecha en los labios, levanté los hombros y disfruté al máximo de esos instantes de gloria que no eran nada comunes.

—¿Has cenado? —me preguntó mientras se acercaba a mí.

—Dame la dirección de mi tía —le exigí sin responder a su pregunta.

—¿Quieres cenar en casa de tu tía?

—Estoy hablando en serio, Asher, la necesito.

Suspiró y yo me crucé de brazos.

—Con dos condiciones —respondió finalmente.

Se me hizo un nudo en el estómago. Estaba segura de que no había perdido su talento para negociar. Temía lo que me fuera a pedir. Se trataba de Asher: cuanto más necesitabas algo, mayor era el precio que había que pagar por él.

—Una —respondí con el ceño fruncido.

—Dos —repitió poniendo las manos sobre mis hombros.

Me solté y lo fulminé con la mirada. Seguía luciendo esa sonrisa traviesa y sus ojos brillaban con maldad. Eso nunca era buena señal; de hecho, era incluso aterrador.

—En primer lugar, yo voy contigo —comenzó, y yo me atraganté con la saliva.

—¡Ni de broma! —me negué—. Mi tía no te conoce...

—A ti tampoco te conoce —me recordó fríamente—. Ella, te pidió que te prostituyeras por ella cuando tenías dieciséis años. ¿De verdad crees que te voy a dejar ir sola en busca de esa enferma?

—No es una enferma —la defendí apretando los puños—. Me necesitaba.

—Ves, ángel mío, eso es lo que te pasa. Te concentras siempre en el lado bueno de las personas, incluso con los peores demonios, incluso conmigo. —El tono con que me lo dijo sonó a acusación—. Te cambió por dinero, Ella. Por billetes.

Los ojos se me llenaron de lágrimas. Odiaba recordar que, para ella, no valía nada.

—De modo que, si quieres ir, está bien. Pero no sin mí —terminó antes de bajar las escaleras a toda prisa.

Resoplé, molesta. No le había informado de mis planes. Para ser sincera, quería que fuera Kiara quien me acompañara, pero Asher había tomado otra decisión.

«Espera... Si esa es la primera condición..., ¿cuál es la segunda?»

Abrí los ojos como platos. Bajé las escaleras corriendo tras él y me lo encontré en la cocina. Estaba hurgando en el refrigerador en busca de su cena.

—¿Cuál es la otra condición? —le pregunté mientras entraba en la enorme estancia.

—Esperaba que me lo preguntaras —dijo con un tono malicioso.

Dejó su cena sobre la barra central y me sostuvo la mirada, aumentando mi ansiedad.

Empezó a cenar sin decir una palabra. Su silencio no tardó en irritarme.

—¡Pero habla!

Dejó escapar una risa burlona, pero no hizo nada. Mi enojo se multiplicó. Con él, nunca sabía qué esperarme, y eso era lo que más me molestaba. Tenía la impresión de que estaba ganándome en mi propio juego a base de tenderme trampas.

Yo, que quería hacerle pagar..., era probablemente la que más estaba sufriendo.

«Maldito Scott.»

—Espero que te ahogues con la ensalada —espeté.

Una nueva carcajada explotó en sus labios, pero me dejó sin respuesta. Cuanto más tiempo pasaba, más claro estaba que no pensaba abrir la boca.

—¿Sabes qué? Me voy a dormir —terminé con el ceño fruncido—. Pero créeme, Asher, no me moveré de aquí hasta que no me des la maldita dirección.

—Si crees que me molesta verte aquí... —dijo mientras se llevaba a la boca el tenedor—. Más bien al contrario, estoy dispuesto a retrasar el momento.

—A ti a lo mejor no te molesta, pero a mí sí.

Sin darle tiempo para responder, me di la vuelta y subí al piso de arriba a toda velocidad. Todo lo que hacía para provocarme me exasperaba, porque siempre lo conseguía.

Me dejé caer en la cama con un largo suspiro. Mis músculos se relajaron al entrar en contacto con el colchón en el que había dormido durante casi cuatro meses y medio.

Había extrañado esa cama, pero no el maldito ventanal. Sin embargo, allí me sentía segura. Más de lo que nunca me había sentido en Nueva York. Porque sabía que no me pasaría nada mientras él estuviera conmigo, como si su presencia me envolviera por completo y me protegiera del exterior.

Por esa razón, mi mente dudaba entre odiarlo y quererlo todavía más.

Pero había una cosa que me aterrorizaba, una cosa que detestaba admitir: mi amor por ese psicópata superaba a mi odio. Sabía que, antes o después, iba a perder en mi propio juego. Por eso debía hacer que él perdiera primero.

Bostecé antes de dejarme llevar por el sueño, que me acogió con los brazos abiertos.

El aire era frío. La oscuridad opaca y pesada que me rodeaba complicaba cada uno de mis movimientos. No entendía dónde estaba.

Mi corazón se aceleró cuando unos ecos llegaron a mis oídos. Eran risas. Risas que reconocía. Me sentía como atrapada en mi cuerpo, pero estaba alerta. Mis movimientos eran demasiado lentos para alejarme de esas risas que se acercaban a mí.

—Cariño..., no corras...

Lágrimas de angustia se deslizaron por mis mejillas. Me esforcé por moverme más rápido y gané algo de velocidad. No sabía adónde iba, pero lejos de ellos.

Dejé escapar un sollozo cuando unos dedos me agarraron por la espalda.

—Suéltame... Te lo suplico, suéltame...

El pánico se apoderó de mi cuerpo cansado. De repente, una puerta se abrió y una silueta apareció a lo lejos.

—Asher...

Mis sollozos se multiplicaron y me liberé de las manos que me retenían. Me jalaron del pelo hacia atrás y me causaron un dolor insoportable. Grité mientras me acercaba a la puerta.

—No tienes adónde ir...

Pero, cuando por fin me acerqué a él, la puerta se cerró. Y el alma me cayó a los pies.

Las manos me ahogaron, me faltaba el aire. Todo a mi alrededor se había vuelto negro. Quería gritarle que abriera, que me salvara. Pero unos dedos me cubrían la boca, me desvestían. Me tocaban.

Voy a morir... Quiero morir...

—Ella...

Abrí los ojos de golpe. Tenía el corazón a punto de explotar. El nudo que sentía en la garganta me impedía tragar saliva mientras mis extremidades temblaban de manera incontrolable. Con los ojos clavados en el techo, no podía moverme.

No lo conseguía. Una vez más, estaba paralizada.

—Ella...

Se me escapó un sollozo de los labios. ¿Aún estaba sumergida en la pesadilla? ¿Todavía seguía en mi cabeza?

Tenía los músculos tan tensos que me dolían, el cuerpo me pesaba una tonelada. Era de nuevo prisionera de ese círculo vicioso en el que mi cuerpo y mi cerebro, ambos en alerta, eran uno.

«No, estás despierta. Es una crisis.»

Sentía que iba a morir y aparecieron manchas blancas en mi campo de visión.

Una mano se posó tímidamente sobre la mía, y ese gesto me provocó una serie de escalofríos.

—¿Estás despierta?

Esa voz. No.

Estaba ahí.

¿Me había despertado? ¿O era otro sueño?

Desvié la mirada y me lo encontré a mi lado, mirándome sin decir una palabra. Lágrimas de alivio empezaron a deslizarse por mis mejillas. Estaba atrapada en mi cuerpo, pero Asher estaba ahí.

—Estás despierta, Ella. Tienes un ataque de ansiedad —murmuró mientras dejaba que sus dedos se deslizaran a lo largo de los míos—. ¿Sientes mis anillos?

Sus anillos.

Esa sensación de frío me ayudó a romper el círculo vicioso en el cual estaba atrapada y me ofreció por fin más control sobre mi cuerpo. Podía hacerlo. Podía moverme.

Todavía concentrada en sus dedos, intenté calmar la respiración siguiendo los consejos de mi terapeuta.

Y mi cerebro lo comprendió por fin.

—Toca mis anillos, ángel mío...

Con debilidad, mis dedos obedecieron y agarraron los suyos. Mientras retomaba poco a poco el control de mi cuerpo, un sollozo salió de mis labios, luego un segundo... y un tercero.

Llevaba un año luchando sola, por su culpa. Y ahora estaba ahí. «Lo odio tanto por ello...»

Tras unos minutos, por fin recuperé completamente el control de mis movimientos y Asher salió de mi habitación.

Con el cuerpo todavía temblando, me levanté, tratando de alisarme el pelo enmarañado, para seguirlo. Lentamente, descendí las escaleras hasta llegar a la cocina. Allí, me lanzó una mirada misteriosa y me ofreció un vaso de agua.

—¿Estás bien?

—¿Parezco estar bien? —repliqué mientras tomaba el agua. Todo era culpa suya.

Se apoyó en una de las barras y me observó de brazos cruzados. Sacudí la cabeza, cansada.

—¿Desde cuándo?

—¡Oh, adivina! —respondí con un tono sarcástico.

—No estás obligada a desquitarte conmigo —respondió con frialdad.

—¡Es cierto! ¿Debería más bien darte las gracias?

Como respuesta, me lanzó una mirada turbada. Sentí lágrimas de ira llenarme los ojos, pero me contuve. Porque, una vez que perdía el control, me era casi imposible recuperarlo.

—No puedo creer que hagas como si nada cuando tú eres el desencadenante de todo esto —lo acusé—. Si he empeorado es por tu culpa.

Su única respuesta fue el silencio. Continué con rabia:

—Actúas como si no hubiera pasado nada. ¿De verdad crees que no ha sucedido nada? Un año, Asher. Hace un maldito año que vivo con esto. Un año entero en el que mis ataques se han agravado, ¿y todo por qué? ¡Porque me obligaste a cambiar de vida!

Apartó la mirada con la mandíbula contraída y se me hizo un nudo aún más grande en la garganta.

—Llevo un año esperando a que vuelvas. Llevo un año con miedo a dormirme y no volver a despertarme. Con miedo a que me secuestren, a quedarme sola, Asher —confesé mientras las lágrimas empezaban a derramarse de nuevo—. Llevo un año viendo a toda la gente de mi alrededor vivir la vida que siempre he soñado tener, lo peor fue la celebración de Año Nuevo. Nunca me había sentido tan sola. Llevo un año llorando todas las noches porque me dejaste botada.

Un sollozo salió de mis labios, pero ya no podía quedarme callada. No conseguía contenerme.

—Y todas las putas noches leía tus cartas. Porque eran lo único que me quedaba de ti. Todas las noches dormía con la esperanza de que llamaras a mi puerta y me pidieras que volviera, pero nunca lo hiciste. ¡Ni una sola vez! ¡No antes de que Shawn apareciera, carajo!

Con el ceño fruncido, inspiró profundamente.

—He pasado uno de los peores años de mi vida porque decidiste que estaría mejor lejos de ti. Pero no lo estaba. Decidiste por mí, sin consultarme. Y me has estado evitando durante un año.

Muy a mi pesar, me dejé llevar por la tristeza. Cuando se acercó a mí, retrocedí y lo fulminé con la mirada, me envolví con los brazos por detrás de los hombros y mis lágrimas se multiplicaron.

—¡¿Por qué me dejaste, Asher?! —grité mientras le daba rabiosos puñetazos en el torso—. ¡¿Por qué lo hiciste?!

Su ausencia me había destruido.

Grité y golpeé hasta que estuve agotada. Él no se movió. Sus brazos me acunaron y se mantuvo en silencio frente a los golpes que le daba sin poder contenerme.

—Te fuiste como todo el mundo... ¿Por qué es tan fácil darme la espalda?

No lograba calmarme, la angustia que llevaba tanto tiempo aguantando acababa de explotar en sus brazos. ¿Por qué todo el mundo me abandonaba con tanta facilidad?

—Te odio tanto... por haberme abandonado... Los odio a todos.

Estaba cansada, tanto física como anímicamente. Y tenía la impresión de que mi cuerpo pesaba demasiado como para sostenerlo, que solo sus brazos me mantenían en pie.

—Lo siento.

Se me cortó la respiración. Esa frase, llevaba un año soñando con ella día y noche.

—¿Por qué me hiciste eso cuando lo único que quería era que estuvieras conmigo? Quería importarle a alguien, Asher... Quería ser alguien para ti... y tú..., tú...

Los sollozos me impidieron continuar. Recordé cada momento en que la tristeza me había inundado, en que mi sentimiento de inseguridad me había mantenido despierta, todas esas veces en las que el corazón se me había roto mientras leía sus cartas.

Me abrazó con más fuerza y sentí sus labios en la parte superior del cráneo.

—Lo siento muchísimo...

Murmuró de nuevo esa frase y mis sollozos aumentaron.

—Lo siento... Perdón por todo...

—Te odio.

—Lo sé. Yo también me odio...

—No lo piensas en realidad —murmuré contra su torso—. Lo único que quieres es ganarle a Shawn, y lo sé.

—No, Shawn me da completamente igual, Ella.

Con voz temblorosa, lo acusé:

—Me dejaste botada...

—No lo volveré a hacer, te doy mi palabra.

«Miente. Te dejará botada más tarde que temprano.»

—Sé que la cagué. Pero... déjame compensarte...

—Me siento sola... Me siento muy sola...

Un ligero suspiro se escapó de sus labios y sus dedos se clavaron en mi piel.

—Ahora estoy aquí... Estoy aquí. No pienso irme... ni dejarte.

«No se quedará. Miente. Solo quiere ganarle la competición a Shawn.»

Hasta ahora me había aferrado a él como si fuera el salvavidas que iba a impedir que me ahogara, pero finalmente había decidido no seguir manteniéndome a flote.

—De todas formas, mentir es tu especialidad —resoplé.

Una risa se escapó de sus labios. Me tomó la cara entre los dedos y la levantó hacia él. Me observó con una pequeña sonrisa.

—Escúchame, te doy mi palabra de que nada de lo que hago tiene que ver con Shawn, ángel mío. Nada.

Me empezaron a temblar los labios cuando los suyos se posaron delicadamente sobre mi frente. Una dulce sensación de calor me envolvió. Mi alma lo había extrañado, lo había estado reclamando durante un año. Una vez más, mi amor por Asher Scott acababa de superar a mi odio por su silencio.

Sin embargo, no pensaba dejar que me convenciera tan fácilmente. Mi deseo de venganza seguía intacto, solo estaba esperando una ocasión para hacerle pagar por cómo me había tratado. Pero, durante un instante, lo que quería era permanecer refugiada en sus brazos, volver a sentir su alma reconfortando a la mía. Solo un instante, un fragmento de eternidad con él.

Al día siguiente...

—¿No me escuchas cuando te hablo?

—No —respondí mientras leía un artículo en el celular.

Suspiró. Hacía una hora, Asher había vuelto de la red y me estaba contando tonterías de su trabajo que no me interesaban en lo más mínimo. Si no era para que me diera la dirección de mi tía, no iba a hablar con él. No antes de saber la segunda condición.

Su teléfono vibró y respondió antes de levantarse del sofá. Me giré hacia el ventanal y sentí que se me removía el estómago. La ansiedad se apoderaba de mis tripas cuando pensaba en mi tía. No sabía qué me esperaba, y eso me aterrorizaba. No tenía ni idea de lo que iba a decirle. Lo único que quería era verla.

Pero ¿ella querría? Tal vez se negaría a abrirme la puerta.

Suspiré y le acaricié la cabeza a Tate, que estaba dormido a mi lado.

Los pasos de Asher se acercaron. Se dejó caer en el sofá. El olor del cigarro que acababa de encender me invadió. Me giré hacia él.

—¿Cuál es la segunda condición? —le pregunté por enésima vez.

Una sonrisa se le dibujó en los labios. Su mirada metálica brilló y dio una calada al cigarro antes de contestarme:

—Ángel mío, me gustaría que me acompañaras a un sitio...

—¿Adónde? —pregunté con el ceño fruncido.

—Las Vegas.

15

Las Vegas

ELLA

—Supongo que estarás bromeando.

No podía evitar mirarlo con incredulidad.

—Nunca he hablado más en serio —respondió él con una sonrisa traviesa—. Necesito que me acompañes a una fiesta a la que me han invitado.

«¿Una fiesta? ¿En Las Vegas?»

La ciudad era conocida por los casinos y las noches de desenfreno, y a mí no me gustaban ese tipo de cosas. Demasiada borrachera, demasiada gente, demasiado movimiento... No era lo mío. Sin embargo, al ver la sonrisa del psicópata, comprendí que no íbamos a esa fiesta solo para «divertirnos».

—No me gustan las fiestas —le recordé arqueando las cejas—. Y menos aún en Las Vegas.

—Ya verás cómo no está tan mal...

Lo miré fijamente.

—¿Qué vas a hacer tú allí?

Asher apartó la mirada y la clavó en la tele. Se encendió otro cigarro y lo sostuvo entre el índice y el pulgar.

—Mandar a un desgraciado con sus antepasados, nada nuevo —me informó con seriedad.

En el diccionario de Asher, esa expresión filosófica significaba que iba a cometer otro asesinato y que yo debería presenciarlo, una vez más.

Tragué saliva y se me puso la piel de gallina. Su indiferencia me helaba la sangre. ¿Cómo podía mostrar ese desinterés cuando se trataba de arrebatarle la vida a alguien? En momentos así, parecía un monstruo. El diablo.

—Ya tienes una cautiva para eso —le recordé tras unos minutos de silencio—. Además, si le pagas solo por acostarte con ella... Bueno, esa no es la definición de una cautiva.

Se rio entre dientes. Me miró, se puso el cigarro entre los labios, le dio una nueva calada y, finalmente, respondió:

—Con ella me aburriría. Contigo no.

Puse los ojos en blanco.

—Además, arruinaría el plan. El futuro muerto la conoce.

Se me formó un nudo en el estómago. La emoción del peligro brillaba en su mirada, como cada vez que elaboraba un plan malvado. En la última misión a la que había ido con él habían estado a punto de violarme.

—En cuanto lleguemos a Las Vegas, exploraremos un poco —explicó antes de escupir el humo—. Al día siguiente, iremos a su casino y lo esperaremos allí.

—Hablas en plural, como si ya hubiera aceptado.

—Porque vas a aceptar, ángel mío.

Apreté la mandíbula. Odiaba sus condiciones. El corazón me latía a toda prisa. No sabía qué esperar, pero no tenía elección.

En cuanto desvié la mirada, me atrapó la cara con los dedos para obligarme a mirarlo.

—Te protegeré. No te pasará nada.

Comprendí que no iba a poder quedarme a la sombra de Scott durante esta misión.

—¿Qué esperas de mí, Asher?

Se le dibujó una sonrisa en los labios. Acariciándome la mejilla lentamente con el pulgar, murmuró:

—Un juego de miradas. Nada más.

Me dio un vuelco el corazón.

—¿Quieres... que lo seduzca?

—No, no será necesario —respondió alejando la mano de mi rostro—. Cuando ese malnacido gana al poker no pide dinero..., sino a la mujer que acompaña a su rival.

Abrí desmesuradamente los ojos. De repente, sentí náuseas. Al ver mi reacción, frunció el ceño y se apresuró a tranquilizarme.

—Voy a ganar, Ella, tenlo claro. Pero es mal perdedor. Ahí es donde tú entras en juego.

—Asher..., esto no me gusta —suspiré moviendo el pie con nerviosismo—. ¿Cómo que «mal perdedor»?

—Va a esperar a que te alejes de mí para seducirte e intentar poseerte —me explicó—. Así que vas a alejarte de mí para atraerlo.

Tragué saliva. Se me aceleró el pulso. Odiaba ser el cebo, pero era el papel que siempre me asignaba.

—No dejaré que te ponga un dedo encima —me tranquilizó.

—Dice el que me dejó en manos de James Wood sabiendo perfectamente que tenía intención de violarme —repliqué con frialdad—. No, eso está descartado. No pienso hacerlo.

—Ella, te doy mi palabra, no te pasará nada. No te pondrá un dedo encima —me respondió con dulzura—. Lo mataré antes.

El terror hizo que las lágrimas asomaran a mis ojos, pero me las tragué.

—¿Confías en mí?

—En absoluto, es un error de principiante.

Soltó una carcajada sincera. Pero, cuando iba a contestar, la puerta se abrió. Las risas llenaron el vestíbulo. Con una gran sonrisa, me volvteé hacia Ally y Kiara, que se acercaban al salón. Su sola presencia hacía que desapareciera la presión.

Kiara saltó por encima del sofá y me estrechó contra ella. Cerré los ojos para disfrutar de su abrazo.

—Hola, Scott —dijo Ally alegremente.

Me levanté y Ally soltó un gritito de alegría antes de abrazarme. Tate ladró y se frotó contra Kiara. De repente, noté un nudo en la garganta. Había extrañado muchísimo ese ambiente de calidez.

Oí que se cerraba la puerta y una nueva voz llegó hasta mis oídos.

—En serio, Kiara... ¡Acompáñame!

—¡Que no, carajo! Me da vergüenza. Ve solo —le espetó a Ben.

—¡Ah, querida!

También extrañaba la sonrisa traviesa de Ben. Se acercó a toda prisa para estrecharme con fuerza.

—Me... ahogas —conseguí decir mientras me comprimía el pecho con los brazos.

Me soltó entre risas y me pasó un brazo por los hombros. Luego, como si nada, retomó la conversación.

—¿Lo dices en serio? ¿Te da vergüenza acompañarme al dentista?

Asher soltó una risa burlona y arqueó las cejas.

—¿Qué? —preguntó Ben.

—Acuérdate de la última vez que te acompañamos —respondió Asher.

—¡Estuviste a punto de desmayarte porque sacó una aguja! —continuó Kiara, atónita.

—¡Tenía doce años! —exclamó Ben—. No puedo creer que me sigan echando en cara la misma tontería solo para no acompañarme.

—Y yo no puedo creer que te den miedo las agujas cuando nos pasamos el día rodeados de armas —se burló Asher—. Han hecho bien en venir, necesito que compren algunas cosas.

Todos lo vimos levantarse, perplejos.

—Tengo que viajar a Las Vegas esta noche. Bueno, los dos...

Kiara se giró hacia mí con los ojos como platos y la boca abierta. Se me aceleró el corazón mientras me empezaba a plantear si realmente merecía la pena conseguir la dirección de mi tía.

—¿Verdad, Collins?

Lo fulminé con la mirada. A cambio, él esbozó una sonrisa burlona. Noté la atención de todo el grupo sobre mí, lo que acentuaba todavía más la presión que sentía en los hombros. Finalmente, contesté balbuceando:

—Eh..., sí...

Ya está. Ahora era oficial. Acababa de firmar un nuevo descenso al infierno.

Una sonrisa se dibujó en los labios del diablo.

—Kiara, tú te encargarás de buscarle un vestido. Ally, ve a comprarme un tinte temporal para el pelo. Negro. Y pupilentes también negros. Ben, Heather y tú se ocuparán de buscar los planos del casino de Las Vegas del que te hablé.

Los tres asintieron en silencio. Sin embargo, Kiara no pudo evitar preguntar:

—¿Por qué Ella y no Heather, Ash?

—Simplemente para que me hicieras esa pregunta y no contestártela —replicó antes de salir del salón—. No tarden, lo quiero todo para esta noche.

Ben resopló y se marchó. Sin detenerse, miró a las chicas por encima del hombro.

—¿Vienen?

—Ve tú y ahora iremos —contestó Kiara sin dejar de mirarme.

Cuando nos quedamos a solas, Ally se giró hacia mí arqueando una ceja.

—¿Te vas con Ash? ¡Madre mía! —murmuró.

—Es una de las condiciones que me ha puesto si quiero conseguir la dirección de mi tía —suspiré.

Era diabólico. Y prefería no pensar en el hecho de que este idiota quería venir conmigo cuando me encontrara con ella.

—¿Cuáles son las otras condiciones? —preguntó Kiara mirando el vestíbulo.

—Me acompañará a su casa.

Intercambiaron una mirada sorprendida.

—Parece que le gusta mucho tu compañía —comentó Ally.

—Estoy realmente sorprendida por su comportamiento. Muy sorprendida —añadió Kiara con una sonrisita ladeada—. Te lo suplico, Ella, no dejes que te recupere con tanta facilidad. Ash tiene mucha labia... y es muy obstinado cuando quiere conseguir algo.

Ally se rio y respondió con un tono travieso:

—Además, ya sabes lo que dicen, Ella: lo que pasa en Las Vegas... se queda en Las Vegas.

En cuanto se marchó todo el mundo, abrí las bolsas que me había dejado Kiara sobre la cama con todo lo que había comprado. Tate olisqueó con curiosidad lo que supuse que debían de ser mis vestidos.

—Confió en ti, Kiara... —murmuré rascándole las orejas a Tate.

Levanté el primero, de color esmeralda. Inmediatamente, sentí rechazo por el escote demasiado pronunciado. Era demasiado corto, demasiado ajustado, demasiado... demasiado.

Saqué el segundo y lo miré entornando los ojos. Era mucho más largo y una abertura revelaba el interior del muslo. El color azul casi me cegaba. Demasiado azul, demasiado abierto... Excesivamente abierto.

Crucé los dedos antes de sacar el último, que era de un tejido distinto a los demás. De satín. Un vestido de color champagne con tirantes finos y escote drapeado.

«Gracias a Kiara por haberme enseñado ese término cuando estuvimos buscando vestidos en Manhattan.»

—Este es perfecto.

Me sobresalté de repente al oír una voz ronca al lado de mi oreja. El corazón me dio un vuelco en el pecho. Tuve la sensación de que se me había salido el alma del cuerpo durante un instante.

—¿Crees que puedes aparecer así? —espeté girándome hacia él.

Le causó gracia mi reacción.

—Perdón por entrar en mi casa. Este me parece perfecto.

Señaló el vestido que tenía entre las manos. A decir verdad, yo opinaba lo mismo. Al menos, era mejor que los otros dos. ¿Ese es el tipo de vestido que usa la gente en Las Vegas?

Todavía detrás de mí, Asher me rozó el brazo para agarrar su bolsa. Metió la mano y sacó la botella de tinte. Sentía curiosidad por verlo con el pelo negro, ya que lo tenía muy claro.

—Por cierto, espero que sepas teñirme el pelo —dijo saliendo de mi habitación.

—Puedes ir olvidándote —respondí con rapidez—. No quiero morir por culpa de tu pelo.

Lo oí reírse en voz baja antes de replicar:

—No vas a morir. Además..., te prefiero viva.

Me palpitó el corazón y lo maldije con todas mis fuerzas. Odiaba el poder que tenía sobre mí, cómo era capaz de revivir mis sentimientos con unas palabras.

—Prepara el equipaje, salimos dentro de dos horas —anunció desde su habitación—. Llegaremos como a las tres de la madrugada.

Según sus palabras, quería explorar un poco antes de la fiesta de mañana, así que me imaginé que iba a tener que esconderme con él en el coche para espiar a hombres tan idiotas como peligrosos, una idea que no me gustaba nada.

«Un momento..., ¿a las tres?»

Salí de la habitación hecha una furia. Oí su voz en el piso de arriba y comprendí que estaba en su oficina. Perfecto.

Cuando llegué, estaba dando instrucciones por teléfono. Señalaba con el dedo lugares del mapa que tenía delante y hablaba de personas cuya existencia yo desconocía.

Me quedé callada y de brazos cruzados hasta que colgó. Me lanzó una mirada inquisitiva.

—Te escucho —dijo observando los planos.

—¿Cómo que a las tres? Las Vegas está a cuatrocientos kilómetros de aquí..., ¡es una hora de vuelo!

Una sonrisa traviesa afloró a las comisuras de sus labios. Levantó la cabeza hacia mí y anunció simplemente:

—Vamos en coche.

Se me cortó la respiración y se me desencajó la cara.

«Causa de la muerte: Asher. Arma utilizada: un coche.»

Si había algo que odiaba de él más que cualquier otra cosa era su amor por la velocidad. Cuando conducía él, sentía que el corazón y el estómago no dejaban de darme vueltas y debía luchar contra las ganas de vomitar.

Estaba convencida: estos dos días iban a ser los más difíciles de todo el año. No sabía qué era peor, si estar con Asher o estar con Asher en un coche. O estar con Asher en un coche para ir a una misión en la que debes ser el cebo.

—Ve a prepararte, ángel mío. Nos espera un largo camino... juntos.

Cuando iba a contestar, se abrió la puerta y una voz de mujer llenó el silencio.

—¡Ash! ¡Tengo los planos!

Heather.

16

Debatible

ELLA

Su voz me arrancó un suspiro. Con los brazos cruzados, estudié la reacción del psicópata, que acababa de cerrar los ojos al oír la voz de su cautiva.

—¿Dónde estás?

—Arriba —le respondió con un tono glacial.

Apoyé la espalda contra la pared e hice una mueca mientras los pasos de Heather se acercaban a la oficina.

—¡Por fin! Tú...

Su voz se cortó cuando me vio. Abrió mucho los ojos y frunció el ceño. Parecía... molesta. ¿Tal vez era yo quien le molestaba?

—Estás aquí.

Juzgando por su tono despectivo, sí.

Asher la fulminó con la mirada y gruñó:

—Se llama Ella. Y te prohíbo que le dirijas la palabra.

Me observó un instante antes de dejar los planos sobre su escritorio, que estaba cubierto de papeleo y armas.

—¿De verdad no quieres que te acompañe? —le preguntó con tristeza.

Fruncí el ceño. Mis celos amenazaban con tomar el control mientras observaba en silencio la escena que estaba teniendo lugar ante mis ojos, mi lengua se moría de ganas de unirse a la conversación.

—Estoy seguro de que tienes trabajo fuera —respondió Asher mientras desplegaba los planos.

—¡Vamos, déjame ir! —lloriqueó apoyando una mano sobre la mesa—. Es peligroso que vayas solo...

—No irá solo —respondí sin poder contenerme.

Asher posó la mirada en mí con una pequeña sonrisa. La cautiva se dio la vuelta con una expresión desconcertada.

—¿La vas a llevar contigo? ¿A ella?

La mirada de Asher se ensombreció y su sonrisa desapareció. Con un tono frío, respondió:

—Fuera.

Heather apretó los puños, se negaba a moverse.

Un gemido de sorpresa salió de mi boca cuando Asher se impacientó y, sacando un arma al azar, la cargó rápidamente.

—Odio tener que repetir, Heather —soltó apuntando la pistola en su dirección—. Si no te largas ya, te prometo que te rajaré la garganta después de meterte una bala entre los ojos... No me faltan ganas desde ayer.

Su voz hizo que me estremeciera y me recordó al Asher que había tenido que soportar en mis inicios.

Como era de esperar, Heather se dio la vuelta y se fue. Bajó a toda prisa las escaleras, salió de casa y cerró de un violento portazo.

Tras unos minutos de silencio, Asher me lanzó una mirada divertida y susurró:

—«No irá solo...»

Hice una mueca, exasperada. Era inútil que me recordara las palabras que había dicho durante mi ataque de celos.

Se acercó poco a poco. Sus pasos resonaron en la habitación, su sonrisa satisfecha me daba ganas de asesinarlo mientras que su mirada metálica me ponía nerviosa.

—No me gusta tu cautiva —me justifiqué.

Me sentía pequeña ante su cuerpo, que a pocos centímetros del mío resultaba imponente.

—Como a todo el mundo, pero tal vez no por las mismas razones...

—Es insoportable —murmuré retrocediendo hasta chocar con la pared.

—Lo sé —soltó mientras me miraba a los ojos—. ¿Entiendes por qué no quiero que me acompañe? Prefiero tu compañía.

El corazón me dio un vuelco, pero recuperé el control con rapidez. No pensaba entrar en su juego, no me iba a resignar a perder tan fácilmente.

—Para ser una persona que lleva evitándome un año, estás un poco cerca de mí —señalé.

Con las manos en alto, retrocedió, y yo esbocé con gusto una pequeña sonrisa triunfal. Con los ojos clavados en mis labios, Asher arrugó también una esquina de la boca.

—¿Estás lista?

—Casi —respondí mientras me dirigía a la puerta—. Date prisa. Cuanto antes lleguemos, antes iré a ver a mi tía.

—Sabes que odio que me digan lo que tengo que hacer —resopló Asher.

—Sabes que me da igual lo que odies.

Justo cuando estaba a punto de alejarme, su risa malvada me detuvo. Murmuró detrás de mí:

—Eso, sigue poniendo a prueba mi paciencia, y será un placer jugar con tus cuerdas vocales, ángel mío.

Tragué saliva frente a esa insinuación tan evidente y me apresuré a salir mientras trataba de calmarme. Entré rápidamente en mi habitación para terminar la mochila para Las Vegas.

Me moría de ganas de regresar de la misión para obtener por fin la dirección de mi tía. Estaba decidida a volver a verla; de hecho, me mataba la impaciencia. Durante todos esos años, su silencio me había torturado tan violentamente como los hombres que me habían utilizado.

Mis sentimientos permanecían ambivalentes: era la única familia que me quedaba y me aferraba a la idea de que vivía mejor gracias a mí. Pero también quería que me diera las gracias, que se disculpara por haberme pedido que sacrificara mi vida por la suya cuando solo tenía dieciséis años.

Un escalofrío me recorrió la columna cuando pensé en John: la forma en que me manipulaba con sus palabras, su sonrisa forzada y su falsa amabilidad durante mi primera semana en su casa. Luego, se había quitado la máscara y había quedado claro que tenía un retorcido plan para ganar dinero a mi costa.

Todos esos hombres, sus manos, sus voces cerca de mi oreja, sus bocas... Revivía esas sensaciones como si fuera ayer.

El estómago se me revolvió y corrí al cuarto de baño para vaciarlo antes de dejarme caer cerca del escusado. Jadeando, intenté recuperar la compostura y ahuyentar mis demonios, que siempre estaban ahí.

Y que no pensaban irse.

Sabía que iba a tener que vivir con ellos durante el resto de mi vida. Sin embargo, no quería. Ya no podía más.

Lista para bajar, con la mochila en la mano, admiré a Asher desde el piso de arriba. Estaba en el vestíbulo poniéndose su chamarra de cuero. Cuando sintió mi mirada sobre él, levantó la cabeza en mi dirección. Con la mochila en el hombro y un cigarro entre los labios, inclinó brevemente la cabeza para invitarme a unirme a él.

Cuando bajé, Tate se lanzó a mis pies. Me sentía culpable ante la idea de dejarlo allí solo.

—Kiara vuelve dentro de unos minutos, no te preocupes por él.

Me agaché y rodeé su cuerpecito con los brazos. Asher chasqueó la lengua contra el paladar.

—Tienes celos de un perro, qué ridículo —solté sarcásticamente.

Cuando me levanté tomó la mochila que llevaba colgada en la espalda y me invitó a avanzar.

«Asher, el falso caballero: temporada dos, capítulo uno.»

Bajamos las escaleras hasta llegar al estacionamiento. Asher abrió la puerta y me cedió el paso.

«Temporada dos, capítulo dos.»

El momento que temía llegó: recorrí con la mirada los coches, cada uno más potente y terrorífico que el anterior, y me pregunté con cuál iba a desafiar a la muerte junto al diablo.

Entré en un coche negro cuyos faros cegadores acababan de encenderse. El olor a cuero me llenó la nariz. Asher tiró nuestras mochilas a los asientos traseros antes de entrar también.

El pulso se me aceleró. Estaba tan cerca que no pude contener los nervios, y sentir su brazo pegado al mío me provocó escalofríos.

Hizo rugir el motor. Se le escapó una risita cuando me tensé en mi asiento.

—Veo que algunas cosas no han cambiado —se burló.

—¿A qué te refieres? ¿A tus secretos o a tus mentiras? —respondí con un tono amargo—. En ese sentido, es cierto. Nada ha cambiado.

—No he dicho nada.

Unos segundos después, estábamos fuera.

Me puse a contemplar la luna, que me había acompañado durante todas las noches en que no pegaba ojo. A veces me recordaba a mi alma, tan llena de agujeros como ella de cráteres. Sin quererlo, me recordaba también al Asher de hacía un año, ese hombre del que solo veía algunas partes bien entrada la noche, antes de que desapareciera con el amanecer.

—¿En qué piensas?

—En nada —suspiré sin darme la vuelta.

—Quería hacerte una pregunta: ¿realmente... lo has leído todo?

Volví a tensarme en el asiento. Hablaba de sus libretas.

—Ya me hiciste esa pregunta —respondí con un tono neutro—. Y la respuesta sigue siendo la misma. Sí, ¿por qué?

Se quedó callado, lo cual me arrancó un suspiro.

—No pensaba que fueras a leerlas —admitió por fin con los ojos clavados en la carretera desierta—. A decir verdad, estaba casi seguro de que las romperías sin ni siquiera echarles una ojeada.

—No soy tan impulsiva como tú —le recordé—. Dices eso porque es lo que tú habrías hecho. No yo.

—Digo eso porque pensaba que me odiabas.

—Y tienes razón: te odio por lo que hiciste —respondí—. Te odio por haberme dejado botada, por tu silencio, por haber huido de mí durante un año. Y créeme, si hubiera una pastilla que me permitiera borrar mis sentimientos, me la tomaría sin dudarlo. Porque no mereces todo lo que siento por ti.

Escupí mi veneno sin pensar en el daño que pudiera causarle.

No dijo nada durante casi quince minutos. Mi respuesta había creado una atmósfera glacial en el interior del vehículo. Tenía las manos tensas y la mandíbula contraída. Claramente, mi declaración le había escocido. Pero ¿qué podía decir en su defensa?

—Sé que hice...

El timbre de mi celular lo interrumpió. En la pantalla apareció el nombre de Shawn. «Perfecto.»

—Hola, Shawn —suspiré mientras lanzaba una mirada furtiva al psicópata, cuyas manos se agarraban con fuerza al volante.

—¿No te molesto?

—No, en absoluto. Al contrario —dije con un tono de voz que sonó demasiado cursi.

De repente, Asher aceleró y sentí una sacudida que me impulsó hacia atrás. Abrí los ojos como platos cuando advertí lo terroríficamente rápido que íbamos.

—Quería saber de ti y si estabas mejor —dijo—. Siento que no cenáramos juntos la última vez. Y no consigo dormirme, mañana tengo una reunión importante y me he desvelado.

Después de que Asher se fuera, no había tenido la valentía de ir a cenar con Shawn, así que había fingido que me encontraba mal. Pero Asher no lo sabía.

—Estoy bien..., gracias.

Me agarré de la manija interior de la puerta no sin antes lanzar una mirada a Asher.

Con los puños y la mandíbula apretados, seguía concentrado en la carretera; su ira había tomado el control del volante, y eso me asustaba. No conseguía concentrarme en la voz de Shawn, estaba demasiado ocupada oyendo el ruido del motor, que rugía cada vez más fuerte.

—Y estoy pensando en pedir un coche nuevo —dijo finalmente Shawn.

—Ah..., ya veo.

No tenía ni idea de lo que me estaba contando. Pero era Shawn, siempre hablaba de sí mismo.

—Bueno, voy a dejarte. Es muy tarde, tengo que dormir un poco. Buenas noches, Ella. Espero verte muy pronto.

—Ha-hasta pronto —balbuceé.

Cuando colgó, dejé el celular en mi regazo sin apartar los ojos de Asher.

—¡Has perdido la cabeza, ve más despacio!

—Odio saber que ese payaso te habla —me confesó sin aminorar la velocidad.

—Ve más despacio —le pedí antes de tragar saliva.

—Te desea —continuó sin tener en cuenta mi petición.

—Asher, más despacio.

Empecé a sentir que el corazón me palpitaba demasiado fuerte. Mis sentidos se alarmaban cada vez que un coche nos rozaba.

—Intenta llevarte a cenar.

—Te he pedido que vayas más despacio...

—¿Por qué lo dejas? ¿Por qué a él? ¿Qué le ves, maldición? —gritó sin girar la cabeza hacia mí.

Estaba aturdida, paralizada por mi miedo a la velocidad y por su ira, cada vez más incontrolable.

—Asher, por favor, ve más despacio —murmuré a la vez que sentía cómo las lágrimas se asomaban a mis ojos.

Esa velocidad desmedida era la misma que le había costado la vida a mi madre.

De repente, sentí por fin que el coche desaceleraba.

Asher suspiró molesto y encendió un cigarro. Abrió la ventana para evitar que el humo se propagara por el coche mientras yo inspiraba profundamente para calmarme.

—¿Por qué lo odias? —le pregunté tras unos minutos que se me hicieron interminables.

Resopló ruidosamente antes de pasarse la mano por el pelo.

—Porque es un imbécil que se cree mejor que los demás —gruñó.

—Esa es exactamente la respuesta que doy cuando alguien me pregunta quién eres —respondí esbozando una sonrisa.

Estaba intentando relajar la atmósfera. La ira de Asher me asustaba, era un suicidio molestarlo más. Aunque una parte de mí quería hacerle daño, este no era el momento adecuado.

Pero... se me dibujó una pequeña sonrisa en los labios cuando pensé en lo que acababa de pasar.

—¿Estás celoso, Scott?

Soltó una carcajada, luego respondió:

—¿Celoso de él? No. ¿Celoso del interés que tienes por él? Debatible.

—Tú eres el único culpable, tenía más interés por ti hace un año —murmuré mirando por la ventanita.

—Hace un año era un canalla. Ahora lo soy menos.

—Debatible —terminé con una risita.

Intercambiamos una mirada y una ligera sonrisa se dibujó en sus labios.

—Eres más fuerte que el tabaco, ángel mío —murmuró—. Mucho más fuerte.

—El tabaco mata —le recordé.

—Tú haces lo contrario.

El corazón me empezó a latir a toda velocidad. Sacudí la cabeza para ahogar esos sentimientos que amenazaban con hacer desaparecer mi rencor.

Apoyé la cabeza en la ventana y cerré los ojos antes de respirar hondo. El sueño empezaba a arderme en los ojos.

—Si te duermes ahora, te dará sueño enseguida mañana por la noche.

—Hmm...

—Sabes que yo también podría quedarme dormido al volante.

—No vas a hacerme sentir culpable —le dije sin abrir los ojos—. Además, no eres de los que se duermen al volante.

—No sabes nada, vi un documental sobre...

Me reí. Un documental. ¿Él, ver un documental?

—¿Sabías que una uva puede explotar si la metes en el microondas? —me preguntó.

Con el ceño fruncido, me giré hacia él para preguntarle:

—¿De dónde has sacado eso?

—Ben. ¿Sabías que...?

—Por favor, cállate —resoplé volviendo a cerrar los párpados.

—Te voy a contar la vez que vendí armas a un tipo que se parecía tanto a mí que pensé que tenía un gemelo —empezó con un tono falsamente alegre sin tener en cuenta mi petición—. Fue hace...

«Señor, apiádate de mi alma.»

Dos horas después...

—Allí también hice un trío memorable —concluyó señalando con el dedo un hotel lleno de focos.

Habíamos llegado por fin a nuestro destino. Tenía el cerebro a punto de explotar por culpa de las anécdotas de Asher y sus acelerones cada vez que empezaba a quedarme dormida.

«Lo odio.»

—Aquí tuvo lugar un tiroteo. Una venganza entre dos bandas que costó la vida a veintitrés personas —continuó Asher señalando una discoteca a mi derecha.

—De verdad no quieres callarte —solté apretando los ojos a

causa de los miles de juegos de luz que salpicaban la bulliciosa ciudad.

—Te dejaré dormir cuando lleguemos a la cumbre.

¿A la cumbre? ¿Cómo que a «la cumbre»?

No le hice más preguntas, me daba miedo entrar en otro bucle infinito de anécdotas. Era una tortura. Me recordé con ironía que no era la primera vez que me impedía dormir. Salvo que esta vez no estaba ni frente a su arma... ni siendo perseguida por serpientes teledirigidas convencida de que estaban vivas.

Odiaba a Ben por haberle regalado esas cosas.

Ahora era su voz ronca lo que me mantenía despierta. Y, sinceramente, estaba a un paso de cortarle las cuerdas vocales. Tenía sueño, ese tipo de sueño que hacer arder los ojos y vuelve tu cuerpo más pesado. Me dolía la cabeza por culpa del ruido y las luces cegadoras. Lo único que quería era llegar a mi cama. O simplemente descansar unos segundos.

«Solo unos segundos de nada.»

Apenas se me habían cerrado los ojos, el coche dio un violento giro a la izquierda que hizo que me sobresaltara.

Una risa burlona salió de los labios del psicópata.

—¡Eres un niño pequeño! —solté con rabia.

Me dedicó un guiño antes de volver a concentrarse en la carretera.

Cuanto más avanzábamos, menos luces teníamos a nuestro alrededor. Deduje que nos estábamos alejando del centro de la ciudad. Asher tomó una curva y tragué saliva cuando comprendí que la carretera llevaba a la cima de una montaña.

El coche subió a toda velocidad zigzagueando entre peligrosas curvas. Mis sentidos se pusieron en alerta y borraron cualquier rastro de sueño; entonces, tuve la genial idea de mirar por la ventana. Si Asher cometía el más mínimo error, podíamos fácilmente caer y estrellarnos cientos de metros más abajo.

—Ve más despacio —le pedí temblando.

—Sé lo que hago.

—No confío nada en ti, Scott, así que ve más despacio. No quiero morir en Las Vegas.

—Cuanto antes lleguemos arriba, antes te irás a dormir.

—Tal vez, pero no tengo ganas de dormir para siempre. Frena el maldito coche.

—No seas tan melodramática, no vas a morir —suspiró.

—¡Asher! —grité con los puños apretados.

—Me encanta cuando gritas mi nombre, ángel mío —me provocó con una sonrisa traviesa.

Puse los ojos en blanco. Por suerte, hizo lo que le pedía.

Unos minutos después, Asher apagó el motor. Volví a abrir los ojos antes de quedarme boquiabierta por las vistas que se desplegaban ante mí. Se veía toda Las Vegas. Sus luces brillaban con tanta fuerza que tuve la impresión de que ya había amanecido. El paisaje me dejó sin aliento.

Asher salió del coche y avanzó hacia la cima. Yo hice lo mismo. Un violento escalofrío se apoderó de mí cuando el viento me golpeó la cara. Temblando, llegué hasta él. Tenía la mirada clavada en algún lugar un poco más abajo. Me giré hacia el paisaje y busqué con la mirada qué era lo que atraía tanto su atención.

Entonces...

Vi una especie de espacio cerrado rodeado de algunas luces. Había hombres que parecían estar vigilando, lo cual me recordó al cuartel general de Los Ángeles. Visto de lejos, parecía nuestra red.

Asher se volteó hacia mí con el ceño fruncido. Luego se quitó la chamarra para ponérmela sobre los hombros. Le di las gracias en voz baja tiritando por culpa del frío mientras él se encendía otro cigarro.

Me pasó un brazo por los hombros, que aparté de inmediato. Suspiró antes de informarme en voz baja:

—El imbécil del que voy a deshacerme mañana trabaja aquí.

—¿Por qué hemos venido?

—Tengo que revisar una cosa.

Asentí mientras miraba cómo las luces neones de Las Vegas brillaban a lo lejos.

Me tensé cuando sentí de repente su mano deslizándose dentro la chamarra. Buscó en los bolsillos interiores antes de sacar... unos binoculares.

Observó concentrado en lo que ocurría abajo. Un ajetreo sordo proveniente del lugar que Asher vigilaba me llegó a los oídos.

Por mi parte, estaba cansada, así que dejé que mi mirada se perdiera en las luces de la ciudad. Eran tal vez las cuatro de la mañana, pero Las Vegas parecía más despierta que cualquier otra ciudad en pleno día.

El aire frío me congeló la nariz y las mejillas. Me calenté las manos en el interior de los bolsillos de la chamarra; las tenía heladas. Levanté la cabeza hacia Asher, que parecía inmune al frío. Observé su ceño fruncido y su mandíbula apretada.

—¿Qué pasa?

Se giró hacia mí para pasarme los binoculares.

—Dime lo que ves.

Me los llevé a los ojos, a la vez perpleja y curiosa.

—Tres hombres armados... No, cuatro. Veo... Veo también dos camiones que acaban de salir. ¿Hay una mujer con ellos? Espera..., Asher..., ¿no es...?

Esa silueta me resultaba familiar... Sin embargo, estaba de perfil y no conseguía distinguir quién era. De repente, un gemido de sorpresa salió de mis labios.

«Mierda.»

—Entonces, no me equivoco —dedujo Asher al ver mi reacción—. Va a ser más complicado de lo que pensaba.

Esa mujer, estaba segura de quién era, y él también la había reconocido.

Sabrina.

17

Teen Titans

ELLA

Acabábamos de llegar a la segunda propiedad de los Scott en Las Vegas, puesto que la primera estaba ocupada por uno de los primos de Asher, que había organizado una fiesta. Estábamos a varios kilómetros del centro. Fuera no había ni un alma. Ni una sombra viviente.

—¿Quieres saber algo gracioso? —dijo Asher cerrando la puerta con seguro—. Vista así, la casa puede parecer enorme, ¿verdad?

Examiné el entorno. Me había acostumbrado a las grandes mansiones de los Scott y me di cuenta enseguida de que esta solo tenía un piso. En cambio, el vestíbulo era enorme y el salón parecía tan grande como el de Asher.

—Sí.

—Sin embargo, solo hay una habitación.

Se me paró el corazón cuando oí su risita. ¿Una habitación?

—Mi abuelo estaba harto de que mi tío celebrara fiestas y dejara dormir en su propiedad al primer desconocido con el que se topara —explicó acercándose a mí—. Así que construyó esta y le dejó la otra a mi tío.

—¿A cuál de tus tíos? —pregunté.

—Richard, el padre del maldito florista —resopló pasándose

una mano por el pelo—. La famosa habitación está al fondo a la derecha.

—¿Hay... dos camas?

Inclinó la cabeza a un lado con una sonrisa traviesa.

—Una cama... para dos personas.

Abrí los ojos como platos al comprender que iba a tener que dormir con él.

«Ni de broma.»

—Vamos, es solo una noche —protestó con expresión dolida.

—Me niego a dormir contigo —repliqué negando con la cabeza.

Examinó cada centímetro de mi rostro con la mirada. Finalmente, dejó escapar un suspiro cansado.

—De acuerdo. Dormiré en el salón si es lo que quieres.

Me quedé boquiabierta cuando lo vi ceder con tanta facilidad. Ya había empezado a preparar mis argumentos.

—¿Qué?

Lo miré fijamente. ¡Qué victoria tan rápida! ¿Y no estaba siquiera borracho? ¿No iba a fumarse un cigarro?

—Tú... ¿quién eres y qué has hecho con Asher Scott?

Soltó una risita y negó con la cabeza, exasperado por mi reacción, que por otro lado estaba totalmente justificada.

—¿Por qué dices eso?

—Porque, en primer lugar, me has dado tu chamarra sin que te la pidiera, la misma que no me dejaste tocar el año pasado porque era demasiado cara.

Se le escapó una carcajada. Como oír su risa era algo que sucedía pocas veces, siempre me hacía sonreír.

—¡Y ahora has cedido a mi petición enseguida! —continué—. Sin ponerme una sola condición ni decir que tú haces lo que te da la gana. Perdona si me pregunto algunas cosas.

Cuando dejó de reír, aclaró la garganta y dio unos cuantos pasos en mi dirección.

—Si no quieres dormir conmigo, no voy a forzarte, ángel mío

—me aseguró poniéndome las manos en los hombros—. En cuanto a la chamarra, no es tan valiosa como la mujer que la lleva.

El corazón me dio un vuelco aterrador en el pecho.

Satisfecho con mi reacción, acercó la boca a mi oído y murmuró:

—No hay nada tan valioso como tú.

—Ya sabes lo que dicen, Asher —contesté susurrando yo también—. Dicen que uno no se da cuenta del valor de lo que tiene hasta que lo pierde. Me alegra constatar que esa frase es cierta.

—También dicen que a veces vale la pena alejarse para reencontrarse —replicó él.

—¿Quién dice eso aparte de los idiotas como tú cuando tratan de justificarse? —pregunté poniendo los ojos en blanco.

Sonrió.

—¿Ahora soy un idiota?

—Siempre lo has sido.

Me estremecí al notar cómo sus anillos rozaban mi mandíbula. Me tomó de la cara para obligarme a mirarlo a los ojos. El corazón empezó a latirme más rápido mientras me observaba sin pudor alguno. Me acarició los labios suavemente con el pulgar.

—Tu insolencia hace que me entren ganas de silenciar esa boquita tan linda —murmuró con voz ronca.

Me quedé paralizada mientras seguía acariciándome un poco más, no osaba ni respirar para no acelerar los latidos de mi corazón. Ya estaba a punto de explotar.

—Tu insolencia me nubla la mente, ángel mío, y, al contrario de lo que crees..., eso no me hace enojar.

Deslizó el dedo entre mis labios y un escalofrío me recorrió toda la columna.

—Eso hace que me entren aún más ganas de poner en práctica todas las ideas retorcidas que tengo en la cabeza —murmuró lamiéndose los labios—. Una parte de mí se muere de ganas.

Me sacó el dedo de la boca y lo bajó poco a poco hacia la mandíbula, me sujetó el cuello brutalmente y me provocó un jadeo de sorpresa. No pude evitar que todo mi cuerpo se tensara.

—Ya ves, ángel mío, sigo siendo yo. Pero solo conoces esa faceta de mi personalidad —continuó presionándome la piel con los dedos—. Deja que te muestre otra.

Me soltó con delicadeza cuando estaba a punto de sufrir una crisis de ansiedad.

Asher Scott. Por muy dulce que se mostrara, no podía olvidar ni por un segundo la brutalidad con que podía llegar a comportarse. Esa faceta de él abrumaba mis sentidos y me hacía perder la cabeza.

Con los ojos cerrados, inspiré profundamente intentando recobrar el sentido común. Sin esperar más, me fui a buscar esa habitación y la encontré sin mucho esfuerzo. Era de una simpleza extrema, solo tenía una cama grande, una cómoda y un clóset. Dejé mis cosas sobre la cama y cerré la puerta con seguro. Me puse a toda prisa la piyama, impaciente por encontrar algo de reposo tras las largas horas de carretera.

Y tras lo que acababa de suceder en el vestíbulo.

Salí de la habitación para buscar agua. No me sorprendió ver a Asher en el salón con un vaso de alcohol en la mano y rodeado por una nube de humo.

Levantó el vaso hacia mí y sonrió mientras yo bebía del mío sin quitarle la mirada de encima.

—Buenas noches —me dijo con suavidad al verme volver a la habitación.

—Buenas noches —respondí sin darme la vuelta.

Me sentía como en una nube: las cobijas me calentaban, la almohada tenía el grosor perfecto y el silencio reinaba a mi alrededor. Sin embargo, no conseguía dormir. El sueño no había intentado apoderarse de mí ni una sola vez.

¿Por qué? Porque estaba esperando.

Estaba esperando a que entrara. A que se metiera en la habitación y me espiara mientras dormía o algo así.

Había sido demasiado sencillo, y Asher nunca cedía con tanta facilidad. Pero a la vez..., una parte de mí deseaba que viniera. Su presencia me tranquilizaba y dormía mejor cuando estaba con él.

«¿Por qué no viene?»

Agudicé el oído intentando oír pasos, pero no había señales del psicópata. Solo silencio. El mismo silencio que me angustiaba en Manhattan hasta el punto de dormir con la tele encendida para que hubiera ruido de fondo.

La luz que se filtraba por la ventana del dormitorio iluminaba la habitación. Había llegado la mañana para recordarme que no había pegado ojo.

Clic.

Se me despertaron todos los sentidos cuando oí la puerta abrirse a mi espalda. Una sonrisa no tardó en aparecer en mis labios. Estaba ahí. Con los ojos entornados, vi su silueta avanzar hacia el clóset y lo abrió para sacar... cobijas.

«¿De verdad va a dormir en el salón?»

Cuando desapareció de mi campo de visión, cerré los ojos. No había oído la puerta, lo que significaba que todavía estaba aquí.

Se me cortó la respiración cuando me puso el dedo en la espalda y lo deslizó lentamente hacia el cuello, la mandíbula y, finalmente, la mejilla.

—No me odies... No puedo evitar mirarte mientras duermes —murmuró con suavidad.

Siguió subiendo por mi rostro hasta apartarme un mechón de la frente. Intenté por todos los medios mantener la respiración calmada, aunque por dentro estaba al borde de un ataque al corazón.

—Es relajante.

Se me retorció el estómago cuando me rozó la sien con los labios. Me mantuve inmóvil, aguantando la respiración. Se alejó de la cama y volvió a cerrar la puerta tras él, dejándome a solas con el cuerpo temblando y la cabeza llena de pensamientos confusos.

No comprendía el significado de sus palabras y, sin embargo, acababan de envolverme el corazón con suavidad. Lo que sentía por él no iba a desaparecer pronto y menos si seguía comportándose como siempre había querido que lo hiciera.

«Demonios..., ¿en qué me he metido otra vez?»

Las tres de la tarde

—En el mejor de los casos, no estará ahí —gruñó Asher mientras se tomaba el desayuno, que consistía en café solo y un *bagel*.

Llevaba una hora despierta, al contrario que Asher, que acababa de abrir los ojos. Su mal humor matutino se había agravado por el hecho de dormir en el sofá. Casi me sentía culpable por su dolor de espalda.

Gruñó de nuevo mientras se sentaba y a continuación se bebió el café con la mirada clavada en la tele, donde estaban dando las noticias. Asher se había negado a poner *Teen Titans*.*

—¿Y en el peor?

Me dirigió una mirada oscura que indicaba que quería que me callara y que lo dejara tomarse el café en paz.

—Estará allí y te reconocerá —concluyó tras varios minutos de silencio—. Y ahora deja que me despierte. Ya hablaremos dentro de una hora.

Se me revolvió el estómago. La velada, que ya me parecía peligrosa, no hacía sino empeorar. Sabrina trabajaba con el hombre al que Asher pretendía matar esa noche, el que se suponía que iba a intentar seducirme.

* Ella se refiere a la serie *Teen Titans Go!*, una serie de animación estadounidense inspirada en los cómics *New Teen Titans*, de Glen Murakami. Atención: en este capítulo hay spoilers de varias tramas de la serie. *(N. del e.)*

¿Por qué siempre se complicaba todo en el último momento?

—Si me reconociera...

—Ella, por favor —imploró girándose hacia mí—. Solo quiero tomarme el café sin hablar de lo de esta noche.

Mi nombre en sus labios todavía me removía por dentro, puesto que rara vez me llamaba así, solo en los momentos más serios.

Parece ser que ese lo era.

—Estás de muy mal humor esta mañana —solté negando con la cabeza con exasperación.

—Y tú estás demasiado habladora —gruñó.

Una sonrisa burlona apareció en mis labios mientras él gruñía en su rincón.

—¿Has dormido bien? —lo provoqué.

Para ser sincera, estaba aburrida. No me gustaba ver las noticias y no tenía nada mejor con lo que entretenerme. A Asher le encantaba molestarme, así que iba a divertirme haciendo lo mismo.

«Espero que cambie de canal y ponga *Teen Titans*.»

—Como un bebé —gruñó con sarcasmo.

—Yo también —afirmé con una sonrisa.

—No me digas.

Como si el diablillo que dormitaba en mí acabara de despertarse, continué:

—El colchón era muy cómodo.

Se levantó con un gruñido, enojado por mis provocaciones. Con una risita, agarré el control para cambiar de canal. Ahora que ya no la estaba mirando, la tele era mía.

Pero mi sonrisa victoriosa se desvaneció enseguida. Ya no estaban pasando mi caricatura favorita.

Mierda.

—El karma —dijo el psicópata con voz ronca detrás de mí.

Lo fulminé con la mirada y, a cambio, él me sonrió con aire triunfal. Tomó otro sorbo de café y se dejó caer en el sofá, feliz de verme molesta y abatida.

—Te ves muy linda cuando te enojas —se burló con los ojos fijos en la tele.

Me crucé de brazos y no respondí nada. ¡No había visto ni un capítulo! El día empezaba muy mal, aunque, técnicamente, no podía decir que fuera el comienzo de la jornada, teniendo en cuenta que ya era pasado mediodía.

Con el rabillo del ojo, vi que Asher recuperaba el control sin decir nada. Arqueé una ceja cuando lo vi abrir Netflix y escribir *Teen Titans* en la barra de búsqueda. Puso el capítulo y se me iluminó la cara cuando vi a Chico Bestia, uno de los protagonistas de la serie.

—Gracias —murmuré.

Ahora me sentía mal por haberlo molestado. Siempre me resultaba extraño ser testigo del lado atento de Asher. Hace un año solo lo mostraba cuando me daba un ataque de ansiedad.

Ahora ya no tenía que estar en el fondo del abismo para que me mostrara esa faceta de su persona. Y eso era... agradable. Cada gesto de atención me confortaba y me hacía flaquear en mi deseo de venganza.

Nunca había sido tan amable conmigo.

—¿Cuál es tu preferido? —me preguntó Asher.

—Chico Bestia —contesté con una sonrisa.

—¿El verde?

Asentí. Chico Bestia era amable y gracioso. Me gustaba mucho.

—Se parece a Ben —susurró Asher dejando la taza ya vacía sobre la mesa.

Se me escapó una pequeña carcajada. Era cierto que Chico Bestia y Ben se parecían. ¿Tal vez fuera por su sentido del humor? No lo sabía, pero tenía razón.

—¿Por qué él?

Su pregunta me hizo fruncir el ceño.

—No lo sé... Puede que sea porque es gracioso —supuse encogiéndome de hombros—. Es inocente... y también dulce. No es nada cruel.

Mientras hablaba, sentí su mirada sobre mí, lo que me obligó a mirarlo yo también. Asher me observaba sin decir nada.

—Es tonto. Se deja engañar por las chicas... Ahora está con Raven. —Señalé con el dedo el personaje del que hablaba—. Son adorables. Raven no es tan dulce como él. Vista desde fuera, es incluso gruñona y fría. No le gusta mostrar sus sentimientos.

—Entonces, ¿por qué están juntos? —me preguntó clavando su mirada metálica en mí.

Incliné la cabeza para reconstruir mejor la historia.

—Por lo que he entendido, al principio Raven negaba categóricamente sus sentimientos por Chico Bestia. Se concentraba en sus defectos para ahogarlos, aunque siempre ha habido cierta atracción entre ellos. Luego, Chico Bestia dejó el asunto con Raven, quien lo rechazó, y se acercó a Terra, otro personaje. Ella lo invitó a pasar San Valentín juntos.

—¿Y después? —preguntó visiblemente interesado.

—Terra no es buena persona. Raven intentó hacérselo ver a Chico Bestia el día de San Valentín, cosa que lo entristeció. Para consolarlo, Raven le dijo que había otra chica que lo quería. Se refería a sí misma. Chico Bestia preguntó entonces por qué todavía no había dado ninguna señal. Raven era incapaz de decirle la verdad, aunque quería hacerlo. Cuando reunió el coraje suficiente, reapareció Terra y Chico Bestia volvió con ella. Raven se enojó y se puso celosa, tan celosa que envío a Terra al lugar del que venía. Eso confirmó lo que sentía por él.

Reí al recordar vagamente ese capítulo. Asher permaneció en silencio durante mi monólogo, mirándome sin interrumpir, concentrado en el relato. Me escrutaba con los ojos mientras hacía girar lentamente sus anillos.

Nunca había creído que la historia de Raven y Chico Bestia pudiera interesarle tanto.

—¿Y después?

—En cada capítulo, Raven se esforzaba con Chico Bestia, quien nunca había dejado de amarla —expliqué—. Él también intentaba gustarle. La protegía, aunque pensara que ella era más fuerte que él. Se besaron después de que un plan de Raven tuviera éxito.

Ese capítulo había sido adorable. Raven había querido poner celoso a su ex fingiendo que Chico Bestia era su novio, pero había quedado atrapada en su propio juego.

Asher se quedó callado. Le eché un vistazo esperando que comentara algo.

—Raven quiere mucho a Chico Bestia desde el principio, pero le tenía miedo —dijo finalmente—. De lo que él podía hacer, porque ella nunca había sentido lo que sentía por él.

—Lo rechazaba constantemente. No era capaz de entender que él sintiera algo por ella, y menos aún que ella sintiera algo por él —continué.

—¿Tal vez porque pensara que no lo merecía? —sugirió suavemente—. ¿Quizá pensara que era demasiado bueno para ella?

—En ese caso, ¿por qué no dejar que se fuera con Terra? —pregunté al darme cuenta de que Asher estaba defendiendo el comportamiento de Raven.

—Porque sabe que Terra nunca lo querrá como ella podría hacerlo —respondió simplemente—. Sabe que Terra nunca se esforzará lo suficiente como para merecer el corazón del niño verde.

Se me escapó una carcajada. «El niño verde.»

—¿Cómo acabaron juntos?

—Chico Bestia le escribió una canción de amor —respondí con una sonrisa.

Asher reprimió una carcajada y, sonriendo también, me miró con sus ojos de acero. Normalmente, eso me ponía nerviosa, pero ahora era un gesto dulce que admiraba cada centímetro de mi cara.

—¿No te cae bien Raven? —preguntó con un murmullo.

—Sí, aunque a veces no es fácil comprenderla —contesté mirando la tele.

Raven era muy... complicada.

Me estremecí cuando noté sus dedos en el rostro. Me acarició suavemente la mejilla con el pulgar y lo miré sin decir nada mientras el corazón me martilleaba las costillas.

—Chico Bestia es perfecto para Raven, él la entiende.

Asentí con la cabeza. Se me cortó la respiración cuando me pasó el pulgar por los labios. Me devoraba la boca con los ojos mientras susurraba:

—Raven ama a Chico Bestia. Y eso la asusta.

—¿Por qué...? ¿Por qué le da tanto miedo? —pregunté en un murmullo apenas audible.

Él levantó la mirada hacia mí.

—Porque saca a relucir la mejor parte de sí misma —me contestó con dulzura—. Porque nunca había sentido algo así y le daba miedo no volver a sentirlo si algún día él se iba, de modo que se protege manteniéndolo lejos de ella.

Me había perdido.

¿Seguíamos hablando de Raven?

O... ¿de él?

Acercó el rostro al mío. Se me aceleraron las pulsaciones a medida que su olor me embargaba.

—Pero ya no quiere tenerle miedo porque sabe que no puede dar su atención por sentada —susurró a pocos centímetros de mis labios—. Quiere demostrarle que puede ser perfecta para él..., tal y como él lo es para ella.

Se me cortó la respiración cuando sus labios rozaron los míos. Respiraba de manera entrecortada, le temblaban los dedos sobre mi piel. Esas sensaciones iban a ser mi perdición.

—Tengo tantas ganas de besarte, ángel mío —murmuró lentamente—. Tantas ganas...

Sus palabras me hicieron sentir débil, como si mis sentidos y mi lucidez se dejaran llevar por un huracán. Lo que dijo hizo que el pánico se apoderara de mi corazón, me sacudió el cerebro y despertó una bandada de mariposas en mi estómago.

Me acarició de nuevo los labios temblorosos con el pulgar mientras me devoraba con la mirada. El tiempo se detuvo. No existía nada más allá de nuestras respiraciones entremezcladas y la sensación de sus dedos sobre mi piel.

—Ver que te mira como te miraba yo al principio... hace que me entren ganas de arrancarle los ojos.

—Qué delicadeza...

Con una sonrisita, me miró directamente a las pupilas e hizo que me electrizara.

—No puedo ser delicado con los demás, pero puedo serlo contigo. Quiero serlo contigo.

En ese preciso momento, me abandonó todo el rencor. Lo único que deseaba era sentirlo en los labios.

Mi corazón luchaba fervientemente contra mi mente con tanta fuerza que no podía moverme ni respirar. Uno se negaba a dejarse tentar y el otro me murmuraba que cediera. Asher me volvía completamente loca, derrumbaba todas mis barreras.

De repente, mi corazón se apoderó de mí.

Sin retenerme durante más tiempo, estampé los labios sobre los suyos y cerré los ojos. Mi cuerpo se estremeció al entrar en contacto con su boca ardiente y el corazón se me paró en seco.

Sus labios no se movían. Tenía los dedos tensos en mi mandíbula, se había quedado congelado y parecía que se le había parado el cerebro, como me sucedía a mí cada vez que me miraba.

Acababa de cometer un error.

«¡Mierda! ¿Por qué habré hecho eso? ¡Qué idiota! Soy una idiota.»

Pero, cuando estaba a punto de separarme, avergonzada y perdida, me apretó la mandíbula y presionó ardientemente su boca contra la mía.

«Somos dos idiotas...»

Se me retorció brutalmente el estómago y mi cuerpo cedió a la violencia de las emociones que me provocaba Asher con la loca caricia de sus labios.

«Un año.»

«Un año.»

Me rodeó la cintura con un brazo y me acercó a él para profundizar el beso febril. Me estremecí y le pasé una mano por el pelo. Lo que sentía por él me abrumó y tomó posesión de mi cuerpo, que ya se estaba debilitando a medida que me besaba. Sus labios hambrientos sobre los míos me hacían perder la cabeza, me consumían.

Y al cabo de unos instantes...

Al cabo de unos segundos...

Me perdí en el beso. Caí presa de aquella sensación.

Estaba temblando. Me presionó la piel con los dedos mientras me mordía el labio inferior. Mi cuerpo vibraba por las emociones nuevas, lo abracé como si mi vida dependiera de ello. Nunca había sentido tantas emociones en tan poco tiempo.

Era aterrador.

Sin aliento, interrumpí el beso. Con la boca entreabierta, me sentía como si acabara de sacar la cabeza del agua tras haber estado a punto de ahogarme.

Asher respiraba de manera entrecortada, casi tan rápido como yo. Los dos estábamos perdidos ante lo que acababa de suceder.

Ante lo que yo había empezado.

Y él había terminado.

Mierda.

Siete horas.

Habían pasado siete horas desde que nos habíamos besado y mi cuerpo todavía no se había recuperado. Todavía podía sentir el calor de sus labios sobre los míos, lo que provocó que mi cuerpo volviera a estremecerse.

Una vez más, había perdido la cabeza en brazos del diablo.

Unos minutos después del beso, Asher había salido a comer. Luego, habíamos pasado una hora en calma y silencio sin que ninguno de los dos se atreviera a decir nada.

Pero ¿quién había empezado a jugar con la situación?

Él sabía que yo no iba a asumir ninguna responsabilidad sobre lo que había sucedido, a pesar de que se burlaba de mí con su sempiterna pregunta:

—¿No quieres hablar de lo que ha pasado?

«No, Asher, no quiero porque, si pudiera, enterraría la cabeza en un agujero y no la sacaría jamás.»

Era yo quien lo había besado a él. No sabía por qué. Había sido algo violento y magnético y había sucumbido.

Yo, que quería mantenerlo alejado, que quería sacarlo de sus casillas..., había sido la primera en flaquear. Eso me molestaba aún más. Estaba enojada conmigo misma por haber cedido y con él por recordármelo incesantemente con esa sonrisa torcida.

«¿Y si daba mi atención por sentada? ¿Y si dejaba de esforzarse por mí?»

Esas preguntas llevaban más de una hora dándome vueltas por la cabeza mientras me preparaba para la misión con un nudo en el estómago. Porque, aparte de lo ocurrido con Asher, esa noche iba a volver a ponerme en peligro. Recé porque no pasara nada.

Necesitaba que cumpliera su palabra.

Enrosqué uno de mis mechones brillantes para definir el rizo. El cuarto de baño de esta casa era gigantesco, el espejo ocupaba una pared entera. Seguí ondulándome el pelo con el rizador en la mano.

Se me cortó la respiración cuando vi la silueta imponente de Asher en el espejo. Apoyó el hombro de manera descuidada en el marco de la puerta con una sonrisa en los labios y me miró fijamente.

—Bueno..., ¿no vamos a hablar de lo que ha pasado antes?

Me dio un vuelco el corazón. Resoplé, molesta, y enrollé otro mechón alrededor del dispositivo, que estaba ardiendo.

—Tienes que teñirte el pelo —le recordé con frialdad.

—No. Tú tienes que teñirme el pelo —puntualizó.

Puse los ojos en blanco. Se me aceleraron las pulsaciones cuando se acercó a mí lentamente.

—¿No vas a contestar? —me preguntó de nuevo elevando una de las comisuras de sus labios.

—No hay nada que decir —repliqué mientras me temblaban las manos.

—De acuerdo —murmuró—. No te forzaré. Solo quería decirte que...

Me deslizó los dedos por la cintura y me tensé. Sentir su cuerpo detrás del mío hacía que me sintiera débil. Se me aceleró el pulso cuando me rozó la oreja con los labios. Su reflejo buscó mi mirada y me susurró:

—He extrañado terriblemente tus labios.

—Voy a quemarte con el rizador —lo amenacé frunciendo el ceño mientras se me aceleraba la respiración—. Aparta las manos de mí.

Riéndose, hizo lo que le pedí, lo cual me sorprendió de nuevo.

—No necesitas un rizador para quemarme. Usa los labios, tienen el mismo efecto.

Solté un grito de rabia y él se rio mientras se alejaba del cuarto de baño.

Acabé de rizarme el pelo farfullando insultos. Sabía que el muy sádico se iba a pasar muchísimo tiempo recordándome esta situación...

Peinada y maquillada, volví al dormitorio para ponerme el vestido. Salíamos al cabo de menos de una hora. Se me aceleró el corazón al recordarlo.

—¡Te estoy esperando! —exclamó el demonio con voz ronca desde el baño.

No iba a pintarse solo y, claramente, no pensaba renunciar a la idea de que lo hiciera yo en su lugar. Respiré hondo.

—Bueno, Ella..., mantén la calma y todo saldrá bien.

Volví sobre mis pasos y lo encontré sentado en una silla con una gran sonrisa en los labios. Fruncí el ceño al ver que tenía el torso desnudo; se le veían todos los tatuajes. Como si me hubiera leído el pensamiento, me informó:

—No quería mancharme la camiseta.

Negué con la cabeza y aparté la mirada de su cuerpo antes de agarrar el envase. Leí la etiqueta de la parte trasera. Bueno, no debía de ser muy difícil. Lo único que tenía que hacer era separar el pelo, pintar los mechones uno a uno y dejarlos secar durante unos segundos.

Volví a levantar la cabeza y le ordené:

—Abre las piernas.

Arqueó las cejas, se le iluminó la mirada y murmuró:

—Y yo que pensaba que sería el primero en decirlo.

Solté un suspiro exasperado como respuesta. Obedeció y me acerqué a él. Me coloqué el envase entre los muslos para tener las manos libres y agarré un mechón de su pelo.

Esbozó una sonrisita perversa mientras clavaba la mirada en el envase.

«Un niño. Es como un niño.»

Le teñí unos cuantos mechones en silencio, concentrada, aunque Asher comentaba cada uno de mis gestos, poniendo a prueba mis nervios con aire travieso.

—¡Concéntrate!

Conforme pasaban los minutos, cada vez tenía que esforzarme más para mantener la calma. Sus comentarios multiplicaron por diez mi ira. No comprendía qué buscaba, pero iba a acabar encontrándolo.

—Has olvidado un lado...

—¡Cállate! —exploté de repente.

Su mirada cambió al instante y murmuró:

—Cállame tú.

Se me cortó la respiración al oír el tono de su voz y ver el brillo de sus ojos. Justo eso era lo que buscaba.

Me ardía el alma. El diablillo que había en mi cabeza se despertó y me susurró que lo tomara desprevenido.

«¿Quieres jugar? Pues mírame, Asher.»

—¿Quieres que te calle? —pregunté acercando mi rostro al suyo.

—Eso es exactamente lo que quiero.

Se me dibujó una sonrisita en los labios mientras él me miraba la boca fijamente. Por supuesto que quería que lo besara para seguir burlándose de mí después.

«Pero tengo una idea mejor.»

De repente, me senté a horcajadas sobre él. Se le cortó la respiración en seco. Se le tensó todo el cuerpo y abrió los ojos como platos.

«Perfecto.»

Sostuve su rostro, que se le había quedado congelado, y lo obligué a mirarme a los ojos.

—Pues escúchame bien, Scott —empecé apretándole la mandíbula—. Si sigues hablando, te haré tragar este envase y dejaré que te ahogues con él.

Entreabrió los labios mirándome fijamente mientras seguía sentada sobre él. El pulso me iba a mil. Nuestra cercanía me angustiaba, pero no quería prestarle atención. Ahora no.

Le giré la cara y le susurré débilmente al oído sus propias palabras:

—Y, al igual que tú, cometo los errores una vez. No dos.

Volví a levantarme como si nada y seguí tiñéndole el pelo con una sonrisa de satisfacción en los labios. Durante los veinte minutos siguientes no dijo nada. Ni un solo comentario. Únicamente me observaba como si fuera la primera vez que me veía.

Era perfecto.

—¡Listo! —exclamé admirando mi trabajo con orgullo—. Te ves genial.

Ese color, tan negro como el del pelo de Ben, le quedaba mejor de lo que creía. Hacía que le resaltara el gris de los ojos.

Durante un momento, Asher pareció todavía perdido en sus pensamientos. A continuación, negó con la cabeza, se levantó y me miró a la cara. Se inclinó para susurrar:

—Acabas de empezar un juego muy peligroso, ángel mío, y yo no voy a pararlo.

18
Aburrimiento

ASHER

—¡Eres un pedazo de bastardo! —soltó mi ángel mientras me volvía a poner espray en el pelo—. ¿No te habías bañado antes?

—Era eso o hacerte mía en el lavabo —respondí muy sinceramente.

Puso los ojos en blanco y suspiró. La observé en silencio. Demonios, me había besado. Y se había sentado encima de mí.

«Encima de mí.»

Había necesitado un baño frío porque sabía muy bien que, de lo contrario, no habría aguantado el resto de la noche con ella.

«Carajo.»

Si hubiera sabido que podía ser tan..., carajo, tan sexi cuando se enojaba, me la habría pasado de lo lindo.

«Todo el puto día.»

Me jaló del pelo hacia atrás e inspeccionó el color no sin lanzarme una mirada asesina, pero no podía pensar en otra cosa que no fuera su cuerpo sobre el mío.

Sus dedos en mi mandíbula. Su boca cerca de mi oreja. Era muy excitante.

«Maldita sea. Necesito otra baño.»

Me comportaba como si fuera virgen, pero, maldita sea, no me esperaba que mi ángel se convirtiera en súcubo con esa facilidad.

—Te prometo que, si te vuelves a bañar, tendrás que arreglártelas tú solo —me amenazó antes de lanzarme el espray con rabia.

Me acaricié los labios con la lengua mientras la veía salir del baño.

«Sí, realmente le tengo muchas ganas.»

—Maldición —murmuré mientras me levantaba de la silla.

Fui por mi traje al salón mientras Ella se cambiaba en la habitación. La única puta habitación.

Desde ayer, me arrepentía de haberle mentido: nadie ocupaba nuestra propiedad principal en Las Vegas. Al traerla, esperaba que aceptara que durmiéramos juntos, suponiendo que no tenía elección. Pero me había tomado desprevenido y no podía obligarla.

Mi mentira se había vuelto en mi contra, había dormido en el sofá como un imbécil.

Empecé a vestirme en el cuarto de baño sin dejar de pensar ni un puto segundo en lo que acababa de pasar entre nosotros.

Me había besado.

No sabía si era debido a sus caricaturas de mierda. A decir verdad, no entendía por qué lo había hecho. Pero por primera vez había salido de ella. No de mí. A pesar de que me moría de ganas, yo no había hecho nada.

El tiempo se había detenido a mi alrededor cuando había posado sus labios sobre los míos. Como si mi cerebro se hubiera puesto en pausa, me había quedado helado.

A partir de ahora, debía concentrarme en el hijo de puta por el que habíamos viajado hasta allí y volarle los sesos antes de que le pusiera un dedo encima a Ella. No pensaba romper mi promesa, no la tocaría.

Mi único problema era Sabrina.

Había un cincuenta por ciento de posibilidades de que no dijera nada aunque me viera, ya que tenía una gran deuda conmigo. Sin embargo, no le debía nada a Ella, razón por la cual podía arruinar mi plan poniéndola en peligro.

Llevar a mi ángel conmigo me angustiaba. Una imagen me volvió a la memoria: Ella, aterrorizada, atrapada en los brazos del bastardo de James. Todo por culpa de la zorra de Jones, que me había hecho llegar tarde. Ese recuerdo todavía me atormentaba. Aunque al final no le había sucedido nada, recordaba cómo se había sentido después.

Y la desesperación en su rostro.

Volviendo a casa, incluso se había asustado ante la idea de que yo la tocara. Era frágil y, a veces, me lo tomaba a la ligera.

«No se lo merece. Soy malo para ella.»

Me prometí protegerla, tanto esa noche como al día siguiente, así como todos los días que estuviera con ella. Sentía esa necesidad de protegerla de mi mundo.

«En realidad, siento la necesidad de protegerla de todo.»

Me deslicé la corbata alrededor del cuello y esbocé una pequeña sonrisa mientras me dirigía hacia la habitación. Claro que era completamente capaz de hacerme un nudo en la corbata, pero ella no lo sabía.

«¿Lo haría por mí?»

—¡Ella! Te necesito.

«Claro que sí.»

Mientras esperaba pacientemente a que abriera la puerta que nos separaba, dejé escapar una risa burlona. Esa chica me obsesionaba y no lograba estar lejos de ella. Todo lo contrario.

—El...

Cuando la puerta se abrió, se me cortó la respiración. Ella me fulminó con la mirada, pero no fue eso lo que provocó mi reacción, sino verla con ese vestido.

—¿Qué? —me preguntó con un bufido.

Esbocé una sonrisa inocente, aunque absolutamente falsa, mientras señalaba con el dedo mi corbata sin anudar. Puso los ojos en blanco y se acercó a mí. Posó los dedos delicadamente sobre el trozo de tela, que empezó a anudar con el ceño fruncido.

—Tenía razón, este vestido te queda perfecto —murmuré mientras la observaba.

Sus dedos se tensaron, pero siguió con su tarea sin decir una palabra.

—Sin embargo, quedaría todavía mejor en el suelo —le susurré al oído.

Me quedé sin respiración cuando me apretó con mucha fuerza la corbata alrededor del cuello, lo cual me hizo abrir los ojos como platos.

Su rostro se acercó al mío y murmuró cerca de mis labios:

—No olvides que estás en mis manos, Scott...

«Y a tus pies también.»

—Así que no digas tonterías que pueden costarte la vida —añadió en voz baja antes de apoyar las manos sobre mi torso y empujarme hacia atrás.

Entonces me cerró la puerta en las narices. Me aflojé la corbata y un escalofrío de excitación recorrió mi cuerpo.

Nunca había sentido tanta atracción hacia una chica. Era una sensación muy fuerte. Maldición, era todo suyo. Miles de pensamientos morbosos empezaron a bailar por mi mente, pero la idea de arrancarle el vestido no me la ponía tan dura como la de oírla suplicarme que siguiera metiéndole los dedos.

Un nuevo escalofrío se apoderó de mí. Iba a matarme sin ni siquiera tocarme.

Hice una mueca. Mi cuerpo necesitaba otro baño helado, porque su actitud me estaba haciendo arder.

—Haces que me retuerza —suspiré—. Y, carajo, cómo me gusta.

Le había avisado, acababa de empezar un juego muy peligroso. Y yo desde luego no iba a detenerlo. Más bien al contrario.

«Veremos cuánto tiempo aguantas, ángel mío.»

ELLA

Una hora después...

De camino al famoso casino, me puse el pequeño audífono que Asher acababa de darme. El estómago me palpitaba cada vez más a medida que nos acercábamos al peligro. Bueno, yo era la única que estaba realmente en peligro. La idea de tener que alejarme de Asher sabiendo que su objetivo me seguiría me angustiaba.

—Ya hemos llegado...

La voz ronca de Asher me sacó de mis pensamientos. Contemplé nerviosa el enorme casino, cuyas luces de colores me cegaron. Efectivamente, estábamos en Las Vegas. Fuera, algunas personas fumaban mientras un flujo incesante de gente vestida de gala se presentaba en la entrada. Una pregunta me daba vueltas en la cabeza: ¿cómo iba a matar a un tipo con tantas personas alrededor?

El plan era simple. Debía lanzar algunas miradas a ese cerdo durante la partida. Tras su victoria, Asher me pediría que fuera por una caja inexistente a su coche para que me alejara sin levantar sospechas. Según él, el cerdo ordenaría a sus hombres que se quedaran en el casino mientras que él me seguiría al exterior. Asher le daría unos minutos de ventaja para escapar de la mirada de sus perros.

—¿Estás nerviosa?

—Oh, ¿por qué? ¿Debería? Voy a hacer que me siga un tipo que quiere cogerme, no es nada, estoy acostumbrada —contesté con todo el sarcasmo del que fui capaz.

Se giró hacia mí con una pequeña sonrisa en los labios.

—No tengas miedo, estaré ahí.

Inspiré profundamente. El corazón me latía con fuerza y las manos me temblaban.

Me sobresalté cuando los dedos de Asher se posaron en la parte trasera de mi cabeza. Me acarició la nuca con el pulgar.

—No te pasará nada.

—No me gusta este plan —resoplé nerviosa—. No me gusta la idea de servir de cebo.

Me observó en silencio. Cuando sonrió, sentí que se me sonrojaban las mejillas. Aunque no lo mostrara, ese lado dulce de Asher me reconfortaba el corazón. Era raro... porque, aunque sus gestos no me parecían sinceros, moría porque lo fueran.

—¿Ya te he dicho que te ves increíblemente guapa?

Puse los ojos en blanco para disimular el hecho de que mi pecho estaba a punto de explotar.

—No cambies de tema —suspiré mientras sacudía la cabeza con un aire falsamente molesto.

—Estoy intentando que pienses en otra cosa porque tu miedo se puede oler a kilómetros —me dijo mientras me acariciaba la nuca—. Todo va a salir bien, ya verás.

—Sí, eso pensaba cuando fuimos a Mónaco, y recuerda qué pasó.

Su sonrisa se borró lentamente. Con un suspiro, aparté la mirada. Mi angustia era realmente palpable: el cuerpo me temblaba y el corazón me latía a una velocidad desenfrenada.

—Lo siento.

Dejé de respirar y me giré hacia él con el ceño fruncido. «¿Lo siento por qué?»

—Por James —continuó—. No tenía previsto llegar tarde, jamás te habría dejado sola a propósito.

Se me hizo un nudo en la garganta cuando recordé aquella noche. Me había quedado paralizada por la impotencia al sentir sus manos sobre mí. Asher había llegado en el último momento, sin darle a James la oportunidad de terminar lo que estaba a punto de hacer. No culpaba a Asher por su retraso. Lo culpaba por haberme ocultado esa parte del plan, y él lo sabía.

—Te doy mi palabra de que conoces todo el plan —susurró—. Lo único que quiero es alejar a los perros.

—¿Por qué seguimos aquí? —le pregunté.

—Los estábamos esperando —me dijo señalando su celular, que se puso a vibrar.

En ese momento, alguien llamó a la ventana del psicópata.

«No conozco esta parte del plan.»

Asher desbloqueó las puertas y dejó al desconocido entrar al coche.

No. Los desconocidos.

—¡Carajo, hace un frío del demonio! —exclamó el primero frotándose las manos.

—Te dije que agarraras mi chamarra —dijo el segundo exasperado.

—Ella, te presento a Jacob y Vernon —empezó Asher girándose hacia mí—. Son mis topos esta noche.

El hombre con cabello color ébano, Jacob, era el que había renegado por el frío. Me saludó con un pequeño gesto de la mano mientras el otro asentía con la cabeza en mi dirección con una sonrisa más tímida.

—Buenas noches, Ella —dijo.

—¿No dijiste que venías solo? —preguntó Jacob con una ceja arqueada.

—Cambié de opinión en el último momento —murmuró Asher—. ¿Qué tal dentro?

—Buenas noticias, Sabrina no nos acompañará —declaró alegremente Jacob sin saber que acababa de quitarme un peso del estómago.

—He desactivado las cámaras de vigilancia —continuó Vernon—. Esta noche va acompañado de tres hombres.

—Los cocteles también están listos —dijo entusiasmado el moreno—. No sabía que fuera tan divertido ser barman. ¡Tal vez es mi vocación!

—Por Dios... —suspiró Vernon con los ojos en blanco.

Su discusión me arrancó una pequeña sonrisa. Jacob me recordaba a Ben por su mirada traviesa y su energía. Vernon parecía más serio. Su cuerpo imponente, su cabeza rapada y su tatuaje en la cara le daban un aspecto casi aterrador.

—¿Ash?

Este último contemplaba el casino con la mente en otra parte.

Murmuró un «hmm» como respuesta que invitó a Jacob a continuar:

—¿Vas a matarlo aquí?

—No —respondió simplemente.

Fruncí el ceño. ¿Dónde iba a matarlo, entonces?

Siguieron unos minutos de silencio durante los cuales no me atreví a preguntárselo. La presencia de los dos hombres en el coche me lo impedía. No estaba cómoda con desconocidos.

—Bajen —ordenó Asher con los ojos todavía clavados en el casino—. Y no lo olviden: una dosis basta para dejarlo aturdido, dos dosis lo matarán. Y no quiero matarlo con una bebida de mierda.

—¡Tomo nota! —exclamó Jacob—. Hasta luego, tesoro.

Su guiño me puso tensa. Asher se giró hacia mí y sonrió antes de informarme:

—Relájate, ángel mío. A Jacob no le atraen las mujeres. Solo Vernon.

Al ver a los dos hombres tomarse de la mano mientras se alejaban del callejón, comprendí que estaban juntos.

—Son amigos de un viejo conocido. Los necesitaba esta noche. Se les da bien pasar desapercibidos. ¿Vienes? Allá vamos.

Respiré hondo y asentí. El aire frío me golpeó en cuanto puse un pie fuera del vehículo. Asher me envolvió con el brazo por la cintura, lo cual me provocó escalofríos en la espalda.

Sonrió.

—Parece que la velada no es lo único que te pone nerviosa... —me murmuró al oído.

Adopté un aire molesto que encontró gracioso. El ruido del ambiente me provocaba ansiedad, no estaba acostumbrada a tanta gente ni a tantas luces.

Cuando llegamos al interior, me quedé muda ante la decoración. La estancia, que era inmensa, estaba principalmente pintada en tonos dorados y rojos. Varias mesas presidían el centro, tal vez para jugar al poker, y a lo lejos vi las ruletas y las máquinas tragaperras. Un centenar de personas se movían entre las mesas, sin contar a los meseros con sus bandejas.

Era la primera vez que entraba en un casino, pero ya sabía que no era el tipo de lugar al que volvería voluntariamente.

Asher puso las manos una a cada lado de mi cara con una pequeña sonrisa en los labios. Sus iris estaban ocultos tras los pupilentes negros que llevaba.

Prefería sus ojos grises.

—Relájate —me repitió de nuevo—. Estás conmigo.

—Eso no ayuda —respondí sarcásticamente.

Se rio.

—Tal vez no, pero es mejor que nada. ¿Ves al hombre bajito y gordo que tengo detrás, con tres hombres y varias personas jugando a su alrededor?

Examiné a la multitud con la mirada. Conseguí encontrar al hombre en cuestión sin mucho esfuerzo. No era tan bajito, pero... se parecía al Pingüino de *Batman*.

—Vamos, cuanto antes empecemos, antes terminaremos —dijo Asher, y posó los labios sobre mi frente—. Vas a estar perfecta.

Me dio la mano y me jaló hacia la mesa donde estaba sentado nuestro objetivo. Observando a la gente a mi alrededor, una sonrisa traviesa me llamó la atención. Jacob. Este estaba detrás de la barra preparando cocteles. Me guiñó el ojo y le devolví una pequeña sonrisa.

El corazón me latía con fuerza cuando llegamos cerca del hombre al que había que matar. Este nos examinó a los dos antes de clavar la mirada en mí. Asher me estrechó la cintura y me susurró al oído:

—Aunque me revienta, necesito que le sonrías, ángel mío.

Me giré hacia él con los ojos que se me iban a salir de las órbitas. Es cierto que su petición era banal, pero ese hombre me estaba mirando de una manera que me impedía sonreírle.

—Te odio, Scott —murmuré esbozando una sonrisa forzada en dirección al hombre.

—Yo no —me respondió Scott acariciándome el costado.

—¿A quién le toca? —exclamó el objetivo con los brazos en alto—. ¿A usted, señor?

Asher asintió y se sentó en la silla frente a él. El tipo no me quitaba los ojos de encima. Lo vi chuparse los labios antes de pedir a sus hombres que nos trajeran copas. Inspiré profundamente. Estaba impaciente por acabar.

Dos horas.

La partida había durado dos largas y aburridas horas.

Como estaba previsto, Asher había ganado. Jacob había venido varias veces a servirnos las copas que iban a drogar a ese cerdo. Este no había dejado de mirarme, yo apenas había podido contener las náuseas. Asher me había lanzado miradas o dedicado pequeñas sonrisas y, Dios mío, ¡cómo lo había detestado durante ese interminable momento!

Cuando se acabó la partida, Asher me pidió que fuera por una caja a su coche en una voz lo suficiente alta como para que el cerdo lo oyera.

Estaba saliendo del casino. Lentamente.

La voz de Asher me llegó a través del audífono. Inmediatamente, mis pulsaciones se aceleraron.

—Acaba de hablar con sus hombres, va detrás de ti.

—Te odio —escupí débilmente mientras avanzaba hacia la salida.

Asher soltó una pequeña risa.

—Te he oído.

—Esa era mi intención.

Algunos hombres en la barra me lanzaron miradas cargadas de insinuaciones que me hicieron estremecerme. El aire frío del exterior me tensó las extremidades y el pecho se me comprimió.

«Bueno... Todo va a salir bien.»

Avancé hacia el coche, que se encontraba estacionado a algunos metros, oculto de las miradas, entre dos calles no muy iluminadas de esa ciudad que, al contrario, enloquecía por las luces. Según lo que había entendido, las cámaras de vigilancia estaban apagadas. Suponía que Vernon también habría apagado las farolas del callejón.

—Bueno, ángel mío, acaba de salir.

Se me hizo un nudo en el estómago mientras mis tacones crujían sobre la grava. Un barullo resonaba en mis oídos, era incapaz de oír nada más que los latidos frenéticos de mi corazón y los pasos detrás de mí. ¿Quizá mi ansiedad amplificaba esos sonidos?

Inspiré profundamente. El miedo me torturaba tanto que no entendía cómo seguía siendo capaz de andar.

Cuando me sumergí en el primer callejón, el barullo comenzó a disminuir. Temblaba como una hoja, sin saber si era de frío o de miedo.

O tal vez una mezcla de los dos.

Entonces...

Oí un ruido de pasos detrás de mí.

Tenía ganas de vomitar.

El coche aún estaba a unos metros. Cuanto más me alejaba del casino, más cerca me sentía del peligro. Esa sensación horrible sacudió mi estómago ya revuelto.

—No tengas miedo..., no estoy lejos.

No sabía cómo iba a actuar Asher y no me importaba. Lo único que quería era que me llevara lejos de ese hombre que me seguía. A través del audífono, oía a Asher contar los segundos, sin entender por qué.

—¡Es peligroso para una mujer estar sola en un callejón tan poco iluminado! —exclamó aquel cerdo, haciendo que el corazón me diera un vuelco.

—Ángel mío, actúa con naturalidad y respóndele —me murmuró Asher.

Volví a inspirar profundamente y me giré hacia él obligándome a sonreír.

—Tiene razón, y es todavía más peligroso cuando alguien la sigue.

«¿Asher? Imbécil. Te odio.»

—Su novio no la ha acompañado, así que quería hacerlo en su lugar —dijo acercándose a mí.

Mantuve la distancia entre nosotros y seguí avanzando hacia el coche. Rápidamente, apareció en mi campo de visión. Al mismo tiempo, escuché cómo sus pasos se acercaban cada vez más rápido.

«Carajo, Asher, ¿dónde estás?»

—Además, creo entender que se aburría con él, ¿no es así?

Estaba a mi lado. En tensión, me apresuré a llegar junto al coche, ya que eso marcaría el final de la misión para mí.

—No soy fan de las partidas de poker —respondí delicadamente.

—Sí, ya lo he visto, pero esa no es la cuestión...

Llegué cerca del coche, enfebrecida. El cerdo se relamió los labios mientras me desnudaba con la mirada. Me sentía en peligro. Demasiado en peligro. En mi mente, un torbellino de pensamientos intentaba socavar mi sangre fría. Y ya no escuchaba a Asher, que estaba en silencio.

¿Y si no venía? ¿Y si llegaba tarde, como con James?

—Venga conmigo si se aburre con él... —insistió.

Me ofreció una tarjeta con sus datos. A cambio, esbocé una sonrisa educada mientras temblaba de los pies a la cabeza.

—Estoy seguro de que... podría satisfacerla —murmuró acercándose peligrosamente.

Su aliento apestaba a alcohol. Me aparté de él y fruncí el ceño cuando de repente lo vi tambalearse. Sin previo aviso, se agarró a mi brazo. Como sus piernas ya no eran capaces de soportar su peso, se cayó al suelo con los ojos en blanco. La droga de Jacob había hecho efecto.

Casi se me detiene el corazón cuando alguien jaló su cuerpo

hacia atrás. Asher lo tenía firmemente agarrado por el cuello de la camisa.

—Deja que te muestre hasta qué punto la aburro, imbécil —soltó.

Con la mandíbula apretada y los brazos temblando de rabia, lanzó su cuerpo al interior de la cajuela. Ahogué un grito cuando le ató una cuerda alrededor de los tobillos y le esposó las manos detrás de la espalda antes de cubrirle la cabeza.

Una vez que cerró de la cajuela, se volteó hacia mí. Inmediatamente, su mirada se ablandó y sus brazos me rodearon la cintura. Reencontrarme con su olor me arrancó un sollozo. Durante un segundo, había pensado que no vendría. Como la última vez.

—Estoy aquí..., te di mi palabra —murmuró estrechándome contra él.

—Él... me...

Aliviada, las lágrimas empezaron a deslizarse por mis mejillas heladas. Tenía un nudo tan grande en la garganta que no conseguía hablar. Por fin había terminado.

—Lo has conseguido, ángel mío.

—¿Ya está?, ¿está muerto? —dijo una voz detrás de mí.

Era la de Jacob.

Al verlo llegar junto a Vernon, me sequé las lágrimas. Asher respondió con el brazo todavía rodeándome:

—Aún no, pero pronto lo estará.

—¿Podemos ir contigo? Oye, te lo juro, esto es tan aburrido...

—No, vayan a casa. Su misión ha terminado —se negó Asher antes de alejarse de mí y abrir la puerta.

Buscó en la guantera y sacó dos grandes fajos de billetes, que lanzó a los dos hombres. Ninguno contó el dinero. Vernon atrapó el fajo de Jacob y lo escondió en el bolsillo de la chamarra.

—¡Siempre es un placer trabajar para ti, Scott! —exclamó Jacob con una sonrisa de oreja a oreja.

—Si necesitas ayuda, ya sabes dónde encontrarnos —asintió Vernon.

—Que pases una buena noche, tesoro —me soltó Jacob antes de darle la mano a su novio y llevárselo con él.

Los vi alejarse de nosotros. Luego un pequeño gemido se me escapó de los labios cuando la mano de Asher me atrajo contra él. Apenas tuve tiempo para tomar aire antes de que, repentinamente, sus labios se fundieran con los míos.

Abrí los ojos como platos y se me aceleró el pulso.

—Dijiste que Raven y Chico Bestia se besaron después de llevar a cabo un plan con éxito —murmuró cuando despegó sus labios de los míos—. Pero no cuentes conmigo para escribirte una canción.

19

A tu ritmo

ELLA

Tenía un nudo en el estómago y miraba regularmente hacia atrás con una mueca. Ignoraba cuánto tardaría aquel hombre en recuperar el conocimiento. Por ahora, gruñía y murmuraba frases que no tenían sentido.

Acabábamos de secuestrar a alguien. Y estábamos a punto de matarlo.

Asher no había dicho nada desde que habíamos arrancado. Estaba concentrado en la carretera y perdido en sus pensamientos, no había reparado en lo asustada que yo estaba.

Todavía podía sentir su beso en los labios, oír esas palabras que habían hecho que me vibrara el corazón. No había olvidado nuestra conversación sobre *Teen Titans*, incluso había replicado una escena de la serie.

Noté que ese pensamiento me confortaba.

Esa faceta de Asher hacía que me derritiera. Todavía no me había acostumbrado y me costaba sacarme de la cabeza la idea de que estaba interpretando un personaje para que cayera en sus brazos.

Se me borró la sonrisa de repente.

Quizá sí estuviera jugando. Tal vez nada era sincero, a pesar de que parecía lo contrario... Al fin y al cabo, era normal preguntarse cómo alguien había podido cambiar tan rápido.

Quedaba claro que no conocía a Asher. O, al menos, conocía solo un fragmento de su personalidad. No dejaba que nadie se le acercara demasiado y ver que se abría ante mí, que levantaba sus barreras, me dejaba perpleja.

Las advertencias de Kiara sobre Asher renovaron mis sospechas. «Ash tiene mucha labia.» Esas palabras bastaron para intensificar mi ira. Claro que mentía. ¡Fingía! No era sincero. Asher nunca era tan amable, tan dulce. Acababa de caer como una tonta en su juego, que consistía en hacerme creer que todo aquello era real.

—Ya hemos llegado... ¿Estás bien?

Inspiré profundamente cuando su voz me sacó de mis pensamientos. Arqueó una ceja ante mi expresión.

—¿Por qué me has besado? —pregunté de repente.

Entreabrió los labios y frunció las cejas.

—¿Tu cerebro acaba de asimilar que te he besado? Ha pasado casi media hora, ángel mío...

—Mi cerebro acaba de asimilar que estás fingiendo —solté sin reprimirme—. Y todo para demostrarle a Shawn que...

Se le oscureció la mirada y callé en seco. Su mandíbula apretada y sus ojos asesinos alimentaban mi ira.

—¿Todavía crees que lo hago por ese imbécil? —preguntó con frialdad.

—¡Pues claro que sí! Seré ingenua, pero no soy estúpida —repliqué alzando la voz justo cuando él acababa de estacionarse.

Salió del coche y yo lo imité para continuar con mi arrebato:

—Me ignoras durante un año y luego apareces de la nada cuando él empieza a interesarse en mí. Tan dulce y...

—¿De verdad te estás cuestionando el modo en el que me comporto contigo? ¿Ahora?

Asentí mientras apretaba los puños. Él rodeó el vehículo y abrió la cajuela para sacar a rastras el cuerpo de aquel tipo. Este gimió cuando se golpeó contra las rocas que había en el suelo.

A nuestro alrededor, solo había carretera y un campo. Sin los faros del coche, era imposible ver algo en la oscuridad.

—¡No puedes pasar un año evitándome y luego comportarte como si siempre me hubieras deseado! —proseguí mientras él sacaba una lona—. Todas tus palabras, tus gestos, todo lo que haces... ¡es por esa maldita competición de mierda!

—¡Demonios, Ella, no hago nada de esto por él! Mierda. ¿De verdad crees que lo tengo tan presente? ¿Lo dices en serio?

—¡Muy en serio! Me besas y...

—¡Te recuerdo que tú me has besado primero! —gritó señalándome con un dedo acusador—. ¿O acaso prefieres no hablar de ello?

Se me cortó la respiración durante un instante.

—Eso ha sido un error, nada más. No creo que haya sido sincero —espeté mirándolo a los ojos.

Se le desencajó la cara. Entreabrió los labios, pero no salió ningún sonido de su boca.

«No ha sido un error. Lo deseabas. Estás haciendo lo mismo que él.»

No, no iba a asumir la responsabilidad de ese beso. Sin embargo, mis palabras habían ido más allá de mis pensamientos. Ver cómo se le desencajaba la cara me hizo sentir un pellizco en el corazón. Porque hace un año era yo la que tenía esa expresión.

—He...

—Vuelve al coche —me interrumpió desviando la mirada.

—Pero...

—¡Que te metas en el puto coche! —gritó sin mirarme.

Obedecí, ahora carcomida por la culpa. Su rostro había cambiado por completo después de oír mis palabras.

Se veía muy afectado.

Y conocía ese sentimiento porque era lo mismo que él me había hecho sentir cuando nos habíamos besado por primera vez.

Desde la ventana, lo vi golpear a aquel individuo en plena mandíbula. Acababa de molestarlo mucho.

Gritó de rabia y atrapó el rostro del cerdo entre los dedos.

—Sinceramente, tengo muchas ganas de matarte, pero deja que me desquite contigo primero. Estoy aburrido.

Sin perder ni un segundo, empezó a golpear al hombre, que era incapaz de protegerse. Contemplé la escena con una mano en la boca, petrificada por toda aquella violencia. El hombre escupía sangre y gritaba de dolor. Tenía la cara hinchada, Asher se la había destrozado a puñetazos.

Este gruñó con fuerza antes de sacar el arma del bolsillo y apuntar al cráneo del cerdo acurrucado sobre la lona. Me dieron unas tremendas ganas de vomitar.

Con expresión sombría, Asher me ordenó:

—Date la vuelta.

Me palpitaba el corazón. Tragué saliva, giré la cabeza y cerré los ojos para tratar de calmar la respiración.

Un estallido estridente hizo que me sobresaltara.

—No voltees —ordenó secamente Asher—. No he terminado.

Me temblaba todo el cuerpo, el estómago estaba a punto de traicionarme, al igual que el corazón. Inmóvil en el asiento, conté los segundos y recé porque Asher terminara rápido. No soportaba saber que había un cadáver tan cerca de mí.

Oí que la cajuela se abría y se volvía a cerrar. A continuación, Asher se sentó en el coche. Cerró la puerta con un gruñido. Al instante, pisó el acelerador y nos alejamos de ese lugar que esperaba no volver a ver nunca.

Durante el trayecto, se fumó no uno ni dos, sino seis cigarros. Me quedé callada porque no quería que me rompiera los huesos como al cadáver que habíamos dejado atrás.

Tras más de una hora de camino, llegamos por fin a la propiedad de los Scott. Me pesaba el cuerpo por el sueño. Frío y distante. Ese era el Asher que conocía demasiado bien.

Tenía razón. Esto solo era un juego para él. Sin embargo, decidí no retomar la conversación. No era una suicida.

Cuando cerré la puerta de la casa, vi que se metía directamente en el baño y se encerraba, lo que me arrancó un suspiro.

Entré en la habitación y pasé puse el seguro. La presión disminuyó cuando me di cuenta de que por fin se había acabado. Habíamos tenido éxito en esta misión, así que cada vez estaba más cerca de volver a ver a mi tía.

¿Todavía pensaba acompañarme? ¿A pesar de lo que acababa de suceder?

Tumbada en la cama, no conseguía pegar ojo. La culpa me roía por dentro. Mis palabras habían ido más allá de mis pensamientos, no tenía intención de hacerle daño, aunque al mismo tiempo quería que sufriera tanto como había sufrido yo.

No me comprendía a mí misma.

No era capaz de mantener la calma, no confiaba en él. Sin embargo, solo quería eso, dejar que me mostrara el otro lado de sí mismo, tierno y afectuoso, sin tener que cuestionarme a cada segundo la sinceridad de sus actos.

Pero, de momento, no me sentía capaz. Era demasiado pronto. Me había enamorado una vez y no iba a hacerlo una segunda. No sin estar segura de que él se enamoraría conmigo. Aunque mis sentimientos todavía estaban vivos, mi amor propio y mi rencor los ahogaban.

Pasó una hora, luego dos, y no conseguía dormirme porque no dejaba de rememorar la expresión en su rostro.

Me levanté poco a poco para ir a buscar un vaso de agua; tenía la garganta seca. Me acerqué a la puerta de puntitas y la abrí con delicadeza. Hice una mueca al oír un leve chirrido.

—Bueno... —susurré.

Si se despertaba por mi culpa, me reuniría con mi madre y con el cadáver de esta noche.

En el salón reinaba el silencio. No había humo y la tele estaba apagada. Dormía.

«Señor, ayúdame.»

Se me escapó un ligero suspiro cuando agarré el vaso y me acerqué al refrigerador. Cuando empezó a caer el agua, lo oí gemir. Me dio un vuelco el corazón. Me detuve en seco y llegué incluso a contener la respiración.

Fruncí el ceño cuando lo oí gruñir de nuevo, ahora con más fuerza. Y otra vez. Luego, murmuró en un suspiro:

—No...

«¿Lo he despertado?»

Me acerqué en silencio al salón. Movía la cabeza, tenía los ojos cerrados y las cejas fruncidas. Estaba soñando. Aunque, teniendo en cuenta el sudor que le perlaba la frente, habría dicho que se trataba de una pesadilla. Recordando las mías, le puse una mano en el hombro.

—Asher...

Lo sacudí suavemente, pero seguía durmiendo.

—Asher, despierta...

Lo intenté con más fuerza. Me arrodillé a su lado y le puse los dedos en el rostro, que no paraba de temblarle.

—Ash...

Casi me desmayo cuando se despertó sobresaltado con la atención fija en un punto frente a él. No parecía haberse dado cuenta de mi presencia.

—Asher...

Se giró hacia mí con la inquietud reflejada en el rostro. Sus iris grises parecían perdidos.

Conocía a la perfección el estado en que se encontraba, cuando no sabes si todavía estás atrapado en la pesadilla o si estás a salvo de los demonios.

—Ya ha pasado —murmuré acercándome a él—. Estás despierto...

De manera instintiva, le rodeé el cuello con los brazos y cerré los ojos para calmar mis pulsaciones, que se habían disparado. Él tenía la respiración acelerada, todavía jadeaba como si acabara de correr un maratón. No lo había visto nunca tan asustado.

No obstante, comprendí que el hecho de haber asesinado a ese hombre tenía algo que ver. Sabía que en el fondo no le gustaba matar.

Se me paró la respiración cuando me rodeó con los brazos y colocó el rostro en el hueco de mi cuello. Le acaricié el pelo con los dedos y exhaló un largo suspiro. Nos quedamos así unos minutos, ninguno quería soltar al otro. Finalmente, Asher alejó la cabeza de mi cuerpo para mirarme.

Nuestras respiraciones se entremezclaron. Cuando le puse los dedos en la mejilla, sentí que cerraba los brazos alrededor de mi cintura.

—Ven a dormir... conmigo —murmuré.

No podía dejarlo ahí. Sabía que, si estaba solo, no se volvería a dormir y quería ayudarlo. Sentir una presencia a mi lado me ayudaba a conciliar el sueño después de una pesadilla, puede que a él le pasara lo mismo.

Sin decir nada, me levanté y él me imitó. Me tomó de los dedos como si fuera un gesto natural y yo lo jalé hacia la habitación. Se paró junto a la cama. Una vez acostada, esbocé una sonrisa y señalé el vacío a mi lado para invitarlo a unirse a mí. Me miró y se acostó.

—Gracias —susurró tras largos minutos de silencio.

Apartó los ojos del techo y los fijó en mí. Nos miramos el uno al otro, cada uno a un lado de la cama, observándonos con la esperanza de memorizar cada centímetro de nuestros rostros. Su mirada me ponía nerviosa. Era como si pudiera verme el alma a través del cuerpo.

En esos momentos, no podía negar la belleza de ese demonio. Se había lavado el pelo y se había quitado los pupilentes. Sus facciones eran perfectas.

Me estremecí cuando me rozó la mejilla con los dedos. Cerré los ojos para apreciar mejor la calma y la dulzura con que me acarició.

—Lo siento... —murmuré, presa de un sentimiento de culpabilidad insoportable—. No era verdad, no fue un error.

Al volver a abrir los ojos me encontré con una sonrisita en sus labios. Apartó los dedos de mi mejilla para acercármelos al pelo.

—Lo siento —murmuró—. Yo te lo dije antes, pero no tenía el coraje de confesarte lo que pensaba en realidad, como estás haciendo ahora.

—¿Lo dijiste para hacerme daño? —pregunté.

Negó con la cabeza.

—No, lo dije porque en ese momento me había dado cuenta de que tenías poder sobre mí. Y hui. Créeme, llevaba mucho tiempo deseando saborear tus labios antes de aquella noche —murmuró Asher mientras me acariciaba precisamente los labios—. Pero no pensaba que esas palabras te afectarían tanto.

Su mirada alternaba entre mis ojos y mis labios.

—Era incapaz de permanecer lejos de ti, quería volver a sentir lo que había sentido aquella noche.

Hablaba de Mónaco, de la noche que me había pedido que lo besara.

—No pienso en Shawn cuando estás conmigo, ángel mío —me aseguró en voz baja—. Lo que hago no tiene nada que ver con él. Solo contigo.

Lo observé buscando algún indicio de que me estuviera mintiendo, pero hablaba con sinceridad.

Sin intentar retenerme, le puse una mano en la mejilla. Se estremeció por el contacto de mis dedos, lo que me provocó una sonrisita. Los alejó de su mandíbula. Con el ceño fruncido, lo dejé actuar y me colocó la mano sobre su torso desnudo.

—¿De verdad crees que es Shawn quien provoca esto?

Se me cortó la respiración cuando noté que el corazón le iba a mil. Lo miré y él siguió sonriendo.

—Siempre he estado interesado en ti, incluso antes de que ese florista de mierda se inmiscuyera en tu vida —confesó—. Pero fui demasiado idiota y no te lo demostré. Creía que, si te alejaba, encontrarías a alguien que mereciera lo que sentías por mí, pero nunca se me habría pasado por la cabeza que el imbécil de mi primo acabaría fijándose en ti.

—¿Era eso lo que querías? ¿Verme con otro?

—A decir verdad, no. Sabía que odiaría verte feliz con alguien que no fuera yo. Pero también sabía que yo no era nada bueno para ti —murmuró.

—Eso me corresponde decidirlo a mí —repliqué—. Y si considero que mereces mis sentimientos, será así y no de otro modo.

Su sonrisa se ensanchó. Me rodeó la cintura para acercarme a él. En cuanto su olor me embargó, cerré los ojos apreciando la sensación de sus brazos a mi alrededor, ese sentimiento de seguridad que me rodeaba entera. Tenía la impresión de que no podía pasarme nada cuando estaba entre sus brazos.

Que nadie podía hacerme daño.

Apoyó la barbilla en mi cabeza. Con la oreja sobre su torso, podía oír sus latidos acelerados y su respiración calmada. Era extraño, pero eso era exactamente él: todo guardado dentro para no mostrar nada por fuera.

—Me aseguraré de merecerlos.

Esbocé una sonrisa al oír sus palabras. Sentí que sus dedos recorrían mi espalda. Nunca me cansaría de ese gesto que me llevaba de regreso a Londres.

—Déjame demostrarlo —añadió en voz baja.

—Me cuesta creerte.

—Ya lo sé —admitió dándome un beso en la frente—. Lo sé...

En cuanto levanté la cabeza, él la bajó. Mis ojos se encontraron con sus labios. Lo que sentía por este hombre aumentaba a cada segundo que pasaba a su lado. Era aterrador.

—Si sigues mirándome así, no podré aguantar mucho más —dijo con un suspiro.

«¿Ah, sí?»

Sonriendo, acerqué la cara a la suya. Cuando nuestros labios se rozaron, entreabrió la boca.

—¿Recuerdas lo que me has dicho antes? —murmuré dejando

que mis labios rozaran los suyos antes de alejarme porque lo sentía demasiado cerca—. ¿Lo del «juego peligroso» que he empezado?

Me devoraba con la mirada como si estuviera hambriento. Ese era el poder del que me había hablado.

—Creo que... yo tampoco voy a detenerlo —declaré apartándome.

Tras eso, le di la espalda sin soltarme de sus brazos.

—Buenas noches, Asher —dije con malicia.

Sentí que se le tensaba el cuerpo y se me ensanchó la sonrisa aún más. Era una sensación muy satisfactoria.

Un escalofrío me recorrió de arriba abajo cuando me rozó el hombro con los labios y susurró contra mi piel:

—Bienvenida a mi zona de juegos, ángel mío.

Las diez de la noche. Los Ángeles

—Sabes que lo que pasa en Las Vegas se queda en Las Vegas, ¿verdad, Collins?

Tragué saliva y tomé un trago de agua. Ya llevábamos unas horas en casa de Asher. Kiara se había empeñado en cenar con nosotros. También me sorprendió ver a Bella en compañía de Ben, así como a Ally y al pequeño Théo.

—Ha estado bien —continué esquivando la mirada desafiante del psicópata.

—Sí, no ha muerto nadie... Bueno, nadie de nosotros.

Me reí al ver que Ben y Ally les tapaban las orejas a Bella y a Théo. Ben se mostraba muy protector con Isabella, el amor que le profesaba hacía que se me encogiera el corazón de la ternura. Se veían muy lindos juntos.

—No hace falta hablar de eso —gruñó Ben mientras quitaba las manos de las orejas de su novia, quien sonreía.

—No pasa nada, Bella no es tan frágil —se exasperó Kiara, y dio un bocado de su plato—. ¿Has vuelto a ver a Jacob?

Asher tomó un sorbo de vino antes de responder:

—Y a Vernon, sí. Jacob sigue siendo igual de enérgico, me pone muy nervioso.

—Es muy simpático —afirmó Kiara—. Solo he trabajado un par de veces con él.

Sonreí al ver la escena. No a causa de lo que decían, sino por ver a todos reunidos en la mesa tras haber pasado un año lejos de ellos. En ese preciso momento, era realmente feliz.

Como a las once de la noche, Ally anunció que tenía que irse porque Théo estaba cansado. Vivía muy cerca de Kiara, eran casi vecinas. Desde la muerte de Rick, Ally se había convertido en la cautiva de Ben y Théo lo veía como si fuera su hermano mayor. Se había convertido en el protegido de todo el mundo y en un miembro más de la familia. Pero Rick seguiría siendo su figura paterna para siempre. Poco a poco, todos empezaban a recomponerse después de su muerte... Menos Asher, quien todavía no había mostrado ningún signo de tristeza.

Kiara me había contado que se había suicidado, pero no sabía por qué. Era evidente que no quería contármelo, así que supuse que tendría que sacárselo a Asher.

Era más fácil decirlo que hacerlo.

—¿Nos vamos a dormir? —le pregunté a Tate tomándolo en brazos.

Asher rellenó su copa y se colocó a mi lado. Fruncí el ceño al verlo sonreír.

—¿Qué?

—Tengo que confesar que había extrañado verte en el sofá —confesó agitando la copa.

—Yo debo confesar que extraño mi sofá de Manhattan.

—Mientes.

—A medias —reí echándole un vistazo a la tele—. ¿Cuándo vas a darme la dirección de mi tía?

Busqué su mirada metálica, que no se había apartado de mi rostro.

—¿Estás segura de que quieres hacerlo? —preguntó una vez más—. No necesitas que...

—Para —lo interrumpí con frialdad—. No tienes ni idea de lo mucho que significa para mí. Mi tía es mi única familia, Asher. La única.

Se calló.

—Tú tienes a Ben, a Kiara, a tu hermana. Tienes a todos tus primos y yo... Aunque sean idiotas, tienes una familia. Yo no. Estoy sola. No me espera nadie por la noche, nadie se preocupa por mí porque no tengo a nadie más que yo.

Abrió la boca, pero lo pensó mejor.

—Es importante para mí. No sabes hasta qué punto me da miedo, Asher, estar tan sola. Todas las noches me digo que, si muriera mañana, no habría nadie para enterrarme.

Se me nubló la vista y él frunció el ceño y me rodeó los hombros con el brazo para atraerme hacia él.

—De modo que sí, lo necesito. Necesito verla y necesito que me vea —murmuré sintiendo que me caía una lágrima por la mejilla—. Mierda, ¡ya no recuerdo ni su nombre! Creo que empezaba con K...

Asher sonrió y yo hice lo mismo. Mientras me acariciaba el hombro, murmuró:

—Se llama Kate. Kate Webber. Vivía en Florida cuando estabas con ella. Luego, tú te fuiste a Nevada.

¿A Nevada?

Recordaba que John había conducido durante casi dos días hasta llegar a mi lugar de «trabajo». ¡Y pensar que durante todo ese tiempo creí que estábamos cerca de Florida!

—Tu tía se mudó un año después —me informó con suavidad—. Se instaló en Arizona.

Fruncí el ceño. No conocía todos los estados del país y ese no me decía nada.

—¿Cómo lo sabes? —pregunté levantando la cabeza hacia él.

—Te repito que me interesas desde mucho antes de lo que crees, ángel mío —confesó con una sonrisa torcida.

—Y... ¿sabes algo más sobre ella? —pregunté con timidez.

Estuvo unos segundos sin decir nada y luego negó con la cabeza. Mis esperanzas de descubrir algo más se esfumaron de golpe.

—¿Cuándo quieres que vayamos? —inquirió mientras seguía acariciándome.

—Quiero... Quiero volver primero a Manhattan. Hacer las maletas y... reflexionar.

Asintió.

—Tómate todo el tiempo que quieras, iremos a tu ritmo.

Eso era lo que quería. Tenía ganas de decirle que lo amaba porque respetaba mis deseos, pero en lugar de eso le rodeé la cintura con los brazos, apoyé la cabeza en el hueco de su cuello y murmuré:

—Gracias.

20

Sueño alterado

ELLA
Una semana después. Manhattan...

Habían pasado cuatro días desde que había vuelto a mi casa, y para ser sincera había empezado a extrañar Los Ángeles en cuanto había puesto un pie en el departamento. No había vuelto a ver a Asher desde el día siguiente a nuestro regreso de Las Vegas. Kiara había ido a recogerme porque iba a pasar el último fin de semana en su casa.

Asher me había dicho que me tomara tanto tiempo como necesitara, y yo había pasado horas y horas reflexionando y cuestionándome mis decisiones y mis deseos. Acababa de volver de mi cita con Paul. Me había acompañado durante todo el proceso: no iba a poder avanzar sin hablar con él.

«Kate...»

Mi celular vibró.

De Psicópata:
Tate se ha comido mi comida. No sé
cómo puedes querer a este perro.

Con una pequeña sonrisa en los labios, avancé hacia el elevador. Desde mi regreso, me escribía constantemente.

Es cierto, es lo que siempre me digo.

Tengo la sensación de que ya no estamos hablando de Tate...

¡Me impresiona tu perspicacia! Mándame una foto, lo extraño...

—¡Ella!

Reconocí esa voz de inmediato. Era Shawn, que me llamaba desde dentro del elevador.

—Hola —dije con una sonrisa nerviosa antes de presionar el botón de mi piso.

—¡No sabía que habías vuelto! —exclamó—. ¿Cuánto tiempo llevas aquí?

—Solo unos días.

—He estado ocupado toda la semana, entre reuniones y entrevistas. Bueno, ya sabes cómo es esto —me confesó con su vanidad habitual.

Asentí. Por supuesto, no tenía ni idea de cómo era. Pero si eso lo hacía hablar de él y no de mí, era un placer entrar en su juego.

—Tu presencia se ha extrañado en este edificio.

«Claro, por supuesto.»

Mientras me hablaba de una cena de negocios en no sé qué restaurante, me distrajo el celular, que empezó a vibrar en mi bolsillo. Sabía que era Asher, pero no podía responder.

Tras unos segundos interminables, Shawn llegó a su departamento. Antes de irse, me preguntó:

—¿Tienes planes para esta noche?

—Mmm..., pues... Sí, tengo visita —balbuceé.

Era verdad. Asher iba a venir porque había decidido que partiríamos en busca de mi tía dentro de dos días.

—Oh, qué pena, había pensado que tal vez podríamos cenar juntos —dijo Shawn con una mueca triste—. Otra vez será.

Cuando las puertas del elevador se cerraron, exhalé y saqué el celular.

No. ¿Sabes qué es lo que yo extraño revisaba?

Nunca adivinarías quién acaba de subirse al elevador conmigo.

Esbocé una sonrisa traviesa, que remplacé rápidamente por un largo suspiro cansado cuando vi una rosa enganchada en mi puerta. Shawn ya no me enviaba ramos, pero, desde hacía tres días, cada mañana me encontraba con una rosa roja.

«Espera..., acaba de decirme que no sabía que había vuelto...» ¿Alguien más me estaba enviando flores? Con la rosa en la mano, giré la llave en la cerradura. Fruncí el ceño cuando comprobé que la puerta ya estaba abierta. Me extrañó, porque siempre comprobaba que estuviera cerrada con llave antes de irme, y estaba casi segura de que hoy no me había saltado ese hábito.

Con el corazón acelerado, entré en mi casa inspeccionando el salón y la cocina abierta. Todo parecía en orden. Mi tazón seguía sobre la isla, la tele encendida, los almohadones del sofá todavía en el suelo.

Cerré la puerta lentamente, con el cuerpo sacudido por temblores ante la idea de que tal vez alguien se hubiera metido a mi casa. Poco a poco, subí las escaleras antes de abrir de golpe la puerta de mi habitación. No había nada.

Mi celular vibró. Estaba tan alterada que se me escapó un pequeño grito de sorpresa.

—¿Tu florista de mierda todavía no está muerto? —me preguntó Asher.

—He olvidado cerrar la puerta con llave —anuncié, todavía aturdida—. ¿Cómo he podido?

Seguí revisando las habitaciones. Un suspiro de alivio salió de mis labios cuando estuve segura de que no había nadie.

—Ángel mío, ninguno de tus vecinos va a entrar a robarte. Todos son ricos —suspiró Asher.

Me pasé una mano por el pelo, puse el altavoz y dejé el celular sobre el colchón.

—Sí, pero no suelo olvidarme de cerrar, Asher —resoplé mientras me quitaba el suéter.

—¿Quieres que mande a un par de mis hombres para que inspeccionen tu departamento? —me preguntó seriamente.

—¿Qué? ¡No! —exclamé sacudiendo la cabeza—. Es solo que nunca olvido...

Me culpaba por haberme puesto en peligro.

«Maldición, soy una idiota.»

—¿Estás segura?

—Sí, no pasa nada —solté mientras me ponía la piyama.

—Como tú veas. Te tengo que dejar, llámame si me necesitas —se despidió Asher antes de colgar.

Me dejé caer en mi cama y cerré los ojos. Empezaba a odiar de verdad ese departamento; no me sentía segura en él.

El pulso se me aceleró cuando fui consciente de que Asher iba a estar aquí esta misma noche. No sabía a qué hora iba a llegar, probablemente cuando me hubiera ido a dormir,— ni por qué había decidido viajar dos días antes. Aunque, bueno..., tenía mis sospechas.

Esbocé una sonrisa. Estaba impaciente. Extrañaba su presencia, aunque solo habían pasado unos días. Era impresionante la manera en que hacía que el corazón se me acelerara en cuanto me ponía los ojos encima.

Cuando estaba con él, me sentía segura.

Esa sensación se contradecía con las sospechas que aún tenía respecto a él. Sí, las palabras eran importantes. Pero las acciones todavía más. Y no podía evitarlo, desconfiaba de su sinceridad debido a todo lo que había sucedido en el pasado.

Sin embargo, descubrir esa faceta de Asher me hacía perder de vista mis objetivos... Yo quería hacer que se esforzara, pero estaba sucumbiendo, y con mucha facilidad. Lo cual no le gustaba nada a mi rencor, que todavía seguía muy presente.

—Me vuelves completamente loca —murmuré mientras me levantaba.

Me instalé en el sofá blanco y, sin pensarlo, puse un episodio de *Teen Titans*. Ahora me era imposible verla sin acordarme de él. Igual que tantas otras cosas.

Es una locura vincular un detalle tan trivial a una persona a la que queremos. Así, algo que no tenía mucho valor se convierte de repente en nuestra razón para sonreír.

Muchas cosas me recordaban a Asher, como los cigarros, los anillos de sello, el motor potente de un coche, los ventanales, una libreta e incluso la mayonesa, porque la odiaba. Sin olvidar el café y las chamarras de cuero. Y también el whisky.

Todo ello me transportaba directamente a él y me hacía sonreír como una tonta. ¿A él le ocurría lo mismo?

Como realmente él no sabía lo que me gustaba y lo que no, dudé que fuera así. Ese pensamiento me borró la sonrisa de la cara.

¿Qué me gustaba, después de haber vivido aislada durante tanto tiempo? Reflexioné. Me gustaba la lluvia, la soledad... Bueno, solo cuando era elección mía... Tate, también... Las frambuesas, aunque la manzana seguía siendo mi fruta favorita.

Mi celular vibró y me sacó de mis pensamientos.

De Kiara Smith:
Voy a darle un baño a Tate, ¿quieres verlo?

La llamé de inmediato y su cara apareció en la pantalla. Dejó el celular sobre la pila del lavabo mientras hacía espuma con el champú frotando el cuerpo de Tate en el baño de Asher. Kiara me contó cómo le había ido en el día y yo hice lo mismo. La quería tanto...

Otra cosa que añadir a la lista de cosas que me gustaban: Kiara, así como mis nuevos amigos.

—Asher está mucho más relajado últimamente —me informó

con un tono travieso—. Y las dos sabemos que eso es algo que sucede muy pocas veces, Collins.

—¿Ah, sí? No he notado ningún gran cambio —respondí para evitar entrar en su juego.

—Claro que no has notado nada —soltó sarcásticamente—. No sé qué pasó en Las Vegas ni qué le hiciste, pero, carajo, me encanta.

Fruncí el ceño, sin entender nada.

—Ella, me está permitiendo darle un baño a Tate en su propia casa. ¡Y ayer me dejó salir antes! Sé que puede parecer una tontería, pero no lo es.

Kiara se moría de la risa, alucinada por el cambio de actitud que se había producido en Asher. La comprendía: yo sentía lo mismo cuando él se mostraba amable conmigo. El menor gesto de atención por su parte cobraba unas proporciones desmesuradas. Sonreí con esa reflexión.

«Ese psicópata nos ha traumatizado a todos.»

Un ruido de pasos me despertó. Comprendí tras unos minutos de confusión que por fin Asher había llegado. No sabía qué hora era y tenía los párpados como pegados por el cansancio.

La puerta de mi habitación se abrió poco a poco. Se acercó a mi cama y, cuidadosamente, con la punta de los dedos, me acarició la mejilla, lo cual me provocó escalofríos. Murmuré:

—Hay una habitación vacía, Asher. También puedes dormir en el sofá.

A medida que el ruido de sus pasos se alejaba de mi habitación, me dejé llevar por el sueño de nuevo.

Me estaba terminando el desayuno en el sofá frente a mis caricaturas preferidas. Eran las ocho de la mañana y Asher todavía no se había levantado. La puerta de su habitación seguía cuidadosamente cerrada.

Pero, mientras me tomaba otra cucharada de mis cereales, me sobresalté cuando la puerta de la entrada se abrió. Una silueta que reconocí de inmediato entró. El corazón se me cayó al suelo al ver a Asher entrar en mi departamento con una pequeña maleta en una mano y una rosa en la otra.

—Tu florista de mierda te ha deja...

Se detuvo en cuanto su mirada se cruzó con la mía. Con la garganta seca y las extremidades temblorosas, miré fijamente su maleta.

—¿Qué pasa?

—¿Acabas...? ¿Acabas de... de llegar?

Frunció el ceño antes de responderme:

—¿Claro que sí?

—Dios mío —resoplé.

Me levanté y me puse una mano en el pecho, que había empezado a dolerme.

«¿Ayer estaba soñando? No, es imposible. Pero si no era él..., yo...»

—¡Ella! —exclamó Asher acercándose a mí—. ¿Qué ha pasado?

Con las manos sobre mis hombros, me sacudió delicadamente para traerme de vuelta a la realidad. Lo miré sin poder articular palabra. Su voz me llegaba como un eco lejano. Lo único que oía eran los latidos de mi corazón.

Y los pasos en mi habitación resonando en mi mente.

Me empecé a quedar sin aliento. Asher me tomó con firmeza entre sus brazos mientras yo empezaba a ceder ante el pánico.

—La habitación —murmuré con los ojos muy abiertos.

Me alejé de él para subir a toda prisa al piso de arriba. El estómago se me retorcía a medida que me acercaba a la habitación que creía ocupada por Asher.

Cuando abrí la puerta, no había nada. Absolutamente nadie.

«Es una pesadilla.»

Me alejé de la habitación temblando. Asher me detuvo y me preguntó elevando el tono:

—¡Carajo, dime algo! ¿Qué pasa?

Inquieto, examinó mi rostro, corroído por el pánico. Sus manos se posaron sobre mis mejillas y se me nubló la vista. Mis pensamientos se entremezclaban. Tenía miedo de lo que acababa de comprender.

Y sin embargo...

—Esta noche... alguien ha entrado en mi casa. Pensaba... Pensaba que eras tú. Él... Él entró en mi habitación y me tocó la cara. Y...

Su mano se posó sobre mi mejilla, exactamente donde el desconocido me había tocado, y me estremecí. El rostro de Asher se descompuso a medida que asimilaba lo que le estaba contando.

De repente, me arrastró con él al piso de abajo. Me mostró la rosa que había traído consigo y me preguntó con toda la calma que fue capaz de reunir:

—Ella..., ¿es Shawn quien te ha enviado esto?

Miré fijamente la flor. Al principio, pensaba que sí. Pero ayer no parecía saber que había vuelto.

«Dios mío...»

—Ángel mío, tranquilízate. Ahora estoy aquí —murmuró sosteniéndome la cara entre las manos—. ¿Desde cuándo recibes estas rosas?

—Tres... Tres días, creo —balbuceé.

Asher abrió los ojos desmesuradamente. Maldijo antes de tomarme entre sus brazos y estrecharme contra él como si la vida se le fuera en ello. Estaba temblando como una hoja y pude sentir los latidos agitados del corazón de Asher. Ambos éramos presas de un pánico insostenible.

—Ahora, escúchame atentamente: vas a agarrar todas tus cosas y nos vamos a largar de aquí, ¿está bien? —me ordenó secándome las lágrimas con el pulgar.

Abrí la boca, pero no salió nada.

—Vas a venir conmigo, y ya veremos.

—Pero yo...

—Pero nada, carajo —me interrumpió—. Las rosas son una muy mala señal, maldición. ¿Por qué no me dijiste nada?

Se pasó la mano por el pelo nerviosamente antes de desenfundar su arma, lo cual me arrancó un gemido de sorpresa. Subió al piso de arriba y registró todas las habitaciones.

Mis piernas ya no podían sostenerme, así que me dejé caer sobre el sofá en shock. Alguien había entrado en mi habitación, alguien me había acariciado la mejilla. Gotas de sudor frío se deslizaban por mi frente. Ahogué un grito silencioso al darme cuenta de lo que había sucedido durante la noche.

—¡QUIERO QUE INVESTIGUEN QUIÉN HA ENTRADO EN EL EDIFICIO, QUIERO QUE REGISTREN ESTE LUGAR DE INMEDIATO! —gritó furiosamente la voz de Asher.

Bajó las escaleras a toda prisa con el celular en la mano y se reunió conmigo en el salón.

—¿Viste al hombre que estuvo en tu habitación ayer?

—No... No abrí los ojos.

Se pellizcó el puente de la nariz e inspiró profundamente. Su cuerpo temblaba tanto como el mío. Muy pocas veces lo había visto en ese estado, lo cual no hacía sino acrecentar mi pánico.

—¿Qué pasa, Asher? —le pregunté con lágrimas de terror en las mejillas.

Me tomó entre sus brazos y plantó los labios en la parte superior de mi cabeza.

—Las rosas no son de Shawn, Ella —murmuró—. El hombre que estuvo aquí ayer por la noche no vino para robarte tus cosas. Alguien quiere secuestrarte, y no sé por qué milagro no lo hizo ayer.

Se me desencajó la cara. Mis labios se pusieron a temblar y empecé a sollozar. Si los brazos de Asher no hubieran estado allí para sostenerme, me habría desplomado.

—Yo... Pensaba que eras tú...

—Lo sé.

—No, le... le hablé pensando que eras tú —le dije ahora que recordaba los acontecimientos con más claridad—. Lo llamé por tu nombre.

Con el ceño fruncido, me acarició la mejilla mojada.

—Mierda... —soltó.

Sus dedos temblaban sobre mi rostro y hacían vibrar mis mejillas.

Un nuevo sollozo de terror salió de mis labios cuando comprendí que alguien planeaba secuestrarme. Los brazos de Asher se apretaron con más fuerza a mi alrededor.

—Ahora estás a salvo.

—Secuestrarme...

—No lo harán, ven conmigo. Vamos a llevarnos todas tus cosas.

En ese momento, alguien tocó la puerta. Asher sacó su arma y me escondió detrás de él. El miedo me comprimía tanto el pecho que me dio la sensación de que iba a perder el conocimiento en cualquier momento.

Avanzó hacia la puerta, la entreabrió lentamente y aparecieron cinco hombres. Asher les cedió el paso con un suspiro. Por la expresión de sus rostros, parecían avergonzados. Asher les ordenó que entraran.

—¿Cuántas veces les he dicho QUE TENGAN ESTE MALDITO EDIFICIO VIGILADO?

Me sobresalté cuando oí su voz explotar.

—¡Y ME ACABO DE ENTERAR DE QUE CASI LA SECUESTRAN, CARAJO! —gritó hasta hacer vibrar las paredes.

Los hombres se quedaron mudos, listos para enterrar la cabeza en el suelo. Cuando uno de ellos me lanzó una breve mirada, Asher apuntó el arma hacia su frente.

—Vuelve a poner los ojos sobre ella y te juro que te volaré los putos sesos. ¿Entendido?

El hombre perdió todos los colores y asintió muy lentamente.

—Van a registrar cada milímetro de este maldito departamento y, si uno de ustedes, repito, uno de ustedes, me dice que no encuentra nada, los enviaré a los cinco al infierno —soltó Asher fulminándolos con la mirada—. Un desgraciado ha entrado en su casa y debo saber quién es.

Asintieron con rapidez. Nadie se atrevía a emitir un solo ruido, ni siquiera yo. Ese Asher me asustaba.

—Quiero ver todas las imágenes de las cámaras de seguridad desde la semana pasada, de todos los pisos. Vean cómo lo hacen, las quiero en mi oficina mañana por la mañana.

—¿En...? ¿En Los Ángeles? —le preguntó uno de los hombres.

Asher lo miró fijamente y se acercó a él. El hombre tragó saliva sin moverse.

—Sí, Victor, en Los Ángeles —murmuró Asher con un tono que sonó muy amenazador antes de alejarse de él—. Y si no los veo en mi escritorio, pueden decir adiós a todo lo que aman, ¡bola de inútiles de mierda! ¡¿Qué esperan?! ¡¿Hace falta que mate a alguien?! ¡Registren el puto departamento!

Los hombres se dispersaron al instante.

Hice una mueca cuando me crucé con la mirada furiosa de Asher. Se acercó a mí antes de ordenarme secamente:

—Ve a preparar tus cosas. Mañana volvemos a casa.

21
Imágenes

ASHER

—¿Tienes idea de quién podría haber sido?

Entrelacé los dedos delante de la boca. Habían estado a punto de secuestrar a Ella. Alguien había irrumpido en su casa.

«Me lleva la chingada.»

Las rosas junto a la puerta nunca han sido buena señal. Incluso llegué a suponer que las rosas no eran para ella, sino para mí. Si no me habían saltado las alarmas era porque el imbécil de mi primo había adoptado la estúpida costumbre de enviarle flores.

Pero esas rosas eran una señal de que iban a secuestrarla. O, peor aún, a matarla. El desgraciado al que había asesinado formaba parte de una red de tráfico de personas y eso era lo que hacía su banda antes de secuestrar a alguna chica: una rosa o una nota en el coche para que bajaran la guardia y, unos días después, desaparecían. Había dejado una bala grabada en el bolsillo de la chamarra del cerdo al que había matado, como siempre, a modo de advertencia. Pero esta vez parecía que alguien quería vengarse.

La idea de que hubieran estado a punto de secuestrar a Ella me había dejado consternado. Alguien había estado vigilándola y sabía que vivía sola desde que había vuelto de California. Aquella noche tenía previsto secuestrarla, pero Ella había pronunciado mi nombre, así que el secuestrador había entendido que yo iba a llegar en cualquier momento y que el riesgo era demasiado grande. Por eso se había echado atrás.

Al cabo de unas horas iba a recibir las imágenes de las cámaras de seguridad del edificio. Estaba impaciente por confirmar mis dudas.

—El tipo al que maté forma parte de una banda que se dedica al tráfico de personas —declaré finalmente—. Estoy casi seguro de que se trata de ellos.

—Pero, Asher, ¿cómo es que saben de Ella? —preguntó Kiara.

Abrí los ojos como platos. Carajo. Claro.

—Mierda... —murmuré mirando fijamente un punto de la pared que tenía delante.

—¿Qué? —inquirió Ben.

Sentía que el corazón me iba a una velocidad desenfrenada. La adrenalina hacía que todo el cuerpo me vibrara de rabia.

«Sabrina.»

—¡Sabrina trabaja para esa puta banda! ¡Por eso lo sabían! —exclamé.

Kiara jadeó y Ben abrió tanto la boca que parecía que se le iba a caer la mandíbula. Apreté los puños. Ella corría peligro por culpa de Sabrina.

Con los dedos temblando, saqué la cajetilla de cigarros. Ya había vivido la misma situación con la zorra de Jones, aunque esta vez no era una trampa. Iban a secuestrarla de verdad.

—Pero muy poca gente sabía que Ella estaba en Manhattan...

—Me importa una mierda cómo se hayan enterado —espeté encendiendo el cigarro—. Hay alguien que lo sabe y eso ya es demasiado.

No conseguía imaginar que fueran a secuestrarla para luego venderla. El maldito tráfico de personas. Ella había corrido peligro por mi culpa.

«Quizá no tendría que haber vuelto a su vida. Maldición, es todo culpa mía.»

—Una cosa está clara: aunque hubieran desactivado las cámaras de videovigilancia principales, siempre estarán las de los sistemas de seguridad secundarios —nos tranquilizó Ben—. Los puse con Kyle, ¿recuerdan? Así que, aparte de nosotros y ahora los hombres, nadie está al corriente de que existen.

Lo observé en silencio.

Lentamente, la ira se abrió camino hasta mi cerebro, hizo que mi cuerpo se estremeciera y me hirvió la sangre. Mi ángel estaba en peligro. Y no iba a perderla de vista ni un maldito segundo. Pasaría conmigo las veinticuatro horas del día.

—¿Dónde está?

—Durmiendo en su habitación —le contesté a Kiara, que hacía solo unos minutos que había llegado.

Tras recoger la mayoría de sus pertenencias, había pedido el primer *jet* de la red con destino a Los Ángeles. Ver a Ella tan asustada había duplicado mi enojo. Ese bastardo la había tocado mientras dormía.

En ese momento, me preocupaba no tenerla junto a mí, pero estaba en el piso de arriba y había reforzado la seguridad de mi casa al máximo: había puesto hombres en la puerta y otros rodeando la propiedad o vigilando los alrededores. Y, antes de llegar, había hecho que registraran cada rincón.

—¿Qué vas a hacer?

—Como es evidente, no voy a dejarla sin vigilancia —declaré mirando a Kiara—. Y la vigilancia soy yo.

—Entonces, ¿no vienes a la red? —preguntó Ben con el ceño fruncido.

—Solo iré si es de vital importancia.

Y si tenía que ir a la red, ella me acompañaría. A pesar de que confiaba en mis hombres, no sería capaz de concentrarme si sabía que Ella estaba lejos de mí.

—Nos vamos —declaró Ben—. Es tarde.

Kiara se levantó con un suspiro, contagiándonos su angustia. Ben le pasó un brazo por los hombros para tranquilizarla. En cuanto salieron de mi oficina, inspiré profundamente con los ojos cerrados. Me dejé llevar por los millones de pensamientos que se me arremolinaban en la cabeza.

Si le pasara algo, no podría perdonármelo nunca.

Encendí otro cigarro e inhalé la nicotina, que me calmó los nervios. Maldita mierda. Era peor de lo que me había imaginado. Ella estaba pagando por mis crímenes.

ELLA

Las ocho de la noche del día siguiente

Estaba sentada en el césped mientras observaba a Tate jugando con una pelota que acababa de lanzarle.

Habían estado a punto de secuestrarme. Si no me hubiera despertado, si no hubiera pronunciado el nombre del psicópata..., probablemente no estaría ahora aquí. Ni en Manhattan. Solo Dios sabe lo que ese hombre tenía intención de hacerme. Se me puso la carne de gallina y me subió la bilis por el esófago. Mis peores temores estaban cobrando vida ante mis ojos.

—¿Te diviertes?

Levanté la cabeza y vi a Asher apoyado en el balcón de su habitación. Tomó un sorbo de whisky con una sonrisa mientras yo respondía con sarcasmo:

—Como nunca.

—¿Sabes a qué me recuerda?

Fruncí el ceño intentando adivinar la respuesta.

—Tú en el jardín y yo en el balcón... —continuó con aire travieso—. Los buenos tiempos.

Negué con la cabeza, exasperada, y me levanté. Estaba agotada. No había pegado ojo en toda la noche porque mi cerebro me había tenido en constante alerta. Aunque estaba en casa de Asher, no conseguía olvidar la sensación de los dedos de ese hombre en la mejilla. Lo sucedido se reproducía en bucle en mi mente y jugaba con mi ansiedad.

—Vuelve dentro, empieza a hacer frío —me dijo Asher.

Llamé a Tate y entré. Me acosté en el sofá del salón con un gruñido. Maldita migraña.

Oí a Asher acercarse hacia mí y se dejó caer a mi lado.

—Hoy no has comido nada —comentó.

—No tengo hambre.

—Tu cuerpo necesita nutrientes —insistió acariciándome la cabeza—. No sé cocinar pasta, pero puedo prepararte otra cosa.

—Todavía no entiendo cómo es posible que te salga tan mal la pasta —suspiré sin abrir los ojos.

—No puedo ser bueno en todo —bromeó.

Sentir sus dedos en el pelo me calmaba, como si su presencia me reconfortara. Me sentía a salvo a su lado.

—¿Qué quieres comer? —preguntó al cabo de unos minutos de silencio.

Hice una mueca. Los acontecimientos del día anterior me habían quitado el apetito, pero Asher no tenía intención de dejar el tema. Llevaba sin comer nada desde el desayuno, que había consistido en un poco de cereal.

—Lo que tú quieras —murmuré, y abrí finalmente los ojos.

Cuando levanté la cabeza, esbozó una sonrisita y continuó deslizando los dedos por mi melena.

—Aparte de los champiñones, ¿hay algo que no te guste?

Abrí los ojos como platos y se me cortó la respiración. ¿Cómo...? No se lo había dicho nunca...

—Una vez más, ángel mío, siempre me has interesado —repitió, atento a mi reacción—. Y soy muy observador.

—¿Qué más sabes de mis gustos? —pregunté en un arrebato de curiosidad.

Vi que sonreía, como si llevara mucho tiempo esperando a que le hiciera esa pregunta.

—No te gusta el café solo. Te gusta el olor, pero solo bebes capuchino —empezó mientras yo me enderezaba en el asiento—. También me he dado cuenta de que no te gustan las mandarinas. Bebes poco y prefieres el jugo de manzana al de naranja. No eres muy fan del aguacate. Y, por algún motivo que se me escapa, prefieres la mayonesa que la catsup.

Me quedé ahí, escuchándolo. No sabía qué pensar. Oírlo nombrar todo lo que había descubierto sobre mí me aceleraba el corazón.

—Te encantan las pelis de miedo, pero no te gustan las románticas porque no crees en ellas. Te gusta la lluvia y mirar la luna. Kiara te metió en el mundo de los *realities*, pero solo los ves cuando te aburres. Te gusta la pizza, pero prefieres el sushi. Tu color preferido es el azul y odias la velocidad.

Reí y él me imitó. Cuando su mirada se posó de nuevo en mi rostro, sentí cómo se me aceleraba el corazón.

—Puedo seguir así mucho tiempo más —murmuró con una sonrisa—. Así que ¿qué quieres comer?

—Sushi —contesté con una sonrisa.

Asintió y fue a llamar a uno de sus hombres... para que encargara sushi.

Lo observé mientras hablaba por teléfono con tono firme y con el ceño fruncido como si estuviera ordenando que reforzaran la seguridad en lugar de pidiendo comida. La carcajada que se me escapó me ganó una mirada interrogante por su parte. Al cabo de unos segundos, colgó y se giró hacia mí.

—Mañana por la mañana iremos a la red —anunció—. He pedido a los hombres de Manhattan que me envíen todas las imágenes de las cámaras de vigilancia del edificio, pero las analizaré aquí con Ben y Kiara.

Asentí con la cabeza. Asher estaba decidido a averiguar la identidad de ese hombre. Yo no sabía quién era y mi ansiedad me murmuraba repetidamente que podía tratarse de uno de mis demonios. Pensé en Eric y un escalofrío me atravesó todo el cuerpo.

La noche fue tranquila. Comí sushi delante de la tele agradeciendo la sensación de seguridad que me ofrecía la casa de Asher mientras él hablaba por teléfono con sus hombres.

Una vez más, estaba mejor en Los Ángeles que en Manhattan.

Cuatro horas después...

Mi cerebro continuaba en alerta y me impidió dormirme una vez más, a pesar de que mi cuerpo le suplicaba que se callara. Simplemente, me daba miedo dormir.

Me incorporé y me pasé una mano por el pelo suspirando pesadamente. A través del ventanal, vi cómo el cielo se oscurecía en silencio.

«Ayer también lo estuve mirando.»

Me levanté de la cama y salí de la habitación. En el exterior, el viento agitaba las hojas de los árboles.

—Mierda...

Me sobresalté al oír su voz ronca desde su habitación. Me acerqué con el ceño fruncido. Pensaba que estaba dormido, pero la puerta se hallaba entreabierta y vi que tenía varios papeles por el suelo.

Tate levantó la cabeza en mi dirección y Asher se dio cuenta. Cuando se giró hacia la puerta, nuestras miradas se encontraron.

—¿No duermes?

Empujé la puerta y entré en su habitación. Él se levantó con las hojas en la mano y las dejó en la mesa de centro.

—No puedo —suspiré acercándome a Tate, que estaba acostado en la cama.

—¿Por qué? —preguntó Asher—. Ayer tampoco dormiste. Te vi desde la ventana.

Bien entrada la noche, lo había visto fumar en el balcón mientras yo contemplaba las estrellas esperando conciliar el sueño. Había sido un fracaso estrepitoso.

—¿Tienes miedo?

Hice una mueca. Cuando todo estaba en silencio, resonaba implacable el sonido de los pasos del hombre que se había metido a mi habitación en Manhattan y volvía a sentir sus dedos en la mejilla.

Se me escapó un suspiro. Asentí con la cabeza a modo de respuesta.

—Duerme conmigo esta noche.

—No, no pienso...

—No era una sugerencia —contestó riéndose apoyado en la pared de su habitación—. Duerme conmigo esta noche.

Un escalofrío me recorrió todo el cuerpo cuando se acercó a mí.

—No es que no hayamos dormido nunca juntos —me provocó.

Me dio un vuelco el corazón. Negué con la cabeza, exasperada. Los pies me llevaron a su balcón. Allí, me estremecí por la temperatura del exterior. Comprendía por qué le encantaba estar ahí: la vista era muy relajante. Vi las siluetas de sus hombres a lo lejos, demasiado como para poder diferenciarlos. Apreté las manos alrededor del barandal de vidrio y respiré hondo.

Mi corazón se saltó un latido cuando me aprisionaron dos brazos tatuados.

—Aquí estás a salvo —me susurró al oído—. Estás conmigo.

—Lo sé, pero... es más fuerte que yo —confesé débilmente y me giré hacia él—. Todavía puedo oír sus pasos..., sentir sus dedos... Creía que eras tú y...

La mano de Asher se apartó del barandal y se posó tímidamente en mi mejilla. Me tensé de manera instintiva al relacionar esa sensación con lo que había ocurrido en Manhattan.

Se dio cuenta.

—Ahora soy yo...

Se me formó un nudo en la garganta cuando me acarició la mejilla con delicadeza. No era la misma sensación que cuando me había tocado aquel tipo y registré internamente su caricia para no volver a confundirme nunca.

Me rodeó la cintura con la otra mano y me acercó a él. Me dejé embriagar por su olor con los ojos cerrados en cuanto me apoyó los labios en la cabeza. El aroma de su cuerpo me relajaba. Su presencia me relajaba.

—Estás a salvo —repitió en un susurro—. Estás a salvo conmigo.

—Lo sé...

Se me dibujó una sonrisa en los labios. Apreciaba sus gestos y la atención que me dedicaba. Era el único que me proporcionaba esa sensación de seguridad. Cuando estaba conmigo, sabía que no podía pasarme nada.

—¿Tienes... alguna idea de quién pudo ser? —pregunté levantando la cabeza hacia él.

Él bajó la mirada y nuestros alientos se mezclaron. Mis ojos se posaron automáticamente en sus labios.

—Tengo algunas opciones, pero solo son hipótesis. Mañana podré confirmarlo.

Asentí con la cabeza. No estaba todo perdido. De lo contrario, no habría estado tan tranquilo.

—Ya te he dicho que no me mires así...

Sus palabras me arrancaron una sonrisa, pero no aparté la mirada de sus labios, que acababan de rozar los míos.

—¿Por qué no?

Me acarició el costado y sentí como me alejaba del balcón. Se me erizó la piel cuando vi que se le habían dilatado las pupilas. Su mirada me quemaba.

—¿Vuelves a entrar en mi zona de juego, ángel mío?

Mi respiración se volvió más pesada. Mi cuerpo lo reclamaba, igual que la última vez, a pesar de que mi cerebro se resistía, consciente de que Asher también se estaba resistiendo.

No iba a perder, iba a hacer que perdiera él.

Volví a rozarle la boca con la mía, torturándome a mí misma, pero también a él. Me presionó la cintura con los dedos y me estremecí. Me devoraba los labios con la mirada, lo que duplicaba mi satisfacción.

Iba a perder.

—Me lo tomaré como un sí...

Le acaricié la mandíbula con la mano y la deslicé por su nuca. Temblaba bajo mis dedos. El poder del que me había hablado... era esto.

Una sonrisa jaló las comisuras de mi boca.

—Deja de jugar conmigo —murmuró.

Le rocé los labios con la yema de los dedos recordando todas las emociones que me provocaba.

«Solo una vez...»

—Pues detenme.

Se le cortó la respiración y, con una sonrisa en los labios, susurró:

—¿Quieres verme perder, ángel mío?

Me agarró con fuerza la mandíbula y me obligó a mirarlo a los ojos. Su mirada ardía tanto como sus dedos en mi piel.

—Dilo.

Se me estremeció el cuerpo al oír su voz ronca.

—Dilo y lo haré.

«No pienses más...»

«No pienses más.»

—Quiero... Quiero verte perder —murmuré, atormentada por la intensidad de su mirada.

Esbozó una sonrisa de satisfacción.

—Perfecto.

Casi se me para el corazón cuando sus labios se estrellaron con fuerza contra los míos. Mi cuerpo obtenía por fin lo que tanto había reclamado. Mis sentimientos se desencadenaron haciendo que todo mi cuerpo vibrara y que me temblara el alma, que le pertenecía.

Sus labios ardientes me hacían perder el equilibrio. Mi cerebro se puso en pausa y dejó el control en manos de mi corazón.

«Te quiero...»

Respondí a su beso, a pesar de los temblores que me recorrían todo el cuerpo.

Esa sensación... Me había vuelto adicta.

Se me contrajo la parte baja del abdomen cuando jaló suavemente mi labio inferior con los dientes. A continuación, su lengua se enroscó en torno a la mía. Sin previo aviso, me levantó por los muslos y se los colocó alrededor de la cintura.

—Me vuelves loco —gruñó entre sus ávidos besos.

Mi espalda cayó sobre el colchón. Asher me besó aún con más intensidad. Su cuerpo ardía encima del mío. Su respiración pesada y la mano que deslizaba lentamente hacia mi cadera me volvían completamente loca.

Apartó los labios de los míos para atacar mi mandíbula. Ahora era prisionera de su boca insaciable. Las mariposas se me acumulaban en el estómago, animadas por los sentimientos que giraban con fuerza en mi interior.

Gemí cuando me presionó el cuello con la boca hambrienta. Me apretó la cadera con los dedos una vez más y se me erizó toda piel.

Sentía que iba a desmayarme.

Ahora tenía sus labios en el cuello, succionaba mi piel, que parecía como si estuviera ardiendo, de un modo que me hacía perder el control.

Pero se me tensó todo el cuerpo cuando noté sus dedos deslizándose lentamente por debajo de mi suéter. El contacto de su mano en el abdomen hizo que me estremeciera.

—¿Puedo? —susurró.

Demasiado tarde. Mis demonios habían reaparecido. Cerré los ojos haciendo una mueca para luchar contra mis miedos e impedir que estropearan lo que estaba viviendo con Asher.

«No son ellos.»

«Es Asher, no ellos.»

Cuando sus dedos, ante mi silencio, se apartaron de mi cintura, lo retuve.

—Sí...

No eran ellos.

Asher levantó la cabeza hacia mí y presionó sus labios, ávidos de mi cuerpo, sobre los míos. Mi respiración se volvió más profunda cuando deslizó los dedos suavemente por debajo de mi suéter.

Le temblaba la mano contra mi costado, como si le diera miedo acariciarme. Una ola de calor me envolvió todo el cuerpo y exhalé ante las mil sensaciones contradictorias que me abrumaban.

Tenía miedo. Pero, al mismo tiempo, lo deseaba.

Una multitud de emociones inundó mi mente, ya inestable por su culpa. Por sus labios. Por sus ojos. Por sus caricias.

—Dime que pare, ángel mío...

Sus labios se posaron en mi mandíbula, caminaron por mi cuello y luego bajaron lentamente hasta la clavícula. Me tensé cuando su boca, que quemaba como el fuego, llegó al nacimiento del pecho.

Al mismo tiempo, me subió lentamente el suéter y temblé al notar sus dedos en mi cuerpo. Esa sensación me llevó de inmediato a unos años atrás, con ellos. Intenté apartarlos de mi mente, luchar contra la ansiedad mientras su boca me dejaba miles de besos en la piel. Sin embargo, cuando sus dedos rozaron la curva de mi pecho, susurré:

—Por favor..., pa-para...

Se detuvo en seco y alejó los dedos de mi piel antes de que pudiera acabar de pronunciar la frase. Se alzó sobre mí tranquilizándome en silencio con la mirada.

Era incapaz de dejarlo ir más lejos, mi miedo era más fuerte que yo. No podía escapar de mis demonios.

—Gracias...

El corazón me iba a mil, todavía tenía la respiración agitada por el efecto que me producía tenerlo tan cerca de mí. La atmósfera había cambiado, la piel me ardía mientras él me observaba fijamente.

Esbozó una pequeña sonrisa y me dejó un beso dulce en los labios antes de rodearme la cintura con los brazos. A continuación, se acostó de lado y me abrazó contra él. De manera natural, apoyé la cabeza en el hueco de su cuello.

Me sentía confundida por lo que acababa de suceder. Nunca habíamos tenido este tipo de... proximidad. Pero, una vez más, mis miedos habían tomado el control.

Pasaron unos minutos hasta que el sueño vino a llamar a mi puerta. Mientras se me cerraban los ojos, oí la voz ronca de Asher murmurar:

—Duerme, ángel mío. Estás a salvo.

«Sí. Con él.»

Las cuatro de la tarde del día siguiente

—¿Y bien?

—Alguien apagó las cámaras principales en los dos pisos —continuó Ben señalando con el dedo la televisión en la que se estaban reproduciendo las imágenes que habían recopilado sus hombres—. La de Ella se apagó a las ocho.

—Creemos que el tipo deja la rosa a esa hora. Eso explicaría por qué se apagan las cámaras —continuó Kiara cruzándose de brazos—. Pero se han apagado dos veces más esta semana.

—¿Puede que el hombre haya vuelto? —sugerí frunciendo el ceño—. Eso podría explicar...

—Querida, has estado en casa toda la semana menos el miércoles —dijo Ben volviendo a poner el video en marcha—. Regresa... y luego... nada.

El video se detuvo unos instantes, pero luego continuó. Era del día que creía que había dejado la puerta abierta. El hombre había entrado en mi casa por la fuerza.

—Como pueden ver, el miércoles Ella salió a las once. Cuando dejó el departamento no había rosa, pero cuando volvió, allí estaba.

—Creemos que el tipo entró en su casa y dejó la flor antes de irse. Todavía no hemos revisado las imágenes de las cámaras secundarias.

—¿Por qué dejaría la puerta abierta? —preguntó Asher con el ceño fruncido.

Se encogieron de hombros porque no lo sabían.

Yo movía el pie con nerviosismo mientras observaba las imágenes intentando reordenar mis recuerdos. Toda esta historia me revolvía el estómago, necesitaba saber quién estaba detrás de ella.

—Has dicho «en los dos pisos» —recordó Asher dirigiéndose a Ben—. La de Ella y otra.

Ben esbozó una sonrisita.

—Sí, bueno, nos hemos dado cuenta de que la planta de Ella no es la única que tiene un problemilla con las cámaras, la de Shawn también.

—Las cámaras de la planta de Shawn se han parado dos veces esta semana —continuó Ally—. A horas diferentes.

—Creemos que el secuestrador sabe que Shawn habla con Ella. Puede que pasara incluso por su casa —supuso Kiara con un bostezo.

Asher me había dicho que Ben y Kyle habían instalado más cámaras en secreto por si sucedía algo como esto. Kiara, Ben y Asher todavía no habían visto las imágenes de las cámaras secundarias, no habían tenido tiempo. Sin embargo, ahora sabían las horas exactas a las que se habían parado las cámaras principales, lo que facilitaba la búsqueda de los videos de las cámaras secundarias.

Estaban agotados, se les notaba en la cara. Pasar más de veinticuatro horas examinando secuencias no era precisamente descansar.

Ben pasó a las cámaras secundarias con una sonrisa traviesa en los labios.

—¿Están preparados? —preguntó emocionado.

Asher lo fulminó con la mirada. Ben empezó a reproducir el video desde el minuto que nos interesaba. Todos observamos la televisión en silencio, concentrados.

Y ahí...

Se me aceleró el corazón cuando vi una silueta moviéndose por mi planta. Dejó la rosa y se dio la vuelta. Ben puso el video en pausa y amplió el rostro del hombre. La imagen no era nítida y el individuo llevaba capucha.

—¿Te dice algo?

—No —contestó Asher acercándose a la pantalla—. Continúa.

Ben obedeció. Se me cerró el estómago al ver el video del segundo día y el del tercero. Lo mismo los tres días.

De repente, Asher le pidió que parara el video en el momento en el que el rostro del hombre era más visible. Ben se acercó a la pantalla, frunció el ceño y murmuró:

—Tiene un tatuaje en la sien, Ash...

—¡Lo sabía, carajo! —exclamó.

No tenía ni idea de quién era ese hombre, no me lo había cruzado nunca, pero Asher parecía conocerlo.

Después aquel individuo entraba en mi casa, lo que hizo que me estremeciera. Luego salió y dejó una rosa antes... de volver a entrar.

Y unos minutos más tarde... fui yo quien entró en mi casa.

Me llevé una mano a la boca. Ally me abrazó mientras yo miraba las imágenes, temblando. El hombre estaba en mi casa cuando yo había vuelto.

—Mierda...

Asher apretó los puños y mi respiración se volvió irregular. Había revisado todo el departamento, ¿dónde estaba?

—Entonces, ¿son ellos? —se sorprendió Kiara.

—Obliga a los hombres de su banda a tatuarse en la sien una serpiente enroscada alrededor de un pájaro —respondió Asher con calma—. Sin duda, son sus hombres.

Frunció el ceño. No sabía de quién hablaban. Lo único que veía era al tipo que había entrado en mi casa. Y que se había quedado dentro.

Los temblores me sacudían todo el cuerpo, como si estuviera todavía en Manhattan.

—Muy bien... —espetó Asher.

—¿Vas a matarlo? —preguntó Ben.

—No puedo —respondió Asher pasándose una mano por el pelo—. No puedo proteger a Ella y matarlo al mismo tiempo. Alguien deberá hacerlo por mí.

—¿Por qué no nuestros hombres?

—No seas idiota, huirá... No... Tiene que ser alguien que no esté relacionado con mi banda.

Propusieron varias soluciones, pero a Asher, que quería la cabeza del hombre, no le convenció ninguna.

A Kiara se le iluminó bruscamente la mirada, lo que reveló que había tenido una idea. Asher arqueó una ceja.

—Podemos hacer una cosa con la que las dos partes saldríamos ganando... Asquer, ¿a cuántos mercenarios conoces en los que confíes plenamente?

—¿Él? —preguntó Ben arrugando las cejas—. Pero... no puede, ¿verdad?

Asher se sumió en una intensa reflexión. Yo seguía igual de perdida.

—¿Dónde está? —preguntó al cabo de varios minutos de silencio.

—He oído que estaba en la cárcel —contestó Kiara—. En Pensilvania.

Asher jugueteó con sus anillos, perdido en sus pensamientos. A continuación, le dirigió una sonrisita a Ben, la misma que me helaba la sangre..., esa sonrisa que odiaba.

—No, no me mires así.

—No tienes elección. No puedo ir con Kiara —replicó Asher, fatigado—. Y menos aún con Ella.

—¡Pero a mí tampoco me gustan las cárceles! —exclamó Ben, escandalizado.

Asher se volteó hacia Kiara.

—Iremos mañana por la mañana. Quiero que te quedes aquí con Ella hasta que volvamos. No le quites los ojos de encima ni un segundo —ordenó—. Te doy mi palabra, Smith, no volverás a ver...

—¡Asquer, yo también la quiero! No te preocupes. Estará a salvo conmigo —dijo Kiara lanzándome una mirada cómplice.

Forcé una sonrisa bajo la atenta mirada de Asher. Sabía que no quería dejarme sin vigilancia, pero yo me negaba a poner un pie en una prisión.

—Prepárate, Ben. Vamos a hacerle una visitilla a... Lakestone.

22

Lakestone

ASHER

Doce del mediodía. Prisión de Pensilvania

Ben movía la pierna nervioso mientras esperábamos impacientemente a que Kai llegara. Su ansiedad avivaba mi ira y lo fulminé con la mirada. Me miró fijamente antes de reprocharme:

—¿No te da vergüenza hacerme esto a mí?

—No te pasará nada —gruñí observando las paredes de la habitación, que eran tan tristes como el resto de la cárcel.

Odiaba las prisiones tanto como los hospitales. Me daban ganas de vomitar.

—Me dedico al tráfico de drogas y de armas, Ash, ¿y sabes por qué están entre rejas esos cabrones? Tráfico. De. Drogas. Y. De. Armas —recitó Ben.

Puse los ojos en blanco. Me negaba a continuar esa conversación con el imbécil de mi primo.

—Es más, ¿por qué él? ¿No ves que no está disponible?

Cuando la puerta de hierro se abrió, me enderecé en mi asiento. Ben se puso tenso frente a los dos hombres que acompañaban al prisionero.

Este arqueó una ceja al vernos. Dejó escapar una carcajada y sacudió la cabeza, exasperado.

—No por mucho tiempo —murmuré.

«Lakestone.»

Kai Lakestone.

Uno de los mercenarios más implacables con los que me había cruzado.

—Tienen quince minutos —declaró fríamente uno de los dos guardias.

Salió de la habitación y cerró violentamente la puerta de hierro.

Kai se sentó frente a nosotros y clavó su mirada glacial en la mía. Jugaba con sus esposas, el único ruido que se oía en la habitación.

Lentamente, se pasó una mano por el pelo negro y algunos mechones cayeron delante de sus ojos. Seguía teniendo el mismo aire insolente y su cara era tan fría como sus iris azules, impasibles y sin vida.

Encajaba perfectamente con su trabajo. Todos los mercenarios mataban, pero él lo hacía con una templanza casi... terrorífica.

Ben se aclaró la garganta y se giró hacia mí, pero yo permanecí en silencio. Solo permití que una sonrisa se dibujara en mi rostro mientras examinaba al prisionero, sumergido en la contemplación de la estancia.

—¿Tenías que elegir la pausa para comer para venir de visita, Scott? —suspiró Kai, falsamente molesto, antes de posar los ojos en mí.

—No aguantaba más sin verte —respondí con un tono sarcástico.

Soltó otra carcajada.

—No me gusta esto —me confesó.

—¿Qué es lo que no te gusta? —le pregunté mientras mi sonrisa se ensanchaba.

—Verte aquí, en una habitación aislada..., sin guardias —comenzó lentamente con la mirada puesta en sus esposas—. Solo nosotros tres. Entonces, la pregunta que me hago... Bueno, las preguntas que me hago son: ¿por qué estás aquí? ¿Y por qué estoy yo aquí contigo?

Le lanzó una mirada a Ben, luego una a mí antes de continuar:

—No es que no me guste tu compañía, pero... sé que no vienes para ver cómo estoy. ¿Qué quieres?

Por eso me gustaba Kai. Con él, no había que andarse con rodeos.

—Necesito que mates a alguien por mí —respondí cruzando los brazos sobre la mesa.

Soltó una risa burlona y me mostró las esposas.

—No estás muy actualizado.

—Puedo hacer que salgas de este agujero para ratas.

Su expresión cambió de inmediato. Se enderezó lentamente en su silla, ya estaba más interesado.

«Perfecto.»

—Continúa —murmuró Lakestone sin dejar de mirarme.

—Me gustaría hacer un trato contigo, como en los viejos tiempos. Pago tu fianza para que puedas salir de aquí, y tú matas al hombre con el que quiero acabar.

Examiné su rostro, que continuaba impasible. No era de los que muestran sus sentimientos. Ni siquiera estaba seguro de que los tuviera.

Me miró sin decir una palabra mientras yo esperaba su respuesta con paciencia. Podía tenerla cuando era necesario.

—Tengo otra pregunta —dijo Kai acercándose a nosotros—. ¿Por qué no te encargas tú mismo? Antes no te gustaba dejar que otros mataran por ti porque no solías confiar, Scott... ¿Qué ha cambiado?

No respondí nada, pero en mis pensamientos solo había una imagen.

Sus ojos azules.

«Ella. Ella ha cambiado todo.»

—No tengo la capacidad para hacerlo —respondí encogiéndome de hombros—. Por eso solicito tus servicios.

—¿Es tan importante? —me preguntó levantando las cejas—. No creo que solicites mis servicios para proteger a Jenkins..., aunque tal vez lo necesita.

—Vete a la mierda —respondió Ben fulminándolo con la mirada—. Responde: ¿aceptas o no? Nos quedan siete minutos.

—¿Cuántas probabilidades hay de que me maten?

—Muchas —dije por toda respuesta—. El hombre con el que quiero acabar es el líder de una importante red de tráfico de seres humanos, y la mayoría de sus perros son peligrosos.

Apretó la mandíbula y su mirada se oscureció.

—Mejor —resopló el mercenario mientras se tronaba los dedos y la nuca.

—¿Cómo que «mejor»? —preguntó Ben con una mueca—. ¿Tienes la intención de suicidarte?

Emitió una risa glacial y respondió con un tono que sonó sincero:

—Solo quería saber si iba a ser una misión aburrida. Prefiero holgazanear aquí que salir para una niñería.

Lakestone formaba parte de los mercenarios que no tenían nada que perder porque nadie los esperaba fuera.

Se aclaró la garganta y echó un vistazo rápido a mi cajetilla, que estaba sobre la mesa. Entrelazó los dedos y se nos quedó mirando sin decir una palabra.

—¿Cuántas probabilidades hay de que la persona a la que quieres proteger muera? —soltó finalmente.

—Demasiadas como para ignorarlas —respondí con el tono más neutro del que fui capaz.

Asintió lentamente, demasiado concentrado en sus pensamientos.

—No estaría aquí, contigo, si fuera una niñería —continué—. No puedo protegerla y abatir a ese hombre al mismo tiempo. Y tú eres el único en quien confío para esta misión.

—Detente, Scott, vas a hacer que me sonroje —murmuró Kai.

Sonreí y crucé los brazos a la espera de que me diera una respuesta.

No podía rechazar mi oferta, ambos ganábamos. Él su libertad, y yo la seguridad de mi ángel.

—¿Qué me pasará si me niego? —me preguntó agarrando la cajetilla que había sobre la mesa.

—Te pudrirás aquí como los esqueletos en los calabozos —suspiró Ben.

—No está tan mal —soltó Kai entre risas mientras jugaba con mis cigarros—. En caso de que acepte, ¿ese es el intercambio? ¿Mi libertad por la cabeza de un hombre?

Asentí.

—Entonces, ya tengo mi respuesta... Si es tan importante —murmuró Kai lanzándome una mirada que acompañó con una pequeña sonrisa traviesa.

Lo miré fijamente con los brazos cruzados. Mi paciencia estaba empezando a esfumarse tan rápido como los minutos que nos quedaban. Oímos un ruido en el exterior, señal de que los guardias pronto nos interrumpirían.

Lakestone puso los ojos en blanco y suspiró.

—¿Y bien? —insistió Ben, impaciente.

Kai nos volvió a observar con aire suspicaz.

—Dame tu palabra de que no me ocultas nada, Scott —me dijo seriamente.

—Te prometo que no te oculto nada, Lakestone.

Se le dibujó una sonrisa. A diferencia de mí, Kai se tomaba las promesas en serio. Así que yo me adaptaba a él, y él se adaptaba a mí.

—Bueno..., tu propuesta es tentadora.

Dejó mi cajetilla de cigarros sobre la mesa y la deslizó lentamente hasta mí. Al tomarla, me di cuenta de que estaba medio vacía.

—Y estoy muerto de hambre, así que... trato cerrado.

Mis labios se curvaron y él me correspondió con una pequeña sonrisa.

—Te entregaré la cabeza de ese imbécil en una charola. Además, odio las redes de tráfico.

—Nos veremos en el exterior dentro de tres días —declaré mientras me levantaba de la silla—. Encárgate de aguantar con vida hasta entonces.

Una sonrisa malvada deformó sus labios.

—La muerte huye de mí, Scott. No te preocupes por eso.

La puerta se abrió y aparecieron los dos guardias. La visita había terminado.

—No los necesito para caminar —espetó fríamente Kai al sentir a los hombres empujarlo hacia fuera.

Dos de la madrugada. Los Ángeles

—¿Dónde está? —le pregunté a Kiara al entrar en casa.

¿Por qué Kiara estaba sola en mi salón?

—Está durmiendo —me respondió—. ¿Qué tal te fue con Kai?

—¿Dónde está durmiendo?

—¿En su habitación?

Entonces tal vez no estaba durmiendo.

Subí las escaleras a toda prisa y me dirigí hacia la puerta de su habitación, que abrí con cuidado. El corazón me dio un vuelco cuando eché un vistazo al dormitorio.

«Vacío.»

Mis sentidos se pusieron en alerta y se me comprimió el pecho. A paso rápido, me dirigí hacia mi habitación. Cuando mis ojos distinguieron su silueta acostada en mi cama exhalé cerrándolos.

Estaba allí, con el perro dormido a su lado.

Una mano se posó en mi espalda y me giré hacia mi amiga de la infancia. Tenía un aire burlón que le costó una mirada asesina de mi parte.

—Déjala dormir —susurró jalándome hacia atrás.

Resoplé de nuevo mientras cerraba la puerta con cuidado. Seguí a Kiara hasta el salón. Allí, repitió su pregunta:

—Bueno, ¿qué tal te fue con Kai?

—¿Tú qué crees, Kiara? —murmuré pellizcándome el puente de la nariz.

Se dejó caer en el sofá y yo hice lo mismo.

—¿Cuál es tu plan?

—Sacaré a Lakestone dentro de unos días —comencé mientras sacaba un cigarro de la cajetilla—. No estaré aquí a partir de mañana. Llevaré a Ella a ver a su tía, como estaba previsto.

—Oh..., no lo has olvidado —murmuró con una sonrisa.

Soltó una risita y me despeinó, lo cual hizo que apretara la mandíbula. Me trataba como si fuera un puto perro.

—Asquer, eres muy lindo cuando estás enamorado.

—Cállate, ¿quieres? —gruñí poniendo los ojos en blanco.

No estaba enamorado de Ella.

—Sé que es importante para ella. Se lo debo —murmuré antes de dar una calada.

—Nunca te he visto intentar redimirte con alguien como lo estás haciendo con esa chica. Te cambia. A mejor, quiero decir.

Escupí el humo intentando disimular mi sonrisa. Ella Collins. ¿Quién habría pensado que iba a hacerme perder la cabeza y a interferir en todas mis decisiones?

—Es buena para ti, Ash —añadió Kiara con un tono sincero—. Cuida de ella como ella hace contigo.

Le lancé una mirada, en silencio. «Como ella hace conmigo...»

—Tú también eres bueno para ella —continuó mi amiga—. A veces eres un imbécil, es cierto. Pero piensas en ella más que yo, más que ella misma. No la dejes ir.

—No pensaba hacerlo —respondí dando otra calada—. No pienso dejarla. No una segunda vez.

—Eso espero, por tu bien —soltó entre risas mientras se volteaba hacia la tele—. Porque si lo haces, pienso cortarte los huevos y dárselos de comer a Tate.

Hice una mueca al escuchar su amenaza. Su tono de voz era demasiado serio como para que me tomara sus palabras a la ligera.

«¿Mis huevos al perro? Desde luego que no.»

—¿Crees que...? ¿Crees que podré hacerla feliz? —le pregunté dirigiéndole una mirada—. Tal vez conmigo está condenada a la infelicidad.

—¿Ella te hace feliz?

—Eso creo... Un poco —resoplé contemplando mi cigarro.

Pasar tiempo con ella, oírla decirme tonterías, sonreí casi instantáneamente. Así que tal vez sí, me hacía feliz.

—¿Por qué vas a hacer infeliz a alguien que te hace feliz? Lo que quiero decir es que no puedes hacer a Ella infeliz si tratas de devolverle la felicidad que ella te aporta —respondió Kiara—. Nunca podrás desearle el mal voluntariamente. Ya le hiciste daño una vez, Asher, no lo olvides.

—Lo sé...

—No eres malo. Simplemente, tomas malas decisiones pensando que es lo correcto, pero a veces te equivocas. Comprendí que estabas loco por ella cuando te vi plantearte tu manera de actuar. Es algo que no habías hecho antes. Cuestionarte cosas por ella y dudar de tus capacidades. De tu confianza en ti mismo, también.

—Me vuelve loco —resoplé cerrando los ojos.

—Lo sé —dijo mi amiga sonriendo—. Puedes conseguir que sea feliz, Ash. Y vas a querer hacerlo casi instintivamente.

Kiara tenía razón. Quería hacerla feliz y, sinceramente, era capaz de cualquier cosa por verla sonreírme.

Había aceptado un perro en mi casa. Eso era una prueba muy importante.

—A papá le habría encantado —murmuré esbozando una pequeña sonrisa.

—Rob la habría adorado —susurró Kiara—. Y te habría matado por haberla obligado a irse.

—¿Eso crees? —pregunté entre risas mientras me miraba el anillo que llevaba en el dedo y que le había pertenecido—. Lo habría entendido.

—Deja de esconderte detrás de esa mierda de la «protección». Si esa fuera realmente la razón, no seguiría aquí hoy —me recordó poniendo los ojos en blanco—. Lo hiciste porque te daba miedo.

En silencio, hice girar el anillo de mi padre. Sí, la habría adorado y sí, seguramente me habría matado por haberla echado de mi vida como había hecho.

«Es una pena que no puedas conocerla, papá... Es genial.»

—Ahora, tengo una pregunta —añadió tras unos instantes—. ¿Piensas... que podrías enamorarte de ella?

El silencio fue mi única respuesta. Aunque mi cerebro no podía estar callado, igual que mi corazón.

ELLA

Al día siguiente...

—¿Estás lista?

Asher me había anunciado que partiríamos esa noche hacia Arizona para ver a Kate. Mi tía.

¿Estaba lista? No. Pero debía hacerlo. Debía dar el paso y conocerla, a pesar de que el nudo que tenía en el estómago iba empeorando a medida que me acercaba a ese instante.

—Imagínate que no quiere verme —dije inquieta, con las manos apoyadas sobre la barra de la cocina.

—Más le vale que no sea así —gruñó Asher frente a mí—. No me importaría hacer que viviera lo que tú has vivido.

Se me formó un nudo en la garganta. Tenía miedo de nuestro reencuentro, de lo que iba a decirme.

Preocupado al verme tan angustiada, Asher rodeó la barra y me tomó por la cintura.

—Todo va a ir bien, ¿de acuerdo? —me tranquilizó—. No estarás sola con ella. Estaré contigo.

Su frase me arrancó una sonrisa.

—Eso no me ayuda —respondí con un tono burlón.

Soltó una carcajada sincera que hizo que se me acelerara el corazón. Oírlo reír siempre provocaba algo en mí.

Mi sonrisa se ensanchó cuando vi cómo su mirada descendía hacia mis labios.

—Pero debería —susurró antes de besarme el hombro.

Cerré los ojos para apreciar mejor la suavidad de su boca sobre mi piel. La deslizó lentamente por mi cuerpo, que se cubrió de escalofríos a su paso. Se me cortó la respiración cuando sus labios se posaron sobre mi cuello. Las delicadas caricias de su pulgar en mi costado tenían el poder de disipar mis miedos.

—Deja de pensar, ángel mío —murmuró entre un beso y el siguiente.

—A eso sí me ayudas —reí.

Sentí que sus labios se curvaban en una sonrisa y respondió:

—Perfecto.

Continuó besándome con delicadeza el cuello mientras yo inclinaba instintivamente la cabeza para facilitarle el acceso.

Antes no me gustaba sentirlo demasiado cerca de esta zona sensible. En aquel momento, me volvía loca. Asher me hacía descubrir sensaciones desconocidas, lo cual multiplicaba mis sentimientos por él.

A veces, quería decírselo..., pero mi sentido común me lo impedía.

Un suspiro salió de mis labios cuando sentí los suyos acercarse a mi oreja.

—¿Te gusta? —me preguntó antes de deslizar su cálida lengua por mi cuello.

Se me paró el corazón. Asentí tímidamente y él sonrió contra mi piel húmeda. Pegué la espalda a la barra de la cocina. Estaba perdiendo la cabeza.

Nuestros alientos se volvieron a mezclar. Un escalofrío me recorrió las piernas cuando sus manos se abrieron camino bajo mi suéter. La sensación de sus dedos sobre mi piel me arrancó un suspiro tembloroso.

Estudió mi reacción antes de preguntar:

—¿Esto te... incomoda?

Acarició lentamente mi piel desnuda.

—No..., es que... no estoy acostumbrada a...

—Lo sé —murmuró posando los labios sobre mi frente—. No soy ellos.

No era ellos.

Se me nubló la vista y se me formó un nudo en la garganta. Con el ceño fruncido acercó su rostro al mío.

Una lágrima se deslizó por mi mejilla mientras suspiraba:

—Gracias...

Una de sus manos abandonó mi cintura para acariciarme la mejilla. Delicadamente, con el ceño todavía fruncido, secó mi lágrima silenciosa.

Sin contenerme, me acurruqué en el hueco de su cuello para respirar su reconfortante aroma. Nos abrazamos. Al recordar sus gestos, sus palabras de la noche anterior que aún resonaban en mi cabeza, dejé escapar un sollozo.

—Nunca quise esto —confesé finalmente.

—Lo sé, ángel mío.

Apretó los brazos a mi alrededor mientras las lágrimas se deslizaban por mis mejillas.

—Siempre... Siempre siento que son ellos quienes me tocan..., no tú.

Me frotó lentamente el brazo con los dedos. Depositó otro beso en mi frente antes de murmurar:

—Ahora estás lejos de todo aquello... Se ha terminado.

Un nuevo sollozo se escapó de mis labios al oír esas palabras.

Tras unos segundos, volví a levantar la cabeza hacia él. Su sonrisa me alcanzó rápidamente.

—Ahora, ángel mío —continuó apartándome un mechón de pelo de la cara—, vas a preparar tus cosas y vamos a ir a ver a Kate.

Se me aceleró el pulso, pero asentí. Tenía una imagen borrosa de mi tía, como si mi cerebro hubiera borrado esa parte de mi vida. Mi terapeuta me había explicado que solo tenía vagos recuerdos de mi infancia y mi juventud junto a ella debido a mi trauma.

Necesitaba respuestas, muchas respuestas.

—De acuerdo..., vamos.

23

Kate

ELLA

Miraba fijamente la casa que teníamos delante. Una silla en la terraza, una fachada blanca y un jardín impecable, con el césped podado al milímetro. Todo parecía perfecto.

Demasiado perfecto.

En mis recuerdos, vivíamos en un edificio destartalado y su departamento no era de los más limpios. Recordaba humedades en el techo, ratas y goteras...

—¿Estás segura de esto?

—Sí —dije mientras seguía examinando la casa desde el coche.

El corazón me latía a mil por hora y el estómago, impulsado por la ansiedad, se me retorcía en todas direcciones. Temblaba como si fuera de gelatina con una mezcla de impaciencia y reticencia. Me daba miedo verla, temía que la vaga imagen que tenía de ella acabara remplazada por algo mucho peor de lo que imaginaba.

«Kate.»

Era mi última oportunidad para tener algo parecido a una familia. Mi madre estaba muerta y mi padre... No había llegado a conocerlo nunca. Mi madre ni siquiera me había mencionado su nombre, como si me hubiera concebido ella sola.

Me preguntaba cómo sería y si estaría al tanto de mi existencia.

Quizá hubiera rehecho su vida y tuviera una familia en alguna parte. A decir verdad, nunca había intentado encontrarlo. La única persona que me había servido de figura paterna había sido... él.

«El zorro.»

Se me cerró el estómago cuando resonó en mi cabeza su pérfida voz.

«Ven, ratoncita. No voy a hacerte daño, vamos a jugar... tú y yo.»

Me entraban ganas de vomitar cuando esos recuerdos volvían a mi mente. Ese hombre y todo lo que me había hecho mientras mi madre no sabía nada... hasta aquella noche.

La noche que murió. Por culpa de él.

—¿Me estás escuchando?

—Pues... No, lo siento. ¿Qué decías?

Cerré los ojos un instante para ahuyentar la imagen de este..., de este...

Cuando volví a abrirlos, la mirada metálica del psicópata me observaba fijamente.

—Todo saldrá bien —murmuró con una sonrisa que trataba de ser tranquilizadora.

—Eso espero...

—Y, para responder a tu pregunta, estaba a punto de decirte que llevamos aquí veinte minutos y que todavía no te has decidido —se burló.

Suspiré antes de tomar aire profundamente y volví a cerrar los ojos. El corazón amenazaba con explotarme en el pecho cuando salí del vehículo. Me enderecé con la mirada fija en aquella casa.

Me sobresalté al notar un brazo alrededor de la cintura y Asher dejó escapar una risita. Me jaló suavemente hacia el camino. Subimos las escaleras que llevaban a la terraza de madera. El corazón me latía con tanta fuerza que me vibraba todo el cuerpo.

—Toca —me dijo Asher al oído.

Lo observé, aterrorizada, como si acabara de pedirme que saltara desde uno de los edificios más altos de Manhattan.

—¿Quieres que lo haga yo? —preguntó.

Tragué saliva y negué con la cabeza. Acerqué un dedo tembloroso al timbre y toqué.

—Relájate o me voy a asustar yo también —bromeó.

—No es momento de...

Me sorprendí al ver que se abría la puerta y aparecía... un hombre.

¿Tal vez nos hubiéramos equivocado?

Se me puso la cara de todos los colores delante de ese tipo, que frunció el ceño. Con una mirada atónita, me dijo:

—Hola.

Como no dije nada, Asher respondió por mí:

—Hola, buscamos a Kate. Kate Webber.

—¡Ah! Un momento —contestó el hombre antes de girar la cabeza—. ¡Querida! ¡Tienes visita!

«¿Que-querida?»

De repente comprendí que habían cambiado muchas cosas.

—¡Aquí está!

—Ho...

Todavía no había asimilado la información cuando noté que me fallaban las piernas. Apareció la silueta de una mujer. Se le borró la sonrisa en cuanto se encontró con mi mirada. Abrió mucho los ojos, separó los labios y palideció.

Como si acabara de ver un fantasma de su pasado.

Era de estatura baja, tenía la piel clara, los ojos cafés, la boca fina y el pelo castaño, parecido al mío. Como en mis sueños. Se me formó un nudo en la garganta al confirmar que era ella.

El tiempo desfilaba con lentitud mientras ninguna de las dos decía nada. Sin embargo, nuestras miradas hablaban por nosotras.

Se llevó una mano a la boca, que temblaba igual que la mía. Con los ojos llenos de lágrimas, recordé la última vez que la había visto. Desde aquel día, no sabía nada de ella.

—Dios mío...

No pude reprimir un sollozo cuando la escuché. Reconocía la

voz que me había implorado que la ayudara. Que me sacrificara por ella.

Se acercó lentamente a nosotros y me quedé anclada en el sitio sin parar de temblar. Aproximó las manos poco a poco a mis mejillas y retrocedí instintivamente.

Mi cuerpo acababa de rechazar su contacto. Yo no tenía el control.

—¿E-Ella? ¿Eres tú?

No hubo palabra que atravesara la barrera de mis labios, mi lengua había decidido quedarse paralizada. La mano de Asher me estrechó el costado con delicadeza y me sacó de mi burbuja de pánico.

—S-sí..., soy... soy... yo —balbuceé.

—Ay, Dios mío —repitió con un suspiro antes de abalanzarse sobre mí.

Me tensé cuando me rodeó los hombros con los brazos y se le escapó un sollozo. Su olor. Recordaba su olor. Todavía usaba el mismo perfume.

Las lágrimas me caían lentamente por las mejillas. Me quedé petrificada como una estatua de mármol fría e inerte.

—Estás viva...

«¿Creía que estaba muerta?»

Asher mostraba una expresión impasible, pero pude detectar un destello de preocupación en sus ojos.

Mi tía se separó de mí al cabo de unos segundos. Tenía el rostro empapado por las lágrimas, igual que yo, y la boca muy abierta, como si esperara a pronunciar alguna palabra o frase que no llegaba nunca.

—Creía que te había perdido para siempre...

Me dio otro abrazo y esta vez lo correspondí, lo que le arrancó un fuerte sollozo.

Posé la mirada en el hombre que observaba la escena en silencio, también parecía estar en shock. ¿Se lo habría contado?

Mi tía lloraba contra mi hombro, lo que hacía que no pudiera contener las lágrimas. Sin embargo, yo no lloraba por haberla encontrado, lloraba por la Ella que se había separado de ella pensando que pronto volverían a reunirse. La adolescente que, al ver a su tía consumida, había tenido el coraje de aceptar su petición sin pensar que tardaría años en volver a verla.

Que sería su último contacto con el mundo exterior.

Lloraba por todas las noches que había estado al borde del abismo, cuando me había aferrado a la idea de volver a verla para no hundirme. Lloraba por aquella Ella que tenía solo dieciséis años, por la que ahora tenía veintitrés y por el infierno que había vivido a lo largo de todo ese tiempo.

—Estoy tan contenta de verte... —confesó tomando mi rostro entre las manos—. Has... crecido mucho. Entra..., entren.

Dejé que Kate me condujera al interior de su casa mientras Asher me seguía de cerca. No me había soltado ni una vez.

Llegamos a un salón con una decoración reconfortante, totalmente opuesta a la que yo había conocido. Mi tía jadeó y, haciendo un gesto con la mano, nos invitó a sentarnos en el sofá verde a juego con el sillón en el que ella acababa de instalarse.

—¿Quieren beber algo? —preguntó limpiándose las lágrimas, que no habían dejado de caerle.

—N-no, no hace falta —farfullé negando con la cabeza.

Asher se aclaró la garganta y me miró. Me giré hacia él. No sabía qué decirle a esta mujer, no tenía ni idea de por dónde empezar.

Cuando el hombre se sentó frente a nosotros, mi tía me lo presentó esbozando una leve sonrisa:

—Ella, te presento a Nick..., mi marido.

Se me cortó la respiración. Asher arqueó las cejas. No parecía estar al tanto de que se hubiera casado.

—Nick sabe quién eres —confesó en voz baja—. Constantemente le hablo de ti, querida...

Con el ceño fruncido, le pregunté en un susurro:

—¿Le ha hablado... de mí?

—Tutéame, por favor...

Era incapaz de tutearla, por mucho que ella quisiera. Solo tuteaba a la gente que conocía. Se había casado, se había mudado a Phoenix después de que yo me fuera. No sabía nada más de ella.

—¿Cómo has sabido que vivía aquí?

—Eso no es lo importante —intervino Asher por mí con un tono frío—. Está aquí y quiere respuestas.

Kate lo miró y luego se giró hacia mí.

—Querida mía... Han pasado tantos años... Te he extrañado tanto...

¿Me ha extrañado? ¿En serio?

—Me apartó de usted —repliqué con un tono cargado de reproche.

Escondí las manos entre las piernas para que no notaran lo mucho que me temblaban. Tenía un nudo en la garganta. Estaba muy enojada con ella por haberme dejado marchar.

—Lamento tanto que tuvieras que sufrir todo eso... No sé qué habría sido de mí sin ti...

Un nuevo sollozo, incontrolable, llenó la estancia cuando oí esa frase que no había osado siquiera soñar: «Lamento tanto que tuvieras que sufrir todo eso». Me llevé una mano a la boca con la esperanza de poder reprimir el llanto.

La pena me roía desde dentro, como si fuera ácido quemándome los órganos. Era una sensación físicamente dolorosa.

—Lo siento muchísimo, todo...

—Ni siquiera intentó volver a encontrarme —la acusé con la voz rota por el sentimiento—. Prometió regresar a buscarme cuando hubiera pasado todo y... no volvió nunca.

Ella seguía llorando, pero yo no podía calmarme. Estaba sumergida por la pena, el disgusto y los recuerdos que seguían grabados en mi memoria.

—Viví un infierno por usted..., para sacarla... del túnel. Dejó que me perdiera. Sola. —Se me aceleró la respiración. No podía parar—. Y, durante todos estos años, me aferré a la idea de volver a verla algún día. De oír que tocaba a la puerta para recuperarme... Pero nunca lo hizo... Jamás.

Asher posó una mano sobre la mía al ver que perdía la sangre fría. No era yo la que hablaba, sino la adolescente que seguía sufriendo. Aquella chica a la que le habían mentido, la que estaba enojada con ella por haberle arruinado la vida.

—Sacrifiqué mi vida por usted, porque creía que... Creía que se curaría gracias a mí. Y usted me olvidó. Me dio la espalda y rehízo su vida... sin mí. Era mi única familia. ¡La quería! Vi cómo se perdía en la droga, ¡me pasaba las noches observándola mientras dormía porque me daba miedo despertarme y encontrarla muerta!

Se tapó la boca para reprimir el llanto. No obstante, su pena no se podía comparar con la mía, nunca podría hacerlo.

—Faltaba a clase por quedarme con usted y... no pude terminar la secundaria. ¡Por su culpa! —la acusé—. No pude seguir estudiando... ¡ni ir a la universidad! Mi vida se detuvo. Viví un infierno para ayudarla... y usted me abandonó. Como si no valiera nada, como si no le importara perderme... ¿Qué diablos le hice? ¿Por qué me abandonó?

Alcé la voz y lloré sin ocultar mis sentimientos mientras ella temblaba en el sillón.

—John me usó como una marioneta. Utilizó mi cuerpo... Me... Me violaron, muchas veces... —dije tragando saliva con dificultad—. Me violaron, me pegaron, me drogaron hasta dejarme inconsciente para poder usarme de otro modo... ¿Y usted? ¿Dónde estuvo todo ese tiempo? ¿Por qué no mantuvo su promesa? Sueño con usted. Todas las noches, me atormenta tanto como ellos...

—Lo lamento muchísimo, querida —gimió—. Yo también viví un infier...

—No se atreva a compararse con ella —amenazó Asher—. Jamás.

Mi tía se llevó una mano al estómago. Su marido le frotó la espalda y le murmuró algo para que se calmara.

—No me comparo contigo, Ella... Me sentía fatal, querida. Y...

—¿Por qué tardó seis años en pagar sus deudas? ¿Por qué no volvió nunca? —pregunté frunciendo el ceño.

Se tensó violentamente y palideció. Asher gruñó. Vi que apretaba la mandíbula y la fulminaba con la mirada.

Se hizo un silencio pesado que empezó a jugar con mis nervios.

—¡Respóndame!

—De acuerdo —explicó al cabo de unos minutos—. Cuando... Cuando empezaste a trabajar con John, no sabía qué tipo... de trabajo hacías. Pero el dinero llegó rápidamente, John mantuvo su palabra y me pagó como habíamos convenido... Saldé mis deudas... el primer año.

En un instante, todo mi mundo se derrumbó. Mi cerebro acababa de recibir la bofetada de su vida. Había pagado sus deudas... el primer año. Había bastado con un solo año.

Yo había estado atrapada en casa de John seis años.

Empezaba a sentirme mareada, como si acabara de absorberme un tornado. Sentí una opresión en el pecho, me costaba respirar. Me miré las manos, pálidas y temblorosas.

—Jo-John me dijo a continuación a qué te dedicabas y me amenazó —continuó llorando—. No podía acercarme a ti o te perdería para siempre...

—Un año —murmuré mirando el suelo—. Un solo año...

Mi pesadilla se había hecho realidad. Acababa de arrancarme los pocos recuerdos buenos que tenía de ella.

—Cuando comprendí que no podía verte ni hablarte... —prosiguió con la voz rota—. No era capaz de quedarme en mi casa sin pensar en ti..., de modo que me mudé aquí.

Levanté la cabeza, atónita. ¿Eso había sido todo? Había hecho las maletas... ¿y se había largado?

—Me abandonó con él y se marchó..., ¿es eso?

—Nunca quise abandonarte —protestó levantándose para venir hacia mí.

—No se acerque a ella —gruñó Asher abrazándome contra él.

—Lamento muchísimo todo lo que te hizo, lo siento tanto...

Tenía la mirada clavada en el suelo y mi cerebro intentaba asimilar la información como podía. Sus excusas no tenían ningún valor para mí.

—Soy su sobrina... Mamá... Mi madre la quería, ¡confiaba en usted!

Sus lágrimas empezaron de nuevo y las mías las siguieron al hablar de mi madre en voz alta, algo que hacía muy pocas veces.

—Mamá nunca me habría abandonado como hizo usted...

—Lo siento mucho... Sé cómo te sientes.

Eso fue demasiado.

—¿Lo sabe? ¿De verdad? Por su culpa y por su decisión..., ¡me volví completamente loca! —grité mirándola a los ojos—. ¡Por su culpa estoy traumatizada! ¡Por su culpa él no puede ni tocarme sin que piense en todos los hombres que me han violado! ¿Y se atreve a decir que sabe cómo me siento? ¡No sabe nada, carajo!

Temblaba de rabia. No sabía nada, no tenía ningún derecho a decirme que sabía cómo me sentía.

—No sabe lo que es sufrir pesadillas y ataques de pánico todo el tiempo. No sabe lo que es vivir en un miedo constante y sentirse siempre en peligro. No sabe lo que es ver a gente de mi edad vivir la vida que sueño y darme cuenta de que la mía es insignificante. Ser consciente de que, aunque muriera mañana, nadie sabría nada. Y, maldita sea, por encima de todo, no sabe lo que es sentirse utilizada, ser tratada como un objeto por desgraciados repugnantes que te tocan por todas partes. ¡Por todas partes! ¡Y encima sin poder decir nada!

Sentía que iba a explotarme el pecho. Pero no me importaba una mierda, por fin me había vaciado, tras seis años conteniéndome.

—Porque... si hablas, te torturará. Porque si intentas escapar, te encontrará y te dará una paliza hasta que estés a punto de morir —continué con la garganta irritada—. Me han violado... ¡Me han violado y ahora me siento sucia! Todo por culpa suya... Estoy cansada... Totalmente agotada.

Paré un instante y se me escaparon varios sollozos, ardientes e incontrolables.

—¿Y solo es capaz de decir «lo lamento»? Tengo una vida de mierda por su culpa. ¡Usted me destrozó tanto como esos hombres!

Era la única que podía salvarme y decidió no hacerlo. ¡No luchó por mí cuando yo sacrifiqué mi existencia por usted!

—Ella, deberías calm...

Fulminé con la mirada a su marido y lo interrumpí a mitad de la frase.

—La odio. La odio por lo que me hizo —espeté con voz ronca—. Confiaba en usted...

Mi tía esquivaba mi mirada mientras lloraba ruidosamente.

—La esperé... durante años. Antes de dormir, me decía: «No te preocupes, Ella, vendrá mañana por la mañana». Y no vino nunca —repetí apretando las manos contra las rodillas.

Asher me acarició el dorso de la mano con el pulgar. Me giré hacia él y me encontré con su mirada, con la que trataba de tranquilizarme. En ese preciso momento, me alegré mucho de tenerlo allí, conmigo.

—Ya sé que nunca podrás perdonarme, lo sé... Pero no me he olvidado de ti —me aseguró—.Y esperaba que hubieras podido escapar... porque yo era incapaz de ayudarte.

Su descaro hizo que me entraran ganas de destriparla. Yo había sacrificado mi vida para ayudarla y ella ni siquiera había intentado devolverme el favor.

—Sí, conseguí salir de allí tras años secuestrada mientras usted disfrutaba de su tranquila vida —espeté—. Pero no escapé. Era imposible, lo intenté muchas veces. Cientos de veces. Pero siempre acababa atrapándome.

—Entonces..., ¿cómo saliste?

Recordé a Rick. Rick Scott me había salvado.

—Alguien pagó por tenerme —informé—. Ya no era la cautiva de John, era su cautiva.

Señalé a Asher con el dedo y mi tía abrió los ojos como platos al comprender que él era mi propietario y que todavía formaba parte de ese mundo.

«Bueno..., eso era antes.»

—Y, créame, aunque él también me hizo vivir un infierno los

dos primeros meses, estaba más feliz que nunca lejos de John... Pero no fue gracias a usted.

Empezaba a calmarse, a secarse las lágrimas que le caían por las mejillas.

—Me importan una mierda sus excusas. No se puede prender fuego al bosque e intentar apagarlo dos días más tarde con una botellita de agua. Quería respuestas y ya he obtenido suficientes... No quiero seguir aquí.

Me levanté y Asher me imitó. No podía quedarme aquí, no quería oír más mentiras. Aquella mujer me daba asco.

—Quería volver a verla porque es la única familia que me queda —confesé con voz burlona—. Pero, sinceramente, prefiero no tener familia antes que formar parte de la suya.

Tras esas palabras, salí de la estancia y abandoné la casa rápidamente. La oí rogarme que volviera, pero no miré atrás. Justo como había hecho ella.

Asher abrió el coche y me metí dentro antes de estallar a llorar. Mis últimas esperanzas acababan de frustrarse. No me esperaba eso, que me dijera que había preferido abandonarme antes de intentar recuperarme con la excusa de que tenía miedo de John.

Asher se sentó en silencio en el asiento del conductor.

—Arranca, por favor —murmuré con la voz rota—. No quiero estar aquí... No quiero volver aquí nunca más.

Asintió con la cabeza e hizo rugir el motor. Las lágrimas me caían por las mejillas mientras nos alejábamos de la casa. Era oficial, ya no tenía familia. Y dolía muchísimo.

Las diez de la noche. Arizona

—¿Estás despierta? —preguntó entre susurros con su voz ronca.

—Hum...

Me ardían los ojos. Quizá fuera por la fatiga o quizá por haber llorado tanto. La verdad es que ya no me quedaban más lágrimas que verter.

Me dolía la cabeza de un modo atroz y el cansancio hacía que me pesara el cuerpo.

Me froté los ojos y miré a mi alrededor. La habitación estaba oscura, se había hecho de noche. Me había dormido llorando en brazos de Asher. Ahora su silueta se elevaba sobre mí.

—¿Quieres comer? —me preguntó acercándose a la cama.

—No... No tengo hambre —suspiré deslizando una mano por las cobijas.

Exhaló y se sentó cerca de mí. Cuando levanté la mirada hacia él, me atrapó un mechón entre los dedos y lo enroscó alrededor de su dedo.

—¿Cómo estás? —me preguntó jugueteando con mi pelo.

—Cansada, agotada, exhausta —enumeré con los dedos.

—¿Sabes que todo lo que me has dicho significa lo mismo? —se burló.

Puse los ojos en blanco y sentí cómo se me dibujaba una sonrisa. Había conseguido hacerme sonreír.

—¿Sabías... que se había casado?

Él negó con la cabeza a modo de respuesta.

—Un año —recordé—. Lo pagó todo en un año, Asher...

Se quedó callado, concentrado en el mechón con el que estaba jugueteando.

Habría podido salir al cabo de un año.

—No se merece todo lo que hiciste —murmuró Asher.

Al cabo de unos minutos, dije finalmente:

—Gracias... por... haberme acompañado. No creo que hubiera aguantado sin tu presencia.

—Yo tampoco creo que hubiera podido contenerme si no hubieras estado ahí —respondió con aire burlón—. He querido matarla a ella y a su marido un número incalculable de veces.

Se me escapó una risita.

—Tenías razón —suspiré cerrando los ojos un instante—. No fue buena idea volver a verla.

—Aunque no fuera buena idea, lo necesitabas. Era una mala idea... útil. Pero si insistes, sí, sé que tenía razón. No es nada nuevo.

Me causaba gracia oír hablar a su ego.

—¿Puedo hacerte una pregunta?

—Sí —respondí abriendo los ojos.

—Antes, cuando has dicho todo eso sobre... lo que pasó.

Levanté la mirada hacia él y fruncí el ceño.

—Solo quería decirte que... estoy orgulloso de ti —continuó mientras escrutaba mi rostro—. No sé lo que es ser tú, pero... sé que has luchado todos los días y que sigues luchando ahora... Sinceramente, yo no sé si hubiera sido capaz de hacerlo en tu lugar... Eres toda una luchadora, ángel mío.

Se me deslizó una lágrima por la mejilla.

—No te voy a ocultar que hay veces que me gustaría entrar en tu cabeza y comprenderte para poder ayudarte. —Sonrió—. Pero... no puedo hacerlo. Así que, mientras tanto, intento ser delicado. Quiero que estés cómoda conmigo, totalmente cómoda. Y, tarde lo que tarde, seré paciente. No quiero que te sientas culpable por lo que te sucede cuando te toco. Quiero estar bien... por ti.

Se me formó un nudo en la garganta. Sin embargo, sabía que esa noche no iba a llorar de tristeza, sino de felicidad.

—No quiero que te fuerces a hacer nada conmigo y yo no te forzaré nunca —murmuró Asher sin dejar de mirarme—. Lo único que te pido es que me pares cuando dejes de estar cómoda. Y pararé. Eres tú la que decide. Iremos a tu ritmo.

«Te quiero... Te quiero tanto...»

—Prométeme que no te forzarás nunca, ángel mío.

—Te... Te lo prometo —murmuré todavía aturdida por esas palabras que no había oído nunca.

Una sonrisa apareció en sus labios y susurró:

—Eres perfecta... Totalmente perfecta.

En ese momento, comprendí por qué mi corazón lo había elegido. A pesar de cómo se había comportado al principio y de haber estado un año sin hablarme, mi corazón sabía que este Asher habitaba en el interior del demonio que tenía como fachada.

Me había enamorado de este Asher. Quizá no podría detenerlo nunca.

Sin pensarlo, como si mi cuerpo hubiera decidido por mí, me incorporé y lo besé intensamente, dejando que mi corazón decidiera por mí. Me puso una mano en la mejilla y respondió al beso casi al instante, lo que provocó una explosión de emociones en mi estómago.

Fue un beso apasionado, como si nuestras almas acabaran de colisionar y se comunicaran a través de nuestros labios. Como si intercambiáramos nuestras emociones, dándonos un momento de respiro con las manos en la cara del otro, la respiración agitada y las lenguas entrelazadas.

Una deliciosa explosión hizo que me vibrara el estómago y lo solté, pidiéndole en silencio que me abrazara.

Ese beso me recordó al primero, aquel en el que nos gritamos pidiéndole ayuda al otro. Solo que, esta vez, nuestro beso decía otra cosa. Porque, a pesar de que mi cerebro se negaba a decirle «te quiero» con la boca, mi corazón se lo daba a entender... a su manera.

Y puede que, al unísono, nuestros labios gritaran esas palabras...

«A nuestra manera.»

24

Fotos

ASHER

Tres días después...

Desde mi coche, observaba la casa de su tía mientras me fumaba un cigarro. La sangre me hervía ante la idea de volver a verla con ese individuo que tenía por marido y verme obligado a contenerme de reventarle la cabeza. Sin embargo, lo hacía por ella.

Tras su reencuentro, habíamos pasado la noche en Arizona antes de volver a Los Ángeles al día siguiente. Ella estaba, en ese mismo momento, en mi casa con Ben y Kiara, y no tenía la más mínima sospecha de que yo había vuelto a casa de su tía.

Quería algo y sabía que Kate podía dármelo. Tal vez Ella no lo había pensado, pero yo no lograba sacarme la idea de la cabeza.

Con los puños apretados, salí del vehículo y cerré los ojos mientras me tronaba las articulaciones.

«Te interesa darme lo que busco, porque no dudaré en matarte, como tú mataste a mi ángel...»

Las luces de su casa estaban encendidas. Me acerqué y subí los tres escalones antes de tocar a la puerta.

El celular me vibró en el bolsillo. Justo cuando iba a sacarlo, la puerta se abrió y apareció el marido de esa degenerada. Abrió los ojos como platos.

—Hola, Nick. ¿Todo bien?

Asintió.

—Hola...

—¿Quién es?

Al reconocer la voz lejana de Kate, una imperceptible sonrisa se dibujó en mis labios.

—¿Me permites?

—Oh..., mmm... Sí, sí, claro, entra.

Me cedió torpemente el paso. Me aclaré la garganta mientras entraba. Se me contrajo la mandíbula cuando mi mirada se posó en esa mujer; no me podía dar más asco.

«A punto de ocupar el lugar de Shawn... y de reunirse con Rick.»

Tuvo la misma reacción que su marido.

—Buenas noches...

—Hola —respondí con un tono neutro.

—¿Ella... no está contigo?

Negué con la cabeza.

—No sabe que estoy aquí. Me mataría si lo supiera.

Le temblaba el labio, se podía leer la culpabilidad en su rostro. Me pregunté durante un instante si en algún momento se había sentido así antes de volver a ver a Ella. Pero ya tenía mi respuesta, y era que no.

—No he venido para recuperar ningún vínculo entre tú y ella —declaré francamente—. Estoy aquí para pedirte la dirección de la casa de su infancia, en Australia.

Me miró fijamente sin decir una palabra, todavía sumergida en sus pensamientos. Ni siquiera sabía si había escuchado mi petición. Esperaba que la culpa la carcomiera hasta que los gusanos tomaran el relevo.

—¿Quiere...? ¿Quiere ir a Australia? ¿Vivir ahí? —me preguntó.

Yo tampoco sabía si quería, pero era una forma que se me había ocurrido de redimirme con ella y volver a ganarme su confianza.

«Tal vez le gustará...»

—Lo que quiera hacer no es de tu incumbencia —respondí dirigiéndole una mirada acusadora—. Dame la dirección de su casa y la del cementerio en el que está enterrada su madre.

Una lágrima se deslizó por su mejilla y su marido la rodeó con el brazo.

—Voy... Voy a darte... todo lo que tengo...

Asentí. Subió las escaleras de su casa. Su marido se rascó la nuca, avergonzado tal vez.

«En su lugar, yo también estaría avergonzado de haberme casado con una zorra que vendió a su sobrina por droga.»

Cuanto más pasaban los minutos, más perdía la paciencia. Empezaba a dudar. ¿Le gustaría recibir esa información?

«Tal vez se sentirá dolida...»

No sabía si quería ver la tumba de su madre. Ni siquiera sabía si ya la había visto, pero esperaba que, de alguna manera, apreciara lo que estaba haciendo por ella.

La pregunta de Kiara me volvió a la cabeza. Entendí que si me esforzaba tanto por esa chica era porque quería hacerla feliz. Mi respuesta empezaba a inclinarse hacia el sí.

Unos pasos me sacaron de mis pensamientos. Levanté la cabeza hacia su tía, que llegó con una pequeña caja.

—Aquí tienes —dijo acercándose a mí—. Siempre he guardado esta caja para ella. Sabía que algún día querría volver. Están las llaves de su casa, la dirección y fotos de mi hermana. También está la dirección del lugar en el que se encuentra su tumba.

Me entregó la pequeña caja azul y se cruzó de brazos mientras retrocedía hacia su marido.

—¿Eres su... propietario?

Fruncí el ceño. ¿Por qué se metía en nuestra vida?

—Sobre todo, fui el primero en decirle que no viniera a verte —le confesé con un bufido—. No te mereces todo lo que ha hecho por ti y me encargaré de que nunca tenga que volver a sufrir lo que vivió por tu culpa...

Volvieron a salirle lágrimas de los ojos.

—Te daba miedo John, así que te largaste y la dejaste atrás.

—Kate también la ha pasado muy mal...

—Te aconsejo encarecidamente que no acabes esa frase, Nick —dije entre dientes mientras sentía cómo mi ira aumentaba—. Mi nivel de tolerancia es muy muy... muy bajo.

Me fulminó con la mirada, pero no le presté atención, estaba muy ocupado mirando con desdén a su mujer.

—No puedes impedir que volvamos a vernos —contestó.

Una risita malvada salió de mis labios.

—Ella nunca querrá volver a verte y si, por desgracia, la obligas a hacerlo, te advierto una cosa, Kate: el hombre al que deberías temer no es a John... sino a mí.

Me aguantó la mirada, lo cual hizo que mi ira creciera todavía más.

—Porque lo maté, y no dudaría ni un segundo en matar a todos los que hacen daño a Ella. Entre ellos ustedes.

—¿Estás amenazándonos? —me preguntó el tipo.

Una pequeña sonrisa se dibujó en mis labios.

—¿Amenazarlos? No..., les doy mi palabra. Intenten simplemente acercarse a ella, y mi cara será lo último que verán.

Kate se puso a temblar en los brazos de su marido. Este intentaba hacerse el rudo, y yo no pude evitar soltar una carcajada.

—No jueguen con sus vidas, están en mis manos. Y yo siempre cumplo mi palabra.

En cuanto me di la vuelta, su voz sonó detrás de mí:

—¡Voy a llamar a la policía!

No pude evitar reírme a todo pulmón. Mientras seguía avanzando hacia mi coche, exclamé en voz alta:

—¡Hazlo y diles que vendiste a tu sobrina de dieciséis años a un proxeneta! Sería egoísta guardarte eso para ti.

«Qué cabrona.»

Una vez en el vehículo, me alejé de allí. Tenía las llaves de la casa de su infancia, las fotos de su madre y conocía el lugar en el que estaba la tumba. Pero me angustiaba pensar que quizá la había cagado.

—Espero que no me odies, ángel mío...

ELLA

Una de la madrugada. Los Ángeles

—¿Quieres comer algo?

—No, gracias, no tengo más hambre —le dije a Bella, que vino a sentarse en el sofá.

—¿Cómo te sientes? —preguntó.

—Mejor.

Hacía dos días que habíamos regresado, pero Asher se había vuelto a ir por la mañana no sabía adónde por algo de la red. No volvería hasta muy tarde. No quería que me quedara sola, así que Kiara y Ben habían pasado todo el día conmigo para protegerme. Acababan de ausentarse durante unos minutos.

Antes de irse, Asher me había prometido que era la última vez que me dejaba bajo la vigilancia de Kiara y Ben.

Mi celular vibró sobre la mesa. Fruncí el ceño al ver su nombre en la pantalla.

—Diga...

—Dime que Kiara y Ben están bromeando y no estás sola con Grace.

Su tono lleno de rabia hizo que pusiera los ojos en blanco.

—No, pero... vuelven dentro de unos minutos.

—¡Mierda!

Bella, que había escuchado su voz, arqueó las cejas. En cuanto a mis oídos, estaban acostumbrados.

—Asher, hay decenas de hombres aquí. No nos pasará nada —lo tranquilicé mirando a Tate.

—Oh, más les vale —respondió secamente—. Llego dentro de media hora.

—De acuerdo.

Colgó. Suspiré y me giré hacia Bella.

—Es muy protector contigo —señaló con un tono divertido.

Sonreí. Era cierto que me protegía y que me sentía segura con él.

—A veces demasiado —admití sacudiendo la cabeza.

—Es lindo. Bueno, son lindos...

—No estamos juntos —le recordé pasándome una mano por el pelo.

—Sí, lo sé —dijo—. Pero nunca lo he visto mirar a nadie como te mira, Ella, ni siquiera en la prepa, a pesar de que teníamos las hormonas revolucionadas.

Sacudí la cabeza sonriendo. Con sus extensos monólogos sobre el comportamiento de Asher, Bella me recordaba a Kiara.

«Que volvió al trabajo hace unos días.»

—Te mira como yo miro a Ben —declaró.

—Pero tú estás enamorada de Ben, Bella —reí.

Se encogió de hombros.

—Solo digo lo que veo —suspiró acariciando al perro, que acababa de colocarse entre nosotras en el sofá.

—Sí, pero no es lo mismo —murmuré—. Ben te quiere, no te trató como una mierda.

Me lanzó una mirada molesta para invitarme a rememorar su historia con él. Sonreí.

—Bueno, no con la misma intensidad.

—Necesité mucho tiempo para volver a confiar en él por completo —comenzó—. Siempre tenía miedo de volver a verlo irse de mi vida como la primera vez, y la segunda. Pero intentó redimirse, a pesar de que, cuando nos volvimos a encontrar, William todavía estaba aquí y la situación era peligrosa para mí. Dejé que mis miedos tomaran el control por un tiempo. Mis sentimientos me empujaban a dejar que entrara en mi corazón, pero no conseguía confiar en Ben al cien por ciento y él lo sabía.

Los párpados de Tate se empezaron a cerrar con las caricias de Bella.

—Fue en el momento en que casi lo pierdo cuando todos mis miedos se volvieron tan insignificantes como los libros que ves aquí. —Señaló con el dedo la biblioteca de Asher y yo me reí—. Asher casi te pierde también, Ella. Y aunque parezca raro, no es menos verdad: no nos damos cuenta del valor de las cosas hasta que las perdemos.

Su frase me arrancó una sonrisa y me recordó de repente nuestra corta estancia en Las Vegas.

—No pensaba que Asher Scott, la persona más egocéntrica que conozco, pudiera correr detrás de alguien. ¡Nunca lo he visto sonreír tanto!

Reí de nuevo y me imitó. Pero el corazón me latía a una velocidad desmedida.

—Y todos te lo agradecemos, porque eres tú la que lo hace sonreír tanto. No dudes de la sinceridad de sus palabras y de sus actos. Asher no es de los que expresan lo que sienten, pero no miente cuando lo hace, a pesar de que sé que es difícil de creer. Dale el beneficio de la duda. Eso es lo que me aconsejó mi mejor amiga.

—Entonces, ¿es eso lo que hiciste con Ben?

Asintió.

—No me arrepiento de mi decisión ni por un segundo. Nunca podría amar a nadie como amo a Ben.

—¿Y... tus padres están al corriente ahora?

—Mi madre sí —me informó con una sonrisa—. Desde hace unos meses, aunque fue muy difícil al principio... En cuanto a mi padre, es más complicado. Tiene dudas sobre nuestra relación. Avanzamos lentos pero seguros.

Nos interrumpió la puerta, que se abrió con un estruendo.

—¡¿Está aquí?!

—¡Te dije que nos iba a asesinar! —gritó Kiara, igual de asustada que Ben.

—Todavía no ha llegado —dije esbozando una sonrisa burlona.

Kiara suspiró de alivio y Ben volvió a cerrar la puerta con una mano en el corazón, que, suponía, estaba a punto de explotarle. Se tumbaron con nosotras en el sofá.

Sonreí al ver a Ben besar a su novia. Su amor era reconfortante, pero a veces... los envidiaba. Se querían desde el principio y Ben mostraba sus sentimientos abiertamente. Sentía un pellizco en el pecho cada vez que me recordaba que yo también lo había hecho por Asher y él me había rechazado. Y aunque sentía algo por él, me era imposible decírselo.

Así que ahora estaba bloqueada por el miedo y no conseguía liberarme.

El ruido de un motor me sacó de mis pensamientos. Kiara tragó saliva y Ben abrió los ojos como si se le fueran a salir de las órbitas antes de levantarse de repente y decir:

—Creo que... quizá deberíamos irnos, ¿no, Bella?

Esta se rio al ver la expresión de miedo en la cara de su novio y se levantó también.

El sonido de la puerta de abajo provocó que la ansiedad de mis dos amigos aumentara. Unos pasos rápidos resonaron en la escalera antes de que la voz ronca de Asher gruñera:

—Si llego y no veo ni a Ben ni a Kiara, prepárate para buscarte un nuevo novio, Grace.

—¡Estamos aquí! —gritó Kiara presa del pánico—. Maldición, Ben, ¡nos largamos!

La silueta de Asher se dibujó en el pasillo. Se encontró cara a cara con los fugitivos. No pude evitar reír al verlo apretar los puños.

Me fijé de pasada en que llevaba una cajita azul en la mano.

—Tienen tres segundos —les advirtió de manera tajante—. Tres segundos para salir de mi casa antes de me desquite con ustedes.

Apenas hubo terminado la frase, los tres salieron de allí corriendo. Su rostro enojado se suavizó al cabo de unos segundos y la comisura de sus labios se curvó.

«Qué imbécil.»

—¿No te da vergüenza actuar así?

—Ni siquiera un poco, ángel mío —dijo entre risas mientras entraba en el salón—. Estoy agotado.

Se tumbó en el sofá y Tate, que lo adoraba por alguna razón que se me escapaba, corrió a acurrucarse junto a él. El psicópata hizo una mueca.

—¿Cómo estás?

—Tengo sueño —admití bostezando.

—Es tarde —señaló Asher consultando su celular—. ¿Quieres dormir?

Asentí y se levantó. Desde nuestro regreso, Asher me había estado pidiendo, no, ordenando que durmiera con él. Y sinceramente, no podía negarme.

Desde lo que había pasado en Manhattan, no conseguía dormir sola. Mi cerebro estaba constantemente en alerta y el más mínimo ruido me despertaba. Pero, cuando dormía con él, era como si mi cerebro se permitiera un pequeño descanso, como si supiera que alguien velaba por mí.

Entré en la habitación de Asher y me acosté sin vacilar en el colchón. Un suspiro de alivio salió de mis labios mientras mi cuerpo se relajaba.

Asher llegó seguido por Tate.

—Voy a darme un baño rápido —dijo mientras se quitaba la chamarra de cuero—. No tardaré mucho.

Tate se subió a mi vientre y me dediqué a acariciarlo mientras sentía el sueño en los párpados. El día no había sido agotador, pero mi cerebro y los millones de pensamientos que habían pasado por él sí. No había podido dejar de pensar en mi tía. ¿Se sentiría culpable? ¿O habría seguido con su vida olvidando lo que habíamos dicho igual que me había olvidado a mí?

La odiaba. No quería volver a hablar con ella.

Al volver, Kiara me había estado consolando y me había recordado que formaba parte de la familia y que ni ella ni Ben me dejarían sola. Nunca más.

Y, en mi interior, eso era lo único que quería.

Pasaron varios minutos antes de que Asher regresara a la habitación. Me miró con una pequeña sonrisa y murmuró:

—Voy a empezar a acostumbrarme a tu presencia en mi cama.

—No lo hagas, volveré a mi habitación en cuanto mi cerebro me lo permita —respondí en un susurro.

—Tu cerebro juega a mi favor —respondió mientras tomaba la caja que antes llevaba en la mano—. Tengo algo para ti...

Con el ceño fruncido, me enderecé. Siguió el contorno de la caja con las yemas de los dedos mientras la contemplaba en silencio. Muy a mi pesar, mi corazón empezó a latir desbocado.

—Te... Te mentí... Volví a Arizona esta mañana —admitió—. Y... pensé que tal vez querrías... Bueno, toma.

Me entregó la caja con una mueca. Me quedé mirándolo, perpleja, sin entender su expresión dubitativa. Y cuando abrí la caja, sentí que mi cuerpo cedió y el tiempo se detuvo de repente.

Dentro había fotos de un rostro que reconocí. Era mi madre.

Se me nubló la vista y se me hizo un nudo en la garganta. Temblando, saqué la primera foto mientras una lágrima se me escapaba por el rabillo del ojo. Acaricié su retrato con el dedo, me daba miedo estropearlo. Reconocí en él su sonrisa. Me tenía en brazos cuando yo solo era un bebé.

La segunda foto me sobrepasó y me llevé la mano a la boca para ahogar un sollozo. Mi madre se reía a carcajadas mientras yo caminaba hacia ella. Debía de tener alrededor de un año.

La última parecía una imagen mía en mi primer día de escuela acompañada por mi madre. Lágrimas incontrolables mojaron la cobija que me cubría las piernas. No podía apartar la mirada de esas fotos. La extrañaba muchísimo.

Saqué la llave de la caja y fruncí el ceño al ver un trozo de papel. En cuanto mis ojos leyeron la palabra «Australia», no pude evitar deshacerme en lágrimas. En él estaban escritas la dirección de mi casa y la del cementerio en el que mi madre descansaba.

Ya no sabía si lloraba de tristeza o de alegría. La idea de ir a Australia había quedado olvidada tras la discusión con mi tía. Pero

Asher se había acordado por mí a pesar de que ni siquiera le había hablado de ella.

Levanté la mirada hacia él. Me observaba en silencio, con una expresión congelada.

Sin perder un instante, corrí hacia él. Mis brazos rodearon su cuerpo y se tensó durante el primer segundo antes de estrecharlo contra mí.

—Gracias... Muchas gracias...

Un suspiro de alivio escapó de sus labios.

—Carajo, creía que ibas a matarme —murmuró.

No podía hablar, los sollozos me lo impedían. Nunca me había sentido tan feliz. Tan feliz que mis temblores hacían que me vibrara el cuerpo entero.

La cara de mi madre. Las llaves de mi casa. La dirección...

Lloré de alegría, ruidosamente, envuelta en felicidad.

—Gracias —repetí entre sollozos.

No podía expresar lo mucho que se lo agradecía con esa simple palabra, así que fue mi cuerpo quien lo hizo. Apreté los labios contra los suyos. Una emoción incontenible me hacía cosquillas en el estómago.

«Te quiero.»

Era lo más bonito que me habían regalado nunca.

Me acercó a él y me besó con más intensidad. Sus labios sobre los míos me hicieron perder la razón y me abandoné a su contacto, sintiendo con cada nuevo beso que mi corazón estaba a punto de explotar.

—Gracias...

Esbozó una pequeña sonrisa antes de darme un beso en la frente.

Feliz. Era feliz.

Nuestros dedos se entrelazaron. Me jaló hacia la cama, donde volví a sentarme para estudiar las fotos de mi madre. Memoricé cada centímetro de su cara, como si la estuviera descubriendo por primera vez. Empecé a llorar de nuevo, esta vez con más intensidad.

—Se parece a ti —murmuró Asher a mi lado mientras contemplaba las fotos.

—Sí... ¿Cómo... te las dio?

—Solo se las pedí —dijo simplemente—. Pensé que tal vez te gustaría ir... Bueno..., no sé... No quiero decidir por ti..., pero...

—Quería ir —le confesé esbozando una amplia sonrisa a través de las lágrimas—. Quería ir, pero después de mi pelea con ella, bueno...

—Ahora ya no la necesitas.

Asentí débilmente mientras devolvía la mirada al rostro de mi madre.

—¿Podrías...? ¿Podrías venir conmigo? —pregunté, dubitativa.

Sus ojos grises se iluminaron. Con una pequeña sonrisa, asintió y dijo burlonamente:

—Ya estaba en mis planes, me alegra ver que ya no tengo que imponerte mi compañía.

Sus palabras me arrancaron una carcajada. Maldición, seguía sin creérmelo. ¡Tenía las llaves de la casa de mi infancia! Me sentía a la vez pesada y ligera, sumergida en tantas emociones que apenas podía creer lo que estaba sucediendo. Iba a regresar a Australia.

Y todo era gracias a Asher.

Las palabras de Bella me volvieron a la cabeza: «Dale el beneficio de la duda».

—Deberías dormir —dijo mientras se acostaba—. La caja seguirá ahí mañana por la mañana.

Mi sonrisa se ensanchó. Solté las imágenes, las volví a meter en la caja y la cerré. Una vez acostada, sentí los brazos de Asher alrededor de la cintura, su torso pegado contra mi espalda y su barbilla apoyada en mi cabeza. Mis ojos se cerraron instintivamente, sentía el cuerpo tan ligero como una pluma.

Mis extremidades aún temblaban a causa de ese momento que pensé que nunca experimentaría. Ya nada importaba. Nada excepto Australia.

—Gracias...

Me besó suavemente en lo alto de la cabeza.

—Eso sí, espero que los animales de tu país no sean tan extraños como dice Ben —exhaló finalmente.

Me reí al recordar mi primera conversación con Ben, durante la cual me había hablado de su miedo a los animales salvajes australianos.

—¿Has visto alguna vez su tumba?

—No... Bueno, creo... ¿Quizá una vez? Era muy pequeña.

Me abrazó con más fuerza la cintura.

—Sé lo desesperante que es no poder hacerlo.

—¿Tu...? ¿Tu padre está enterrado aquí?

—No, en Londres. Así que, cada vez que voy a Inglaterra, lo primero que hago es visitar su tumba —suspiró—. Mi familia es de origen inglés y la mayoría de los Scott están enterrados en el cementerio de la mansión.

—¿Y... le dejas flores?

No sabía qué debía hacer frente a la tumba de mi madre. ¿Dejar flores? Pero ¿cuáles?

—No, mi padre no era muy fan de las flores —dijo con una risita—. Le encantaba fumar churros, así que me fumo uno junto a su tumba.

Se me dibujó una sonrisa en los labios.

—Le habría encantado conocerte, Collins —me confesó Asher—. Y me molesta que no pudiera hacerlo.

—A mi madre no le habrías gustado mucho —admití yo—. Pero me quería, así que...

Sonrió brevemente antes de acercar su rostro al mío. Cuando nuestros labios se rozaron, su celular vibró sobre la mesita de noche. Gruñó y cerró los ojos.

—Siempre en mal momento...

Asher descolgó y puso el altavoz:

—Lakestone ha salido de la cárcel —dijo Kiara—. Está de camino a Los Ángeles.

25

Imperio(s)

ELLA

Las ocho de la noche. Los Ángeles

—Entonces, ¿viene?

Asher asintió y sacó un nuevo cigarro mientras observaba a Tate jugando en el jardín. Sentada en un camastro junto a la piscina, yo estaba perdida en las fotos de mi madre hasta que Asher, que se aburría como un niño pequeño, me interrumpió. Él, que estaba acostumbrado a pasar todo el día en la red ocupado en mil asuntos, tenía que quedarse en casa para protegerme.

Ahora estaba esperando a que llegara el tal Lakestone, el mercenario encargado de matar al hombre que quería secuestrarme.

—Lo traerá Heather —me informó girándose hacia mí para ver cuál era mi reacción.

Permanecí impasible, a pesar de que estaba decepcionada. Como no la había visto desde aquella noche, esperaba que la hubiera despedido. A decir verdad, tenía dudas de que siguiera con vida, pero resultó que sí y que todavía era su cautiva.

Una risita me sacó de mis pensamientos.

—¿Qué?

—Nada —resopló—. Esperaba una respuesta por tu parte, eso es todo.

—Sí, comprendo tu decepción. Yo también esperaba más sinceridad por tu parte respecto a este tema —repliqué simplemente.

Me miró con el rabillo del ojo y contuvo su creciente sonrisa pasándose la lengua por los labios y moviendo ligeramente la mandíbula. Se negó a continuar con la conversación, con lo que casi admitía su derrota. Casi.

Me miraba fijamente... con una expresión desprovista de toda inocencia. Sentí que se me aceleraba el ritmo cardiaco. No entendía su reacción, demasiado sospechosa para mi gusto.

Abrió la boca para decir algo, pero la volvió a cerrar enseguida, antes de levantarse y entrar sin decir nada, dejándome aún más perpleja. Como empezaba a hacer fresco, volví al interior y Tate me siguió.

La casa estaba en silencio. Demasiado en silencio. Volví a cerrar la puerta detrás de mí intentando captar cualquier ruido que me indicara dónde se había metido el psicópata. Nada.

No sabía por qué se me había cerrado el estómago ni por qué caminaba de puntitas hacia mi habitación mirando a mi alrededor como si en cualquier momento pudiera saltarme encima un depredador. Sin embargo, sabía que, aunque el corazón me latía con rapidez, podía fallar en cualquier momento.

Eché un vistazo furtivo a su habitación y vi que la puerta estaba cerrada. Siempre en guardia, retrocedí marcha atrás. Ahogué un jadeo de sorpresa cuando me golpeé la espalda suavemente con la puerta de mi habitación. La abrí con delicadeza deslizando la mano por detrás de mí y se me escapó un suspiro de alivio cuando cerré la puerta. Estaba a salvo, lejos de su expresión sospechosa y de su silencio aterrador.

Sin embargo, cuando di un paso atrás, volví a golpearme la espalda con algo.

Me tensé cuando me di cuenta de que él no estaba en su habitación, sino en la mía. Justo detrás de mí.

Su olor me embargó. Me quedé congelada con la mirada en la

puerta. Un escalofrío me recorrió todo el cuerpo cuando noté sus dedos en el pelo apartándome los mechones del cuello.

—¿Te da miedo algo? —murmuró junto a mi oído con voz ronca.

Noté su aliento, señal de que su rostro estaba a pocos centímetros de mi sien.

—N-no.

—¿De verdad?

Me rozó la cintura con la mano. Una mezcla de miedo y excitación brotó en mi interior, la primera sensación la conocía demasiado bien... y la segunda la estaba descubriendo con él.

Acercó los labios a mi oreja y me rozó el lóbulo con ellos. Su aliento cálido contra mi piel me hacía desfallecer lentamente.

—¿Quieres que sea sincero contigo, ángel mío?

Sin poder articular palabra, clavé la mirada en la puerta. Apenas me atrevía a respirar ante el sonido ronco de su voz. Se me escapó un jadeo de sorpresa cuando me aprisionó contra la madera.

—¿Quieres sinceridad? ¿Es eso lo que quieres?

Su torso contra mi espalda hizo que me diera un vuelco el corazón. De pronto pegó la boca a mi cuello y me arrancó un suspiro. Sentí su lengua deslizándose sobre mi cuerpo. Su mano se abrió camino por debajo de mi suéter y me estremecí al notar sus anillos fríos sobre mi piel, que parecía a punto de arder.

—Espero una respuesta...

Se me agitó la respiración cuando me mordió el lóbulo de la oreja.

—S-sí —murmuré con dificultad.

Me soltó el lóbulo. Con la mano libre, me presionó la cadera y susurró:

—Sinceramente, nunca tuve ganas con Heather..., pero contigo...

Subió los dedos con delicadeza por mis costados. Me estremecí.

—Nunca he tenido ganas de nadie tanto como de ti, ángel mío...

Estrelló los labios ardientes contra mi mandíbula, me succionó la piel y se me escapó un nuevo suspiro. Tenía el cerebro anestesiado por su boca.

—Y ahora todavía más...

Sus dedos acabaron rozando la curva de mi pecho, cubierto por el brasier. Se detuvo en el mismo sitio que la última vez, cuando perdí la batalla contra mi ansiedad.

«Relájate... No son ellos...»

«Es Asher, no ellos... Él no te hará daño...»

«Parará si se lo pides...»

Siguió dándome besos por el cuello y dejó los dedos quietos donde estaban, justo encima de mi pecho.

—¿Quieres que pare?

No quería que parara, pero mi cuerpo, aún reticente, me recordaba a todos los hombres que habían tocado anteriormente esa zona.

«Relájate..., no pienses en ellos... No son ellos...»

—No..., continúa.

Giré la cabeza hacia él. Quería que lo hiciera, que me quitara el recuerdo de esa sensación y lo remplazara por la que me provocaba él.

Se le cortó la respiración y me miró como si no me hubiera visto nunca. Sus dedos tampoco se movieron. Sus ojos rebosantes de deseo hablaban por él.

Yo lo miraba con la misma intensidad, con la respiración entrecortada. Y no podía pensar en otra cosa que no fueran sus dedos.

—Detenme.

De repente, me hizo girar y estampó los labios contra los míos en un beso hambriento. Me levantó por los muslos y los colocó rodeando su cintura. Con los brazos alrededor de su cuello, respondí a su beso, que hacía que me hirviera la sangre y me temblara el cuerpo.

Nos alejó de la puerta contra la que me había empujado. Lo dejé hacer y perdí el control de mis movimientos. Sus labios me volvían completamente loca y la danza endiablada de su lengua con la mía me hacía descender a los infiernos.

Su boca ahogó mi jadeo de sorpresa cuando mi espalda golpeó el colchón. Asher gruñó contra mí y continuó besándome salvajemente. Me atrapó las muñecas con las manos y sus labios se apartaron de mi boca para atacar mi mandíbula.

El corazón me latía a un ritmo desenfrenado. Su cuerpo se movía contra el mío, su aliento me acariciaba el cuello y sus labios me succionaban la piel. Me soltó la muñeca y se abrió camino por debajo de mi suéter mientras me lo subía lentamente. Mi ansiedad resurgió, pero traté de reprimirla concentrándome en sus labios ardientes.

Un escalofrío me recorrió todo el cuerpo cuando su boca descendió hasta mi clavícula. Me acarició suavemente el pecho con los dedos y mi respiración se volvió más profunda. Las mariposas de mi estómago aceleraron el ritmo de su vals.

Me subió aún más el suéter y yo lo permití. Posó los labios con delicadeza en mi vientre, ahora descubierto, y en mis costillas. Luego empezó a subirlos lentamente hasta mis pechos.

—¿Puedo quitarte esto? —murmuró con su voz cálida contra mi piel.

Tragué saliva y noté que mi cabeza asentía, como si mi cuerpo y mi mente no lograran ponerse de acuerdo. Pero quería intentarlo.

A modo de respuesta, sus labios retomaron el asalto y me quitó la parte de arriba. Me sorprendí a mí misma al ayudarlo y acabé tirando el suéter a un lado. Se me encendieron las mejillas y se me aceleró el ritmo cardiaco al darme cuenta de que casi no tenía ropa cubriendo la parte superior de mi cuerpo.

Asher se incorporó para mirarme y su ardiente mirada metálica aterrizó en mi pecho. Se le dilataron las pupilas y se pasó la lengua lentamente por los labios. A continuación, buscó mi mirada. Sin dejar de observarme, deslizó el cuerpo contra el mío y su rostro descendió peligrosamente hacia el nacimiento de mis pechos.

Su boca ardiente apretó uno de ellos y me arrancó un suspiro que no pude retener.

—Dime que pare —murmuró contra mi piel.

No contesté nada y me concentré en sus labios mientras mis demonios volvían a resurgir.

«No.»

No eran ellos.

—Dime algo, ángel mío...

No eran ellos.

«No.»

—Continúa.

A pesar de que la adrenalina fluía libremente por mis venas y mis temblores amenazaban con volverse incontrolables, quería saber hasta dónde podía mantener a raya mi ansiedad. Hasta dónde podía dejar que llegara.

Movió los dedos hasta mi espalda y, con un movimiento, me desabrochó el brasiere. Me tensé cuando lo sentí deslizar los tirantes y quitarme la prenda que me cubría los pechos.

Tenía la parte superior del cuerpo completamente desnuda. Expuesta a su mirada.

—Maldición, eres preciosa...

Me rozó el pezón delicadamente con los labios, lo que me provocó escalofríos y hormigueos incontenibles en la parte baja del vientre. Empecé a perder la cabeza. Ahogué un gemido cuando su lengua caliente jugueteó con la punta y hundí las manos en su pelo por instinto.

Empezó a brotar el calor en mí, tenía los sentidos confundidos. Ya no controlaba nada, Asher estaba al mando.

Atacó mi otro pecho y las sensaciones se multiplicaron por diez bajo sus labios hambrientos. Un nuevo gemido se escapó de los míos. Me sorprendí disfrutando de sus caricias, de lo que hacía.

Subió la cara y me besó salvajemente, me rodeó el cuello con los dedos y me arrancó un jadeo de sorpresa.

—Maldición —gruñó entre dos besos—. Eres perfecta...

No me dejó tiempo para responder, estampó una vez más los labios sobre los míos. Se me cortó la respiración cuando sentí que sus dedos se deslizaban suavemente por mi vientre hasta llegar al resorte de la del pijama.

Jugó peligrosamente con ella.

—Dime... que pare...

Sus labios siguieron besándome con la misma pasión. No era capaz de recuperar el aliento sintiéndolo tan cerca de mis pantaletas. Le presioné el brazo con los dedos y se detuvo en seco.

—No —murmuré—. No pares..., por favor...

Me miró, sorprendido.

«Quiero intentarlo.»

El estómago empezó a palpitarme cuando sus dedos continuaron el camino hasta la zona más sensible de mi cuerpo. Contuve la respiración con los ojos cerrados.

«Puedo... Puedo...»

—Mírame...

Mi ansiedad empezó a tomar el control de mi voluntad, el miedo se abría paso mientras sus dedos se acercaban a mi sexo, todavía escondido.

Abrí los ojos tal y como me había pedido. Tenía la vista nublada. Me rozó la boca y volvió a acariciarme por encima de la ropa interior.

Se me escapó un suspiro. La sensación de sus dedos era muy diferente de todo lo que había conocido. Me tocaba de una forma dulce y delicada. Trazó varios círculos sobre mis pantaletas con el pulgar y se me abrió la boca en busca de aire. Siguió acariciándome con una sonrisa antes de murmurar:

—Mira lo que hago, ángel mío...

Sin embargo, en ese momento oímos que se abría la puerta. El corazón me dio un vuelco aterrador. Una voz de mujer gritó:

—¡Asher!

Heather.

Abrí los ojos como platos. Asher gruñó, apoyó la frente sobre la mía y quitó la mano de mi pijama.

—Siempre llega en el peor momento, carajo...

Se levantó mientras yo me ponía la parte de arriba a toda velocidad, todavía aturdida por lo que acababa de pasar. Aún me temblaba todo el cuerpo. Sin embargo, no me moví de la cama. Se me dibujó una sonrisa en los labios cuando me di cuenta de lo que le había dejado hacer.

Estaba venciendo a la ansiedad.

Asher, todavía sentado, se pasó una mano por el pelo despeinado y colocó la otra en mi muslo.

—Voy a darme un baño. Puedes esperar aquí o bajar. Kai está abajo.

Se me aceleraron las pulsaciones. El mercenario, Kai, estaba aquí.

«Kai Lakestone.»

Asher salió y, tras respirar profundamente para recuperar el sentido, salí yo también de la habitación. Bajé las escaleras con las piernas todavía temblando y me encontré de cara con un desconocido. Sin Heather.

Sus ojos de un azul polar se posaron en mí y su aura de peligro hizo que me estremeciera. Me miró descaradamente de arriba abajo. Era alto, tal vez un poco más que Asher; tenía la piel pálida; una mirada glacial e impasible, casi sin vida; y un cabello de ébano que le caía en la frente. Lucía un tatuaje minúsculo debajo del ojo y otro en el cuello.

—¿Dónde está Scott?

Tenía la voz grave y masculina, pero no tan ronca como la de Asher.

—A-ahora baja.

Asintió con la cabeza y oí pasos detrás de mí. No me hizo falta darme la vuelta, sabía que era Heather. El mercenario se fijó en ella y luego bajó la mirada hacia Tate, quien le estaba olfateando los zapatos. Su expresión se suavizó al instante.

—¿Quieres beber algo? —preguntó Heather.

—No, estoy bien.

Pasaron cinco minutos hasta que se abrió la puerta del baño y sus pasos resonaron por la casa. Asher bajó las escaleras con el pelo todavía mojado.

—Lakestone —dijo sonriendo.

—Scott —respondió el mercenario devolviéndole la sonrisa—. No sabía que te gustaran los perros.

—Yo tampoco —replicó Asher lanzándome una mirada furtiva—. ¿A qué sabe la libertad?

—Su sabor no es tan dulce como el de la sangre —contestó Lakestone con tanta naturalidad que me estremecí.

Asher se giró hacia Heather y le ordenó con un bufido:

—Ya no tienes nada que hacer aquí. Espéralo fuera.

Ella puso los ojos en blanco.

—De nada.

Heather me lanzó una última mirada antes de darse la vuelta y salir. Lakestone desvió la atención de Tate, quien no había dejado de olfatearlo, para concentrarse en Asher y en mí. Nos dirigió una sonrisita.

—Supongo que estoy aquí... por ella.

Me señaló con la barbilla y jadeé. Imaginaba que solo habrían hablado de mí vagamente, pero sus suposiciones eran ciertas.

—Dime, ¿cómo quieres que lo mate?

—Eso me da igual —respondió Asher encogiéndose de hombros—. Puedes ser creativo si quieres. Solo me importa que muera.

—¿Dónde quieres que tire el cuerpo?

Asher llenó dos vasos de alcohol y le ofreció uno al mercenario, quien lo aceptó.

—En su red. En su oficina, de ser posible.

El mercenario vació el vaso de un trago y se aclaró la garganta.

—¿Hay algo que deba saber?

—Aparte de que podrías quedarte allí, el resto no tiene importancia —repuso Asher—. Mañana irás a la red y Kiara te dará todo lo necesario. Empezarás a investigar justo después.

Lakestone asintió con la cabeza, inspiró profundamente y se

pasó una mano por el pelo. Me fijé en que tenía el dorso tatuado y varias cicatrices.

—Necesito un coche que pueda destruir después.

—Tengo uno abajo para ti, con armas y todo lo que necesitarás —informó Asher.

Una sonrisa socarrona apareció en los labios del mercenario. Posó en mí su mirada glacial.

—Así de importante eres... Ha pensado en todo.

—Ya hemos hablado suficiente —gruñó Asher.

Lakestone soltó una risita burlona, dejó el vaso sobre la mesa de centro y avanzó hacia el vestíbulo.

—Kai —lo llamó Asher.

El mercenario lo miró por encima del hombro.

—Ten cuidado —lo previno—. Estos hombres son peligrosos.

—Mis preferidos —dijo Kai pasándose la lengua por los labios—. No te preocupes por mí, Scott. Matar a desgraciados es mi pasatiempo favorito... y tengo ganas de volver a jugar.

Asher puso los ojos en blanco, lo que hizo reír al mercenario.

—No me da miedo matar —dijo Lakestone—. Y, una vez más, la muerte huye de mí. No tengo tanta suerte.

Las dos de la madrugada. Cuartel general de Los Ángeles

Ben había llamado por teléfono a Asher para pedirle que acudiera urgentemente al cuartel general, pero no le había revelado el motivo. Ya habíamos llegado y estábamos esperando a Ben. Asher, nervioso, se paseaba de un lado a otro de su oficina. Me había dicho que Kiara estaba con su primo y que ninguno de los dos contestaba el teléfono.

—Je...

—¡¿DÓNDE ESTÁ EL IMBÉCIL DE JENKINS?! —explotó Asher, dándome un susto de muerte.

—Pues... Está con Smith, cre-creo —balbuceó el hombre que acababa de entrar—. ¿Quiere...? ¿Quiere que lo traiga?

—Rápido —gruñó Asher fulminándolo con la mirada.

El hombre salió de la oficina a toda velocidad y dejé escapar un suspiro apático, lo que me ganó una mirada asesina por parte del psicópata. Ben nos había despertado y yo estaba todavía adormilada. Asher, en cambio, parecía impaciente.

—Enojarte no hará que venga más rápido —gruñí.

Me lanzó una mirada oscura que ignoré y me dejé caer en el sofá de su oficina. La estancia estaba helada y yo había agarrado la primera chamarra que había encontrado sin tener en cuenta el frío nocturno. Resultado: tenía las manos congeladas y me castañeaban los dientes. Asher se dio cuenta y se quitó la chamarra de cuero para dármela.

«Asher, el falso caballero: temporada dos, capítulo tres.»

Le di las gracias y me puse su chamarra sobre la mía. Cerré los ojos y oí el sonido de su encendedor resonando en la habitación.

La puerta se abrió de repente y entraron Ben y Kiara. Me senté en el sofá y fruncí el ceño al ver sus caras. Reconocí en sus manos la computadora y la memoria USB en la que estaban grabadas las imágenes de las cámaras.

El corazón me latió con fuerza en el pecho. El problema me concernía.

—Oye, tienes que sentarte —empezó Ben todavía agitado.

Mientras Kiara dejaba la computadora sobre el escritorio, yo me levanté para acercarme al grupo. Ben insertó la USB.

—Estábamos mirando las imágenes por última vez para que no se nos pasara nada por alto —explicó Kiara.

—Y hemos visto el video de la planta de Shawn —continuó Ben haciendo clic en «abrir».

Le temblaba la mano, igual que a Kiara. Asher observaba la escena en silencio y yo ya me esperaba lo peor. ¿Acaso Shawn sabía que iban a secuestrarme?

—Ya dijimos que las cámaras se habían desactivado a diferentes horas.

—Hemos descubierto por qué y... Presta atención en tres..., dos..., uno... Ahora.

En ese momento, a Asher se le congeló la cara como si acabara de ver un fantasma. Abrió los ojos y la boca. Por mucho que me inclinara sobre la pantalla, solo veía a un desconocido. ¿Tenía un portafolio? Puede ser... Sí, era un portafolio.

—No era Richard el que robaba dinero, Asher —continuó Ben—. Lo estaba cubriendo desde el principio... Por eso mintió el año pasado.

—Kaven le da el dinero —prosiguió mi amiga con el mismo tono—. Asher... ¡Es Shawn quien roba dinero de la red!

En silencio, Asher tocó una tecla para regresar el video y volver a observar la escena. Lo hizo varias veces, como si no pudiera creer lo que veían sus ojos, como si tuviera que presenciarlo repetidamente para que su cerebro lo asimilara.

Shawn le robaba dinero a Asher.

Este parecía demasiado tranquilo, tanto que daba miedo.

—Mierda...

Fue la única palabra que pronunció antes de que se dejara caer en el asiento. Torció los labios en una mueca malvada.

«¿Por qué sonríe?»

—Parece ser que le atrae mucho lo prohibido...

Totalmente perdida, me giré hacia Kiara, quien dejó escapar una risita nerviosa.

—¿Qué has decidido?

Asher observó una vez más la escena y luego se rio con los ojos brillantes por la emoción.

—De momento, no hagan nada —ordenó—. Actúen como si no supieran lo que sucede y, sobre todo, dejen que siga robando.

Kiara frunció el ceño y Ben abrió los ojos como platos.

—Tengo otras prioridades. Debo hacerme cargo de los desgraciados que quieren a Ella —continuó mirándome—. En cuanto acabe... organizaremos una reunión familiar... en Londres.

—¿Cuál es el plan? No lo entiendo —repuso Kiara cruzándose de brazos.

—¿Quieres quedarte con su imperio o mantener el tuyo? —preguntó Ben—. Porque puedes arrebatárselo.

Asher negó con la cabeza sin dejar de reír. Con una sonrisa diabólica en los labios, declaró mirando a Ben:

—¿Por qué elegir cuando puedes tener los dos?

26

Sesión «por si acaso»

ASHER
Al día siguiente, medianoche

Mientras mi mirada se perdía en la pantalla encendida de la televisión, mis pensamientos solo gritaban una palabra desde ayer.

«Poder.»

La sonrisa no había desaparecido de mi cara. Casi temblaba de emoción ante esa noticia terriblemente trágica para Shawn, pero tremendamente deliciosa para mí.

«Así que estamos rompiendo las leyes de la familia...»

Solo quería una cosa: acabar con los problemas que implicaban a Ella y organizar una maravillosa reunión con el único objetivo de ver cómo se desencajaban los rostros de aquellos y aquellas que veneraban a mi primo. Especialmente el de su padre, que además lo cubría.

El año pasado habían desaparecido sesenta y dos mil dólares de las cuentas primarias de mi red. Ya había organizado una reunión con mi queridísima familia para averiguar quién los había tomado sin informarme. Y Richard había admitido haberse llevado... todo.

Me lo habría creído si no me hubiera enterado de que algún tiempo antes Sabrina había robado cuarenta y dos mil dólares. Richard se había declarado culpable de un hecho que no había cometido en su totalidad y mis sospechas sobre él se habían disparado. Durante meses, me había cuestionado por qué mentía. La idea de que estuviera cubriendo a alguien se me había pasado por la cabeza, pero nada más. Tampoco había sospechado de Shawn, lo creía demasiado listo para hacer eso. Ahora, tenía mi respuesta: lo había sobreestimado enormemente.

Las leyes de nuestra familia estaban muy claras: yo no podía tocar las reservas de la SHC y él no tenía ningún derecho a tocar las de la red, bajo pena de vernos privados de nuestro imperio y de tener que entregárselo automáticamente a la otra parte.

Nunca me arriesgaría a jugar con mi poder, no sentía la necesidad..., pero nunca me negaría a tener todavía más.

—Tu sonrisa me da mucho miedo —admitió Ben mientras se bebía una cerveza a mi lado.

Solté una risita y sacudí ligeramente la cabeza antes de replicar:

—Piensa mejor en el traje que te vas a poner, Jenkins, es obligatorio en la SHC.

Kiara soltó una risa burlona.

—Sin duda has olvidado que es imposible controlar ambas partes del negocio familiar, el Gobierno núnca te lo permitirá —me recordó Ben—. Vas a salir en la portada de los periódicos. Van a hurgar y descubrirán la red. Vas a sacar a la luz muchos documentos que se han mantenido en secreto hasta ahora. Y es peligroso.

—Al demonio el Gobierno —dije simplemente—. No voy a dejar pasar esta oportunidad.

—Te digo una cosa, Ash, si hay algo que aprendí cuando estuve cerca de la muerte es que nunca hay que dar la vida por sentada.

—¿Tuviste que estar cerca de la muerte para aprender eso? —murmuré con un tono molesto.

—Sí, porque verás, vas a hacer tonterías con las personas equivocadas y podrías acabar muerto.

Una sonrisa malvada se dibujó en mi rostro.

—Yo formo parte de las personas equivocadas, Ben. Voy a proponerles una oferta que no podrán rechazar. Todavía no sé cuál, pero la encontraré.

Porque no iba a dejarlo pasar. No necesitaba mucho para tener hambre de poder y desde ayer...

Me rugían las tripas.

—Tengo una pregunta —comenzó Kiara, que estaba acostada en el suelo.

Mi mirada se posó sobre ella y se enderezó.

—No es por darte ideas, pero tú —continuó mi amiga señalándome con el dedo— estás muy tranquilo. Demasiado tranquilo para alguien que acaba de descubrir algo así.

Arqueé una ceja mientras esperaba a que continuara.

—Además sobre Shawn. Quiero decir... Te conocemos y sé hasta qué punto eres traicionero cuando quieres. De modo que me pregunto si no vas a intentar cruzarte con Shawn antes de la reunión en Londres solo para hacer que diga que no ha robado nada.

Su frase me arrancó una amplia sonrisa. Kiara me conocía muy bien.

Al ver mi reacción, sonrió y se encogió de hombros.

—Entonces, ¿cuándo te vas?

—Después de Australia.

Su mirada traviesa hizo que pusiera los ojos en blanco.

—¡Oye! —exclamó Ben—. ¡De verdad, si te cruzas con un canguro en el agua, ni se te ocurra acercarte a él! Porque te ahogará. Son demonios.

—Cállate ya, ¿quieres? —resopló Kiara—. Levántate, Jenkins. Tengo sueño, nos vamos a casa.

El ruido de la puerta resonó en el vestíbulo cuando Ben y Kiara la cerraron tras ellos. Apagué la tele antes de cerrar los ojos para disfrutar del relajante silencio. Mi ángel dormía en mi habitación con el estúpido perro. En mi interior, esperaba que no se fuera de mi cama nunca, su presencia me ayudaba a dormir tanto como la mía la ayudaba a ella.

Una pequeña sonrisa estiró mis labios cuando recordé lo que había pasado el día anterior y me entraron ganas de asesinar a la zorra de Heather por habernos interrumpido. El recuerdo de su voz pidiéndome que siguiera me provocó otro escalofrío. Me había dejado continuar.

Y su cuerpo... Carajo, su cuerpo.

El timbre de mi celular me sacó de mis pensamientos, que estaban inmersos en la lujuria.

—Sabía que responderías —soltó Kai entre risas cuando contesté.

—Apenas es medianoche —respondí mientras agarraba un cigarro—. ¿Dónde estás?

—Estoy observando a estas mierdas devolver camiones al interior de su red mientras me como una hamburguesa.

Camiones que contenían más humanos que armas, era un hecho.

Oí a Lakestone gemir al saborear su cena y puse los ojos en blanco.

—In-N-Out,* maldición —resopló—. Soñaba con esta casi tanto como con los *mac and cheese*.

—Concéntrate —respondí con un tono molesto.

Soltó una risita.

—Sé hacer varias cosas a la vez, Scott.

Me pellizqué el puente de la nariz al oírlo abrir una lata y comer en su coche. ¡Y pensar que solo estaba a unos metros de una red de tráfico de seres humanos! Oírlo actuar como si estuviera en su casa me escandalizó.

—Tu novia es muy guapa —continuó Kai con un tono divertido.

—No es mi novia —respondí con un bufido.

—¿Ah, no? Interesante...

Mi mandíbula se contrajo y abrí los ojos como platos. Se me heló la sangre y mi sentido de la posesividad tomó el control.

—Ni lo pienses —le advertí.

Soltó una carcajada.

Por supuesto, estaba aburrido y quería pasar el rato fastidiándome.

* Cadena de comida rápida. *(N. de la a.)*

—No toco a las que están apartadas —dijo finalmente—. Bueno, no a las de mis conocidos...

—Cállate —suspiré mientras me levantaba del sofá.

—Me aburro, Scott. Tú me has enviado a esta mierda, así que lo hago lo mejor que puedo —me dijo Lakestone—. De todos modos, parece una chica muy inocente, me sorprende, ese no suele ser tu estilo.

—No me has llamado para hablar de ella, ¿verdad?

Se rio de nuevo.

—Puedes admitirlo. A mí también me gustan ese tipo de chicas. Me dan ganas de cogerme su inocencia hasta que ya no les quede nada.

—Vuelve al trabajo. Y mata a ese cabrón.

No esperé a recibir una respuesta para colgar y salir del salón esforzándome por olvidar sus palabras.

«Qué imbécil.»

Una pequeña sonrisa se dibujó en mis labios cuando la encontré dormida en mi cama con la nariz bajo las sábanas. Parecía... tranquila.

Me deslicé junto a ella con un suspiro cansado. El pulso se me aceleró un poco cuando sentí su cuerpo acurrucarse contra el mío. Le rodeé rápidamente la cintura con el brazo para proteger su sueño como ella protegía el mío.

Pero me quedaba una pregunta sin respuesta.

«¿Conseguirá seguir haciendo desaparecer mis pesadillas cuando mate a alguien?»

Temía mis pesadillas porque, desde hacía un año, ella estaba dentro de ellas. Se me cerraron los ojos y me quité esa idea de la cabeza, no quería pensarlo.

ELLA

Al día siguiente...

—¿Te das cuenta de que puedo dispararte?

—Perfectamente —me respondió simplemente—. La pregunta más bien es: ¿te... atreverías a dispararme, ángel mío?

Una hora antes...

Acaricié el papel del libro con los dedos antes de cerrarlo. Tate dormía a mi lado en el más absoluto silencio.

«Demasiado silencio. ¿Dónde está el psicópata?»

Normalmente, siempre venía a ponerme nerviosa para aplacar su aburrimiento. ¿Tal vez estaba trabajando en su oficina?

—¿Dónde está...?

A paso tranquilo, salí del salón. Ni rastro de él en la cocina ni en el jardín.

Subí las escaleras discretamente. Su habitación estaba vacía, igual que la mía. Tampoco lo encontré en el baño ni en el cuarto de lavado. En el piso de arriba, su oficina estaba cerrada. Toqué delicadamente a la puerta, pero no obtuve respuesta.

Con un gesto vacilante, abrí la puerta y deslicé la cabeza a través del marco. La habitación estaba desierta. La casa se hallaba sumergida en un silencio sospechoso. Aquel psicópata que tenía la costumbre de gritar al teléfono, de romper vasos torpemente, de burlarse de Tate y de mí, de debatir sobre temas sin mucha importancia y de criticar lo que pasaban en la tele estaba ausente.

—¡Collins!

Me sobresalté. Con una mano en el corazón, me acerqué al barandal. No estaba en el vestíbulo. Sin embargo, su voz provenía de abajo.

Entonces su cara apareció en mi campo de visión, cerca de las escaleras que llevaban al estacionamiento.

—¿Qué haces ahí arriba? —me preguntó con el ceño fruncido.

—¡No tenías que gritar así! —dije enfurecida.

Su sonrisa traviesa me hirvió la sangre. Se ensanchaba un poco más con cada paso que daba hacia él. Y no me gustaba, porque la conocía.

Fruncí los ojos.

—¿Qué quieres?

—Esperaba esa pregunta —susurró, y mi angustia aumentó—. ¿Recuerdas la última vez que jugamos con armas tú y yo?

«Oh, no...»

Si hablaba de aquella noche en la que me había mantenido despierta, entonces sí, la recordaba muy bien.

—¿Cómo olvidarla cuando tú eras el objetivo? —respondí sarcásticamente intentando mantener la compostura.

—Vamos a invertir los papeles, ángel mío. Voy a enseñarte a disparar.

Me descompuse al instante, pero antes de que pudiera reaccionar me tomó de la mano y me condujo a la galería de tiro del sótano.

—¡Estás completamente loco! —exclamé mientras intentaba soltarme.

Me arrastró hasta el centro de ese gran espacio donde todavía podía oír el estridente ruido de las balas. Tragué saliva cuando vi el objetivo. Diversas emociones afloraron a la superficie. El miedo me aplastaba los huesos mientras las piernas me temblaban ante la sonrisa de Asher.

Se acercó a un mueble. Allí, agarró un arma y se volteó hacia mí, lo cual hizo que mis ojos se abrieran como platos.

—Te voy a enseñar a disparar, Collins —comenzó mientras inspeccionaba el arma—. Espero que nunca lo necesites... Es por si acaso.

Me crucé de brazos, aún desconcertada, mientras él preparaba todo lo que necesitaba. De ninguna manera iba a tocar un arma.

—Ven aquí.

—No.

—No era una pregunta —respondió con un tono burlón—. Solo quiero que aprendas lo básico. Te protegeré siempre, pero, como te he dicho, es por si acaso.

Cuando me extendió la mano, tragué saliva. Mi ritmo cardiaco se aceleró cuando por fin me acerqué a él. Puse la palma sobre la suya y me acercó suavemente hacia él.

Me entregó la pistola, luego su cuerpo se colocó detrás del mío y sus dos manos se posaron sobre las mías para guiar mis movimientos.

Miré el objetivo, el corazón me latía a toda velocidad. Que estuviéramos tan cerca el uno del otro no ayudaba. Nunca había sentido ganas de usar un arma ni de aprender a hacerlo.

—Lo primero: apuntar al blanco. Cierra un ojo y alinea la parte superior de la mira con la parte superior de la mira delantera. Es esto... y esto.

Su dedo índice me mostró las dos partes del arma. Asentí brevemente. Mi miedo creció cuando apunté hacia el objetivo más lejano intentando seguir sus instrucciones.

—Cuanto más te concentras en el objetivo, más borroso se vuelve —continuó Asher—. Es normal, la mira delantera te ayudará a no perderlo de vista.

Seguí al pie de la letra lo que me decía y empecé a familiarizarme con mi visión. Como si el arma me diera cierto poder, mi dedo se posó sobre el gatillo, pero la mano de Asher me detuvo.

—Despacio —me susurró al oído—. Respira con calma, estás temblando. Aparta la mano y escúchame. Con la mano derecha, pon el pulgar en un lado de la culata y aprieta los dedos corazón, anular y meñique en el otro lado... justo debajo del gatillo.

Con el pecho palpitando, hice lo que me decía.

—Ahora tu mano izquierda va a estabilizar el arma. Nunca dispares con la mano izquierda. Es como escribir, no puedes si no eres zurdo.

«Sabe que soy diestra...»

Fruncí el ceño ante su ejemplo: escribir era inofensivo, disparar no.

—No debes dudar si algún día te ves obligada a disparar a alguien. No puedes quedarte quieta, porque él no dudará ni un segundo en acabar contigo.

Se me hizo un nudo en el estómago al pensarlo. No quería matar ni que me mataran.

—Está bien, ángel mío... Quita esos dos dedos de ahí —me susurró suavemente mientras señalaba la corredera—. Si no, podrías hacerte daño cuando se dispare el arma.

Sus manos se posaron en mi cintura. Exhalé tratando de apuntar con precisión al objetivo.

—Ahora vas a colocarte correctamente. Adelanta ligeramente el pie, así, e inclínate un poco hacia delante... Eso es. Tu brazo derecho debe estar extendido, pero dobla ligeramente el izquierdo.

—¿Así?

—Sí, así. Estás perfecta.

El corazón me dio un vuelco y una pequeña sonrisa apareció en mis labios, que no solo temblaban por el miedo que me producía el arma, sino también por las palabras de Asher.

—Respira con normalidad, no aguantes la respiración. Mantente concentrada en lo que ves, no debes perder de vista tu objetivo.

Cerré un ojo y me concentré más en el objetivo en cuestión vigilando mi respiración y mis temblores.

—Recuerda, nunca debes dudar. Este objetivo no se mueve, no tiene alma. Si algún día te ves en la necesidad de disparar a alguien, deberás verlo como este objetivo, inerte y sin alma —continuó Asher junto a mi oído—. Deberás deshumanizarlo por completo, como si no fuera nada más que madera.

—Eso es horrible —murmuré con el ceño fruncido.

—Nunca dije que matar fuera agradable —respondió burlonamente—. Pero algunas personas son demasiado peligrosas para permitir que sigan con vida.

Varios escalofríos me recorrieron la espalda.

—Dispara.

Su orden fue firme, pero mi dedo índice estaba congelado en el gatillo. No podía hacerlo.

Sus manos me apretaron la cintura.

—No debes dudar... Hazlo.

Y entonces obedecí.

Solo que no hubo ningún sonido. El arma no estaba cargada.

«¿Acaso está bromeando?»

—Ahora que sé que no vas a dudar —comenzó mientras se alejaba de mí— voy a darte un arma... cargada.

Me estremecí al verlo cargar un arma similar mientras me observaba con su sonrisa burlona. Volvió sobre sus pasos, me quitó la primera arma y la sustituyó por la segunda, que mantenía apuntada hacia abajo.

—Vuelve a colocarte como estabas al principio y haz lo que te he dicho.

Lentamente, volví a colocarme en posición y recordé sus explicaciones. Mi respiración se calmó. Solo pensaba en el objetivo. Cuanto antes disparara, antes saldría de allí.

—¿Estás preparada?

Asentí débilmente y puse el dedo en el gatillo sin apretarlo.

—Dispara.

Un ruido estridente me reventó los tímpanos al apretar el gatillo. La bala aterrizó en la parte inferior izquierda del objetivo y creó un agujero bastante visible.

«Por favor, que me diga: "Ya está bien por hoy, la próxima vez saldrá mejor".»

—En la parte inferior izquierda —dijo—. Estás apretando con demasiada fuerza la culata, afloja la mano. Y vuelve a empezar.

Fingí obedecer, aunque lo único que quería era irme de allí... Si le demostraba que era una inútil, probablemente se rendiría.

Disparé nuevamente y la bala se clavó en el mismo sitio.

Volví a disparar varias veces. Algunas balas ni siquiera tocaron el objetivo. «Para mi deleite.»

—No estoy hecha pa...

—Dame —me interrumpió.

Le entregué el arma y volvió a cargarla antes de devolvérmela. No iba a rendirse tan fácilmente.

«Maldición.»

—Vuelve a empezar.

Me puso las manos en las caderas y murmuró los mismos pasos.

—Ahora.

Obedecí y fallé voluntariamente.

Volví a vaciar el cartucho y Asher suspiró exasperado. Tragué saliva con la mirada en el objetivo. No sabía si tendría agallas para disparar a un ser humano.

—Soy una inútil, acostúmbrate —me lamenté falsamente con la esperanza de que se rindiera.

Me miró con una sonrisa traviesa.

—Ya veremos si eres tan inútil...

Recargó la pistola y me la devolvió. Casi se me salen los ojos de las órbitas cuando lo vi dirigirse hacia el objetivo y colocarse a su izquierda, exactamente a donde había dirigido la mayoría de mis balas.

Mierda.

—¿Qué estás haciendo? —pregunté desconcertada—. Asher, sabes que mis disparos siempre se van hacia ese lado.

Asintió con la cabeza.

—Tendrás que ser más precisa.

Mi cuerpo empezó a temblar. Se había dado cuenta de que no estaba agarrando el arma de una forma adecuada, de que no estaba haciendo el esfuerzo que me pedía.

Mientras el corazón me latía con fuerza, le pregunté:

—¿Te das cuenta de que puedo dispararte?

—Perfectamente —me respondió—. La pregunta más bien es: ¿te... atreverías a dispararme, ángel mío?

—No, ya basta —resoplé mientras dejaba la pistola sobre la mesa.

—Ella, vuelve aquí. Ahora mismo.

Su tono firme y frío hizo que me estremeciera, y retrocedí.

—Dispara.

Tragué saliva, temblando. Saber que estaba en posesión de un arma capaz de quitarle la vida me revolvió el estómago.

Con el corazón en la garganta, volví a ponerme en posición, esta vez más familiarizada con el arma.

«Suelta la mano... Mira el objetivo... Concéntrate...»

«No respires demasiado fuerte... ni demasiado flojo..., solo lo justo...»

—¡Dispara!

Y la bala salió del cañón en una fracción de segundo.

Sin aliento, miré para ver dónde se había alojado.

En el centro del objetivo. Estaba en el centro.

El corazón me latía con fuerza mientras Asher miraba el impacto, visiblemente impresionado.

—Para ser sincero, ya estaba empezando a rezar —resopló.

Dejé rápidamente el arma sobre la mesa con un suspiro. El sudor me corría por la frente, tenía las manos húmedas y las piernas temblorosas. Lo único que quería era salir de ahí. Se acercó a mí y declaró:

—¡Ya ves!

Me rodeó la cintura con los brazos. Seguí atónita por lo que acababa de pasar, como si me hubiera ahorrado por casi nada el horror de verlo en el suelo por mi culpa.

—Todavía puedes mejorar, pero el objetivo de esta sesión era que dispararas en cuanto te lo pidiera. Nunca debes dudar. Puede costarte la vida.

—Aquí es fácil, Asher —señalé—. No sé si podría disparar a un humano.

—Lo único que no debes hacer es mirarlo a los ojos —me aconsejó con seriedad.

—Nunca lo conseguiré —afirmé con el ceño fruncido.

—No tendrás elección —me dijo con cierta indiferencia—. Será tu vida contra la suya.

Hice una mueca y solté apartándome de él:

—Voy a darme un baño.

—¿Puedo ir? —me preguntó con una sonrisa traviesa.

—Ni en tus mejores sueños —respondí dirigiéndome hacia la salida.

—En mis sueños, hacemos más que bañarnos...

Puse los ojos en blanco y subí las escaleras resoplando del alivio. Tenía que recuperar la compostura.

De repente, la puerta principal se abrió y apareció la cautiva de Asher. No se molestó en sonreírme antes de exclamar:

—¡Ash! Como Carl viene p

or mí muy temprano mañana, voy a dormir aquí esta noche... Espero no molestar.

27

Ángel posesivo

ELLA

Estaba cenando en silencio, mirando la tele. Todavía me zumbaban los oídos por la sesión de tiro que había tenido lugar unas horas antes, pero no era el acúfeno lo que me molestaba. No me gustaba el ambiente que se había creado con la presencia de Heather. Y no conseguía sacarme de la cabeza que se había acostado con Asher.

Dos veces.

Su sonrisita burlona cuando él había aceptado que se quedara a dormir esta noche me había provocado una ira injustificada y unos celos traicioneros. No me gustaba cómo lo miraba a él y menos aún la sorna que se le dibujaba en los labios cuando cruzábamos la mirada. Como si quisiera decirme: «Recuerda que hemos sido más que amigos».

El sofá se hundió a mi lado. Al darme la vuelta, me encontré la cara de la mujer que atormentaba mis pensamientos. Se comía un yogur con aire inocente. Asher estaba con sus hombres en la sala de reuniones del piso de arriba y el hecho de que Heather hubiera decidido sentarse aquí conmigo en lugar de en cualquier otra parte de la casa reavivó mi ira.

—Me encanta este programa —declaró como si yo se lo hubiera preguntado.

Asentí con la cabeza sin decir nada.

—Antes no me aburría tanto en esta casa...

Intenté permanecer impasible, pero empezaba a ponerme nerviosa. El tonito con el que había hablado insinuaba que antes tenía algo con lo que entretenerse: Asher.

—¿Y qué hacían? —pregunté fingiendo curiosidad.

Una sonrisa estiró las comisuras de sus labios.

—Cosas... muy divertidas.

Se oyeron pasos bajando las escaleras, lo que atrajo mi atención. Los cinco hombres acababan de llegar al vestíbulo. Salieron de casa sin mirarnos y la calma volvió a inundarlo todo al cabo de unos pocos segundos. A continuación, se oyeron más pasos bajando las escaleras que reconocí al instante.

Me dio un vuelco el corazón, como me sucedía siempre.

A él se le oscureció la mirada cuando vio que Heather se había sentado a mi lado. Nunca ocultaba su enojo cuando ella estaba presente.

—Carl llegará como a las nueve —informó Heather mientras se levantaba.

Me levanté del sofá para dirigirme a la cocina y me siguió con la mirada.

«Cosas divertidas.»

Con el ceño fruncido y un nudo en la garganta, lavé mi plato sintiendo la presencia de Asher detrás de mí. «Divertidas.» Con ese tono sarcástico... Me entraban impulsos asesinos.

—Vas a romper el plato si sigues así —se burló.

Continué lavando sin contestar nada. Él se apoyó en la barra y se cruzó de brazos.

—¿Te ha dicho algo?

—Que antes aquí estaba muy entretenida.

Me sequé las manos y me giré hacia él. Tenía una expresión reservada, la mandíbula contraída y los dedos tensos alrededor de los brazos. Era evidente que estaba molesto, lo complicado era saber por qué.

—Se irá mañana temprano —resopló acercándome a él.

—¿Y dónde dormirá?

Se encogió de hombros y yo fruncí el ceño.

—¿Antes dónde dormía?

Se le tensaron las manos alrededor de mi cintura mientras esbozaba una leve mueca. Lo comprendí. Claro. Dormía en su cama. No pude evitar poner una expresión asqueada. Heather no tardó en unirse a nosotros en la cocina.

Posó la mirada en Asher, a quien le dirigió una sonrisita. Mis celos se multiplicaron. Sin pensarlo, atrapé la mandíbula de Asher con la mano y uní mis labios a los suyos. La sorpresa hizo que se le cortara la respiración de repente y contrajo los músculos.

Le agarré el pelo para incitarlo a profundizar el beso, cosa que hizo enseguida moviendo apasionadamente los labios contra los míos. Deslizó una mano por la parte baja de mi espalda y me apretó suavemente las nalgas.

Una sonrisa estiró sus labios.

«El idiota se aprovecha.»

Interrumpí el beso tan rápido como lo había empezado y le lancé una mirada a Heather, cuyo rostro se había desencajado.

«Perfecto.»

Tiró el envase del yogur y salió sin decir nada. Asher cerró las manos alrededor de mi cintura y me murmuró al oído.

—Ya veo que mi ángel quiere demostrar quién manda aquí.

Me deshice de su agarre esbozando una sonrisa de satisfacción. Nunca sería suyo.

—No me gustaba su sonrisita —me justifiqué.

—Y me has usado para borrársela —continuó con aire burlón—. Pero ya sabes, ángel mío, que todo tiene un precio...

Me rozó de nuevo las nalgas con las manos. Tragué saliva al ver sus ojos brillantes de excitación.

—Y vas a pagármelo —añadió con voz ronca.

—No pierdes el tiempo, Scott —declaré con el tono más neutro del que fui capaz mientras el corazón me latía a un ritmo desenfrenado—. Has aprovechado muy bien la ocasión.

Lo solté para subir al piso de arriba. Me crucé con Heather, quien salía del cuarto de baño. Me siguió con la mirada mientras yo entraba en la habitación de Asher con una sonrisa en los labios. El recuerdo de su rostro descompuesto multiplicaba mi satisfacción.

Cerró la puerta de la habitación de al lado tras ella y yo suspiré, aliviada de saber que no iba a dormir en la mía, a pesar de que estuviera vacía.

Me acosté en la cama que llevaba dos semanas ocupando y dejé que las sábanas me impregnaran con el olor de Asher, un aroma magnético que me consolaba tanto como me hacía desfallecer.

Tate llegó a la habitación unos minutos más tarde. Saltó encima de la cama y se acomodó cerca de mis pies. Me tapé y contemplé el cielo oscuro de Los Ángeles a través del ventanal, con la mirada fija en las estrellas y la mente viajando entre Manhattan, Arizona y Australia.

Me preguntaba por qué Shawn no se había puesto en contacto conmigo desde que me había ido, aunque la verdad es que me convenía. ¿Quizá estaba molesto? Tal vez debería llamarlo al día siguiente. Pero ¿cómo reaccionaría Asher si se enteraba? No tenía ni idea.

No es que Shawn fuera mi amigo, pero era una persona amable y atenta, algo egocéntrico, aunque nada cruel. Me sentía culpable por no haberle dicho nada. Negué con la cabeza para no seguir pensando en eso.

Estaba emocionada por irme a Australia. Después de tantos años lejos, iba a volver... Bueno, de algún modo. Le estaba muy agradecida a Asher por haber hecho eso por mí. Nunca me había sentido tan feliz y era gracias a él.

—¿Ya estás durmiendo?

Negué con la cabeza y me giré hacia Asher, que acababa de entrar en la habitación. Se quitó la parte de arriba con una mano y tiró la prenda en una esquina. Se sentó en la cama y luego dejó el celular en la mesita de noche, justo al lado de la cajetilla.

—¿Adónde va? —pregunté.

Se encendió un cigarro y le dio una calada.

—A Italia con Ally —contestó antes de soltar el humo de sus pulmones.

—¿Cuándo... nos iremos a Australia?

—Cuando te sientas preparada. Si lo estás, podemos ir mañana.

El nudo que se me formó en el estómago ante la idea me reveló que todavía no lo estaba. Lo miré sacar otro cigarro y decidí cambiar de tema.

—Tengo una pregunta.

—¿Sí?

—¿Sigues... escribiendo? ¿En tus cuadernos?

Se puso tenso. Hice una mueca. Tal vez no tendría que haberle hecho esa pregunta. Aunque se hubiera abierto un poco más conmigo, había olvidado lo reservado que podía ser en ciertos temas. Miró fijamente un punto imaginario en la pared y murmuró:

—A veces... ¿Por qué?

—Me preguntaba de qué te sirve escribir —admití—. ¿Es como una especie de... terapia?

Me observó mientras se fumaba lo que le quedaba de cigarro. Aplastó la colilla en el cenicero de la mesita de noche y se tumbó a mi lado. Se apoyó de costado y yo hice lo mismo, recordando aquel momento de intimidad en Las Vegas.

—Escribir me ayuda a sacar los pensamientos de mi cabeza —dijo mientras me apartaba un mechón de la cara—. No me gusta contárselos a la gente. Prefiero el papel porque ahí solo estoy yo y así puedo permitirme ser vulnerable.

Lo escuché con atención asimilando cada palabra que pronunciaba. No era común que se abriera conmigo.

—Comencé a escribir con doce años, cuando mi familia empezó a arruinarme la vida y no tenía derecho a desaprobarlo ni a mostrar mi descontento —relató Asher como sin darle importancia—. No me gustaba llorar porque me sentía débil y vulnerable.

No me sorprendió que hubiera empezado a escribir en sus cuadernos por culpa del egoísmo de su familia.

—Para que quede claro, una gota de sangre o una lágrima para ti son como una gota de tinta para mí. No lloro delante de los demás, pero sangro mucho en mis escritos.

Sentí que seguía la línea de mi mandíbula con el dedo.

—Nunca me ha gustado abrirme a los demás y lo hago muy pocas veces. A decir verdad, eres la única a la que le he contado tantas cosas de mí en tan poco tiempo.

Comprendí que se refería a la noche en la que me había hablado de su padre y de cómo había muerto.

—Me abro más ante Ben que ante Kiara porque sé que él no escucha lo que digo —se burló negando con exasperación—. Kiara me escucha y, odio confesarlo, pero da muy buenos consejos. Solo que soy demasiado terco como para escucharlos.

Una sonrisita estiró mis labios. A Kiara se le daba muy bien funcionar como terapeuta, eso era innegable.

—Lo mismo con Ally. Así que mis cuadernos son lo único que me queda si no quiero volverme completamente loco por culpa de mis pensamientos. ¿Tienes alguna otra pregunta?

Fingí reflexionar. A decir verdad, sí tenía una. Pero no sabía si era buena idea planteársela. Me daba miedo cómo pudiera reaccionar.

—No, esa era mi única pregunta... Bueno, espera, tengo otra.

—Te escucho.

—¿Por qué no quieres persianas en tu casa?

No era la pregunta que me angustiaba, pero tenía curiosidad por su respuesta. Una risita se escapó entre sus labios. Me encantaba su risa y a mi corazón aún más.

—Mi padre siempre decía: «Las persianas solo sirven para atraer miradas, nadie tiene curiosidad cuando todo es transparente». A él le encantaban los ventanales, pero a mi madre no. Así que no había tenido ocasión de tenerlos en su casa. Constantemente me recuerdan a él. Por eso no quería persianas, porque así ya no vería los ventanales.

—Ah, entiendo. Al principio... creía que no eras consciente del peligro —confesé con una sonrisa.

—¿Cómo? —preguntó frunciendo el ceño.

—Cuando llegué, tus ventanales me angustiaban —confesé—.

He visto demasiadas películas de miedo para saber que atraen a los asesinos en serie y a los psicópatas, por no hablar de que tú eras el mayor psicópata que había conocido nunca.

—Entonces hice bien dejándote a la intemperie la primera noche, ahí no había ventanales —se burló.

—No. Hacía mucho frío y el colchón estaba sucio —le recordé fulminándolo con la mirada—. Además, me moría de hambre y quería mear. Pero claro, el gran Asher Scott no bajó, aunque estaba despierto.

—Todos cometemos errores —se rio, y se colocó bocarriba.

—Y, por si no fuera suficiente, la segunda noche te cogiste a Sabrina y me impediste dormir —espeté.

—Si hoy toca fiesta de confesiones, debes saber que esa fue la noche que atrajiste mi curiosidad.

—¿Por qué? —pregunté arrugando la frente.

—Tuviste una pesadilla y te oí. No estaba lejos y no dormía. A pesar de que te había hecho creer lo contrario —dijo sonriendo con aire triunfal—. No eres tan fácil de leer. Había partes de ti que me resultaban confusas y otras que comprendía.

Yo también me puse bocarriba para mirar el techo.

—¿Por qué eras tan... cruel conmigo? —pregunté levantando la mano que me había dañado en aquella ocasión.

—Quería que me tuvieras miedo —murmuró tras unos segundos contemplando mi mano, ya curada—. Porque me decía a mí mismo que, si te amenazaba, no te rebelarías. Y no te irías de mi casa.

—¿No querías que me fuera? ¿Por eso me quemaste la mano?

—Es lo único que se me ocurrió para amenazarte —suspiró acariciándome la palma con el pulgar—. Habías atraído mi atención y no quería que te marcharas antes de que descubriera por qué... Perdón por las estupideces que hice al principio. No sabía cómo comportarme contigo. Sigo sin saber hacerlo.

Lo observé mientras me acariciaba la mano en silencio, sumido en sus pensamientos.

—De nuevo, me interesas desde hace mucho tiempo, pero fui demasiado estúpido para admitirlo. Y mi odio aumentó a la vez que mi interés porque me hacías flaquear sin siquiera intentarlo —continuó con sinceridad—. Me encantaba burlarme de ti, verte molesta conmigo. Sin embargo, detestaba que me tuvieras miedo, a pesar de que era lo que deseaba al principio. No quería que te asustaras por mi violencia, que me vieras como todos me ven.

—¿A ti te asusta tu violencia?

—Frecuentemente, sí. Me da miedo sobrepasar mis límites, no poder mantener el control —confesó Asher—. Odio mi ira porque sé que es más fuerte que mi razón. Pero era impensable que me tuvieras miedo porque nunca podría volver a ponerte la mano encima. Lo hice una vez y me sigo odiando por ello.

Me coloqué bocabajo. Saber que tenía confianza suficiente en mí para confesarme todo aquello y oírlo disculparse por sus acciones pasadas me hacía sentir bien.

—Ya no te tengo miedo, Asher —empecé en voz baja—. Al principio sí, como todo el mundo, pero me intrigabas. Luego, sentí cualquier cosa menos miedo. Es un sentimiento que conozco demasiado bien, pero desaparece cuando estoy a tu lado. Para ser sincera, me siento segura contigo.

—¿Porque soy «el mayor psicópata que habías conocido nunca»? —se burló.

—Entre otras cosas —reí—. En serio, me siento segura contigo porque muchas veces me has protegido sin que te lo haya pedido.

—Y sin darme cuenta —murmuró.

Su mirada metálica se desvió del techo para posarse en mi rostro.

—Siempre te protegeré, Collins, te doy mi palabra.

Me rodeó los hombros con los brazos y me dejé llevar al sentir sus labios sobre los míos. Y, como cada vez, se me aceleró el ritmo cardiaco.

—¿A ella también la proteges?

Profundizó el beso sin responder a mi pregunta.

—No me necesita —murmuró entre dos besos.

—No me gusta... cómo... te mira —confesé.

Me rodeó una muñeca con una mano mientras la otra se abría camino por mi cuello.

—Te mira como... si fueras suyo.

Se rio con un resoplido y me dio un beso en la comisura de los labios antes de decir:

—Sin embargo, no estoy a sus pies..., a los suyos no. Está obsesionada contigo... tanto como yo.

Apartó los labios de los míos para atacar mi mandíbula. A continuación, deslizó las manos por debajo de mi suéter. La piel me ardía y se me erizó al entrar en contacto con sus fríos anillos. Me miraba esperando que le diera permiso. Asentí brevemente y sentí que se me aceleraba el pulso cuando me tocó la punta del pecho.

Ahogué un gemido cuando me acarició el pezón, que se endureció, con el índice y el pulgar. Como respuesta, se apretó contra mí y me besó salvajemente.

Sentí que desfallecía, su tacto me debilitaba. Con una mano, me subió la parte de arriba y acercó la boca a mis pechos. Su lengua sobre mi piel sensible me arrancó otro gemido. No tardó en enroscar el brazo alrededor de mi cintura para acabar con la distancia que había entre nosotros. Me succionó la piel con sus labios ardientes mientras yo le agarraba el pelo. Ahogó un gemido contra mis pechos y continuó con su deliciosa tortura.

—Asher...

Cada vez me costaba más ahogar los gemidos.

—Ella... me oirá —dije cerrando los ojos para apreciar mejor las caricias de sus labios, que bajaban por mi vientre.

El estómago se me retorcía en todas direcciones. Las emociones corrían por mis venas, temblaba por Asher con esa excitación que solo sentía por él.

—¿Mi ángel sigue de un humor posesivo?

Bajó la boca peligrosamente. En cuanto llegó al resorte de la pijama, me atrapó las caderas.

—Si es así..., permite que continúe lo que empecé la última vez antes de que llegara... Deja que te demuestre que estoy a tus pies...

Me recorrió un escalofrío cuando atrapó la tela entre los dientes.

—Úsame otra vez.

28

Prueba

ELLA

—Úsame otra vez.

Ante su voz cargada de deseo y sus ojos ávidos de lujuria que me devoraban tanto como sus labios, mis manos comenzaron a temblar con nerviosismo. Mi ansiedad comenzó a abrirse paso. No conseguía calmar mi respiración agitada, como si de repente mi cuerpo se sintiera en peligro recordando todas las veces en las que lo habían utilizado en contra de su voluntad.

—¿Confías en mí, ángel mío?

Se me formó un fuerte nudo en la garganta. El miedo se apoderó de mi estómago y, al mismo tiempo, mi cuerpo se incendió al sentir sus labios sobre la zona inferior del vientre. Dos emociones contradictorias que me sacudieron.

«Confío en él... Confío en él...»

Asentí débilmente con la cabeza y un destello iluminó su mirada metálica. Con una pequeña sonrisa, agarró el resorte de mi pijama con los dedos y jaló lentamente hacia abajo. Sus ojos se posaron sobre mi piel desnuda con esa misma mirada ávida, como si quisiera probar cada centímetro.

El corazón me latía cada vez más rápido a medida que la prenda se deslizaba a lo largo de mis piernas. Un escalofrío me recorrió cuando mi piel entró en contacto con el aire frío de la habitación.

«No pienses en ellos. Él no es ellos.»

Mis dedos se tensaron bajo las sábanas cuando sus labios se posaron delicadamente en la parte interna de mi muslo. Levantó la cabeza y unió nuestras miradas. Mirándome en silencio, acarició de arriba abajo la entrada de mi sexo a través de las pantaletas. Se me cortó la respiración de inmediato.

Mi mirada se liberó de la suya para desviarse hacia el techo. Estaba intentando como podía contener mis demonios, que se divertían convirtiendo ese momento íntimo en algo tan angustioso como mis pesadillas.

—Mírame.

Con el labio temblando, obedecí.

—No dejes de mirarme.

Abrí los ojos desmesuradamente al verlo lamerse los dedos, del medio al meñique. Un violento escalofrío me recorrió cuando los sentí deslizarse bajo mis pantaletas. El contacto de sus anillos helados con mi sexo me hizo entreabrir la boca y mi ritmo cardiaco se disparó.

Luego sus labios se entreabrieron. Retiró la mano un instante para quitarse los anillos y dejarlos sobre la cama antes de volver a deslizar los dedos bajo mi ropa interior.

«Demonios...»

Su cuerpo se colocó delicadamente sobre el mío. Me besó dejando que sus dedos descubrieran la parte más sensible de mi cuerpo. Sus caricias me arrancaron suspiros. Con el ceño fruncido, solo podía pensar en sus labios sobre los míos. Me agarré a su antebrazo e intensificó nuestro beso mientras acariciaba mi sexo. No pude contener un gemido cuando comenzó a trazar círculos alrededor de mi clítoris con el pulgar.

—Eres perfecta —susurró Asher—. Voy a ir despacio...

Su respiración estaba tan agitada como la mía y pude sentir sus extremidades temblar discretamente. «¿Tiene miedo, igual que yo?»

Cuando su dedo entró lentamente en mí, ahogué otro gemido con la esperanza de no hacer ruido. Enseguida, murmuró contra mis labios:

—No, no, no, no te contengas... Quiero oírte gemir para mí...

Su dedo iba y venía suavemente en mi interior, animando cada célula de mi cuerpo ardiente y tembloroso. La sensación era diferente a todo lo que había conocido hasta ese momento... Era agradable. Y placentero.

Mi respiración se volvió más ruidosa, más agitada. Mi cuerpo se tensó hasta el punto de que los músculos empezaron a dolerme y Asher lo notó.

—Relájate... Soy yo..., no ellos. Yo.

Un segundo dedo entró en mí. Los ojos de Asher no se separaban de los míos e inspeccionaban mi rostro con atención.

—Voy a ir más rápido..., ¿sí?

Asentí de nuevo y el ritmo de sus habilidosos dedos se aceleró. Un ruidoso gemido salió de mis labios cuando los sentí curvarse para alcanzar el punto más sensible de mi cuerpo.

Un placer desconocido hizo que las piernas me temblaran. Empezaba a sentirme a merced de sus dedos, como si mi cuerpo fuera suyo. Esbozó una pequeña sonrisa mientras me examinaba con la mirada, orgulloso de las sensaciones que me causaba.

—Eso es...

Me mordí el labio con la esperanza de ahogar mis gemidos, pero era cada vez más difícil.

—Hmm...

Se me empezó a formar una burbuja de presión en el bajo vientre. Me encantaba lo que me hacía.

—Quiero oír mi nombre en tu boca... Por favor...

Sus labios se posaron sobre mi cuello y comenzó a lamerlo. Seguía acelerando el ritmo y ya no conseguía controlar mis gemidos, cada vez más ruidosos.

—A-Asher...

La simple mención de su nombre hizo que ahogara un gemido

contra mi cuello. La presión no hacía más que crecer, mi respiración se aceleraba descontrolada y las piernas no dejaban de temblarme. Eché la cabeza hacia atrás al sentir mis venas vibrar ante ese placer que no conocía.

—Estás ardiendo...

Hundí las uñas en sus músculos contraídos y emitió un gemido ronco. Sus dedos me acariciaron con más firmeza y multiplicaron las emociones que me atravesaban.

—Mía... Eres mía, carajo —gruñó con una voz cálida mientras me observaba perder la cabeza.

La boca de Asher se unió a la mía. Me besó salvajemente. La burbuja amenazaba con explotar, tenía palpitaciones y Asher sonrió antes de murmurar:

—Disfruta por mí, ángel mío...

Sus vaivenes rápidos y profundos me hacían perder la razón. Sus dedos eran exquisitos, jugaban con mi intimidad y con mis cuerdas vocales. Sabía exactamente lo que debía hacer para hacerme gemir más escandalosamente, como si me conociera de memoria.

Al cabo de unos segundos, me arrancó un grito de éxtasis de la boca. Mi cuerpo fue repentinamente invadido por espasmos y el temblor en mis piernas se acentuó aún más por culpa de las emociones que acababa de sentir explotar en el bajo vientre.

Mi grito enorgulleció a su ego y su sonrisa se ensanchó. Jadeando, me observó ahogarme en ese placer que se apoderó de mi cuerpo febril.

—Demonios...

Yo, por mi parte, ni siquiera podía hablar.

Tenía la vista nublada, la respiración fuera de control y las extremidades adormiladas a pesar de que no había hecho ningún esfuerzo físico. Todavía sobre mí, retiró los dedos de mis pantaletas húmedas. Apoyó la frente sobre la mía, sudoroso, y esbozó una pequeña sonrisa.

—¿Recuerdas cuando te dije que podía jugar con tus cuerdas vocales?

Su pregunta me arrancó una risita. Él también se rio antes de acostarse a mi lado. Recuperé poco a poco la compostura, todavía anestesiada por la tortura de sus dedos.

Cuando por fin giré la cabeza hacia él, me analizó.

—¿Te ha gustado?

—S-sí —murmuré.

Su sonrisa se ensanchó.

—Estoy a tus pies, ángel mío, y estoy seguro de que ahora ella también lo sabe... Ella y todos mis hombres.

Cuando comprendí sus palabras, abrí los ojos como platos. Se me encendieron las mejillas.

«Mis gritos... Han... Oh, no...»

Me rodeó la cintura con los brazos antes de susurrar:

—Y podría hacerte gritar durante toda la noche, si es lo que quieres. Así que úsame cuando quieras, Collins.

Al día siguiente, once y media de la mañana

Mientras saboreaba mi capuchino con los ojos clavados en mis caricaturas, recordé los acontecimientos de la noche anterior con una pequeña sonrisa en los labios. Jamás había sentido algo así. Los hombres anteriores a Asher nunca me habían hecho sentir ni una pizca de placer. Me enojé conmigo misma ante ese pensamiento. Detestaba compararlo con esos cerdos, él no tenía nada que ver con ellos.

Se me puso la piel de gallina al recordar su respiración entrecortada, sus músculos contraídos mientras encadenaba los vaivenes rápidos dentro de mí, con los extremos de los dedos curvados y el pulgar trazando círculos sobre mi clítoris, sus ojos que me devoraban sin contenerse, su cuerpo ardiente de deseo contra el mío... «Demonios.»

«Úsame cuando quieras.»

Sacudí la cabeza y me volví a concentrar en la televisión. Menos mal que Heather no estaba ahí —(se había ido antes de que me despertara—) y que Asher aún no se había levantado.

«Deja de recordarlo una y otra vez... Haz como si nada hubiera pasado... Lo conoces.»

Al despertarme, había llamado a mi terapeuta para contarle que me iba a Australia y mencionarle mis pesadillas, que habían desaparecido desde que dormía con Asher. Eso confirmaba la hipótesis de que solo las tenía cuando no me sentía segura.

Paul me había aconsejado no tardar en irme a Australia, no dejar que mis miedos se apoderaran de mí y me impidieran seguir adelante. Sabía que tenía razón, pero volver sobre mis pasos y ver la casa de mi infancia, que encerraba a la vez buenos y malos recuerdos, me daba miedo. Sin embargo, debía hacerlo.

Una puerta se abrió en el piso de arriba y el corazón me dio un vuelco. Asher se había despertado. Rápidamente, oí el agua; se estaba bañando.

Pasaron varios minutos antes de que bajara las escaleras. Sus pasos se volvieron cada vez más silenciosos a medida que se acercaba a mí. Sentí su presencia tras el sofá y un escalofrío me recorrió las piernas cuando su aliento cálido me acarició la piel del cuello.

Al girar la cabeza, me crucé con su cara, que estaba muy cerca de la mía. Gotas de agua caían de su pelo todavía mojado. Fruncí el ceño ante su sonrisita.

—¿Qué? —me preguntó con un tono neutro.

—Estás... sonriendo. A pesar de que acabas de levantarte...

Se pasó la lengua por los labios y se enderezó encogiéndose de hombros.

—Parece que he pasado una muy buena noche.

Antes de que pudiera siquiera responderle, se dio la vuelta en dirección a la cocina. Abrí los ojos como platos al comprender el motivo de esa sonrisa satisfecha. Oh, no... En todo el día no iba a dejar de recordarme lo que había pasado.

Con un café en la mano, Asher se sentó en el sofá. Con el rabillo del ojo, vi que seguía mostrando la misma sonrisa. Se colocó un cigarro entre los labios y lo encendió. Aparté la mirada bajo su atento examen.

«Impasible. Debo permanecer impasible.»

—¿Y tú? ¿Has dormido bien?

Su pregunta me hizo sonreír, pero disimulé dando un trago a mi capuchino. Era un auténtico niñito.

—Como un bebé —respondí tranquilamente.

Una risita burlona salió de sus labios.

—Qué sorpresa...

Sentí la vergüenza calentarme las mejillas, pero sabía muy bien que, si le pedía que dejara las indirectas, solo provocaría el efecto contrario. Con una exhalación lenta, soltó el humo sin dejar de mirarme.

—Cuando termines, vístete. Tengo una cosa que hacer en la red.

Asentí. Se bebió el café sin decir una palabra, solo emitió una risita casi imperceptible.

Subí al piso de arriba para ir a mi habitación, donde ya solo acudía para cambiarme. Mientras terminaba de vestirme, percibí el ruido de sus pasos en la escalera. Su presencia acababa de intensificar mis emociones, como si mi cuerpo temblara solo con la idea de tenerlo cerca... Como si recordara las sensaciones de la noche anterior.

Mi corazón se detuvo en el instante en que tocó la puerta.

—En-entra —suspiré con calma mientras me ponía la chamarra.

La puerta se abrió lentamente y su silueta apareció bajo el marco. Intenté guardar la calma ante su mirada metálica, que apuntaba hacia mí.

Me observó sin decir una palabra mientras se pasaba la lengua por los labios.

—¿Quieres algo?

Se concentró en mi rostro con una pequeña sonrisa traviesa y entró en la habitación. Solo se oía el ruido de sus pasos... y de los latidos de mi corazón.

A medida que avanzaba, el aire empezó a faltarme. Me quedé helada cuando se detuvo a solo unos centímetros y sentí su aliento mentolado. Su mirada se posó sobre mis labios y un escalofrío me recorrió de arriba abajo.

—En realidad..., quiero muchas cosas...

Jadeé cuando me acercó bruscamente hacia él. Pero, mientras acercaba la cara a la mía, un ruido resonó abajo y una voz nos alcanzó:

—¡Hola a todos!

Asher y yo abrimos los ojos como platos. Sus manos se tensaron sobre mis caderas. Conocía esa voz.

—Y entre ellas —murmuró cerca de mi boca siguiendo con nuestra conversación—, matar a Kyle por haberme interrumpido. Se suponía que nos veríamos en la red.

—¡¿Asquer?!

Asher me dio un beso furtivo en los labios antes de unirse a su primo.

Desde el barandal, vi no solo a Kyle, sino también a Ben, acompañados de una chica pelirroja con labios de color rojo cereza. Sus ojos se iluminaron cuando vio al psicópata mientras yo observaba la escena sin decir una palabra. ¿Quién era?

—¿Qué hace Charmander contigo?

«¿Charqué?»

—Mi propietario desea hacerte una oferta —comenzó ella con una sonrisa de oreja a oreja.

Así que era una cautiva.

—¡Oh, Ellaaa!

La pelirroja levantó la cabeza en mi dirección. Kyle subió enérgicamente las escaleras para llegar hasta mí antes de que lo detuviera el brazo de Asher, que lo fulminó con la mirada.

Soltó una carcajada y me dirigió un pequeño gesto inocente con la mano. Asher descendió y yo lo seguí.

—Querida, te presento a Riley —empezó Ben—. Es la mejor amiga de Bella.

Abrí los ojos como si se me fueran a salir de las órbitas. ¿La mejor amiga de Bella era una cautiva? ¿Ella lo sabía?

Riley me saludó sonriendo y con un discreto hola, yo le devolví la sonrisa.

—Bueno, vamos —dijo Kyle girándose hacia la mejor amiga de Bella—. Cuanto antes termines con tus negociaciones, antes comprenderé por qué me trajeron hasta aquí.

Asher pidió a la cautiva que lo siguiera a su oficina en el piso de arriba y me dejó a solas con sus primos. Ben me lanzó una mirada traviesa antes de declarar con un tono burlón:

—Se le cae la baba por él, como a su peor enemiga, qué ironía.

Fruncí el ceño. ¿Quién era su peor enemiga?

—Heather.

«Podríamos entendernos, entonces... Espera... ¿Se le cae la baba por él?»

—¡Por Dios, este perro sigue igual de imbécil! —refunfuñó Kyle mientras miraba a Tate dar vueltas sobre sí mismo—. ¿Sabes por qué estoy aquí, Ella?

Me encogí de hombros.

—Ten paciencia, Kyle —dijo Ben pasando un brazo por los hombros de su primo—. La espera merece la pena.

Pasó media hora antes de que oyéramos el eco de una puerta, señal de que las negociaciones habían terminado.

La expresión decepcionada de Riley me hizo comprender que no había logrado convencerlo, o al menos que la oferta no interesaba al psicópata, que me examinaba mientras descendía los últimos escalones.

Una hora después. Cuartel general de Los Ángeles...

—¡Me voy a comprar mi mejor traje! —dijo Kyle entusiasmado.

Se levantó de su asiento de un salto al ver las imágenes del contador de Asher entrando en casa de Shawn. No comprendía su reacción. Estaba como... ¿contento porque Shawn había estado robando dinero? Una reacción similar a la de Ben, Kiara y Asher.

—Pero, por ahora, no quiero que nadie, repito, nadie esté al corriente.

—¿Ni siquiera Sam? —le preguntó Kyle poniendo mala cara.

—Sam ya está al corriente —resopló Ben cruzándose de brazos—. Se ocupa de hacer copias de las leyes familiares y de los extractos de las cuentas primarias.

Kyle abrió la boca, escandalizado.

—Así que soy el último de la banda. Les envío videos graciosos todos los días y ustedes me dejan...

—Cállate, ¿quieres? —suspiró Kiara poniendo los ojos en blanco—. Querían que vieras los videos. Sam todavía no los ha visto.

Kyle, que de repente se sentía un privilegiado, se calló y adoptó un aire satisfecho. Esa escena me arrancó una sonrisa. A veces se comportaba como un auténtico niño.

Kiara le mostró varias secuencias del video. De todas formas, yo no estaba concentrada en ellos, sino en Asher, que se hallaba frente a mí en silencio.

Sin dejar de mirarme, jugaba con el anillo que llevaba en el dedo medio haciéndolo subir y bajar con el mismo ritmo lento.

Abrí los ojos como platos cuando comprendí el significado de su gesto. Esbozó una sonrisa traviesa y se pasó la lengua por los labios antes de interesarse por Ben, que tecleaba algo en su celular.

—Oye, quiero probar las nuevas armas —dijo este último girándose hacia su primo.

—No sin mí —resopló Asher—. Llama...

Ruidos de disparos lo interrumpieron e hicieron que me sobresaltara violentamente. Me levanté de un salto. Asher me arrastró rápidamente hacia él.

—¿Qué demonios es esto? —gritó Ben.

Oímos gritos en el exterior. Luego un hombre abrió repentinamente la puerta, presa del pánico.

—¡Jefe, nos están atacando!

A medida que los disparos se volvían más numerosos, más ruidosos, la mirada se Asher se iba ensombreciendo.

—¡Maten a esos hijos de puta! —ordenó antes de girarse hacia Kiara—. Baja al sótano con Ella. Salgan por el túnel que las lleve más lejos de aquí y espérennos.

El corazón me latía al ritmo de los disparos. Estaba temblando cuando Asher me empujó hacia mi amiga, que parecía menos asustada que yo.

—Kyle, quédate con ellas, Ben, tú vienes conmigo. Tenemos unas armas que probar.

29

Irrupción

ELLA

Avancé con los sentidos en alerta mientras los disparos se volvían cada vez más estridentes. Oí gritos de dolor y vi a hombres caer al suelo a lo lejos mientras bajaba las escaleras a toda prisa con Kiara y Kyle para llegar al sótano.

Sin embargo, solo podía pensar en Asher.

Me dio un vuelco el corazón cuando oí cómo uno de los hombres gritaba de dolor. No podía evitar pensar que él también podría estar herido. O algo peor.

—¡Por aquí! —exclamó Kiara.

Corrió hacia una puerta al fondo de un pasillo y la abrió rápidamente. Nos metimos dentro de ese espacio oscuro, frío y con olor a cerrado.

Kiara cerró con llave detrás de nosotros y me jaló mí suavemente hacia el túnel. A medida que íbamos avanzando por la oscuridad se oían menos los disparos. Kiara y Kyle encendieron las linternas de los celulares e iluminaron el suelo húmedo.

—Hacía mucho que no había ningún ataque aquí —comentó Kyle.

—Creo que Lakestone mató al jefe —suspiró Kiara—. Puede que hayan venido a vengarse.

—¿En serio sacaron a este loco de la cárcel?

Kiara asintió.

—Kai es uno de los mejores mercenarios del país, Ash confía en él. Le habría gustado matarlo con sus propias manos, pero tenía que proteger a Ella porque quieren secuestrarla.

Kyle me dirigió una mirada traviesa por encima del hombro como si sus dos primos no estuvieran disparándose en ese mismo instante.

Mientras nuestros pasos resonaban por el túnel, yo temblaba con tanta fuerza que habría jurado que mis pies podían hacer vibrar el suelo sobre el que corríamos. La presencia de Kiara y Kyle no bastaba para tranquilizarme.

«¿Y si le pasa algo?»

—Bueno, vamos a detenernos aquí —declaró Kiara levantando el celular—. La salida de emergencia está justo encima de nosotros. Si algo va mal, salimos.

—¿Cuántas hay aquí? En Londres tenemos tres —añadió Kyle examinando la trampilla.

—Cuatro —respondió Kiara apoyándose en la pared húmeda—. Aquí...

Un ruido la interrumpió. Casi se me detiene el corazón. No había sido un ruido..., sino voces. Justo encima de nuestras cabezas.

Kyle me agarró del brazo. Los tres retrocedimos en silencio. Kiara sacó el arma y apuntó a la salida.

—Es una trampa —murmuró Kiara—. Esos desgraciados quieren entrar por aquí. Han creado una distracción con el ataque.

Jadeé sin apartar la mirada de la trampilla, lo único que nos separaba de esos hombres. Kyle me jaló hacia atrás, pero, en ese momento, oímos un ruido encima de nosotros.

—Me lleva el demonio... Kyle, están intentando abrirla...

Kyle me hizo señas para que lo siguiera hacia la entrada del túnel, con Kiara detrás de nosotros. Dejé de respirar cuando la trampilla cayó al suelo y provocó un estrépito.

«Mierda, mierda, mierda, mierda.»

Las pisadas resonaron sobre el suelo. Kiara intentaba meter la llave en la puerta que había cerrado unos instantes antes, a pesar de que le temblaban los dedos.

—¿Escucharon eso? —preguntó un hombre a lo lejos—. Creo que hay alguien aquí...

Kyle nos cubría, atento a los pasos, que se volvían cada vez más nítidos.

—Vamos a dejarle claro a Scott que no tendría que haber tocado a nuestro jefe —dijo otra voz.

Cuando la puerta se abrió por fin con un chirrido, aquellos hombres aceleraron el paso. Salimos del túnel y Kyle volvió a cerrar detrás de nosotros. A pesar de los esfuerzos de los intrusos por alcanzarnos, consiguió cerrar con llave mientras Kiara y yo hacíamos presión con todo nuestro peso.

Nos alejamos rápidamente cuando empezaron a oírse disparos y las balas atravesaron la madera. Kiara entró en pánico y sacó su *walkie-talkie*.

—¡Que tus hombres bajen al sótano! —gritó mientras subíamos las escaleras—. ¡Ha sido una distracción, están en el túnel!

De repente, oímos que la puerta se rompía. Kyle me jaló con todas sus fuerzas para colocarme tras él y subió de espaldas, cubriéndonos una vez más con su cuerpo. Kiara se llevó el dedo índice a la boca indicándome que guardara silencio. Los hombres que estaban abajo habían logrado entrar y ahora avanzaban por dentro de la red.

La adrenalina era lo único que permitía que las piernas me sostuvieran.

—¡Están ahí! ¡Suban por Scott!

Kiara y yo corrimos por las escaleras y estuve a punto de caerme más de una vez.

—¡Ustedes!

Me dio un vuelco el corazón cuando unas balas se clavaron en la pared a mi lado. Estaban cerca.

Demasiado cerca.

Kyle y Kiara disparaban a ciegas tras ellos. De repente, oí que Kiara soltaba un gemido de dolor. Le habían dado.

Corrimos por los últimos escalones. Contuve un grito cuando nos encontramos cara a cara con una decena de hombres que nos apuntaban con las armas.

—¡Smith está herida! —les gritó Kyle a esos hombres, que formaban parte de la red.

Apenas tuve tiempo de asimilar lo que estaba pasando cuando algo me jaló violentamente hacia un lado. Un brazo tatuado.

Asher me escondió tras él en cuanto Kyle y Kiara se alejaron de las escaleras. Los cinco hombres que nos perseguían aparecieron por fin, pero ninguno disparó.

Asher me empujó lejos de él y avanzó hacia ellos apuntándolos con un arma demasiado grande para mi gusto.

—Empiezo a pensar que les gusta irrumpir en casas ajenas —empezó.

Un hombre cargó el arma. Las pulsaciones me iban a mil ante la idea de que pudieran dispararle a Asher en cualquier momento.

—Solo hemos venido a hacerte una visita —respondió otro en tono burlón—. Igual que tú hiciste con nuestro jefe.

Asher esbozó una sonrisa que me heló la sangre y que detesté.

Ahogué un grito cuando alguien volvió a jalarme hacia atrás. Era Ben. Me lanzó una mirada tranquilizadora mientras yo temblaba como una hoja. La muerte flotaba a nuestro alrededor. Hice una mueca al ver a Kiara sentada en el suelo con la pierna ensangrentada y el rostro pálido. La protegían los hombres de la red. Cole estaba a su lado apretándole la herida.

—Diría que él lo logró —susurró Asher retrocediendo para volver al lado de sus hombres—. Maté al desgraciado de su jefe porque no me gusta que nadie toque lo que me pertenece y maté a su amigo porque iba detrás de mi red. Todo tiene un precio y el mío es la vida.

—Voy a ma...

—Cálmate —dijo otro hombre bruscamente—. Los Scott se

permiten arrebatar vidas cuando se les da la gana. Se comportan como dioses cuando en realidad son la peor raza jamás creada.

La mirada de odio que le dirigió a Asher me revolvió el estómago. Tenían sed de venganza, su deseo de matar se percibía a kilómetros.

—Y no dejarán de hacerlo hasta que se den cuenta de lo que se siente —espetó el hombre—. Así que, Ash, vamos a darte una lección y tu pequeña cautiva...

—Disparen.

En una fracción de segundo, en una sola fracción, los hombres de la red obedecieron las órdenes de su jefe. Como si disfrutara de la escena, Ash miró fijamente a los cinco hombres mientras los ejecutaban. Ben me tapó la vista y me susurró:

—Ash me ha pedido que lo haga.

—Basta.

Ben me apartó los dedos de la cara en cuanto cesaron los disparos. Ash controlaba las armas sin tener que tocarlas, controlaba a sus hombres sin hacer un solo movimiento, como si fueran robots que pudiera activar o desactivar a su gusto. El poder estaba en sus manos.

Era el dios de esa red y se comportaba como tal.

Algunos hombres gemían de dolor, mientras que otros yacían en el suelo, inertes.

—No voy a recibir ninguna lección por parte de mierdecillas como ustedes. Amenacen otra vez a mi cautiva y será un placer encargarme de sus familias, igual que hice con su jefe. —A continuación, se dirigió a sus hombres y declaró secamente—: Aten a los heridos y envíenlos a su red junto con los muertos. —Se giró hacia los supervivientes—. Y díganle a su nuevo jefe que no ponga a prueba mi paciencia, no tengo demasiada.

Las cinco de la tarde. Casa de Asher

—Así que Lakestone lo consiguió. La cuestión es: ¿el jefe nuevo va a venir a vengarse? —preguntó Ben echando un vistazo a su celular.

Esa idea me revolvió el estómago. El peligro rondaba a mi alrededor y se acercaba con cada nueva decisión de Asher.

—Lo sucedido no ha hecho sino añadir leña al fuego, pero creo que han comprendido que si siguen solo conseguirán perder —respondió Kyle mirando a Cole mientras curaba a Kiara—. ¿Estás bien, Kiki?

—¡Duele un chingo! —respondió ella con un gemido de dolor.

Le habían dado en la parte trasera del muslo. Cole estaba vendándola mientras Asher, pegado a la pared, miraba fijamente un punto imaginario en el suelo. Tenía la mente en otra parte, con esos cinco hombres.

—¡Terminado! —declaró Cole al acabar de poner las vendas—. Tienes prohibido realizar esfuerzos físicos durante unas semanas, Smith. Vas a tener que tomarte vacaciones.

—¡Por supuesto que no! —interrumpió Kyle—. El año pasado me lesioné y ¿saben qué me dijeron? «Te pondrás bien.» ¡Me niego!

Ben suspiró exasperado y Kiara puso los ojos en blanco. Asher siguió jugando con sus anillos mientras reflexionaba.

Esos hombres lo habían amenazado y yo había comprendido que hablaban de mí cuando Asher había dado la orden de disparar. De hecho, fue justo cuando dijo «mi cautiva». Asher no decía que Heather fuera su cautiva, sino una cautiva que trabajaba para él.

—Alguien tiene que quedarse contigo al menos durante una semana —continuó Cole—. Hasta que cicatrice un poco.

—Se quedará en mi casa mientras tanto —respondió Ben—. No te preocupes, bruja, te cuidaré bien...

Esbozó una sonrisa traviesa y ella se giró hacia Asher.

—Adóptame. Va a acabar conmigo —murmuró.

—Ben se quedará con Kiara.

—¿Toda la semana? —exclamaron al unísono.

—Ash, tengo que irme a una misión con Ally dentro de pocos días —le recordó Ben.

—Kyle te sustituirá —respondió su primo con un tono que no admitía réplicas.

—En ausencia de Ally, tengo que quedarme con Théo. La niñera acaba dentro de una hora —informó Kiara con una mueca de dolor—. Tengo que estar en casa antes de que se marche.

—Théo no debe verte así —dijo Ben—. Ya conoces a Ally y sus teorías sobre la psicología infantil. Te hablará de traumas y esas cosas.

—Puede quedarse aquí mientras tanto —le propuse a Asher, quien me fulminó con la mirada.

—No.

Lo observé, molesta. Sabía que no le gustaban los niños, pero era Théo. Y Ben tenía razón. Ally era muy protectora y no aceptaría que su hijo viera a Kiara herida.

—Solo por esta noche —suspiró Ben—. Además, le cae muy bien Ella. Y Tate.

Asher nos miró con expresión sombría.

—Yo no soy niñera —dijo con un bufido.

—Yo me encargo —le dije a Ben—. Tráelo y se quedará conmigo hasta que vuelva Ally.

Ignoré la mirada furiosa de Asher, pero Ben estaba esperando su aprobación. Se quedó callado antes de resoplar:

—Si hace alguna travesura, la pagarás tú en su lugar.

Las siete de la tarde

—¿Cuándo volverá mamá?

—Come —respondió Asher.

Lo fulminé con la mirada y me giré hacia Théo, quien contemplaba su plato.

—Volverá mañana temprano —le dije al niño con una sonrisa.

Tomó un bocado de la cena en silencio. Ben lo había traído con todo lo que necesitaba para pasar la noche, pero se había olvidado de darme la paciencia que iba a hacerme falta para aguantar a su primo.

Esa noche cenamos en la cocina. Ally nos había llamado para tranquilizar a su hijo y para decirnos qué debíamos hacer y qué no. Entre las prohibiciones se encontraba: insultar, fumar delante de él y comer en el salón. Eso había molestado al señorito Scott.

«¿Me impone su dictadura en mi casa? ¿Quién se cree que es? ¿Stalin?»

—¿El perro puede comer de esto?

—No —contestó Asher poniendo los ojos en blanco.

—Le hablaba a Ella —resopló el niño mirándome a mí—. No a ti.

Abrí los ojos como platos.

—Acabaré matando a este niño antes de que su madre vuelva —gruñó Asher.

Sin embargo, Théo lo ignoró y esperó pacientemente mi respuesta.

—No, Théo, no come de esto —contesté con dulzura.

—¿Por qué?

—Porque los perros no comen aguacate, Carter junior. ¿No les enseñan nada en la escuela? —suspiró Asher.

—Nadie aprende esas cosas en la escuela —añadí, exasperada—. Acábate el plato y te pondré la peli que quieras.

Théo asintió y tomó otro bocado. Asher me dirigió una mirada acusadora mientras movía el pie con nerviosismo. Quería fumar. No había encendido un solo cigarro desde que había llegado Théo.

Más bien, no lo había hecho desde que habíamos llegado nosotros, demasiado agobiado por sus pensamientos, incluso después de que se marchara el resto del grupo. Se había encerrado en la regadera.

No quería descubrir cómo se ponía cuando le faltaba la nicotina. No obstante, ya lo notaba más irritable que de costumbre. Su mirada asesina me provocaba escalofríos.

—¡He acabado! ¿Puedo irme?

—Si no es mucho pedir... —farfulló Asher mirando su plato.

Théo no hizo caso a las palabras de Asher y esperó mi respuesta. Asentí. Dejó el plato junto al fregadero y se dirigió al salón tarareando una canción.

Asher suspiró, aliviado, y sacó la cajetilla, pero lo detuve en seco. Su mirada se ensombreció enseguida.

—Llevo dieciséis horas sin fumar, Ella. ¡Dieciséis horas! ¡Y todo por tu culpa!

—Sube a tu habitación —le pedí de un modo tajante—. Y ahí si quieres te fumas toda la cajetilla. Pero en tu habitación.

—Me lleva...

Salió de la cocina y me dejó sola.

Fui al salón, donde encontré a Théo acostado en el sofá con la mirada fija en la tele. Tate dormía a sus pies.

Me acomodé cerca del niño, quien levantó la cabeza hacia mí. Le sonreí y me devolvió la sonrisa antes de concentrarse de nuevo en la tele.

—¿Dónde voy a dormir? —preguntó con curiosidad.

—En mi habitación. Está justo al lado de la de Asher.

—¿Vas a dormir conmigo?

—No lo creo —dijo Asher detrás de nosotros—. Ella duerme conmigo.

Se sirvió un vaso de whisky y nos fulminó con la mirada, más relajado pero todavía molesto por la presencia del niño. Siempre habían tenido ese tipo de relación, Théo estaba acostumbrado a esta faceta de Asher y empezaba a creer que le divertía.

Théo se giró hacia mí.

—Claro —le contesté con una sonrisa—. Dormiré contigo esta noche.

—Puedes olvidarlo. Me has quitado mi tiempo y mi lugar en el sofá, pero no me la quitarás a ella.

El niño esbozó una amplia sonrisa en dirección a Asher y este contrajo la mandíbula y apretó el vaso entre los dedos.

—No juegues conmigo, Carter junior —gruñó—. Te enviaré a un orfanato y te arrepentirás de haberme sonreído así.

—No puedo dormir solo, tengo pesadillas por las noches —se justificó Théo con aire inocente.

—Yo también —replicó Asher con seriedad.

Negué con la cabeza, exasperada. Théo rio antes de concentrarse en la pantalla, con una sonrisa victoriosa en los labios.

Me vibró el celular.

De Ally Carter:
¿Cómo está? ¿Asher le está enseñando a
armar churros? ¿Ha cenado? No olviden
que no debe acostarse más tarde de las
once. Puede pasar la noche solo, pero
tienes
que quedarte con él hasta que se duerma.
Le he dicho que le daba permiso
para hacer enojar a Scott ;)

Sonreí mientras escribía mi respuesta:

¡Está bien! No, Asher no le ha enseñado
nada de eso. Ha cenado y está viendo una
peli. Me ha pedido que duerma con él
porque dice que tiene pesadillas...
En cuanto a lo de molestar a Asher,
creo que se le da muy bien.

Levanté la cabeza hacia el psicópata, que me observaba desde un rincón del salón. Su mirada acusadora me arrancó una sonrisa burlona.

—¿Podemos apagar la luz?

—¡Claro! —dije girándome hacia Asher—. ¿Puedes apagarla tú?

Me dirigió una mirada asesina y un destello le iluminó los ojos. Abrí los míos como platos al ver que sonreía levemente.

—¡Que los deseos del señorito sean órdenes! —soltó el psicópata avanzando hacia el apagador.

Unos segundos más tarde, el salón se sumió en la oscuridad. La única luz provenía de la pantalla de la tele.

Tragué saliva cuando sentí que Asher se dejaba caer a mi lado en el sofá. Su aroma llegó hasta mí y noté un escalofrío cuando me enroscó el brazo alrededor de los hombros.

Su aliento me acarició la mejilla.

—Dos veces. La cagué dos veces.

Con la espalda pegada contra su torso, miré a Théo, quien no parecía haberse dado cuenta de nada. Los dedos del psicópata me apartaron el pelo del hombro. Cuando posó los labios en el hueco de mi cuello, mi respiración se volvió más pesada. Me acarició con la lengua mientras su boca ardiente me recorría la piel dejándome besos que embriagaban mis sentidos.

Lentamente, deslizó los dedos por debajo de mi pijama, lo cual me hizo estremecerme. Su voz ronca me murmuró al oído:

—No vas a dormir con él... No, estarás conmigo. Pero, tranquila..., nosotros tampoco dormiremos.

30

Detective

ELLA

Hacía menos de una hora que había huido del sofá, donde Asher quería hacerme pagar por la insolencia de Théo. Encerrada con él en la habitación, saboreé la victoria con una pequeña sonrisa en los labios. Y, evidentemente, Scott me bombardeaba con mensajes ordenándome que fuera a dormir con él. Pero en ese momento no confiaba en él en absoluto. Théo no podía decirle a Ally que lo habían despertado unos gritos durante la noche.

Para Psicópata:
No.

¿Cómo que no? Ally ha dicho
que puede dormir solo.

Claro que puede dormir solo,
pero todos los ruidos lo despiertan.
Entre ellos los míos.

Nadie ha dicho que vaya a escucharnos...

No pasará nada mientras él esté aquí.

Bueno. Te prometo que no pasará nada.
Ven a dormir conmigo.

Quiero dormir con él. Vas a tener que aceptarlo.

Se me ensanchó la sonrisa. Contradecirlo se había convertido en mi pasatiempo favorito. Dejé escapar un pequeño suspiro mientras contemplaba al niño, que dormía apaciblemente en mi cama.

Mi celular volvió a vibrar. Supe de inmediato que era él.

¿De verdad quieres jugar a esto?

Sí. Duérmete, Scott.

Perfecto.

Fruncí el ceño. Apenas había tenido tiempo de teclear mi respuesta cuando oí el chirrido de la puerta de su habitación. Se me cortó la respiración. «Oh, no...»

Mi puerta se abrió lentamente y apareció su sonrisa traviesa. «Qué...»

—¿Quieres dormir con él? Bien —murmuró mientras se acercaba.

Abrí los ojos como platos cuando rodeó con los brazos el pequeño cuerpo de Théo. El niño se movió, pero no se despertó.

—Dormirá en mi habitación.

—Tienes un problema muy serio —murmuré, estupefacta, mientras me enderezaba.

—Sí, y se llama Théo Carter —respondió secamente.

Se alejó de la habitación. Suspiré indignada y también me levanté. Su puerta estaba abierta de par en par, como si ya supiera que iba a seguirlo. «Imbécil.»

Mientras entraba en la habitación, lo descubrí apoyado en la cabecera de la cama con los brazos cruzados y una sonrisa triunfal en los labios. Théo estaba apaciblemente acostado en el otro lado de la cama.

—¿Sigues queriendo dormir con él?

Apreté los puños, me había ganado en mi propio juego.

—Te odio —murmuré mientras me acercaba.

—Yo no —susurró él antes de acostarse al lado de Théo.

Puse los ojos en blanco y me hice sitio entre los dos. Théo dormía profundamente mientras Asher saboreaba su minuto de gloria.

Le di la espalda y, de repente, me rodeó la cintura con los brazos. Me deshice inmediatamente de él. Soltó una risita antes de preguntarme:

—¿En serio?

—Claro —respondí cerrando los ojos—. No puedo creerme que lo hayas traído aquí solo para que venga.

—Podía elegir entre traerlo a él o traerte a ti. Traerlo a él era más lógico. Porque así vendrías voluntariamente.

Sacudí la cabeza, exasperada. Era un caso perdido.

—Mis brazos se han acostumbrado a estar alrededor de tu cintura —murmuró tras unos segundos de silencio mientras se daba la vuelta hacia el lado contrario.

—Sin embargo, eso no te impidió dormir durante un año. Así que puedes aguantar una noche, estoy segura.

Otra risita se escapó de sus labios. Sentí que se daba la vuelta de nuevo y mis ojos se abrieron en el instante en que su torso se pegó a mi espalda.

Su aliento me acarició la oreja e hizo que me estremeciera.

—Dormía muy mal —susurró.

—Tampoco es que durmiera con mucha frecuencia —le recordé haciendo referencia a Heather.

Aun sin verlo, supe que estaba sonriendo. Cuando las yemas de sus dedos entraron en contacto con mi piel, se me agitó la respiración.

Me alejé y él soltó un suspiro que me arrancó una sonrisa. Finalmente, murmuré:

—Buenas noches, Scott.

—Buenas noches..., Collins.

Al día siguiente...

Hacía unos minutos que Ally y Heather habían llegado a casa de Asher. Ally estaba informando a su jefe. Heather, por su parte, tecleaba algo en su celular sin prestar mucha atención a lo que decían. Y estaba muy bien así.

—¿Y ustedes? ¿Qué tal su noche de niñeras? —preguntó Ally con un tono travieso tras terminar el informe.

Asher puso los ojos en blanco y contestó con voz cansada:

—Ha faltado poco para que enviara a tu hijo al orfanato, ha sido incontro...

—Ha sido muy bueno, muy tranquilo —lo interrumpí—. No ha sido él el incontrolable.

Mi frase hizo sonreír a Asher, que disimuló dando un trago de su vaso. Ally sacudió la cabeza, molesta, y se giró hacia su hijo, que estaba viendo un video en su celular. Menos mal que el sonido de sus audífonos había tapado las palabras de Asher.

Heather me miró por encima del hombro antes de voltear hacia Ally.

—Tengo cosas que hacer, ¿nos vamos?

Las dos cautivas salieron de casa con Théo, que se despidió con la mano mientras seguía a su madre. Ya estábamos solos, Asher y yo.

Este se acostó en el sofá con la mirada clavada en las noticias de la tele.

—Voy a tener visitas —me informó mientras dejaba el celular sobre la mesa de centro.

—La última vez que tuviste visitas no terminó bien —le recordé cruzándome de brazos.

Al cerrar los ojos por la noche, todavía podía escuchar el ruido de los disparos, que se habían quedado grabados en mi memoria.

—Es un detective privado de mierda —me dijo simplemente—. Hace unos días mataron al hijo de un senador y cree que es alguien del medio... Lo cual es muy posible, pero no de mi red. Estábamos ocupados con otras cosas.

—¿Va a interrogar a todos los dirigentes de las redes? —le pregunté mientras me colocaba a su lado.

—No, solo a los más sospechosos y a sus contactos.

—Pero... ¿de verdad piensa que el culpable va a confesar? —pregunté con el ceño fruncido.

—El culpable jamás confesará, ángel mío, pero por unos billetes o por un buen trato, sus contactos lo venderán sin dudarlo. En casos como este, es todo una cuestión de intereses. Mentir al Gobierno es menos peligroso que delatar a un contacto —me explicó mientras sacaba un cigarro—, salvo si el Gobierno te promete seguridad y dinero.

—¿Y sabes quién lo ha hecho?

Encendió su cigarro.

—Cuanto menos sepas, mejor estás, ángel mío —me respondió sin mirarme—. Así que, cuando venga, quédate en mi habitación y no salgas. Deja la puerta abierta por si el perro quiere entrar. Ese detective no subirá al piso de arriba.

Asentí. De repente, se volteó hacia mí.

—¿Puedo hacerte una pregunta?

Volví a asentir.

—¿Tienes previsto ir a Australia esta semana?

—Pues... No, había pensado más bien en la semana que viene. ¿Por qué?

Asintió y dio otra calada.

—Es que... Tengo que hacer unos pendientes en Manhattan —me dijo simplemente antes de exhalar el humo—. Así que, si no vamos esta semana, viajaremos a Nueva York. Solo necesito unas horas. Aprovecharás para recoger las cosas que dejaste allí.

No pude evitar pensar en Shawn, al que no había llamado. Si me lo cruzaba en el edificio acompañada por Asher, se haría preguntas. No había intentado contactar conmigo desde mi partida, lo cual empezaba a hacerme sospechar. ¿Sabía que era una cautiva? ¿Tal vez me guardaba rencor?

—¿Cuándo?

—El fin de semana —declaró Asher antes de aplastar la colilla en el cenicero—. Tengo cosas que hacer en la red en los próximos tres días.

Alguien llamó a la puerta. Asher se levantó, se estiró y, con paso relajado, se dirigió hacia el vestíbulo. Una voz grave me llegó a los oídos cuando abrió la puerta.

—El detective está a punto de llegar. El paso está cerrado, esperamos su señal.

—Registren a ese hijo de puta antes de autorizarle el acceso. Escoltenlo hasta aquí —ordenó Asher con un tono frío—, sin coche.

—De acuerdo, jefe.

El ritmo de mi corazón se aceleró bruscamente. El detective había llegado. Tras cerrar la puerta, Asher se giró hacia mí. Me acerqué a él y me rodeó la cintura con los brazos antes de posar los labios sobre mi frente.

—Sube a mi habitación. Si se entera de que estás aquí, querrá interrogarte —murmuró—. Y no quiero tener que matarlo. Si lo hago, el imbécil que lo ha contratado creerá que soy el asesino de su hijo.

Asentí antes de levantar la mirada hacia él. Con una pequeña sonrisa, me colocó un mechón de pelo detrás de la oreja.

—Voy a quedarme en el salón con él, no subiremos.

—De acuerdo —murmuré.

Sus labios se pegaron a los míos en un beso dulce, luego Asher desvió la mirada hacia la pequeña pantalla que estaba junto a la puerta principal. Vimos al detective entrando en la propiedad, escoltado por dos hombres armados que trabajaban para Asher.

—Vete arriba. Ya.

Subí corriendo las escaleras de cuatro en cuatro y entré en su habitación. Tenía las manos temblando a pesar de que sabía que no había nada que temer. Me senté en su cama. El detective solo iba a hacerle unas preguntas a Asher. Estaba segura de que este conocía la identidad del asesino. De lo contrario, me habría dicho simplemente que no.

«¿O tal vez no lo sabía?»

Un escalofrío me recorrió el cuerpo mientras me apoyaba en la cabecera de la cama.

—Veo que no se anda con bromas en cuanto a la seguridad aquí —comenzó una voz de hombre desconocida.

Iba a poder seguir la conversación desde la cama, incluso aunque estuvieran en el salón; era común que oyera a Asher hablar por teléfono desde mi habitación.

—Detective Abraham —se presentó el hombre.

—Sé quién es y usted sabe quién soy yo —respondió Asher.

—Asher Scott, hijo de Robert Scott y único heredero de la red familiar —dijo el detective—. Se dice que es violento, malvado y calculador. Y que no es demasiado paciente.

—Se dice también que no tengo mucho tiempo que perder —continuó Asher con un tono seco—. Así que ¿a qué debo la visita de un detective?

—Imagino que... está al corriente del asesinato del hijo del senador.

—Oh, un acontecimiento trágico. ¿Quiere beber algo?

Sacudí la cabeza ante el tono despectivo de Asher.

—No, gracias, no bebo. En efecto, un acontecimiento trágico. Su padre quiere encontrar al asesino y yo estoy aquí para ayudarlo.

Asher no respondió.

—Sé que ustedes, los Scott, no ocultan sus asesinatos —continuó el detective Abraham—. Siempre dejan rastro. Una bala con una S grabada.

—Está bien informado —contestó sarcásticamente Asher—. Si sabe que no ocultamos nuestros asesinatos, ¿qué hace en mi casa?

Abraham se rio.

—Tal vez los miembros de su familia no se esconden, pero ¿qué hay de sus hombres?

—Mis hombres no se meten con gente de su mundo, no sin mi permiso —precisó Asher con un tono más serio—. Si uno de mis hombres fuera el asesino del hijo del senador, lo sabría.

—El senador ofrece varios millones de dólares a quien le dé el nombre del asesino, señor Scott... Si miente, sale perdiendo.

Asher se rio burlonamente y yo sonreí. No le interesaba el dinero, ese detective debería haberlo sabido.

—¿Mentir? No tengo ningún interés en hacerlo. Una vez más, no ocultamos nuestros asesinatos, incluso mis hombres dejan nuestra firma cuando matan. Como miembros de la red, se ciñen a las normas.

El detective guardó silencio. Asher aprovechó para continuar:

—Si mis hombres hubieran matado al hijo del senador, sería un placer para mí entregarle al culpable en una charola de plata cara; como bien dice, salgo perdiendo si lo protejo.

—¿Quién cree que podría haber matado al hijo del senador?

—Es usted quien está investigando —repuso Asher—. Es usted quien me lo debe decir, detective.

—¿Qué hay de Noah Kindley? Ustedes y los Kindley son las familias más antiguas de esta esfera... ¿Piensa que podría estar relacionado con el asesinato?

—Mire, Abraham, los Kindley y los Scott tienen los mismos límites a la hora de matar. Pero eso... lo sabe perfectamente. ¿Por qué me habla de Kindley cuando ya lo ha interrogado?

Fruncí el ceño. Abraham no respondió.

—Está fisgoneando en el lado equivocado de la «esfera». Nuestras vidas ya son bastante agitadas, no necesitamos matar al hijo de un senador para dar un toque de picante a nuestro día a día. Y, sobre todo, no tenemos ninguna razón para hacerlo.

—¿Alguien estaba detrás del hijo del senador?

—No que yo sepa.

—Ya veo...

Se hizo el silencio. Rápidamente, escuché a Asher aclararse la garganta.

—¿Tiene más preguntas?

—¿Qué sabe del tema, señor Scott?

—No gran cosa. Solo he oído algunos rumores —respondió Asher.

—Su cuerpo ha sido encontrado en su habitación, decapitado.

Abrí los ojos como platos y me puse una mano sobre la boca.

—Su información no me es útil, detective, no me interesa este asunto. Tengo cosas más importantes que hacer.

Se hizo el silencio de nuevo.

—Imagino que usted también tiene una cautiva...

Me quedé sin aliento. ¿De quién hablaba? ¿De Heather o de mí?

—Heather, ¿es cierto?

—Efectivamente —afirmó Asher.

—¿Ella está al corriente de algo?

—Si supiera algo, yo lo sabría también, detective —respondió Asher—. No me gusta repetirme, tengo más que perder escondiéndole la identidad del asesino que entregándoselo.

Tate irrumpió en la habitación. Subió a la cama y se instaló sobre mis muslos. La voz de Abraham resonó de nuevo mientras yo acariciaba la cabeza del perro.

—¿Dónde estaba la noche del asesinato?

—Exactamente donde estamos ahora —respondió la voz ronca de Asher—. También puede escribir en su cuadernito que tenía los dedos ocupados... tocando el paraíso.

Ahogué un gemido de sorpresa mientras el hombre preguntaba:

—¿Qué quiere decir?

Asher soltó una pequeña risita y respondió con un tono aburrido:

—Es una metáfora, Abraham. No maté al hijo del senador, tenía mejores cosas que hacer.

El detective Abraham permaneció en silencio. Supuse que estaba tomando notas en su cuadernito. Me pregunté qué estaría escribiendo, aparte de que al psicópata le gustaba burlarse de él y que le había demostrado que era tan desagradable como decían los informes.

—Bien, no tengo más preguntas, así que... Le dejo mi tarjeta, por si se entera de algo interesante.

—Lo pensaré —terminó Asher antes de abrir la puerta—. Mis hombres lo acompañarán hasta su coche.

—Gracias.

Se oyeron pasos, luego la puerta principal se cerró, señal de que finalmente se había ido.

—¡Puedes bajar! —exclamó Asher desde el vestíbulo.

Salí de la habitación. Una vez en el barandal, mi mirada se cruzó con la suya y bajé las escaleras sosteniéndola.

—Sabes quién lo hizo, ¿verdad? —pregunté.

Esbozó una pequeña sonrisa y se encogió de hombros antes de tomar su encendedor. Lo encendió justo a la altura de la tarjeta que, supuse, era la del detective.

—¿Por qué la quemas? —le pregunté mientras me acercaba a él.

—No me gusta que me tomen por tonto —declaró sujetándola con la punta de los dedos—. Estaba mintiendo. El cadáver no estaba en su habitación, simplemente porque aún no lo han encontrado.

Fruncí el ceño.

—¿Por qué no se lo has dicho si lo sabías?

—No tengo ningún interés en hacerlo —me respondió sin más antes de dejar caer la tarjeta al suelo—. Y no presto mis servicios a miembros del Gobierno. No soy su querida.

Inspiró profundamente cerrando los ojos antes de sacar el celular.

—Sí... —dijo cuando la persona al otro lado de la línea contestó—. Ha venido... Las mismas preguntas... Creo que el senador piensa que uno de nosotros ha matado a su hijo... Espera, ¿qué?

Puse la oreja, al acecho.

—¿Cómo que tampoco es él? No sé nada, Noah... Nos vemos en mi casa... Perfecto.

Colgó y suspiró, molesto. Tenía una expresión tan seria que me hizo tragar saliva.

—¿Qué pasa?

—Resulta que soy como tú, ángel mío... No conozco la identidad del asesino.

Diez de la noche

Sentada junto a Ben en la sala de reuniones del piso de arriba, escuchaba a Noah Kindley y a Asher, cuya conversación giraba en torno a un solo tema: el asesinato del hijo del senador. Noah le había dicho a Asher que se habían equivocado con el asesino y que no comprendía por qué su nombre y el del psicópata habían salido.

—Ningún miembro de mi familia mataría sin decírmelo —continuó Noah mientras se fumaba un cigarro.

—¿Romee sabe algo?

Noah negó con la cabeza.

—¿Heather?

Asher negó con la cabeza también.

—Alguien quiere acabar con nosotros, Scott. No sé quién es el asesino, pero pretende que carguemos con su mierda —anunció Noah antes de aplastar su cigarro en el cenicero—. Ni siquiera han encontrado el cuerpo.

Asher reflexionó en silencio, con los codos sobre la mesa, los dedos entrelazados cerca de la boca y la mirada perdida en la colilla, que yacía dentro del cenicero.

—Ningún imbécil de la red tendría los huevos de matar al hijo de un senador o de un miembro del Gobierno y, aunque lo hiciera, no podría hacerlo en nombre de los Scott —recordó Ben mientras fumaba—. Nadie puede matar en nombre de los Scott sin el consentimiento de Asher.

Un nuevo silencio invadió la habitación. Percibía incomprensión e ira en los ojos de los tres hombres. Ninguno entendía por qué el senador sospechaba de ellos.

—Ahora que nuestro nombre ha salido oficialmente en este asunto —dijo finalmente Asher—, los bastardos deben de estar al corriente...

Se giró hacia Ben, que se enderezó.

—Organiza una reunión con los imbéciles de la familia que están relacionados con la red, dentro de tres días, en Manhattan, y no me ando con tonterías, todos deben estar ahí.

Ben asintió y se levantó seguido de Noah, que también debía organizar una reunión familiar.

Esa reunión en Manhattan, con la familia de Asher, me daba miedo.

Una vez que nos quedamos a solas, Asher sacó otro cigarro. La llama de su encendedor encendió el extremo e inhaló la nicotina antes de posar la mirada sobre mí.

—Al final... creo que nuestra pequeña visita a Manhattan va a durar un poco más de lo previsto.

Suspiré. No era muy fan de las reuniones familiares con los Scott, todos eran tan egoístas como detestables. Tras varios minutos de silencio, me levanté.

—¿Adónde vas?

—Necesito dormir —dije.

Me alejé de la oficina bajo la mirada gris de Asher, que esbozó una pequeña sonrisa traviesa.

—¿Qué? —me atreví a preguntar.

Expulsó el humo con aire divertido y el corazón me dio un vuelco cuando murmuró:

—No sé si te has dado cuenta de que... Théo ya no está.

31

Adicción

ELLA

Un desagradable escalofrío me recorrió todo el cuerpo. Me quedé paralizada cuando lo oí añadir con tono firme:

—No des ni un paso más.

Su silla soltó un rechinido que me revolvió las entrañas. Miré fijamente la pared que tenía delante, con miedo de voltearme. Se me nublaron los sentidos cuando sus pasos lentos y pesados resonaron por toda la estancia.

Se acercó a mí y se pegó a mi espalda. El corazón me latió con más fuerza cuando me apartó delicadamente el pelo del hombro y se me puso la piel de gallina cuando me lo besó.

—Ya ves, ángel mío —susurró—. Se te ha olvidado una cosa...

Mi respiración se aceleró. Con una mano en la cadera, me atrajo hacia su torso. No podía moverme, estaba atrapada en sus garras.

—Odio que decidan por mí —continuó Asher dejando una serie de delicados besos sobre mi piel—. Pero puedo hacer una excepción por ti... Puedo hacer miles de excepciones...

Ahogué un grito de sorpresa cuando me volteó bruscamente para obligarme a mirarlo. Se me aceleró el ritmo cardiaco cuando nuestras miradas se encontraron y vi su expresión hambrienta. Me presionó contra la pared apoyando el torso sobre el mío. Apenas me atrevía a respirar.

—Pero él... la cagó.

Colocó los dedos sobre mi boca entreabierta y me acarició el labio inferior con delicadeza. Su cálido aliento rozó mi rostro y su olor a perfume y tabaco me electrizó por entero.

Casi no podía respirar. Estaba a punto de caer ante su mirada, en la que no había ni un atisbo de inocencia. Suavemente, bajó el dedo índice por mi cara y siguió la curva de mi cuello hasta mi escote.

Pero no se detuvo en mi pecho. Subió la mirada a mi cara mientras bajaba los dedos por mis costados hasta llegar a el resorte de mi short.

—Te lo advertí...

Apreté los muslos cuando su mano entró en contacto con la piel de la parte baja de mi vientre y se deslizó por debajo de la tela de los shorts. Encontró mi sexo rápidamente y empezó a acariciarlo de arriba abajo. Eché la cabeza hacia atrás y una sonrisita se dibujó en sus labios.

—Creo que tu cuerpo no es... insensible —murmuró cerca de mi rostro justo antes de unir sus labios con los míos.

Usó la otra mano para presionarme el cuello con delicadeza. Ahogó mi gemido con sus labios cuando sus dedos entraron en mí. Notaba el fuego en las venas, me ardía el cuerpo al ritmo de sus vaivenes. Interrumpí nuestro beso apasionado y abrí más los labios cuando me acarició el clítoris con el pulgar.

Mi cerebro se desconectó de todo tipo de ansiedad, dejó que Asher tomara el control de mi cuerpo y de mi mente durante unos minutos, como si le perteneciera. Apenas me sostenía sobre mis piernas, algo de lo que él se dio cuenta enseguida.

—Agárrate a mí —gruñó contra mis labios acelerando el ritmo de sus dedos.

Mis manos rodearon su cuello, no podía dejar de gemir. Sentí que apartaba una mano de mi nuca y me la ponía en la cintura. De repente, estampó los labios contra mi cuello y atacó con la misma avidez. Me mordió la piel para marcármela y me perdí entre jadeos en la pared de la habitación. Todas las células de mi cuerpo se despertaron, como la última vez.

A medida que sus hábiles dedos entraban y salían, noté que se me acumulaba una especie de presión en el bajo vientre. Esa burbuja exigía explotar para hacer que mis venas vibraran.

—Me encanta oírte gemir por mí...

Múltiples emociones me inundaron y me nublaron los sentidos. Asher sostenía mi cuerpo debilitado contra el suyo. Estaba a su merced y él lo sabía. El placer se redobló y mis gemidos se volvieron más fuertes, como si mi cuerpo le suplicara que no se detuviera.

—¿Quieres disfrutar, ángel mío? ¿Es eso lo que quieres?

Clavó la mirada en mis ojos manteniendo el ritmo mientras yo jadeaba.

—Sí..., sí..., voy... voy a...

Empezaron a temblarme las piernas como si todo mi cuerpo se estuviera preparando para una explosión. Sin embargo, en el último momento, Asher cesó todo el movimiento.

Abrí los ojos incrédula al notar que sus dedos se apartaban de mi sexo. Como si nunca hubieran estado ahí.

Fruncí el ceño. Teniendo en cuenta la mirada burlona que me dedicó, la confusión debía leerse en mi cara.

—¿Por qué... has parado? —pregunté, todavía aturdida.

—Te había avisado de que ibas a pagar por él —murmuró antes de alejarse—. Y, en tus propias palabras..., «vas a tener que aceptarlo».

Una oleada de frustración me invadió. No entendía lo que pasaba. Me sentía frustrada, aunque, por primera vez, mi cuerpo no se había tensado. O, al menos, no como lo hacía antes.

Mi corazón ya no era la única parte de mí que lo amaba: mi cuerpo seguía el mismo camino. Una sonrisita se me dibujó en los labios. Solo faltaba mi cerebro.

«Asher Scott..., mi cerebro odia amarte..., mi cuerpo y mi corazón lo hacen perdidamente.»

Tres días más tarde a las once de la noche. Manhattan

—¿De verdad no se te ha ocurrido una idea mejor?

—Esa ha sido la menos mala —suspiró Asher con cansancio—. Volverá a Los Ángeles en cuanto termine. A mí tampoco me causa gracia que esté por aquí.

Habían pasado tres días desde la reunión entre Asher, Ben y Noah y, en todo este tiempo, me había obligado a ir a la red con él. Como si sus hombres no fueran lo bastante competentes para proteger su casa.

Ahora Ben estaba encerrado en su casa con Kiara. En cuanto a Kyle y Ally, habían salido a una misión la noche anterior. Y Asher se había negado a que me quedara sola en el edificio de Manhattan esperando a que él terminara lo que había venido a hacer. Así que había tenido la genial idea de traer con nosotros a la única persona a la que le importaba una mierda mi seguridad. A estas alturas, incluso pensaba que quería verme muerta.

Heather.

—Voy a bañarme —dijo Asher mientras recogía sus cosas.

Me giré hacia los ventanales de la habitación que había sido mía unos meses antes. Llevábamos menos de una hora en Manhattan. Asher había enviado a Heather a uno de los departamentos vacíos del edificio.

Todos mis recuerdos de este lugar, hasta entonces enterrados en un rincón de mi mente, habían resurgido en cuanto habíamos puesto un pie aquí. Había regresado el nudo que se me formaba en el estómago ante la idea de volver a ver a Shawn. De hecho, había intentado llamarlo los últimos tres días, pero no me había contestado ni me había devuelto la llamada.

Quizá estuviera enojado conmigo tras varias semanas sin dar señales de vida. No tenía ni idea de cómo iba a justificarme ni de si iba a tener la ocasión de hacerlo.

Asher no estaba al tanto. Seguramente se molestaría si se enteraba de que había llamado a Shawn. Ya se enojaba ante el hecho de que a veces pensara en él y me sintiera culpable por no darle noticias mías.

«Tal vez debería bajar a verlo.»

Descarté rápidamente esa idea negando con la cabeza. No quería tener que enfrentarme a la ira de Asher.

Me levanté de la cama para acercarme a las ventanas. Se me dibujó una sonrisa en los labios cuando recordé todas las noches en las que me había dormido contemplando esas vistas. Me sentía segura observando el mundo desde lejos.

Pero mi sonrisa desapareció cuando recordé las repetidas pesadillas, las crisis de ansiedad y las lágrimas que había derramado en esta misma habitación.

Un año.

«Han cambiado muchas cosas en un año...»

—Creo que tienes mejores vistas detrás de ti —dijo Asher a mi espalda.

«Han cambiado mucho...»

Me rodeó los hombros. Presionó mi espalda contra su torso y su pelo húmedo se me pegó en la mejilla.

—¿En qué piensas? —murmuró junto a mi oído.

—En nada importante —suspiré—. ¿Puedo hacerte una pregunta?

—¿Sí?

—¿Qué has venido a hacer aquí?

Se le tensó todo el cuerpo. Respiró hondo antes de soltar el aire. Ignoraba por qué había querido que fuéramos ese día a Manhattan, no celebrarían la reunión hasta la noche siguiente. También me preguntaba por qué no quería que fuera con él.

«Aquí hay algo raro.»

—Por un tema de familia —respondió simplemente—. No tardaré mucho. Será una hora máximo.

Asentí con la cabeza sin hacer más preguntas y dejé que mi mirada se perdiera en los edificios de Manhattan. La Ella del año anterior había soñado con tener a Asher todos los días a su lado.

Y ese día estaba ahí.

Se me formó un nudo en la garganta y se me nubló la vista como si una parte de mí siguiera consumida por ese miedo angustiante, impulsada por una desconfianza que ponía en duda que su presencia fuera sincera.

«Ahora está aquí. Eso es lo más importante.»

—¿Has comido?

Asentí débilmente. Su voz resonaba como un eco lejano en mi mente absorbida por los recuerdos, por todos esos días en los que no había hecho nada más que observar a la gente vivir su vida mientras la mía estaba arruinada. Esas noches en las que había tenido miedo de dormirme y de no volver a despertarme nunca. Asustada por quedarme bloqueada en mis pesadillas, por morir sola.

Tal vez ambas cosas.

Recordaba cuando el hecho de oír la voz de Kiara bastaba para hacerme llorar de alegría. Cuando una cita con mi terapeuta me producía tanta felicidad como vergüenza, por ese sentimiento patético de dicha que brotaba ante la mera idea de ver a alguien. Manhattan me había acogido y yo había muerto lentamente en sus brazos.

—¿Dormirás conmigo esta noche? —pregunté sin apartar la mirada de la ciudad.

—¿Acaso no era ese el plan?

Su pregunta me arrancó una sonrisita y me encogí de hombros a modo de respuesta.

—¿Es por culpa del malnacido que entró en tu casa?

—No, es solo que... Durante un año, no logré conciliar el sueño en esta habitación. Y no tengo pesadillas cuando estoy contigo —confesé—. Solo quiero que esta cama pueda verme dormir una noche entera... sin ataques de ansiedad.

—¿Los sufrías constantemente?

—Casi todas las noches —respondí antes de inspirar profundamente.

—¿Cómo son?

Fruncí el ceño. ¿De qué hablaba?

—Me refiero a... tus sueños.

El corazón me dio un vuelco en el pecho. Una mueca me torció los labios. Durante un año, mis sueños no fueron simples encuentros con mis demonios. Él también aparecía.

—Normalmente, siempre es lo mismo —empecé con voz temblorosa—. Estoy en un espacio parecido a un túnel..., o algo así. Estoy sumida en la oscuridad y... oigo risas. Las de los amigos y clientes de John. A continuación, aparece siempre el mismo escenario: corro con todas mis fuerzas mientras sus manos intentan atraparme. Me arrancan la ropa, me jalan del pelo, murmuran... cosas que hacen que me den ganas de vomitar. Eso es todo. Más o menos.

—¿Y consigues escapar?

Negué con la cabeza y el nudo que tenía en la garganta se cerró todavía más.

—Desde hace un año, no.

Enrosqué los dedos alrededor de su antebrazo y suspiré.

—¿Eso es todo? —me preguntó Asher.

Con los ojos cerrados, respondí a su pregunta en voz baja:

—Antes, mis sueños se paraban a la mitad. Nunca sabía si había logrado escapar o si me habían atrapado. Pero desde hace un año, hay... una puerta. Y tú estás al otro lado.

Se puso rígido detrás de mí, pero permaneció en silencio, esperando a que continuara mientras yo sentía que me invadía la ansiedad.

—Estás... al otro lado —continué por fin abriendo los ojos—. Sé que eres tú... Reconozco tu silueta... Corro hacia ti y...

Tragué saliva con dificultad. Una lágrima me resbaló por la mejilla mientras reconstruía mentalmente las pesadillas.

—En cuanto... En cuanto llego a ti, cierras la puerta. Mi única vía de escape.

Se le cortó la respiración. Frunció el ceño al ver las lágrimas de mi rostro.

—Durante mucho tiempo, creía que eras tú quien me iba a salvar de la vida que no quería —continué dejando que me cayeran las lágrimas—. Que ibas a ayudarme a sentirme mejor..., o al menos no tan mal. Sentí... Sentí cosas contigo que nunca había experimentado. Y luego, cuando todo acabó..., mi cerebro se la pasó bien recordándome que no me habías salvado como había creído que harías.

Entreabrió los labios. Su silencio me animó a liberar aún más palabras. Como si este departamento me obligara a contarle lo que había tenido que soportar aquí.

—Esta habitación me ha visto en mis peores momentos —proseguí secándome las lágrimas—. Como si fuera una extensión de la bodega de escobas en la que dormía en casa de John. No me sentía segura. Tenía ataques de ansiedad casi todas las noches y a veces me daba la sensación de que iba a quedarme aquí.

Me alejé de sus brazos. Me arrodillé y una sonrisa estiró mis labios cuando vi la carta que había guardado debajo de la cama. Alargué la mano y me la acerqué antes de levantarme.

—Leía tus escritos todo el tiempo. Podía oír tu voz pronunciando esas palabras. A pesar de que te odiaba, me gustaba la sensación de conservar una parte de ti. Me tranquilizaba.

Abrió los ojos como platos y posó la mirada en el papel que sostenía en la punta de los dedos. Releí sus palabras por enésima vez. Esa era mi página favorita.

Sé que soy un maldito estúpido. ¿Por qué la he apartado? ¿Por qué me daba miedo? ¿Por qué tiene tanto poder sobre mí? La pistola de William no me sacudió tanto el corazón como lo que me ha dicho ella.

Estaba dispuesta a recibir una bala por mí a pesar de que desde el principio no he hecho más que ponerla en peligro. ¿Por qué tengo esa necesidad de saber que está a salvo? ¿Por qué una parte de mí no es capaz de creer lo que me ha dicho?

Bueno..., eso lo sé. Isobel sigue rondando por mi cabeza, jugando con el trauma que me provocó. Pero ella no es Isobel... Es tan pura. Tan... Tan perfecta.

Y no la merezco. ¡Pero que me gustaría demostrarlo! Me

encantaría enseñarle que quiero merecerla. Pero no puedo... Sin intentarlo siquiera, esa chica hace que mi mente tenga miedo y que mi corazón caiga seducido a sus pies.

Volví a levantar la cabeza en su dirección. No se había movido, tenía los ojos clavados en el papel.

—Las he leído y releído todas. Una y otra vez —añadí pasándome la mano por el pelo—. Me enojé contigo por guardarlo todo en tus cuadernos... mientras yo soñaba con oír lo que confesabas en ellos. Pero más vale tarde que nunca... Creo...

Parpadeó varias veces para volver poco a poco a la realidad y luego se aclaró la garganta.

—Creía... que no iba a volver a verte nunca —empezó tras unos segundos de silencio que se me hicieron muy largos—. Creía que, si las leías, encontrarías respuestas a tus preguntas... y pasarías a otra cosa. Al menos, uno de los dos podría hacerlo. A pesar de que la verdad es que no tenía ni idea de si ibas a leerlas... Contigo nunca consigo predecir nada. Constantemente estoy a oscuras y eso me molesta.

Escuchaba sus palabras reteniendo cada frase como si fuera vital para mí.

—Contigo pierdo los estribos, y eso empezó en Londres... o incluso antes —continuó Asher esquivando mi mirada de repente—. No sabía cómo comportarme contigo. Mi cerebro quería alejarte de mí..., pero el resto de mi cuerpo no. Me intrigabas, no sé cómo explicarte... Nunca he sabido cómo explicarte lo que sucede en mi cabeza, pero me debatía entre el deseo de alejarte de mí y el de mantenerte lo más cerca posible. Me daba... miedo ser vulnerable..., pero quiero estar contigo porque sé que tú no estás jugando conmigo. Y me siento bien. A salvo... No sé, pero me gusta quién soy cuando estoy contigo. Consigues calmarme y eso me aterra.

Fruncí el ceño.

—Me aterra porque eres la única que lo consigue sin ningún esfuerzo. Ni siquiera tengo ganas de fumar cuando estoy contigo. Bueno, me he dado cuenta de que he reducido el consumo de tabaco —comentó echando un vistazo a la cajetilla que tenía en la mesita de noche—. Y todo porque es mi corazón y no mi cerebro quien habla. La noche que te eché, fue mi cerebro el que decidió. Sabía que, si me daba permiso para sentir abiertamente lo que tú sentías..., iba a estar en alerta las veinticuatro horas del día protegiéndote para... tranquilizarme.

Finalmente, posó la mirada en mí.

—Ella, sé que es difícil amarme. Y no sé cómo puedes hacerlo después de todo lo que has sufrido por mi culpa...

—Es una idiotez, pero... creo que es porque me sentía segura contigo —murmuré mientras él se ponía frente a mí—. Me gustaba lo que sentía cerca de ti... Me gustaba sentirte a mi lado. Como en Londres... Sabía que, si dormías conmigo, no iba a tener miedo.

Me rodeó la cintura con los brazos y yo coloqué los míos alrededor de su cuello.

—Siempre te protegeré —susurró contra mis labios.

—No es difícil amarte, Asher —dije mirándolo a los ojos—. Eres tú el que hace las cosas complicadas... Nunca he sido Isobel... Nunca he querido usarte...

—Lo sé.

Me acariciaba lentamente el costado con el pulgar.

—Te da miedo mostrar tus sentimientos porque eso te hace vulnerable —dije repitiendo las palabras contenidas en sus cuadernos—. Eso es lo que lo complica todo...

—Quiero ser vulnerable contigo, de verdad, pero necesito algo de tiempo —murmuró Asher con tanta sinceridad que me quedé helada en sus brazos—. De verdad lo intento, pero es complicado...

Asentí con la cabeza. Mis pulsaciones iban a toda velocidad, y me estremecí con el contacto de su boca.

Apretó los brazos alrededor de mi cintura y me acercó hacia él. Me acarició los labios con tanta pasión que hizo que me temblara el pecho. Mientras mis dedos se perdían en su nuca, sentí que se estremecía, lo que me arrancó una sonrisa. Él también sonrió antes de empezar a mordisquearme.

Rápidamente, su lengua se metió en mi boca entreabierta para enredarse con la mía. Se buscaron como si se estuvieran descubriendo mutuamente.

Los sentimientos se arremolinaban en mi estómago. Mi mente se perdió en ese beso apasionado.

De repente, sus dedos se me clavaron en los costados y me levantó.

Enrosqué las piernas alrededor de sus caderas y se me escapó un jadeo cuando sentí que mi espalda se estrellaba contra el colchón. Apartó sus labios para atacarme el cuello. Mientras su mano me recorría la cadera para bajar hasta el muslo, cerré los ojos disfrutando sin miedo de sus caricias.

Conseguía silenciar mi ansiedad y eso era algo que adoraba.

Me crucé con sus pupilas dilatadas.

—No puedo... —murmuró cerca de mis labios—. No puedo hacer que te tiemble el corazón con mis palabras, de momento... Pero mientras tanto puedo hacer que te tiemble todo el cuerpo... con la lengua.

Me dio un vuelco el corazón cuando sentí sus dedos tocando la zona más sensible de mi cuerpo a través de los *leggings*.

«¿Acaso...? ¿Quiere...?»

El rostro de Asher se alejó del mío para acercarse a mi intimidad. Me subió la parte de arriba y me besó el bajo vientre, lo que hizo que me estremeciera.

—Deja que te muestre cómo puedo hacerte temblar... ¿Puedo, ángel mío?

Se me puso la piel de gallina al sentir el aliento de Asher sobre mí. Hundió los ojos en los míos esperando mi consentimiento, que le di al cabo de unos segundos de vacilación.

Esbozó una sonrisita y, cerrando los dedos alrededor de los *leggings*, los deslizó por mis piernas y los tiró al suelo.

—¿Confías en mí?

Asentí con la cabeza únicamente. Me tensé sobre las sábanas cuando sentí que me bajaba los calzones.

Se me formó un nudo en el estómago. Su aliento estaba muy cerca de mi sexo.

—Detenme si no estás cómoda, ¿de acuerdo?

—Es-está bien —murmuré débilmente.

Se me cortó la respiración cuando me rodeó los muslos con los brazos. Notaba los latidos de mi corazón en las sienes a medida que iba acercando su rostro a mi intimidad, completamente expuesta.

Se lamió los labios antes de posarlos en mi sexo. Solté un suspiro de placer cuando su lengua ardiente empezó a girar alrededor de mi clítoris.

—Mírame —gruñó.

Abrí los ojos y los posé en él, que me miraba fijamente mientras me asaltaba con los labios.

Metió la lengua dentro de mí y se me escapó un gemido. Sus lengüetadas hacían que perdiera el sentido y sus ojos grises examinaban cada mínima reacción.

De repente, la atmósfera pareció arder a nuestro alrededor.

Me presionaba los muslos con los dedos mientras los movimientos ávidos de su boca me arrancaban gemidos que no lograba retener.

Me agarré a las sábanas para soportar mejor la deliciosa tortura de su lengua. Con la cabeza hacia atrás, me inundó un violento placer cuando sustituyó la lengua por los dedos y los metió dentro de mí. El vaivén complementaba las caricias de sus labios, que succionaban el clítoris mientras trazaba círculos con la lengua a su alrededor.

Gruñía contra mí como si estuviera disfrutando del momento, con la mirada fija en mi rostro. Sus dedos se adentraron más y con mayor velocidad. Mis gemidos seguían el ritmo que él me imponía.

—A-Asher...

Mi cuerpo estaba preso por el torbellino de sensaciones que me provocaba. El calor de su lengua, que se movía con la habilidad de un experto, y de sus dedos dentro de mi cuerpo hacía que perdiera la cabeza.

Se me formó una fuerte presión en la parte inferior del vientre, tan intensa que sentía que me temblaba el cuerpo de un modo aterrador e incontrolable.

Se me empezó a nublar la vista. De manera instintiva, le puse las manos en la cabeza y gemí con un tono suplicante:

—No... No pares...

Su lengua se volvió más frenética y la presión cada vez más intensa. Me temblaban el cuerpo y el alma. Bastaron unos minutos para que un grito de éxtasis escapara violentamente de mi garganta.

Los espasmos se apoderaron de mis extremidades, me vibraban las venas y mi respiración jadeante casi hizo que me asaltara un ataque de pánico. Era como si todas mis emociones se hubieran amplificado hasta llegar a un punto en el que mi corazón no podía seguirlas.

Nunca había sentido tanto placer... Era tan...

Asher me dio un último beso en el sexo y se acostó a mi lado con una sonrisa satisfecha en los labios. Todavía tenía la boca entreabierta y los ojos como platos. Aún me temblaba el cuerpo por el orgasmo que me acababa de provocar. Había sido muy violento.

Muy intenso.

—No tenía intención de parar. Hacerte disfrutar se ha convertido en mi segunda adicción, por delante del tabaco.

Fruncí el ceño. Si el tabaco era su tercera adicción, entonces...

—¿Cuál es la primera? —pregunté con curiosidad.

Acercó el rostro al mío antes de susurrarme al oído:

—Saborearte..., y soy insaciable.

32

Cuestionamiento

ASHER

Tres de la tarde. Manhattan

—Si tienes que sacrificar tu vida para protegerla, lo haces. Porque yo no dudaría en matarte para salvarla.

Heather apretó la mandíbula, pero guardó silencio y me dejó continuar:

—No estaré en el edificio. Si le pasa cualquier cosa, pagarás el precio, Heather.

—¿Durante cuánto tiempo estarás ausente? —me preguntó con una mirada asesina.

—Tal vez una hora. Por cierto..., tienes terminantemente prohibido hablarle de nosotros o insinuar cualquier cosa sobre nuestra inexistente relación.

Me acerqué a ella y no se movió. Su mirada, que no se separaba de la mía, me dio ganas de acabar con ella.

—Que no te haya dicho nada no significa que no lo sepa y menos aún que apruebe tus estupideces, porque —dije agarrándole la mandíbula con la mano— desde hace un tiempo tengo muchas muchísimas ganas de reventarte la cara.

Tragó saliva. Sus pupilas se posaron en el arma que le rozaba la piel.

—Haberte besado no te hace especial a mis ojos, ni a los de nadie. Me habría podido acostar con cualquiera, ambas veces.

Apreté el arma con más fuerza y acerqué la cara a la suya mientras murmuraba:

—Así que, por tu bien, te aconsejo que dejes de entrometerte en mi vida como si formaras parte de ella. Aunque si lo pienso mejor..., no pares, porque tengo muchas ganas de matarte. Y me habrás dado una muy buena razón para hacerlo. ¿De acuerdo?

Lentamente, asintió con la cabeza. Obediente.

Ver su rostro aterrorizado me arrancó una sonrisa satisfecha. Heather sabía que podía matarla aquí y ahora, no necesitaba demostrarle que era capaz.

—Sé buena y ahórrame una muerte estúpida —terminé antes de alejarme de ella.

Guardé el arma y me puse la chamarra. Se me revolvió el estómago ante la idea de dejar a Ella esa noche, pero no podía llevarla conmigo. Me iba a reunir con Shawn. En su oficina.

«¿Qué digo? Mi futura oficina.»

—¿Cuándo podré volver a California? —me preguntó tras unos instantes en silencio.

Con las llaves del coche en la mano, le respondí mientras salía del departamento:

—Cuando vuelva. Un vehículo te estará esperando.

Una vez en el elevador, pulsé el botón que llevaba al estacionamiento. En ese momento, Ella estaba en la consulta de su terapeuta. Me había prometido llamarme al terminar la sesión. No entendía que le gustara abrirse a un desconocido a cambio de algo de dinero y de consejos que podía adivinar sola. Pero no tenía derecho a darle mi opinión sobre el tema y se sentía bien cuando iba, así que imaginaba que valía la pena.

Paul era un terapeuta particular. Según Kiara, contaba con muchas cautivas entre sus clientes porque comprendía mi mundo y no juzgaba en absoluto. «Más bien se siente interesado por él.»

Me preguntaba si realmente la ayudaba a sentirse mejor. Esperaba que se curara gracias a él, que lograra lo que yo no había conseguido. Lo había tirado todo por la borda simplemente porque temía encariñarme con ella.

Apreté los puños cuando recordé todas las estupideces que le había hecho. Las palabras de mi ángel se repetían en bucle en mi mente y reavivaban mi sentimiento de culpa.

«Soy un auténtico estúpido. La destruí alejándola para protegerme. No soy más que un maldito egoísta.»

Y cuando había hablado de Londres...

Durante ese periodo había comprendido que no me era indiferente. Bueno, no..., ya lo sabía desde antes, pero había preferido negármelo a mí mismo. Sin embargo, en Londres había sido simplemente incapaz. En cuanto la vi con Kyle, ya no hubo marcha atrás. No había imaginado que verla con él me molestaría tanto cuando era yo el que había ideado ese plan.

Cuando me había pedido que me acostara a su lado, una parte de mí no quería hacerlo. Porque sabía que, seguramente, no iba a pegar ojo y me iba a pasar toda la noche mirando cómo dormía.

Me relajaba.

Pero... la otra pequeña parte de mí había deseado que insistiera. Y, en efecto, lo había hecho amenazándome con revelarle a Dylan que era mi cautiva si no cedía a su voluntad.

Una sonrisa se dibujó en mis labios cuando recordé ese instante en el que mi ángel se había mostrado audaz. Esa noche, lo había conseguido. Había conseguido que me fijara en ella y me había demostrado que, al menos durante esa noche, no detestaba lo que había dentro de mí.

Me había dicho que no se parecía a Isobel, aunque eso ya me había quedado perfectamente claro. Sentía algo por mí, algo real. Y, aunque yo era de los que cuestionaban todo, con ella no tenía dudas. Solo dudaba de si lo merecía.

Y claro que no lo merecía.

Había adivinado que me daba miedo mostrarme vulnerable, abrirme a ella. Igual que me daba miedo abrirme a los demás porque detestaba la sensación de tener el alma y el corazón al desnudo, a la vista de todos. No me gustaba mostrar debilidad. Y en ese caso mi única debilidad era ella.

Tenía miedo de que me traicionara, aunque sabía que nunca lo haría. No ella.

Lógicamente, abrirme a ella sería más fácil para mí. Bueno..., ¿menos difícil? Quería decirle que soñaba con ella, pero todavía tenía miedo a hacerlo.

«Todo por culpa de la zorra de Jones.»

¿Seguiría esperando? ¿No acabaría hartándose de mis tonterías?

Me angustiaba la idea de que por mi culpa pusiera fin a la «relación» que teníamos. Ella quería que le confesara todo lo que pensaba... Sin embargo, todavía no estaba listo. Porque sabía que en el momento en que lo hiciera estaría completamente a sus pies.

Cuerpo, corazón y alma.

Sería suyo.

«Como si no lo fuera ya.»

Sacudí la cabeza mientras me sentaba en el coche. Mi celular vibró y una pequeña sonrisa afloró a la comisura de mis labios cuando vi la foto de mi ángel.

«Puedes tomarle una foto y guardártela en el celular, si quieres. Es lo que yo haría para poder mirarla durante horas sin demostrar que me gusta», le había dicho a Ben hacía años cuando estaba enamorado de Bella. Era la única vez que había aplicado mi propio consejo.

Era de hecho la única foto suya que tenía. Debería tomarle más.

—¿Has terminado?

—Sí —me respondió—. ¿Estás fuera?

—No, voy a salir. Quédate dentro, llego dentro de cinco minutos.

—De acuerdo.

Colgué y arranqué sin perder un segundo. El consultorio estaba a tan solo unos centenares de metros. Ella había querido ir caminando, pero yo no tenía ninguna confianza en esta ciudad. Mucho menos después de lo que había pasado. No podía evitar preguntarme si habían aprendido la lección o si intentarían quitármela de nuevo.

Agarré el volante con fuerza y apreté violentamente la mandíbula ante la idea de que le hicieran daño. Era inconcebible que pudieran ponerle una mano encima.

«Nadie lo hará. Nadie se le acercará.»

—Ya estoy aquí —anuncié por teléfono a mi ángel.

—Voy.

Unos segundos después, salió del consultorio. Esbozó una pequeña sonrisa en mi dirección y yo hice lo mismo mientras mi corazón empezaba a latir descontrolado por culpa de sus ojos.

—¿Qué tal tu cita con un viejo al que pagas por escucharte? —le pregunté sarcásticamente mientras cerraba la puerta.

Suspiró y sacudió la cabeza.

—Muy bien. Y tú, ¿qué tal la cita con la chica a la que le importa una mierda mi seguridad?

Mis labios se curvaron en una sonrisa.

—Muy bien también.

—No me siento a salvo con ella —me confesó mi ángel mientras se abrochaba el cinturón.

«Yo tampoco siento que estés a salvo con ella, ángel mío.»

—No tengo elección, me habría gustado llevarte conmigo, pero por esta vez es mejor que no vengas.

«Porque pienso hacerle una visita al imbécil de tu vecino el florista, ese que también es mi primo, pero, claro, es mejor que no lo sepas.»

—Lo sé, pero eso no quita...

—No tardaré mucho, es cuestión de una horita. Volveré como a las cinco y media. Tendrás tiempo para prepararte para la reunión de esta noche.

Asintió. Me iba a encontrar rodeado de imbéciles que, además, eran sospechosos en un caso de asesinato. Kyle y Ally se unirían a nosotros en la reunión familiar tras una misión, mientras que Ben estaba atrapado en California con Kiara y aún les quedaban tres días. Esa noche iba a concluir o bien con una muy buena noticia, o bien con una terrible. Esperaba que nadie estuviera implicado en este asunto, no tenía la energía para encargarme de solucionarlo.

Rápidamente, llegamos al estacionamiento. Dejé el coche y salí seguido de mi ángel. Me siguió hasta ese elevador que hacía arder mi cuerpo cuando Ella estaba en él conmigo.

«Tengo muchas ganas de besarla...»

«No, tengo muchas ganas de cogérmela contra la pared.»

Se puso a mi lado y disimulé la sonrisa que me estaban provocando las ideas locas que me habían venido a la cabeza. Pero mi sonrisa desapareció en cuanto sentí que el elevador se detenía en la planta baja. «¿Es una broma?»

Las puertas se abrieron y apareció una pareja con... una maldita carriola. «Oh, por favor, no.»

Ella sonrió a los dos desconocidos, lo cual me molestó aún más. Con el rabillo del ojo, vi al padre de la familia pulsar un botón... Vivían seis pisos por debajo de Ella.

Cuando el elevador se detuvo de nuevo, arqueé las cejas, desconcertado. Una anciana entró sonriendo educadamente. En ese mismo instante, lo peor que podía pasar se hizo realidad. El bebé empezó a llorar.

«La suerte se está riendo de mí, no puede ser.»

Me giré hacia Ella, que sonrió burlonamente mientras me sangraban los oídos. Me lleva el carajo, odiaba a los niños, todavía más cuando lloraban.

Ella agarró su celular y tecleó algo. Un segundo después, sentí que el mío vibraba.

De Collins:
¿Estás bien? Pareces... tenso.
¿Es por alguna razón?

Tenía ganas de ponerte contra la pared
de este elevador.
No estoy tenso, estoy enojado.

Una sonrisa se dibujó en mis labios cuando abrió los ojos exageradamente al leer mi mensaje. Levantó la cabeza hacia mí y me encogí de hombros.

No voy a disimularlo, ángel mío.

Hablaba del niño...

Ah, él. Me molesta tanto como sus padres y el dinosaurio de al lado.

¡ASHER!

Me habría gustado que gritaras mi nombre aquí..., pero no por mensaje.

Sacudió la cabeza y bloqueó el celular sin responderme, lo cual me obligó a ahogar una carcajada. Puse freno a mis pensamientos con una enorme decepción. Claramente, mi fantasía no se iba a hacer realidad hoy.

La anciana salió del elevador y, unos instantes después, fue el turno de la pareja. Por fin estábamos solos.

En cuanto las puertas se cerraron, mis impulsos se apoderaron de mí. La puse contra la pared antes de acoger su grito de sorpresa entre mis labios. Respondió a mi beso pegando con más fuerza su cuerpo contra el mío. La sangre me hervía de deseo mientras mis brazos rodeaban sus muslos desnudos.

Nunca podría agradecerle suficiente haberse puesto ese vestido hoy.

Me pasó los dedos por la nuca. Sentí escalofríos mientras mi boca atacaba la suya. La había extrañado. Su respiración irregular hacía que el corazón me latiera a una velocidad descontrolada, y a ello también ayudaban sus piernas alrededor de mi cintura y sus nalgas bajo mis dedos.

Maldición, hacía que me excitara muy rápido, y con un simple beso.

—Te tengo muchas ganas... —suspiré entre dos besos.

La sentí tensarse violentamente contra mí. «Mierda.»

Dejó de moverse y yo hice lo mismo. «Maldición, la cagué. ¡Carajo, carajo, carajo! Soy un maldito estúpido.»

Pero, mientras recuperaba el aliento, sus labios se pegaron de nuevo a los míos. El corazón me dio un vuelco y se me heló la sangre.

«No voy a poder controlarme mucho más...»

Los pantalones me apretaban cada vez más, estaban a punto de explotar. Mi deseo por ella no hacía más que crecer. La quería aquí. Ahora.

Su lengua se encontró con la mía y un gemido se escapó de sus labios cuando mis dedos se dirigieron hacia su intimidad a través de sus pantaletas. Terminé apartando el tejido para acariciarla.

«Ya está mojada por mí..., maldición.»

—Asher..., vamos a...

Se mordió el labio para no hacer ruido y, en ese momento, el elevador se detuvo. Resoplé, más que enojado. Habíamos llegado.

Se separó de mí, todavía confundida, y se arregló el pelo y el vestido antes de salir del elevador.

«Necesito un baño. Helado. Urgentemente.»

Una hora después. Manhattan

Puse los ojos en blanco cuando vi a los *paparazzis* situados cerca de la SHC, que esperaban la salida del imbécil de Shawn. No solamente me irritaban, sino que además se interponían en mi camino. Iba a tener que encontrar una forma de apropiarme de la SHC y de librarme de ese aspecto del oficio al mismo tiempo.

Revisé una vez más que la grabadora de voz integrada en el reloj que me había dado Ben funcionara. Iba a dar un toque picante a la velada familiar que organizaría cuando volviera de Australia.

Salí del vehículo para entrar en la empresa familiar, un lugar que conocía demasiado bien y que pronto me pertenecería.

En la entrada, ninguna de las dos recepcionistas se percató de mi llegada. Me aclaré la garganta y una de ellas levantó la mirada.

—Hola, ¿qué puedo hacer por usted?

—¿Dónde está Shawn? —le pregunté.

—¿Tiene cita?

Arqueé una ceja.

«¿Parezco alguien que pide cita para ver a Shawn?»

—El señor Scott no puede recibirlo sin ci...

—No necesito una cita para ver a mi primo —solté aguantándole la mirada a la joven recepcionista—. Así que repito mi pregunta por última vez: ¿dónde está el imbécil de mi primo?

Mi tono glacial y mi mirada asesina hicieron que balbuceara.

—En... Enseguida le informo.

Se me contrajo la mandíbula ante la chispa de insolencia en los ojos de su compañera, que me observaba sin disimular. «Atrévete a hablar, te reto.»

La recepcionista me lanzó varias miradas furtivas mientras hablaba por teléfono. Al parecer, al señor Shawn le encantaba hacerse de rogar y, sobre todo, poner a prueba los límites de mi paciencia.

Tras examinar mi gafete de identidad, la recepcionista me dijo:

—Sígame.

«Subirte el sueldo será una de las primeras cosas que haré.»

Entramos en el elevador, donde había tres tipos en traje cuyas expresiones altivas me dieron tantas ganas de vomitar como los largos monólogos de Shawn sobre el éxito de su empresa.

Una vez en el último piso, la recepcionista se acercó a la oficina de la secretaria, delante de la puerta del de Shawn.

La secretaria me repasó de pies a cabeza y murmuró:

—Tiene una reunión dentro de unos minutos...

—Su reunión puede esperar —declaré mientras abría la puerta a pesar de sus protestas.

Entonces me encontré cara a cara con la persona que menos soportaba en el mundo. Sentado tras un escritorio que valía miles de dólares, llevaba un traje tan ostentoso como la decoración de la estancia.

—Tengo una reunión dentro de unos minutos —murmuró mientras levantaba la mirada—, y...

Se detuvo en cuanto me vio. Una sonrisa traviesa estiró mis labios.

«Hola, Shawn.»

—¿Ash? —continuó con el ceño fruncido—. Gloria, cierra la puerta, por favor.

Oí cómo cerraba detrás de mí.

—¿Interrumpo algo? —pregunté mientras examinaba la estancia con calma.

—En realidad no.

—Una pena —suspiré mientras me daba la vuelta para sentarme en una silla frente a él—. Es muy bonita tu oficina... Los beneficios de la empresa han debido de ser importantes este año. ¡Tienes objetos de coleccionista! Es un Pollock, ¿no?

Señalé un cuadro que estaba delante de mí y él se cruzó de brazos. Su actitud arrogante despertó mi ira.

—Parece que yo también gano mucho dinero —declaró Shawn con un tono orgulloso.

—Eso parece, sí —murmuré mientras estudiaba los demás cuadros de la pared.

Había colgado sus diplomas con tanto orgullo como sus objetos caros, la mitad de los cuales probablemente me pertenecían. «Bastardo.»

—Bueno, ¿a qué debo esta visita, Ash?

Se dirigió hacia una repisa en la que había expuestas varias botellas de alcohol y tomó dos vasos. Aproveché la distracción para encender rápidamente la grabadora.

—¿Cómo venir a Manhattan sin pasar a ver a su rey? —respondí con un tono lleno de ironía.

Soltó una risita y se giró hacia mí. Acepté el vaso que me ofreció y volvió a sentarse.

—Me siento casi halagado —respondió Shawn con el mismo tono—. Ahora en serio... ¿Por qué estás aquí?

Di un trago al alcohol. Whisky. Me servía.

—¿Te acuerdas de la reunión que organicé el año pasado, cuando descubrí que alguien me estaba robando dinero?

Asintió mientras saboreaba su vaso. Su rostro adoptó de repente una expresión indiferente.

—¿Has encontrado al culpable? —me preguntó con la mirada clavada en la pared.

—Todavía no...

Se giró hacia mí y arqueó una ceja.

—¿Por qué sacas el tema, entonces?

—¿Por qué no? Después de todo, eres mi primo... Además, eres el único que tiene prohibido tocar ese dinero...

—En efecto, igual que tú tienes prohibido tocar el de la SHC —me recordó, como si no lo supiera—. Sigo sin entender por qué te empeñas en involucrarme en esta historia si sabes que no puedo tocar ni un dólar.

—Que tengas prohibido hacerlo no significa que no lo hagas...

—No soy tú, yo sigo las normas —replicó.

Necesité una fuerza sobrehumana para no carcajearme. «Qué mentiroso.»

—Entonces, ¿me estás diciendo que nunca has tocado los ingresos de mi red? ¿Es eso?

—Efectivamente —declaró con un tono confiado—. Yo no soy el ladrón, pero deberías vigilar a las cautivas... Son astutas, no se puede confiar en ellas.

Asentí mientras daba un trago. Hablaba de Ally. Seguía intentando contener mi ira cuando añadió:

—Una vez más, Ash, no soy yo quien te roba el dinero. No lo necesito. Mira mi imperio.

Levantó los brazos y me mordí el interior de la mejilla para evitar reírme.

—Sé que no te atreverías —respondí—. Ambos sabemos lo que pasaría si uno de los dos se saltara esa norma.

Asintió como si estuviera de acuerdo con cada palabra. Como bien diría mi ángel: «Deja que me ría».

De hecho..., hablando de ella...

—Por cierto, ¿has vuelto a ver a tu vecina? —le pregunté.

—¿Hablas de Ella? No..., ya es cosa del pasado —me confesó Shawn con un suspiro.

—Oh, lo siento.

—No lo sientas, no quería nada serio —continuó mi primo poniendo los ojos en blanco—. Es el tipo de chica lo bastante guapa como para que alguien como yo se la coja..., pero no lo suficiente como para estar con alguien como yo.

Se me heló la sangre, cerré en un impulso el puño sobre las rodillas. No sabía cómo podía contenerme mientras mi rabia me murmuraba que lo estrangulara y le hiciera tragarse su lengua.

Pero no debía mostrar nada, por ella. Y por mí. Solo era cuestión de tiempo...

—Además, creo que se ha ido del edificio. Pero si te interesa..., podría darte su número...

—¿Aun así te guardaste su número? Eso casi da pena...

—No estoy detrás de ella —se burló—. Es ella la que está detrás de mí. Me volvió a llamar hace unos días.

«¿Q-qué?»

Se me contrajo todo el cuerpo y mis dedos se tensaron alrededor del vaso de whisky. Mi cerebro, prisionero de mis miedos, acababa de encontrar la excusa perfecta para volver a cuestionarse todo. Y, como el frágil hilo de mi confianza en ella acababa de romperse, miles de escenarios y miles de millones de preguntas aparecieron en mi mente.

«¿Ha hecho... qué?»

33

Venganza

ELLA
Las seis de la tarde. Manhattan

Esperaba el regreso de Asher con impaciencia. La presencia de Heather me ponía nerviosa. Temía el momento en que esbozara esa sonrisa maliciosa y la acompañara de palabras cargadas de insinuaciones. A pesar de que no había intentado nada desde que Asher se había ido, no confiaba.

Mientras tanto, me preparé para la reunión de esa noche y no pude evitar preguntarme quién asistiría. Pensé en Shawn. Seguía sin saber nada de él, a pesar de que lo había llamado varias veces. Mi terapeuta me había aconsejado dejar de ocultarle mi pasado si lo consideraba mi amigo y eso era lo que quería hacer.

A decir verdad, Shawn no era realmente amigo mío, pero había sido la primera persona a la que había conocido que era más o menos «normal» y, sobre todo, lo había conocido por mí misma. Se había mostrado amable y servicial, y, aunque se me hubiera insinuado, había sido muy atento.

Sabía que iba a salir de mi vida de un modo u otro, así que prefería decirle la verdad. Al menos, conocería a la auténtica Ella, no a la que trabajaba en un puesto de administración, como me había aconsejado Kiara que dijera.

Se me agotaba la paciencia a medida que pasaban los minutos. Heather estaba discutiendo por teléfono desde el salón y me llegó el eco de su voz.

Me impacienté al mirar la hora. Las seis y veinticinco de la tarde, y seguía sin señales de Asher.

Para Psicópata:
¿Cuánto tardas?

Acabé de prepararme mientras observaba cada poco la pantalla. Se me formó un nudo en el estómago ante la ausencia de respuestas.

«¿Y si le ha pasado algo?»

Hacía más de una hora que tendría que haber llegado. Era común que se produjeran embotellamientos en las calles de Manhattan, pero dudaba que fuera ese el motivo de su retraso.

Iba a llamarlo cuando se abrió la puerta de casa y oí su voz ronca ordenándole a Heather que se marchara.

—El coche te espera fuera.

Me invadió el alivio y el nudo del estómago se deshizo al instante. Salí del cuarto de baño y oí que se cerraba la puerta, señal de que Heather se había ido por fin.

Me latió con fuerza el corazón y mi mirada se cruzó con la de Asher, que me observaba sin decir nada. Con una sonrisita, comenté:

—Llegas tarde.

Se encogió de hombros y me preguntó en tono neutral:

—¿Estás preparada?

Asentí y me acerqué a él, pero, en cuanto le rodeé el cuello con los brazos, se apartó de mí y se alejó.

«¿Qué?»

Subió las escaleras en silencio y me dejó sin comprender nada. «¿He hecho algo mal?»

Lo seguí hasta el baño. Observé sus movimientos por el espejo, pero él no levantó la cabeza hacia mí. Ni una sola vez.

—¿Qué...? ¿Qué te pasa?

Sin contestar, se quitó la camisa y abrí los ojos como platos al verle los puños ensangrentados.

—¿Te...? ¿Te has peleado?

Me acerqué con el ceño fruncido. En efecto, el tráfico no había sido el motivo de que tardara tanto.

—No —respondió con frialdad.

Abrí la boca, pero no dije ni una palabra. No tenía ni idea de qué le había sucedido, pero estaba claro que no quería dar explicaciones.

—¿Cómo te has hecho eso?

Una vez más, obtuve su silencio por toda respuesta.

Se lavó las manos y el agua se tiñó con su sangre. Esbocé una mueca. Me crucé de brazos y me apoyé en la pared que había enfrente del espejo para mirarlo, pero él no me hizo ningún caso.

—¿Has decidido ignorar mis preguntas?

—¿Puedo hacerte yo una? —inquirió levantando la cabeza.

Nuestras miradas se cruzaron y asentí con la cabeza.

—¿Has llamado a Shawn desde que te fuiste de aquí?

El corazón me dio un vuelco aterrador en el pecho.

—Eh... ¿A Shawn? No...

El timbre interrumpió mi mentira. Asher me miraba fijamente con la mandíbula contraída y una expresión sombría. Como si fuera la ocasión perfecta para huir, salí del cuarto de baño y bajé rápidamente las escaleras para abrir.

Al momento, reconocí la voz de Kyle detrás de la puerta.

—¿Alguien puede explicarme por qué el departamento de arriba está totalmente desmantelado? —empezó Kyle entrando en mi casa.

Fruncí el ceño. Ally me dio un abrazo y murmuró contra mi oído:

—Dime que Asher no está enojado.

En ese momento, se abrió violentamente la puerta del cuarto de baño, lo que me sobresaltó e hizo callar a Kyle.

—Creo... que ahí tienes tu respuesta...

Kyle dejó escapar una risita.

—Parece ser que su encuentro con Shawn no ha ido demasiado bien.

«Oh. Mierda.»

Una hora más tarde. Residencia secundaria de Robert Scott

Sentada en el vestíbulo de casa del padre de Asher, lo esperaba con un nudo en el estómago. Asher le había pedido a Ally que me llevara con ellos porque tenía «cosas» que hacer antes de reunirse con nosotros, pero sabía que lo que ocurría era que no quería hablar conmigo.

Intenté mantener la calma, a pesar de que el pánico me revolvía las entrañas.

Ese era el asunto familiar al que no me podía llevar. Había ido a ver a Shawn. Y seguramente habían hablado de mí... De ahí la pregunta de Asher.

Maldición.

Una pregunta a la que yo había respondido con una mentira. Y supongo que él sabía que había mentido, a juzgar por el modo en el que había apretado la mandíbula y se le había oscurecido la mirada.

Miles de preguntas y pensamientos bailaban en mi cabeza, presa de la angustia. Me daba miedo que dejara que su desconfianza venciera a la razón.

—Espero que lo comprenda —dijo Ally detrás de mí.

Se lo había contado todo. La mueca que había puesto cuando había terminado mi relato me dio a entender que estaba arruinada. Normalmente, Ally era optimista incluso en los peores escenarios. Pero ahora...

—No quería hacerlo enojar —murmuré—. No quería que se formara ideas equivocadas.

—De momento..., no está claro —me dijo Ally negando con la cabeza—. Conozco a Ash y que le hayas mentido lo hará reflexionar. Pensará que sucede algo entre Shawn y tú a sus espaldas.

Negué con la cabeza. No había pasado nada entre nosotros y nunca pasaría.

—Quería llamar a Shawn para preguntarle cómo estaba y para explicarle que fui cautiva de Asher. Le mentí desde el principio. Estoy harta de ocultarle mi identidad.

También quería que supiera que no pasaría nada entre nosotros porque sentía algo por Asher. No iba a dejar que se hiciera falsas esperanzas.

En ese momento, vimos cómo un coche entraba en la residencia y se me aceleró el pulso. Era él.

—Intenta hablar con él ahora —me aconsejó Ally poniéndome una mano en el hombro—. Nos vemos en la reunión.

Asentí y se alejó del vestíbulo. Desde la gran puerta, que estaba abierta, vi cómo estacionaba el coche. El nudo de ansiedad que sentía en el estómago iba creciendo por segundos.

Se abrió la puerta del coche y, como era de esperar, Asher salió dando un portazo. Me acerqué con precaución.

—¿Asher...?

Se acomodó el cuello de la chamarra mientras me miraba con desdén. Los rasgos de su rostro delataban su furia.

—¿Podemos...? ¿Podemos hablar?

—¿Para que me digas más mentiras? No quiero.

Frío, duro y seco.

Sin dejarme tiempo para contestar, se alejó con paso firme para unirse a la reunión que había organizado. Lo seguí y exclamé:

—¡No es lo que crees!

—Nunca es lo que creo —espetó sin detenerse.

Se me formó un nudo en la garganta. Me sentía impotente ante la situación en la que me había metido yo sola. Apreté los puños. Estaba enojada conmigo misma. «Soy una idiota.»

Una vez en el comedor, me puse al lado de Ally, quien me

lanzó una mirada inquisitiva. Negué con la cabeza y me apretó la mano.

—¿Estamos todos?

Me giré hacia Asher. Se encontraba de pie frente a los demás examinando a todos los miembros de la familia, quienes asintieron brevemente.

—Bien.

Se fue a cerrar las puertas mientras yo fruncía el ceño.

—Kyle —llamó a su primo—, ¿tienes los contratos?

Kyle asintió con la cabeza y señaló los documentos, que estaban sobre la mesa. Asher le pidió que los repartiera a los demás miembros de la familia, que parecían tan perplejos como yo.

—¿Qué es esto? —preguntó su tío Hector observando la hoja que acababa de darle Kyle.

—Han asesinado al hijo del senador Brown y nuestro apellido ha surgido en el caso —empezó Asher cruzándose de brazos—. Lo que van a firmar es una garantía para mí y para todo el mundo.

Tomó una copia del contrato y lo leyó en voz alta.

—«Me comprometo a asumir toda la responsabilidad de mis actos si se demuestra que soy el culpable del asesinato de Henry Brown, cometido la noche del 22 de mayo. Confirmo que el asesinato de Henry Brown no está relacionado con las actividades de la familia ni ha sido fruto de una orden dada por Asher Scott.» Gracias por firmar...

—¡Ninguno de nosotros lo ha matado! —exclamó Richard, el padre de Shawn.

—No confío en absoluto en ustedes, así que firmen y no perdamos más tiempo —resopló Asher poniendo los ojos en blanco—. No sé por qué han relacionado nuestro apellido con ese caso. Lo que sí sé es que no quiero tener que lidiar con las estupideces de ninguno de ustedes. Cuando encuentren al auténtico culpable, quemaremos estos contratos y nadie aparte de nosotros conocerá su existencia. Así que, señoras y señores, si no han hecho nada..., firmen.

La madre de Ben firmó, al igual que una mujer que había a su lado. Con el rabillo del ojo, vi que seguían Kyle, Ally y otros primos a los que no conocía. Richard obedeció refunfuñando mientras Hector fruncía el ceño mirando la hoja y con la pluma en la mano.

Sienna le dirigió una mirada a su padre antes de firmar. Finalmente, Hector dejó su firma en la hoja.

Kyle recuperó los contratos y se los dio a Asher, quien declaró:

—Ahora que han firmado todos, tengo una pregunta —continuó—. Pero antes necesito que Ally y Ella salgan.

Ally asintió con la cabeza y se levantó. Yo hice lo mismo sin comprender el motivo.

—Asher no quiere que sepamos mucho sobre este tema —me explicó Ally tras cerrar la puerta detrás de nosotras—. Podría ponernos en peligro. No pertenecemos a la familia Scott, no tenemos los mismos privilegios. Seguramente, les hará preguntas sobre la identidad del asesino y más vale que nos mantengamos alejadas de esta historia.

Curiosa, pregunté:

—¿Por qué Kyle no me ha hecho firmar el contrato?

—Porque tú no trabajas para la red, así que no la vincularías con la muerte en caso de que hubieras sido tú —aclaró—. Yo soy la cautiva de Ben, quien también ha firmado el contrato, igual que Kiara.

Suspiré. Me daba miedo que se acabara la reunión y tener que enfrentarme a la ira de Asher, que resurgiría de un momento a otro.

—¿Has podido hablar con él?

—No...

Pasó casi una hora antes de que la puerta del comedor se abriera de nuevo. Se me aceleró el corazón cuando me repetí por enésima vez la frase que había pulido en su ausencia.

«Asher, quería saber cómo estaba Shawn y contarle la verdad, nada más. Te mentí porque me daba miedo tu reacción... Quería contarle la verdad, nada más. Te mentí porque me daba miedo tu reacción...»

—¿Vamos, Carter? —preguntó Kyle sacándome de mis pensamientos.

Posé la mirada en Asher, quien también abandonó la estancia. Me indicó que fuera tras él haciendo un gesto severo con la cabeza. Después de despedirme por última vez de Ally y Kyle, salí de la residencia de Robert Scott y seguí a su hijo hasta el coche.

Me metí dentro del vehículo y Asher arrancó sin dirigirme la palabra.

—Asher...

—No quiero hablar.

Movía nerviosamente los dedos, temerosa de sus posibles reacciones. Me imaginaba numerosos escenarios y todos acababan del mismo modo: Asher me decía que no tendría que haber vuelto. Esos pensamientos angustiosos me crearon un nudo de tristeza en la garganta.

Por una parte, comprendía que estuviera enojado porque le había mentido, pero por otra me molestaba porque ni siquiera me había dado una oportunidad para explicarme.

Al cabo de unos minutos que se me hicieron interminables, llegamos al edificio en ese silencio glacial que él había decretado. Abrí la puerta del departamento y encendí la luz. Lo oí cerrar la puerta y respiré hondo antes de girarme hacia él.

—¿Durante cuánto tiempo piensas seguir así?

—¿Y tú durante cuánto tiempo piensas mentirme? —espetó.

—No es lo que crees.

—¡Déjalo ya! —suspiró con un tono socarrón quitándose la chamarra de cuero—. Nunca es lo que creo hasta que es exactamente lo que creo. Me sé la cancioncita de memoria, Ella. No eres la primera que me hace una jugada como esta y tampoco serás la última.

Intenté mantener la calma todo lo que pude. No podía permitirme molestarme porque él se iba a enojar todavía más.

—Bueno, ¿qué crees que ha sucedido?

Su risa sarcástica hizo que me estremeciera. Estaba enojado, muy enojado.

—¡Creo que estás burlándote de mí en mi puta cara, Ella! Y no comprendo para qué lo llamaste ni por qué me has mentido.

Apretó los puños.

—Quería llamarlo para saber cómo estaba y...

—¡¿Por qué, carajo?!

Cuando estalló me dio un vuelco el corazón. La ira de Asher había explotado. Era inevitable.

Aunque por fuera traté de permanecer imperturbable, por dentro estaba aterrorizada.

—¡Porque es mi amigo! —me defendí—. ¿Me estás haciendo una escenita porque quería saber cómo estaba? Lamento haberte mentido, de acuerdo, pero no voy a disculparme por comportarme como una amiga con él.

Me miró, estupefacto.

—¿Tu amigo? ¿En serio? Un amigo que quiere cogerte...

—¡No! —lo interrumpí sobrepasada—. Deja de...

—¡¡Me lleva el demonio, Ella!! No eres nada para él, ¿de acuerdo? —explotó de nuevo—. A él tampoco le importas una mierda, ¿y tú quieres saber cómo está?

«A él tampoco.»

Se me apretó el nudo de la garganta y perdí la compostura.

—No sabes nada de nuestra relación —repliqué irritada—. Eso es lo que tú crees, Asher, yo solo quería...

—¡Sé qué relación tenían desde su punto de vista! —exclamó furiosamente—. ¿Qué demonios te pasa? Pretendía cogerte y ahora ya no te quiere en su vida porque, gracias a Dios, ha encontrado otra cosa. Nunca te ha considerado una amiga.

La seguridad con que dijo esas palabras quebró la aparente calma a la que me estaba aferrando desesperadamente. «Tengo ganas de cortarte la lengua, Asher.»

—No pretendía co...

—¿De verdad? ¿Estás segura?

Sacó el celular temblando de rabia mientras yo lo hacía de miedo e ira. La tensión aumentaba por segundos.

La voz de Shawn atravesó el silencio y me quedé boquiabierta mientras escuchaba la conversación que supuse que había grabado Asher.

—¿Hablas de Ella? No..., ya es cosa del pasado —suspiró Shawn.

—Oh, lo siento —dijo la voz de Asher.

—No lo sientas, no quería nada serio. Es el tipo de chica lo bastante guapa como para que alguien como yo se la coja..., pero no lo suficiente como para estar con alguien como yo.

—¿Lo ves? ¿Quieres más pruebas? —espetó lanzando el celular sobre el sofá—. ¡Sigo sin comprender por qué me has mentido!

Las arrogantes palabras de Shawn se me clavaron en la cabeza y las lágrimas amenazaron con escapárseme. Me rodeó un sentimiento de traición y sentí una presión en el pecho.

—Además, te he dado la oportunidad de decirme la verdad y has decidido... ¡Maldición! ¿Por qué me has mentido, Ella?

No podía hablar, había perdido la capacidad de argumentar. Me sentía mal..., muy tonta. Creía que... ¿me quería?

—Te... Te interesa. ¿Es eso? ¿Quieres estar con él?

Las palabras de Asher tuvieron el mismo efecto que una bofetada. Volví a la realidad y abrí los ojos como platos. «¿Qué?»

—¿Por qué me lo has ocultado si no había nada detrás, Ella? Maldición, ¡dime la verdad!

Me quedé muda, como si se me hubiera congelado la lengua por las tonterías que estaba escuchando.

—¡HABLA, CARAJO! ¡¿Por qué me has mentido si «solo» querías saber cómo estaba ese imbécil?!

Cuando iba a responder, me interrumpió:

—¿Quieres jugar conmigo? ¿Quieres vengarte por todo lo que te hice? ¿Es eso?

Me quedé helada. ¿Hablaba en serio?

—Querías acercarte a mí para luego dejarme por el imbécil de mi primo. ¿Era ese tu plan?

—¿De qué hablas? —conseguí articular por fin, desconcertada—. ¡Eso no es cierto! Me daba miedo tu reacción, es el único motivo, Asher.

—O tal vez querías jugar con mis sentimientos para mostrarme cómo es que te rechacen como hice contigo.

Se me cortó la respiración. ¿Me acusaba de querer jugar con él? ¿En serio?

—¡¿Por qué has hecho esto?! ¡¿Por qué has dejado que me enamore de ti si...?!

Calló en seco como si le hubieran arrebatado la voz y de repente el tiempo se detuvo a mi alrededor. El alma se me había caído a los pies cuando sus palabras habían llegado a mis oídos.

Sin aliento, observé su rostro, que palideció en cuanto se dio cuenta de lo que acababa de decir.

«¿Se ha... enamorado... de mí?»

Asher acababa de confesarme sus sentimientos. Aquí y ahora.

Acababa de decirme aquello con lo que llevaba un año soñando.

—¡A la mierda!

Agarró la chamarra y se marchó de mi casa. Se me aceleró el corazón cuando oí la puerta cerrarse tras él.

Me dejé caer en el sofá con un suspiro. Tenía la sensación de que el cuerpo me pesaba una tonelada.

Asher acababa de confesarme sus sentimientos.

Me pasé las manos por el pelo y por los labios, que no dejaban de temblarme. Las lágrimas me caían por las mejillas. No comprendía las emociones que estaba sintiendo. Excepto una.

El pánico.

Asher se había ido.

Busqué su número rápidamente. No podía dejarme sola aquí. El instinto me gritaba que saliera de ese departamento en el que había vivido algunos de los peores momentos de mi vida.

Asher me colgó. Yo estaba aterrorizada. Con los cinco sentidos en alerta, agarré un cuchillo de cocina y subí las escaleras en silencio. Me dirigí lentamente al cuarto de baño y encendí la luz. Inspeccioné todas las habitaciones.

No había nadie en el baño ni en la habitación de invitados.

Tras revisar el interior de los clósets y los huecos de debajo de la cama, dejé escapar un suspiro de alivio. Solo faltaba mi habitación.

Se me aceleraron las pulsaciones a medida que me acercaba a ella con el celular en una mano y el cuchillo en la otra.

Llamé a Asher por tercera vez y abrí la puerta con delicadeza. La oscuridad me hizo tragar saliva y encendí la luz a toda prisa. Me acerqué al clóset y lo abrí de golpe. No había nada.

Una vez más, llamé a Asher con un resoplido molesto.

«¡Contesta de una vez!»

Como si me hubiera leído el pensamiento, respondió mientras me agachaba para mirar debajo de la cama.

—De verdad, no tengo ganas de...

Se me escapó un grito estridente cuando vi algo horroroso debajo de la cama.

Un cadáver.

Inerte y mutilado.

El pánico se apoderó de mí. Retrocedí y salí corriendo de la habitación. Oía la voz de Asher, pero no lograba comprender qué decía, el pánico gritaba más fuerte que él.

Unas lágrimas de terror me empapaban las mejillas mientras bajaba las escaleras a toda velocidad.

—Hay... Asher... Un cadáver... Hay... Hay un cadáver...

Se me escapó un sollozo. Luego otro. Y otro más. Empecé a sudar y el corazón amenazó con estallarme en el pecho. El pánico tomó el control de mi cuerpo. Empezaron a temblarme las manos con tanta fuerza que se me cayó el cuchillo al suelo.

—¡Ella, no te muevas! Estoy en el estacionamiento. Llego enseguida, ¿está bien? Quédate conmigo...

Se me escapó un nuevo grito de terror cuando se hizo la oscuridad en el departamento. Las luces se habían apagado de repente.

Era una pesadilla. No veía nada.

Retrocedí hasta que choqué con un mueble que reconocí: la barra central de la cocina. Mis sollozos se volvieron más fuertes. Todo había sucedido demasiado rápido. Me sentía atrapada y en peligro.

Un nuevo ruido me heló la sangre y me escondí con rapidez detrás de la barra. Alguien acababa de abrir la puerta.

Y no era Asher.

34
Deuda

ELLA

Estuve a punto de desmayarme cuando el intruso cerró la puerta tras él para asegurarse de que no me dejaba ninguna escapatoria.

Los latidos de mi corazón eran tan intensos que me pareció que el edificio entero podía oírlos. Intenté pegarme a la barra para pasar desapercibida.

Tenía que salir de allí.

El eco de sus pasos, que avanzaban con lentitud, hacía que me temblara cada célula de mi cuerpo; mis músculos se tensaron y comencé a sudar. La luz que se filtraba por los ventanales me permitía percibir algunas cosas en la penumbra, pero sobre todo era mi sentido del oído el que se había multiplicado, ya que estaba atenta a cada sonido.

Y entonces...

Un ruido me dejó helada.

«El cuchillo de cocina.»

El intruso acababa de recoger el cuchillo de cocina que yo había tirado al suelo.

El pánico hizo que se me acelerara la respiración, me empezaron a doler los pulmones. Una presión me comprimió el pecho cuando la voz del intruso, que claramente era un hombre, resonó en la entrada.

—¿Dónde te escondes...?

Ahogué en la palma de mi mano el sollozo de terror que amenazaba con escaparse. Mi mente gritaba el nombre de Asher.

Sus pasos se encaminaron hacia el salón y comencé a alejarme de la barra tras la que estaba escondida, ya que esta se veía desde el sofá. Lo oí frotar la punta del cuchillo contra algo trazando un camino sobre vidrio, tal vez los ventanales.

Eché un ojo a la puerta principal y no pude contener las lágrimas cuando vi que había cerrado la puerta con llave y la había quitado de la cerradura.

Me sobresalté cuando lo oí abrir violentamente las cortinas. Estaba registrando el salón. Intenté acallar el ruido de mi respiración. Sus pasos volvieron a resonar con el mismo ritmo lento y malicioso. Estaba subiendo las escaleras peldaño a peldaño.

Entré en pánico. Debía cambiar de escondite. «¿Las cortinas?»

Ya había buscado detrás de ellas y no tenía motivos para retroceder sobre sus pasos.

Lo oí volver a trazar un camino con la punta del filo contra la pared. Estaba jugando cruelmente conmigo.

De repente, lo oí abrir una puerta. Era la de la habitación de invitados, que no daba al salón.

Era ahora o nunca.

Lentamente, me puse en pie con los ojos clavados en el piso de arriba. Tenía el corazón a punto de explotar. Me alejé de puntitas de la barra y me dirigí rápidamente hacia el salón.

De repente, oí la voz de Asher tras la puerta principal.

Se me paró el corazón cuando la voz del intruso me llegó a los oídos:

—Te encontré...

Dejando escapar un gemido de pánico, me di la vuelta. Un hombre me miraba desde las escaleras mientras descendía poco a poco. Unas cejas gruesas presidían su rostro y le conferían un aire autoritario. Lo reconocí de inmediato. Era el hombre que me dejaba flores en la puerta de casa. Lo había visto en los videos de las cámaras de vigilancia.

Me quedé petrificada en cuanto apuntó su arma hacia mí.

—Un paso más y te mato aquí y ahora, pequeña.

Se me escapó un sollozo de los labios. Asher se peleaba con la puerta gritándome que abriera, pero ya no podía moverme. Sentí que el celular me vibraba en el bolsillo, me estaba llamando.

El hombre bajó las escaleras con el arma apuntada hacia mí mientras yo seguía paralizada. Me temblaban las piernas, tenía las venas congeladas. Sentía la muerte acechándome, consciente de que ese hombre tenía mi vida en sus manos.

Los golpes contra la puerta cesaron y mis lágrimas se multiplicaron. El pánico se apoderó de mí.

«¿Asher se ha ido?»

—Tengo la impresión de que tu propietario te ha abandonado —se burló—. Me conviene...

Un escalofrío me recorrió el cuerpo entero en el instante en que el cañón se pegó contra mi frente sudorosa. La sonrisa malvada del hombre me dio a entender que le gustaba verme indefensa.

—Pero, por lo que me han dicho..., te tiene mucho cariño.

No podía dejar de derramar lágrimas. Iba a morir, aquí y ahora.

De repente, sonó un chasquido. Alguien estaba abriendo la puerta principal.

El intruso me jaló violentamente y me atrajo hacia él. Me rodeó los hombros con el brazo para impedir que me moviera. Esa situación me recordó instantáneamente a otra. «James Wood.»

Como si lo que había vivido se estuviera repitiendo, Asher entró en el departamento con el arma apuntando hacia nosotros.

Era el mismo escenario.

Salvo que esta vez ninguno de los dos lo había previsto.

—¡MUÉVETE Y LE METO UNA BALA EN EL CRÁNEO!

Asher no dio ni un paso, pero mantuvo al hombre en el punto de mira. A mí se me había nublado la vista y no podía verlo nítidamente. El arma temblaba contra mi sien. Le supliqué a Asher con la mirada. El intruso parecía muy agitado, cosa que me aterraba todavía más.

—Déjala fuera de esto —comenzó Asher con un tono frío.

—¡CÁLLATE! —gritó mi agresor furioso—. ¡MATASTE A NUESTRO JEFE, MALDITO BASTARDO!

Cerré los ojos al sentir el arma moverse de nuevo. Su voz, que gritaba cerca de mi oído, me arrancó más sollozos. Estaba tiritando y tenía el cuerpo congelado. Como si se estuviera preparando para una muerte inminente.

—Es hora de que te enfrentes a las consecuencias de tus acciones —soltó el intruso alejando el arma de mi sien—. Por suerte para ti, no me gusta acelerar las cosas...

Un gemido de temor salió de mis labios en el instante en que el filo glacial del cuchillo de cocina se posó sobre mi mejilla.

—Incluso en la oscuridad, puedo ver que tiene una cara preciosa. Sería una pena destrozársela, ¿no, Scott?

Mis lágrimas mojaron el filo, que seguía el contorno de mi mandíbula.

—Además, es tan apacible cuando duerme...

Era él, el hombre que había entrado aquella noche.

—Baja el arma, Scott.

Asher no obedeció a la orden de mi agresor.

—He dicho que bajes el arma, Scott.

Asher no hizo nada.

—No estás muy cooperativo.

De repente, sin avisar, me clavó el cuchillo en el brazo.

Solté un grito que se intensificó cuando sentí el filo salir con un golpe seco de mi piel. Gemí de dolor. El corte me ardía, ya no podía concentrarme.

—¿Ves cuánto sufre por tu culpa, Scott? Baja el arma.

Me acarició la mejilla con el filo cubierto de sangre. Su rostro se situó al lado del mío y, sin darme un segundo de tregua, me clavó el cuchillo en el vientre.

Volví a gritar.

—Puedo estar así toda la noche...

—Es raro verte sentir tanto placer haciéndole a otra lo mismo que sufrió tu novia antes de sucumbir a sus heridas —dijo Asher con un tono serio.

El hombre se quedó helado y su cuerpo se tensó contra el mío. El pánico me invadió. Con la mirada, supliqué a Asher que se callara por miedo de tener que volver a pagar por él.

—Parece que te ha comido la lengua el gato...

—No hables de ella...

Asher esbozó una sonrisita y dio un paso hacia delante. El hombre soltó el cuchillo para agarrar su arma.

—Pero... su hijo sobrevivió.

Avanzó hacia nosotros con el cañón apuntado hacia aquel tipo, que reculaba con cada paso que Asher daba en nuestra dirección.

—Así que tú eliges —añadió con el mismo tono—. Por las heridas que le has provocado a mi ángel, está claro que voy a tener que matar..., pero te dejo decidir. A ti o a tu hijo.

—¡No toques...!

Asher lo hizo callar chasqueando varias veces la lengua contra el paladar. Podía sentir el cuerpo de mi agresor temblar contra el mío.

—¿Lo ves? Todos tenemos puntos débiles —continuó Asher acercándose a nosotros—. El tuyo es tu hijo. Y el mío... es ella.

En el momento en que el hombre rodeó mi cuello con el brazo, un disparo estridente hizo que se me cayera el alma a los pies. Mi agresor me soltó con un grito de dolor antes de dispararme también. Corrí hasta la cocina, donde me escondí de las balas que volaban por la habitación.

—Vamos a matarla, Scott. ¡Van a pagar! —exclamó el hombre intentando retroceder hacia la puerta.

De repente, como si acabara de apoderarse de él una oscura furia, como si su arma se hubiera convertido en la extensión de su ira, Asher disparó varias veces al agresor. Este cayó al suelo.

Me presioné las heridas entre gemidos de dolor. Mis ojos no se separaban de la escena, desde el cuerpo inerte de mi agresor hasta la sangre que empapaba la ropa de Asher, quien respiraba pesadamente.

Rápidamente, tiró el arma al suelo y corrió hacia mí. Mientras me inspeccionaba, pude ver la preocupación en sus ojos. Su rostro manchado de sangre me hacía estremecerme tanto como mis heridas. Sentía un dolor atroz en el vientre y la sangre no dejaba de derramarse por mi brazo. Mis sollozos aumentaban la sensación de dolor en el vientre.

—Se ha acabado, ángel mío... Se ha acabado —me tranquilizó Asher.

Parecía buscar una manera de detener el sangrado. Su respiración estaba tan agitada como la mía. Sus ojos se detuvieron de nuevo en mis heridas, cubiertas por mis manos rojas y temblorosas.

—Sigue apretando —me ordenó antes de recostarme en el sofá.

Marcó un número y, de pronto, las luces se volvieron a encender. Asher levantó la cabeza con la mandíbula contraída.

—El imbécil había planeado el golpe —soltó—. Tenía diez minutos para secuestrarte.

—Asher..., me... me duele muchísimo...

Hice una mueca y me lanzó una mirada desolada antes de quitarse la chamarra rápidamente. Luego, de un golpe seco, rompió la manga de mi camiseta y la levantó para dejar al descubierto la herida que tenía en el costado.

—Enseguida vuelvo.

Sin perder un instante, salió de la habitación y regresó unos segundos después con un botiquín. Una voz sonó a través de su celular. Era Kyle.

—¡Trae al médico urgentemente y vengan al edificio! —exclamó Asher, más alterado que molesto, mientras dejaba el botiquín sobre la mesa de centro.

—¡Está bien, carajo, está bien!

Y Kyle colgó.

Asher se pasó una mano temblorosa por el pelo. La sangre se me escapaba entre los dedos. Se sentó en el sofá y murmuró:

—Ángel mío..., quita la mano. Yo me ocupo de ti, ¿está bien?

Delicadamente, retiré la mano con una mueca. Un sollozo se

escapó de mis labios cuando la herida quedó al descubierto. Se me nubló la vista.

Gemí cuando hizo presión sobre el corte cubriéndolo con una tela gruesa.

—Vamos a esperar a que dejes de sangrar —murmuró—. ¿Cómo te sientes?

Tenía la sensación de que mi cuerpo ya no podía soportar más el dolor.

—Can... Cansada... Estoy cansada... Creo que... Creo que me voy a desmayar...

—Mierda, mierda, mierda —soltó, todavía más alterado.

Con su mano libre, marcó un número. Activó el altavoz y dejó el celular sobre su rodilla. La voz de Kyle sonó enseguida.

—Está perdiendo mucha sangre —le informó Ash—, así que acelera.

La cabeza me daba vueltas, como si mi cuerpo, que pesaba una tonelada, se estuviera quedando sin energía.

—Ángel mío, ey, quédate conmigo, ¿está bien? Todo va a salir bien... Te lo suplico, quédate conmigo.

La voz de Asher sonaba cada vez más lejana. Me veía incapaz de seguir luchando, aunque podía sentir su pánico llenando la habitación.

—Me duele...

—Lo sé —susurró—. Lo siento...

Durante unos minutos interminables, me resistí a desmayarme, a pesar de que sentía que podía suceder en cualquier momento.

—¿Sigues consciente, ángel mío?

—Hmm...

Volví a entreabrir los ojos. Giré la cabeza hacia la herida.

—Voy a limpiarla mientras llega este puto médico. Lo he llamado, me ha dicho lo que debo hacer.

Ni siquiera lo había oído irse. Retiró la tela con delicadeza y la tiró al suelo antes de agarrar una gasa, que empapó con un producto.

Asher miraba de vez en cuando mi cara, marcada por el dolor. Cuando la tela fría entró en contacto con el corte de mi vientre, no pude reprimir los gemidos.

—Lo siento.

Empezó a limpiar la sangre alrededor de la herida antes de ocuparse de la de mi brazo. Un torrente de lágrimas se deslizaba por mis mejillas. Ya no sentía el brazo.

—¿Ella?

—Sigo viva —murmuré recuperando poco a poco el sentido.

—¡Ash!

La voz de Kyle nos alcanzó desde la entrada. Por fin habían llegado...

—¡Aquí! —gritó rápidamente Asher—. Y cierren la puerta con llave.

Oímos unos pasos que se acercaron rápidamente y la cara de Ally apareció en mi campo de visión. Mis heridas la horrorizaron. Un instante después, un hombre de unos cincuenta años se puso en cuclillas a mi lado.

—No le hagas daño —gruñó Asher.

—Ha perdido mucha sangre. Le ha tocado una arteria —constató este mientras observaba la herida en mi brazo.

El médico sacó varios instrumentos de su botiquín, pero no lograba concentrarme en él. Estaba intentando mantener la atención en Asher, que, con la mandíbula apretada, lanzaba miradas asesinas al médico, aunque este solo estaba haciendo su trabajo.

—Ya está... Ahora, voy a ocuparme de tus heridas.

—Kyle, tienes dos cadáveres de los que deshacerte —anunció Asher cuando su primo se unió a nosotros.

—¿Dos? Pero...

—El segundo está debajo de la cama de Ella.

Dos horas después...

Kyle y Ally acababan de irse con el médico y los dos cadáveres. Había resultado que el que estaba debajo de mi cama era uno de los hombres que vigilaban los alrededores del edificio. Decidimos que esta noche dormiríamos en el departamento de arriba.

Asher estaba subiendo nuestras cosas, vaciando por completo el departamento en el que yo nunca quería volver a poner un pie. Mis heridas estaban cubiertas con vendas que debía cambiar a la mañana siguiente. No podía utilizar el brazo, o al menos cargar objetos pesados.

Gracias a la transfusión, me sentía mejor. Menos mal que Asher conocía mi grupo sanguíneo, incluso yo lo había olvidado.

—El departamento está vacío —anunció Asher, que cerró la puerta con llave.

Lo oí subir las escaleras y venir conmigo a su habitación.

—Tengo sueño —murmuré sintiendo que mis párpados se volvían cada vez más pesados.

—¿Quieres dormir así? —me preguntó con una mueca.

Estaba demasiado cansada para cambiarme y temía reabrir las heridas si me movía.

—Deja que te ayude.

Sin ni siquiera esperar a mi respuesta, sacó una pijama de mi pequeña maleta y volvió a mi lado.

—Puedo...

—No —me interrumpió—, no puedes. Levántate.

Poco a poco, me senté en la cama. Se me aceleró el ritmo cardiaco cuando sentí sus dedos agarrar mi camiseta rota y levantarla delicadamente, evitando mi brazo herido y el corte en mi vientre.

—Te voy a poner esto —dijo mostrándome una camiseta sin mangas.

—Hace frío, Asher —le recordé.

—No entre mis brazos —dijo con una sonrisa—. ¿Quieres... dormir con...?

Señaló mi brasier.

—Puedo quitármelo.

Pero no me dejó hacerlo. Me pasó los dedos por la espalda para desabrocharlo. Como si mi cuerpo se hubiera acostumbrado a su contacto, no se tensó. No resurgió ningún miedo. Al contrario, un escalofrío se apoderó de mis extremidades y mi piel desnuda se erizó.

—Levanta la cabeza —me pidió Asher antes de ponerme la camiseta.

Lo miré fijamente. Verlo tan aplicado a su tarea me arrancó una sonrisa. Hizo lo que pudo para ponerme la prenda sin hacerme daño. Luego comenzó con mis pantalones, que me quitó suavemente antes de remplazarlos por los de una pijama.

—Lista —resopló mientras me observaba orgulloso—. Puedes dormir.

—Gracias.

Esbozó una pequeña sonrisa y me dio un beso en la frente.

A continuación, se acostó en la cama. Me refugié entre sus brazos con cuidado de no tocar la herida de mi vientre. Con la cabeza acomodada en su cuello, me impregné de su olor relajante. Su respiración regular me calmó.

—¿Asher?

—¿Hmm?

No lo había olvidado, me había confesado sus sentimientos. Ese pensamiento despertó unas mariposas en mi estómago. Es cierto que lo había dicho durante un ataque de ira, pero, aun así, lo había dicho. Ahora que estaba más calmado, tenía una oportunidad para explicarme.

—Llamé a Shawn para ver cómo estaba y te lo escondí porque tenía miedo de que reaccionaras mal. Tenía miedo de que te enojaras.

No respondió nada, pero su respiración se agitó un poco.

—Shawn no me gusta. No estoy interesada en él porque solo lo estoy en ti —le confesé sinceramente antes de continuar bromeando—: aunque Shawn es mucho más...

—Ni te atrevas.

Me reí. Claramente, Shawn era del montón comparado con Asher. El hombre que tenía al lado era diabólicamente guapo. No me sorprendía que a Heather se le cayera la baba por él, podía entenderla. Yo también babeaba... por dentro.

—No quería... No quería mentirte, pero al mismo tiempo, sabía que tu reacción iba a... No iba a ser...

—Lo he entendido, Ella —suspiró estrechándome entre sus brazos—. Lo he entendido.

Exhalé ruidosamente. No sabía si la conversación había terminado.

—¿Puedo hacerte una pregunta?

—Hmm...

—Antes... has... has dicho: «A él tampoco le importas una mierda». ¿A ti... te...?

—Lo que quería decir es que le das demasiada importancia a gente que no te dedica la misma atención. Con «tampoco» me refería a la perra de tu tía. Algunas personas no merecen que te preocupes por ellas, porque ellas no lo hacen por ti.

Me quedé en silencio. Aunque comprendía lo que quería decirme, sus palabras me habían herido.

Sentí su mano acariciándome la espalda, subir lentamente a lo largo de mi espalda, como en Londres. Donde todo había comenzado.

—¿Asher?

—¿Sí?

El ritmo de mi corazón se disparó a causa de la decisión que acababa de tomar. Quería decírselo. Quería decirle esas palabras que no había pronunciado desde el año anterior. Porque, ahora, sabía que él sentía lo mismo.

«Puedo decírselo ahora. Quiero oírlo decirlo de nuevo. Tal vez me lo diga si yo se lo digo. Debo intentarlo.»

—Yo también te quiero...

Sentí que se tensaba contra mí y, rápidamente, se me revolvió el estómago.

«Tal vez no debería haberlo hecho. Demasiado pronto. ¿Va a responderme?»

Esperé una respuesta, pero su silencio puso punto final a nuestra conversación.

Con un nudo en la garganta, no añadí nada más y cerré los ojos con la esperanza de olvidar el final de ese día. De olvidar su silencio.

Al día siguiente. Cuartel general de Manhattan

Me aguanté las ganas de vomitar al ver sobre la mesa el dedo cortado que los hombres habían encontrado en el bolsillo del cuerpo mutilado que había debajo de mi cama. Ese dedo no le pertenecía, era del hijo del senador.

—Sí tienen ganas de afectarte —declaró Kyle.

Según él y Asher, al hijo del senador lo habían matado los hombres que querían secuestrarme. Al parecer, habían dejado un mensaje en el otro bolsillo de aquel cadáver.

—No han podido secuestrar a Ella, así que están intentando culparme de un asesinato.

—¿Qué hacemos?

Asher se sumió en sus pensamientos. Ally me dedicó una pequeña sonrisa que yo le devolví. Desde el día anterior, Asher casi no me había dirigido la palabra. Tenía un nudo constante en la garganta, estaba volviendo a sentir lo que había sentido la noche en que se había negado a escuchar mis sentimientos.

Ya no conseguía hablarle con normalidad, y él tampoco lo hacía conmigo. Ese frío que conocía demasiado bien se había vuelto a instalar entre nosotros.

—Ally, recuérdamelo, la próxima fiesta de las cautivas es...

—Mmm..., la semana que viene, ¿no?

Asher esbozó una sonrisa malvada y se giró hacia Kyle.

—Necesito que te quedes una semana más en California. —Luego se giró hacia Ally—. Tú irás a esa fiesta y le dirás a Sabrina que tiene una deuda que pagar.

—¿Tiene una deuda? —le preguntó Kyle.

—Sabrina me robó dinero el año pasado. Habría podido matarla, pero se libró porque pensé que algún día podría serme útil... Y tenía razón.

Ally asintió. Luego Kyle y ella se dirigieron hacia la salida.

—Nos vemos en Los Ángeles —resopló Asher—. Cierren la puerta al salir. Necesito un poco de intimidad...

Tragué saliva al cruzarme con su mirada. «¿Qué quiere ahora?»

35

Guíame

ASHER

Unas horas antes...

No había podido conciliar el sueño desde que Ella se había dormido. Ni siquiera mirarla mientras dormía conseguía acallar mis pensamientos. Más bien al contrario.

Los acontecimientos de la noche anterior giraban en mi cabeza con tanta velocidad que era como si los estuviera viviendo por primera vez. Desde que pronuncié esas palabras hasta que las dijo ella también.

No había podido olvidar a mi ángel en manos de ese hijo de puta, al igual que su grito de dolor, que todavía resonaba en mis oídos.

La ira corría por mis venas. Estaba enojado conmigo mismo por un bastantes razones: lo que había dicho, el daño que le había hecho, las llamadas que había ignorado, las heridas que le había provocado y el silencio que había instaurado entre nosotros.

«Soy un maldito imbécil.»

Sabía que le había hecho daño al no responder, había notado sus labios temblando contra mi piel.

Me odiaba por dentro.

Odiaba todo lo que no hacía por miedo. Lo único más fuerte

que mi miedo era la ira, el único motivo por el que habían salido de mi boca las palabras que ella soñaba con escuchar.

—Lo siento —murmuré viéndola dormir a mi lado.

Ella se giró de lado con una mueca. La herida del brazo le impedía moverse como quería.

«Por culpa mía. Todo ha sido culpa mía.»

Corría peligro por culpa de mis decisiones, pagaba las consecuencias de mis acciones. El sentimiento de ser siempre la causa de su desgracia me enfurecía.

Lentamente, la rodeé con los brazos para acercarla a mí. Estreché su frágil cuerpo contra el mío y aspiré su aroma con los ojos cerrados.

—Lo siento —repetí contra su pelo.

Ella gimió y yo me disculpé una vez más antes de apartarme. Con la mirada fija en la pared que tenía delante, le acaricié el pelo poco a poco. Me moría de ganas de permanecer así toda la eternidad. Tenerla entre mis brazos me calmaba de un modo en que no conseguía hacerlo ni el tabaco.

«Carajo, no la merezco.»

No podía evitar cuestionarme. ¿Me quería de verdad? ¿O acaso solo creía que estaba enamorada? ¿Me quería incluso cuando me comportaba como un imbécil? ¿Me querría todavía dentro de unos años?

Detestaba a Isobel por haberme roto el corazón. Nunca habría dudado de lo que sentía por mi ángel si no la hubiera conocido a ella.

Jamás.

¿La quería? ¿La quería de verdad?

Me había enamorado de ella, de su encanto, de sus ojos. Me tenía totalmente a sus pies y eso me aterraba.

—Por favor..., dame tiempo...

Las dos de la tarde. Cuartel general de Manhattan

—Nos vemos en Los Ángeles. Cerrad la puerta al salir. Necesito un poco de intimidad...

Ella frunció el ceño. Desde esa mañana, apenas me hablaba y yo tampoco me atrevía a decirle nada. Se había dado cuenta de que la rehuía. «¿Estará enojada conmigo?»

No tenía ganas de volver a sacar el tema. Prefería no hacer nada.

—¿Todavía te duele?

Asintió débilmente con la cabeza y apartó la mirada de la mía para posarla en sus heridas.

—¿Quieres que llame al médico para que te eche un vistazo?

—No, Asher —resopló fatigada—. Solo quiero volver a casa.

Incliné la cabeza a un lado. Estaba agotada, se le veía en la cara, pero no podía evitar que me pareciera encantadora.

Rodeé la mesa para acercarme a ella. No escondió su enojo ni su mal humor, lo que me arrancó una sonrisa burlona que disimulé cuando me topé con su mirada asesina.

—Volveremos a California mañana —informé poniéndole las manos en los hombros—. ¿Cómo te encuentras?

Se echó a reír alejándose de mí. Conocía esa risa.

—Asher, ¿cómo quieres que me sienta? Un hombre que llevaba semanas persiguiéndome me apuñaló porque no quisiste bajar el arma —respondió bruscamente—. Anoche dormí fatal por culpa de las heridas y ahora lo único que quiero son unas horas de sueño.

Sus acusaciones reavivaron mi ira e hicieron que se me calentara la sangre.

—No bajé el arma porque quería mantener la ventaja, Ella —me defendí con el mismo tono—. Podía desestabilizarlo y lo conseguí. Si hubiera bajado el arma, te habría matado. No creas que fue porque no quería hacerlo. No podía.

Inspiró profundamente y continuó fulminándome con la mirada:

—Pues no me preguntes cómo me encuentro cuando mis heridas son por tu culpa.

Sus palabras fueron como puñaladas afiladas. Sin embargo, era consciente de que no hablaba de sus heridas físicas.

—No quería hacerte daño —murmuré entre dientes.

—Pero es lo que mejor se te da. Eso y huir —me acusó con los puños apretados—. A la hora de huir eres todo un campeón. Una vez más, Asher, ¿cómo crees que me siento sabiendo que el idiota del que me he enamorado se niega a mostrarme lo que siente por mí?

Se me aceleró el ritmo cardiaco. Empezaron a temblarme las manos mientras sus palabras resonaban en bucle en mis oídos. «Lo que siente por mí.»

Apreté los puños. Que fuera consciente de mi vulnerabilidad me hizo rabiar.

—Ella, no quiero hablar de eso —gruñí sintiendo que aumentaba mi enojo.

Se le escapó una risita y espetó con un tono lleno de amargura:

—Claro, es lo que dices siempre.

En ese momento, alguien tocó la puerta.

Le di las gracias para mis adentros por interrumpir una discusión que prometía ser muy... muy violenta.

—¡Adelante! —exclamé con la mirada clavada en la de Ella.

En ese instante, estaba casi seguro de que quería verme muerto.

Entró uno de mis hombres, pero no aparté la mirada de mi ángel.

—Jefe, acabamos de recibir los resultados: el dedo es del hijo.

Rápidamente, un escalofrío me atravesó de arriba abajo y una sonrisa estiró mis labios. Era la confirmación que esperaba. Esos idiotas habían decidido cargarme una muerte. Sin embargo, habían subestimado mi capacidad de reacción.

—Háganle una visita al senador y díganle que sé dónde está su hijo... Pero déjenle claro que no doy nada gratis.

«Por supuesto que no... Todo tiene un precio... Y el mío es muy elevado.»

—Díganle también que vuelvo a Los Ángeles mañana por la mañana. Si quiere verme, solo tiene que desplazarse.

—De acuerdo, jefe.

Había llegado la hora de la venganza... y no pude evitar temblar de emoción.

ELLA

Dos horas más tarde...

—Te espero fuera —me informó Asher.

Colgué y dejé que un suspiro escapara entre mis labios. Una carcajada me sacó de mis pensamientos.

—¿Qué? —pregunté levantando la cabeza hacia Paul, mi terapeuta.

—Has dicho hace unos segundos que ibas a encargarte tú misma... —se burló.

Reí mientras me guardaba el celular en el bolso. La sesión estaba a punto de terminar y había sido la hora más reconfortante de toda la semana. Necesitaba dejar que mi corazón hablara y Paul me había escuchado.

Habíamos hablado del ataque, así como de Asher. Mi terapeuta dijo que quizá él tenía muchas dificultades para expresar lo que sentía, así que decidí ser paciente. Le daba miedo abrirse a mí y que yo le hiciera lo que le había hecho Isobel.

La discusión de esa mañana había sido alimentada por mi rabia del día anterior y por la fatiga. Sabía que Asher no quería hacerme daño a propósito, pero era más fuerte que yo. El hecho de que no se abriera nunca empezaba a resultarme muy pesado.

—He dicho que iba a intentarlo —corregí mientras me levantaba—. Es más fácil de decir que de hacer...

—¿Crees que vas a poder hacerlo?

—Por una parte, me encantaría —confesé mirando por la ventana—. Pero por otra... es como si no quisiera seguir esforzándome por comprenderlo porque me da la sensación de que él no quiere esforzarse por darme explicaciones.

—¿Sabes, Ella? Cada uno tiene una manera diferente de mostrar sus sentimientos y Asher expresa mucho más a través de sus actos... que con las palabras —explicó mi terapeuta—. Incluso los pequeños detalles cuentan. Te da a entender mucho más de lo que tu suspicaz mente cree.

Absorbí sus palabras mientras jugueteaba con los dedos.

—No te cierres, Ella. Hazlo por ti.

Nuestras miradas se cruzaron y asentí con la cabeza mientras dejaba escapar un nuevo suspiro. A veces, Asher era agotador.

Al salir de la consulta de Paul, no me sorprendió ver el coche de Asher estacionado justo delante. Cuando entré en el vehículo, el olor a tabaco me llenó la nariz. La mano que se pasó por el pelo despeinado, el cigarro atrapado entre los labios y los ojos clavados en mi rostro me aceleraron el pulso.

—Yo también puedo escucharte y lo hago gratis.

Su comentario me provocó una sonrisita que disimulé frunciendo los labios.

—Y yo también puedo escucharte a ti.

Abrió los ojos como platos un instante y a continuación los cerró y giró la cara.

Recorrimos el trayecto hasta el edificio en un incómodo silencio. Una vez en el elevador, Asher pulsó el botón de nuestro piso y se apoyó a mi lado.

Me crucé de brazos y me aclaré la garganta sintiendo que la cabina subía. De repente, me sentí cohibida por su presencia. Tal vez fuera por lo que podía suceder en ese espacio cerrado.

Con el rabillo del ojo, lo vi esbozar una leve sonrisa que ensanchó la mía.

El elevador se detuvo súbitamente y mi sonrisa desapareció de golpe cuando se abrieron las puertas. Apareció un rostro familiar. Me dio un vuelco el corazón. Shawn.

Abrió los ojos como platos cuando se posaron en mi rostro y luego en el de Asher. Mierda.

—¡Qué sorpresa, Ella!

Entró en el elevador y me abrazó como si nada. Me puse rígida mientras Asher apartaba la mirada de la escena con la mandíbula contraída.

—He...

—¿Dónde estabas? Recibí tu llamada, pero ya sabes que suelo estar ocupado —prosiguió Shawn rascándose la nuca—. ¿Has vuelto a la ciudad?

—N-no —respondí todavía sorprendida—. Me vuelvo a ir mañana por la mañana.

Asher se aclaró la garganta y se alejó de mí. Apoyó el hombro en la pared. Su expresión contenida me hizo tragar saliva. Podía explotar en cualquier momento.

—Ah, entiendo —contestó Shawn fingiendo tristeza—. ¿Estás libre esta noche?

En ese momento, le dirigió una mirada a Asher y comprendí su juego.

«Imbécil.»

—No —declaré firmemente—. Tengo cosas que hacer.

Asher se mordió los labios para evitar sonreír.

—¡Tenemos que vernos antes de que te marches! —replicó Shawn.

Me daba asco su hipocresía, que tenía como único objetivo hacerle daño a Asher. Me repugnaba.

—No será posible —contesté con frialdad antes de girarme hacia las puertas—. Tengo otras prioridades.

Shawn se calló. Asher se aclaró de nuevo la garganta. Seguía manteniendo la sonrisita, igual que yo.

Los segundos siguientes fueron una tortura hasta que Shawn salió del elevador y nos dejó solos como si no hubiera entrado nunca.

En cuanto se cerraron de nuevo las puertas, Asher me rodeó la cintura con los brazos y estampó los labios contra los míos. Con las prisas, nuestros dientes chocaron. El corazón me latía a una velocidad desenfrenada. Le pasé un brazo por el cuello y él profundizó el beso como si pudiera encontrar en él el oxígeno que le faltaba.

Fue un momento tan intenso que me daba vueltas la cabeza. Rápidamente, me levantó por los muslos. Jadeé por la sorpresa cuando mi espalda chocó con la pared.

—Me haces perder la razón, Ella —gruñó entre dos besos.

Presionó el torso contra la herida de mi vientre, lo que me arrancó un gemido de dolor. El fuego de Asher se enfrió de inmediato. Su respiración resonaba en el elevador mientras su aliento mentolado me embargaba.

—Tenía muchas ganas de meterle el puño por la boca —murmuró Asher pegando su frente a la mía.

Se me escapó una risita.

—Yo también —respondí.

Esta vez fue Asher quien se rio. Sus brazos me liberaron los muslos y mis pies tocaron el suelo justo cuando se abrieron las puertas del elevador delante de su departamento. Me tomó de la mano y entrelazó los dedos con los míos para jalarme.

Me dirigí a las escaleras y Asher me siguió hasta la habitación. Le dediqué una mirada inquisitiva al dejar el bolso sobre la cama. Avanzó y me quitó la chamarra con cuidado. Una dulce calidez me inundó el pecho al recordar las palabras de Paul.

«Incluso los pequeños detalles cuentan. Te da a entender mucho más de lo que tu suspicaz mente cree.»

Cuando me crucé con su mirada metálica, el corazón me palpitó con fuerza.

«Te quiero...»

—No... No quería hacerte daño.

—Lo siento —murmuré—. Yo no quiero... No quiero presionarte...

Inclinó la cabeza a un lado y, con una sonrisa, susurró:

—Dame algo de tiempo. Solo un poquito...

Me dio un beso en la frente. Cerré los ojos por instinto mientras me acariciaba el dorso de la mano con el pulgar.

—¿Quieres cambiarte?

—Quiero darme un baño —resoplé apoyando la cabeza en su hombro—. Pero no puedo por culpa de las heridas.

Apretó los brazos a mi alrededor y me encogí contra él. Con la mejilla apoyada en mi cabeza, murmuró:

—Yo..., eh... ¿Puedo ayudarte?

Me dio un vuelco el corazón.

—¿Quieres ayudarme a bañarme?

Asintió con la cabeza y lo pensé, aunque me daba un poco de vergüenza.

—Eh...

—Pero no usaré tu champú —precisó—. Prefiero el mío.

Se me escapó una carcajada, aunque estaba estresada por dentro.

Asentí con la cabeza y sonrió. Me sacó de la habitación sin dejar de mirarme. Una vez en el cuarto de baño, me quedé atrás contemplando la regadera italiana que llevaba llamándome desde el día anterior.

De repente, me puso las manos en las caderas.

—Voy a cuidar de ti, ángel mío —murmuró junto a mi cuello.

Me agarró la camiseta con los dedos y empezó a subirla lentamente. Me invadió una oleada de escalofríos. Mi cuerpo se sentía atraído por él. Por su roce.

Con una sonrisita, me quitó la camiseta. Se me encendieron las mejillas y crucé los brazos sobre el pecho, todavía cubierto por el brasier.

—¿Puedo?

Cuando pasó el dedo índice por los tirantes, mi respiración se volvió irregular. Me pidió mi consentimiento con la mirada y se lo concedí moviendo la cabeza.

Colocó los labios en mi hombro mientras me desabrochaba la

ropa interior. Me besó y alejó los dedos de mi espalda para desabrocharme los pantalones, que cayeron al suelo.

—¿Estás bien?

—Hum...

A continuación, se quitó los suyos, que cayeron al suelo junto a los míos. Ahora que los dos estábamos en ropa interior, el ambiente cambió. Se volvió más... ardiente.

Deslizó los labios hasta mi cuello, lo que me arrancó un suspiro.

—Tenemos que proteger las heridas —me dijo Asher.

Se apartó de mí y sacó una venda del botiquín que había dejado el médico.

—Estas son resistentes al agua —informó mientras regresaba junto a mí.

Con suavidad, quitó la gasa que tenía pegada al brazo e hice una mueca. Asher me sonrió para calmarme mientras limpiaba la herida. Pegó la venda resistente al agua y repitió lo mismo en mi vientre.

—Listo —declaró tras revisar todo por última vez—. Solo falta...

Usó el dedo para juguetear con el elástico de mis pantaletas. Mi respiración se volvió errática, me ardían las mejillas. A Asher le causó gracia mi reacción.

Lentamente, busqué mis pantaletas con los dedos y me las bajé. Asher me miró sin decir nada, siguiendo con la mirada la ropa interior, que aterrizó junto a los pantalones.

—¿Te molestaría que...? ¿Que yo...?

—No —contesté anticipándome a la ansiedad que empezaba a despertarse—. No, no me molesta.

Se quitó el bóxer sin apartar la mirada de la mía.

Presioné los labios contra los suyos con la esperanza de olvidar mis miedos. Asher enroscó los brazos alrededor de mi torso y profundizó el beso empujándome hacia la regadera. Abrió la llave y se me escapó un jadeo entre los labios cuando el agua fría entró en contacto con mi piel, que estaba a punto de arder.

Sonrió y me volvió a besar. El agua, que ya se había calentado, se mezcló con nuestro beso y se deslizó entre nuestros cuerpos desnudos. Reprimí un suspiro de satisfacción.

Se apartó para susurrar:

—Lo siento...

Con un nudo en la garganta, acepté sus disculpas y me apreté más contra él. Apoyé la cabeza en el hueco de su cuello y sentí cómo me acariciaba el pelo mojado.

—Dame algo de tiempo —repitió con un suspiro—. Por favor... Lo necesito.

—No te pido que te abras a mí por completo, Asher —murmuré—. Simplemente, no quiero que te cierres... porque no podré llegar hasta ti.

—Lo intentaré, Ella... Lo intento de verdad.

Le puse el pulgar en la mejilla y lo miré fijamente a los ojos. Veía que estaba perdido, igual que yo. Necesitábamos ayudarnos mutuamente a reencontrarnos en esta relación.

Me acarició los labios con los suyos y unió nuestras bocas en un beso más dulce.

«Te quiero...»

El ambiente empezó a transformarse y se volvió más intenso. Lentamente, bajó los dedos por mi espalda. Me atacó el cuello con los labios succionando mi piel mientras me presionaba las nalgas con las manos.

—Me haces perder la razón...

Se me escapó un gemido de la boca cuando sentí que sus dedos se alejaban de mis nalgas para excitar mi sexo. Con una sonrisa, me presionó contra la pared.

—Asher...

Jalé su cabello mojado con los dedos. Saboreé sus caricias y su cuerpo contra mí. Rápidamente, sus dedos entraron en mi cuerpo. Empezó a hacer movimientos lentos mordisqueándome la piel.

Solté un gemido lastimero. Quería más. Él lo entendió y aceleró el ritmo. Cuando le clavé las uñas en el brazo, soltó un gruñido que me hizo perder la cabeza.

—¿Te gusta, ángel mío? ¿Te gusta lo que te hago?

El ritmo de sus dedos se volvió cada vez más rápido, frotó el punto más sensible de mi cuerpo y me arrancó una retahíla de suspiros ardientes. El calor empezó a nacer en mi vientre.

—No pares...

—Me excitas tanto, maldición —gruñó presionándose contra mí.

Sentí su miembro duro y un escalofrío me recorrió la espalda. Empezaron a temblarme las piernas, pero Asher me sostuvo con fuerza contra él sin detener el movimiento de sus dedos. Un grito de placer salió violentamente de mis labios cuando la burbuja de presión explotó en mi bajo vientre y me recorrió todo el cuerpo. La sensación siempre era muy intensa.

Profundamente intensa.

Asher, con la boca entreabierta, observaba mi rostro todavía inundado de placer.

—Creo que ahora... puedes ver el efecto que tienes sobre mí... —murmuró—. Estoy harto de darme baños fríos.

La culpabilidad me invadió..., pero también la curiosidad. Asher me proporcionaba placer todo el tiempo y yo todavía no se lo había devuelto. Mi ansiedad intentó tomar el control, pero la ahogué rápidamente. No eran ellos.

Era Asher, no ellos. Me lo había demostrado varias veces. Y quería... quería darle placer. O, al menos, intentarlo.

—Asher...

Apoyé la mano en su torso y la bajé lentamente por sus abdominales. Se le tensó el cuerpo y la observó descender peligrosamente hacia su sexo.

—¿Qué ha...?

—Quiero intentar... darte... placer.

Se le cortó abruptamente la respiración y se me sonrojaron las mejillas.

—Y si aceptas..., necesito... necesito que me enseñes. Guíame..., Asher.

36

Año nuevo..., fiesta nueva

ELLA

Su mirada sorprendida se quedó clavada en mi mano, que descansaba apoyada tímidamente sobre su torso. Estaba perpleja, no conseguía descifrar sus expresiones, saber si le parecía bien... Simplemente, se veía sorprendido. Muy sorprendido.

—Mmm... No... No estás... Ella, no estás obligada a...

—Quiero intentarlo —le dije—. Quiero intentarlo... contigo.

Entreabrió la boca. Sentía que el corazón me latía a una velocidad desbocada. Nerviosa y estresada, solo esperaba su consentimiento.

—E-está bien.

Y acababa de dármelo.

Poco a poco, posó una mano sobre la mía y me dejé llevar. Iba a guiarme.

—No tenemos por qué...

—Asher, quiero hacerlo —repetí jadeando, sin dejar de mirarlo, mientras mi mano continuaba con aquel peligroso descenso.

En el instante en que mis dedos rodearon su miembro, su boca se pegó a la mía. Envolvió mi mano con la suya y empezó a acompañar mis movimientos lentos y firmes, de arriba abajo. Su respiración se volvió más pesada.

De repente, succionó mi labio inferior y mis sentidos se aturdieron. Cuanto más lo acariciaba, más gemía contra mí. Sentía su miembro duro bajo mis dedos. Sus gruñidos me incitaron a mantener el ritmo.

—Ella...

No aguantaba más y me dejó continuar sola. Con un suspiro, apoyó los antebrazos sobre la pared que estaba detrás de mí, haciéndome prisionera de su cuerpo.

—Oh, ángel mío.

Intenté mantener el mismo ritmo, luego decidí acelerar un poco. Gruñó agarrándose a mis caderas, con los ojos cerrados y la boca entreabierta. Me encantaba verlo así, comprendía que él disfrutara tanto dándome placer.

Era adictivo.

—Más rápido...

Lo escuché saboreando el placer en su mirada. Verlo reaccionar a mis caricias me daba ganas de continuar. Ya no pensaba en nada salvo en él, en lo que podía ofrecerle.

—Diablos..., Ella...

Puso los dedos sobre los míos para acelerar mis movimientos. Quería más.

Seguí su cadencia y emitió un gemido cerca de mi oreja. Oír cómo su voz ronca suspiraba descontrolada mi nombre me provocaba escalofríos. Me empezó a doler la muñeca, pero no dije nada, lo dejé utilizar mi mano. Sus gemidos silenciaban todos mis pensamientos.

De repente, un gruñido más intenso se escapó de su boca y colocó la mano entre nosotros antes de dejar que su cuerpo se desplomara contra el mío. La punta de su miembro estaba húmeda.

—¿Has...?

—S-sí —resopló contra mi piel.

Se quedó apoyado sobre mí unos segundos más y luego levantó la mirada. Sus ojos me analizaron, inspeccionaron cada centímetro de mi piel, y una sonrisa apareció en sus labios.

—Ni siquiera en mis sueños habías hecho esto.

Le devolví la sonrisa. Sin previo aviso, pegó su boca a la mía. Le rodeé el cuello con el brazo mientras los suyos me envolvían la cintura.

—¿Te... Te ha gustado? —le pregunté, nerviosa.

—¿En serio me lo estás preguntando?

Mi sonrisa se ensanchó y me besó de nuevo, más intensamente.

—Sí, ángel mío... Demasiado.

Una risa sofocada se escapó de mi boca.

—Vamos a bañarnos —declaró—. Una vez más, vamos a utilizar mis productos, Collins.

Dos días después. Los Ángeles

—Rayos, Ella, enséñale a comerse su comida —soltó Asher fulminando a Tate con la mirada.

Habíamos regresado la noche anterior. Había extrañado la casa, como si ese hogar de cristal me envolviera con un sentimiento reconfortante. Un sentimiento de seguridad.

—No te vas a morir por darle un poco de carne —resoplé.

—Si sigue así, él será la cena —gruñó antes de ceder a mi demanda.

Desde ayer por la noche, Asher estaba de muy mal humor con Tate, que se mostraba cariñoso con nosotros tras haber estado varios días con Kiara y Ben. Kiara andaba con muletas y Ben decía que estaba a punto de tomar vacaciones en un hospital psiquiátrico. En resumen, todo iba bien.

—¿Qué has decidido?

Durante nuestro vuelo, Asher le había hablado a Ally de su misión en la fiesta de las cautivas. Ella le había pedido que yo la acompañara, pero Asher no estaba de acuerdo.

—¿Sobre?

—La fiesta —aclaré.

Dejó el tenedor, se cruzó de brazos y se apoyó en el respaldo de la silla.

—¿Quieres ir?

Me encogí de hombros. La última fiesta de las cautivas a la que había asistido un año antes no había estado tan mal, olvidando a Isobel.

—¿Te molesta que vaya? —le pregunté.

Lo meditó un segundo y me respondió sinceramente:

—No me gustan las cautivas a causa de sus vicios. Y tampoco confío en ellas, pero si es lo que quieres... Solo debes tener cuidado y no quedarte nunca sola.

El corazón me latía con fuerza. Sabía que las cautivas podían ser muy peligrosas, claramente no estaba hecha para ser una de ellas.

—Solo voy a acompañar a Ally —murmuré mientras jugaba con el tenedor—. A ella tampoco se le antoja demasiado ir... Además, Carl nos esperará...

—Yo iré por ti, Carl solo esperará a Ally —replicó mientras sacaba un cigarro de su cajetilla.

Asher recogió la mesa mientras yo acariciaba la cabeza de Tate, que se había subido a mi regazo.

—No estás obligada, ya lo sabes —insistió mientras lavaba los platos.

Esbocé una pequeña sonrisa. Seguía igual de nervioso ante la idea de que fuera.

—No durará mucho y mi presencia ayudará a Ally, como te ha dicho.

Ally tenía como misión hablar con Sabrina, pero, si acudía sola, las cautivas lo encontrarían sospechoso, ya que siempre iban acompañadas por otras cautivas de su red.

La puerta principal se abrió y Asher puso los ojos en blanco al oír las voces de Ben y Kiara. Con el cigarro entre los labios y un aire exasperado, se apoyó en la barra.

—¡He dicho que no! —exclamó Ben mientras se acercaba a nosotros.

—Pero, Ben, es muy romántico.

Me abalancé sobre Kiara para darle un abrazo con cuidado de no hacerle daño. La había extrañado mucho.

—Siento que hace meses que no te veo —suspiró apretándome contra ella.

—Ash, nosotros tampoco nos hemos visto...

—Atrás —amenazó Asher.

Ayudé a Kiara a sentarse antes de volver a mi sitio mientras Ben encendía un cigarro que le había dado Asher.

—La playa, Ben.

—No, es una mierda —se quejó Ben sacudiendo la cabeza—. Solo los vulgares le proponen matrimonio a su novia en la playa.

Jadeé sorprendida.

—Vas... Vas a...

—Sí —confirmó Ben con los ojos brillantes—. Quiero... Bueno, voy a pedirle a Bella que se case conmigo. Y necesito un...

—Llévala a la escuela —lo interrumpió Asher mientras seguía fumando—. Al estadio.

Kiara abrió exageradamente la boca.

—¿Quieres que le pida matrimonio en nuestra antigua escuela? ¿En serio? —preguntó Ben, sorprendido.

—¡Diablos, pues claro! —exclamó Kiara—. Donde hablaron por primera vez.

Mis ojos se cruzaron con los de Asher, que no había dejado de mirarme desde el inicio de la conversación. Su idea era realmente muy buena.

—Nos detendrán los vigilantes...

—¿Podemos matarlos?

—No, Kiara, nadie va a matar a nadie —suspiró Asher—. Pero si decides hacerlo, puedo distraerlos.

—¿Me ayudarías?

Asher asintió. Con una tierna sonrisa, Ben rodeó a su primo

por los hombros, que intentó deshacerse de él con una mueca de asco.

—Oh, Asquer, siempre he sabido que eres bueno —admitió Ben pegando una mejilla a la suya.

—Te voy a reventar, Ben —gruñó Asher.

Kiara sacudió la cabeza, exasperada, y se giró hacia mí.

—¿Vas a ir a la fiesta con Ally?

Asentí.

—No se quedarán ahí mucho tiempo, las esperaré fuera con Carl —se apresuró a precisar Asher.

—¿Estás completamente loco? —exclamó Kiara—. Si las cautivas te ven...

—No me pasará nada —la interrumpió él aplastando su colilla—. Solo quiero asegurarme de que ella está bien.

Me señaló con el mentón y mi amiga suspiró, se había quedado sin argumentos.

—Entonces, ¿la escuela?

Kiara y yo nos reímos al oír la pregunta de Ben mientras Asher salía de la cocina.

El resto de la noche transcurrió con calma. Kiara ayudaba a Ben con sus planes para pedirle matrimonio a Bella mientras yo los observaba poner todo en orden para hacer ese momento único. Se le iluminaban los ojos cuando pronunciábamos el nombre de su novia. Estaban hechos el uno para el otro, era innegable.

Constantemente Ben decía que no eran perfectos, pero tal vez juntos sí lo eran.

Cuando se fueron, apagué las luces del salón y subí rápidamente al piso de arriba, donde encontré a Asher en su dormitorio fumándose un cigarro en el balcón. No se había vuelto a dejar ver desde que se había levantado de la mesa.

El frío del exterior hizo que me pusiera a temblar, pero a él no parecía afectarle.

—Te vas a congelar —le dije admirando la piel tatuada de su espalda desnuda.

—Tú estarás ahí para calentarme —me respondió con un tono burlón.

Cuando me apoyé en el barandal de vidrio, giró ligeramente la cabeza hacia mí y esbozó una pequeña sonrisa.

—¿Tienes frío?

Asentí. Asher se puso recto, me rodeó con los brazos y comenzó a acariciarme el pelo en silencio.

—¿Qué te pasa?

Mi pregunta le hizo fruncir el ceño.

—Has desaparecido cuando Ben ha empezado a hablar de sus planes...

Exhaló el humo con los ojos cerrados.

—Tengo miedo por él.

Entonces yo fruncí el ceño. ¿De qué tenía miedo?

—Creo que van demasiado rápido y... Su padre es un auténtico imbécil —continuó Asher—. Pero si es lo que quiere...

—Llevan juntos más de un año, Asher —le dije apoyando la cabeza en su torso—. Y se quieren. Su padre lo aceptará porque no tiene elección... ¿No crees?

—Lo sé...

No dije nada más. Si Asher estaba preocupado por Ben era tal vez porque él se veía incapaz de actuar como su primo. Asher dejaba que sus miedos pesaran más que su voluntad... y yo conocía esa sensación.

—¿Vienes? Vamos a dormir.

Asentí y me despegué de él. Tiró su colilla al jardín mientras yo me acostaba en el colchón, que había memorizado la forma de mi cuerpo.

—Me gusta mucho verte en mi cama, ángel mío.

Sus palabras me arrancaron una sonrisa. Se acostó a mi lado. Apoyado sobre el codo, se enderezó y colocó su cara rozando la mía. Su mano acarició la herida en mi vientre.

—¿Te duele?

Negué con la cabeza.

—Debo encontrar un vestido no muy ajustado —respondí en voz baja.

—No me gusta saber que vas a estar con ellas —resopló Asher.

Posé la mano en su mejilla y sus labios se pegaron a mi palma, lo cual hizo que se me derritiera el corazón.

«Te quiero.»

—Todo saldrá bien —lo tranquilicé—. No tardaremos mucho.

En cuanto pronuncié esas palabras, se me revolvió el estómago. La fiesta se acercaba a toda prisa y no sabía por qué, pero... tenía un mal presentimiento.

Al día siguiente, cuatro de la tarde

De Psicópata:
¿En qué momento pensaste que dejarme
con Carter junior sería una buena idea?

Deja de quejarte, ya estamos de camino.

Eso no ayuda. ¡Se ha dormido
en mis rodillas, Ella!

Se me escapó una risita mientras bloqueaba el celular para concentrarme en la carretera. Habíamos ido de día de compras y ahora volvíamos a la mansión. Ally había querido comprar otros vestidos por si los que habíamos pedido no le gustaban, así que había dejado a Théo en casa de Asher.

—Y pensar que al principio no quería ir a la fiesta de este año —suspiró Ally.

—¿Por qué?

—Hay muchos conflictos entre las redes en este momento, puede ser peligroso. Es la razón por la que Asher nos va a esperar fuera. Lo sabe.

El corazón me dio un vuelco. Ally acababa de confirmarme que el mal presentimiento que había tenido estaba justificado. No sabía a qué tipo de peligro nos íbamos a enfrentar, pero no podíamos pasarlo por alto. Nada podía pasarse por alto en este mundo. Pero me negaba a dejar que Ally fuera sola, sabía que tenerme a su lado la tranquilizaba mucho.

Mi celular vibró.

De Psicópata:
Han llegado sus vestidos.
Y ustedes no.

¿Conoces el significado
de la palabra *paciencia*?

Contigo, sí. Con Théo, no.

Exasperada, sacudí la cabeza. Ally bajó la ventana cuando llegamos frente a la propiedad para que los hombres nos dejaran pasar.

—Me pregunto si a Asher le gusta la compañía de Théo —dijo Ally entre risas mientras salíamos del vehículo.

Me aguanté una carcajada y me encogí de hombros.

—Seguro que sí.

«Si tú supieras...»

Tate corrió hasta nosotras ladrando como un loco cuando Ally abrió la puerta. La voz de Asher resonó en ese mismo momento:

—Me parece que tu hijo está muerto.

Puse los ojos en blanco y me acerqué al psicópata, que odiaba a los niños y que, pese a ello, tenía a Théo dormido sobre las rodillas.

—Tiene un sueño muy profundo —dijo Ally mientras dejaba las bolsas sobre la mesa de centro—. Ey...

Pasó la mano por el pelo de su hijo y rodeó su pequeño cuerpo con los brazos para alejarlo de Asher, que soltó un largo suspiro de alivio. Me reí con un tono burlón.

—Los vestidos han llegado —anunció mientras se levantaba. —¿Puedes meter mis bolsas en el coche?

Asintió y salió de la estancia.

—Salimos dentro de veinte horas, mañana. ¿Necesitas mi ayuda para prepararte?

—Me las arreglaré —respondí negando con la cabeza.

En realidad, nunca lo conseguiría sola. Asher quería ayudarme. Era muy diferente.

Cuando Ally se fue, subí las bolsas al piso de arriba. Debía elegir el vestido que me iba a poner.

Mi ritmo cardiaco se aceleró cuando Asher dijo detrás de mí:

—Espero que no hayas empezado a probártelos sin mí, ángel mío...

37

Presentimiento

ELLA

Al día siguiente a las siete de la tarde

—No.

Suspiré, molesta, y me crucé de brazos. Era el séptimo vestido que me probaba y había respondido lo mismo con todos.

—Pero es...

—¿Demasiado corto? Sí. Mucho.

Eso no podía negarlo. Lo había elegido Ally y, a decir verdad, mi camiseta era más larga que ese trozo de tela que valía centenares de dólares.

Me lanzó un vestido azul, que conseguí atrapar antes de que cayera al suelo, y después de respirar hondo volví al cuarto de baño para cambiarme. Ese vestido era bastante bonito. Me había gustado desde que le había puesto los ojos encima, pero la cuestión era: ¿le gustaría a Scott?

«Ya sé la respuesta...»

—¿Ya has renunciado a ir a la fiesta? —exclamó desde su habitación.

Negué con la cabeza y salí del baño para reunirme con él. Con la espalda pegada a la cabecera de la cama y los brazos cruzados, juzgó mi atuendo con la mirada.

—N...

—Ay, carajo.

Me acerqué a la cama para agarrar un vestido que había pedido Ally, y entonces me fijé en Asher. Observaba mis movimientos con una sonrisa satisfecha en los labios.

En ese momento, comprendí a qué estaba jugando.

Se me oscureció la mirada. ¡Qué maldito! Quería convencerme de que no fuera, quería que me diera por vencida.

—Eres realmente... Eres realmente un imbécil, Asher Scott.

—Yo no he hecho nada —replicó fingiendo inocencia.

Le mostré el dedo medio y salí de la habitación mientras él se carcajeaba. Pronto volví a estar en aquella estancia en la que me he cambiado de ropa demasiadas veces en la última hora. Intenté cerrarme el cierre del vestido sin éxito. Abroché el botón de arriba, eso serviría mientras tanto.

«Es precioso.»

Era un vestido bastante largo de color esmeralda con una abertura hasta el muslo y unos tirantes caídos que me encantaban. Pensaba llevar este a la fiesta.

Me dirigí con paso decidido a la habitación de Asher, quien todavía estaba medio acostado sobre la cama con el celular en las manos. Me aclaré la garganta para atraer su atención. Cuando levantó la cabeza hacia mí, su expresión cambió. Recorrió con los ojos cada centímetro del vestido y se detuvo en los lugares en los que se veía mi piel desnuda.

—¿Y bien?

Ignoró la pregunta. De repente, agarró su celular y se encendió el flash.

—Te ves preciosa —me halagó observando la foto que acababa de tomarme—. Sí.

Estuve a punto de gritar de alegría. Por fin tenía el vestido que necesitaba.

—A mí también me gusta. Iba a ponérmelo estuvieras de acuerdo o no —repliqué girando sobre mis talones.

—Lo he elegido porque parece más fácil de arrancar que los otros, ángel mío.

Se me aceleraron las pulsaciones. Salí de la habitación para ir a maquillarme al baño.

Unos minutos más tarde, oí a Asher colocarse detrás de mí mientras estaba concentrada aplicándome las sombras.

—Ally pasará a recogerte a las ocho. Según Heather, Sabrina será en llegar de las primeras.

—¿También viene Heather? —pregunté.

—Creo que sí, pero no estará con ustedes, tiene otras cosas de las que ocuparse.

La idea de que Heather participara en la fiesta de las cautivas me hacía sentir incómoda. Me sentía en peligro cuando ella andaba cerca.

—No estaré lejos —murmuró Asher.

Dejé escapar un largo suspiro. La presencia de Asher me tranquilizaba, pero también me preocupaba porque él nunca se desplazaba por nada, de modo que la situación debía de ser grave.

—¿Por qué verde? —me preguntó Asher de repente.

—Ally me aconsejó que combinara el maquillaje con la ropa —contesté.

—¿Por qué te maquillas tanto si te lo vas a quitar dentro de unas horas?

—¿Por qué comes si sabes que cagarás dentro de unas horas?

—¿Y para qué son esos polvos?

—Según Ally, para matificar —informé mientras me maquillaba el segundo parpado—. Asher, sé que conoces todos estos productos. Tu hermana es aficionada al maquillaje.

Se rio suavemente y se apoyó en el marco de la puerta.

—No me desconcentres —le pedí mirándolo por el espejo.

—Vaya, así que te desconcentro.

El tono de su voz acababa de cambiar y se me aceleró el corazón. Sin embargo, traté de que no se me notara. Intentaba hacerme el *eyeliner* ignorando la mirada insistente de Asher. Se acercó a mí hasta que su aliento acarició delicadamente mi mejilla ruborizada por el maquillaje... y por su presencia.

—Tú no —afirmé con seguridad—. Tus preguntas sí.

—No es gracioso.

—Parece que te aburres —comenté contemplando mi rostro por última vez—. Deberías poner algo en la tele. Nos vamos dentro de una hora.

—No le des mucha importancia, pero... mis ojos prefieren mirarte a ti —replicó.

Su frase me provocó una sonrisita que disimulé aplicándome el labial. Sentía su mirada puesta en mi boca.

—¿Eso se quita fácilmente?

—Sí, no me gusta...

Sin dejarme acabar, me agarró la mandíbula y juntó bruscamente los labios con los míos. Jadeante, cerré los ojos y sentí cómo me mordisqueaba suavemente con los dientes. Su lengua buscó la mía y me quitó la mano de la mandíbula para pasármela por el cuello.

Sin aliento, rompí el beso. Me reí al ver sus labios, ahora escarlatas. Él esbozó una sonrisita al ver su reflejo en el espejo. El labial que rodeaba nuestras bocas delataba la intensidad del beso.

—Te interesa podértelo quitar.

Me limpié con un algodón impregnado de desmaquillante antes de aplicarme una nueva capa. Él me abrazó por detrás y apoyó la mandíbula en mi hombro.

—Necesito que me ayudes a subirme el cierre —le dije.

Se le iluminó la mirada. Puse los ojos en blanco, a pesar de que el corazón me latía con fuerza. Era un efecto que solo él era capaz de provocar en mí. Se alejó para mirarme de arriba abajo. Se detuvo en el escote y me aclaré la garganta para llamarle la atención.

—Date la vuelta —ordenó.

Giré con el pulso desbocado. Se acercó a mí poco a poco. Sentía su presencia junto a mi espalda desnuda. Un escalofrío me recorrió la espalda cuando noté el roce de sus dedos en la piel.

De repente, puso los labios en mi cuello y empezó a succionar. Con los ojos cerrados, me dejé llevar soltando algunos gemidos. Me subió lentamente el cierre del vestido mientras me marcaba la piel con la boca.

«Mierda.»

—Asher..., eso se verá...

Por toda respuesta, me mordió. Solo se detuvo cuando el cierre llegó hasta arriba. Me dio otro beso en la piel antes de ponerse delante de mí con una sonrisa orgullosa en los labios.

—Al menos ahora todas sabrán que me perteneces.

«¿Todas? Un momento...»

Me acerqué rápidamente al espejo y se me escapó un jadeo cuando vi la marca escarlata que me había dejado en el cuello. Asher soltó un suspiro de satisfacción y sacó un cigarro.

—¿Cómo...? ¿Cómo voy a ocultar esto?

—No está hecho para que lo ocultes —respondió—. Vas a tener que darte prisa, nos vamos dentro de unos minutos. A menos que quieras quedarte aquí...

—No. Vístete, Scott. Ally llegará dentro de nada.

Una hora más tarde en West Hollywood

Las cautivas estaban reunidas entre las cuatro grandes paredes de la inmensa sala preparada para la velada. El menú incluía champán, lujo y vestidos sofisticados. Reconocí algunos rostros como el de Heather y el de Romee, pero la persona a la que esperábamos todavía no había aparecido.

Sabrina.

Asher estaba fuera con Carl y Théo. No hace falta decir que el pequeño Théo provocaba la ira de Asher, que no dejaba de bombardearme con mensajes quejándose.

De Psicópata:

Quiere jugar con mi celular.

Ally ha dicho que le llevará el suyo cuando haya acabado con Sabrina. Ten paciencia.

Cuando me vibró de nuevo el teléfono, Ally me apretó la mano por debajo de la mesa para atraer mi atención. Esa mujer a la que no había visto desde Las Vegas por fin había llegado.

Romee se sentó frente a nosotras.

—Ya está aquí —nos dijo tomando un trago de su vaso—. Pero parece que no tiene pensado quedarse mucho tiempo.

Fruncí el ceño. El año anterior se había quedado hasta el final.

—¿Por qué? —preguntó Ally.

Como respuesta, Romee se encogió de hombros. Escruté la expresión altanera y arrogante de Sabrina, que se endureció cuando Heather le dio un abrazo. Me quedé boquiabierta. ¿Eran amigas?

—¿Por qué Scott no le ha pedido a Heather que le dé el mensaje? —preguntó Romee—. Parece que se llevan bien...

Otro rostro conocido apareció en mi campo de visión. Riley, la mejor amiga de Bella.

Ally la saludó con la mano y se unió a nosotras. Todavía me costaba asimilar que fuera una cautiva y al mismo tiempo la mejor amiga de Bella, que no estaba relacionada con este mundo... a excepción de porque salía con Ben.

—Se ven espectaculares...

Se quedó helada cuando me vio..., o más bien, cuando me vio el cuello. «Ay, Asher, cuánto te odio.»

—¿Sí? —murmuró Ally, que acababa de contestar a una llamada—. Llego dentro de quince minutos... Puede esperar... No va a matarte... Mentira... Ash, no se va a mear en el coche... Eres insoportable.

Puso los ojos en blanco y se guardó el celular. Era evidente que

Ash le había colgado. Riley y Romee estaban hablando de las respectivas redes de sus propietarios.

—Ahora mismo hay mucha tensión entre las redes —continuó Riley tomando un sorbo de su bebida—. Mi propietario me ha dicho que no me quede mucho tiempo, este año no confía.

—Lo sé. Noah tampoco quería que viniera este año —suspiró Romee—. Me está esperando fuera.

Ally se levantó. Sabrina, ahora sola cerca de una mesa, juzgaba a las cautivas con el mismo aire condescendiente. La vi alejarse.

Saqué el celular, que no dejaba de vibrarme. Para sorpresa de nadie, Asher me había mandado un montón de mensajes sin sentido.

¡Está tosiendo, Ella! Quiere pegarme
la gripe. ¿Y me pides que tenga paciencia?
Quiere el teléfono de Ally, maldición.
Es insoportable.
Está decidido. No quiero niños.
Ella, ¿me estás ignorando? ¿En serio?

Eres exasperante. Quiere el celular de Ally
porque ahí tiene los juegos que le gustan.
Y no, no vas a ponerte enfermo
por su culpa.

—¿Eso te lo ha hecho Scott?

Romee me dirigió una mirada traviesa y me señaló con la barbilla el chupetón del cuello. Me sonrojé al instante y asentí tímidamente con la cabeza.

—Estaba segura de que iba a enamorarse de ti. Era inevitable. Me alegro de que haya encontrado por fin a alguien buena.

Supuse que Romee había tenido una relación bastante cercana con Asher como para saber que había sufrido en su anterior relación. Una sonrisa apareció en mis labios al oír sus palabras. Yo era alguien buena. Era buena para él, igual que lo era él para mí.

Ally volvió a la mesa acompañada de Sabrina. Con una sonrisita burlona, se inclinó sobre mí y murmuró:

—Y yo que creía que llevabas mucho tiempo muerta, cautiva.

Que me llamara cautiva despertó una ira en mí que me costó disimular. Siempre le había gustado llamarme así, como si quisiera recordarme la manera degradante en la que Asher se dirigía antes a mí.

A Sabrina se le congeló la cara cuando me aparté el pelo a un lado y me vio la marca del cuello. Me volví a colocar el pelo rápidamente en su sitio, pero Sabrina continuó examinándome sin decir nada. Romee se alejó para responder a su propietario y prometido, Noah, que la estaba llamando. Ally, Sabrina y yo nos quedamos calladas durante unos minutos que me resultaron interminables.

—¿Cuánto tiempo van a quedarse?

—Nos iremos dentro de una hora —contestó Ally.

—Ah, ¡tienen trabajo! —concluyó Sabrina—. No les falta razón... Se dice que la fiesta de las cautivas es «mortalmente» aburrida... y yo sé algo al respecto.

Fruncí el ceño al verla reír.

—Personalmente —continuó—, no tengo ningún beneficio que sacar de esta noche. Me alegro de haber hablado con ustedes, nos veremos en la red..., Ally.

Me dirigió una última mirada y giró sobre sus talones antes de desaparecer. Me vibró de nuevo el celular. Era Asher. Decidí no contestar y me volteé hacia Ally con una mirada inquisitiva.

—Por lo que me ha dicho, viene mañana.

Volvió a sonar mi teléfono y esta vez contesté, molesta.

—¿Qué?

—Quiere el celular de Ally. Y Ally. No. Contesta. Su. Puto. Teléfono.

Ally me mostró las cinco llamadas perdidas de Asher con una mezcla de pánico y exasperación en el rostro.

—Y yo que quería quedarme una hora entera para charlar con Romee —murmuró.

—Te lo juro, Théo —gruñó Asher al otro lado celular—. Si empiezas a lloriquear, perderé la cabeza y te dejaré fuera del coche. No me busques.

—Salimos dentro de cinco minutos —le dije a Asher.

Negué con la cabeza al oírlo amenazar a Théo, que parecía tan cansado como aburrido. Ally se levantó y me pidió que la siguiera para poner fin a la masacre.

—Realmente no está hecho para los niños —suspiró saliendo de la estancia.

«En este momento, no está hecho para nada.»

El aire fresco del exterior me azotó la cara y un escalofrío atravesó mi cuerpo. Caminar con tacones era una tortura para mis pies y estaba intentando mantener el equilibrio para llegar hasta el coche de Asher. Este salió del vehículo levantando los brazos.

—Voy a acabar matándolo —amenazó.

Ally no le prestó atención y abrió la puerta de atrás para tomar en brazos a su hijo, que parecía agotado. Le dio el celular y se lo llevó hasta el coche de Carl, que estaba estacionado a unos metros de distancia.

Estábamos lejos del alboroto y de la música de la fiesta, que se encontraba en pleno apogeo. Me zumbaban los oídos y tenía la vista cansada por las luces de la sala. Asher me puso las manos en la cintura y me pegué contra él por instinto en busca de su calor. Apoyé la cabeza en el hueco de su cuello y le informé que Sabrina vendría al día siguiente.

—Bien —dijo Asher dándome un beso en la mejilla.

—Creo que deberíamos irnos —gritó Ally desde lejos.

—¡Esperen! Se me ha olvidado el bolso —dije.

—Ahora volvemos. Así puedo despedirme de Romee —respondió Ally.

—Te espero en el coche —me indicó Asher.

Me castañeaban los dientes mientras caminaba junto a mi amiga, a la que no parecía afectarle el frío. Heather nos esperaba en la escalinata con una mirada indescifrable.

—Ally —llamó Heather—. ¿Puedes venir un momento? Necesito hablar contigo...

Fruncí el ceño de inmediato. Ally se giró hacia mí.

—¿Vienes? Vamos...

—¡No! —añadió rápidamente Heather—. Quiero hablar contigo. A solas.

—Voy por mis cosas —dije poniéndole una mano en el brazo a Ally para tranquilizarla—. Nos vemos en el coche.

En la entrada me crucé con Romee, quien salía a fumar. Con una sonrisa, me sacó fuera. «No me voy a ir nunca.»

—¿Ya se van?

No obstante, cuando iba a responder, un ruido ensordecedor interrumpió la conversación. Una explosión.

La explosión me propulsó hacia atrás. Y, entre los gritos y zumbidos que resonaban en mis oídos, me sumí en la inconsciencia.

38
Senador

ASHER

Seis horas después. Cuartel general de Los Ángeles...

—¿Asher?

—No ha dicho una palabra desde la explosión —resopló Kyle a Kiara.

A pesar de que mi mirada estaba perdida sobre la red, sobre el movimiento de mis hombres descargando camiones, mi mente seguía en West Hollywood. Los oídos me zumbaban y el corazón me latía con fuerza, se negaba a calmarse.

Ella estaba en el sótano. Cole había dicho que no le había pasado nada grave, que había tenido mucha suerte, gracias a Romee. Gracias a un cigarro. Un simple cigarro.

En el momento de la explosión, había sentido mi corazón romperse. El cerebro se me había detenido, igual que todo a mi alrededor. No sabía cómo, pero en apenas unos segundos había conseguido encontrarla.

Recordaba a Noah gritando, a Carl buscando a Ally mientras yo no podía concentrarme en otra cosa que no fuera ella, sus ojos cerrados, la sangre que le salía de la cabeza. Se había desmayado.

Pensaba que estaba muerta.

—¿Qué ha dicho Cole?

Me sentía paralizado ante la idea de perderla. Y, en ese preciso instante, ya no era dueño de mi cuerpo. Mis movimientos eran automáticos. A decir verdad, no sabía lo que hacía. No sabía cómo había podido conducir, cómo había logrado colocarla en los asientos traseros, cómo había llegado hasta el cuartel general.

Inundado por mis miedos más aterradores, no había podido pensar en nada más que en ella. Recordaba haber llamado a Cole, haberle gritado. Recordaba las caras de mis hombres, igual de pálidas que la mía.

Pero, sobre todo, recordaba el pánico que se había apoderado de mi cuerpo y mi corazón, que parecía que iba a salírseme del pecho.

«Ángel mío.»

No lograba mantener la calma. No podía esperar en mi maldita oficina cuando tal vez se estaba muriendo unos pisos más abajo. Sin embargo, Cole no había querido que me quedara y había destrozado mi oficina para liberar la frustración.

Dos veces.

La veía muerta. Tenía un nudo en el estómago, lo único que me impedía vomitar del pánico. Esa sensación de impotencia me ponía nervioso. Me provocaba una ira terrible. Pero no conseguía exteriorizar mis emociones. Por ahora, el silencio era mi única opción.

—El senador está aquí.

El senador.

—No creo...

—Hagan que entre —declaré—. Y no vuelvan si no es con noticias de Ella.

Era la primera vez que hablaba desde hacía horas. Debía pensar en otra cosa, mantener la mente ocupada.

Oí pasos detrás de mí y la puerta se cerró. Era él.

—Señor Brown —comencé sin darme la vuelta hacia él—. Me siento casi honrado de que una persona de su importancia venga hasta mi oficina.

—¿Quién mató a mi hijo?

Su tono de voz era frío, impaciente. Pero eso avivó mis ganas locas de hacerlo esperar todavía más.

«¿Ella estará bien?»

—Debería sentarse, no pienso darle esa información tan rápidamente —le respondí con sinceridad.

—¿Qué quiere a cambio?

Esbocé una sonrisa antes de que un pensamiento rondara mi mente.

Ella.

«Debe despertarse. Carajo, ¿cuándo van a venir a decírmelo?»

—En su opinión, ¿cuánto vale esta información?

—Ya lo tiene todo, Scott —respondió el senador detrás de mí—. Protección, dinero y poder. No puedo ofrecerle nada más.

—Yo creo que sí.

«Ángel mío..., hace ya horas que duermes.»

—¿Qué espera de mí?

«¿Cole está con ella? ¿Por qué no quiere despertarse?»

—No doy información gratis, todo tiene un precio.

—¿Cuál es el suyo, señor Scott? —dijo con más impaciencia.

«No es esa la respuesta que espero, imbécil. Puedes hacerlo mejor.»

Me preguntaba si mi ángel se encontraría bien, si Cole la estaría vigilando de cerca. Me preguntaba por qué se negaba a despertarse.

Ally llevaba despierta al menos tres horas.

Era insoportable.

—No, la pregunta es: ¿está dispuesto a pagar ese precio? Tengo en la punta de la lengua el nombre de la persona que mató a su hijo...

—No juegue así conmigo...

—¿O qué? —le pregunté girándome hacia él—. Es usted el que sale perdiendo..., no yo. Ya ha perdido a su hijo, sería terrible vivir con esta pregunta toda su vida, ¿no?

Poco a poco, me alejé de la ventana para acercarme a mi silla de cuero. Me senté en ella, frente al hombre que me necesitaba sin saber que yo lo necesitaba el doble.

«¿La explosión le iba a dejar secuelas?»

Con una mirada malvada, el senador observó mi rostro, desprovisto de toda emoción.

—Usted también perdió a un ser querido —respondió.

Mis pensamientos se dirigieron hacia una persona a la que quería con lo más profundo de mi ser.

«Papá.»

—Esa información no es secreta, usted fue el primero que se alegró con la noticia. Pensó que yo sería más tolerante que mi padre, si no recuerdo mal.

—Su familia nos había alertado de cómo era usted —me confesó el senador—. Así que no, no me alegró la idea de que usted subiera al trono. Sabía que acabaríamos llegando aquí.

—¿Es decir, señor Brown?

Apoyé los codos en la mesa y entrelacé los dedos delante de la boca, interesado en el nuevo giro que había dado la conversación.

—Al momento en que usted me acabaría arruinando.

Arqueé las cejas.

—Su lenguaje escandaliza a mi inocencia.

«¿Por qué nadie me dice si está bien? ¿Está bien?»

—Su insolencia me da ganas de salir de esta oficina.

—Y sin embargo sigue aquí —me reí—. Es frustrante, ¿verdad? No tener lo que uno desea cuando está tan al alcance de la mano.

—¿Qué demonios quiere?

—Entrégueme lo que quiero y le daré la información que ha estado buscando desesperadamente durante semanas.

—Dígame primero qué quiere.

Una pequeña carcajada escapó de mis labios. Por supuesto que no, eso sería demasiado fácil.

—En mi mundo, los conflictos son permanentes. Todo se mueve muy rápido... Puedo decirle que se ha dado la orden de que mueran tres líderes desde que llegó a esta oficina... y que yo soy responsable de dos de ellos.

—¿Por qué me da esta información, Scott? —preguntó, desconfiado.

Agarré un enésimo cigarro y lo encendí tranquilamente bajo la mirada molesta del maldito senador.

«¿Cole ha comprobado bien si tiene otras heridas?»

—Porque ahora mismo... tres de mis hombres están esperando mi señal para matar a la persona que busca —dije después de expulsar el humo—. Como ya sabe, perdí a un ser querido... y me encantó acabar con la persona que me lo arrebató.

Su mirada cambió de repente.

«Parece que he dado en el clavo.»

—Puedo robarle ese placer en un abrir y cerrar de ojos. Su vida está en mis manos, pero podría estar en las suyas.

—¿Lo que va a pedirme tendrá consecuencias para el Gobierno?

Mi sonrisa se ensanchó. «Avanzamos muy bien.»

—No sin su ayuda.

—¿Tendrá consecuencias para los estadounidenses?

—Oh, muy pocas...

—¿Voy a lamentar mi decisión de decirle que sí?

—Ya lamenta haber venido a mi oficina, no notará la diferencia.

«Vamos... Díselo y acabemos. Necesito ir a verla...»

Miré fijamente al senador. No podía decir que no. No pensaba decir que no.

A mi lado yacía un expediente completo del hombre que estaba buscando. Dirigía la red de tráfico de seres humanos que quería secuestrar a mi ángel. Ellos habían matado al hijo del senador para culparme a mí. Pero encontrar el rastro de alguien es un juego de niños cuando todo el mundo te debe algo.

No solo iba a proteger a mi ángel..., sino que también iba a encontrar una forma de ocupar el puesto de Shawn sin temer que hubiera repercusiones. Mis ansias de poder se multiplicaban a una velocidad descontrolada. Había alcanzado mi meta, estaba a un paso del poder...

—Haré todo lo que quiera que haga.

Un escalofrío me recorrió por completo y una sonrisa se dibujó en mis labios. Era exactamente la frase que quería oír.

—Necesito su firma... Bueno, sus firmas —empecé tras haber saboreado interiormente mi victoria—. Voy a apoderarme de la Scott Holding Company muy pronto... y, por el bien de todos, va a hacer que los periódicos no digan ni una palabra acerca de la actividad de mi red y va a enterrar los archivos comprometedores sobre nosotros.

Se quedó con la boca abierta y tan blanco como una sábana.

—Pero... Tiene...

—No tengo tantos contactos en su mundo y usted no tiene suficientes en el mío. Todos ganamos algo, al fin y al cabo. Nuestro pequeño acuerdo podría salir a la luz si los periódicos deciden husmear...

Sabía que yo tenía más que perder en esto que él. Pero no había vuelta atrás, yo estaba grabando cada una de sus palabras.

—Es imposi...

—Le ahorraré los detalles, pero las reglas de nuestra familia me permiten tomar el control de la SHC en determinadas circunstancias —expliqué—. Así que voy a hacerlo.

Saqué de mi cajón el contrato y lo puse sobre la mesa, junto a un bolígrafo. El senador, pálido, repasó cada línea.

«Tan cerca...»

—Ya lo había planeado todo, ¿verdad?

Con una risita, respondí:

—No, señor senador, no había planeado nada. Aprovecho las oportunidades que se me presentan.

—¿Cómo sé que ese hombre es realmente el asesino de mi hijo?

—Ese sobre tiene todo lo que necesita. Información personal, antecedentes penales, ADN y pruebas... Incluso he encontrado una grabación de su voz mientras torturaba a su hijo.

Su mirada se oscureció y, con un gesto violento, tomó el bolígrafo para firmar el contrato. La adrenalina recorrió mi organismo. Acababa de firmar. Tenía luz verde. El trono era mío.

Por fin.

Alguien tocó la puerta y mi ritmo cardiaco se aceleró.

«Ella.»

—Asher —dijo Ben entrando a la oficina—, se ha despertado.

El peso que me comprimía el pecho desde hacía horas acababa de desaparecer, como si nunca hubiera estado ahí. Con una risa temblorosa, dejé caer la cabeza hacia atrás antes de levantarme de la silla.

—Enseguida voy.

Me giré hacia el senador y, por fin, le di lo que había venido a buscar.

—Me habría gustado continuar esta conversación, pero tengo cosas mejores que hacer —dije mientras me ponía la chamarra—. Los dos tenemos lo que queríamos. Mis hombres lo acompañarán.

Sin dejarle tiempo para responder, salí de mi oficina y bajé las escaleras a toda prisa. Lo único que importaba era ella.

ELLA

—¿Y... Ally?

—Está... bien... Heather... Coche...

Todavía me zumbaban los oídos, un sonido tan agudo que hice una mueca. El cuerpo me pesaba una tonelada, cada movimiento requería un esfuerzo sobrehumano.

—Romee... Heridas... Ally en la explosión...

Oía los ecos de dos voces de hombre a mi alrededor, pero solo comprendía algunas palabras. Mi cerebro estaba demasiado agotado como para concentrarse en algo.

«Muerte... Heridas... La explosión... Ally...»

—Ella... Ella..., ¿me oyes?

Poco a poco, abrí los párpados y la luz me obligó a entornar los ojos gimiendo mientras mi dolor de cabeza empeoraba.

Enseguida me di cuenta de que estaba acostada en una cama. Dos o tres siluetas se alzaban sobre mí y sentía un ardor en la frente, como un hormigueo. Lentamente, intenté recuperar el control de mi cuerpo, todavía entumecido, pero no era capaz de pensar con claridad. Había ocurrido algo.

¡La explosión!

Recordé los gritos, las ventanas que habían explotado. Había perdido el conocimiento. El pánico se apoderó de mí cuando fui consciente de lo sucedido. ¿Estaba herida? ¿Dónde se encontraba Romee? ¿Y Ally?

—¿Puedes hablar con nosotros, Ella?

—Mmm...

—No te levantes —me ordenó una voz ronca que reconocí al instante—. Llevas inconsciente seis largas horas.

—Ella, estás herida en el brazo y en la frente, pero no tienes secuelas —me tranquilizó Cole—. Aunque la herida de tu vientre se haya reabierto, lo hemos solucionado. ¿Te duele algo?

Respondí negando ligeramente con la cabeza.

Me hicieron varias pruebas mientras Asher observaba, silencioso y con el rostro pálido.

—Todo va bien, está reaccionando bien. Solo necesita descansar —dijo Cole mientras se ponía de pie—. Si hay alguna complicación, llámame.

Asher ocupó el asiento de Cole cuando este salió de la habitación. Gemí por la presión que sentía en el cráneo y él frunció el ceño de inmediato con la mirada intranquila.

—¿Te duele algo? ¿Quieres que vuelva a llamar a Cole?

—No..., me duele... la cabeza...

—Es normal, tienes una pequeña cortada a causa de la caída —me informó Asher dándome la mano—, pero te cicatrizará.

—¿Có-cómo está Ally?

Me dio un ligero beso en la mano y sentí sus dedos temblar contra los míos.

—Está bien, a ella y Heather no les ha pasado casi nada, igual que a ti y a Romee —me tranquilizó mientras depositaba miles de besos en mi piel—. Noah la está cuidando... ¿Quieres beber o comer algo?

La tensión que sentía en el cuerpo se disipó. Pero no podía entender quién había tenido la audacia de atacar a las cautivas de los jefes de las redes más importantes, era una locura.

—N-no... ¿He estado... inconsciente durante cuánto tiempo?

—Yo diría que seis horas, quizá siete, si contamos el trayecto —respondió Asher—. Durante los primeros cinco segundos, realmente pensé que estabas muerta.

—Yo también...

Hice una mueca al ver el nuevo vendaje que cubría la piel de mi vientre. Asher parecía agotado, pero desesperadamente feliz de verme. Como si hubiera estado junto a mi cama durante horas. ¿Era ese el caso?

—¿Qué ha pasado?

—Creemos que tres redes unieron fuerzas para preparar el atentado. Como por casualidad, sus cautivas no han salido heridas y estas redes están en guerra con otras, entre ellas la mía. Ha habido varias muertes y numerosos heridos. Hay mucha tensión entre las redes y esto solo empeora la situación.

El corazón me latía con fuerza atrapado en un intenso sentimiento de inseguridad.

—¿Vas a hacer algo?

Negó con la cabeza y se acercó a mí. Sus labios se posaron sobre mi frente mientras murmuraba:

—Conozco a los responsables y te prometo que no van a molestarte nunca más. No soy yo quien se ocupará, no tengo tiempo de lidiar con esta mierda. Pero no te preocupes, tendrán su merecido. Tengo cosas más importantes que hacer, y entre ellas está cuidar de ti para que te recuperes. No pienses más en estas estupideces, ¿de acuerdo?

Asentí. Pegó la frente a la mía. Percibí la pequeña sonrisa traviesa que era tan característica en él cuando declaró:

—Tenemos un viaje que hacer... Australia nos espera, ángel mío. Desde hace demasiado tiempo.

39

Sídney

ELLA
Una semana después. Los Ángeles

—¿Alguien sabe por qué nos ha traído a todos aquí? —suspiró Ben—. Le había prometido a Bella que pasaría la noche con ella.

Estábamos los cuatro en el salón. Asher se había ido por la mañana muy temprano a la red y no había vuelto desde entonces. Por primera vez en las últimas semanas, me quedé sin vigilancia. Y, por primera vez en muchos días, sus hombres no patrullaban el jardín.

Ben me había explicado que había encontrado la solución para detectar qué red me estaba persiguiendo. La situación empezaba a calmarse por fin. Sin embargo, yo seguía teniendo un nudo en el estómago. Australia. Asher me había prometido que iríamos cuando me restableciera y solo era cuestión de días. Mis heridas estaban sanando bien, había recuperado las fuerzas y Asher me cuidaba hasta el punto de prepararme la cena todas las noches y dejarme ver *Teen Titans* una y otra vez.

«Una vida de ensueño.»

—¿Quizá para hablar de Londres? —sugirió Ally acariciándole la cabeza a su hijo, que dormía en sus rodillas.

—¿Londres? —me sorprendí—. ¿Cómo que Londres?

—Asher quiere organizar una reunión familiar en Londres por el tema de Shawn —explicó Kiara—. Creo que por eso...

La interrumpió el rugido de un motor. Ben se levantó del sofá y se estiró.

—Creo que vamos a averiguarlo pronto —murmuró.

En ese momento, oímos la puerta del estacionamiento. Tate corrió hasta la entrada moviendo la cola en todas direcciones, lo que me provocó una carcajada.

Apareció Asher. Nuestras miradas se cruzaron durante unos segundos antes de fijarse en sus amigas y su primo, que llevaban casi una hora esperándolo.

—¡Te has tomado tu tiempo! —comentó Ben.

—¿Qué era tan urgente para que no podamos hablarlo mañana? —preguntó Kiara.

—Mañana no estaremos aquí —anunció Asher.

«Ah, ¿no?»

—¿Qué?

—¿A quién te refieres? —preguntó Ben con el ceño fruncido—. Tengo cosas que ha...

—Ella y yo estaremos fuera varios días —lo interrumpió Asher acercándose al salón—. Nos vamos a Australia.

—¡¿Qué?! ¡Están locos! —exclamó Ben con los ojos como platos—. ¿Tantos países que hay y eligen el más mortífero? ¿Acaso se les ha olvidado lo que digo siempre?

No pude evitar reírme ante su reacción. Ben detestaba mi país natal y no lo ocultaba, le daba mucho miedo lo que pudiéramos encontrarnos allí.

—No vamos a hacer un safari —suspiró Asher poniendo los ojos en blanco—. Ella necesita ir y voy a acompañarla. Se harán cargo de la red mientras estamos fuera.

Ally y Kiara asimilaron la información en silencio.

—Cuando vuelva quiero organizar la reunión de Londres —continuó Asher—. Preparen todo lo que necesito: recopilen las pruebas, analizen las leyes de la familia y añadan lo que consideren necesario.

—¿Sabes cuánto tiempo vas a quedarte en el infierno?

—Lo decidirá Ella —declaró Asher lanzándome una mirada—. Les informaré de nuestro regreso dos días antes, tendrán tiempo de avisar a la familia.

Se pusieron a hablar de asuntos de la red y yo me quedé en mi rincón mirando a Asher. Desde que nos conocimos, Australia nos esperaba. Y estábamos a punto de ir.

Se me formó un nudo en el estómago con una mezcla de miedo, emoción y ganas. Muchas ganas.

«Mamá.»

Nunca había podido ver su tumba y quería hacerlo, pero también quería reencontrarme con la casa de mi infancia y los recuerdos que había dejado allí. Solo los buenos.

Se levantaron todos y se despidieron con gestos, pero solo yo respondí a ellos. Asher se quedó callado. Cuando cerraron la puerta, se sirvió un vaso de whisky.

—¿Estás bien?

Respondió a la pregunta asintiendo brevemente. Desde que había llegado, parecía que estuviera en otra parte, como perdido en sus pensamientos. Me preguntaba qué lo mantenía tan... concentrado.

Asher se aclaró la garganta y tomó otro trago. Soltó una risita, lo cual me hizo fruncir el ceño.

—¿Qué pasa? —pregunté, curiosa.

Se encogió de hombros.

—Por una vez, Ben le ha ganado una apuesta a Kiara. Ahora es mil dólares más rico.

—¿Qué apostaron?

Asher negó con la cabeza, sonriendo. Se negó a responder a mi pregunta. Con un suspiro, me levanté para hacerle frente y me dirigió una mirada enigmática.

—¿Te he dicho ya que te ves muy guapa?

Su cumplido me provocó una sonrisa que intenté disimular.

—¿Nos vamos mañana?

Asintió. Tate vino y se frotó contra mis piernas. Lo tomé en brazos y me di la vuelta para dirigirme a mi habitación.

—¿Adónde vas?

—A hacer la maleta —contesté como si fuera evidente.

Una sonrisa estiró sus labios y se le iluminó la mirada. Dejó el vaso en la mesa con precaución.

—Te acompaño.

Conocía esa mirada... Las intenciones de Asher no tenían nada de inocente y no lo ocultaba.

Una hora después...

—Mete esto.

—Imaginarte con esta lencería me la pone dura —dijo haciendo girar mi ropa interior alrededor de su dedo índice.

—Y yo disfruto con tu silencio, Asher —respondí en un tono exasperado—. Así que muérdete la lengua.

Abrió los ojos, sorprendido con mi respuesta. Había estado parloteando desde que habíamos entrado por la puerta haciendo comentarios acerca de todo lo que metía en la maleta y provocándome con palabras lascivas.

—Sin embargo..., también has disfrutado con mi lengua...

Me dio un vuelco el corazón, pero no contesté nada. Tal vez si me quedaba callada se calmaría.

—¿No te acuerdas?

Un suspiro fue mi única respuesta. Estaba sentada en la cama de espaldas a Asher, quien observaba acostado cómo doblaba la ropa en silencio.

—Cualquiera diría que te ha comido la lengua el gato, ángel mío...

El colchón se hundió de repente. Se colocó lentamente detrás de mí y me miró en el espejo que tenía delante. Con una sonrisa, me atrapó las caderas. Tenía el torso pegado a mi espalda y hundió la nariz en mi cuello.

Respiraba de manera entrecortada y no podía apartar la mirada de la suya, llena de deseo.

—Puedo ponerle remedio —continuó acariciándome con los labios—. ¿Te gustaría que lo remediara, ángel mío?

Sus dedos empezaron a jugar con el elástico de mis pantalones. Me estremecí por el frío de sus anillos mientras su mirada ardiente me hacía perder la razón.

—Mírame.

Me murmuró esa orden al oído justo cuando sus dedos llegaron a mis pantaletas. Acarició mi sexo a través de la tela y un suave gemido salió de mi boca.

—Abre las piernas por mí, ángel mío.

Sin apartar la mirada, alejó la mano de mis pantalones y se quitó los anillos antes de volver a la posición inicial. Lentamente, obedecí para dejar que acariciara mis partes con mayor intensidad.

—Voy a hacerte gritar mi nombre con tanta fuerza que mis hombres pensarán que te estoy torturando.

Se me abrió la boca cuando noté dos dedos entrando en mí. Me mordió la piel del cuello mientras los movía en mi interior, al principio poco a poco y después de forma más intensa.

—Mírame. Mírame mientras te doy placer.

Me observaba a través del espejo, pero yo apenas podía mantener el contacto visual por culpa de la cadencia impuesta por sus dedos. Me hacía perder la cabeza. Entreabrió la boca cuando aceleró todavía más mientras yo jadeaba intentando reprimir los gemidos.

Me agarró el pelo con la otra mano y me echó la cabeza hacia atrás. Sus labios se estamparon contra mi mandíbula. Le apreté el brazo con los dedos cada vez con más fuerza a medida que sentía la burbuja de presión formándose en mi bajo vientre. Me invadió un calor insostenible cuando sus dedos accedieron al punto más sensible de mi cuerpo.

—A... Asher...

—Gime mi nombre, ángel mío —gruñó contra mi piel—. Te lo suplico...

Sus dedos me penetraron con más profundidad y grité de placer mientras admiraba mi reflejo en el espejo.

—Eso es, ángel mío... ¿Te gusta lo que te hago? ¿Te gusta sentir mis dedos?

—S-sí.

—Voy a hacerte todo lo que quieras —murmuró acariciándome el clítoris—. Dime qué quieres...

Mis caderas se arquearon con naturalidad contra su mano. Se le iluminó la mirada mientras mi cuerpo rebotaba él solo contra sus dedos. Eché la cabeza atrás y aprovechó para succionarme el cuello. Se me nubló la vista cuando sentí que la burbuja se intensificaba.

Dejé escapar un grito cuando una ola de placer invadió mi cuerpo haciendo temblar cada célula, cada vena y cada extremidad.

Me dejé caer contra su torso y me atrapó con una risita.

—Bueno..., ¿ahora lo recuerdas?

Mi risa le respondió. Con los brazos alrededor de mi cintura, me dio un beso en la cabeza murmurando:

—Úsame cuando quieras para refrescarte la memoria.

Al día siguiente, decimotercera hora de vuelo

—Aterrizaremos dentro de unos minutos, señor Scott.

—Bien.

Acabábamos de despertarnos de la siesta, pero estaba agotada por la diferencia horaria, a pesar de que todavía no habíamos llegado. No obstante, el anuncio de la azafata me provocó una emoción en el vientre, aunque también me estremecí de miedo.

Todavía no había asimilado que estaba en Australia con Asher, a punto de reconectar con mi pasado y mi infancia.

—¿Estás preparada?

Me encogí de hombros y sus brazos se estrecharon a mi alrededor. Me encogí en el hueco de su cuello y aspiré su olor con la esperanza de disminuir la ansiedad.

—¿Tienes las llaves de mi casa? —pregunté.

—Sí.

—¿Y la dirección?

—Sí.

—Y la del ce...

—Sí, Ella —resopló Asher, exasperado—. Lo tengo todo.

Me daba miedo perder las maletas. Se lo había confiado todo a Asher y mi estrés había aumentado al recordar que él no era muy cuidadoso con sus cosas.

—He comprado una casa en Sídney —declaró.

Ahogué un grito de sorpresa y lo miré, asombrada. Me lo había dicho como si me estuviera contando que había comprado un litro de leche.

—¿Que has hecho qué?

—Estoy seguro de que esta escapada será la primera de una larga serie de viajes aquí y no me gustan los hoteles —dijo alejándose de mí—. Y los Airbnb menos aún.

Cuando iba a responder, noté que el *jet* empezaba a aterrizar. Se me aceleró el corazón.

Me levanté del sofá para contemplar el paisaje a través de la ventanilla, tan emocionada como nerviosa por poner un pie en suelo australiano. Eran las siete de la tarde en Sídney. Había dieciocho horas de diferencia con Los Ángeles, por eso estábamos tan cansados.

«Bienvenida a Australia, Ella.»

Cuando bajé del *jet*, se me iluminaron los ojos ante el cielo rosado que cubría la ciudad. El aeródromo estaba vacío, a excepción de un coche que nos esperaba. La red de Asher también tenía una base aquí, pero me había dicho que no iría hasta que yo hubiera terminado lo que había venido a hacer.

Yo era su prioridad.

Asher me abrió la puerta y entré con la mirada todavía perdida en el cielo. Sentí su atención puesta en mí y giré la cabeza en su dirección. Al ver su sonrisa ladeada se me aceleró el pulso.

—Eres preciosa.

Sin dejarme tiempo de asimilar lo que acababa de decir, sus labios se posaron en los míos y mi respiración se volvió más profunda. Como si acabara de quitarme un peso de encima, mi aprensión se esfumó. Me puso una mano en la mejilla y profundizó el beso, lo que me impidió pensar en nada que no fuéramos nosotros.

El coche arrancó y dejé de besarlo para preguntarle:

—¿Adónde vamos?

—A mi nueva propiedad. Primero dejaremos el equipaje. ¿Quieres ir al cementerio por la noche? Es tan lúgubre...

Nos reímos devorándonos con la mirada. Sus iris grises siempre me ponían nerviosa. Habíamos recorrido un largo camino, pero algunas cosas no habían cambiado.

—¿Podríamos ir mañana por la mañana?

—Claro —respondió con dulzura—. Si quieres podemos ir a tu casa de la infancia cuando hayamos dejado el equipaje.

—Creo que me gustaría..., sí.

Mi misión por fin había comenzado.

Dos horas más tarde...

—Hago lo que me da la gana —replicó Asher al volante.

—¡¿Cinco pisos?! ¡¿Cinco pisos, Asher?! ¡Es una mansión!

La propiedad que había comprado el señorito estaba muy lejos de ser solo una «casa». Sospechaba que era incluso más grande que la de Los Ángeles.

—Las vistas me gustaban —se justificó concentrado en la carretera—. ¿Te has fijado en el elevador? Puedo besarte ahí sin que ningún niño o ningún cadáver prehistórico nos moleste.

—¡No lo puedo creer! —espeté, exasperada por sus motivos.

Me giré hacia la ventana. No conocía las calles, era como si no hubiera vivido nunca allí. Como si me hubieran borrado de la memoria los primeros once años de mi vida. Sin embargo, según el GPS, el vecindario en el que me crie no estaba muy lejos.

Paul decía que era por culpa de mis traumas. Mi cerebro se había tomado la libertad de borrar los recuerdos para tratar de mantener una fachada de estabilidad mental y emocional.

«Increíble, mi cerebro es más inteligente que yo.»

—¿Te acuerdas de algo?

—La verdad es que no —suspiré buscando algún detalle que pudiera despertar mis recuerdos—. Creo que todo ha cambiado mucho...

—Estamos en tu vecindario.

Examiné el entorno en busca de una casa que se pareciera a la de mi memoria. Según Asher, no estaba habitada... Seguía a nombre de mi madre.

De repente, los ojos casi se me salieron de las órbitas.

—¡Esa! ¡Es esa! —exclamé.

Asher le echó un rápido vistazo al GPS para confirmármelo. Se me formó un nudo en la garganta y se me nubló la vista. Acudió a mi memoria el recuerdo de mi madre esperando a que volviera de la escuela en esa terraza que ahora estaba vacía.

Salté en el coche como si fuera una niña de camino a Disneyland. Las paredes blancas y el techo azul no habían cambiado, a diferencia de las contraventanas, que estaban cerradas y tenían la pintura descascarada, y el césped, que no parecía haber sido podado en mucho tiempo.

Asher me tomó de la mano.

—¿Estás preparada?

—S-sí. Sí, estoy preparada.

Estaba preparada para enfrentarme a mis recuerdos. Tanto a los buenos como a los malos.

40

Alma a alma

ELLA

El rechinido de la puerta hizo que el corazón me diera un vuelco. La casa estaba sumergida en la oscuridad, solo las ventanas dejaban pasar un poco de luz proveniente de las farolas del exterior. Un pesado silencio confirmaba que esa casa estaba desprovista de vida.

«Muerta.»

—¿Dónde está la luz?

—No me acuerdo —murmuré mientras cruzaba el umbral.

Nuestros pasos resonaron en el vestíbulo. Asher encontró el interruptor y lo primero que vi fueron las escaleras, de las que guardaba muchos recuerdos. La puerta se cerró detrás de mí con otro rechinido mientras avanzaba hacia el interior de la casa de mi infancia con el corazón y el cuerpo temblorosos.

—Es raro —susurré examinando cada lugar.

—¿Qué?

—La casa está limpia —constaté con el ceño fruncido.

—Llamé a tu tía poco antes de nuestro viaje. Me dijo que iba a enviar a alguien para que limpiara la casa por si querías pasar aquí unos días —me informó—. ¿Vienes?

Le di la mano y dejé que me guiara. En cuanto entramos en la cocina, un recuerdo resurgió. De pequeña, me comía los cereales en la barra mientras mi madre se preparaba el desayuno.

Esbocé una sonrisa cuando vi el mueble. Con todo el cuidado del que fui capaz, pasé los dedos por la silla en la que mi madre solía sentarse. Recordé que le encantaba jugar a juegos de mesa ahí conmigo. Pasábamos sentadas horas y sabía que me dejaba ganar.

—Pareces perdida...

—No —murmuré—. Estoy sumergida en los recuerdos de mi infancia, eso es todo.

—Quiero ver tu habitación.

—Está en el piso de arriba —dije levantando la mirada hacia él—, pero quiero ir primero al salón.

Rápidamente, comencé a recordar la distribución de las habitaciones y llevé a Asher conmigo al salón. Me tensé violentamente frente al sofá. No conseguía separar la mirada de ese mueble, de un color demasiado apagado. Resurgieron decenas de recuerdos. Esta vez no implicaban a mi madre, sino a él.

El zorro.

—Hay fotos suyas —dijo Asher soltándome la mano para acercarse a la chimenea.

Lo seguí sin dejar de mirar el sofá hasta que Asher me dio unos golpecitos en la espalda para llamar mi atención. Me mostró una foto en la que salíamos mi madre y yo. No tenía una gran calidad, pero la sonrisa de mi madre conseguía hacerla completamente magnífica. Era tan contagiosa que no pude evitar sonreír.

—Te pareces muchísimo a ella.

—Decía que me parecía a mi padre cuando era pequeña —confesé mientras acariciaba el marco de la foto—, pero no lo sé. Nunca lo conocí, no sé cómo es.

Levanté la cabeza hacia las otras dos fotos que había sobre la chimenea. Mi sonrisa se ensanchó cuando vi un retrato de mi madre, sola, acostada en el césped, con flores en el pelo. Recordaba ese día en el que me había pedido que le pusiera flores en el pelo. Aunque no sabía quién le había tomado una foto. Tal vez mi tía.

Los pasos de Asher resonaron en la habitación. Estaba descubriendo la casa de mi infancia con el mismo silencio y la misma fascinación, casi inexplicable, que yo.

—¿No veías mucho la tele como en Los Ángeles?

—No..., no pasaba mucho tiempo en el salón —admití mientras intentaba no mirar el sofá.

Cerré los ojos y sentí mis pulsaciones acelerarse. Ya no estaba. Solía sentarse ahí en el pasado, pero ya no estaba.

—Ven. Vamos a subir.

Al sentir que los recuerdos empezaban a aflorar a la superficie, decidí salir de la habitación. Me negaba a rememorar momentos que quería olvidar. Momentos que no había comprendido cuando era más pequeña, pero que habían cobrado sentido con el paso de los años.

Repugnante.

Era repugnante.

Subí lentamente las escaleras hasta el piso de arriba, atenta al ruido de mis pasos en los escalones, consciente de que cuando vivía allí solía tener la capacidad de reconocer los pasos de cualquiera. Los suyos, pesados, aún resonaban en mi mente. Ahogué ese recuerdo sonoro que todavía me atormentaba por las noches.

«El zorro.»

La presencia de Asher detrás de mí me tranquilizaba un poco. Lentamente, como si esa casa no fuera la mía, iba descubriendo las fotos en las paredes. Imágenes de mi madre, así como de mi abuela, que estaba muerta desde hacía años. También había fotos mías de cuando era un bebé colocadas entre las de mi tía y mi madre de cuando eran más jóvenes.

Memoricé el rostro de mi madre. Quería llevarme todas esas fotos. Quería tenerlas cerca.

Reconocí una habitación al fondo, a la izquierda.

—Es la habitación de mi madre —dije señalándola con el

dedo—. Me gustaba mucho dormir con ella... cuando él no estaba aquí.

—¿Él?

—Su... novio.

—¿Su novio vivía con ustedes? —me preguntó Asher mientras entraba en la habitación.

Se me nubló la vista cuando mis ojos se posaron en aquella cama. Las sábanas ya no eran las mismas, pero una manta que le encantaba las cubría todavía. Agarré el tejido y me lo pegué a la nariz con la esperanza de encontrar su olor o el perfume que solía usar.

Pero no olí nada.

Con un nudo en la garganta, me giré hacia la mesita de noche buscando desesperadamente el frasco de perfume. Sin éxito.

—¿Buscas algo?

Sin responder, me apresuré a abrir el clóset y acariciar su ropa. Las lágrimas se empezaron a deslizar por mis mejillas cuando me topé con una camiseta que le encantaba ponerse. Automáticamente, la olfateé, pero no olía a ella. Ya no olía a nada.

—¿Ella?

—Quiero... Quiero oler su perfume —murmuré—. Quiero oler su aroma.

—Mira en las cajas de arriba.

Levanté la cabeza hacia una pequeña repisa en la que reposaban dos cajas de zapatos. Me puse de puntitas para alcanzar una de ellas mientras Asher tomaba la otra. Nos sentamos en el suelo para buscar. La primera contenía papeles: facturas... y cartas.

Eran cartas de amor escritas por un hombre al que no conocía, un tal Jordan Thomson. ¿Era mi padre? Se me aceleró el corazón. Las fechas indicaban que habían estado juntos antes de mi nacimiento. Sin embargo, nunca tendría una confirmación de si era mi padre.

—Tal vez sea él —resopló Asher mientras leía una de las cartas—. Aun así, es un donjuán.

Devolví las cartas a su sitio. No sabía nada de mi padre y, según lo que leía, si era él, tampoco sabía nada de mí. Tal vez no quería hijos. Tal vez no era una niña deseada.

—En la segunda caja hay dibujos —dijo Asher—. ¿Tú hiciste esto?

—Dibujar se me daba muy mal —dije mientras tomaba uno.

—Pero sacabas buenas calificaciones —dijo Asher mostrándome otra hoja—. Estoy casi impresionado, no siempre has sido tan tonta.

—¿Hay una boleta de calificaciones? —le pregunté.

—No, son tareas calificadas... En realidad, siempre has sido igual de tonta, ángel mío. ¿Cómo pudiste confundir un hombre con un zorro?

El corazón me dio un vuelco. Le quité la hoja de las manos. Era un ejercicio de lengua y debía nombrar imágenes. Había una flor, un pájaro, un coche y la silueta de un hombre. En lugar de escribir «un hombre», había escrito «el zorro».

Con las manos temblando, arrugué con rapidez el papel. Asher me miró fijamente, pero no quería hablarle de él. No ahora, no esa noche.

—¿Por qué...?

—Quiero ver mi habitación —dije mientras me levantaba—. Luego, nos vamos.

—Está bien...

Frunció el ceño y, sin dejar de mirarme, se levantó también. Devolví rápidamente las cajas a su sitio.

—Ella, ¿estás segura de que...?

—Me encuentro bien, empiezo a estar cansada —mentí sin mirarlo.

—¿Quieres que nos vayamos? Podemos seguir con la visita mañana —dijo Asher sujetándome la mano—. Esta casa te espera desde hace más de diez años, puede aguardar un día más.

Con el corazón desbocado, observé el dormitorio de mi madre. Quería ver mi habitación, pero una parte de mí me decía que no lo hiciera. Había demasiados recuerdos anclados en su interior y ya tenía la mente sobrecargada.

—Tienes... Tienes razón.

Me rodeó con los brazos y escondí la cabeza en el hueco de su cuello. Un nudo me comprimía la garganta. Esa casa había sido testigo de mis traumas, mi tristeza, mi felicidad, todas las emociones que había sentido cuando era una niña. Seguía viva, y yo también. Pero no mi madre.

Las lágrimas recorrían lentamente mis mejillas y humedecían la piel de Asher. Cuando un sollozo se escapó de mis labios, me abrazó con más fuerza. Dejé que las emociones ganaran a mi sangre fría, como si mi cuerpo y mi corazón fueran uno.

—Mañana iremos a ver a tu madre... Pasaremos primero por la florería —murmuró Asher mientras me daba besos en la cabeza—. Luego, te dejaré el tiempo que necesites con ella... Podrás quedarte allí durante horas, ángel mío... Te esperaré.

Al día siguiente. Cementerio de Rookwood

—Dijo que estaba enterrada por aquí —le recordé a Asher mientras leía los nombres sobre las tumbas.

Llevábamos casi veinte minutos buscando el lugar donde estaba mi madre y Asher ya empezaba a impacientarse.

—Podrían poner carteles la próxima vez porque no...

—Asher...

Mi mirada se detuvo en una tumba. Por más que leía el nombre grabado una y otra vez, mi cerebro no lograba asimilarlo.

«Jenna Collins.»

Mi madre descansaba justo ahí. A unos metros de mí.

Temblando, me acerqué poco a poco a la tumba. Acababa de encontrar a mi madre, años después del accidente que le había costado la vida. Mis lágrimas no se detenían. La niña en mí que había presenciado el accidente se había despertado y por fin se permitía reaccionar ante su muerte. Había esperado ese momento durante muchos años.

Con la vista empañada, releí el nombre de mi madre recordando su sonrisa, su risa. Su voz tranquilizadora resonó de nuevo en mi mente.

—Hola..., mamá.

Comenzaron a salir sollozos de mi boca en cuanto pronuncié esa frase. Intenté calmarme. Quería hablarle, no tenía tiempo para llorar.

—Te... Te he traído flores... Seguramente..., has envidiado al resto de las tumbas por ello... Pero mejor tarde que nunca, ¿no? Es lo que siempre decías...

Dejé escapar una risita mientras me secaba las mejillas. Luego solté un gran suspiro antes de continuar:

—Lo siento... No he podido venir antes —comencé con el labio tembloroso—. A decir verdad, Kate me llevó con ella a Estados Unidos unas semanas después del accidente..., creo.

Otro sollozo me interrumpió. Contar mi historia en voz alta a mi madre era sin duda una de las cosas más dolorosas que había hecho.

—Lo cierto es... que no fue una gran idea —continué dejando las flores cerca de su tumba—. En realidad... me utilizó, mamá.

Se me nubló la vista de nuevo.

—Utilizó mi cuerpo para salir adelante y... Estaba atrapada en casa de un hombre muy malvado, mamá... Era horrible conmigo... Me destruyó... Me destruyeron.

Se me comprimió el pecho a medida que los recuerdos de todo ese sufrimiento desfilaban por mi cabeza. Con disgusto, vomité mis palabras, conté todo lo que había vivido por culpa de John y de mi tía, los responsables de mi destrucción.

Recordé esas noches en las que miraba las estrellas y me decía que tal vez ella estaba en una de ellas y me cuidaba desde el cielo. Todos esos instantes en los que su recuerdo me tranquilizaba después de que un hombre hubiera abusado de mí.

—Era horrible..., ya no podía soportar mi cuerpo.

Durante esa época, incluso los muebles tenían más vida que yo. Lo único que quería era unirme a mi madre y dejarle mi cuerpo a John, aunque ya era suyo.

—Kate me dejó tirada... Rehízo su vida y... y yo, yo debía vivir la que ella me había impuesto... Durante años, estuve atrapada entre cuatro paredes. No terminé mis estudios como habrías querido. No estoy graduada. Ni siquiera fui a la prepa...

Me sangraba el corazón y las lágrimas me ardían en los ojos. La tristeza sepultaba mi cuerpo.

—Me quedé en ese mundo de criminales... Estoy segura de que te habría dado un infarto si hubieras seguido viva —dije riéndome a través de las lágrimas—. Pero... conocí a buenas personas en este mundo. Conocí a alguien que vale la pena.

Me giré para ver si Asher estaba de tras de mí, pero se hallaba varios metros más atrás hablando por teléfono. Con una sonrisa, decidí sentarme en el suelo, cerca de mi madre.

—Está conmigo... Es él el que me ha traído aquí. Lo habrías odiado. Es arrogante, rabioso y sádico..., pero no conmigo. Ya no. Antes, sí, era detestable. Era su cautiva por obligación. Trabajaba con él y no me trataba demasiado bien, pero... siempre ha habido algo. Y me detestaba todavía más por eso..., según lo que he entendido. Cuando me di cuenta de que no era malo, me enamoré perdidamente de él. De Asher.

Jugueteaba con los dedos mientras murmuraba esas palabras, como si tuviera miedo de que otra persona las oyera, miedo de pronunciarlas tan abiertamente.

—Y sí, se lo dije..., pero me apartó... literalmente. Viví durante un año lejos de todo y fue atroz. Mis demonios venían constantemente a atormentarme... y el zorro, mamá. Él, que no solía inmiscuirse mucho en mis sueños, aparecía en mi mente frecuentemente cuando estaba sola en Manhattan.

Me vacié como si me estuviera escuchando. Hablé de Paul, de Kiara, de Ally, de Ben, de Rick y de todas las personas que habían marcado mi vida de una manera u otra. Contarle todo eso me hizo muchísimo bien. Había derramado tantas lágrimas que me dolía la cabeza, pero en ese preciso momento estaba tristemente feliz. Mi alma sentía la de mi madre muy cerca de ella, escuchando esa vida en la que ya no tenía ningún papel.

—Pero después de todo eso... mírame. Delante de ti, todavía viva. Con una salud mental deplorable, pero... todavía viva. Me había prometido volver a levantarme y tomar el control de mi vida... y ahora es a ti a quien hago esta promesa, mamá. Tu hija es una luchadora... Así que lo va a conseguir... Al menos, lo va a intentar.

Una última lágrima se deslizó por mi mejilla cuando cerré los ojos e inspiré profundamente. Estaba agotada y temblaba a causa del frío, pero me sentía ligera, como liberada. Como si el peso de la culpa de no haberla visitado antes se hubiera evaporado. Ahora, estaba ahí y lo sabía todo.

—Voy a dejarte... Voy a volver a casa, ver mi habitación, intentar encontrar mis marcas... Tal vez le haga una visita a la vecina. ¿Crees que se acordará de mí? Ya veremos...

Con una paz que había sentido pocas veces en mi vida, me levanté y dije adiós a esa tumba que me había esperado durante tantos años y por fin me había conocido.

Cuando Asher me vio, guardó el celular con su mirada de acero clavada en mí.

—Ya podemos irnos —dije acercándome a él.

—¿Estás segura?

Me giré hacia la tumba de mi madre.

—Seguramente está harta de escucharme —me burlé suavemente—. Así que sí, nos vamos.

—De acuerdo.

Cuando Asher me dio la mano, el pulso se me aceleró. Levanté la cabeza hacia él con una sonrisa.

«Le he hablado de ti a mi madre...»

Me envolvió los hombros con el brazo y me acercó a él. Lo amaba. Estaba perdidamente enamorada de Asher Scott. Y le estaba agradecida por todo.

Ocho de la noche. Sídney

Tras nuestra visita al cementerio, habíamos vuelto a la mansión para echarnos una siesta. Ahora, tras recuperar las fuerzas, nos dirigíamos a la casa de mi infancia.

—La comida es rara aquí —me confesó Asher tocándose el estómago—. No he digerido la pizza.

—Le dirás a Ben que te han envenenado —reí mientras subía los escalones de la terraza.

—Me ha llamado mientras dormías. Me ha pedido que revisara que no hubiera ninguna serpiente en los baños.

Se me escapó una risita mientras metía la llave en la cerradura. La oscuridad todavía reinaba en la casa. Fruncí el ceño cuando olí algo raro. Un olor amargo, una mezcla de huevo y almizcle.

Asher cerró la puerta detrás de mí y murmuró:

—Qué sed tengo, carajo.

—Creo que vi una botella de agua en la cocina ayer —le indiqué acercándome a la habitación—. Si no, aguade la llave.

—¡Bébetela tú! ¿Quieres matarme? —exclamó Asher—. Ya con la pizz...

Se detuvo con la mirada clavada en el fregadero. Se me secó la garganta al ver yo también los platos sobre la barra. El día anterior no estaban ahí.

Asher me jaló bruscamente y se puso delante cuando oímos un ruido. Sacó el arma y apuntó al extraño, que avanzaba con pasos pesados.

«Pasos pesados...»

Se me escapó un gritito de susto. Un hombre armado acababa

de entrar en la habitación y el alma se me cayó a los pies cuando nuestras miradas se cruzaron. Esa cara... No... No, era una pesadilla. Estaba atrapada en una de mis pesadillas...

Apreté el brazo de Asher con la mirada clavada en el tatuaje que tenía en el antebrazo.

Un zorro.

41

El zorro y la ratoncita

ASHER

—¿Quién es usted?

Repetí la pregunta observando al individuo que teníamos delante, de unos cincuenta años y armado con un fusil que parecía dispuesto a utilizar en cualquier momento.

Sin embargo, no me miraba a mí, sino a Ella. La observaba como si la hubiera visto antes.

«¿Lo conoce?»

Mi ángel me apretaba el brazo con tanta fuerza que empezó a hacerme daño. Repetí la pregunta apuntando al desconocido con el arma:

—Voy a preguntárselo por última vez, ¿quién es usted?

—¿Vienen a mi casa y me preguntas quién soy? Qué insolente.

«¿Su casa?»

A Ella se le escapó un fuerte sollozo. No me giré hacia ella porque no debía apartar la mirada del hombre, a pesar de que sentí que se aferraba a mí en busca de protección. Los temblores de su cuerpo me confirmaron que ya se habían cruzado antes.

—¿Lo conoces?

Solo recibí unos gemidos aterrorizados como respuesta.

Rápidamente, volví a concentrarme en el hombre, que movió

el arma. Cargué la mía fulminándolo con la mirada mientras él respondía en tono burlón:

—Pues claro que me conoce..., ¿verdad, ratoncita?

Ella jadeó de terror y se escondió detrás de mí. Un ataque de ira se apoderó de mí. No sabía quién era ese tipo que se estaba divirtiendo tanto con la situación.

Él no era consciente, pero estaba viviendo sus últimos instantes.

—Qui-quiero... i-irme... —balbuceó Ella.

No comprendía su reacción. La última vez que se había puesto así era cuando había visto a Eric.

«Demonios, ¿quién es este sujeto?»

—Durante mucho tiempo pensé que no ibas a volver nunca, ratoncita... Pero no me has olvidado, ¿verdad?

Ella se echó a llorar con más fuerza detrás de mí.

—Deje de hablarle —espeté.

—Tus ojos siguen siendo igual de bonitos... Has crecido —continuó aquel tipo sin dejar de mirarla—. Cada vez te pareces más a tu madre.

Me ignoró soberanamente. Enojado, apreté el gatillo. Una bala se alojó en la pared, cerca de él, pero el hombre ni se inmutó. Siguió mirando a Ella apuntándonos con el arma. Ni siquiera había cedido al reflejo de cargarla ni de amenazarme con ella.

«Puede que no esté cargada...»

—Has fallado el...

—Yo nunca fallo el tiro —interrumpí con un tono glacial—. No me obligue a demostrárselo.

—¡Qué impaciente, muchacho! ¿Mi ratoncita no te ha hablado de mí? —se burló—. Tuvimos una relación muy cercana. ¿No te ha contado nada?

—Déjenos ir-irnos...

«"Mi ratoncita". ¿Por qué la llama así?»

—¿Ya quieren irse? Apenas hemos empezado a jugar... ¿No echas de menos jugar conmigo?

Ella estalló en sollozos y se apretó contra mí murmurando en bucle la palabra «clóset».

—Le encantaba jugar conmigo en el salón, sobre el sofá, después de clase. ¿Verdad que sí, ratoncita?

—¿Qué es usted para ella?

Se le dibujó una sonrisa diabólica en los labios.

—Era el novio de su madre. Se fue y se llevó lejos a mi ratoncita. Estaba muy triste sin ti, ¿te gusta verme triste?

—Asher, por... por favor..., va-vámonos... Por favor..., dé-déjenos... i-irnos...

Leí el placer en los ojos del hombre, como si se deleitara viendo a mi ángel aterrorizada. Desconocía por qué tenía miedo de él, pero no podía evitar imaginarme lo peor. El zorro sonrió mostrando sus dientes amarillentos y bajó el arma.

¿Qué estaba haciendo?

—¿Por qué querrías irte? Acabas de volver a casa. ¿Acaso no me has extrañado? Tu amigo me amenaza, ratoncita..., y ya sabes lo que pasa cuando me amenazan...

—Baja el arma... Baja el arma, Asher —murmuró Ella entre sollozos.

Abrí los ojos como platos. ¿Era en serio? Comprendí el miedo que le causaba, a pesar de los años. Él lo sabía. Y lo utilizaba a su favor.

—Hazle caso... Ella sabe mejor que nadie lo que pasa cuando...

Otra bala se clavó en la pared en señal de amenaza. Me negaba a salir de esa casa dejándolo con vida. «Voy a borrarlo de la faz de la Tierra.»

—Has vuelto a fallar.

Se rio y bajó el arma fulminándome con la mirada. ¿Acaso pensaba que era un aficionado? ¿Tan estúpido era?

—Tu juguete no me da miedo, pequeño. La próxima vez intenta alcanzarme...

Tenía que matarlo. Quería abatirlo por el terror que le provocaba a mi ángel, pero también quería saber qué le había hecho para que estuviera así.

—¿Qué te hizo? —me atreví a preguntar inclinando la cabeza a un lado sin dejar de mirarlo.

Él esbozó una sonrisa como si por fin acabara de sacar el tema que llevaba tanto tiempo esperando. Como si finalmente pudiera recordárselo a ella tras todos aquellos años sin verla. Como si estuviera orgulloso.

—No...

—Ella, dime qué te hizo.

Ella gimió apretándome el brazo con fuerza y apoyando la nariz en mi hombro.

—Mi ratoncita..., es nuestro secreto.

—¡Cállate la puta boca! —espeté enojado—. O te atravieso el cerebro.

Rio abiertamente y mi ira estalló. Iba a sentir placer al asesinarlo. Un gran placer.

Mi calma desaparecía a cada segundo que pasaba. Solo los sollozos de Ella y las carcajadas de aquel bastardo resonaban en mis oídos. Era un tipo peligroso. No era sanguinario, sino enfermizo y astuto. Perturbador.

—¿Atravesarme el cerebro? Muchacho, no sabes ni disparar.

Claro, creía que no sabía usar un arma.

De repente, volví a disparar a la pared. Fingí gruñir, molesto, y él se rio. Intenté que no sospechara. Como esperaba, bajó aún más el fusil.

—Dime qué te hizo.

—Me... Me...

—¿De verdad vas a destapar nuestro secreto, ratoncita?

Volví a disparar a la pared para reforzar su sensación de seguridad. ¡Qué imbécil!

—No es más que un... pedófilo.

En menos de un segundo, mi siguiente bala impactó entre sus ojos. El corazón había estado a punto de estallarme cuando mi ángel había pronunciado esa palabra. «Pedófilo.»

Había abusado de Ella.

Mi ángel gritó aterrorizada cuando el cuerpo del hombre se derrumbó. Su sangre no tardó en expandirse por el suelo. La abracé para ayudarla a aliviar su miedo.

—Se ha acabado...

Con el rabillo del ojo, vi el cuerpo inerte de aquel degenerado y me dieron ganas de vomitar. Había abusado de Ella cuando era pequeña. No podía llegar a imaginarme qué le había hecho. ¿La había tocado? ¿Violado? ¿Su madre lo sabía?

La había manipulado. Al oír cómo se dirigía ella, comprendí que eran las mismas palabras con las que le hablaba en aquella época. Ella lloraba contra mi hombro como si hubiera estado reteniendo las lágrimas desde el principio. Tal vez de alivio. Quería aliviarla.

—Gracias..., gracias..., gracias...

Me dio un vuelco el corazón cuando la oí darme las gracias por haber matado al hombre que la había traumatizado. A pesar de que, por dentro, estaba tan aterrado como ella...

ELLA

Cuatro horas más tarde...

—Vas a enfermarte si sigues con esa toalla un minuto más —me dijo Asher a mi espalda—. Aquí hace mucho frío.

Llevaba unas horas mirándolo en silencio. A decir verdad, eran mis lágrimas las que habían hablado por mí esta noche. Ahora bien, había derramado demasiadas.

«El zorro.»

Asher lo había matado a sangre fría en cuanto había pronunciado esa palabra. «Pedófilo.»

¿Cómo había podido quedarse en mi casa después de todo lo que había hecho? ¿Cómo había podido seguir viviendo en paz junto a nuestras fotos sin sentir remordimientos ni culpabilidad?

Siempre me había manipulado. Siempre.

Todavía tenía ganas de vomitar. Ya había vomitado varias veces por los recuerdos que me venían a la memoria por culpa de su sonrisa retorcida y sus ojos ávidos de carne.

Unos brazos me rodearon y cerré los ojos. Por primera vez, le había dado las gracias a Asher por haber matado a alguien. Luego había llamado a dos hombres que se habían encargado de deshacerse del cuerpo o de quemarlo, no me acordaba demasiado bien. Durante largo rato, había estado limpiando la sangre del suelo en silencio. Ahora la casa volvía a estar como nueva.

Le había mostrado mi habitación en el piso de arriba como si no hubiéramos cometido un asesinato unos minutos antes. En cuanto vi el clóset en el que me escondía cuando el zorro me buscaba para «jugar», sufrí un ataque de ansiedad.

Siempre me encontraba.

—¿Quién era ese hombre, ángel mío?

Un escalofrío me recorrió la columna. Esperaba esa pregunta, sabía que iba a pedirme explicaciones. Se lo debía.

—Era el novio de mi madre —empecé en voz baja—. Vivió con nosotras durante tres años. Ayudaba a mi madre a pagar las deudas. Al principio, creía que era mi padre, pero mi madre me dio a entender rápidamente que no.

A pesar de que el zorro me pidiera todo el tiempo que lo llamara «papá», no lo había hecho nunca.

—Empezó siendo amable con nosotras. A veces discutía con mi madre, pero no era nada violento. Le gustaba mucho jugar conmigo, me ponía sobre sus... rodillas cuando miraba la tele...

Se me formó un nudo en la garganta. En aquella época no me daba cuenta de lo que hacía.

—Una vez, mi madre pasó el fin de semana fuera y me dejó a solas con él. Fue entonces cuando...

Me callé y exhalé para vaciar la bola de ansiedad que me comprimía los pulmones.

—¿Cuando...?

—Cuando empezó a «jugar» conmigo —terminé, y por un instante se me nubló la vista.

Temblaba de frío y de miedo, un miedo que seguía muy vivo a pesar de los años que habían pasado.

—Él estaba en el sofá del salón y yo en mi habitación —murmuré mirando de lejos el jardín—. Me llamó y bajé... Recuerdo que me ordenó que me pusiera delante de él..., no demasiado cerca, justo al lado de la tele... A continuación, me pidió que...

«Vamos a jugar a una cosa, ratoncita..., pero tienes que quitarte la pijama.»

—Que me quitara la pijama y lo mirara... tocarse.

El cuerpo de Asher se tensó contra el mío. Una lágrima me bajó por la mejilla, pero seguí contando ese capítulo de mi vida que nadie había oído nunca.

—Se ponía muy violento cuando yo no quería «jugar». Discutía con mi madre y luego me lo reprochaba. Decía que había sido culpa mía porque no había querido jugar..., así que me escondía en el clóset.

Asher me abrazó contra él y se me aceleró la respiración.

—Constantemente me chantajeaba. Se ofrecía para vestirme por las mañanas para poder tocarme sin que mi madre se enterara y no dije nada durante varios meses porque me daba miedo que se desquitara con ella. Más adelante, mi madre un día encontró unos... videos, videos de mí sin pijama. Él me grababa cada vez que jugábamos. Por eso me pedía que me colocara al lado de la tele, por la cámara.

Esas palabras me revolvieron el estómago. Asher maldijo a mi lado. Tal vez no se esperaba algo así.

—Aquella noche, mi madre lo enfrentó. Estaba enojada y lloraba. Le dijo que jamás volvería a verme y que iba a hablar con la policía..., pero nunca pudo hacerlo. Esa misma noche nos fuimos de casa, pero nos persiguió. Él provocó el accidente en el que murió mi madre.

Se hizo el silencio al final de mi monólogo. Me sentía más ligera por dentro.

—He... He hecho bien al matarlo.

Sus ojos grises reflejaban una mezcla de pena e ira.

—Por eso estabas así...

—No lo había vuelto a ver desde que tenía seis años. No estaba preparada psicológicamente. A pesar de que había envejecido, su sonrisa seguía siendo la misma.

—¿Tu tía no lo sabía?

—No, solo mi madre —contesté—. No dije nada porque tenía miedo. Así que se libró... Bueno, hasta ahora.

Asher emitió una risita antes de volver a abrazarme con fuerza.

—Mi admiración por ti crece cada día, ángel mío.

Las palabras de Asher me reconfortaron, al igual que sus brazos. Todos esos momentos en los que sentía que había tocado fondo habían hecho de mí la persona que era actualmente. Tenía el alma magullada, pero seguía siendo pura a ojos de Asher, igual que él a los míos.

Habíamos encontrado en el otro los ojos que nos veían como nosotros no conseguíamos vernos a nosotros mismos. Quizá el amor fuera eso. Hacía falta ver a Asher a través del prisma de Ella. Y ver a Ella a través del de Asher.

—Creo que deberíamos irnos a dormir...

Asintió con la cabeza.

Me puse la pijama y lo encontré en la cama con la mirada fija en el techo. Rápidamente, lo rodeé con los brazos y él hizo lo mismo en silencio. El corazón le latía anormalmente rápido y no se me pasó por alto. Respiré hondo y cerré los ojos.

—¿Ella?

—¿Hum?

Volví a abrir los ojos y me abrazó con más fuerza.

—Nunca me planteé mantenerte como cautiva durante más de un mes —confesó—. Para ser sincero, nunca me planteé dejarte con vida.

—Gracias, lo supe por tus cartas —le recordé con una sonrisa en los labios.

Se le escapó una risita... ¿Una risita nerviosa?

—Nunca me planteé que querría protegerte de James Wood y de William. No comprendía mi necesidad de protegerte cuando tu trabajo era ponerte en peligro por mí.

Escuché sus palabras con la respiración entrecortada. Asher no solía mostrarse abierto y sincero y mi corazón lo aprovechaba al máximo.

—Tampoco planeé que querría estar contigo, sentirte cerca de mí todo el tiempo, desear tu atención... Por eso te alejé.

—Lo sé, Asher.

Conocía las razones que lo habían llevado a echarme. ¿Por qué se repetía? ¿A qué venía ahora este discurso?

—Odiaba el efecto que provocabas sobre mí, odiaba sentirme débil cuando tú estabas presente. Pero no pude olvidar lo que sentía cuando me mirabas, cuando... me hablabas. Odiaba adorar ese sentimiento.

Me dio un vuelco el corazón. Asher estaba abriéndose a mí, pero esta vez no era a causa de la ira. Estaba muy calmado.

—Me he sorprendido matando a gente que te ha hecho daño como John, James Wood, los hombres que te deseaban y ahora este bastardo perturbado. He experimentado sed de venganza, a pesar de que odio tener sangre en las manos.

Temblaba casi abrumada por las emociones que me estaba haciendo sentir. Hacía que vibraran mi cuerpo, mi corazón y mi alma. Como todas las veces.

—No había planeado hacer todo esto por una cautiva... y estoy aterrorizado por todo lo que sería capaz de hacer por ti, por todos los peligros que estoy dispuesto a afrontar sin vacilar para protegerte.

Cuando levanté la cabeza hacia él, me detuvo:

—No me mires, por favor. Eso me bloquea.

Reí y respeté su deseo.

—Una cautiva que solo debía quedarse unas semanas, a la que al principio no quería, pero que me fascinaba. No había previsto encariñarme con ella, querer conocer sus miedos para disiparlos e intentar ayudarla.

Una sonrisa estiró mis labios. ¡Cuánto lo amaba!

—Me importaba una mierda la vida de mis anteriores cautivas. En general, me daban igual. Pero mírame ahora, Collins. Acabo de comprar esta casa en Australia porque mi excautiva quería enfrentarse a su pasado y no soy capaz de dejarla sola por culpa del peligro al que está siempre expuesta. ¿Qué expropietario haría eso?

Me encogí de hombros. Cerré los ojos para seguir escuchándolo.

—Yo, que antes lo preveía todo, que siempre iba varios pasos por delante, no te había previsto a ti... No había previsto interesarme tanto por una simple cautiva ingenua e inocente... No había previsto querer protegerla de todo, querer mantenerla cerca de mí todo el tiempo... No había previsto admirar tanto a la persona en la que se ha convertido, a pesar de todo lo que ha sufrido durante tanto tiempo...

Contuve la respiración. El corazón le iba a mil y el mío estuvo a punto de detenerse cuando murmuró:

—De hecho, Collins..., no había previsto... enamorarme de esa cautiva... De ti...

42

Fantasma

ELLA

Un portazo.

Un claxon.

Unos fuegos artificiales.

Una explosión.

Un terremoto.

Un volcán en erupción.

Ninguno de esos sonidos podría resonar con tanta fuerza en mi cabeza como su voz cuando me confesaba sus sentimientos. Esos sentimientos que llevaba meses reprimiendo. Me ahogué en sus palabras, sumergida en una ola de emociones. Mi cuerpo se había estremecido de manera tan violenta, tan intensa, que pensé que la temperatura de la habitación se había desplomado. El corazón me latía con fuerza, se me iba a salir del pecho.

Pero mi alma ya no me pertenecía. Era suya.

Toda suya.

—Di algo...

No sabía cuánto tiempo había estado sin hablar, petrificada por lo que acababa de decirme. Tal vez un minuto, tal vez diez. El tiempo se había congelado a la vez que mi cuerpo.

«Te quiero...»

Sin darme cuenta, asalté su boca para encontrar algo de oxígeno dentro de ella. Éramos el aire del otro. El bote salvavidas. «El final del túnel.»

Nada más a mi alrededor importaba salvo él, sus labios, sus palabras. Y su alma.

«Te quiero muchísimo...»

Nada más contaba. Toda mi ansiedad, todos mis temores, mis dudas, mis miedos más profundos habían desaparecido. Esa noche, en mi cabeza solo estaba él.

—Te quiero —murmuré entre dos besos anhelantes.

Como respuesta, intensificó nuestro beso agarrándome por las caderas. Le pasé las manos por el pelo mientras sus dedos me aprisionaban la mandíbula. A través de sus gestos frenéticos, sentí que acababa de perderse entre sus emociones, que ya no sabía cómo controlar lo que sentía después de haber luchado tanto. Fue una liberación, tanto para él como para mí.

Asher estaba asustado de que mis sentimientos no fueran reales. No lograba aceptar que alguien pudiera amarlo sin ningún interés oculto. Las personas con las que había estado no habían hecho más que demostrarle que tenía razón. Pero yo lo amaba por lo que era. Lo amaba por sus manías, su humor a veces un poco demasiado verde. Lo amaba, a él, con su visión de las cosas, su dulzura, sus defectos. Amaba su manera de mostrar sus sentimientos, su paciencia.

—Te amo...

Esas palabras que pronunció hicieron temblar cada célula de mi cuerpo, cada vena, cada órgano.

—Yo también te amo...

Sus labios se separaron de mi boca para atacar mi mandíbula, ávidos de piel. De mí.

Me dejé llevar. Mi cuerpo ya no se tensaba, no con él. Nos habíamos demostrado con creces que nunca nos haríamos daño.

Se me confundieron los sentidos cuando su lengua se encontró con mi piel ardiente. Su boca me lamía mientras sus dedos se hundían en mis caderas, como si quisiera dejar su huella. Como si quisiera marcar mi cuerpo tras haber marcado mi corazón y mi alma.

Nuestras respiraciones agitadas y entrecortadas resonaban en la habitación, que estaba sumida en la oscuridad. Cuando me quitó la camiseta, lo ayudé. Necesitaba más. Necesitaba sentirlo contra mí, lo necesitaba entero. Por primera vez, tenía ganas de él, por completo.

En el momento en que sus dientes fueron a atrapar el lóbulo de mi oreja, clavé las uñas en su brazo. Su voz ronca me susurró:

—Detenme, ángel mío... Porque yo no podré hacerlo... No tengo ningún control.

Un escalofrío me recorrió de arriba abajo. Las emociones que me invadían eran contradictorias.

«Miedo. Excitación. Amor. Nervios.»

—No quiero que pares.

Nunca habría imaginado pronunciar esas palabras y él no se esperaba escucharlas, porque su cuerpo se quedó paralizado contra el mío. Me observó con una chispa de sorpresa en sus iris grises inundados de deseo. No sabía si era el suyo o el mío, pero uno de nuestros cuerpos vibraba de una forma que casi daba miedo.

—Quiero sentirte entero, Asher Scott —continué jadeando—. Mi cuerpo... Mi cuerpo te desea.

—Ángel mío...

Entrelazó nuestros labios en un beso apasionado. Rápidamente, mis manos le rodearon las mejillas. Su torso desnudo se apretó con más fuerza contra el mío y me encendí lentamente a medida que lo sentía recorrer mi cuerpo como si quisiera redescubrir mis curvas. Como si quisiera redescubrirme entera.

Mientras mis dedos se deslizaban hacia su nuca, los suyos jalaron el elástico de mis pantalones. Sus labios se separaron de nuevo de los míos para posarse en el nacimiento de mi cuello. Depositó miles de besos hambrientos en mi piel, con una mano apoyada en mi cintura mientras la otra se aventuraba entre mis piernas. Acarició con el índice mi sexo de arriba abajo a través de las pantaletas. Retrocedió para observar mi rostro, marcado por el deseo.

—Eres preciosa...

Sin dejar de mirarme, se deslizó dentro de mi ropa interior. Jadeé caóticamente cuando sus dedos comenzaron a trazar círculos lentos alrededor de mi clítoris.

—Gime para mí, ángel mío...

Introdujo un dedo en mí y, como si controlara mis cuerdas vocales, me arrancó un gemido de la boca cuando sentí cómo lo curvaba.

—Eres perfecta...

Iba y venía lentamente dentro de mí a la vez que admiraba las reacciones que provocaba. Le clavé las uñas en el brazo. Aceleró el ritmo.

—Eso es... Deja que te haga disfrutar, ángel mío...

Su lengua ardiente se unió a la mía mientras introducía un segundo dedo a un ritmo todavía más elevado.

—A-Asher...

—Me encanta oírte gemir mi nombre, ángel mío...

Mi cuerpo ardía bajo sus caricias. Eché la cabeza hacia atrás y le di la oportunidad de presionar febrilmente los labios contra mi cuello. La mano que tenía libre se deslizó por mi espalda para desabrocharme con habilidad el brasier.

Tiró mi ropa interior al suelo y gemí cuando su boca atacó mi seno. Lo cosquilleó con la punta de la lengua mientras mi cuerpo se arqueaba, presa de unos espasmos de placer incontrolables. Sus dedos se apartaron bruscamente de mi sexo. Hizo un movimiento ondulante con la pelvis contra mi cuerpo que me permitió sentir todo su miembro. Luego su boca descendió peligrosamente por mis costillas y salpicó mi vientre de besos antes de detenerse cerca de mi sexo.

No pude contener un jadeo de sorpresa cuando jaló el elástico de mis pantaletas con los dientes sin dejar de mirarme ni un segundo. Sus ojos me devoraban. Poco a poco, mi última prenda se deslizó por mis caderas y a lo largo de mis piernas antes de llegar al suelo.

Los labios de Asher se pegaron al interior de mi muslo y me provocaron un escalofrío.

—¿Estás segura? —me preguntó mientras depositaba besos hambrientos sobre mi piel.

El corazón me latía con mucha fuerza. Ante esas palabras, cerré los ojos para acallar mis miedos. Era Asher. Solo estábamos él y yo. Nadie más que él podía tocarme.

—Sí, estoy segura.

Con un jadeo, hundió la cara entre mis piernas. Se me escapó un gemido cuando sus labios se encontraron con mi sexo. Me envolvió los muslos con los brazos para sujetarme mientras su lengua trazaba círculos alrededor de mi clítoris. Arqueé la espalda disfrutando de cada lengüetazo y cada caricia.

Cada uno de mis suspiros le pertenecía.

Cada latido.

Cada gemido.

Gruñía contra mí mientras su lengua hambrienta me acariciaba con más dureza. Se me nubló la vista. Mi cuerpo ya no me pertenecía, era completamente suyo. Respondía instintivamente a cada uno de sus movimientos. No hubo ningún momento de pausa que permitiera que mis miedos se interpusieran entre mí y el placer que Asher me estaba proporcionando.

Pero, cuando mis gemidos comenzaron a volverse más intensos y mis piernas se pusieron a temblar con las embestidas de su lengua, Asher se alejó. Su cuerpo se pegó una vez más al mío, me besó ferozmente y me agarró el pelo con las manos.

—¿Estás segura? Ella, no...

—Sí, Asher —repetí desesperadamente—. Nunca he estado tan segura de nada.

Me miró como si fuera la cosa más bonita que podía existir en ese momento, la más valiosa. Nunca me separaría de su mirada. Nunca me separaría de él.

Mi ritmo cardiaco se aceleró de repente cuando se levantó. Rápidamente, se quitó el bóxer y abrió el cajón de su mesita de noche. Sin dejar de mirarme, rompió la envoltura del condón. Mis pensamientos se entremezclaron. Una vez listo, volvió a acostarse sobre mí. Sus labios atacaron mi cuello y me arrancaron un suspiro. Con las manos temblando, me susurró al oído:

—Voy a ir despacio, ángel mío...

Tragué saliva, cerré los ojos y asentí. Mi respiración era irregular y tenía el pecho tan comprimido que sentía los pulmones estrujados. Con suavidad, entró en mí. De manera casi automática, entreabrí la boca, me quedé sin aliento y se me formó un nudo en la garganta. Era como si mi cuerpo se hubiera acostumbrado a ese tipo de reacción. Entonces Asher posó los labios sobre los míos. Ese simple contacto acalló mi angustia. Mi cuerpo se relajó y pasé los brazos por detrás de su cuello.

Empezó a mover la pelvis, arrancándome un gemido de placer que nuestros besos ahogaron. Mordisqueó mi labio inferior antes de jalarlo. Hundió los dedos en la piel de mis caderas mientras se movía suavemente sobre mí.

Suspiré de placer cuando aceleró el ritmo de sus caderas sin dejar de mirarme, analizando cada una de mis reacciones para ver si me hacía daño.

Pero no sentía dolor. Más bien al contrario.

Separó sus labios de los míos para atacar mi mandíbula. Me estremecí cuando sentí cómo su respiración agitada acariciaba mi piel. Posó una mano sobre mi cintura en el momento en que duplicó la fogosidad y gemí más ruidosamente.

—Sí, mi amor, gime para mí. Muéstrame cuánto te gusta lo que te hago.

Sus embestidas se volvieron más violentas, más profundas. Me atrapó las muñecas y las levantó por encima de mi cabeza a la vez que sus labios empezaron a succionar salvajemente la piel de mi cuello.

El placer que me proporcionaba era indescriptible. Me dejaba sin respiración y jugaba con mis cuerdas vocales. La burbuja de calor se iba intensificando en mi vientre a medida que él se hundía más profundamente en mí. Eché la cabeza hacia atrás.

—Diablos.

Con un gruñido de placer y su cuerpo tembloroso contra el mío, liberó mis muñecas y me aprisionó la mandíbula para obligarme a mirarlo. Mis piernas temblaron aún más y se me pusieron los ojos en blanco. Era incapaz de sostenerle la mirada mientras él seguía con el mismo ritmo embriagador. Sentí que una ola de placer me inundaría de un momento a otro.

—N-no... pares...

Le clavé las uñas en la espalda y gruñó antes de besarme apasionadamente. Todas las células de mi cuerpo se preparaban para el clímax.

—Ella..., diablos...

Oírlo murmurar mi nombre me llevó al límite. Un grito de placer salió de mi boca cuando la burbuja de calor explotó dentro de mi cuerpo. Se me nubló la vista y, unos segundos después, Asher gimió intensamente junto a mi oído con una última embestida. Su cuerpo se desplomó sobre el mío.

Con la vista todavía borrosa y la respiración tan agitada como la de Asher, no podía pensar en nada. Estaba temblando, el corazón me latía descontrolado y cada movimiento resultaba agotador.

Asher se puso a mi lado mientras yo inspiraba profundamente. Giré la cabeza hacia él. Observé su boca, todavía entreabierta, con una sonrisa. Nos encontrábamos en el mismo estado.

Sus ojos se desviaron hacia mí. Una fina capa de sudor cubría nuestras pieles. Tomó las sábanas y me cubrió el cuerpo antes de envolverme con el brazo. Enterré la cabeza en el hueco de su cuello con una sonrisa.

Por primera vez, lo habíamos hecho.

Por primera vez, no había llorado ni tenido miedo, no había sufrido una crisis de ansiedad.

Por primera vez... había sentido ganas.

Mientras los dedos de Asher me acariciaban delicadamente el pelo, me dejé llevar por el sueño. Se me cerraron los párpados lentamente, pero no luché contra la fatiga. Al contrario, me acurruqué en su pecho con un suspiro de tranquilidad.

«Te quiero.»

Un movimiento me sacó de mi sueño. Aunque seguía aturdida, no tardé en darme cuenta de que era el torso de Asher.

—No...

Tenía el ceño fruncido y sacudía la cabeza débilmente. Me sujetaba con tanta fuerza que me estremecí.

—Suéltala..., no...

Su cuerpo tembloroso y su voz débil me alarmaron.

—Asher...

—Deja que se vaya... No la toques...

Me deshice de su agarre para acercar la cara a la suya. Puse las manos sobre su mandíbula contraída y susurré:

—Asher, despierta...

Lo sacudí suavemente con la esperanza de devolverlo a la realidad.

Tras unos segundos, se despertó, liberándose así de los demonios que se habían apoderado de sus sueños. Se levantó bruscamente, tenía el rostro pálido y lleno de pánico y los ojos clavados en la pared que estaba frente a nosotros.

—Asher...

Yo también me levanté, aunque no me atreví a tocarlo. Parecía estar... aterrorizado.

Se pasó una mano por la cara para calmar la respiración. Jadeaba como si acabara de salir a la superficie tras interminables minutos bajo el agua. Entonces se volteó hacia mí.

Cuando mi mano se posó en su espalda, se estremeció. Luego se abrió camino entre mis brazos y acurrucó la cara en el hueco de mi cuello. Lo abracé contra mí y respiré hondo.

—Odio esto...

Mientras le acariciaba el pelo, suspiró.

—¿Qué... Qué has soñado? —le pregunté en un susurro.

Su cuerpo se tensó de inmediato. Quizá no era el momento adecuado para preguntarle, pero no se me ocurría otro mejor. «No voy a sacar el tema otra vez en el desayuno...»

Cuantos más minutos pasaban, más enojada estaba conmigo misma por haberle hecho esa pregunta. Tal vez no quería que lo supiera. Pero no podía evitar preguntarme quiénes eran los protagonistas de sus pesadillas, cuáles eran sus miedos más profundos.

Se levantó de la cama y lo seguí con la mirada mientras rebuscaba en los bolsillos de su chamarra de cuero para sacar una cajetilla de cigarros y un encendedor. Se puso un cigarro entre los labios, lo encendió y le dio una larga calada con los ojos cerrados.

Una vez que el humo estuvo fuera de sus pulmones, los abrió y los desvió hacia la ventana.

—Todo empezó cuando secuestraron a mi padre —comenzó—. Durante ese periodo, mataba sin pensarlo dos veces a aquellos que estaban vinculados con su secuestro con la esperanza de encontrarlo. Pero pronto sus fantasmas volvieron para atormentarme.

Con el ceño fruncido, me apoyé en la cabecera de la cama con la atención centrada en él.

—Y siempre se repetía el mismo escenario. Vuelvo al lugar donde los maté, pero ya no puedo hacerlo, estoy paralizado y soy un espectador. Observo impotente cómo la persona a la que maté tortura a mi padre.

Abrí los ojos como platos al darme cuenta de que sus víctimas eran sus demonios.

—Se convirtió en una especie de castigo. Todas las personas a las que había matado torturaban a mi padre durante una noche entera para vengarse.

Inhaló otra dosis de nicotina con la mandíbula contraída y la mirada clavada en la ventana.

—Pero ahora son más creativas. Desde que maté a William, mi padre solo aparece de vez en cuando en mis pesadillas. Tú has ocupado su lugar —admitió con un suspiro—. Y te observo mientras las personas a las que maté te torturan sin que yo pueda hacer nada. Te escucho gritar, llorar, suplicarme que te ayude, pero no puedo. Esta noche, el ex de tu madre me ha hecho una visita. Y te tocaba. Te tocaba y me suplicabas que te ayudara entre lágrimas. Pero no podía moverme. Lo único que podía hacer era gritarle que parara con la esperanza de que lo hiciera.

Se me revolvió el estómago al oírlo. El zorro era la peor de mis pesadillas.

—Por eso no me gusta mancharme las manos de sangre —me confesó mientras daba otra calada a su cigarro—. Sé que tarde o temprano vendrán y me harán pagar.

Permanecí en silencio. No podía imaginar la sensación de impotencia que debía de invadirlo.

—También por eso no me gusta dormir, prefiero ver cómo lo haces tú.

Se volteó hacia mí y se me aceleró el pulso.

—Sé que te parece de psicópata —dijo encogiéndose de hombros—. Pero encuentro una especie de tranquilidad en ello, porque cuando lo hago no pienso en nada más que en ti. Y eso me ayuda a calmar mis pensamientos.

—Puedes hacerlo tanto como quieras...

—De todas formas, ya lo hacía sin tu permiso —me recordó con una sonrisa burlona.

Negué con la cabeza y di unas palmaditas en el colchón para invitarlo a volver a la cama. Después de apagar la colilla en el cenicero que tenía junto a la ventana, se desplomó sobre la cama. Me rodeó con los brazos y apoyó la barbilla en la parte superior de mi cabeza antes de respirar hondo.

Por fin la noche podía continuar.

Sin demonios.

Al día siguiente. Centro de Sídney

—¿Y te parece lógico comprar tanta comida cuando estamos a punto de volver a California?

Lanzó la tercera caja de cereales dentro de la cajuela antes de responder:

—Hay un cincuenta por ciento de posibilidades de que muramos aquí por culpa de los animales. Me gustaría irme al otro mundo con el estómago lleno, si no te importa.

Me pellizqué el puente de la nariz y resoplé con exasperación. Asher cerró de la cajuela del coche rentado.

—¿Adónde quieres ir? —me preguntó mientras se abrochaba el cinturón de seguridad.

—Disfruta de poder preguntarme eso por el momento. Pronto seré yo la que esté al volante —dije para molestarlo.

Asher puso los ojos en blanco. Por la mañana, le había pedido que me enseñara a conducir, y había murmurado un sí no muy convencido. No le entusiasmaba demasiado la idea de prestarle sus coches a nadie.

—Al cementerio —dije mientras sacaba el celular del bolso—. Pero más tarde, apenas son las once. Toma, Ben te pide que lo llames «urgentemente». Me ha mandado un mensaje.

Asher suspiró y encendió la radio mientras salía del estacionamiento. Estaba contestando los mensajes de Kiara cuando de repente oí un nombre en las noticias que hizo que el corazón me diera un vuelco.

—Las autoridades aún no han encontrado el cuerpo de Charles Jude. El pedófilo, que llevaba semanas bajo vigilancia, fue asesinado anoche por cuatro personas, dos de las cuales estacionamiento.

Mis manos temblorosas soltaron el celular. Me volteé hacia Asher, que parecía preocupado por un coche detrás de nosotros.

—Asher...

—Ese coche nos sigue desde esta mañana.

Inmediatamente, fui presa de un sudor frío.

«Pedófilo..., bajo vigilancia..., con orden de arresto...»

—Charles Jude..., Asher, Charles Jude es...

Se quedó petrificado cuando percibió mi expresión aterrorizada.

—El zorro —lo informé con un suspiro.

En ese mismo instante, resonaron disparos y las balas rompieron los cristales del coche.

Éramos las dos personas a las que buscaban.

43

Puesto disponible

ELLA

El pánico hacía que me temblara el cuerpo, ya bastante agitado por la velocidad. Asher parecía concentrado en la carretera y yo intentaba no gritar con cada disparo que resonaba en el exterior. Nos perseguía un coche que no se parecía en nada a los de las autoridades.

—Los voy a matar.

Asher me pidió que bajara la cabeza para protegerme de las balas. Con el corazón a punto de estallar, me agarré con fuerza a la puerta mientras zigzagueábamos de un carril a otro. El motor rugía con tanta fuerza que se me pasó por la cabeza que pudiera incendiarse.

Se me escapó un grito cuando me golpeé la frente con la guantera. Asher acababa de chocar con algo.

—¡A la mierda! —exclamó enojado—. Ella, agarra mi celular y llama a Ben.

Me apresuré a llamarlo. Se me resbaló el celular entre las manos, que no paraban de sudarme. Puse el altavoz cuando su primo contestó.

—Ben —dijo Asher—. Rastrea mi coche y llama a Max. Me está persiguiendo la ASIO.

—¡¿Qué?! Pero...

—Ahora no tengo tiempo de hablar, ¡haz lo que te he dicho! —explotó Asher, y dio un volantazo tan fuerte que me estampé contra la puerta—. Dile que traiga cuatro coches como el mío. Vamos a jugar al escondite...

—¡Está bien, está bien! Kyle...

Y colgó.

Sentí cómo la adrenalina me corría por las venas: nos perseguía el servicio secreto australiano. El corazón me latía con tanta fuerza que resonaba en mis oídos tanto como el motor.

Asher giró rápidamente a la izquierda y pasó de una calle a otra a una velocidad escalofriante. Estaba concentrada en la carretera y los retrovisores, no me atrevía a girarme.

Los disparos se habían detenido, pero había empezado una persecución. Estábamos en la fuga.

El celular de Asher sonó en mis muslos. Contesté y puse de nuevo el altavoz. Una voz de hombre que no reconocí llenó el espacio:

—Scott, estamos a cinco minutos de tu posición. Abriremos fuego a tu señal.

—De momento solo hay un coche, Max. Quiero un coche delante, dos detrás de mí y uno detrás de ellos. Rápido.

—Ya vamos.

El tal Max colgó. El acelerón de Asher para meterse por un callejón me envió de nuevo contra la puerta. Tenía arcadas, pero, por primera vez, confiaba en el plan de Asher. Su sangre fría y su capacidad de concentrarse en las peores situaciones me impresionaban.

—Llama a Max —me ordenó.

Hice lo que me había dicho. Respondió en cuanto marqué.

—Estamos en nuestros puestos. Cuando quieras.

—Los veo —dijo Asher echando un vistazo a la pantalla del tablero—. Que salga el primer coche del callejón y avancen justo detrás de mí. Voy a despistarlos.

En ese momento, fui propulsada hacia atrás. Asher acababa de pisar el acelerador.

—Enséñenme de qué están hechos.

En la pantalla había aparecido una especie de mapa electrónico. Había cinco puntos rojos, uno de los cuales representaba nuestro coche. Los otros cuatro eran los vehículos que había pedido Asher para cubrirnos.

El primero, que estaba esperando a unas calles de distancia, salió de su escondite. Asher esbozó una sonrisa ladeada.

—Allá voy...

De nuevo, me vi propulsada contra el asiento de cuero. Dos puntos se movieron en el mapa. El último se desplazó unos segundos más tarde. El plan de Asher estaba en marcha.

El celular volvió a sonar en mis muslos.

—Pídele al primer coche que frene hasta estar a mi nivel. La carretera es bastante ancha. En cuanto a los otros dos, uno que se quede detrás de mí y el otro detrás del primer vehículo, ¿entendido?

—Entendido.

—Pídele al último coche que dispare al vehículo de la ASIO dentro de tres minutos, eso los desestabilizará y aprovecharemos para separarnos. Voy al aeródromo, nos vemos allí.

—¿Los matamos?

—No —respondió Asher con el ceño fruncido—. Pero pueden herirlos.

Abrí los ojos como platos.

Nos dirigíamos al aeródromo, lo que significaba que íbamos a volver. No había elección.

Asher no tardó en confirmar mi intuición.

—Lo siento, ángel mío..., vamos a tener que volver a casa. Y rápido.

Oímos más disparos en el exterior. Se me removía el corazón con cada curva. El coche que teníamos detrás nos cubría y disparaba en todas direcciones. Por el retrovisor, vi que tomaba una calle a la izquierda mientras que Asher seguía por la de la derecha.

Los hombres nos siguieron. Con una sonrisa, Asher tomó la primera calle a la izquierda. Vi uno de los vehículos de Max. Nuestros coches, casi idénticos, se mezclaban por las calle. Me pregunté si eso serviría para confundir a los hombres que nos perseguían. Desde luego, conmigo había funcionado.

Una vez fuera de la ciudad, Asher resopló. Los miembros del servicio secreto ya no se encontraban detrás de nosotros, estaban persiguiendo a los coches equivocados.

El teléfono de Asher volvió a sonar.

—Estoy detrás de ti —dijo Max—. He dejado que mis hombres se encarguen de ellos. Nos vemos en el aeródromo, Scott.

Una hora más tarde. Aeródromo de Sídney

—Entonces, ¿puedes hacer eso?

«¿Puede hacer eso?»

Fruncí el ceño. El hombre, más joven que Asher, se acomodó la chamarra de cuero y continuó:

—Tengo perfiles que se parecen a la pequeña, tal vez dos o tres. Y algunos que se parecen a ti también.

—¿Estás seguro de sus motivos? Hablamos de una pena de varios años.

—Scott, ya sabes que la gente haría cualquier cosa por dinero. Y esos no tienen nada que perder. Al contrario, harían lo que fuera por tener un techo. La cárcel es un lujo para algunos.

—¿Cuánto hacía que buscaban al hombre al que maté?

Max le dio una calada a su cigarro.

—Al parecer, unos meses. No vivía en la casa de su madre, si no te lo habría dicho. Estaba metido en un asunto de pornografía infantil y pedofilia. Se cogía a niños y vendía los videos en la *dark web.*

Esa noticia me provocó náuseas. No había parado después de mí. Era posible que yo ni siquiera fuera la primera a la que le hacía eso.

—Iban a caerle varios años, sabía que lo estaban buscando. Tal vez incluso supiera que lo estaban vigilando.

—¡Desgraciado! —espetó Asher apretando los puños—. Deseaba que le disparara. Por eso bajó la guardia.

—Sí..., ni siquiera tenía el arma cargada, lo comprobé —añadió Max con voz cansada—. Según mis topos, desconocen sus identidades. Pero no pueden volver por aquí mientras sus suplentes estén en la cárcel.

Yo lo escuchaba jugueteando con los dedos y con un nudo en la garganta. Sabía que el plan de Max era peligroso, pero confiable. Lo que me aterrorizaba era que no podría volver a ver a mi madre en mucho tiempo. Llegaron los hombres cargados de cosas que habíamos dejado en la casa. Estábamos a punto de despegar.

—De acuerdo. Confío en ti, Max. Pero te doy mi palabra de que, si no funciona y acabo en la cárcel por asesinato, me las pagarás.

Max sonrió mostrando los dientes antes de contestar:

—Me encanta que me hables así, me siento importante.

Los tres hombres salieron del *jet* privado y Asher, riendo con un resoplido, clavó en mí sus ojos grises cuando nos quedamos a solas.

—Lo siento —murmuró.

Fruncí el ceño. No comprendía por qué se disculpaba.

—Sé que este viaje era importante para ti y arruiné todo.

—Me has protegido —repliqué poniendo una mano sobre la suya—. No te disculpes. Volveremos. Mi madre ha esperado durante años, puede esperar unos meses más para volver a verme.

Se le dibujó una sonrisa en los labios. Me puso una mano en la mejilla y me dio un dulce beso en la frente murmurando:

—Te quiero.

Al día siguiente. California, cuartel general de los Scott

—¡Le arruinaste el viaje! —exclamó Kiara—. Habría apostado por cualquier cosa menos por la ASIO.

—Yo también. ¿Qué hay de Heather y Ally? ¿El viaje va... bien?

—Sí —afirmó Ben con una extraña sonrisa—. Ahora mismo, seguro que Heather está disfrutando de la suave y agradable temperatura del Sáhara.

Asher, sentado detrás del escritorio, se rio haciendo girar el líquido en el vaso. Los dos primos intercambiaron una mirada llena de insinuaciones que me costó interpretar. Solo habíamos estado tres días fuera, y Ben y Kiara se habían hecho cargo de la red durante nuestra ausencia. Kyle había llegado pronto a Londres por la mañana para preparar la reunión. En cuanto a Ally, se había ido a una misión con Heather. Sabrina se encontraría allí con ellas. Algo en el norte de África, un asunto turbio al que Asher le había restado importancia cuando le había preguntado más detalles al respecto. Ally nos había dejado a Théo hasta que volviera al día siguiente.

«Asher, la niñera: temporada uno, capítulo dos. Próximamente.»

—Esta semana la voy a dedicar a darles la buena noticia a mis amigos del Gobierno: tengo la firma del senador. La primera de una larga lista. Firmarán todos porque no tienen elección. A continuación, haremos balance de lo que compartimos con la familia. No se debe dejar nada al azar.

Kiara asintió acariciándole el pelo al pequeño Théo, que dormía con la cabeza apoyada en su regazo.

Cuando se fueron Ben y Kiara, me giré hacia Asher con un bostezo.

—¿Cuándo regresamos a casa?

—¿Quieres volver ya? —preguntó.

—Estoy agotada. Y Théo también —añadí señalando con el dedo al niño, que dormía profundamente.

Asher dejó los documentos y rodeó el escritorio. Me quedé boquiabierta cuando vi que tomaba al niño en brazos. «Habría apostado que iba a despertarlo para pedirle que caminara.»

—¿Qué? —preguntó al ver mi expresión de asombro.

—Nada, nada —dije negando con la cabeza.

Su mirada inquisitiva dio paso a una de exasperación y me reí. Nos dirigimos al coche.

—Te juro, Collins —susurró Asher rodeando la cintura del pequeño con los brazos—, que, si haces un solo comentario sobre mi modo de comportarme con Carter junior, lo enviaré a un internado al otro lado del mundo.

Contuve una carcajada mientras se sentaba al volante.

Durante el trayecto, Asher me sorprendió tomándome la mano. Entrelazó nuestros dedos como si fuera un gesto natural. Solo que era la primera vez y las pulsaciones me fueron a mil todo el rato.

Se había vuelto más dulce desde que me había confesado sus sentimientos. Más cariñoso también. Como si ahora se lo permitiera a sí mismo. Me daba la impresión de que habíamos conseguido por fin lo que llevábamos buscando desde el principio y eso me hizo sentir una emoción indescriptible. Asher me había dicho «te quiero» y sentía de verdad cada letra de esas palabras. Era algo muy puro, desprovisto de toda mentira o manipulación.

Me acarició el dorso de la mano y le sonreí haciendo círculos en la suya con el pulgar. Decirnos que nos queríamos acariciándonos era lo que mejor se nos daba.

—¿Puedo hacerte una pregunta?

—¿Hum?

—¿Cuándo...? ¿Cuándo supiste que te habías enamorado de mí?

Su pregunta me hizo fruncir el ceño.

—Creo... Creo que... No, estoy segura... Fue durante nuestro primer viaje a Londres, la noche que dormimos juntos. Pero no quería admitir que empezaba a sentir algo por ti.

—Porque era un auténtico imbécil —se rio Asher mientras seguía trazando círculos en mi piel.

Asentí con una sonrisa. El Asher del año anterior no habría creído nunca que el Asher y la Ella del futuro estarían tomados de la mano. Jamás.

—Y luego, a cada momento que pasaba, mis sentimientos crecían. Cada vez que me acercaba al auténtico Asher, no al psicópata frío y violento, sino al que ahora tengo delante —le dije con sinceridad—. Siempre tuve la impresión de que te percibía de un modo diferente a los demás. Como si... me dejaras ver detrás de la máscara.

Calló durante unos segundos antes de responder:

—Porque confiaba en ti. Por eso te dejé conocer una faceta de mí que muy poca gente ve. A pesar de que me negara a admitirlo, una parte de mí quería que supieras cómo soy en realidad.

Noté calor en el pecho. Le di un beso en la mano. Se giró hacia mí con una sonrisita y luego se concentró en la carretera.

—Para mí fue la noche que los mercenarios vinieron a casa —confesó en un murmullo—. Aquella noche, supe que sentía algo por ti. Y se amplificó cuando te interpusiste entre William y yo. Demonios, aquella noche te odiaba tanto como te amaba... Y decidí ponerme una venda en los ojos. Durante meses, me dije a mí mismo y a todo el mundo que no sentía nada por ti, pero no dejabas de atormentarme, mi corazón te reclamaba todas las horas del día. Estuvo esperando tu regreso desde que te fuiste. Creía que, alejándote, no iba a sentir nada más, pero solo lo empeoró.

—Hasta que volví a tu vida —continué mirando la carretera.

—Hasta que quise volver a la tuya. Saber que me detestabas me proporcionaba alivio porque al menos sentías algo por mí y... acepté mis sentimientos por ti cuando estuvimos en Las Vegas.

Las Vegas.

Fue nuestro primer beso después de un año. Allí había cambiado todo. Una vez más.

—Cuando me besaste —continuó—. Creo que eso confirmó que me había enamorado de ti. Que no eran falsas ilusiones.

El corazón me latía más fuerte con cada palabra que decía, como si fuera él quien lo controlara.

—Ahora me toca a mí hacerte una pregunta.

—Pregúntame lo que quieras —respondió con una sonrisa.

—¿Qué somos, Asher?

Frunció el ceño. Estaba esperando el momento perfecto para plantearle la pregunta. Quería saberlo para estar segura del lugar que quería asignarle.

—¿Cómo?

—¿Qué soy ahora para ti? Ya no soy tu cautiva y, claramente, tampoco soy tu amiga...

—Mis amigas no tienen sobre mí el mismo efecto que tú, Collins.

—En ese caso, ¿qué soy para ti, Scott?

Me estrechó la mano y la besó.

—¿Qué lugar te gustaría ocupar?

—¿Qué puesto tienes disponible? —dije con una sonrisa.

—El de... «novia» está vacante...

Me dio un vuelco el corazón y me ardieron las venas. Por fin.

—Solo si tú ocupas el puesto de «novio» —respondí.

—Ya me sentía como tal antes de que lo propusieras, ángel mío... Acepto ser tu novio. Es lo único que deseo, Collins.

44

Actividad

ELLA

Al día siguiente

—¿Ves esto todas las mañanas? —me preguntó Théo mientras se comía los cereales.

—Sí, me encantan estas caricaturas. A Asher no le gustaban, pero ahora... ya se ha acostumbrado.

—A Ash no le gusta nada —juzgó el niño—. ¡Ey, deja de olfatear mi tazón!

—Tate, ven aquí —dije dando unos golpecitos en el sofá—. A Asher le gustan muy pocas cosas.

El perro se acurrucó contra mí.

—Le gustan los cigarros.

Solté una risita. Théo estaba devorando los cereales vestido con su pijama de Spider-Man, el pelo alborotado y la mirada concentrada en la tele. Parecía cansado, aunque se había levantado a las ocho. Y me había despertado a mí también.

En resumen, esperaba impacientemente a que Asher se levantara para poder volverme a dormir. Mi cuerpo no se había recuperado de la diferencia horaria, por no hablar de las consecuencias de la explosión.

—¿Qué vamos a hacer hoy?

—Nada. Vas a dormir hasta que Ally vuelva —dijo una voz ronca detrás de nosotros.

Suspiré, aliviada. «Por fin.» Necesitaba volver a acostarme urgentemente.

—¡No quiero dormir!

Asher se alejó del salón con un gruñido. El pequeño Théo tenía el ceño fruncido y una expresión abiertamente molesta. El día se anunciaba muy largo.

—¿Podemos salir?

—¡Jamás! —exclamó la voz de Asher desde la cocina.

—¡Estoy hablando con Ella! —gritó el niño.

Me pellizqué el puente de la nariz. Tenía la impresión de que mi sueño iba a tener que esperar hasta que uno de los dos se durmiera. Podía encargarme de Asher o de Théo, pero ¿de los dos a la vez?

No tenía suficiente paciencia.

—Nadie va a salir hoy, Carter junior —dijo Asher, que volvía de la cocina con una taza de café en la mano—. Vas a ver la tele hasta que te ardan los ojos. Luego, te dormirás. Ese es el programa del día.

—Quiero nadar —refunfuñó Théo.

—La piscina no es para niños, pero tengo una bañera, si quieres —se burló Asher—. Tengo hasta serpientes, para darle más realismo.

Me atravesó un escalofrío. Cómo detestaba esas malditas serpientes. Guardaba muy malos recuerdos de ellas.

—Quiero la piscina.

—Yo quiero otro coche, pero, a diferencia de ti, yo sí puedo conseguir lo que quiero —lo provocó Asher con los ojos clavados en la tele.

Théo lo fulminó con la mirada. Recé para mis adentros porque los dos siguieran con vida cuando Ally regresara.

—¿Tienes juegos en el celular? —le preguntó el pequeño.

—No.

—Quiero jugar.

—Hace unos segundos querías nadar —resopló Asher.

—Ahora quiero jugar —respondió Théo.

Tenía la impresión de que estaba intentando llevar a Asher al límite. Tal vez esa era su técnica para conseguir lo que quería.

—No tengo juegos en el celular, ve a jugar fuera Imb... Tate. Se llevarán de maravilla.

Théo se giró hacia mí, enojado. Me encogí de hombros con aire rebelde. Théo no era fácil..., pero Asher todavía menos.

Mi teléfono vibró encima del sofá.

De Ally Carter:
Kiara acaba de decirme que Théo no se
bañó en su casa ayer. Tiene que hacerlo
un baño hoy. ¿Puedes ayudarlo? :(
O pídeselo a Asher...

Mis labios se entornaron en una sonrisa diabólica. Asher era más que capaz de darle un baño a Théo, pero no creo que fuera a ofrecerse voluntario.

—¿Puedes pasarme...?

—No —lo interrumpió Asher—, me toca ver la tele.

—¡Estás viendo las noticias! Me aburro —resopló Théo.

¿Cómo podía incitar a Asher a bañarlo? Ya sabía que su respuesta iba a ser un precioso «no». Debía evitar que tuviera elección... O tal vez... «lo que necesita es justamente tener elección».

No le gustaba demasiado Théo, ¡pero Dios lo librara de verse obligado a bañar a Tate!

«Bingo.»

Me levanté del sofá para dejar los platos en la cocina y llamé a Asher con una sonrisa maquiavélica en los labios. Al final la mañana se anunciaba divertidísima.

Cuando Asher llegó, me abrazó por la cintura y posó la boca sobre mi hombro desnudo. Olía a cigarro y a gel de baño para hombres, un aroma embriagador que me encantaba.

«No pierdas de vista el objetivo.»

Luego posó los labios sobre los míos. Respondí a su beso rodeándole el cuello con los brazos.

—¿Mi novia me llama?

—Sí —respondí cerca de sus labios—. Necesito tu ayuda.

—¿Para qué? —me preguntó con el ceño fruncido.

—Tienes que darle un baño a Théo.

—No.

«Previsible.»

—Entonces, le darás un baño a Tate —le dije alejándome de su abrazo.

Lo miré por encima del hombro, con los brazos cruzados y la espalda pegada a la barra. Quería reírme, pero debía resultar creíble.

—¿Hablas en serio? ¿Por qué no puede bañarse en su casa?

—No dudo de tu perspicacia, Scott, pero creo que no está en su casa —suspiré—. Si no quieres a Théo, no pasa nada, te quedas con Tate. Es más problema.

—No —gruñó Asher—. Ella, no puedes hacerme esto.

—Solo es un baño, Scott. ¿Te da miedo un baño pero no los mercenarios a los que sacas de la cárcel? —pregunté, exasperada.

—¿Quién te dice que no me da miedo Lakestone? —contestó—. ¿A quién no le daría miedo un hombre sin alma que no le teme a la muerte?

—A ti, si lo has sacado —dije encogiéndome de hombros—. Por cierto, ¿tienes noticias suyas?

—Kai no es de los que te ponen al día —respondió—. Antes de oír que estaba en prisión, pensaba que llevaba muerto varios meses. Es un viejo conocido. Nada nos une realmente, solo los negocios, y es mejor así.

—¿Por qué?

—Porque por muy impasible que pueda parecer, Kai no es una persona tranquila... Es terriblemente impulsivo, y por impulsivo quiero decir que no le importa meterle a alguien una bala en el cerebro si tiene la sensación de que lo está mirando demasiado —suspiró Asher—. Métenos a los dos en la misma habitación y uno de los dos acabará muerto en menos de una hora.

Me había parecido muy tranquilo cuando nos habíamos conocido. Incluso había sonreído al ver a Tate.

—Solo se lleva bien consigo mismo, y ni siquiera estoy seguro de ello. Lo único que sé es que es un maldito suicida con impulsos asesinos y una ira incontrolable.

—¿Una ira más incontrolable que la tuya? No lo creo —dije entre risas.

Sonrió un instante.

—Dices eso porque nunca has visto a Kai enojado. Fui testigo de cómo explotaba una vez, solo una, y recuerdo cada segundo.

Un escalofrío se apoderó de mis piernas cuando Asher murmuró:

—Y nunca quiero revivirlo. Estoy seguro de que esa noche perdí un poco de empatía y de humanidad solo por estar a su lado.

Tragué saliva. Sabía que, aunque tratara de imaginar qué consecuencias había tenido el ataque de ira de Kai, ni siquiera me acercaría a la realidad. Sus ojos estaban demasiado vacíos.

—Si tuviera su impulsividad, te habría matado en el segundo en que pusiste un pie en mi casa, te habría matado y habría enviado tu cuerpo a casa de John. Kai se deja llevar muy fácilmente por su ira, es una bomba de relojería. Solo hace falta una pequeña chispa y... Bum. En aquella ocasión me di cuenta de hasta qué punto era primitivo, peligroso. Y lo bueno que era en su trabajo.

Asher suspiró y continuó:

—Seguramente esté en su infierno personal ahora mismo, en algún lugar perdido del mundo. Reaparecerá si me necesita y lo volveré a llamar si lo necesito. Y no es el caso por el momento, así que... ¿Qué champú utilizo con Carter junior?

El corazón me dio un vuelco de la alegría. El plan iba sobre ruedas. Tomé a Asher de la mano y volví al salón con Théo, que estaba sumergido en sus caricaturas.

—Théo —me dirigí animadamente al pequeño—. Tu mamá me ha dicho que te tienes que bañar y Asher te va a ayudar.

—¿Por qué no tú?

—Por una vez, estamos de acuerdo —dijo la voz de Asher detrás de mí—, pero vas a tener que aguantarte. Ni de broma voy a bañar a Tate. Es imposible.

Théo suspiró y se encogió de hombros antes de levantarse. Mientras me iba a buscar al perro, Asher y el niño subieron discutiendo al piso de arriba.

—Vamos, bonito —dije tomando a Tate en brazos—. Tú también te tienes que bañar.

El perro me lamió la mejilla.

Cuando llegué al cuarto de baño, Asher estaba llenando la tina. Dejé a Tate dentro de la regadera italiana.

—¡Está muy caliente!

—Te acostumbro al calor del infierno y así me das las gracias —soltó Asher.

—¡Asher! —exclamé mientras tomaba la regadera de teléfono—. Pon el agua más fría.

—Está bien...

Enjaboné a Tate e hice una mueca cuando este comenzó a agitarse. Le gustaba tanto el agua que quería que estuviera tan mojada como él.

—¿El champú arde?

—No lo he preguntado —dijo Asher—. Cierra los ojos o te quedarás ciego.

—¡¿Qué?!

—¡Asher!

Este soltó una risotada mientras yo suspiraba. Era un niño. Un niño muy imbécil.

—No cuentes conmigo para lavarte el cuerpo, no te voy a tocar la...

—¡Asher! —lo interrumpí antes de que terminara la frase.

—¿Qué? —gritó detrás de mí—. Tengo derecho a negarme.

Me golpeé la frente con la mano llena de champú y suspiré de nuevo. Había resultado ser una muy mala idea. Iba a traumatizar a Théo.

—Mamá me pone una crema en el pelo —contó Théo.

—Yo no. Da gracias porque te deje utilizar mi champú. Si fuera por mí, te habría lavado el pelo con el de Tate.

—Ay, Señor...

—Porque es el que tú utilizas —contestó el niño.

Me giré hacia ellos, boquiabierta. Asher me lanzó una mirada oscura antes de anunciar:

—Lo voy a ahogar.

—¡No! —grité cerrando la llave—. Ya he terminado, deja que yo lo haga

—Él ha terminado también —dijo Asher mientras lo sacaba de la tina—. ¡Menos mal que te vas esta noche!

Puse los ojos en blanco mientras frotaba al niño con una toalla antes de ayudarlo a ponerse la ropa limpia.

Una vez que los chicos bajaron al salón, me dirigí hacia mi antigua habitación para cambiarme. Debía empezar a pensar en guardar mi ropa en el inmenso clóset de Asher en lugar de ir y volver cada vez.

Volábamos a Londres al día siguiente, a primera hora de la mañana. Mi maleta todavía no estaba hecha y la de Asher tampoco. Volver a Londres me angustiaba debido a la familia de Asher. Reencontrarme cara a cara con Shawn me repugnaba, lo que le había dicho a Asher era asqueroso. Además, temía los comentarios de su familia sobre el hecho de que ahora estaba con Asher y no con él... ni con Kyle. Y, como cereza del pastel, a Ben le había parecido buena idea precisar entre risas que su familia iba a pensar que era una *escort.*

«Genial.»

Oí unos pasos detrás de mí y me giré para ver a Asher entrar en la habitación.

—¿Y si salimos hoy? —le propuse—. Sé que has dicho que no, pero es un día bonito y...

—No.

—A Théo le gustaría.

Se le iluminaron los ojos. Sabía que la idea que acababa de tener no me gustaría nada.

—¿Quieren salir? Está bien. Carter junior, tú y yo vamos a hacer una pequeña actividad... todos juntos.

Una hora después

—¡MIRA HACIA DELANTE!

—¡DEJA DE GRITAR!

—¡MIERDA, MI COCHE! ¡CARAJO, ELLA! —gritó Asher.

Miró a su alrededor como si nos fuéramos a chocar con un camión salido de la nada. Sin embargo, llevábamos media hora en un estacionamiento completamente vacío a las afueras de la ciudad. Hacía treinta minutos que la voz de Asher cubría el ruido del motor, que yo hacía rugir. Maldición, un coche deportivo.

«Había expresado mi deseo de aprender a conducir, pero desde luego no en estas circunstancias. ¿Quién aprende a conducir con un deportivo y con un profesor psicópata adicto a sus coches?»

—¡Estás arruinando los frenos!

—¡Tú me estás arruinando a mí! —exclamé temblando como una hoja.

Era imposible conducir con Asher. Imposible.

En la parte de atrás, Théo, imperturbable, veía videos en el celular de Asher con unos audífonos clavados en los oídos. Intentaba recordar qué pedales utilizar, pero no lograba concentrarme.

«Contaminación acústica.»

Había calado el coche más de cien veces. Asher me lanzó una mirada oscura que le devolví. La primera sesión había sido catastrófica.

—¿Por qué nos hemos parado? —preguntó Théo quitándose uno de los audífonos.

—Vuelve a ponértelos —le ordenó Asher con un tono tajante antes de girarse hacia mí—. Y tú, ¡deja de tener tanto miedo!

—¡No me ayudas!

Se pellizcó el puente de la nariz y suspiró ruidosamente.

—Bueno, Ella, mete reversa —me pidió con mucha calma—, pero mira por...

Apreté el pedal, pero un grito se escapó de mis labios cuando el coche aceleró y se estrelló contra la columna frente a nosotros. Había olvidado poner la palanca en reversa.

Asher jadeó del miedo y palideció. El corazón me latía a toda velocidad ante aquel desastre. «Ha llegado mi hora.»

Con los ojos como platos, se quitó el cinturón, salió del vehículo y lo rodeó para evaluar los daños. Estaba en pleno shock, como si acabara de matar a Ben. Se quedó petrificado, y yo también. No me atrevía a salir del coche, prefería quedarme con Théo, a quien no le interesaba en absoluto la escena.

Tragué saliva cuando sus ojos se posaron sobre mí. Lentamente, salí del vehículo y entreabrí la boca cuando vi la defensa y los faros aplastados.

—Al menos... no estamos heridos...

—Por Dios, Ella, solo... cállate —murmuró con una voz apenas audible—. Mi coche...

Me pellizqué los labios para no reírme. No quería acabar como ese coche, pero ver a Asher quedarse sin palabras era gracioso. Si Ben hubiera estado allí, no habría podido contener la risa.

—No... Solo tenías que hacer una cosa...

—Lo siento...

Se pasó la mano por el pelo mientras trataba de mantener la compostura.

—Necesito fumar. Carajo, necesito un cigarro, porque si no es a ti a quien me voy a fumar.

—Ooooh...

La voz infantil de Théo nos hizo girar la cabeza en su dirección. El niño, que acababa de salir del vehículo, vio lo que había pasado.

—Vuelve a entrar —gritó Asher.

—Mamá siempre me ha dicho que eras muy peligroso al volante —confesó Théo.

—Dile a tu mamá que a partir de esta noche puede buscar un nuevo medio para darte de comer.

Puse los ojos en blanco y tomé a Théo en brazos para volver a sentarlo en su asiento.

—Nadie está herido... Eso es lo que importa, ¿no?

—Temía más por mi coche que por nosotros, así que no —escupió Asher—. Ella, te odio con lo más profundo de mi ser. Maldición. Sube, irás a clases de manejo como todo el mundo. No mereces aprender con un coche que vale millones.

Todavía aguantando la risa ante sus palabras llenas de odio, hice lo que me dijo.

—Parece enojado... —murmuró Théo observando a Asher por la ventana.

Este miraba fijamente la defensa con la mandíbula contraída, los puños apretados y un segundo cigarro entre los labios. «Nunca me prestará tanta atención.»

Se me escapó una pequeña carcajada. Me tapé rápidamente los labios, pero era demasiado tarde. Asher había levantado la cabeza en mi dirección. Su expresión cambió y sus ojos se abrieron desmesuradamente.

Estaba arruinada.

—¿Te causa gracia? —dijo enojado—. ¿Te estás riendo?

Me encogí en mi asiento con la esperanza de desaparecer. Rodeó el vehículo para subir por el lado del conductor y lo puso en marcha.

—Llama a Kiara y dile que será niñera —ordenó Asher—. Nos vamos los dos a casa. No quiero traumatizarlo y menos aún que piense que te torturo.

45
Un buen final

ELLA

No había dicho ni una palabra desde que habíamos dejado a Théo en casa de Kiara. Habían pasado casi cuarenta y cinco minutos desde que habíamos vuelto y seguía sin tener señales de Scott. Ni un ruido de pasos. Había desaparecido en la casa como un fantasma o, más bien, como un depredador dispuesto a saltarme encima a la menor distracción. Esta posibilidad hacía que el corazón me latiera con tanta fuerza que me resonaba en las sienes.

—¿Dónde está? —le pregunté en un murmullo a Tate, quien se comía su alimento.

No me atrevía a subir al piso de arriba. La verdad es que ni siquiera me había cambiado. Me había quedado en la cocina, pero tendría que salir de allí en algún momento.

Respiré hondo y me puse de puntitas. Había llegado la hora de armarme de valor y enfrentarme a Asher.

«Bueno, Ella. Has pasado por Asher el psicópata, Asher el intranquilo, Asher el sádico... Puedes continuar.»

Subí las escaleras con la respiración agitada. «Solo dos escalones más.»

—¿Creías que lo había olvidado?

Me sobresalté. Ni siquiera me atrevía a girarme hacia él.

De repente, me quedé a ciegas. Las luces acababan de apagarse. El pecho me subía y me bajaba a un ritmo acelerado, me quedé helada al oír el eco de sus pasos. Estaba subiendo las escaleras.

Y se tomaba su tiempo.

—Ella, te desafío a dar un paso más.

No me moví ni un milímetro. Se me aceleró el ritmo cardiaco a medida que reducía la distancia entre nosotros. No veía mucho, así que mis otros sentidos se agudizaron. Sentí su presencia a mi alrededor, así como su olor.

Estaba muy cerca.

Jadeé cuando me agarró la mandíbula y me obligó a girar la cabeza a un lado. Me acercó la cara a la suya. Podía notar su aliento caliente en la mejilla. Puse la mano en su antebrazo y lo oí aspirar mi perfume.

—¿Tienes miedo, ángel mío?

No contesté nada, por lo que sus dedos me presionaron aún más la mandíbula. Hice una mueca y él añadió en tono autoritario:

—Responde.

—N-no...

Soltó una risa ligera antes de obligarme a encararlo. Entonces, me agarró del cuello y me pegó contra la pared. Sus dientes me aprisionaron el lóbulo de la oreja y suspiré pesadamente. Apretó los dedos alrededor de mi garganta y cerré los ojos al sentir que la euforia me invadía.

Me agarró el muslo y se lo subió hasta la cadera. Se me cortó la respiración cuando frotó su pelvis contra mí. Juntó sus labios con los míos y me besó con fogosidad. Me dolía la cabeza aplastada contra la pared, pero solo podía pensar en su boca devorando la mía con avidez.

Le hundí los dedos en el pelo y él apartó pronto la mano de mi muslo para agarrarme las muñecas con firmeza.

—Te prohíbo tocarme.

No me dejó tiempo de responder. Sus labios se fundieron una vez más con los míos. De repente, me levantó por los muslos y se los colocó alrededor de la cintura antes de estamparme una vez más contra la pared.

«Diablos.»

Salvaje, ardiente e indeciso. Me clavó las uñas en las caderas y me jaló el labio con su boca. Arqueé aún más la espalda cuando empezó a bajar por el cuello y emití un gemido cuando me mordisqueó la piel antes de succionar con una intensidad dolorosa.

Quería dejar su marca en mi piel.

El dolor que me infligía me hacía esbozar muecas de vez en cuando. Sin embargo, cuando levantó la cabeza, fue para murmurar:

—Este es el primero..., pero no el último de la noche.

Sin que tuviera tiempo para recobrar la respiración, sus labios buscaron de nuevo los míos. Me llevó hasta la habitación sosteniendo mis muslos con fuerza alrededor de su torso. Nuestros besos ahogaron mi jadeo de sorpresa cuando mi espalda chocó con el colchón y Asher colocó su cuerpo sobre el mío. Me subió la parte de arriba salvajemente y yo me dejé hacer sin parar de besarlo. El calor del abrazo me confundía la mente. Solo podía pensar en sus caricias y en las marcas que iba a dejarme en la piel.

En cuanto puse las manos sobre su torso, me agarró las muñecas y repitió:

—He dicho que no me toques.

A continuación, me atrapó la mandíbula para obligarme a enfrentarme a sus ojos grises, desprovistos de toda inocencia.

—Te gusta burlarte de mí, conoces la sensación de saborear cada segundo de mi derrota, ¿verdad?

Me desabrochó el pantalón con la otra mano antes de acariciarme por encima de las pantaletas y hacerme estremecer de impaciencia. La comisura de sus labios se curvó al ver mi reacción.

—Bien, esta noche me daré el placer de ser tú. Y, carajo, quiero saborear cada segundo como si fuera el último.

Trazó el contorno de mi sexo a través del tejido.

—Vas a suplicarme que no pare. Voy a hacerte gritar, Ella. Te doy mi palabra.

Mientras intentaba recuperar la respiración sin éxito, apartó las pantaletas a un lado y empezó a trazar círculos en la zona más sensible de mi sexo. Le agarré el antebrazo por instinto, pero me levantó la muñeca por encima de la cabeza.

—No voy a repetirlo. No. Me. Toques.

Un pesado suspiro se escapó de mis labios cuando sus dedos ardientes se introdujeron en mi interior. Gruñó y apartó la mano de mis pantalones antes de levantarse. A continuación, me los deslizó por las piernas.

—Lo prefiero.

No me dio ni un instante de descanso y presionó el brazo contra el mío besándome salvajemente. Me agarró el pelo y jaló hacia atrás para poder acceder a mi cuello.

Su lengua caliente me recorrió la piel mientras sus dedos buscaban de nuevo mi sexo. Cada vez entraban y salían más rápido, a mayor profundidad, hasta que mis gemidos se volvieron incontrolables.

Sentí que perdía la razón, me ahogaba en la lujuria de Asher Scott.

—No... pares..., te lo suplico...

El dolor del cuello, el placer entre los muslos, el calor de su cuerpo, las caricias de sus dedos... Era muy agradable.

Contemplé su boca entreabierta mientras aceleraba el movimiento de sus vaivenes.

—Te ves tan guapa cuando gimes por mí, ángel mío... —murmuró con la respiración entrecortada.

Eché la cabeza hacia atrás sintiendo que se me formaba una burbuja en el bajo vientre e iba ganando intensidad.

Pero, cuando Asher se dio cuenta, se detuvo.

—No he acabado contigo.

Al instante siguiente, su lengua remplazó sus dedos. El calor de sus labios me hizo gemir de placer mientras me rodeaba los muslos con los brazos para introducir la cara entre ellos.

Gruñó contra mí. Rápidamente, sus lengüetadas me hicieron perder la cabeza. Me aferré a las sábanas, ya que no podía agarrarme a su pelo, para apreciar mejor cada instante de su tortura.

—Mírame.

Mi mirada se posó en él. La imagen de sus labios contra mi sexo y de sus iris grises iba a hacerme llegar al orgasmo en cualquier momento.

Sus dedos se unieron a su lengua. Al cabo de unos cuantos vaivenes, se curvaron para llegar a la zona más sensible de mi cuerpo. Más rápidos, más profundos, más secos.

—Diablos —gimió.

Controlaba la intensidad de mis gritos con facilidad. Me mordí el labio cuando su boca succionó el interior de mi muslo y me dejó marcada esa zona como había hecho con mi cuello.

Se detuvo y a continuación se levantó para desabrocharse los pantalones y quitarse la camiseta antes de arrancarme la mía. Se me escapó un gemido cuando me acarició el pezón entre el índice y el pulgar, totalmente a su merced. Me lo estimuló con la lengua mientras masajeaba el otro pecho con los dedos.

—Gime mi nombre. Quiero oírte gimiendo mi nombre.

—A... Asher...

Se presionó contra mis caderas y agarró un condón de la cómoda.

—Ábrelo —ordenó metiéndomelo entre los labios.

Lo sostuve con los dientes y él jaló con un golpe seco. Una vez preparado, se agarró el miembro y lo acercó a mi sexo. Se introdujo dentro de mí murmurando:

—Más fuerte. Quiero oír mi nombre en tu boca.

—Asher...

Dando un empujón, entró a más profundidad. Me agarró las muñecas con las manos y me las subió por encima de la cabeza acentuando sus movimientos pélvicos.

—Más fuerte.

—Asher —resoplé echando la cabeza hacia atrás.

—Mierda.

Los vaivenes de su miembro eran tan intensos y profundos como los de sus dedos. Lo oí gruñir mi nombre junto a mi oído y me atrapó el lóbulo entre los dientes. Me dije a mí misma que esa iba a ser mi última noche mientras intentaba calmar la respiración.

—Te gusta gemir por mí, ¿verdad, ángel mío? ¿Te gusta lo que te hago?

—S-sí... —conseguí articular entre gritos de placer.

Como si el tiempo se hubiera ralentizado, no conseguía pensar en nada más allá de su cuerpo contra el mío, de sus dedos alrededor de mis muñecas y de su aliento en mi cuello. Mi mente ya no me pertenecía. No controlaba nada.

Y era muy agradable.

El calor de mi vientre se volvió insoportable bajo los movimientos de pelvis de Asher. Clavó en mí su mirada de acero y gruñó con los dientes apretados.

—Quiero... Quiero verte disfrutar. Disfruta por mí, amor mío.

—Oh, diablos —espeté sin poder controlarme—. Asher...

Desenfocó la mirada y abrió la boca. Asher también iba a disfrutar. Un grito de placer salió de mi garganta cuando el orgasmo se apoderó de mi cuerpo, que no podía dejar de temblar. Lo siguió un gruñido ronco, señal de que Asher había llegado al éxtasis al mismo tiempo que yo.

Se dejó caer sobre mí. Todavía veía borroso y me palpitaba el corazón. Me estaba recuperando poco a poco de lo que acababa de suceder.

Asher se giró y se quedó mirando el techo, jadeante, igual que yo.

—Menos mal que Carter junior no estaba aquí.

Se me escapó una carcajada entre los labios, todavía entreabiertos. Tenía el pelo despeinado, lo que le confería un aspecto muy sexi. Nuestros cuerpos estaban cubiertos de sudor. Me abrazó y le puse una mano en el hombro.

Podría quedarme así toda la eternidad. Una eternidad a su lado.

—Vas a pagarme con sexo todos los desperfectos del coche —declaró con seriedad.

—Está bien, buenas noches —murmuré cerrando los ojos—. Nos vamos dentro de unas horas.

—Y tenemos una reunión en menos de veinticuatro horas.

—¿Estás nervioso? —pregunté levantando la cabeza hacia él.

Me dirigió una sonrisa muy reveladora.

—Estoy impaciente, ángel mío. Muy impaciente.

El sueño se adueñó de mí mientras Asher me acariciaba la piel, todavía caliente. Dormir en sus brazos acallaba todos mis pensamientos y me hacía sentir segura y lejos de todo.

Lejos del mundo que nos rodeaba.

Unas horas más tarde...

Un ruido sordo me despertó. Entorné los ojos, me costaba abrirlos. Me giré de lado y vi que Asher estaba sentado frente al ventanal de su habitación.

—¿Qué haces?

—Vuelve a dormir —me dijo cerrando el cuaderno que sostenía.

Tenía un cigarro entre los labios. En ese momento, me di cuenta de que hacía mucho tiempo que no lo había visto escribir.

Se me cortó la respiración cuando reparé en que el cuaderno me resultaba familiar. Era el que le había regalado antes de que me mandara a Nueva York.

Me enderecé. ¡Lo había guardado! No solo no lo había tirado, sino que además lo utilizaba.

—Es...

—Sí —susurró—. Es el que me regalaste. Gracias... por el... regalo. No escribo mucho en él. Bueno..., no escribo cualquier cosa. Solo lo más importante.

—Es tuyo, Asher, puedes escribir lo que quieras.

Me dedicó una sonrisa tan dulce que me derritió el corazón.

—Sí..., eso es lo más importante.

—¿No has dormido? —pregunté acostándome sin dejar de mirarlo.

Negó con la cabeza y aplastó la colilla en el cenicero. Abrió el cajón y dejó el cuaderno junto con la pluma, que probablemente había sido lo que me había despertado cuando se le había caído de la mano.

—No tengo sueño. Ya dormiré en el *jet* —me dijo acercándose a la cama—. No dejo de darle vueltas a la reunión de mañana y estaba intentando despejarme un poco.

—Escribiendo —deduje mientras se acostaba a mi lado.

Rodeó mi cuerpo con sus brazos. Me acurruqué contra él y sentí cómo me ponía los labios en la sien. Olió mi pelo un instante antes de darme varios besos en la cabeza murmurando:

—Escribir en los cuadernos me relaja... Es reconfortante.

Cerré los ojos para saborear las caricias de sus dedos sobre mi piel desnuda. Me dormí apaciblemente entre sus brazos mientras me susurraba como en un sueño:

—Gracias... Te quiero.

Aeródromo de Los Ángeles

—Bueno, ¿ya estamos todos?

—Me niego a subir en el mismo *jet* que ustedes —gruñó Asher mirando a Ally y Kiara—. Y más con un niño.

—No sabes lo que te pierdes —respondió Kiara sonriéndole a Théo—. Pero si tienes pensado tomar un segundo *jet*, llévate a Ben. No podemos con dos niños.

—No, ni Bella ni yo podemos gestionar el humor de Asher sin

ustedes —replicó Ben categóricamente—. No podría soportarlo ni Tate.

—¡Tate viene con nosotras! —exclamó Kiara.

Eran casi las cuatro y media de la madrugada y ya estaban discutiendo. Entendía a Asher, pero estaba convencida de que al final se conformaría con un solo *jet* para no perder tiempo.

—Suban.

«¿Qué había dicho?»

—No dudaré en lanzarlos por la ventanilla si me fastidian. Esta noche todavía no he dormido.

Kiara me lanzó una mirada llena de insinuaciones que me hizo poner los ojos en blanco.

Cuando subimos, me di cuenta de que Bella llevaba un anillo de compromiso. Era de oro, con una magnífica gema rosa rodeada de pequeños diamantes engastados en finas garras de metal.

Ben había llamado a un Asher que aquella mañana estaba de muy mal humor, para anunciarle entre gritos que Bella había dicho que sí. La felicidad se reflejaba en su voz. Kiara lo había acompañado a elegir el anillo y se había mostrado casi tan implicada como él en la decisión, como si fuera mi amiga la que iba a proponerle matrimonio a Bella. De hecho, parecía incluso más contenta que Ben.

La historia de Benjamin Jenkins e Isabella Grace llegaba a su final feliz. Quizá a Asher y a mí nos sucediera lo mismo algún día. ¿Quién sabe?

Envidiaba la relación de Ben y Bella, la confianza que tenían en su futuro, porque era algo de lo que yo carecía con Asher. Ninguno de los dos sabíamos lo que la vida le iba a deparar al otro. Sin embargo, estaba segura de que no quería a nadie que no fuera él. No me veía con ninguna otra persona. No iba a amar a nadie más. Solo quería amar a Asher.

Estaba dispuesta a pasar la eternidad con él.

Su olor me envolvió y me sacó de mis pensamientos. Se sentó a mi lado y fulminó con la mirada a Ben, quien se había puesto a jugar con Théo. Iba a ser un viaje largo.

—Ben, te juro que cuando volvamos te mandaré al exilio en Australia —espetó Asher.

—¡Estás loco! —gritó teatralmente Ben.

«Muy muy largo...»

46

Poder, dinero... Ella

ASHER

Diez de la mañana. Londres

—¿Quiere algo de comer, señor Scott? —preguntó Dorothéa detrás de mí.

—No, no tengo mucha hambre, gracias.

La oí alejarse del gran salón de la mansión familiar. A mi alrededor, calma. Pero no por mucho tiempo.

Me temblaban las venas de la emoción. Ya rozaba lo que llevaba tantos años deseando. Los acontecimientos jugaban a mi favor y claramente no iba a dejar pasar esta oportunidad de conseguir los dos tronos.

«De tener el poder.»

Nadie había trasgredido nunca esta ley, nadie se había atrevido. Ni siquiera mi abuelo, que fue uno de los peores sinvergüenzas de mi familia. Pero Shawn no era un desvergonzado, solo un imbécil que se creía más astuto que los demás o pensaba que yo era tan estúpido como él.

Había esperado para enfrentarme con él porque recuperar a Ella era más importante que mis negocios y nuestros juegos de poder. Era más importante que mi deseo de conquistar los dos mundos.

Y pensar que al principio había llegado con él. Recordaba esa noche como si fuera ayer. Verla bajar del coche de su brazo y acercarse a nosotros sin dirigirme ni una mirada. Recordaba cada instante, incluida su bofetada... Le había dado mi palabra a Shawn de que llegaría conmigo la próxima vez.

«Y si algo tengo es mi palabra.»

Ella era mía. Mi cautiva, mi ángel, mi novia.

Está vetada para él. Nadie podía aspirar a tenerla, nadie más que yo. Ella Collins me controlaba en cuerpo, corazón y alma. Era mía, igual que yo era suyo, estaba completamente a sus pies.

—¿Ash?

—¿Sí?

—¿Sigues con tu idea para la proyección? —me preguntó Sam.

Una sonrisa asomó a mis labios. Quería proyectar los videos que había recopilado en Manhattan. Y, para reírnos, quería incluso poner una caja de palomitas al lado de cada asiento.

—Sí. Espero que las imágenes sean nítidas.

—Lo son. Se ve a Kaven muy bien, y a Shawn también. Hay una secuencia en la que se ve a Shawn abrir el maletín y observar los fajos, sin olvidar los audios. Jamás podrá negarlo.

—Bien. Sobre todo, no olvides las flores... Le gusta mucho regalarlas, así que supongo que le gustará recibirlas.

«Estúpido.»

—¿Algo más?

—De momento no. ¿Dónde está Ella?

—Con Dorothéa y Kiara —me informó Sam acercándose a mí.

Con los brazos cruzados, se quedó mirando por la ventana de la gran sala de estar de la mansión. Hacía frío fuera, el clima no se parecía en nada al de Los Ángeles.

—Al final, ¿con ella...?

—¿Qué quieres saber? —le pregunté directamente.

—¿Están juntos?

No pude evitar sonreír y respondí casi orgulloso:

—Sí.

—Estaba seguro de que acabarías con ella —dijo mi primo con un tono sincero—. Lo supe la noche en que la conocí. Vi cómo la mirabas cuando estaba con Kyle.

Recordé ese estúpido plan que había ideado para protegerla de los juicios de mi familia. Poco a poco, me daba cuenta de que la había estado protegiendo desde el principio, pero era demasiado imbécil para admitirlo. Incluso un ciego lo habría visto, pero yo me había negado a hacerlo.

—Ben y Bella están comprometidos, yo también y tú tienes oficialmente una novia —resopló Sam—. Al final resulta que no estamos malditos.

—Olvidas a Kyle —le recordé.

—Es la excepción que confirma la regla. —Se peinó el pelo hacia atrás y se giró hacia mí con una pequeña sonrisa traviesa—. ¿Estás listo para esta noche?

—Estoy listo desde hace meses, Sam. Llevo demasiado tiempo esperando este momento. Siempre he querido dejar huella en la historia de la familia y estaba empezando a aburrirme un poco. El mismo linaje, el mismo reparto de los bienes... Hacía falta un poco de picante.

Desde la creación de la SHC y la red, el reparto de papeles nunca había cambiado. Los destinos de los Scott estaban definidos desde su nacimiento. Yo estaba destinado a dirigir la red porque mi padre lo había hecho, igual que mi hijo y mi nieto después de mí.

Iba a ser un placer romper ese equilibrio.

Así, mi hijo tendría elección. La elección que yo siempre había querido tener. Además..., Ella jamás aceptaría que su hijo trabajara en una red de tráfico de drogas. Ja-más.

—¿En qué piensas?

Sacudí la cabeza y dejé escapar un pequeño suspiro. En mi cerebro constantemente solo había pensamientos pasajeros. Los únicos que se repetían en bucle eran los que me murmuraban el nombre de Ella. Pero, desde hacía un tiempo, otra cuestión ocupaba mi mente.

—¿Crees que papá estaría orgulloso?

—Puedes ir a contarle la noticia —me respondió Sam—. Todavía no has ido, ¿no?

—Pensaba hacerlo más tarde —lo informé con los ojos cerrados.

—¿Tienes un churro?

Esbocé una pequeña sonrisa. Cuando me encontraba en el cementerio en el que reposaba mi padre, siempre me encendía un churro en su honor. Robert Scott era conocido por llevar siempre uno entre los labios. Su hijo, cigarros.

—¿Qué tienes previsto, una vez que estés al mando de la SHC?

—Voy a convertir esta empresa en la más rentable del país con la ayuda del Gobierno... y de algunos chantajes. Es la ventaja de tener un pie en cada mundo... Tocas todos los hilos, incluso los más tenues.

Pensaba disparar la facturación de esa empresa de mierda. No era más que un pozo de dinero, e iba a utilizar los recursos de la red para mejorar algunos detalles. «Por ejemplo, mi futura oficina.»

Me recorrió un escalofrío de emoción ante esa idea. Me moría de ganas de ver la reacción de Shawn y de los demás imbéciles de mi familia cuando mostrara, con una gran dosis de falso asombro, las pruebas que había reunido contra el favorito de los Scott.

Desde muy joven, sentía cierta presión cuando mi familia se reunía alrededor de la gran mesa del comedor. Eran todos igual de hipócritas. Las risas falsas, las sonrisas malvadas, las miradas llenas de prejuicios, las palabras cargadas de indirectas, las copas repletas de bebidas que valían cientos de dólares en manos que no valían ni un céntimo.

Detestaba las reuniones familiares porque la palabra *familia* sonaba demasiado falsa. No éramos más que extraños unidos por personas que llevaban mucho tiempo muertas. El linaje de los Scott nunca había tenido un verdadero espíritu de familia, tal vez mis ancestros, pero los imbéciles que tenía delante ciertamente no.

—Ah, por cierto, la abuela debe asistir a esta reunión —le dije a Sam girándome hacia la urna funeraria sobre la gran chimenea del salón.

—Bromeas..., ¿no?

—Desde luego que no. Quiero que tenga una silla para admirar el magnífico espectáculo.

Sam se rio y levantó las manos antes de alejarse.

Oí unos pasos detrás de mí y volví la cabeza. El corazón me dio un vuelco cuando sus ojos azules se cruzaron con mi mirada.

—Te estaba buscando —declaró con su suave voz—. Sam me ha dicho que te encontraría aquí.

Se acercó a mí. Mi mano rodeó instintivamente su cintura cuando llegó a mi lado.

—Pareces cansada —dije al ver sus rasgos somnolientos—. ¿No quieres ir a descansar a tu habitación?

Negó con la cabeza. Me envolvió el cuello con los brazos y un escalofrío me recorrió de arriba abajo. Tenía un efecto increíble sobre mí. Incontrolable.

—Ya he probado la experiencia de dormir sola aquí, no tengo muchas ganas de revivirla.

Dylan. Maldito Dylan.

—Si no estás demasiado cansada —empecé acariciándole la cintura con el pulgar—, puedes esperarme. Voy a salir una horita y vuelvo a dormir contigo.

Se le iluminó la mirada. Le devolví la sonrisa con ternura. Cuando posó la cabeza sobre mi torso y respiró mi aroma, sentí que iba a enloquecer.

—Te espero.

Posé los labios sobre su cabeza mientras murmuraba:

—No tardaré mucho.

Me separé de ella, pero mis labios se unieron instintivamente a los suyos en un beso rápido antes de salir de la mansión para ir a ver a mi padre.

En dirección al cementerio.

—Seguramente debes de pensar que vengo a anunciarte que pronto me uniré a ti —comencé con un tono burlón avanzando hacia la lápida—. Pero deja que te sorprenda como solo yo sé hacerlo, Rob. Tengo muchas cosas que contarte.

Me senté sobre el frío césped. Con una sonrisa en los labios y el corazón encogido, observé el nombre de mi padre grabado en la piedra. Echaba de menos su presencia cada segundo. Antes, viajaba todas las semanas a Londres para pasar unas horas en ese cementerio. Me preguntaba cómo Ella había podido aguantar tantos años sin ver la tumba de su madre. Su tía le había arrebatado el control de su vida.

Esa zorra.

—La última vez que vine te conté que tu querido hermano, Rick Scott, me había obligado a tener una cautiva, pero, bueno, no hace falta que te diga que se suicidó... O tal vez sí.

La decepción se oía en mi voz. Hablar de Rick me repugnaba. Me había traicionado igual que había traicionado a mi padre.

—Sí, me enteré de lo de Rick, mamá y William. Pero no tuve tu paciencia. Estoy enojado contigo por haber fingido que no era importante, aunque debías de tener alguna razón para actuar así —continué sentándome en el césped—. Bueno, no quiero habar de ellos.

Contemplé el cielo recordando todo lo que había pasado desde la última vez que había estado allí. Y, carajo, tenía mucho que contar.

—Hay algo que debo anunciarte en primer lugar. Tengo novia. Por una vez, quería que alguna persona en esta tierra fuera mía... Es la cautiva que me trajo Rick, pero no se llama «cautiva»... se llama Ella.

Se me dibujó una sonrisa en los labios cuando su imagen me vino a la cabeza.

—La cagué con ella, lo sé... No te sorprende, ¿verdad? —dije entre risas—. Estaba enamorada de mí, pero yo tenía tanto miedo que la mandé a Manhattan. Bueno, también lo hice para protegerla de William. Sé lo que me vas a decir: «Hay formas menos bruscas...». Sí, no te equivocas, pero es lo único que se me ocurrió.

Me vibró el celular en el bolsillo, no le hice caso. Nada merecía mi atención cuando estaba con mi padre. Salvo Ella.

—Es dulce, amable, pero también muy inocente, y torpe, es agotador —dije negando con la cabeza—. Mi ángel no sabe que todo el mundo no es como ella. Nadie es como ella. Es demasiado pura. Sé que, si todavía estuvieras aquí, te encantaría. Es increíble. Tan única que hasta Shawn la quería.

Ese recuerdo hizo que apretara los puños y desató mi ira interior. Las ganas que tenía de darle un puñetazo durante la velada no hacían más que empeorar.

—¿Y quieres saber lo más gracioso? Ese imbécil pensaba que podía ser suya. Igual que piensa que no me he enterado de todo lo que trama a mis espaldas. De hecho, papá, deja que te cuente que tu hijo va a estar a la cabeza de los dos negocios de la familia —anuncié orgulloso mientras encendía uno de los dos churros que me había llevado—. Claro que nadie lo sabe todavía, pero es solo cuestión de tiempo porque... pienso anunciarlo esta noche. Deberías venir, incluso la abuela va a estar presente.

Se me escapó una risita. Me moría de ganas de ponerme mi mejor traje y mostrar mi sonrisa más sincera delante de todos esos estúpidos.

—Tal vez... estés orgulloso de mí. Bueno, espero que lo estés. Sé que no era el plan original, que debía dirigir la red, pero —continué con la mirada en el cielo— nunca he querido hacerlo y todo el mundo lo sabía. Ahora, tengo la oportunidad de tener las dos cosas... y eso es lo que siempre he querido: poder elegir.

Esa frustración, que residía en mi mente desde que tenía dieciocho años, y esa bola de ira de la que no podía deshacerme debido a las decisiones de mi familia se disipaban poco a poco. Estaba sanando. Nadie más iba a poder obligarme. Era el dueño de mis decisiones y me había liberado de todas las ataduras.

—Van a arrepentirse de sus tonterías, ya no tengo ningún tipo de consideración hacia ellos —murmuré fumándome el churro—. Han hecho de mí la persona que soy hoy y jamás se los perdonaré..., pero Ella... estará ahí para ayudarme a cambiar.

Sonreí al volver a pensar que me estaba esperando, seguramente mientras contaba los minutos.

—Quiero cambiar por ella, quiero ser la mejor versión de mí mismo porque se lo merece. No la merezco... Sé que lo conseguiré por ella... porque...

Me giré hacia la tumba de mi padre y dejé salir estas palabras:

—Porque muero de amor por ella... Estoy perdidamente enamorado de Ella Collins, papá.

Unas horas después. Mansión de los Scott

—¿Ash? —murmuró una voz que conocía demasiado bien.

Sentí el cuerpo de Ella moverse contra el mío y mis sentidos se despertaron. Con un suspiro, volví a cerrar los ojos para retomar mi siesta. Maldito Kyle.

—¡Aaaash! —susurró un poco más alto.

Las cortinas estaban cerradas; la habitación, sumergida en la oscuridad. Esa misma habitación que había visto nuestra relación tomar un nuevo rumbo. Estaba casi nostálgico.

—¿Crees que está muerto?

Ben. Ben y Kyle.

«Carajo.»

—Respira, paren.

Kiara. Ben, Kyle y Kiara.

En ese preciso instante quería morirme. Cualquier cosa salvo esos tres juntos.

—Hay que despertarlo —respondió Ben detrás de mí.

—Si despierto a Ella, tal vez se despertará.

—Buena idea —respondió Kyle—. Ellaaa...

Una risita se escapó de la boca de Kiara. La maldije para mis adentros. La diferencia horaria había acabado con mi energía, pero ellos todavía más.

—Podemos traer a Tate.

—O tal vez a Théo.

—Jamás —solté abriendo los ojos de golpe.

Se sobresaltaron. Resoplé, molesto, y me separé de Ella, que se estaba despertando a mi lado.

—¿Qué quieren, carajo?

—Mmm..., la reunión, debes prepararte —balbuceó Kyle—. Va a empezar dentro de poco.

Se me aceleró el pulso y mi cerebro se despertó rápidamente. Se me formó una bola de emoción en el vientre.

—Fuera.

—Ella, he dejado tu vestido en el cuarto de baño, con las cosas de Ash —dijo Kiara alejándose—. ¡Nos vemos abajo!

Ella bostezó estirándose. Apenas la veía en la penumbra.

—Vamos, despiértate, has dormido seis horas —le informé acercándome a las cortinas—. Nos espera una larga y maravillosa velada, ángel mío.

—Habla por ti —resopló mientras se sentaba en la cama—. A mí no me gusta tu familia... Van a creer que soy una especie de *escort.*

—Bueno, ahora te estás cogiendo al mejor de los Scott —dije entre risas mientras me peinaba el pelo hacia atrás—. Todos cometemos errores, y Shawn fue el tuyo.

Puso los ojos en blanco y se estiró de nuevo.

—¿Me cambio antes que tú?

—¿Por qué no nos cambiamos juntos? —le pregunté con una pequeña sonrisa.

—Por eso —respondió señalando mis labios—. Quiero cambiarme sin tener que escuchar chistes..., tus chistes.

—Algunas matarían por ello.

—Podría morir por no volverlos a escuchar —respondió alejándose—. Una muerte lenta y dolorosa.

—Mmm..., ¿te gusta el dolor, ángel mío?

Me enseñó el dedo medio sin darse la vuelta. Me reí. Me encantaba esa chica... y me volvía loco que me contestara. «Gracias, Kiara.»

Encendí un cigarro mientras miraba el celular antes de volver con Ella al cuarto de baño. Toqué la puerta.

—¿Quién es?

—Abre. Soy yo.

—He dicho...

—Mi traje está dentro y no tengo ningún otro lugar donde cambiarme —mentí con una sonrisa—. Todas las habitaciones están ocupadas.

Esperé unos minutos antes de que apareciera en ropa interior frente a mí con una mirada oscura y el ceño fruncido. Me jaló del brazo para hacerme entrar y cerró la puerta.

—No es que no te crea, Scott —empezó mientras me daba mi ropa—, pero estoy segura de que esta mansión tiene unas veinte habitaciones. Y por ahora apenas somos diez.

Me quité la camiseta bajo su atenta mirada.

—Si quieres cogerme, tenemos poco tiempo, ángel mío —le dije.

Se le sonrojaron las mejillas y me morí de risa mientrasa garraba mi ropa de sus manos. Estaba de muy buen humor. Gracias, Shawn.

Besé bruscamente a Ella, lo cual hizo que gimiera sorprendida. ¡Cómo quería a esa chica! Sin ella, nunca lo habría sabido. Sin ella, nunca le habría prestado más atención a Shawn.

—Te mereces todo el dinero que voy a ganar, carajo —murmuré antes de presionar en un arrebato de pasión mis labios contra los suyos—. Te mereces todo.

—¿Qué mosca te ha picado? —preguntó sorprendida mientras su cara se alejaba de la mía.

—Simplemente, estoy... muy muy muy contento. Y tú eres la causa. Ella. Vas a asistir a la velada más accidentada que conocerá esta mansión. Nadie está listo, ni siquiera yo.

Ni siquiera yo.

47

Dos personas

ELLA

«Cuatro.»

Eran las horas que me quedaban antes de enfrentarme a esa familia.

«Tres.»

El número de personas que todavía no habían llegado, las más importantes: Shawn, Richard y Hector.

«Dos.»

Las horas que habían pasado desde que Asher había perdido la estabilidad mental. Estaba insoportable, agitado, sobreexcitado.

«Una.»

Esa era yo. Me sentía diminuta ante la situación que había provocado.

Estaba casi toda la familia reunida en el gran salón de la mansión; sin embargo, Asher se había negado a empezar sin los tres ausentes. Nosotros nos encontrábamos fuera. Yo llevaba un vestido oscuro y él «su mejor traje». No me parecía que hubiera ninguna diferencia entre ese y los demás, pero no quería estropearle la velada.

«Aunque nada podría estropearle esta noche. Ni siquiera yo.»

—Estás muy callada —dijo sacándome de mis pensamientos.

—Hum.

Miré fijamente el camino de entrada y la gran fuente que había en el centro. Al sentir sus ojos grises sobre mí, giré la cabeza en su dirección. Con el cigarro entre los labios, arqueó una ceja.

—¿Y si se niegan? —pregunté.

—Los quemaré vivos. O me quedo con ambas cosas o nadie tendrá nada —dijo—. Nadie puede negarme lo que me pertenece por derecho. Sé muy bien que, si yo hubiera hecho lo que ha hecho Shawn, ninguno dudaría en quitarme la red sin la posibilidad de negociar o de dejar que me explicara.

—¿Por qué?

—Porque yo les limito el acceso al dinero de la red. En cambio, Shawn los dejaba rebuscar donde quisieran siempre que no se metieran en sus negocios.

Me rodeó la cintura con los brazos. El frescor de la tarde me acariciaba la piel y el silencio llenaba mis pensamientos.

—Ángel mío.

El olor de Asher me embargó mientras me daba un suave beso en la nuca. Tener su cuerpo detrás del mío me hacía sentir segura en este lugar hostil. Pero, en el fondo, sabía que no iba a mostrarse tan dulce durante el resto de la velada.

Me estremecí al pensar en la idea de encontrarme con las miradas de los miembros de su familia. Sin lugar a duda, los comentarios despectivos y las críticas iban a ser mi plato principal.

—Oigo el motor...

Yo también.

Un coche entró en la residencia familiar y empezó a palpitarme el corazón. Probablemente por miedo, o quizá por impaciencia, ya que reconocía ese vehículo. Era de Shawn.

Noté que el celular de Asher vibraba en su bolsillo, pero no respondió nada, estaba demasiado concentrado en lo que sucedía ante él.

Se abrió la puerta y, como era de esperar, mi mirada se cruzó con la de Shawn, quien adoptó una expresión falsamente sorprendida. A continuación, una gran sonrisa estiró sus labios.

—Buenas noches, Ella, veo que también te han invitado a esta reunión.

—Siempre le ha gustado el cine y hoy le ofrezco un drama digno de un Óscar —respondió Asher por mí—. Llegas tarde.

—La estrella principal nunca llega tarde, son los demás los que se han precipitado —replicó Shawn acomodándose la corbata—. Ella, luces preciosa.

Lo fulminé con la mirada por toda respuesta. Su voz encendía mis impulsos asesinos.

—Mi primo me roba las ex —espetó con tono burlón—. Es casi patético.

—Dice el que considera que incluso las chicas que no lo quieren son sus ex porque si no se quiebra su frágil ego. Eso es lo que me parece patético a mí.

Shawn me miró antes de soltar en un tono confiado:

—No es lo que decías antes... Haber pasado de mí a Asher no debe de ser fácil.

Me hirvió la sangre. Sin poder contenerme, espeté:

—Para estar contigo tendría que haber bajado el listón a los niveles más bajos y ni siquiera así habrías podido llegar, Shawn.

Me lanzó una mirada de odio y se le contrajo la mandíbula. Su silencio me obligó a continuar.

—El único motivo que me llevó a acompañarte a Manhattan fue saber que Asher estaría en esa reunión. No actúes como si fueras mi primer plato, te faltan cualidades para eso.

—Desde aquí puedo oír cómo se rompe tu ego. Es graciosísimo —lo provocó Asher—. Deberías entrar a repararlo, tus fans te esperan. Ah, y otra cosa más, Shawn...

Fruncí el ceño cuando Asher le lanzó una sonrisa triunfal a su primo.

—¿Recuerdas lo que te dije en la última cena familiar en Manhattan? ¿Sobre la chica que había habido después de Isobel?

«Te doy mi palabra de que la próxima vez vendrá conmigo.»

Asher echó un vistazo en mi dirección y se giró de nuevo hacia Shawn:

—Siempre cumplo mi palabra.

Asher entrelazó los dedos con los míos y me llevó lejos de Shawn mientras este entraba en la casa. Con el rabillo del ojo, vi a Hector y Richard saliendo del coche para unirse a él.

—Tengo que darle las gracias a Kiara por haber mejorado tu capacidad de ser engreída. Es terriblemente sexi.

Me eché a reír, pero sus labios ahogaron mi carcajada al ponerse sobre los míos. Me estrechó las nalgas con una sonrisa entusiasmada.

—¿Mi amor está preparado para la velada más emocionante de mi existencia?

La cena fue realmente divina, aunque Kiara, Ally, Ben, Kyle y yo no dijimos ni una palabra. Estábamos demasiado estresados para hablar. Quería esconderme fuera y ver de lejos a Asher soltando la bomba. Los mensajes que iban llegando a nuestro grupo no dejaban de hacer que vibrara mi celular.

De Kiara a Fam:
Demonios, véanle los ojos! Le brillan más
que los vasos de la mesa.

De Kyle a Fam:
Nunca lo había visto sonreír tanto... Temo
por nuestras vidas, amigos.

De Ben a Fam:
¿Alguien ve la sal en la mesa?

De Ally a Fam:
Está delante de Ash.

De Ben a Fam:
Ellaaaaa. ¡La sal!

De mí a Fam:
OK.

Kiara había tenido la idea de crear el grupo para poder comentar cómo se desarrollaban los acontecimientos con Ben y Kyle sin que la asesinara el rubio que estaba a mi lado. Le pasé la sal a Ben, quien me dio las gracias observando a Asher, que saboreaba la carne sumido en un silencio inquietante.

Asher era un sádico, le encantaba hacerse desear. Y cada resoplido molesto de los invitados lo hacía querer alargar más la espera.

—¿Cómo van los negocios, Shawn?

—Bastante bien. He invertido en un sector prometedor, creo que los beneficios superarán mis expectativas.

—¿Con el dinero de la SHC? —preguntó Asher, interesado de repente.

—Por supuesto —aseguró Shawn.

Asher tomó un trago de vino con una sonrisa pintada en la cara. Los miembros de la familia lo miraron sin decir nada.

De Ben a Fam:
Tengo ganas de mear.

Contuve la risa ante el mensaje de Ben. Era el único capaz de rebajar la tensión.

—¿Por qué nos hemos reunido todos hoy? —preguntó la madre de Ben.

—Ha venido hasta la abuela —comentó uno de los primos de Asher señalándola con la barbilla—. No me gustan las sorpresas, Ash. Suéltalo.

—Les gusta apresurar las cosas, es su mayor defecto —suspiró Asher limpiándose la boca—. Pero si insisten...

Se levantó y las patas de la silla rechinaron contra el suelo. Me estremecí cuando me puso los dedos en los hombros y la boca en la frente.

—Puede dar comienzo la reunión.

El corazón me latía con fuerza y me temblaban las piernas.

—Pueden retirar los platos —dijo Asher al personal—. Dejen solo la bebida... Podrían ahogarse con la comida. Y llévense a Théo, no debería presenciar esto.

De Kyle a Fam:
Va a pedirnos que traigamos el proyector.
Estate preparado, Ben.

De Ben a Fam:
Maldición, qué nervios.

De Sam a Fam:
En cualquier momento, alguien sacará
una pistola. Estén atentos.

De Kyle a Fam:
Ash tiene una mirada muy retorcida...

Las manos de Asher en mis hombros me proporcionaron algo de consuelo ante aquella situación, que resultaba horriblemente estresante. No podía evitar sentir miedo por él, por la reacción que iba a tener su familia.

Una vez despejada la mesa, todas las miradas se posaron en el hombre que dirigía el baile.

—¡Bien! —dijo su voz ronca detrás de mí—. Espero que hayan disfrutado todos de la cena, porque yo lo he hecho.

—Esperaba al menos algo de postre —resopló Richard.

—Esta noche ustedes van a ser el mío —respondió con una sonrisa—. Ben y Sam, tráiganlo. Kyle, reparte los documentos.

—¿Qué documentos? —preguntó Sienna con perplejidad—. ¿A qué se debe esta reunión, Ash?

—Silencio. No empeoren más la situación, no les conviene.

Mientras Kyle volvía con los documentos que repartió sin decir nada, Sam se encargó de encender el proyector. Los invitados sentados alrededor de la mesa hojearon los documentos con aire suspicaz.

El proyector mostró una primera imagen en la pantalla. Asher se colocó al lado con un control en la mano y la mirada clavada en Shawn.

—Como saben, no me gustan las fiestas familiares. Se habrán imaginado que si los he convocado hoy no ha sido por el placer de charlar con ustedes —empezó Asher en tono cansado—. Lo único que me gusta de esta familia son las reglas que impone sobre sus miembros. Pero, al parecer, soy el único que las respeta. Página 3.

En la página 3 estaban detalladas las reglas de la familia Scott, las más importantes resaltadas en negritas. Algunas estaban incluso subrayadas, las que había violado Shawn.

Asher le pidió a este que leyera esas líneas en voz alta. Shawn leyó con un tono desinteresado:

—Y, finalmente, está terminantemente prohibido a los líderes sabotear, robar o perjudicar las actividades familiares del otro bajo pena de ver sus derechos transferidos al líder cuyos derechos han sido violados. Este último... obtendrá el control total de todos los negocios de la familia.

—¿Estamos de acuerdo en que las reglas no han cambiado?

Todos los tíos y tías respondieron un «sí» al unísono.

—Pero hacen falta pruebas concretas —declaró Richard degustando el vino con actitud altiva—. Y el apoyo del noventa por ciento de los miembros.

—Me he informado bien, tío Richard —replicó Asher—. Las pruebas deben ser irrefutables..., de ahí nuestra reunión de hoy.

Le eché un vistazo a Kiara, quien disfrutaba del espectáculo bebiendo champán.

—Los dos líderes de la octava generación de los Scott somos Shawn Scott y yo, Asher Scott —prosiguió tras aclararse la garganta—. El puesto que ocupo desde hace varios años me ha visto vivir el duelo de mi padre, la traición de mi tío Rick, la persecución de William, las cautivas, las torturas y las pesadillas, el peligro al que nos han sometido las otras redes..., así como una experiencia totalmente nueva.

Asher presionó un botón del control y proyectó otra imagen.

—Cuando se construyó el edificio de Manhattan se instalaron cámaras de videovigilancia por cuestiones de seguridad —explicó Asher—. Lo que muchos no saben es que mi padre decidió poner cámaras secundarias en todos los departamentos por si las primeras dejaban de funcionar por algún motivo.

—¿Por qué ninguno de nosotros estábamos al corriente? —se ofuscó Richard—. ¡Todos deberíamos ser informados de los cambios que conciernen a los bienes familiares!

—Podría matarte para que se lo preguntes a mi padre en persona —espetó Asher sin poder controlarse—. ¡Sigamos! Este año he tenido que ver los videos de las cámaras porque mi novia, aquí presente, estaba siendo amenazada por unos secuestradores. Pero algo no cuadraba. Las cámaras se desactivaban en su departamento y permitían que alguien entrara y saliera sin que lo grabaran..., pero no sucedía solo en ese departamento. También se interrumpían las imágenes de la planta de arriba.

Me latió con fuerza el corazón cuando apareció una imagen del departamento de Shawn en pantalla. Me giré hacia él y vi que se quedaba pálido. Era exactamente la reacción que Asher esperaba al tomarlo desprevenido.

—Así que revisamos las imágenes de las cámaras secundarias —prosiguió Asher con una sonrisa—. Vayan a la página 5.

La familia obedeció. En esa página estaban detalladas las entradas y salidas del dinero de la red.

—Ya organizamos una reunión por este tema el año pasado —dijo Sienna agitando la hoja—. Fue Richard el que lo sacó.

—De acuerdo, Sienna, si te acuerdas tan bien de esa reunión, te invito a que continúes rememorando —respondió Asher.

Sienna tragó saliva ante la mirada sombría de Asher.

—El año pasado, salía dinero de la red sin que Asher estuviera al corriente. Los extractos no estaban reflejados en las cuentas primarias y secundarias porque las cantidades no superaban los quince mil dólares. En el caso contrario, habrían avisado a Asher. Después se descubrió que Richard sacaba el dinero para jugar en el casino.

—En la página 5 encontrarán las cantidades que faltan —indicó Asher—. Ahora pueden compararlas con las entradas de la SHC de la página 6.

—¿Cómo has podido acceder a esos datos sin mi consentimiento? —exclamó Shawn levantándose de la silla.

Asher ignoró sus protestas y se concentró en los demás miembros de la familia.

—¡Esto es una locura! —gritó Richard—. ¡Estás acusando injustamente a mi hijo!

—Ay, por favor, sabes tan bien como yo, tío Richard, que yo no acuso a nadie porque sí —espetó Asher impasible—. Pero si insistes... Tengo una prueba de lo que digo.

El silencio que se formó delató el nerviosismo existente entre los miembros de la familia. Presionó el botón del control y apareció un nuevo video. Se veía a Kaven delante de la puerta de Shawn. Este abrió y se le oyó decir:

—Llegas tarde.

—Asher empieza a sospechar de mis compañeros —respondió Kaven—. He tenido que disimular durante varios días.

—¿Cuánto hay ahí?

—Catorce mil novecientos —informó el contador—. No podré darte más esta semana. Tengo que acallar las sospechas.

Todo el mundo miraba con asombro la pantalla. Shawn parecía petrificado en su silla.

—¿Qué es esta mierda? —murmuró una voz.

—Esta mierda es imposible —farfulló Sienna.

—¡SHAWN SCOTT! —gritó Hector tan fuerte que me sobresaltó—. ¡EXPLÍCAME QUÉ SIGNIFICA ESTA MIERDA!

—Ah, sí, Shawn, explícaselo, por favor —continuó Asher con sarcasmo.

—¡No puede ser cierto! —exclamó alguien que no conocía—. Ash siempre ha envidiado el puesto de Shawn en la SHC, no podemos creerlo por un simple video.

Otra persona apoyó a quien había hablado.

La expresión de Asher cambió en una fracción de segundo. Sin que me diera tiempo a reaccionar, se sacó un arma de la chamarra y disparó a la pared que estaba detrás de la mesa con la mirada clavada en los hombres que defendían a Shawn.

—Les prometo que mataré a quien se atreva a abrir la puta boca —amenazó—. Que no hable nadie sin mi permiso. Nadie.

Le temblaba el cuerpo de rabia e hice una mueca cuando su mirada se posó sobre mí.

Su celular vibró sobre la mesa. Mis ojos se posaron en la pantalla, que decía «Lakestone». ¡El mercenario! No era el mejor momento.

—Sabía que iban a negarlo, aunque las pruebas fueran irrefutables. Por eso he traído una prueba más... potente. ¡Kaven!

El corazón me dio un vuelco en el pecho. ¿Era el clímax del espectáculo?

Observé de reojo a Ben y a Kyle, quienes tampoco parecían estar al corriente de esta parte del plan. Todas las miradas se dirigieron a la puerta, que se abrió para que pasara el contador. Shawn no se había movido de la silla, ni siquiera se giró para mirar a Kaven. Estaba totalmente petrificado.

Kaven entró a paso lento con el rostro pálido y la cabeza agachada. Recibió miradas hostiles, la posición en la que se encontraba no era de las más cómodas. Podían volarle los sesos en cualquier momento.

—Preséntate —ordenó Asher de brazos cruzados.

—Me... Me llamo Kaven Parks y trabajo... trabajaba para Ash Scott —balbuceó, nervioso.

—¿Cómo hemos llegado a este punto, Kaven? ¿Cómo es que tú y el desgraciado de mi primo tuvieron la idea de robarme? —continuó Asher mostrando absoluta frialdad.

Kaven le lanzó una mirada llena de desesperación a Shawn, como si le estuviera pidiendo que reaccionara y lo ayudara, pero este permaneció impasible.

—Tic..., tac... Tic..., tac...

—El año pasado... Shawn me llamó diciendo que necesitaba mi ayuda. La SCH había invertido en empresas con una salud financiera inestable y se enfrentaba a una pérdida de mil seiscientos millones de dólares, un déficit que debía compensar pronto. Me... Me convenció de que el dinero de la red podría ayudarnos y que todos saldríamos beneficiados. En ese momento, yo necesitaba dinero —explicó Kaven cerrando los ojos—. Así que acepté. Shawn podía solucionar el problema de la SHC y yo me llevaba un porcentaje.

—¿Quién más lo sabía? —preguntó Asher.

Kaven inspiró profundamente y respondió tartamudeando:

—Ri-Richard.

El aludido se levantó de un salto y sacó un arma del bolsillo. Jadeé de miedo cuando la detonación me retumbó en los oídos. Por suerte, no le dio a Kaven. En su lugar, Asher apuntaba con el arma a su tío. Ese gesto hizo que uno de los otros primos se levantara dispuesto a disparar a Asher, pero rápidamente Kyle y Ben lo imitaron amenazándolo con sus armas.

Asher ordenó:

—Siéntate inmediatamente.

Richard lo miró desafiante sin poder ocultar que temblaba de rabia. La tensión aumentó en la sala, mis manos estaban húmedas. Eran todos demasiado impulsivos.

—Defiendes el bando equivocado, Lucas —gruñó Kyle—. Pega el trasero a la silla.

El hombre fulminó a Asher con la mirada, quien no pareció

sentir nada de miedo. Más bien era como si quisiera meterle una bala en el cuerpo.

—No me obligues a dispararle a tu hijo, Richard. Siéntate y deja el arma en la puta mesa —espetó Asher—. No te daré nunca la oportunidad de dispararle a Kaven. Le tengo ganas desde que lo descubrí todo.

Y, como si quisiera confirmar sus palabras, Asher apuntó a Kaven y le metió una bala en la frente. Se me escapó un grito cuando su cuerpo cayó al suelo. La sangre me revolvió el estómago.

—¡Mierda! —exclamó alguien levantándose—. ¡Te has vuelto completamente loco!

—Demonios...

No había apartado la mirada del cadáver de Kaven, cuya sangre se expandía por el suelo blanco de la sala. Kiara se llevó una mano a la boca y Ally dio las gracias para sus adentros porque Asher hubiera decidido sacar a Théo al principio de la reunión.

La noche iba a ser un desastre. Un sudor frío me cubría la frente. El miedo me comprimía el pecho y me tenía paralizada en la silla.

—El próximo que se atreva a interrumpirme sufrirá el mismo destino que Kaven —amenazó Asher mirando uno a uno a todos sus parientes—. Sigo. Sabía que Richard estaba al corriente desde el año pasado. No fue muy inteligente mentir para encubrir a su hijo. Y menos aún si hablamos de cifras.

Fruncí el ceño. No comprendía a qué se refería.

—El año pasado, Richard declaró que era el único responsable de los extractos. Sin embargo, lo que él no sabía era que yo conocía quién había hecho uno de ellos. Era la antigua cautiva de Ben, Sabrina. En ese momento, Richard me mintió y no comprendí por qué. No se me pasó por la cabeza que pudiera estar cubriendo a su hijo porque pensaba que Shawn nunca se habría atrevido a poner en peligro su posición por unos cuantos miles de dólares. Sin embargo, lo sobrevaloré.

Asher volvió a pulsar el control y aparecieron más videos en la pantalla. Todos los datos coincidían con las entradas de los informes de la SHC. Era imposible echarle la culpa al azar o negar las pruebas de Asher.

Nadie se atrevía a hablar, nadie quería argumentar. A algunos les daba miedo acabar muertos y otros estaban de acuerdo con lo que veían. Asher los había convencido.

Hector miró a Richard y a Shawn con una mueca de disgusto y con los dedos cerrados alrededor del bastón. Era evidente que quería arrancarles la cabeza. Ahora los dos tronos le pertenecían por derecho a Asher.

—¡Qué pena ver que el niño prodigio no es más que un tramposo! —exclamó Asher con una sonrisita traviesa.

—Shawn, no has dicho nada en todo el rato —dijo la madre de Ben girándose hacia su sobrino—. Espero que tengas una buena explicación.

—Espero que la tenga —añadió uno de los primos de Asher—. Maldición, y pensar que llevo defendiéndote desde el principio.

—Puede que sea un pedante, pero nunca acuso a nadie de manera injustificada —argumentó Asher—. Las pruebas hablan por sí mismas, no tengo más que añadir.

Shawn, todavía paralizado en la silla, no respondió. No había dicho ni una palabra desde que Asher había proyectado las imágenes. No había dicho nada en absoluto: no había negado ni aceptado su culpabilidad.

El miedo me tenía atenazada. Kiara me puso una mano en el muslo y me sonrió tímidamente. Ella tampoco estaba cómoda.

«¿Cómo puede uno sentirse cómodo cuando todas las personas que te rodean están armadas y cuando hay un cadáver sobre un charco de sangre a pocos metros de tu silla?»

—¿Por qué esperar tanto para organizar la reunión? —preguntó Hector.

Asher cruzó las manos en la espalda.

—Tenía cosas más importantes de las que encargarme, como mi red y Ella. Siempre irá por delante del poder y de ustedes.

Intenté contener una sonrisa. Oírlo hablar de mí con tanta seguridad hacía que me derritiera.

—¿Qué quieres, Asher? —espetó Hector.

Por fin llegábamos al meollo del asunto. La gran pregunta. La que hacía temblar cada célula del cuerpo de Asher.

—Quiero la Scott Holding Comp...

De repente, se oyó un intenso estallido. Grité de espanto cuando vi a Shawn dispararle varias veces a Asher. La sangre le caía por la camisa y por el brazo. Oí gritos de lejos, pero no podía moverme. Kiara se levantó de un salto y yo hice lo mismo. Mis piernas corrieron hacia él, hacia su cuerpo, que acababa de caer al suelo.

Asher gruñía de dolor. Sentía los latidos de mi corazón retumbando en las sienes.

—¡ASH! ¡CARAJO! ¡LLAMEN A SAVANNAH O A ALGUIEN QUE NOS AYUDE!

Pronto tuve las manos empapadas de su sangre. Le había dado en el brazo y en el abdomen. Los segundos avanzaban lentamente mientras la gente se arremolinaba a mi alrededor.

—Maldición —gruñó Asher llevándose las manos a las heridas.

—¡Ya viene Savannah! ¡Llega dentro de cinco minutos! —gritó Kyle acercándose a nosotros—. ¡Ella, apriétale las heridas! Kiara, ven conmigo. Tenemos que avisar al cirujano.

Obedecí presionando la herida del abdomen de Asher. Estaba perdiendo mucha sangre y yo no podía contener las ganas de vomitar.

—Ángel mío, no pasa nada. Estoy bien, no te-tengas miedo, ¿es-está bien?

Asentí enérgicamente sintiendo que se me nublaba la vista. En mi cabeza se reproducían los peores escenarios posibles mientras sentía que el cuerpo de Asher se debilitaba encima de mis rodillas. Como si estuviera al borde de sus fuerzas.

—No cierres los ojos —sollocé—. Te lo suplico, no cierres los ojos.

Me sostenía la mirada, pero tenía el rostro pálido y los labios blancos. Y eso no me gustaba. No me gustaba en absoluto.

La madre de Ben llegó corriendo y me ayudó a presionar las heridas. Le puso una mano en la cabeza a Asher, quien gruñó. Ya no tenía fuerzas para hablar.

—Te prohíbo que te mueras, ¿sí? Vas a seguir vivo y vas a luchar para hacerlo. Le prometí a tu padre que te mantendría con vida durante el resto de mis días —espetó la madre de Ben, temblando.

Se me formó un nudo en la garganta ante las lágrimas de la mujer. Dos de los primos nos informaron de que Savannah estaba a punto de llegar.

—Tengo frío —murmuró Asher.

Se me escapó un sollozo entre los labios y apoyé la frente contra la suya. Mis lágrimas le mojaron la cara. A medida que se le debilitaba la respiración, aumentaba mi pánico.

—¡Ya está aquí! —gritó Ben—. ¡Está aquí! ¡Rápido, carajo!

Reconocí enseguida a la doctora que había visto en Londres. Corrió hacia nosotros gritándole a todo el mundo que le dejara espacio.

—Sigue presionándole la herida del brazo, yo me encargo del abdomen —dijo mientras sacaba su equipo.

Desgarró la camisa de Asher y este movió la cabeza. Mientras desinfectaba la herida, la doctora me pidió que le metiera un trozo de tela en la boca. Hice una mueca y obedecí murmurándole mis disculpas. Un grito se ahogó en su garganta cuando Savannah intentó sacarle la bala del abdomen. Le tomé la mano al verlo temblar de dolor. Él me la estrechó con tanta fuerza que creí que iba a rompérmela.

—Listo —declaró Savannah enseñando la bala.

—¡Está aquí!

Ben y Kiara trajeron al cirujano, que de inmediato se puso a ayudar a Savannah. Esta me dijo que quitara la mano de su brazo mientras el segundo médico le limpiaba la herida del abdomen.

Otro grito de dolor quedó ahogado en la boca de Asher cuando repitió la misma operación en el brazo.

Los minutos se hicieron interminables porque no conseguía encontrar la bala. Asher seguía perdiendo sangre.

«Piedad, cualquiera menos él. No me lo quiten, se lo suplico.»

—¡La tengo! —exclamó por fin.

Las pulsaciones me iban a mil. Sentía que todo daba vueltas a mi alrededor. Tenía la respiración acelerada, así como un nudo en el vientre y en la garganta. El pánico se había apoderado de mi mente. Solo podía pensar en él.

Estaba sobre mis rodillas, todavía medio desmayado. La ropa empapada de sangre, el rostro pálido, el cuerpo temblando de dolor. Los gritos de Savannah retumbaban en mis oídos. Ya no era dueña de mi cuerpo.

De repente, alguien me jaló hacia atrás.

Kiara. Era Kiara. Me sacó de la sala.

—Es Asher, sobrevivirá. Ven conmigo. Estás llena de sangre.

Dos horas después

—Si pasa algo, llámenme —dijo Savannah mirando a Asher, quien dormía en nuestra cama—. Me quedaré cerca por si acaso.

—Gracias —murmuré antes de que nos dejara solos.

Asher estaba gravemente herido, pero seguía vivo.

Kiara y Ben estaban en plena deliberación. La familia todavía no había dado por terminada la reunión y no tenía ni idea de dónde estaba Shawn. Pero una cosa era evidente: no había demasiadas cosas a su favor.

Me acosté al lado de Asher, quien dormía apaciblemente con las heridas vendadas. Sentir su respiración lenta y regular me tranquilizaba. Necesitaba descansar porque había perdido mucha sangre. Le puse una mano tímidamente en la piel fría y suspiré agotada.

—Me has asustado mucho —murmuré—. Creí que te había perdido. Ahora que acababa de reencontrarte... Ha sido una locura.

Tate dormía a nuestros pies, como en Los Ángeles. Como en casa.

—Por favor, Asher..., no me dejes tú también. No me dejes sola nunca, no quiero volver a estarlo —murmuré sintiendo que se me acumulaban las lágrimas en los ojos—. Lucha por tu vida... La necesito.

Un año antes, nunca habría pensado que llegaría a importarme tanto. Nunca me habría imaginado que nuestros caminos iban a volver a cruzarse en algún momento. Sin embargo, nuestras almas estaban destinadas a reencontrarse, a romperse y a amarse. Dos almas rotas cuyas grietas les permitían encajar a la perfección.

El día que lo conocí no se me habría ocurrido que podría llegar a amarlo o a llorar por él. Pero había sucedido. Había encontrado a la mejor persona en el peor mundo. Había encontrado la luz al final del túnel. Ahora, ya estaba fuera.

Mi vida ahora tenía sentido y cierta estabilidad. Gracias a él. Asher Scott era mi salvador y siempre sería el dueño de mi corazón. Volvería siempre con él, tanto en esta vida como en cualquier otra. Siempre sería suya.

—Te quiero, Asher Scott.

«Te quiero, psicópata.»

El sueño se apoderó de mí. Me acurruqué contra Asher con un solo deseo: reencontrarlo.

Al día siguiente a las ocho de la noche

Asher llevaba tres horas despierto. Con mucho dolor, pero seguía vivo. Su familia todavía estaba reunida. Según Ben, se habían pasado toda la noche discutiendo. Habían apartado a Shawn y lo habían enviado bajo vigilancia a la segunda residencia familiar de Londres. Seguían pensando en una sanción por lo que le había hecho a Asher.

Pero, por ahora, este no parecía preocupado por nada que no fuera yo y lo que acababa de ofrecerme para darme las gracias por haber estado a su lado desde el principio.

—¿Te gusta?

Asentí con la cabeza admirando el cuaderno que le regalé y que estaba ahora entre mis manos. Contenía sus palabras, sus pensamientos y sus miedos sobre nuestra relación. Sobre mí.

Me confiaba estas páginas en las que había volcado su corazón, vulnerable y asustado. Leí las frases que evocaban cada etapa de nuestra relación. Desde que nos conocimos hasta que nos despedimos y luego cuando nos reencontramos. Páginas enteras reflejando los altibajos de este año, cada instante, como nuestra primera noche en Londres, aquella velada de pesadilla con William, nuestra conversación sobre *Teen Titans*, Arizona, Las Vegas, Australia.

> Estoy locamente enamorado de ella. Maldición, ¡es que estoy obsesionado!
>
> ¿Por qué no se da cuenta de que solo la quiero a ella? ¿De que no estoy jugando a nada, carajo?
>
> No me la merezco, pero quiero merecerla. Y haré cualquier cosa por estar a su altura.
>
> Nunca he querido a nadie como la quiero a ella. El sentimiento de pertenecerle me asusta. Pero, por primera vez, es todo lo que nos ha sucedido lo que alimenta este miedo. Nunca es ella.

Creo que Rob te querría mucho, ángel mío. Estoy casi seguro de que te querría casi más que yo.

Me empezaron a caer las lágrimas. Nunca habría creído que podría leer con tanta facilidad la mente de Asher. Había decidido desnudarse por completo ante mí y lo admiraba por eso.

Última página de este cuaderno en el que he escrito demasiadas cosas sobre ti, Collins. Gracias por tu regalo. En esta página, solo tengo dos palabras que decirte: te quiero.

Te querré eternamente, Ella Collins.

—Di algo...

—Es... Es magnífico, Asher —murmuré levantando la cabeza hacia él.

Asher suspiró, aliviado por mi respuesta. Apoyó la cabeza en la pared y cerró los ojos. Estampé los labios sobre los suyos cortándole de golpe la respiración.

Era el regalo más bonito que podría haberme hecho. El de abrirse a mí por completo.

—Te quiero, Ella...

Se me estremeció todo el cuerpo y lo besé una vez más. Yo también lo quería. Incondicionalmente.

«Mamá..., ahora puedes descansar en paz. Aquí hay una persona que cuida de mí.»

Alguien tocó la puerta y nos interrumpió.

—Adelante.

Aparecieron tres cabezas, las de Kyle, Ben y Kiara. Ally llegó un instante después.

—No estoy en condiciones de soportarlos...

—Asher Scott...

—Tenemos una noticia que anunciarte —declaró Kyle entrando en la habitación.

Los tres mosqueteros se colocaron delante de nosotros con las manos en la espalda y una sonrisa de oreja a oreja. Creí adivinar de qué se trataba y el corazón empezó a latirme con fuerza.

—A partir de mañana vas a tener que firmar un millón de papeles, porque desde medianoche...

—¡Serás el único líder de los dos negocios de la familia Scott! —declaró Kiara muy emocionada—. ¡Lo has logrado, Asquer!

Se me formó una bola de emoción en el vientre. Kyle saltó sobre la cama dando gritos de alegría. Kiara hizo lo mismo mientras Ben corría hasta Asher para darle un abrazo. Asher gruñó de dolor, pero sonrió, una sonrisa que no le había visto nunca. Por fin había conseguido lo que quería. Por primera vez, su familia había sido justa con él.

—¡El tío Rob estaría muy orgulloso de ti, carajo! —exclamó Kyle sacudiéndolo por los hombros.

—Debería fumarse su mejor churro, el idiota de su hijo va a ser el líder absoluto.

Reí ante sus rostros alegres y entusiasmados. Asher me rodeó con los brazos.

—Estoy tan contenta por ti... —murmuré.

Me puso los labios en la frente y dijo:

—He ganado, Ella. Por fin he ganado.

Asher ordenó a Kyle, Kiara, Ally y Ben que nos dejaran solos. Estábamos eufóricos. Nuestras vidas tomaban un nuevo giro. Se cerraba una página y otra estaba a punto de abrirse. Ahora ya no se trataba solo de la red.

Me tomó entre sus brazos y se me derritió el corazón. Saboreé ese instante de felicidad, una felicidad que llevábamos toda la vida buscando y que ahora estaba al alcance de la mano.

Tenía ganas de ver qué nos deparaba la vida. A él y a mí. A ambos.

Ya no éramos propietario y cautiva. Éramos Asher y Ella, los personajes principales de nuestra propia historia.

—¿Y es todo? ¿Este es nuestro final? —pregunté sonriendo.

—Somos buenas personas, ángel mío —respondió Asher—. Nosotros también merecemos un final feliz.

Tenía razón.

—Te quiero, cautiva —soltó dándome un abrazo.

—¡Asher! —exclamé intentando deshacerme de su agarre.

Riéndose, me obligó a permanecer entre sus brazos antes de murmurar unos segundos más tarde:

—Te quiero..., ángel mío.

Epílogo

Ocho años.

Habían pasado ocho años desde aquel día. El día que había marcado el inicio del resto de sus vidas.

—¡Mamá!

—¡Asher! —exclamó Ella—. Déjala tranquila.

—Debes aprender a hacer otra cosa que no sea ver *Teen Titans*, Ivy —gruñó este amenazando a su hija con el dedo—. No hagas como tu madre...

Ivy Scott, de cinco años, era la primera hija de Asher y Ella. Rizos morenos... y una mirada de acero, como su padre.

Cuando Ella apretó los puños para defenderse, la puerta principal se abrió y unos gritos de niños llenaron la habitación.

—¡Odio ser niñera! —soltó Kiara señalando a los dos pequeños que corrían—. Sus genes son horribles. ¿Por qué son tan revoltosos?

—Tía Kiara, ¡mira! —gritó Ivy mostrándole la pantalla de la tele.

—¡Papá! Kiara nos ha llevado a ver a los perros —exclamó uno de los niños—. ¿Podemos traer uno?

—No —respondió Asher sin perder un segundo—. Tate es más que suficiente.

—Mi mamá no quiere animales en casa —susurró el otro niño.

La puerta se abrió y esta vez aparecieron Ben e Isabella. El segundo niño corrió hacia sus padres. Se trataba de Eliott Jenkins, de tres años y medio, el primer hijo de Ben y Bella.

Todos se reunieron en el salón. En ocho años, habían crecido, habían evolucionado. Algunas cosas habían cambiado, otras... en absoluto.

—Nos vamos a Australia la semana que viene —les anunció Asher.

—De verdad espero que se encuentren con las serpientes de las que te hablé la última vez, te harás menos el listo —resopló Ben mientras recogía los juguetes de su hijo—. Jamás llevaré a Eliott y a Bella ahí.

—Ivy y Alex se portan muy bien —dijo Asher mirando a sus hijos—. Y Ella también.

Alex Robert Scott, de tres años y medio, era su segundo hijo. Alex y Eliott se llevaban tan bien como Ben y Asher, lo cual no era para nada sorprendente.

—Yo no diría que Ella sea precisamente un ejemplo —respondió Ben con los ojos en blanco—. ¿Dónde está Ally?

—Me ha dicho que llegaría pronto. Estaba esperando a Théo, que ha ido al cine con sus amigos —precisó Kiara.

Théo tenía casi catorce años y, por fin, se llevaba mucho mejor con Asher.

Asher sintió la necesidad de aislarse del ruido que hacían los niños. Un cigarro. Necesitaba un cigarro. Lanzó una mirada a Ben, que entendió el mensaje al instante, y los dos primos salieron al jardín. Allí, Asher inhaló la nicotina que casi nunca abandonaba su cuerpo.

Algunas cosas no habían cambiado.

—¿Has solucionado el problema? —le preguntó a su primo, que dirigía la red desde que Asher estaba demasiado ocupado.

—Le pedí a alguien que acabara con él y me envió un mensaje ayer por la noche diciéndome que estaba hecho —le informó Ben mientras exhalaba el humo—. Pero no como lo habría hecho Kai.

—No hay nadie como Kai —respondió Asher mirando fijamente su cigarro.

Asher no había tenido noticias de Kai Lakestone desde hacía mucho tiempo. Ocho años antes, en la noche de la reunión más accidentada de los Scott, el mercenario le había enviado un mensaje e incluso lo había llamado dos veces. Alguien le había ofrecido una suma astronómica por matar a Asher.

Unos años antes. Tres de la madrugada. Los Ángeles

—Me has hecho esperar —gruñó Asher mientras el mercenario se acercaba por un callejón oscuro y silencioso.

—Estás de diva y no me contestas cuando te llamo —suspiró Kai—. Así que hago lo que quiero. Quiero ser la reina. Y la reina nunca es puntual, Scott.

Asher lo fulminó con la mirada, pero el mercenario no parecía intimidado. Continuó arrastrando los pies con una mirada insolente y una sonrisa traviesa.

—Si sigues vivo es porque lo ha dejado pasar.

—¿De qué hablas? —le preguntó Asher.

—Te comunico, Ash, que alguien quería tu cabeza... y que me ofreció una jugosa suma —declaró Kai acercándose a él—. La rechacé. Lo que gano contigo es más importante que el dinero que me llevaría si te matara, no me interesa.

—¿Quién quería matarme? —le preguntó este con el ceño fruncido.

—Tu primo. Shawn, me parece. ¡Vaya drama! —dijo Kai entre risas—. Pero no era el único motivo de mi llamada. Tengo una misión, no muy lejos de California. No estaré disponible durante al menos un mes.

—Un mes para matar a alguien, ¿tan importante es?

Kai negó con la cabeza mientras suspiraba antes de responder con un tono indiferente:

—Se trata de varias personas, así que debo ser discreto.

Tras ese episodio, el aura de misterio que rodeaba al mercenario había aumentado y cada vez daba menos señales de vida.

Los dos primos volvieron a entrar en casa. Ella, Kiara y Bella estaban con los pequeños en la cocina. Asher miró a su ángel con una sonrisa. Había traído el paraíso a la Tierra dándole otros dos ángeles, Ivy y Alex Robert.

—¿No ibas a traer a tu novia? —le preguntó Bella a Kiara.

—Tiene una cena familiar esta noche —suspiró mirando el celular—. Pero tal vez se nos una más tarde.

Kiara vivía con su novia, Blue, a la que había conocido tres años antes. Blue, igual que Kiara, trabajaba en una red que tenía una muy buena relación con la de Asher.

—¡Ya estamos aquí! —exclamó Ally mientras entraba a casa—. Perdón por el retraso.

Ally ya no era una cautiva, pero, al igual que Kiara, trabajaba con Kyle, que se había convertido en su novio. El peligro se había vuelto demasiado grande como para ignorarlo, y Asher había sido el primero en decirle que lo dejara.

Shawn ya no tenía ningún derecho sobre los beneficios de la empresa, ni él ni sus hijos. Y los hijos de sus hijos tampoco lo tendrían.

En cuanto a Ella, trabajaba con Asher en la Scott Holding Company y era feliz allí. Por fin había encontrado la estabilidad que siempre había querido. Una familia, un trabajo, tranquilidad. Para alguien que había vivido en las peores situaciones que nadie pueda imaginar, una existencia así era el paraíso.

Su historia había conocido un primer desenlace, que había parecido definitivo unos años atrás. Pero tal vez cada historia tenía su final feliz. Y si no, no era realmente el final, sino un nuevo comienzo.

Para Ella y Asher, era imposible escapar de las cautivas, las bandas, el tráfico y la maldad del mundo. Sin embargo, una cosa estaba clara: este era el mejor desenlace que podían esperar.

Un milagro. La luz al final del túnel.

Y ellos, los supervivientes.

Bonus 1
Postre

Seis años antes del epílogo

ELLA

Nueve y veinte de la noche. Manhattan

Desde que Asher estaba al frente de las dos organizaciones familiares hacíamos muchos más viajes entre Los Ángeles y Manhattan que los años anteriores. El señorito no quería que me quedara sola, así que debía acompañarlo allá adonde iba.

—Estoy abajo —anuncié apagando el motor de mi coche.

—Estoy en la oficina.

Entre las cosas que habían cambiado, había sacado la licencia conducir.

Mi cerebro se permitía aprender cosas nuevas ahora que conocía por fin esa paz que había estado buscando durante tantos años. Al mismo tiempo, tenía que seguir adelante en algún momento.

Por su parte, Asher disfrutaba plenamente del poder que tenía sobre su familia y no dudaba en recordárselo. Shawn estaba en Europa lejos de todos sin una fecha de retorno, lo cual hacía a Asher especialmente feliz. Dirigía los negocios como quería sin que nadie le prohibiera hacer nada. Rick lo había traumatizado en ese sentido.

Pero... ahora tenía menos tiempo para mí.

Él, que antes siempre estaba conmigo, ahora solo me veía unas horas al día. Por las noches volvía tarde, casi siempre cuando ya estaba dormida. Esa situación era frustrante, tanto para él como para mí.

—Buenas noches —le dije a la persona que estaba en la recepción.

—Buenas noches, señora Scott.

Aún no tenía el apellido de Asher, pero había ordenado a todo el mundo que me llamara así. Una parte de mí adoraba escuchar esas dos palabras juntas.

«Ella... Scott.»

—El señor Scott está en su oficina, ¿quiere que le comunique que ha llegado?

—No se moleste, sabe que estoy aquí —dije acercándome al elevador.

Con la cena que había preparado en la mano, me dirigí al último piso. La primera vez que había estado en esa oficina, que en aquella época era de Shawn, había presentido que la decoración sería extravagante, porque su dueño lo era. Y tenía razón, la oficina de Shawn era muy... Shawn. Un inmenso escritorio y una silla que valían miles de dólares lo presidían en el centro, había fotos suyas por todas partes y tenía colgados sus diplomas, que a sus ojos representaban sus éxitos. Incluso había un trofeo de un torneo de basquetbol que había ganado con once años.

Pero, con la llegada de Asher, la oficina se había vuelto más minimalista y espaciosa; los ventanales que había instalado hacía que pareciera aún más grande. Y eso sonaba muy a Asher.

El timbre del elevador sonó por fin, las puertas se deslizaron y se abrieron directamente en la oficina. Se me aceleró el pulso cuando lo vi, de espaldas a mí, con la mirada perdida en la ciudad de Manhattan.

—¿Ángel mío?

—Sí, soy yo.

Se giró hacia mí y su mirada de acero se posó directamente sobre mi falda. Mi cuerpo comenzó a encenderse.

—Te la has puesto —señaló con una sonrisa traviesa.

Dejé la cena y me senté en una de las sillas cerca de la mesa de reuniones. Asher vino a sentarse a mi lado.

—¿Dónde está Kiara?

—Se regresó a Los Ángeles esta mañana, Ben la necesitaba en la red —informé cruzando las piernas.

Su mirada descendió por ellas antes de volver a subir a mi cara y no pude disimular la sonrisa.

—Nosotros volvemos mañana también —me anunció Asher antes de dar un bocado a su cena.

—Llevamos aquí solo tres días, ¿estás seguro de que has terminado?

Asintió respondiendo:

—Los problemas aquí son un juego de niños comparados con los de la red. Aquí descanso. Shawn era simplemente demasiado imbécil para gestionar la empresa de manera eficaz.

A mí me gustaba venir a Manhattan; me permitía ver a Paul, mi terapeuta, pero también reencontrarme con mi antiguo departamento. Unos años antes, odiaba Manhattan, igual que odiaba Los Ángeles. Pero ahora las dos ciudades eran mi casa porque Asher estaba a mi lado.

Nos terminamos la cena mientras hablábamos de cómo nos había ido en el día, igual que cada vez que estábamos juntos.

—No he traído postre —le dije una vez que terminamos de cenar.

Me lanzó una simple mirada y curvó la comisura de los labios, pero no respondió nada. Mis ojos se posaron sobre el gran espejo frente a la mesa. Shawn adoraba los espejos y era lo único que Asher había mantenido en la oficina porque era igual de vanidoso que su primo.

Al sentir la mirada de mi novio sobre mí, giré la cabeza en su dirección. Fruncí el ceño mientras veía cómo sonreía astutamente y se quitaba los anillos de los dedos.

—No pasa nada —dijo en un suspiro antes de levantarse de la silla.

El corazón me comenzó a latir con fuerza contra el pecho cuando sentí sus dedos posarse sobre mi mano y recorrer suavemente mi antebrazo, mi brazo y mi hombro antes de llegar hasta el cuello. Sentí que su cuerpo se colocaba detrás de mí y su mirada se posó en el espejo. Su reflejo miró fijamente al mío, lo cual me puso la piel de gallina.

Observé cómo bajaba lentamente la cabeza. Con la mirada todavía clavada en la mía y la sonrisa intacta, su aliento me acarició la mejilla. Sus dedos rozaron el nacimiento de mi pecho y descendieron poco a poco, trazando la curva de mis senos, pero sin detenerse. Sus dedos serpentearon a lo largo de mis costillas, luego por mi costado, y finalmente alcanzaron mi falda, lo cual provocó que mi cuerpo se encendiera y que mi respiración se agitara.

—Tú serás mi postre —me murmuró al oído—, abre las piernas para mí.

Se me cortó la respiración y mi cuerpo obedeció casi por instinto. Deslizó la mano lentamente por el interior de mis muslos y jadeé.

—Más —ordenó tocándome a través de las pantaletas.

Hice lo que me dijo y ahogué un gemido entre los labios cuando su índice comenzó a trazar el contorno de mi sexo.

—Lakestone siempre me decía que solo le gustaban los espejos para esto —me confesó Asher mientras me veía perder el control—, y estoy completamente de acuerdo con él.

Sus dedos apartaron mis pantaletas y me tocaron. Sus dulces caricias me arrancaban gemidos que intentaba contener.

—Nadie puede oírte aquí, mi amor, no ahogues los gemidos..., quiero oírlos.

Entreabrí la boca en el instante en que sus caricias se volvieron más bruscas y sus dedos me acariciaron el clítoris. Le agarré el antebrazo con la mano y dejé escapar un fuerte jadeo.

Demonios.

—Sí..., así.

Otro gemido se escapó de mis labios cuando sentí sus dedos introducirse en mí. Su otra mano me envolvió el cuello y me obligo a echar la cabeza hacia atrás mientras sus labios se pegaban a mi mandíbula. Sus dedos retomaron los lentos vaivenes dentro de mí antes de acelerar de nuevo el ritmo y le apreté con más fuerza el antebrazo.

—A... Asher..., diablos...

—Me encanta oír mi nombre saliendo de tu boca, ángel mío —murmuró junto a mi cuello antes de llenarme la piel de ardientes besos.

Sus dedos creaban un placer tan intenso que me empezaron a temblar las piernas, luego el cuerpo entero, que ya se arqueaba sobre la silla.

—Mírame.

Volví a girar la cabeza lentamente hacia el espejo. El deseo en sus ojos, que era más que evidente, y su boca entreabierta me hicieron gemir aún más. Maldijo:

—Maldita sea.

Sus dedos atacaron de nuevo mi clítoris con movimientos circulares rápidos que me hicieron perder la cabeza a medida que me acercaba al éxtasis.

—No... N-no pares...

—Nunca —murmuró aprisionándome el lóbulo de la oreja—. Quiero escuchar cómo te vienes, Ella.

Moví la cabeza hacia atrás. Él controlaba por completo mi cuerpo, que se dejaba llevar en sus brazos dejando lugar únicamente a las sensaciones. Le clavé las uñas en la piel del antebrazo y me gruñó al oído.

«Casi estoy.»

—Más rápido —reclamé con un gemido.

—Todo lo que me pidas.

Y, tras apenas unos minutos de placer, alcancé el éxtasis. Un grito salió brutalmente de mis labios mientras Asher contemplaba mi reflejo en el espejo con una sonrisa satisfecha.

Alejó los dedos de mis muslos y se enderezó. El orgasmo me había provocado espasmos por todo el cuerpo.

—Cuando te recuperes, podemos volver a casa.

Una pequeña risa sofocada salió de mi boca mientras me pasaba la mano por el pelo. Asher volvió detrás de su escritorio y se puso la chamarra. Eran las once menos cuarto, sabía que ya no quedaba casi nadie en el edificio, excepto los guardias de seguridad, lo cual me tranquilizaba, porque si bien me gustaba que Asher oyera mis gemidos de placer, la idea de que otros pudieran oírlos me avergonzaba.

Tras varios minutos, me levanté sobre mis piernas, que todavía me temblaban. Asher esbozó una pequeña sonrisa en mi dirección, se acercó a mí y me depositó un beso en la frente antes de ponerme la chamarra sobre los hombros. Posó la mano en la parte baja de mi espalda y me condujo con él al elevador.

—¿No has olvidado nada en la oficina?

—No, no —le dije a la vez que comprobaba que llevaba todo.

Detestaba esa caja metálica que me recordaba al elevador del edificio de Manhattan. El trayecto desde el último piso hasta el sótano era interminable.

Pero... eso también quería decir que teníamos todo el tiempo del mundo...

Dejé caer mis cosas al suelo y miré a Asher de frente. Clavé la mirada en él y frunció el ceño, pero sentí que se le cortaba la respiración en cuanto agarré su cinturón.

—Bueno..., creo que sí he olvidado algo...

Mis dedos acariciaron su miembro endurecido por la excitación y, en una fracción de segundo, sus ojos comenzaron a brillar con deseo.

—Mi postre —murmuré finalmente.

—Ella, si continúas, no me hago responsable de lo que pueda pasar aquí —me dijo con la respiración agitada.

—¿Quién te dice que no es lo que quiero? —le pregunté rozando sus labios con los míos.

Me miró a los ojos un instante antes de tomar el control. Un gemido se escapó de mis labios cuando me pegó violentamente contra la pared del elevador; Asher llevaba mucho tiempo fantaseando con hacerlo. Sus labios se pegaron a los míos y me levantó por los muslos para enlazar mis piernas alrededor de su cintura.

—Voy a hacerte el amor tan duro en este elevador que luego vas a tener que agarrarte a mí para poder caminar.

Con rapidez, se bajó el pantalón e hizo mis pantaletas a un lado antes de hundirse en mí tan fuerte que me quedé sin aliento. Con la boca abierta, lo observé gemir de placer. Su primera embestida hizo vibrar todo mi cuerpo mientras intentaba mantener el equilibrio para no caerme.

Gruñó de placer antes de morderme la clavícula. Gemí escandalosamente su nombre mientras sentía su miembro ir y venir de una forma cada vez más intensa dentro de mí. Brutal, bestial y ávido de placer.

Asher clavó las manos en mis caderas y aumentó la cadencia, haciendo que mi pelvis se moviera al mismo ritmo que la suya, penetrándome más rápida y profundamente.

—Demonios, me encanta —gimió contra mi piel.

Jadeé con el cuerpo y la mente ahogados en la lujuria. «Oh, sí, Asher, a mí también me encanta.»

Sus gemidos al lado de mi oído me volvían completamente loca. Mi cabeza se inclinó hacia atrás ante el placer que me proporcionaba por segunda vez en una sola noche. Le jalé el pelo y un escalofrío me recorrió la piel. Sentía que el éxtasis estaba cerca y apreté los talones contra sus nalgas para ordenarle que mantuviera el ritmo. Una sensación de calor brotó en el nacimiento de mi bajo vientre y le clavé las uñas en el cuello, cosa que lo hizo gruñir de nuevo.

Una ola de placer me invadió de repente. Asher se hundió más profundamente en mí y, tras unos segundos, un gemido ruidoso se escapó de entre sus labios.

—Puedo morir en paz, Collins. Agárrate a mí, dentro de poco llegamos.

Una semana después. Los Ángeles

—Kyle, no.

—¿Por qué? ¡A ti también te gustan las mujeres! Ben no me quiere acompañar por Bella, pero ¿tú? ¡No tienes a nadie!

Me reí al ver cómo discutían Kyle y Kiara. Estábamos todos en el salón, pasando el rato delante de la tele. Una tarde que se parecía a muchas otras, salvo porque Kyle había llegado el día anterior. Su regreso me había hecho feliz porque había extrañado un poco su presencia.

—Bella aceptará, no te preocupes —le dijo ella mientras se arreglaba las uñas.

—¡Claro que no! Es muy celosa, ¿cómo quieres que acepte que su chico venga conmigo a un club de estriptis? ¡Vamos! Te juro que va a estar genial.

Un club nuevo había abierto en Los Ángeles hacía ya unos días, pero el único que quería ir era Kyle. El problema era que no le gustaba salir solo.

—Ella, ¿tú dejarías a Asher venir conmigo al club?

Sonreí tímidamente mientras negaba con la cabeza. Asher esbozó también una sonrisa al ver mi respuesta.

—¡Sabes muy bien que la única chica que le atrae eres tú! Solo va a acompañarme. Pero imagínate que yo encuentro el amor. Ally sigue sin querer saber nada de mí, soy su amigo, ¿no? ¿Acaso se ponen a pensar en mi vida amoro...?

—Cállate, deja de marearnos, Kyle —murmuró Kiara—. Si te quedas callado durante al menos tres horas, puedo intentar convencer a Ally de que te dé una oportunidad, pero, por favor, cállate.

Le brillaron los ojos al instante y declaró:

—Van a olvidar mi voz.

—No, has hablado —respondió Ben mientras jugaba con su celular.

—Tiene razón, eres malísimo —añadió Kiara.

—¡Eso es lo que acaba de decir! —exclamó Kyle antes de abrir los ojos como platos—. ¡VAYÁNSE A LA MIERDA!

Me reí al ver a Kyle enojarse mientras Kiara, más concentrada en sus uñas y en el drama que tenía lugar en la tele que en él, lo ignoraba. El celular me vibró sobre los muslos.

De Asher (Psicópata):
Te quiero.

Una sonrisa estiró mis labios y sentí que el corazón se me aceleraba. Levanté la cabeza hacia él, que me sonrió también.

Yo también te quiero.

—Espero morirme mañana, ¡así se arrepentirán!

Kiara levantó la cabeza hacia el techo y dijo:

—Dios, escucha sus plegarias, por favor, no podemos más.

—¡¿Perdón?! —gritó Kyle abriendo los ojos como platos.

Me reí, sí.

En efecto, era una tarde que se parecía a muchas otras.

Pero sabía que jamás me cansaría de ellas.

Bonus 2
Anuncio(s)

Cinco años antes del epílogo

ELLA

Las cinco de la tarde. Los Ángeles

—Yo creo que deberíamos dejar aquí a Kyle —propuso Kiara como si fuera evidente.

—¡Pero es muy divertido! ¿Con quién crees que me voy a quedar durante una semana? ¿Contigo? —exclamó Ben señalándola con el dedo—. ¡Bella no puede acompañarme!

—La última vez que nos fuimos los cuatro de vacaciones intentaron que me metiera en un acuario gigantesco. ¡Con un tiburón! —exclamó fulminándolos con la mirada—. Así que no, no es nada divertido. Fue idea suya.

Asher sonrió rememorando la escena y me reí. Ben gritó:

—¡Decías que eras una sirena! ¡Queríamos confirmarlo!

Asher se había tomado unas vacaciones. Siempre había querido dirigir dos negocios, pero era el doble de agotador. Kiara y Ben también se habían tomado una semana libre con el permiso de Asher, ya que Sam había aceptado sustituirlos. Asher nunca autorizaba que sus otros primos se encargaran de la red de Los Ángeles, solo confiaba en Sam.

—Kyle vendrá porque me niego a dejarlo aquí con Sam —espetó Asher sacando la cajetilla—. No quiero que incendie la red como cuando quemó el Bentley en Londres.

—¿En serio? ¡Pero si dirige muy bien la red de Londres! —replicó Kiara, sorprendida—. Además, iban a destrozar el Bentley de todos modos.

—La red de Londres no es tan importante como esta, no voy a correr ningún riesgo. Además, Ben tiene razón, es gracioso.

—Váyanse al diablo.

Ben y Asher chocaron los puños, ambos orgullosos de llevarse a Kyle de vacaciones. Algunas cosas habían cambiado..., pero, a pesar de los años, ellos seguían igual.

—Bueno, tenemos que irnos —declaró Asher dándome un beso en la sien antes de levantarse—. Volveré pasadas las once.

Ben también se levantó, pero no se olvidó de dedicarle una sonrisa de superioridad a Kiara, quien le mostró el dedo medio como respuesta.

Me llevé una mano a la barriga e hice una mueca. Llevaba un tiempo con náuseas y estaba extremadamente cansada. Tenía un retraso de diez días con la regla. Me había pasado anteriormente, pero solo cuando no comía suficiente o cuando estaba muy estresada, algo que hacía bastante tiempo que no sucedía.

Se cerró la puerta y Kiara volvió conmigo.

—Vamos a comprar ropa para las vacaciones ahora mismo.

Tate levantó la cabeza deseando salir, pero Kiara le dijo que se fuera a la cama. Mientras se levantaba, examinó mi rostro agotado.

—¿No estás durmiendo bien?

Fruncí el ceño negando con la cabeza. Yo tampoco tenía ni idea de por qué estaba tan cansada.

—Hace más de una semana que tendría que haberme bajado la regla y...

De repente, abrió los ojos como platos. Posó la mirada en la mano que me había puesto en el abdomen. Sin decir nada, sacó el celular y tecleó algo en la pantalla. Unos segundos después, me preguntó:

—¿Cómo te sientes?

—Eh..., no lo sé. Agotada —respondí con el ceño fruncido—.

Frecuentemente tengo ganas de vomitar..., como cuando veo un cadáver.

—¿Y los pechos? ¿Te duelen?

Arqueé las cejas y asentí con la cabeza. Desde hacía un tiempo, me dolían horriblemente. Siempre le pedía a Asher que tuviera cuidado con ellas. Lo había achacado al retraso de la regla.

—¡Demonios! —exclamó de repente sonriendo de oreja a oreja—. Si es lo que creo, voy a ser la persona más feliz sobre la faz de la Tierra. Vamos a la farmacia, y rápido.

«¿La farmacia?»

Empezó a jalarme, pero la detuve:

—Kiara, explícame qué pasa.

Se puso la chamarra, me ofreció la mía y anunció alegremente:

—¡Hay muchas posibilidades de que estés embarazada! ¡Diablos!

Sentí que se me paraba el corazón.

«¿Embarazada?»

Unas horas más tarde. Los Ángeles

Asher había llamado hacía unos minutos para avisarme que no iba a volver hasta las dos de la madrugada y me sentí casi aliviada.

Embarazada.

Kiara estaba entusiasmada; había comprado tres pruebas de embarazo y me había pedido que a partir de ese momento la llamara «tía Kiki». La alegría que expresaba estaba muy lejos de lo que yo sentía. Estaba aterrorizada. Aterrorizada por la idea de acoger un ser tan pequeño en mi vientre, por sentirlo crecer y por la reacción de Asher. No estaba preparada para ser madre, iba a cagarla por completo.

Inspiré profundamente y me sequé las lágrimas. Estaba temblando de miedo. ¿Y si era una niña? ¿Y si le pasaba lo mismo que a mí? Se me escapó un sollozo ante la idea y me froté la barriga. ¿Y si no lograba protegerla? ¿Educarla? Nunca podría ayudarla a hacer la tarea ni darle consejos sobre chicos.

Vería que Asher tiene una familia, pero ¿y la mía? Yo no tenía a nadie.

¿Y Asher? ¿Y si no quería hijos? ¿Y si creía que no estaba hecha para ser madre? ¿O él para ser padre? ¿Estábamos preparados para fundar una familia?

Frecuentemente se ausentaba por culpa de su trabajo. ¿Estaba dispuesta a cuidarlo sola? ¿Podría crecer un niño en un entorno como el nuestro?

—¡Ella!

Me sequé las lágrimas y me levanté de la cama. Me había hecho las pruebas, pero había sido incapaz de quedarme esperando en el baño, estaba demasiado nerviosa. Pero no debía permitir que el pánico se apoderara de mí. Esos síntomas podían no ser nada, quizá se tratara de algo pasajero.

—Por favor...

Salí de mi habitación con un nudo en el estómago y el corazón latiéndome a toda prisa. Caminé hasta el baño, donde vi a Kiara. Su sonrisa revelaba cuál había sido el resultado de las pruebas.

—¡Llámame tía Kiki!

Me entraron náuseas por culpa del estrés y agarré las tres pruebas, dos de las cuales eran positivas. «Mierda...»

Kiara saltaba por todas partes como si fuera la mejor noticia del año mientras yo me quedé paralizada con las pruebas en la mano y el miedo acumulándose en mis entrañas.

—¿Qué pasa?

Kiara se fijó en mi rostro angustiado y me senté en el borde de la tina. ¿Cómo iba a decírselo a Asher? ¿Iba a querer al niño?

«Pues claro que no.»

—Tengo... Tengo miedo, Kiara.

Se me formó un nudo en la garganta al sentir una presión repentina en los hombros. Pesaba demasiado, nunca iba a poder tener la suficiente confianza en mí misma, sobre todo si se trataba de una personita pequeña. Sabía que nunca podría ser una buena madre, apenas era una buena novia. La idea de que el bebé pudiera sufrir lo que yo había sufrido me hizo estremecerme de miedo otra vez. Me pasé una mano temblorosa por el pelo y Kiara se arrodilló para mirarme a la cara.

—Eh...

Levanté los ojos hacia mi amiga. Ahora ya no estaba emocionada, sino preocupada. Me secó una lágrima que me caía por la mejilla y murmuró:

—Si no estás preparada, todavía tienes toda una vida por delante. Y si no quieres hijos, también estás en tu derecho. No te presiones...

—Me da... Me da miedo cagarla —confesé frunciendo el ceño—. No sé si estoy hecha para ser madre y...

—Piensa en cómo eres con Théo, Ella. No dudes nunca de tus capacidades, serás una madre maravillosa —me aseguró Kiara secándome las lágrimas—. Vas a tener que lidiar con Asher y con este bebé, pero... yo sé que eres capaz de encargarte de dos niños.

Soltó una risita y yo hice lo mismo.

—Y si te da miedo hacerlo sola, aquí estamos todos para ayudarte. Ally y yo cuidaremos de ese bebé como si fuera nuestro.

No decía nada de Asher..., eso no era buena señal.

—Y eso sin olvidar lo más importante, Asher.

Levanté la mirada hacia ella. Me tomó la mano y me sonrió.

—Sé que será un padre increíble y que cuidará muy bien de él.

—Como cuando cuida a Théo, gracias, ya lo he presenciado —solté con sarcasmo.

—Tenemos que pensar que este bebé también tendrá que pasar por un «periodo de aceptación» —bromeó.

Su comentario me arrancó una sonrisita y surgieron los recuerdos. «Un periodo de aceptación.»

—Van a ser unos padres fantásticos. Asher protegerá a este niño como te protege a ti, como nos protege a todos. Que no te quepa la menor duda.

Asentí con la cabeza escuchándola mientras el corazón me latía con fuerza. Ahora tenía que decírselo a Asher. Todavía no sabía si quería quedarme con el bebé, la decisión dependería de él.

—Decidas lo que decidas, te apoyaré. Si quieres abortar, se lo pediremos a Cole.

—Tengo que hablar con Asher...

—Tienes que hacerlo esta noche —respondió asintiendo con la cabeza—. Asher odia que le escondan cosas... y aún más de este tipo.

Las dos de la madrugada

No podía pegar ojo. Hacía tres horas que Kiara se había ido y me había dejado sola con mis pensamientos. Mi abdomen seguía igual que siempre, por lo que Kiara creía que llevaba poco tiempo embarazada, pero tenía que hacerme una ecografía para estar segura.

«Demonios...»

Un bebé.

Había un bebé dentro de mí.

El bebé de Asher.

El mío.

¿Quería quedármelo? ¿Asher iba a aceptar que me lo quedara? ¿Estábamos a la altura?

Me daba muchísimo miedo su reacción, podía llegar a ser muy impredecible. No sabía si iba a negarse o si no diría nada.

Y, de repente, se abrió la puerta. Tate se levantó y corrió como un loco. Quería mucho a Asher.

Respiré hondo y me puse en pie. El corazón me latía con tanta fuerza que creía que iba a explotarme en el pecho.

Mi mirada se cruzó con la de Asher, que levantó la cabeza cuando llegué al barandal del primer piso y me sonrió.

—¿Por qué no estás durmiendo, ángel mío?

—Te estaba esperando —contesté con una sonrisita.

La suya se ensanchó y subió las escaleras hasta llegar a donde estaba yo. Me puso las manos en la cintura y sus labios buscaron los míos. Mi respiración se volvió más pesada y sentí al instante una presión en el pecho, pero había una voz en mi cabeza que me gritaba que se lo dijera ya.

Rompí el beso y evité su mirada. Él murmuró:

—Te he extrañado...

Le rodeé la cintura con los brazos y me presioné contra él, aspirando su aroma relajante.

—Tengo que decirte algo —susurré, y sentí que me ponía a temblar.

Pasaron los segundos y quise que se me tragara la tierra. Me miró con aire inquisitivo y con el ceño fruncido.

—Si me dices que vamos a tener otro perro, la respuesta es no —anticipó, lo que me hizo reír.

—No es eso —lo tranquilicé.

Sin embargo, sabía que él preferiría otro perro antes que un bebé.

Inspiré profundamente y le tomé la mano para acercarla a mi abdomen. A pesar de que se me hizo muy difícil, intenté mantener la respiración calmada mientras decía:

—Creo..., bueno, me parece que hay... un pequeño o una pequeña Scott aquí dentro.

Se le tensó todo el cuerpo al instante y abrió mucho los ojos mientras bajaba la mano por mi barriga. Vi que entreabría la boca y tragué saliva. Se quedó paralizado y no dijo nada durante varios segundos que parecieron minutos. Yo gritaba por dentro.

—¿Có...? ¿Cómo...?

—Me he hecho pruebas, dos de tres han salido positivas —respondí a la pregunta que ni siquiera había tenido tiempo de acabar.

Levantó la mirada hacia mí. Ignoraba lo que sucedía en su cabeza y mi miedo iba en aumento.

—No..., que... quería saber cómo te sientes.

Esta vez fui yo la que abrió los ojos como platos ante su pregunta. Me temblaban los labios y me costaba respirar.

—No lo sé —murmuré mirando mi vientre—. Quiero tu opinión, quiero saber qué piensas... ¿Querrías...? ¿Querrías tenerlo?

Frunció el ceño y respondió tartamudeando.

—Diablos... Ella..., ángel mío, escúchame, es tu cuerpo, no el mío... Si de verdad hay un bebé ahí dentro, no pienses en mí, aceptaré cualquier decisión.

Como si acabara de quitarme un peso de encima, levanté la cabeza hacia él, maravillada por sus palabras y por sus pensamientos.

—Si... Si quieres quedarte con el bebé..., nos lo quedaremos..., aunque espero que no herede mi carácter —resopló entre risas—. Ni el de Ben, no podría con un niño hiperactivo.

Yo también me reí mientras él me miraba la barriga.

—No estoy preparado para ser padre, no lo había previsto, pero... estaré preparado cuando llegue el momento si es lo que quieres, a pesar de que este no sea el entorno más adecuado para un niño —añadió con sarcasmo para aligerar el ambiente—. He leído en internet que a los perros de la raza de Tate no les gustan lo...

—Tate se queda, ni lo menciones.

Suspiró y miró al perro, que estaba persiguiendo su propia cola. A continuación, negó con la cabeza, exasperado, y me preguntó:

—Dime, ángel mío, ¿querrías tenerlo?

—¿Eres consciente de que eso significa que vas a ser padre, Asher?

—¿Que si soy consciente? Todavía no, pero parece ser que es lo que pasa cuando esperas un hijo, sí.

Ahora la decisión estaba en mis manos. Y todavía no sabía qué quería.

Dos días después

—¡Pero ya hemos ido a Aspen! —se quejó Ben—. ¿Podemos ir a alguna isla? Que esté lejos de Australia, por favor.

—¡Ay, qué pesado eres! ¡Tenemos que ir a Grecia! —exclamó Kiara mirando a Asher—. ¡O a Bali!

—Yo quiero ir a México —respondió Kyle.

—¿Qué te he dicho, Kyle? Nada de sitios en los que tengamos conocidos ni en los que solamos trabajar —repitió Asher fumándose un cigarro.

Planificar las vacaciones con esta bola de indecisos me daba dolor de cabeza, pero sonreí al verlos discutir. Asher me había avisado, eran como niños. Pero justo cuando Kiara iba a proponer otro destino, la puerta se abrió de golpe interrumpiendo la discusión.

—¡Asher Scott, tengo una noticia para ti!

—¡Abby! —exclamó Kiara levantándose de un salto.

«Abby.»

Abby Scott. Nada más y nada menos que su hermana.

Como si estuvieran acostumbrados, los tres hombres se taparon los oídos y yo hice una mueca cuando la hermana de Asher y Kiara se pusieron a gritar como locas mientras se abrazaban.

—¡Están todos aquí! ¡Es perfecto!

Abby me abrazó a mí también y luego a Ben y a Asher, pero ignoró a propósito a Kyle, quien abrió mucho los ojos, sorprendido.

—De todos modos, siempre has sido la peor de los Scott —espetó.

—Ahora le cedo el título a Sienna porque... —Nos mostró la mano izquierda—. ¡Pronto dejaré de ser una Scott!

Mostró el impresionante anillo que tenía en el dedo y comprendí que iba a casarse con Ryan, su novio, a quien solo había visto una vez la noche que me había reencontrado con Eric.

Sonreí, al igual que Asher, que se levantó para darle otro abrazo. Kiara gritaba como una loca y Ben soltó un grito de alegría. Kyle seguía enfurruñado en su rincón.

—¿Cuándo te lo pidió? ¡No me has dicho nada! —exclamó Kiara mirando el anillo—. ¡Es precioso!

—¡Anoche! —anunció—. Quería llamarte, pero he pensado que sería mejor decírtelo en persona.

Se me ensanchó la sonrisa por su contagiosa alegría.

—¡Por cierto! Están todos invitados a mi boda el próximo septiembre. Tienen todavía cinco meses para prepararse —declaró Abby—. Y, como yo no hago las cosas a medias, ¡vamos a celebrarla en Canadá! Mi boda será mejor que la de Shawn, ya lo verán.

Los observé planificar la boda de Abby con una sonrisita burlona en los labios: unos minutos antes, no conseguían ponerse de acuerdo sobre el destino para nuestras vacaciones.

—Espero que hayas elegido bien —dijo Asher sacando otro cigarro.

—Sí, es lo que quiero —respondió con los ojos brillantes—. Lo amo y no quiero estar con nadie que no sea él.

—Bien.

La tarde pasó rápidamente mientras planificábamos momentos que iban a ser recordados durante mucho tiempo. Por mi parte, llevaba dos días reflexionando sobre el bebé que crecía en mi interior.

Solo lo sabían Asher, Kiara y Ally, que había sido un encanto y me había enviado un montón de artículos que hablaban de la maternidad. Le había pedido a Kiara que de momento guardara el secreto.

Pero ahora creía que había tomado una decisión.

Kiara, Ben, Abby y Kyle salieron de casa de Asher y nos quedamos solos en el salón, que seguía cargado de emociones.

—¿Asher?

—¿Sí?

Tenía el corazón desbocado. No sabía si era la decisión correcta..., pero era lo que quería.

—Tengo una pregunta, si tenemos el bebé..., en caso de que fuera un niño, ¿cómo te gustaría llamarlo?

Se le iluminó la cara, pero intentó responder con un tono neutro:

—Bueno, Théo claramente no. Tal vez como mi padre. O Alex.

—¿Y si fuera niña?

Frunció el ceño, pero respondió al cabo de unos segundos de reflexión.

—Ivy..., ¿y tú?

—Se me da fatal pensar nombres..., pero me gustan mucho los que has propuesto, así que...

Una sonrisa se me dibujó en los labios cuando me puse las manos en la barriga. Susurré lo bastante fuerte para que me oyera:

—Espero que estés preparado para ser papá, Scott —anuncié levantando la cabeza hacia él—. Porque quiero quedarme con Ivy... o Alex. No sé quién está aquí dentro.

La sonrisa que me dedicó decía mucho sobre lo que pensaba al respecto e hizo que el corazón me latiera salvajemente mientras Asher se acercaba a mí. Me tomó el rostro entre las manos y me besó apasionadamente. Las lágrimas me cayeron por las mejillas en una mezcla de miedo y felicidad, una explosión de alegría y ansiedad.

Puso los dedos en mi barriga y se rio con un susurro, como si todavía no hubiera asimilado la decisión que acababa de tomar.

A continuación, murmuró:

—Hola, Ivy... o Alex.

Bonus 3
Australia

Cuatro años y medio antes del epílogo

ELLA

La una del mediodía. Los Ángeles

Algo se sacudió cerca de mí y me sacó de mi sueño. Fruncí el ceño cuando oí la voz de Asher murmurar unas palabras ininteligibles.

—No...

Me giré hacia él y posé la mano sobre su cara sudorosa. Estaba teniendo una pesadilla.

—No..., déjala...

Sabía que había matado a alguien unas horas antes, y como cada vez que arrebataba una vida, el fantasma de su víctima había vuelto por él en su sueño. También sabía que yo estaba en él, y que me estaban haciendo daño.

—Para...

Se agitó todavía más, lo sacudí un poco y lo llamé con un susurro apenas audible.

—Asher...

Jadeé cuando se sobresaltó violentamente. Se enderezó con la respiración entrecortada y una mirada desconcertada.

—Ey...

Me acerqué a él y le di un abrazo. Y, como cada vez, él también me rodeó con los brazos y me abrazó con fuerza.

—Era solo una pesadilla —murmuré acariciándole el pelo—, era solo una pesadilla.

Tomó una profunda inspiración. Sentí que asentía sin decir una palabra, luego, empezó a relajarse.

—¿Cómo te sientes? —preguntó observando mi vientre, redondeado por el embarazo.

—Estamos bien —respondí con una sonrisa—. Quédate aquí, voy a traerte agua...

—No, tú quédate aquí, voy yo.

Salió de la habitación todavía un poco desorientado. En el fondo, sabía que eso nunca cambiaría. Sus pesadillas no cesarían jamás porque estaban alimentadas por su sentimiento de culpa. Regresó a la cama, se tumbó en mis brazos e intentamos volver a dormirnos. Pero los minutos pasaban sin éxito.

Dos horas después, seguía tumbada con él en la penumbra, acariciando sus mechones rubios con los dedos.

—¿Ahora eres tú la que me observa dormir?

—Me relaja —admití con una sonrisa.

Se rio y, sin abrir los ojos, me envolvió la cintura con los brazos antes de acercarme a él.

—Debes volver a dormirte, mañana tienes muchas cosas que hacer —le recordé.

—Lo sé.

—¿Qué tienes que anunciarle a Ben? —pregunté con curiosidad.

No me dijo nada, solo se dibujó una sonrisa en sus labios y yo fruncí el ceño como respuesta. Conocía bastante bien a Asher para saber que tenía algo entre manos.

—Te lo diré esta noche.

«¿Por qué esta noche y no ahora?»

ASHER

Once de la noche. Cuartel general de los Scott

—¿Por qué está aquí? —preguntó Ben señalando a Kiara.

—Porque sí —le respondí fulminándolo con la mirada.

Acostado en el sofá de mi oficina en la red, hablaba con Ella por mensajes. Carajo, ¿tanto le costaba a Kyle llegar a tiempo?

De Mi ángel:
¡Yo también quiero ir!

Por eso había querido esperar para darle la noticia: sabía que iba a querer venir, y también sabía que era incapaz de decirle que no cara a cara.

No. Nada de aviones antes del parto,
es tan arriesgado para ti como para Ivy.
Además, me niego a que me acompañes
mientras tengo que ocuparme de los
asuntos de la red. Es peligroso.

Dijo el que me mandaba a jugarme la vida
con el pretexto de que el peligro formaba
parte de mi trabajo.

Una sonrisa asomó a mis labios y escribí en el teclado.

Entonces eras mi cautiva, ahora eres
mi novia y espero mi primer hijo contigo.
Que llegará dentro de apenas un mes.

Te odio, Asher Scott. Tráeme donas.

Mi sonrisa se ensanchó y bloqueé el celular. Desde hacía unas semanas, estaba hambrienta de donas; antes, fueron los pepinillos, luego la cebolla frita. También había habido hamburguesas, pero solo durante un breve periodo.

—He renunciado a mi cita con Bella porque tu mensaje ha provocado que el pánico se apoderara de mí y ahora me haces esperar —escupió Ben dejándose caer en su asiento.

—¿Qué te ha enviado?

—«Ven a la red. Es urgente.» ¡¿Qué clase de urgencia es esta?!

Kiara se carcajeó y él la fulminó con la mirada. Yo, por mi parte, saqué un cigarro y lo encendí con calma para dejar pasar su breve momento de ira.

—¿Qué esperamos? —preguntó Kiara observándonos con curiosidad.

—A Kyle.

—¿Qué? ¿Desde cuándo nos convocas a una reunión urgente y luego estás tan relajado? —se preguntó Ben, casi preocupado.

Sacudí la cabeza. Si supiera lo que estaba a punto de anunciar, se arrepentiría de haber mirado su celular un poco antes.

«Como suele decir mi ángel, deja que me ría.»

—¿Tú sabes por qué estamos aquí? —preguntó Ben a Kiara.

Esta negó con la cabeza. Kiara ni siquiera estaba implicada, pero sabía que se enojaría conmigo si no la invitaba. No se lo habría perdido por nada del mundo. Mi anuncio era una fuente de alegría para ella, pero una tortura para mí. No solo me iba a ver obligado a aguantar a Ben durante una semana, sino también las tonterías de Kyle.

«Qué bien.»

La puerta se abrió de repente y la voz de Kyle llenó la habitación:

—Más te vale que esto sea verdaderamente urgente, porque estaba a punto de conseguir una cita con Ally —declaró Kyle.

Su cara de pocos amigos me hizo poner los ojos en blanco. Me coloqué frente a los tres mientras me miraban con curiosidad y sin decir nada. Ben movía la pierna con nerviosismo y Kyle sacó un cigarro mientras esperaba a que yo empezara a hablar. Perfecto.

—Bien —comencé—, he recibido una oferta bastante interesante de una red extranjera, pero prefiero presentarme directamente allí para continuar con las negociaciones, que llevarán como mucho una semana. Ben y Kyle, ustedes vienen conmigo. En cuanto a ti, Kiara, serás la responsable de la seguridad de Ella y ayudarás a Sam con la red.

Esta asintió con la cabeza mientras mis dos primos parecían concentrados. Kyle incluso tenía un aire... desconfiado.

—¿Por qué reunirnos aquí para anunciarnos algo así? Normalmente, te limitas a mandarnos un mensaje —soltó Kyle enderezándose en su asiento.

Esbocé una sonrisa traviesa y miré a Ben antes de responder:

—Porque nos vamos a Australia.

Kiara se carcajeó. Kyle abrió los ojos como platos y los dos se giraron hacia Ben, que me miraba como si lo hubiera traicionado. Me aguanté la risa. Debía mantenerme serio porque era importante que me acompañara.

—¡Ni de broma! —exclamó Ben de repente.

«Empezamos.»

—No es negociable —respondí antes de dar una calada a mi cigarro.

—¡¿Te has vuelto loco?! Jamás, ¿me oyes?, ¡jamás iré! —gritó como un loco levantándose de un salto—. ¡Y ustedes se ríen, par de traicioneros!

Se desternillaron todavía más y yo también me reí al ver cómo el pánico se apoderaba de él. Con el rostro pálido, parecía estar a punto de sufrir un infarto.

—Deja de hacerte el difícil, Ben, Australia no es la sabana —intentó tranquilizarlo Kiara entre risas.

—Sí, bueno, pues hagamos un cambio. ¡Vete con él y yo me ocupo de su novia! —exclamó él lanzándole una mirada oscura.

—¡Estaremos juntos! —dijo Kyle levantándose también—. En el peor de los casos, ¿qué nos puede pasar?

—¿Que muramos? —respondió Ben como si fuera evidente.

Su dramatismo era agotador. Iba a venir, quisiera o no.

—No es que tengas elección. Nos vamos mañana temprano, haz las maletas.

—Olvidas que, mientras viva, ¡jamás iré a Australia!

Al día siguiente, siete de la mañana. Casa de Ben

—¡Claro que vas a salir!

Otro cojín salió disparado por la ventana del segundo piso y aterrizó cerca de los pies de Kiara, que acababa de gritar.

—¡Jamás iré, han perdido la cabeza por completo!

Me apoyé de brazos cruzados en mi coche. A medida que pasaban los segundos iba perdiendo la paciencia. Kyle tenía los ojos clavados en Ben, que se divertía lanzándonos cojines a la cara.

—Pues tiene muchos cojines —señaló mi primo—, tal vez deberíamos...

Me levanté de golpe. Estaba empezando a perder la compostura y decidí buscar el número de Grace en mi agenda. Sonó el tono y la voz de esta respondió:

—¿Vas a decirme que Ben está muerto?

—No, pero sí a decirte que morirá en los próximos minutos si no me dices dónde está la copia de la llave de su maldita casa —solté con rabia.

—Vaya, ya estás realmente enojado cuando solo son las siete de la mañana en Los Ángeles.

—No tengo tiempo para escuchar cómo te burlas de mí, Isabella —contesté acercándome a la puerta.

Se rio de nuevo y me respondió:

—Debajo de la pata de la silla que está fuera, la llave está pegada.

Colgué y me acerqué a la silla antes de arrancar de un golpe seco la llave que estaba bajo una de las patas. La introduje en la cerradura antes de abrir la puerta con delicadeza.

«Voy a asesinarlo.»

Subí las escaleras en silencio antes de recordar que ese imbécil no sabía concentrarse en dos cosas a la vez. Y, por ahora, estaba más que ocupado insultando a Kiara.

«Perfecto.»

Las puertas abiertas de par en par de su habitación me permitieron ver su cuerpo de espaldas a mí, apoyado en el marco de la ventana, así como la pila de cojines que todavía tenía a su lado. Abrí los ojos como platos, me había dicho que a Bella le encantaban los cojines, pero aun así me parecían demasiados.

Me arremangué y entré en el dormitorio. Rápidamente, me coloqué detrás de él y enrollé el brazo alrededor de su cuello, haciendo que se sobresaltara y se agitara para deshacerse de mí.

—Vas a agarrar tus cosas y a venir.

—¡No, carajo, no! No quiero ir —gritó golpeándome el brazo.

Lo arrastré fuera de su habitación y se cayó casi veinte veces mientras lo obligaba a bajar las escaleras. Kyle se reía a carcajadas.

—Te está secuestrando tu propio primo en tu casa —dijo entre risas.

—Los odio.

Lo empujé violentamente al interior del coche y cerré la puerta del vehículo mientras él gritaba como un loco. Examiné los alrededores para asegurarme de que nadie había visto esa escena, de por sí sospechosa, y me giré hacia Kiara y Kyle.

—Llévenle algo de ropa, estaremos fuera cuatro o cinco días.

«Me pregunto si Ella se habrá despertado.»

La voz sorda de Ben se oía a través de los cristales del coche. El lugar era demasiado tranquilo, se oían incluso los sonidos más débiles. Debíamos irnos antes de que sus vecinos llamaran a la policía.

Dieciocho horas después. Sídney, Australia

—Creo que estás exagerando un poco, pronto hará un día que no nos hablas.

En silencio, Ben desvió la mirada, refunfuñón como un niño mientras entrábamos en mi casa. Subí la maleta al piso de arriba mientras Kyle gritaba desde abajo:

—¡Esto es tan grande que hay un elevador!

Una sonrisa asomó a mis labios. Ignoraba que ese elevador era la razón por la que la había comprado.

—¿Y nosotros dónde dormimos?

—Hay mucho sitio donde elegir —respondí—. Supongo que Jenkins querrá dormir contigo.

Kyle soltó una carcajada. Ben me fulminó con la mirada antes de escupir por primera vez en dieciocho horas:

—Espero que una serpiente se enrolle alrededor de tu garganta para que te calles un poco.

Me aguanté la risa y seguí subiendo las escaleras en dirección a mi habitación. Bueno, nuestra habitación. Echaba de menos a Ella. Cada vez que había estado allí, había sido con ella.

Decidí llamarla, pero me detuve al pensar en la diferencia horaria. Seguramente, debía de estar durmiendo. En su lugar, decidí llamar a Kiara.

—¿Qué? —me respondió mi amiga de la infancia con voz dormida.

—¿Cómo está Ella? ¿Le pasa algo?

—Es tarde, Ash —suspiró—. Está bien, está dormida. Igual que yo antes de que llamaras.

—¿Ha cenado?

—Ajá.

—Llámame si ocurre algo, no esperes a que pase para informarme, te aviso, Kiara, si pas...

Y colgó.

Apreté los puños. Kiara se tomaba las cosas demasiado a la ligera. ¿O yo era demasiado dramático?

«No. Es ella.»

—¡Pedazo de imbécil! ¡Vete a la mierda! —gritó Ben en una de las habitaciones adyacentes.

Kyle se carcajeó mientras Ben gritaba de rabia; por los ruidos que oía, pude adivinar que le estaba lanzando cosas. Ya me empezaba a doler la cabeza y todavía no había llegado a su habitación, que estaba a unos metros de la mía. Me di cuenta de que Ben había elegido el dormitorio que estaba justo enfrente del de Kyle, pero me contuve de hacer comentarios. Ben ya estaba a punto de arrancarnos las extremidades.

—¿Qué pasa ahora? —les pregunté al entrar.

Kyle lloraba de risa en la cama y Ben lo fulminaba con la mirada. Mis ojos se dirigieron a su maleta, abierta de par en par. Y no pude evitar soltar una carcajada ante lo que había dentro, escondido entre dos camisetas.

Serpientes. Las serpientes mecánicas que había utilizado para asustar a Ella unos años antes.

—Deberías haberte visto la cara —rio Kyle con las manos en la barriga—. Maldición, siento que nos vamos a divertir, es la mejor misión de mi vida.

Sacudí la cabeza exasperado, pero con una sonrisa. Mientras me daba la vuelta, Ben gritó:

—¡Y tú no dices nada!

—Ben, son las serpientes falsas que tú mismo me regalaste por Navidad —resoplé con un tono indiferente sin girarme—. Solo tenías que hacer tu maleta. Descansen, esta noche tenemos trabajo.

El viaje iba a ser largo..., muy largo.

Tres días después, ocho de la tarde. Sídney

Un grito me alertó y me levanté de un salto. Me detuve cuando me di cuenta de que era la voz de Ben. Y recordé que estábamos en Australia. Con Ben.

Una risa me hizo comprender que Kyle le había vuelto a hacer una broma, luego una retahíla de gritos e insultos llenó el segundo piso. No era la primera vez, desde el inicio del viaje, que Kyle se divertía jugando con sus fobias y su miedo a este país. Me provocaban dolor de cabeza.

—¡Vete a la mierda, idiota, te voy a matar!

—¡El único que va a morir aquí eres tú! —gritó Kyle carcajeándose.

Me pellizqué el puente de la nariz y me acosté de nuevo en el sofá del salón. Esperaba un mensaje de Ella. Quería hablar con ella. Necesitaba hablar con ella. La extrañaba; extrañaba su compañía, sobre todo ahora que estaba con esos dos imbéciles que tenían la edad mental de un niño de cinco años y medio.

Oí pasos bajando las escaleras y me alcanzó la voz de Kyle:

—Prométeme que volveremos cada mes con Ben.

Solté una risita y se sentó cerca de mí con una enorme sonrisa en los labios.

—Tengo un colega aquí que nos puede prestar un canguro...

Me giré hacia él con el ceño fruncido. ¿Tenía un colega aquí?

—Bueno, no es realmente un colega, pero tiene un canguro —rectificó Kyle enseñándome una foto del animal en la pantalla del celular—. Y el imbécil de arriba se pasa en la piscina todas las tardes desde que llegamos porque dice que «es el único lugar seguro»...

—Oh, no, Kyle —resoplé con los ojos en blanco.

—Por favor, nos vamos mañana —me suplicó Kyle—. Estoy harto de asustarlo con arañas de plástico y las serpientes de Navidad, hay que terminar este viaje en alto.

Lo miré, pensativo. Por un lado, la idea de ver a Ben cagarse encima cuando viera que un canguro lo esperaba en la piscina me tentaba enormemente. Por otro, saber que había un animal en mi piscina me repugnaba. Pero la idea seguía siendo tentadora.

—¿Cuándo puedes traerlo?

Se le iluminaron los ojos y me murmuró para que Ben no oyera nada:

—¡Cuando quieras! Habrá que decirle que tenemos que salir, llamo al tipo y dejamos el canguro en la piscina. Lo verá cuando salgamos, tú te quedas dentro y cierras la puerta con llave, solo nos quedará disfrutar del espectáculo.

—¿Y si se muere? —le pregunté.

—Los canguros saben nadar, no te preocupes.

—Hablo de Ben —resoplé mientras sacaba un cigarro.

—Ah, RIP, un Scott menos, pero será la muerte más estúpida, incluso mi padre murió más dignamente.

Sacudí la cabeza esforzándome por no reír. Kyle me suplicaba con la mirada mientras yo reflexionaba. Entonces asentí con la cabeza y sonrió de oreja a oreja mientras marcaba el número del tipo.

Kyle hablaba por teléfono mientras yo le escribía a Kiara para contarle lo que pasaba en la otra punta del mundo.

De Kiara:
¡¡¡Yo quiero ver eso, grábalo, por favor!!!

Antes quiero ver a Ella.

Está dormida, Ash. Luego le digo que te llame, no te preocupes. ;)

Bloqueé el celular cuando Kyle volvió, estaba a punto de ponerse a dar saltos de alegría.

—El tipo llega dentro de diez minutos, tenemos tiempo para preparar el terreno.

Lo miré salir corriendo al exterior y decidí dejar que hiciera todo el trabajo. Kyle estaba tan impaciente y entusiasmado que ni siquiera se dio cuenta de que no lo ayudaba.

Unos minutos después, Ben bajó las escaleras con aire malhumorado y me fulminó con la mirada. Me reí mientras lo observaba echarse la toalla al hombro.

—Oye, Kiara quiere hablar contigo —dijo Kyle ofreciéndole el celular.

Ben lo agarró y avanzó en dirección a la cocina. Lo escuché empezar a protestar mientras hablaba con nuestra amiga de la infancia. Kyle me lanzó una mirada cómplice antes de murmurar:

—El tipo tarda diez minutos, justo a tiempo para que este imbécil cuelgue con Kiara y salga a la piscina.

—Eres tú el que ha llamado a Kiara, ¿no? —le pregunté arqueando una ceja.

Sonrió orgulloso y asintió. «Si hiciera el mismo esfuerzo por la red, no estaríamos aquí.»

—Está esperando mi mensaje para colgar, cerramos la puerta en cuanto salga y subimos al piso de arriba para disfrutar del espectáculo.

«Todo esto para ver a Ben sufrir un infarto. Demonios.»

—De acuerdo —declaré—. Hazlo rápido e intenta no matarlo, le prometí a Grace que se lo devolvería con vida.

—Seguramente encontremos a alguien que se le parezca por aquí, no notará nada, confía en mí.

Le lancé una mirada de reproche y suspiró:

—Voy a intentar mantenerlo con vida, no te preocupes.

Mi celular vibró y se me aceleró el pulso cuando vi la foto de mi ángel en la pantalla.

—Has dormido demasiado —dije al responder.

—Buenos días a ti también —me respondió con una voz adormilada—. ¿Vuelves hoy?

—Bueno, eso espero —resoplé con tono cansado mientras observaba a Kyle desde la ventana de mi habitación arrastrando a un canguro sujeto por una correa.

«No lo creo..., ¿cómo es capaz de gastar tanta energía y hacer tantos esfuerzos por algo así?»

—Voy a darme un baño y te vuelvo a llamar, ¿sí?

—Date prisa —le pedí con una sonrisa—, llevo horas esperándote.

—Yo te esperé durante un año, puedes hacer un esfuerzo —me recordó con sarcasmo.

Colgué sonriendo. Esa chica me tenía loco y la amaba con locura. «Carajo.»

Fruncí el ceño y me desprendí de mis pensamientos cuando vi a Kyle corriendo por el jardín. El canguro estaba en mi piscina e hice una mueca de asco.

Oí la puerta de abajo abrirse y cerrarse y a Kyle subir las escaleras corriendo a toda velocidad. Entró en mi habitación.

—Está bien..., a... avisa... a Kiara —me dijo sin aliento—. Dile que cuelgue... ya...

Puse los ojos en blanco y le envié un mensaje a Kiara. Kyle se pegó al cristal de la enorme ventana y esperó impaciente a que Ben llegara al jardín. Yo esperaba que Ella volviera a llamarme.

«Cada uno con sus prioridades.»

—¡Ven, salgamos al balcón!

Kyle me arrastró hacia el balcón de mi habitación, que ofrecía una vista despejada del jardín. Tras unos minutos de silencio, oímos cómo se abría la puerta principal. El animal miraba fijamente algo, seguramente a Ben, pero el silencio me tenía perplejo. O Ben había muerto en cuanto lo había visto o se había quedado paralizado.

—Carajo... Mierda mierda mierda.

Kyle se aguantó la risa al oír la voz de Ben, que por fin nos alcanzó tras unos interminables segundos de silencio. No estaba muerto, eso ya era algo.

—¿Ash? —me llamó Ben con voz asustada—. ¿Kyle?

Kyle volvió a entrar para morirse de risa y mi mirada se posó en el cuerpo inmóvil de Ben, a unos metros de la piscina, con los ojos clavados en el animal. Ben iba a morir esa tarde, estaba claro.

—Creo que el Mohamed Ali de la sabana está en tu casa, Ash —balbuceó Ben sin dejar de mirar al animal.

Y, de repente, el canguro salió de la piscina para acercarse a él. Ben soltó un grito tan agudo que no logré aguantar más y me morí de risa. Echó a correr, pero el animal lo alcanzó rápidamente. Kyle se desternillaba a mi lado mientras Ben corría por su vida.

—Kyle, va a morir, baja.

—No, espera, apenas ha empezado la diversión.

—¡AYÚDENME, LOS ODIO, PAR DE BASTARDOS! ¡VÁYANSE A LA MIERDA! ASQUER, MALDITO, VEN A AYUDARME, MALDITA SEA. ¡ME VA A DAR UNA PALIZA!

«Asquer.»

—Al final dormirá fuera esta noche.

«Un poco como Collins.»

Una sonrisa estiró mis labios cuando pensé en ella. La futura madre de mi hija.

Mi primera hija.

Mi Ivy.

Mi Ella.

Agradecimientos

Y aquí estamos por fin, el último tomo de esta trilogía, una historia que empecé a escribir en 2019 durante mis clases y que concluyo con estas últimas palabras. Mi primer universo, mi tercer tomo, mis últimos agradecimientos en *Captive*.

Y qué sería de la publicación de *Captive* sin la primera persona que hizo todo lo posible para que fuera tan perfecta como lo es hoy, gracias a sus ideas y su pasión. Mi editora, Zélie. Gracias por haberte sumergido en el universo *Captive*, por querer a mis personajes, por haberme hecho reír durante meses y por haber estado ahí cuando me sentía demasiado estresada (incluso por nada, pero eso es secundario). Gracias por todo.

Me gustaría también dar las gracias a mi antiguo trabajo y a mis clases, porque era muy productiva en una clase y tenía compañeros que me animaban a publicar mi novela. (¡Claro que yo era demasiado cobarde para hacerlo en esa época, ja, ja!)

Gracias a mi madre, a mis amigas, gracias a Lyna, Azra y Amar por haber estado ahí en cada momento de esta experiencia, a mi mejor amiga, que escucha mis quejas cuando estoy estresada, a veces de forma completamente injustificada, debo admitirlo.

Y terminamos los agradecimientos con lo mejor: la comunidad.

Mis ángeles, en el momento en que escribo estos agradecimientos, estamos a dos semanas de nuestro primer encuentro, nuestras primeras dedicatorias, y estoy demasiado impaciente ante la idea de verlos. Gracias infinitas por estar en mi vida, gracias por creer en esta trilogía, por haber dado vida a esta historia cada uno a su manera, gracias por haber estado ahí durante esta experiencia, igual que estuvieron ahí cuando publicaba en Wattpad. Mis personajes y yo somos muy felices por haber compartido con ustedes un momento de sus vidas y por estar hoy en sus libreros.

Gracias por ser ustedes, gracias por leerme. Les estaré eternamente agradecida.

Una última «N. de la a.» de Wattpad para cerrar esta saga, ¿les parece bien? *Let's go!*

Cuídense mucho esas caritas.

Hasta pronto.

With love,

S.

Memento mori
Esto memor nostri